Henning Mankell

DIE BRANDMAUER

Kriminalroman

Aus dem Schwedischen von Wolfgang Butt

Bild am Sonntag

MEGA-THRILLER

Lizenzausgabe der Axel Springer AG, Berlin
1. Auflage April 2012

Die Brandmauer von Henning Mankell
(Originaltitel: *Brandvägg*)
Aus dem Schwedischen von Wolfgang Butt

Lizenzausgabe mit freundlicher Genehmigung des
Paul Zsolnay Verlags, Wien

Konzeption und Gestaltung: Klaus Fuereder, Berlin
Projektkoordination: Stephan Pallmann, Alexandra Wesner

Satz: CPI – Ebner & Spiegel, Ulm
Druck und Verarbeitung: CPI – Ebner & Spiegel, Ulm

ISBN 978-3-942656-15-3

Vorbemerkung des Übersetzers

DER MIT DEN SCHWEDISCHEN VERHÄLTNISSEN vertraute Leser wird in der vorliegenden Übersetzung das in Schweden durchgängig gebrauchte Du als Anredeform vermissen. Es wurde, soweit es sich nicht um ein kollegiales oder freundschaftliches Du handelt, durch das den deutschen Gepflogenheiten entsprechende Sie ersetzt, auch wenn damit ein Stück schwedischer Authentizität des Textes verlorengeht.

Ein Mensch, der vom Wege der Klugheit abirrt
Wird weilen in der Schar der Toten.

Die Sprüche Salomos, 21,16

I
DER ANSCHLAG

1

AM ABEND FLAUTE DER WIND PLÖTZLICH AB und schlief dann völlig ein.

Er war auf den Balkon getreten. Am Tage konnte er zwischen den gegenüberliegenden Häusern das Meer erkennen. Aber jetzt war es dunkel. Manchmal nahm er sein altes englisches Miniaturfernglas mit hinaus und schaute in die erleuchteten Fenster des Hauses auf der anderen Straßenseite. Aber es endete immer damit, daß ihn das Gefühl beschlich, jemand habe ihn entdeckt.

Der Himmel war sternenklar.

Schon Herbst, dachte er. Vielleicht bekommen wir heute nacht Frost. Obwohl es für Schonen ziemlich früh ist.

Irgendwo in der Nähe fuhr ein Auto. Ihn fröstelte, und er ging wieder hinein. Die Balkontür klemmte. Auf dem Block neben dem Telefon auf dem Küchentisch notierte er sich, daß er am nächsten Tag die Tür reparieren mußte.

Dann ging er ins Wohnzimmer. Einen Augenblick blieb er in der Tür stehen und ließ seinen Blick durch das Zimmer wandern. Weil Sonntag war, hatte er geputzt. Es gab ihm stets ein Gefühl von Zufriedenheit, sich in einem vollkommen sauberen Zimmer zu befinden.

An der einen Schmalseite stand ein Schreibtisch. Er zog den Stuhl vor, knipste die Arbeitslampe an und holte das dicke Logbuch heraus, das er in einer der Schubladen aufbewahrte. Wie üblich begann er damit, das am Abend zuvor Geschriebene durchzulesen.

Samstag, der 4. Oktober 1997. Der Wind war den ganzen Tag böig. Laut Wetterdienst 8–10 Meter pro Sekunde. Wolkenfetzen jagten über den Himmel. Temperatur um sechs Uhr früh sieben Grad. Um zwei Uhr war sie auf acht Grad gestiegen. Am Abend auf fünf gesunken.

Danach hatte er nur noch vier Sätze geschrieben.

Der Weltraum ist heute öde und leer. Keine Nachrichten. C antwortet nicht. Alles ist ruhig.

Er schraubte den Deckel vom Tintenfaß und tauchte die Stahlfeder behutsam ein. Er hatte sie von seinem Vater geerbt, der sie seit seinem ersten Tag als Assistent des Geschäftsführers in einer kleinen Bankfiliale in Tomelilla aufbewahrt hatte. In sein Logbuch schrieb er nie mit einer anderen Feder.

Er schrieb, daß der Wind abgenommen hatte und dann völlig eingeschlafen war. Auf dem Thermometer am Küchenfenster hatte er gesehen, daß die Temperatur drei Grad betrug. Der Himmel war klar. Er notierte außerdem, daß er die Wohnung geputzt und dafür drei Stunden und fünfundzwanzig Minuten gebraucht hatte. Zehn Minuten weniger als am Sonntag davor.

Außerdem hatte er einen Spaziergang zum Sportboothafen gemacht und eine halbe Stunde in der Kirche Sankta Maria gesessen und meditiert.

Er überlegte, bevor er fortfuhr. Dann schrieb er eine weitere Zeile ins Logbuch. *Am Abend kurzer Spaziergang.*

Er drückte das Löschpapier vorsichtig auf das Geschriebene, wischte die Feder ab und schraubte den Deckel des Tintenfasses wieder auf.

Bevor er das Logbuch zuklappte, blickte er auf die alte Schiffsuhr, die neben ihm auf dem Schreibtisch stand. Sie zeigte zwanzig Minuten nach elf.

Er ging in den Flur, zog seine alte Lederjacke an und stieg in ein Paar Gummistiefel. Bevor er die Wohnung verließ, fühlte er nach, ob er die Schlüssel und die Brieftasche eingesteckt hatte.

Als er auf die Straße hinaustrat, blieb er reglos im Schatten stehen und blickte um sich. Es war niemand zu sehen. Das hatte er auch nicht erwartet. Dann fing er an zu gehen. Er bog wie gewöhnlich nach links ab, überquerte die Straße nach Malmö und ging hinunter zu den Kaufhäusern und dem roten Backsteingebäude, in dem das Finanzamt untergebracht war. Er beschleunigte seine Schritte, bis er seinen üblichen ruhigen Abendrhythmus gefunden hatte. Tagsüber ging er schneller, weil er sich anstrengen und ins Schwitzen geraten wollte. Doch die Abendspaziergänge waren etwas anderes. Da versuchte er, die Gedanken des Tages abzuschütteln und sich auf den Schlaf und den kommenden Tag vorzubereiten.

Vor dem Baumarkt führte eine Frau ihren Hund aus. Einen Schäferhund. Er begegnete ihr fast jedesmal, wenn er seinen Abendspaziergang machte. Ein Wagen fuhr in hohem Tempo vorüber. Am Steuer erkannte er einen jungen Mann und hörte Musik, obwohl die Wagenfenster geschlossen waren.

Sie wissen nicht, was sie erwartet, dachte er. Alle diese Jugendlichen, die in ihren Autos herumfahren und so laute Musik hören, daß ihre Ohren in absehbarer Zeit geschädigt sind.

Sie wissen nicht, was sie erwartet. Ebensowenig wie die alleinstehenden Damen, die mit ihren Hunden Gassi gehen.

Der Gedanke belebte ihn. Er dachte an all die Macht, an der er teilhatte. Das Gefühl, einer der Auserwählten zu sein. Die über die Kraft verfügten, alte versteinerte Wahrheiten zu Fall zu bringen und ganz neue und unerwartete zu erschaffen.

Er blieb stehen und schaute zum Sternenhimmel auf.

Nichts ist wirklich faßbar, dachte er. Mein eigenes Leben ebensowenig wie die Tatsache, daß das Licht der Sterne, die ich jetzt sehe, schon eine unendliche Zeitspanne hierher unterwegs gewesen ist. Das einzige, was dem Ganzen eine Spur von Sinn geben kann, ist das, was ich tue. Das Angebot, das ich vor fast zwanzig Jahren bekommen und angenommen habe, ohne zu zögern.

Er ging weiter, jetzt schneller, weil ihn die Gedanken erregten, die sich in seinem Kopf entwickelten. Er merkte, daß er ungeduldig geworden war. Sie hatten so lange gewartet. Endlich näherten sie sich dem Augenblick, wo sie ihre unsichtbaren Visiere herunterklappen und ihre große Flutwelle über die Erde hinwegrollen sehen würden.

Doch noch war der Augenblick nicht gekommen. Noch war die Zeit nicht reif. Ungeduld war eine Schwäche, die er sich nicht erlauben durfte.

Er hielt inne. Er befand sich schon mitten im Villenviertel. Weiter wollte er nicht gehen. Kurz nach Mitternacht wollte er im Bett liegen.

Er machte kehrt und ging langsam zurück. Als er das Finanzamt hinter sich gelassen hatte, entschloß er sich, zum Bankomat an einem der Kaufhäuser hinüberzugehen. Er tastete mit der Hand nach seiner Brieftasche. Er wollte kein Geld abheben. Aber er wollte sich einen Kontoauszug ausdrucken lassen, um sicherzugehen, daß alles seine Ordnung hatte.

Er blieb im Licht vor dem Geldautomaten stehen und zog seine blaue Scheckkarte hervor. Die Frau mit dem Schäferhund war jetzt verschwunden. Aus Richtung Malmö kommend, donnerte ein Laster vorbei. Wahrscheinlich wollte er mit einer der Fähren nach Polen. Dem Lärm nach zu urteilen war der Auspuff defekt.

Er gab seine Geheimnummer ein und drückte anschließend auf die Taste Kontoauszug. Die Karte kam wieder heraus, und er steckte sie zurück in die Brieftasche. Im Innern des Geldautomaten ratterte es. Er lächelte, als er daran dachte, kicherte.

Wenn die Menschen wüßten, dachte er. Wenn die Menschen wüßten, was sie erwartet.

Der weiße Zettel mit dem Kontoauszug wurde durch den Spalt herausgeschoben. Er suchte nach seiner Brille, doch ihm fiel ein, daß sie in dem Jackett steckte, das er getragen hatte, als er zum Sportboothafen gegangen war. Einen Moment lang ärgerte er sich darüber, daß er sie vergessen hatte.

Er suchte die Stelle, wo das Licht der Straßenlaterne am hellsten war, und betrachtete blinzelnd den Kontoauszug.

Die automatische Überweisung vom Freitag war verbucht. Ebenso die Barauszahlung vom Tag zuvor. Sein Guthaben betrug 9765 Kronen. Alles in bester Ordnung.

Was dann geschah, kam ohne jede Vorwarnung.

Ihm war, als habe ein Pferd ihn getreten. Ein ungeheurer Schmerz durchfuhr ihn.

Er fiel vornüber, die Hand krampfte sich um den Zettel mit den Zahlen.

Als sein Kopf auf dem kalten Asphalt aufschlug, erlebte er einen Augenblick der Klarheit.

Sein letzter Gedanke war, daß er nichts begriff.

Dann wurde er von einem Dunkel umschlossen, das von allen Seiten gleichzeitig kam.

Mitternacht war gerade vorüber. Es war Montag, der 6. Oktober 1997.

Ein weiterer Lastzug fuhr auf dem Weg zur Nachtfähre vorüber. Dann war alles wieder still.

2

ALS KURT WALLANDER sich in der Mariagata in Ystad in seinen Wagen setzte, war ihm beklommen zumute. Es war kurz nach acht am Morgen des 6. Oktober 1997. Während er aus der Stadt hinausfuhr, fragte er sich, warum er nicht abgelehnt hatte. Er hegte einen tiefen und intensiven Widerwillen gegen Beerdigungen. Dennoch war er jetzt zu einer solchen unterwegs. Weil er noch viel Zeit hatte, beschloß er, nicht den direkten Weg nach Malmö zu nehmen. Er bog statt dessen auf die Küstenstraße in Richtung Svarte und Trelleborg ab. Zu seiner Linken lag das Meer. Eine Fähre lief gerade ein.

Er dachte, daß dies die vierte Beerdigung in sieben Jahren war. Zuerst war sein Kollege Rydberg an Krebs gestorben. Es war eine langwierige und quälende Krankheitszeit gewesen. Wallander hatte ihn oft im Krankenhaus besucht, in dem er dahinsiechte. Rydbergs Tod war für Wallander ein schwerer Schlag. Es war Rydberg gewesen, der einen Polizisten aus ihm gemacht hatte. Er hatte Wallander gelehrt, die richtigen Fragen zu stellen. Mit Rydbergs Hilfe hatte Wallander sich die schwere Kunst angeeignet, einen Tatort zu interpretieren. Bevor Wallander mit Rydberg zusammenzuarbeiten begann, war er ein äußerst durchschnittlicher Polizist gewesen. Erst viel später, als Rydberg schon lange tot war, hatte Wallander erkannt, daß er selbst nicht nur Beharrlichkeit und Energie besaß, sondern auch gewisse Fähigkeiten. Doch noch immer führte er im stillen Gespräche mit Rydberg, wenn eine komplizierte Ermittlung ihm zu schaffen machte und er nicht wußte, in welche Richtung er sich wenden sollte. Noch immer wurde ihm fast täglich bewußt, wie sehr er Rydberg vermißte.

Dann war plötzlich sein Vater gestorben. Er war in seinem Atelier in Löderup einem Schlaganfall erlegen. Es war jetzt drei Jahre her. Nach wie vor erschien es Wallander unbegreiflich, daß sein Vater nicht mehr dasein sollte, von seinen Gemälden und dem ewigen Geruch nach Terpentin und Ölfarben umgeben. Das Haus in Löderup war nach dem Tod seines Vaters verkauft worden. Wallander war zuweilen vorbeigefahren und hatte gesehen, daß jetzt andere Menschen dort wohnten. Aber er hatte nie angehalten. Dann und wann besuchte er das Grab, fast jedesmal mit einem diffusen Gefühl von schlechtem Gewissen. Er stellte fest, daß die Abstände zwischen den Besuchen von Mal zu Mal größer wurden. Und er merkte, daß es ihm immer schwerer fiel, sich das Gesicht seines Vaters in Erinnerung zu rufen.

Ein Mensch, der tot war, wurde am Ende zu einem Menschen, der nicht existiert hatte.

Dann Svedberg. Sein Kollege, der im Jahr zuvor in seiner eigenen Wohnung brutal ermordet worden war. Damals hatte Wallander darüber nachgedacht, wie wenig er im Grunde von den Menschen wußte, mit denen er zusammenarbeitete. Svedbergs Tod hatte Dinge ans Licht gebracht, von denen er nicht einmal ansatzweise etwas geahnt hatte.

Und jetzt war er auf dem Weg zu seiner vierten Beerdigung, der einzigen, zu der er eigentlich nicht hätte fahren müssen.

Sie hatte am Mittwoch angerufen. Wallander hatte gerade sein Büro verlassen wollen. Es war spät am Nachmittag. Er hatte Kopfschmerzen, nachdem er über einem trostlosen Ermittlungsmaterial gebeugt gesessen hatte, in dem es um die Beschlagnahme von Schmuggelzigaretten aus einem Lastzug ging, der mit einer Fähre gekommen war. Die Spuren hatten ins nördliche Griechenland geführt und sich da verloren. Er hatte mit der griechischen und der deutschen Polizei Informationen ausgetauscht. Aber den Hintermännern waren sie trotzdem nicht nähergekommen. Jetzt wurde ihm klar, daß man den Fahrer, der wahrscheinlich nichts von dem Schmuggelgut in seiner Ladung gewußt hatte, zu ein paar Monaten Gefängnis verurteilen würde. Dramatischer würde es nicht werden. Wallander war sicher, daß täglich Schmuggelzigaretten nach Ystad kamen, und er bezweifelte, daß es ihnen jemals gelingen würde, den Verkehr zu stoppen.

Außerdem war sein Tag dadurch verdorben worden, daß er heftig mit dem Staatsanwalt aneinandergeraten war, der Per Åkeson vertrat. Åkeson war vor einigen Jahren in den Sudan gegangen und schien nicht an eine Rückkehr zu denken. Bei Åkesons Aufbruch und wenn Wallander jetzt die Briefe las, die er regelmäßig bekam, verspürte er ein nagendes Gefühl von Neid. Åkeson hatte etwas gewagt, von dem Wallander nur geträumt hatte. Jetzt wurde er bald fünfzig. Er wußte, auch wenn er es sich selbst nicht richtig eingestehen wollte, daß die großen, wichtigen Entscheidungen in seinem Leben wahrscheinlich hinter ihm lagen. Etwas anderes als Polizist würde er nicht mehr werden. Er konnte bis zu seiner Pensionierung versuchen, ein besserer Ermittler zu werden. Und vielleicht etwas von seinem Können an seine jüngeren Kollegen weiterzugeben. Doch darüber hinaus gab es nichts, was er als Wendepunkt seines Lebens vor sich sehen konnte. Es gab keinen Sudan, der auf ihn wartete.

Er hatte mit der Jacke in der Hand dagestanden, als sie anrief.

Zuerst hatte er nicht gewußt, wer sie war. Dann hatte er erkannt, daß es Stefan Fredmans Mutter war. Gedanken und Erinnerungsbilder rasten ihm durch den Kopf. In wenigen Sekunden hatte er sich die Ereignisse wieder vergegenwärtigt, die jetzt drei Jahre zurücklagen.

Der Junge, der sich als Indianer maskiert und versucht hatte, Rache zu nehmen an den Männern, die seine Schwester in den Wahnsinn getrieben und seinem kleinen Bruder Todesangst eingejagt hatten. Einer der von ihm Getöteten war der eigene Vater gewesen. Wallander hatte sich an das entsetzliche Schlußbild erinnert, als der Junge neben dem Körper seiner toten Schwester kniete und weinte. Von dem, was nachher passiert war, wußte Wallander nicht viel. Außer daß der Junge natürlich nicht im Gefängnis gelandet war, sondern in der geschlossenen Abteilung einer psychiatrischen Anstalt.

Jetzt rief Anette Fredman an, um ihm zu sagen, daß Stefan tot war. Er hatte sich das Leben genommen, indem er sich von dem Gebäude hinabgestürzt hatte, in dem er eingeschlossen gehalten worden war. Wallander hatte ihr sein Beileid ausgesprochen und irgendwo in seinem Inneren eine ganz eigene Trauer verspürt. Vielleicht war es auch nur ein Gefühl von Hoffnungslosigkeit und Verzweiflung. Aber er hatte nicht verstanden, warum sie ihn eigentlich angerufen hatte. Er hatte mit dem Telefonhörer in der Hand dagestanden und versucht, sich ihr Aussehen in Erinnerung zu rufen. Er war ihr zwei- oder dreimal begegnet, in einem Vorort von Malmö, als sie nach Stefan fahndeten und sich an den Gedanken zu gewöhnen versuchten, daß ein Vierzehnjähriger diese brutalen Gewaltverbrechen begangen haben könnte. Wallander erinnerte sich daran, wie scheu sie gewirkt hatte und unter welch starkem Druck sie gestanden haben mußte. Sie hatte etwas Gehetztes an sich gehabt, als fürchtete sie die ganze Zeit, daß das Schlimmste geschehen würde. Was dann ja auch der Fall gewesen war. Wallander erinnerte sich vage, daß er sich gefragt hatte, ob sie süchtig war. Vielleicht trank sie zuviel, oder sie betäubte ihre Ängste mit Tabletten. Außerdem fiel es ihm schwer, sich ihr Gesicht vorzustellen. Die Stimme, die ihm aus dem Hörer entgegenkam, war ihm fremd.

Dann hatte sie ihr Anliegen vorgebracht.

Sie bat ihn, zur Beerdigung zu kommen. Weil fast niemand sonst dabei wäre. Nur sie und Stefans kleiner Bruder Jens waren noch übrig. Wallander war trotz allem ein freundlicher Mann, der es gut mit ihnen gemeint hatte. Er versprach zu kommen. Und bereute es sogleich. Aber da war es schon zu spät. Hinterher hatte er versucht herauszufinden, was mit dem Jungen eigentlich passiert war, nachdem sie ihn gefaßt hatten. Er sprach mit einem Arzt in der psychiatrischen Anstalt, in der Stefan untergebracht worden war. In den Jahren nach der Einweisung war Stefan fast ganz verstummt und hatte alle seine inneren Türen geschlossen. Aber Wallander erfuhr, daß der Junge, der tot auf dem Asphalt gelegen hatte, Kriegsbemalung getragen hatte. Farben und Blut hatten sich zu einer schreckenerregenden Maske vermischt, die vielleicht mehr über die Gesellschaft erzählte, in der Stefan gelebt hatte, als über seine gespaltene Persönlichkeit.

Wallander fuhr langsam. Als er am Morgen den dunklen Anzug angezogen hatte, war er erstaunt, daß die Hose paßte. Er hatte also abgenommen. Seit er vor zwei Jahren erfahren hatte, daß er zuckerkrank war, hatte er seine Eßgewohnheiten geändert, Sport getrieben und auf sein Gewicht geachtet. Anfangs war er im Übereifer mehrmals am Tag auf die Waage gestiegen, bis er sie schließlich wütend fortgeworfen hatte. Wenn er es nicht schaffte, auch ohne ständige Kontrolle abzunehmen, konnte er es ebensogut bleibenlassen.

Doch der Arzt, den er regelmäßig besuchte, hatte nicht nachgegeben, sondern Wallander eindringlich ermahnt, seine nachlässige Lebensweise mit unregelmäßigen und ungesunden Mahlzeiten und ohne die geringste Dosis Bewegung aufzugeben. Schließlich hatte es gewirkt. Wallander hatte sich einen Trainingsanzug und ein Paar Turnschuhe gekauft und angefangen, regelmäßige Spaziergänge zu machen. Als Martinsson vorschlug, gemeinsam joggen zu gehen, hatte Wallander sich jedoch brüsk geweigert. Es gab eine Grenze, und für ihn hörte der Spaß beim Joggen auf. Jetzt hatte er sich eine Runde von einer Stunde zurechtgelegt, die von der Mariagata durch Sandskogen und zurück führte. Mindestens viermal die Woche zwang er sich dazu, sie zu gehen. Seine Besuche bei verschiedenen Fast-Food-Lokalen hatte er auch eingeschränkt. Und sein Arzt hatte einen Fortschritt erkannt. Der Blutzuckerspiegel war gesunken, und Wallander hatte abgenommen. Eines Morgens beim Rasieren hatte er außerdem festgestellt, daß sich sein Aussehen verändert hatte. Seine Wangen waren eingefallen. Es war ihm vorgekommen, als sehe er sein wirkliches Gesicht zurückkehren, nachdem es lange Zeit unter unnötigem Fett und schlechter Haut verborgen gewesen war. Seine Tochter Linda war angenehm überrascht, als sie ihn gesehen hatte. Nur im Polizeipräsidium hatte sich nie jemand dazu geäußert, daß er abgenommen hatte.

Als ob wir einander nie wirklich wahrnähmen, dachte Wallander. Wir arbeiten zusammen. Aber wir sehen einander nicht.

Er fuhr am Strand von Mossby entlang, der jetzt im Herbst verlassen war. Er erinnerte sich an die Zeit vor sechs Jahren, als ein Gummifloß mit zwei toten Männern angetrieben worden war. Er bremste heftig und bog von der Hauptstraße ab. Er hatte noch immer reichlich Zeit. Er stellte den Motor ab und stieg aus. Es war windstill, ein paar Grad über Null. Er knöpfte seinen Mantel zu und folgte einem Pfad, der sich zwischen den Dünen hinschlängelte. Da lag das Meer. Und der leere Strand. Spuren von Menschen und Hunden. Und von Pferdehufen. Er blickte über das Wasser. Ein Zugvogelschwarm war auf dem Weg nach Süden.

Immer noch konnte er sich genau an die Stelle erinnern, an der das Floß angetrieben war. Später hatte die komplizierte Ermittlung Wallander nach Lettland geführt, nach Riga. Und dort war Baiba gewesen. Die Witwe eines ermordeten lettischen Kriminalbeamten, eines Mannes, den er kennen und schätzen gelernt hatte.

Dann waren Baiba und er zusammengewesen. Lange hatte er geglaubt, es könnte etwas daraus werden. Daß sie nach Schweden kommen würde. Einmal hatten sie sich sogar ein Haus in der Nähe von Ystad angesehen. Aber dann hatte sie sich langsam zurückgezogen. Eifersüchtig hatte Wallander sich gefragt, ob sie einen anderen hatte. Einmal war er sogar nach Riga geflogen, ohne sich anzukündigen. Aber es hatte keinen anderen Mann gegeben. Es hatte einfach daran gelegen, daß Baiba sich nicht sicher war, ob sie noch einmal einen Polizeibeamten heiraten wollte und ob sie ihr Heimatland verlassen sollte, in dem sie eine zwar schlechtbezahlte, aber befriedigende Arbeit als Übersetzerin hatte. Dann war es zu Ende gegangen.

Wallander wanderte am Strand entlang und dachte, daß es jetzt mehr als ein Jahr her war, seit er zuletzt mit ihr gesprochen hatte. Immer noch tauchte sie zuweilen in seinen Träumen auf. Aber es gelang ihm nie, sie zu greifen. Wenn er ihr entgegenging oder seine Hand nach ihr ausstreckte, war sie immer schon wieder verschwunden. Er fragte sich, ob er sie eigentlich vermißte. Seine Eifersucht hatte sich gelegt. Jetzt konnte er sie sich in der Nähe eines anderen Mannes vorstellen, ohne daß es ihm einen Stich versetzte.

Es ist die verlorene Gemeinsamkeit, dachte er. Mit Baiba blieb mir die Einsamkeit erspart, die mir vorher nicht bewußt gewesen war. Wenn ich sie vermisse, dann vermisse ich in Wahrheit die Gemeinsamkeit.

Er ging zum Auto zurück. Vor verlassenen Stränden sollte er sich hüten. Besonders im Herbst. Sie konnten leicht eine große und schwere Düsterkeit in ihm auslösen.

Einmal hatte er an der nördlichsten Spitze von Jütland einen einsamen Polizeibezirk nur für sich allein eingerichtet. Es war in einer Periode seines Lebens gewesen, in der er wegen anhaltender

Depressionen krankgeschrieben war und nie geglaubt hatte, daß er noch einmal ins Polizeipräsidium von Ystad zurückkehren würde. Jahre waren seitdem vergangen, aber er erinnerte sich noch immer mit Grausen daran, wie er sich damals gefühlt hatte. So etwas wollte er nicht noch einmal erleben. Es war eine Landschaft, die nur seine Ängste wachrief.

Er setzte sich wieder in seinen Wagen und fuhr weiter in Richtung Malmö. Um ihn her war tiefer Herbst. Er fragte sich, wie der Winter würde. Ob schwere Schneefälle und Wind für Chaos sorgen würden. Oder ob es regnerisch werden würde. Er überlegte auch, was er mit der Urlaubswoche anfangen sollte, die er im November nehmen mußte. Er hatte seine Tochter Linda gefragt, ob sie eine Charterreise in die Sonne machen sollten. Er wolle sie gern einladen. Aber Linda, die in Stockholm lebte und studierte – was, wußte er nicht so genau –, hatte gesagt, sie könne nicht fort. Selbst wenn sie wollte. Er hatte daraufhin überlegt, mit wem sonst er verreisen könnte. Aber es gab niemanden. Er hatte so gut wie keine Freunde. Von Sten Widén einmal abgesehen. Sten besaß einen Reiterhof nicht weit von Skurup. Aber Wallander bezweifelte, ob er wirklich Lust hatte, mit Widén zu verreisen. Nicht zuletzt wegen dessen Alkoholproblem. Er trank ständig, während Wallander – von seinem Arzt streng dazu angehalten – seinen früher allzu bedenkenlosen Alkoholkonsum eingeschränkt hatte. Er konnte natürlich Gertrud fragen, die Witwe seines Vaters. Aber es fiel ihm schwer, sich vorzustellen, worüber er eine ganze Woche mit ihr reden sollte.

Sonst gab es niemanden.

Also würde er zu Hause bleiben. Für das Geld würde er statt dessen einen anderen Wagen kaufen. Sein Peugeot begann Schwächen zu zeigen. Als er jetzt in Richtung Malmö fuhr, hörte er ein hartnäckiges ungutes Geräusch vom Motor.

Um kurz nach zehn war er im Malmöer Vorort Rosengård. Die Beerdigung war für elf Uhr angesetzt. Die Kirche war ein Neubau. Ein paar Jungen schossen direkt daneben mit einem Fußball gegen eine Mauer. Er blieb im Wagen sitzen und sah ihnen zu. Es waren sieben. Drei von ihnen waren schwarz. Drei andere sahen auch aus, als stammten sie aus Einwandererfamilien. Dann war da noch einer mit Sommersprossen und hellen üppigen Haaren. Die Jungen spielten mit großer Energie und unter viel Gelächter. Für einen kurzen Augenblick spürte Wallander heftige Lust mitzumachen. Aber er blieb sitzen. Ein Mann kam aus der Kirche und steckte sich eine Zigarette an.

Wallander stieg aus und trat zu dem rauchenden Mann. »Findet hier die Beerdigung von Stefan Fredman statt?« fragte er.

Der Mann nickte. »Sind Sie ein Verwandter?«

»Nein.«

»Wir rechnen nicht damit, daß viele kommen«, sagte der Mann. »Ich nehme an, Sie wissen, was er angerichtet hat.«

»Ja«, sagte Wallander. »Ich weiß.«

Der Mann betrachtete seine Zigarette.

»Für so einen ist es bestimmt das beste, wenn er tot ist.«

Wallander war empört. »Stefan war noch nicht einmal achtzehn. Für einen so jungen Menschen ist es nie das beste, tot zu sein.«

Wallander merkte, daß er gebrüllt hatte. Der rauchende Mann sah ihn verwundert an. Wallander schüttelte wütend den Kopf und wandte sich um: In diesem Moment fuhr der schwarze Leichenwagen vor der Kirche vor. Der braune Sarg mit einem einsamen Kranz wurde herausgehoben.

Auf einmal wurde ihm klar, daß er Blumen hätte mitbringen sollen. Er ging zu den fußballspielenden Jungen. »Weiß einer von euch, ob es hier in der Nähe ein Blumengeschäft gibt?«

Einer der Jungen zeigte in eine Richtung.

Wallander zog seine Brieftasche heraus und suchte nach einem Hunderter. »Lauf hin und kauf einen Blumenstrauß«, sagte er. »Rosen. Und beeil dich. Du kriegst einen Zehner.«

Der Junge sah ihn fragend an. Aber er nahm das Geld.

»Ich bin Polizist«, sagte Wallander. »Ein gefährlicher Polizist. Wenn du mit dem Geld abhaust, kriege ich dich auf jeden Fall.«

Der Junge schüttelte den Kopf. »Du hast ja keine Uniform«, sagte er in gebrochenem Schwedisch. »Außerdem siehst du nicht aus wie ein Polizist. Jedenfalls nicht wie einer, der gefährlich ist.«

Wallander holte seinen Ausweis heraus. Der Junge musterte ihn eine Weile. Dann nickte er und machte sich auf den Weg. Die anderen spielten weiter.

Vielleicht kommt er trotzdem nicht zurück, dachte Wallander finster. Es ist lange her, daß Respekt vor einem Polizisten hierzulande eine Selbstverständlichkeit war.

Aber der Junge kam mit Rosen zurück. Wallander gab ihm zwanzig Kronen. Zehn, weil er sie ihm versprochen hatte, und zehn dazu, weil der Junge wirklich zurückgekommen war. Es war natürlich viel zuviel. Kurz darauf hielt ein Taxi vor der Kirche. Er erkannte Stefans Mutter. Sie war gealtert und so mager, daß sie fast ausgemergelt wirkte. Neben ihr stand der Junge, der Jens hieß und ungefähr sieben Jahre alt war. Er war seinem Bruder sehr ähnlich. Seine Augen waren groß und weit aufgerissen. Die Angst von damals stand noch immer darin. Wallander trat zu ihnen und begrüßte sie.

»Es sind nur wir«, sagte sie. »Und der Pastor.«

Es wird ja wohl auf jeden Fall ein Kantor da sein, der Orgel spielt, dachte Wallander. Aber er sagte nichts.

Sie gingen in die Kirche. Der Pastor war jung, er saß zeitunglesend auf einem Stuhl direkt neben dem Sarg. Wallander spürte, wie Anette Fredman plötzlich seinen Arm packte.

Er verstand sie.

Der Pastor steckte die Zeitung weg. Sie nahmen rechts vom Sarg Platz. Sie hielt seinen Arm noch immer fest.

Zuerst hat sie ihren Mann verloren, dachte Wallander. Björn Fredman war ein widerwärtiger und brutaler Mensch, der sie schlug und seine Kinder in Todesangst versetzte. Aber er war trotz allem der Vater ihrer Kinder. Dann wird er von seinem eigenen Sohn getötet. Anschließend stirbt ihre Älteste, Louise. Und jetzt sitzt sie hier, um ihren Sohn zu begraben. Was bleibt ihr noch? Ein halbes Leben? Wenn überhaupt?

Jemand kam in die Kirche. Anette Fredman schien es nicht zu hören. Vielleicht konzentrierte sie sich so darauf, die Situation durchzustehen. Eine Frau kam den Mittelgang entlang. Sie war in Wallanders Alter. Jetzt hatte auch Anette Fredman sie bemerkt. Sie nickte. Die Frau setzte sich ein paar Bänke hinter ihnen.

»Sie ist Ärztin«, sagte Anette Fredman. »Sie heißt Agneta Malmström. Sie hat Jens einmal behandelt.«

Wallander kam der Name bekannt vor. Aber es dauerte eine Weile, bis ihm einfiel, daß Agneta Malmström und ihr Mann es waren, die ihm einen der wichtigsten Hinweise in der damaligen Ermittlung gegeben hatten. Er erinnerte sich, daß er eines Nachts über Radio Stockholm mit ihr gesprochen hatte. Sie hatte sich auf einem Segelboot auf hoher See irgendwo bei Landsort befunden.

Orgelmusik strömte durch das Kircheninnere. Fing nicht eine Beerdigung immer mit Glockenläuten an? Er ließ den Gedanken fallen, als er spürte, wie ihr Griff um seinen Arm fester wurde. Er warf einen Blick auf den Jungen, der auf der anderen Seite von Anette Fredman saß. War es richtig, einen Siebenjährigen mit auf eine Beerdigung zu nehmen? Wallander war sich nicht sicher. Aber der Junge machte einen gefaßten Eindruck.

Die Musik verklang. Der Pastor begann zu sprechen. Sein Ausgangspunkt waren Jesu Worte von den Allerjüngsten, die zu ihm kommen sollten. Wallander saß da und blickte auf den Sarg, versuchte die Blumen im Kranz zu zählen, um den Kloß im Hals loszuwerden.

Die Feier war kurz. Anschließend traten sie an den Sarg. Anette Fredman atmete schwer, als quäle sie sich über die letzten Meter eines bergan steigenden Dauerlaufs. Agneta Malmström hatte sich ihnen angeschlossen. Wallander wandte sich dem Pastor zu, der ungeduldig wirkte.

»Glockenläuten«, sagte Wallander grimmig. »Wenn wir hinausgehen, sollen Glocken läuten. Und am liebsten keine Glocken vom Tonband.«

Der Pastor nickte widerwillig. Wallander schoß der Gedanke durch den Kopf, was wohl passiert wäre, wenn er seinen Polizeiausweis gezogen hätte. Anette Fredman und Jens traten als erste aus der Kirche. Wallander begrüßte Agneta Malmström.

»Ich habe Sie erkannt«, sagte sie. »Wir sind uns zwar nie begegnet, aber Sie waren ein paarmal in der Zeitung.«

»Frau Fredman hat mich gebeten, dabeizusein. Hat sie Sie auch angerufen?«

»Nein. Ich wollte sowieso kommen.«

»Und wie wird es jetzt weitergehen?«

Agneta Malmström schüttelte langsam den Kopf. »Ich weiß es

nicht. Sie trinkt viel zuviel. Wie es mit Jens weitergehen soll, weiß ich auch nicht.«

Sie waren während des leise geführten Gesprächs in den Kirchenvorraum gelangt, wo Anette Fredman und Jens warteten. Die Glocken läuteten. Wallander öffnete die Tür. Er warf einen Blick auf den Sarg im Hintergrund. Die Männer des Beerdigungsinstituts hatten ihn schon aufgenommen und trugen ihn hinaus.

Plötzlich zuckte ein Blitzlicht auf. Vor der Kirche stand ein Fotograf. Anette Fredman versuchte, ihr Gesicht zu verdecken. Der Fotograf beugte sich vor und richtete die Kamera auf das Gesicht des Jungen. Wallander versuchte, sich vor ihn zu stellen, doch der Fotograf war schneller. Er machte sein Bild.

»Könnt ihr uns nicht in Ruhe lassen?« schrie Anette Fredman.

Der Junge begann sofort zu weinen. Wallander packte den Fotografen am Arm und zog ihn zur Seite.

»Was soll denn das?« fuhr er ihn an.

»Das kann Ihnen doch scheißegal sein«, erwiderte der Fotograf. Er war in Wallanders Alter und hatte schlechten Atem.

»Ich mache die Bilder, die ich will«, fuhr er fort. »Die Beerdigung des Serienmörders Stefan Fredman. Die Bilder verkaufen sich. Leider bin ich zu spät zur Trauerfeier gekommen.«

Wallander war im Begriff, seinen Polizeiausweis zu zücken. Doch dann überlegte er es sich anders und riß mit einem einzigen Ruck die Kamera an sich. Der Fotograf versuchte, sie ihm wieder abzunehmen. Aber Wallander hielt ihn sich vom Leib. Es gelang ihm, die Kamera zu öffnen und den Film herauszunehmen. »Es gibt schließlich Grenzen«, sagte er und gab die Kamera zurück.

Der Fotograf starrte ihn an. Dann holte er sein Handy aus der Tasche. »Ich rufe die Polizei«, sagte er. »Das war eine Tätlichkeit.«

»Tun Sie das«, erwiderte Wallander. »Tun Sie das. Ich bin Kriminalbeamter und heiße Kurt Wallander. Ich arbeite in Ystad. Rufen Sie ruhig die Kollegen in Malmö an und erstatten Sie Anzeige gegen mich.«

Wallander warf den Film auf den Boden und zertrampelte ihn. Im gleichen Augenblick hörten die Glocken auf zu läuten.

Wallander war der Schweiß ausgebrochen. Anette Fredmans flehentliches Rufen, daß man sie in Ruhe lassen solle, hallte in seinem Kopf nach. Der Fotograf starrte auf seinen zertretenen Film. Die Jungen spielten ungerührt Fußball.

Schon bei ihrem Anruf hatte Frau Fredman gefragt, ob Wallander nach der Beerdigung auf eine Tasse Kaffee zu ihr nach Hause kommen wolle. Er hatte es nicht über sich gebracht, nein zu sagen.

»Es kommen keine Bilder in der Zeitung«, sagte er.

»Warum können sie uns nicht in Ruhe lassen?«

Wallander hatte keine Antwort.

Die Wohnung im dritten Stock des stark heruntergekommenen Mietshauses war noch so, wie er sie in Erinnerung hatte. Agneta Malmström war auch mitgekommen. Schweigend warteten sie darauf, daß der Kaffee fertig wurde. Wallander meinte, in der Küche eine Flasche klirren zu hören.

Der Junge saß auf dem Fußboden und spielte stumm mit einem Auto. Wallander spürte, daß Agneta Malmström die gleiche Beklemmung empfand wie er. Aber es gab nichts zu sagen.

Sie saßen da mit ihren Kaffeetassen. Anette Fredmans Augen glänzten. Agneta Malmström erkundigte sich, wie sie finanziell zurechtkäme, da sie arbeitslos war.

Anette Fredman antwortete einsilbig. »Es geht. Irgendwie geht es. Immer ein Tag nach dem anderen.«

Das Gespräch verebbte. Wallander blickte zur Uhr. Es war kurz vor eins. Er stand auf und reichte Frau Fredman die Hand. Im gleichen Augenblick fing sie an zu weinen. Wallander fühlte sich hilflos.

»Ich bleibe noch eine Weile«, meinte Agneta Malmström. »Gehen Sie nur.«

»Ich werde versuchen, bei Gelegenheit einmal anzurufen«, sagte Wallander. Dann tätschelte er dem Jungen etwas linkisch den Kopf und ging.

Im Auto blieb er zunächst eine Weile sitzen, bevor er den Motor anließ. Er dachte an den Fotografen, der davon ausgegangen war, seine Bilder von der Beerdigung des toten Serienmörders verkaufen zu können.

Er fuhr durch den schonischen Herbst nach Ystad zurück.

Die Ereignisse des Vormittags bedrückten ihn.

Um kurz nach zwei parkte er seinen Wagen und betrat das Polizeipräsidium.

Es war windig geworden. Der Wind kam aus Osten. Eine Wolkendecke zog langsam über die Küste heran.

3

ALS WALLANDER IN SEIN ZIMMER KAM, hatte er Kopfschmerzen. Er suchte in seinen Schreibtischschubladen nach Tabletten. Draußen auf dem Korridor ging Hansson pfeifend vorbei. In der hintersten Ecke der untersten Schublade fand er schließlich eine zerknüllte Packung Dispril. Er ging zum Eßraum und holte sich ein Glas Wasser und eine Tasse Kaffee. Einige der neuen jungen Polizisten, die in den letzten Jahren nach Ystad gekommen waren, saßen an einem Tisch und unterhielten sich lautstark. Wallander nickte und grüßte. Er hörte, daß es um ihre Zeit an der Polizeihochschule ging. Er kehrte in sein Zimmer zurück und saß danach untätig da und starrte das Wasserglas an, in dem sich die beiden Tabletten langsam auflösten.

Er dachte an Anette Fredman. Versuchte sich vorzustellen, wie der Junge, der stumm spielend auf dem Fußboden in der Wohnung in Rosengård gesessen hatte, in Zukunft zurechtkommen würde. Es war, als habe er sich vor der Welt versteckt. Mit der Erinnerung an einen toten Vater und zwei tote Geschwister.

Wallander leerte das Glas und hatte den Eindruck, daß die Kopfschmerzen unmittelbar nachließen. Auf dem Tisch vor ihm lag eine Mappe mit der Aufschrift »Brandeilig« auf einem roten Klebezettel, die Martinsson ihm hingelegt hatte. Wallander wußte, was darin war. Sie hatten vor dem Wochenende darüber gesprochen. Eine Geschichte, die sich in der Nacht von Dienstag auf Mittwoch in der letzten Woche ereignet hatte. Wallander war zu diesem Zeitpunkt in Hässleholm; Lisa Holgersson hatte ihn auf ein Seminar geschickt, auf dem die Reichspolizeibehörde neue Richtlinien für die Koordinierung der Kontrolle und Überwachung verschiedener Motorradgangs vorstellen wollte. Wallander hatte sie gebeten, ihn zu verschonen, aber Lisa Holgersson hatte nicht nachgegeben. Er und kein anderer sollte fahren. Eine der Gangs hatte außerhalb von Ystad schon einen abgeteilten Hof gekauft. Sie mußten damit rechnen, in Zukunft mit ihnen Probleme zu bekommen.

Wallander entschied sich mit einem Seufzer, wieder an die Arbeit zu gehen. Er schlug die Mappe auf, las den Inhalt und konnte anschließend konstatieren, daß Martinsson einen klaren und übersichtlichen Bericht über den Vorfall verfaßt hatte. Wallander lehnte sich zurück und dachte über das Gelesene nach.

Zwei Mädchen, die eine neunzehn, die andere nicht älter als vierzehn, hatten kurz nach zehn Uhr am Dienstagabend von einem Restaurant im Zentrum aus ein Taxi bestellt. Als Fahrtziel hatten sie Rydsgård angegeben. Eins der Mädchen hatte neben dem Fahrer gesessen. Am Stadtrand von Ystad hatte sie ihn gebeten anzuhalten, weil sie sich auf die Rückbank setzen wolle. Das Taxi hatte am Straßenrand angehalten. Das Mädchen im Fond hatte in diesem Moment einen Hammer hervorgeholt und dem Fahrer damit auf den Kopf geschlagen. Gleichzeitig hatte das Mädchen auf dem Beifahrersitz ein Messer gezogen und ihm in die Brust gestoßen. Dann hatten sie dem Fahrer die Brieftasche und das Handy abgenommen und das Auto verlassen. Der Taxifahrer hatte trotz seiner Verletzungen Alarm auslösen können. Er hieß Johan Lundberg, war etwas über sechzig Jahre alt und zeit seines Berufslebens Taxi gefahren. Er hatte eine gute Beschreibung der beiden Mädchen gegeben. Martinsson, der ausgerückt war, hatte ohne Schwierigkeiten durch Befragen verschiedener Gäste ihre Namen erfahren. Beide Mädchen waren bei sich zu Hause festgenommen worden. Die Neunzehnjährige kam in Untersuchungshaft. Wegen der Schwere des Verbrechens hatte man entschieden, auch die Vierzehnjährige dazubehalten. Johan Lundberg war bei Bewußtsein, als er ins Krankenhaus eingeliefert wurde. Aber dort hatte sich sein Zustand plötzlich verschlechtert. Jetzt war er ohne Bewußtsein, und die Ärzte waren sich nicht sicher, ob er durchkommen würde. Martinsson zufolge hatten die beiden Mädchen als Grund für den Überfall angegeben, sie hätten »Geld gebraucht«.

Das jüngere Mädchen ging noch zur Schule und hatte ausgezeichnete Noten. Die ältere hatte früher in der Rezeption eines Hotels gearbeitet und war als Au pair in London gewesen. Keine von beiden hatte zuvor mit der Polizei oder den Sozialbehörden zu tun gehabt.

Ich begreife es nicht, dachte Wallander. Diese Mißachtung von Menschenleben. Sie hätten den Taxifahrer töten können. Vielleicht haben sie es sogar getan, wenn er jetzt im Krankenhaus sterben sollte. Zwei Mädchen. Wären es Jungen gewesen, könnte ich es vielleicht verstehen. Und sei es nur aus alter Gewohnheit.

Ein Klopfen unterbrach ihn in seinen Gedanken. Ann-Britt Höglund stand in der offenen Tür. Sie sah wie gewöhnlich blaß und müde aus. Wallander dachte an die Veränderung, die sie durchgemacht hatte, seit sie nach Ystad gekommen war. Sie war eine der Besten ihres Jahrgangs auf der Polizeihochschule gewesen und hatte ihre Stelle in Ystad voller Energie und mit großem Ehrgeiz angetreten. Jetzt hatte sie noch ihren Willen. Aber sie war verändert. Ihre Blässe kam von innen.

»Störe ich?« fragte sie.

»Nein.«

Sie setzte sich vorsichtig auf Wallanders wackligen Besucherstuhl.

Wallander zeigte auf die aufgeschlagene Mappe. »Was sagst du dazu?«

»Sind das die Taximädchen?«

»Ja.«

»Ich habe mit der, die in Haft sitzt, gesprochen. Sonja Hökberg. Klar und aufgeweckt. Beantwortet alle Fragen deutlich und präzise. Und scheint keinerlei Reue zu empfinden. Das zweite Mädchen ist seit gestern in der Obhut der Sozialbehörde.«

»Verstehst du das Ganze?«

Ann-Britt Höglund schwieg eine Weile, bevor sie antwortete. »Ja und nein. Daß die Gewalt in immer jüngeren Altersgruppen um sich greift, wissen wir.«

»Ich kann mich nicht erinnern, jemals von zwei Mädchen in dem Alter gehört zu haben, die bei einem Überfall mit Hammer und Messer vorgegangen sind. Waren sie betrunken?«

»Nein. Aber es fragt sich, ob man sich wirklich darüber wundern soll. Ob man nicht hätte wissen können, daß so etwas früher oder später passiert.«

Wallander lehnte sich über den Tisch vor. »Das mußt du mir erklären.«

»Ich weiß nicht, ob ich das kann.«

»Versuch es!«

»Frauen werden auf dem Arbeitsmarkt nicht mehr gebraucht. Die Zeiten sind vorbei.«

»Das erklärt doch nicht, weshalb junge Mädchen mit Hammer und Messer auf einen Taxifahrer losgehen.«

»Also muß es andere Gründe geben, man muß nur danach suchen. Wir glauben beide nicht, daß es Menschen gibt, denen das Böse angeboren ist.«

Wallander schüttelte den Kopf. »Ich versuche auf jeden Fall, es nicht zu glauben, auch wenn es einem ab und zu schwerfällt.«

»Es reicht, wenn man die Zeitschriften anschaut, die Mädchen in diesem Alter lesen. Jetzt dreht sich wieder alles um Schönheit. Sonst zählt nichts. Darum, wie man sich einen Freund angelt und sein Leben durch dessen Träume verwirklicht.«

»War das denn nicht immer so?«

»Nein. Sieh dir doch deine Tochter an. Hat sie nicht ihre eigenen Vorstellungen davon, was sie aus ihrem Leben machen will?«

Wallander wußte, daß sie recht hatte. Dennoch schüttelte er den Kopf. »Ich verstehe noch immer nicht, warum sie Lundberg überfallen haben.«

»Das solltest du aber. Wenn diese Mädchen langsam anfangen zu durchschauen, was passiert. Daß sie nicht nur nicht gebraucht werden, sondern sogar unerwünscht sind. Dann reagieren sie. Genau wie die Jungen. Unter anderem mit Gewalt.«

Wallander schwieg. Er verstand jetzt, was Ann-Britt Höglund sagen wollte.

»Ich glaube nicht, daß ich es besser erklären kann«, sagte sie. »Willst du nicht selbst mit ihr reden?«

»Martinsson meinte das auch.«

»Eigentlich bin ich wegen etwas ganz anderem gekommen. Ich brauche deine Hilfe.«

Wallander wartete auf die Fortsetzung.

»Ich habe versprochen, hier in Ystad in einer Frauenvereinigung einen Vortrag zu halten. Donnerstag abend. Aber ich merke, daß ich es nicht schaffe. Ich kann mich nicht konzentrieren. Es passiert zuviel.«

Wallander wußte, daß sie mitten in einer aufreibenden Scheidung steckte. Ihr Mann war nie da, weil er als Monteur ständig durch die Welt reiste. So zog sich das Ganze noch zusätzlich in die Länge. Schon im Vorjahr hatte sie Wallander erzählt, daß ihre Ehe zu Ende ginge.

»Kannst du nicht Martinsson fragen?« sagte Wallander abwehrend. »Du weißt, daß ich keine Vorträge halten kann.«

»Du brauchst nur eine halbe Stunde zu reden«, sagte sie. »Darüber, wie es ist, Polizist zu sein. Dreißig Frauen. Sie werden dich lieben.«

Wallander schüttelte entschieden den Kopf. »Martinsson würde es liebend gern tun. Außerdem ist er in der Politik gewesen. Er ist daran gewöhnt zu reden.«

»Ich habe ihn gefragt. Er kann nicht.«

»Und Lisa Holgersson?«

»Das gleiche.«

»Was ist mit Hansson?«

»Der fängt nach ein paar Minuten an, über Pferde zu reden. Das geht nicht.«

Wallander wurde klar, daß er nicht ablehnen konnte. Er mußte ihr helfen. »Was ist das denn für eine Frauenvereinigung?«

»Es handelt sich um eine Art literarischen Studienzirkel, der sich zu einer Vereinigung ausgewachsen hat. Sie treffen sich seit mehr als zehn Jahren.«

»Und ich soll darüber sprechen, wie es ist, Polizist zu sein?«

»Sonst nichts. Und dann haben sie vielleicht ein paar Fragen.«

»Nicht daß ich Lust dazu hätte. Aber ich mache es, weil du es bist.«

Sie wirkte erleichtert und legte einen Zettel auf seinen Tisch. »Hier sind Name und Adresse der Kontaktperson.«

Wallander nahm den Zettel an sich. Die Adresse war die eines Hauses im Zentrum. Nicht weit entfernt von der Mariagata.

Sie stand auf. »Du kriegst kein Geld. Aber Kaffee und Kuchen.«

»Ich esse keinen Kuchen.«

»Auf jeden Fall ist es ganz im Sinne des Reichspolizeichefs, der wünscht, daß wir uns gutstellen mit der Allgemeinheit. Und ständig neue Wege suchen, um über unsere Arbeit zu informieren.«

Wallander wollte sie fragen, wie es ihr ginge. Aber er ließ es. Wenn sie über ihre Probleme sprechen wollte, konnte sie selbst damit anfangen.

In der Tür wandte sie sich um. »Wolltest du nicht zu Stefan Fredmans Beerdigung?«

»Ich war da. Und es war genauso grauenhaft, wie zu erwarten war.«

»Wie ging es der Mutter? Ich weiß nicht mehr, wie sie hieß.«

»Anette. Ihr scheint wirklich nichts erspart zu bleiben. Aber ich glaube, sie sorgt gut für den Jungen, der ihr noch geblieben ist. Zumindest versucht sie es.«

»Wir werden ja sehen.«

»Wie meinst du das?«

»Wie heißt der Junge?«

»Jens.«

»Wir werden sehen, ob eine Person namens Jens Fredman in zehn Jahren in den Polizeiberichten auftaucht.«

Ann-Britt Höglund verließ das Zimmer. Der Kaffee war kalt geworden. Wallander holte neuen. Die jungen Kollegen waren verschwunden. Wallander ging den Flur hinunter zu Martinssons Zimmer. Die Tür stand sperrangelweit offen, aber der Raum war leer. Wallander kehrte in sein eigenes Zimmer zurück. Seine Kopfschmerzen waren nicht wiedergekommen. Ein paar Dohlen krächzten am Wasserturm. Er versuchte vergebens, sie zu zählen.

Das Telefon klingelte, und er nahm ab, ohne sich zu setzen. Es war die Buchhandlung. Das Buch, das er bestellt habe, sei gekommen. Wallander konnte sich nicht erinnern, ein Buch bestellt zu haben. Aber er sagte nichts. Er versprach, es am nächsten Tag abzuholen.

Als er aufgelegt hatte, fiel es ihm ein. Es sollte ein Geschenk für Linda sein. Ein französisches Buch über die Restaurierung alter Möbel. Wallander hatte im Wartezimmer seines Arztes in einer Illustrierten etwas darüber gelesen. Er glaubte immer noch, daß

Linda, trotz ihrer sonderbaren Ausflüge in andere Berufsbereiche, an ihrem Interesse für alte Möbel festhalten würde. Er hatte das Buch bestellt und es dann vergessen. Er beschloß, Linda noch am gleichen Abend anzurufen. Es war mehrere Wochen her, seit sie zuletzt miteinander gesprochen hatten.

Martinsson kam ins Zimmer. Er hatte es immer eilig und klopfte selten an. Wallander war im Laufe der Jahre zu der festen Überzeugung gelangt, daß Martinsson ein guter Polizist war. Seine Schwäche war, daß seine Interessen eigentlich woanders lagen. Bei mehreren Gelegenheiten in den letzten Jahren hatte er ernsthaft ans Aufhören gedacht. Vor allem als seine Tochter vor einiger Zeit auf dem Schulhof mißhandelt worden war, nur weil ihr Vater Polizist war. Aus keinem anderen Grund. Damals hatte Wallander ihn zum Weitermachen überreden können. Martinsson war hartnäckig und ließ dann und wann auch einen gewissen Scharfsinn erkennen. Aber seine Hartnäckigkeit konnte sich in Ungeduld verwandeln, und sein Scharfsinn kam nicht zur Geltung, weil er zuweilen in der Grundlagenarbeit pfuschte.

Martinsson lehnte sich an den Türrahmen. »Ich habe versucht, dich anzurufen, aber du hattest dein Handy nicht eingeschaltet.«

»Ich war in der Kirche«, entgegnete Wallander. »Und anschließend habe ich es vergessen.«

»Auf Stefans Beerdigung?«

Wallander wiederholte, was er zu Ann-Britt Höglund gesagt hatte. Daß es grauenhaft gewesen war.

Martinsson machte eine Kopfbewegung zu der Mappe, die aufgeschlagen auf dem Schreibtisch lag.

»Ich habe es gelesen«, sagte Wallander. »Und ich begreife nicht, was diese Mädchen dazu gebracht hat, mit einem Hammer zuzuschlagen und mit einem Messer zuzustechen.«

»Es steht da«, erwiderte Martinsson. »Sie waren auf Geld aus.«

»Aber die Brutalität? Wie geht es ihm denn?«

»Lundberg?«

»Wem denn sonst?«

»Er ist immer noch bewußtlos. Sie haben versprochen anzurufen, wenn eine Änderung eintritt. Entweder kommt er durch. Oder er stirbt.«

»Verstehst du das Ganze?«

Martinsson setzte sich auf den Besucherstuhl. »Nein, ich verstehe es nicht. Und ich bin mir auch nicht sicher, ob ich es wirklich verstehen will.«

»Das müssen wir. Wenn wir weiter Polizisten sein wollen.«

Martinsson sah Wallander an.

»Du weißt, daß ich schon oft daran gedacht habe aufzuhören. Beim letzten Mal hast du es geschafft, mich zu überreden. Aber beim nächsten Mal weiß ich nicht. Es wird auf jeden Fall nicht mehr so einfach sein.«

Martinsson mochte durchaus recht haben. Das beunruhigte Wallander, der ihn als Kollegen nicht verlieren wollte. Ebensowenig wie er wollte, daß Ann-Britt Höglund eines Tages käme und ihm mitteilte, sie wolle aufhören.

»Wir sollten vielleicht noch einmal mit dem Mädchen reden«, sagte Wallander. »Mit Sonja Hökberg.«

»Ich habe erst noch etwas anderes.«

Wallander war aufgestanden, setzte sich aber wieder. Martinsson hatte ein paar Papiere in der Hand. »Ich möchte, daß du dir dies einmal durchliest. Es ist letzte Nacht passiert. Ich bin hingefahren. Ich sah keine Veranlassung, dich zu wecken.«

»Was ist denn passiert?«

Martinsson kratzte sich die Stirn. »Gegen ein Uhr alarmierte uns ein Wachmann, an einem Geldautomaten oben bei den Kaufhäusern läge ein toter Mann.«

»Bei welchen Kaufhäusern?«

»Wo das Finanzamt liegt.«

Wallander nickte.

»Wir fuhren hin. Dalag tatsächlich ein Mann auf dem Asphalt. Dem Arzt zufolge war er noch nicht lange tot. Höchstens zwei Stunden. Wir bekommen natürlich in ein paar Tagen Bescheid.«

»Was war passiert?«

»Genau das war die Frage. Er hatte eine große Wunde am Kopf. Aber war er geschlagen worden, oder hatte er sich die Wunde zugezogen, als er auf den Asphalt fiel? Das konnten wir nicht gleich entscheiden.«

»War er beraubt worden?«

»Seine Brieftasche war noch da. Mit Geld.«

Wallander überlegte. »Gab es Zeugen?«

»Nein.«

»Und wer ist der Tote?«

Martinsson blätterte in seinen Papieren. »Er hieß Tynnes Falk. Siebenundvierzig Jahre alt. Er wohnte ganz in der Nähe. Apelbergsgatan 10. Eine Mietwohnung im obersten Stock.«

Wallander hob die Hand und unterbrach Martinsson. »Apelbergsgatan 10?«

»Ja.«

Wallander nickte langsam. Er erinnerte sich daran, daß er vor einigen Jahren, unmittelbar nach der Scheidung von Mona, an einem Tanzabend in Saltsjöbadens Hotel eine Frau getroffen hatte. Er war ziemlich betrunken gewesen. Er war mit ihr nach Hause gegangen und am nächsten Morgen im Bett neben einer schlafenden Frau aufgewacht, die, er in nüchternem Zustand kaum wiedererkannte. Geschweige denn, daß er ihren Namen wußte. Er hatte sich in aller Eile angezogen und war weggegangen und hatte sie nie wiedergetroffen. Aber aus irgendeinem Grund war er sicher, daß es das Haus Apelbergsgatan 10 gewesen war.

»Ist was Besonderes mit der Adresse?« wollte Martinsson wissen.

»Ich habe nur nicht genau gehört, was du gesagt hast.«

Martinsson schaute ihn verwundert an. »Spreche ich so undeutlich?«

»Mach jetzt weiter.«

»Er war alleinstehend. Geschieden. Seine Exfrau wohnt noch in der Stadt. Aber die Kinder sind über das ganze Land verstreut. Ein Junge von neunzehn studiert in Stockholm. Das Mädchen ist Siebzehn und arbeitet als Kindermädchen in einer Botschaft in Paris. Wir haben die Frau natürlich davon unterrichtet, daß der Mann gestorben ist.«

»Was hat er beruflich gemacht?«

»Er hatte offenbar eine Einmann-Firma. Er war Berater in der Computerbranche.«

»Und er ist nicht beraubt worden?«

»Nicht dem Zettel zufolge, den er in der Hand hielt.«

»Sonst hätte man sich vorstellen können, daß jemand ihm auflauerte und zuschlug, als er Geld abgehoben hatte.«

»An die Möglichkeit habe ich auch gedacht. Aber er hatte am Samstag Geld abgehoben. Einen kleineren Betrag.«

Martinsson reichte Wallander einen Plastikbeutel mit einem blutbefleckten Stück Papier. Wallander sah, daß der Automat den Kontoauszug genau zwei Minuten nach Mitternacht gedruckt hatte.

Er reichte den Beutel zurück. »Was sagt Nyberg?«

»Nichts außer der Kopfwunde spricht für ein Verbrechen. Vermutlich hat er einen Herzinfarkt gehabt und ist daran gestorben.«

»Vielleicht hat er damit gerechnet, daß mehr Geld auf dem Konto war«, meinte Wallander nachdenklich.

»Wie kommst du darauf?«

Wallander wußte selbst nicht, was er gemeint hatte. »Wir warten also den ärztlichen Befund ab, gehen aber davon aus, daß kein Verbrechen vorliegt. Wir legen es ab.«

Martinsson sammelte seine Papiere zusammen. »Ich rufe den Anwalt an, der der Hökberg zugewiesen worden ist. Du bekommst Bescheid, wann er hiersein wird, damit du mit ihr sprechen kannst.«

»Nicht daß ich unbedingt wollte«, gab Wallander zurück. »Aber ich muß wohl.«

Martinsson verließ das Zimmer. Wallander ging zur Toilette. Die Zeit, als er ständig pinkeln mußte, weil sein Blutzuckerspiegel zu hoch war, gehörte jedenfalls der Vergangenheit an, sagte er sich.

Die nächste Stunde widmete er der Bearbeitung des trostlosen Materials über die ins Land geschmuggelten Zigaretten. In seinem Hinterkopf kreisten unentwegt die Gedanken an das Versprechen, das er Ann-Britt Höglund gegeben hatte.

Um zwei Minuten nach vier rief Martinsson an und teilte ihm mit, daß Sonja Hökberg und der Anwalt da seien.

»Wer ist der Anwalt?« fragte Wallander.

»Herman Lötberg.«

Wallander kannte ihn. Ein älterer Mann, mit dem man gut zusammenarbeiten konnte.

»Ich bin in fünf Minuten da«, sagte Wallander und legte auf.

Er trat wieder ans Fenster. Die Dohlen waren fort. Der Wind

war kräftiger geworden. Er dachte an Anette Fredman. An den Jungen, der auf dem Fußboden gespielt hatte. Seine ängstlichen Augen. Dann schüttelte er sich und versuchte, sich die einleitenden Fragen an Sonja Hökberg zurechtzulegen. In Martinssons Mappe hatte er gelesen, daß sie diejenige war, die auf dem Rücksitz gesessen und Lundberg mit dem Hammer auf den Kopf geschlagen hatte. Und sie hatte nicht nur einmal zugeschlagen, sondern mehrfach. Als sei sie von unkontrollierter Wut gepackt worden.

Wallander griff nach Notizblock und Stift. Im Flur fiel ihm ein, daß er seine Brille vergessen hatte. Er ging noch einmal zurück.

Es gibt nur eine Frage, dachte er auf dem Weg zum Verhör. Eine einzige Frage, die wichtig ist.

Warum haben sie es getan?

Daß sie auf Geld aus waren, ist keine ausreichende Antwort.

Es muß eine andere Antwort geben, die tiefer liegt.

4

SONJA HÖKBERG SAH GANZ ANDERS AUS, als Wallander sie sich vorgestellt hatte. Aber wie hatte er sie sich eigentlich vorgestellt? Auf jeden Fall nicht wie die Person, die er jetzt vor sich hatte. Sonja Hökberg saß auf einem Stuhl im Vernehmungszimmer. Sie war klein, wirkte dünn, fast durchsichtig. Sie hatte halblanges blondes Haar und blaue Augen. Wie eine Schwester des Jungen auf der Kaviartube, fand Wallander. Eine Schwester von Kalle, dachte er. Kindlich, lebensfroh. Aber alles andere als eine Wahnsinnige, die einen Hammer unter der Jacke oder in ihrer Handtasche versteckt hat.

Wallander hatte den Anwalt des Mädchens im Flur begrüßt.

»Sie ist sehr gefaßt«, sagte der Anwalt. »Aber ich bin mir nicht sicher, ob ihr klar ist, unter welchem Verdacht sie steht.«

»Sie steht nicht unter Verdacht«, sagte Martinsson mit Nachdruck. »Sie hat gestanden.«

»Der Hammer?« fragte Wallander. »Haben wir den gefunden?«

»Er lag in ihrem Zimmer unterm Bett. Sie hatte nicht einmal das Blut abgewischt. Aber das zweite Mädchen hat das Messer fortgeworfen. Wir suchen noch danach.«

Martinsson ging. Wallander betrat zusammen mit dem Anwalt das Vernehmungszimmer. Das Mädchen betrachtete sie neugierig. Sie wirkte kein bißchen nervös. Wallander nickte und setzte sich. Ein Tonbandgerät stand auf dem Tisch. Der Anwalt setzte sich so, daß Sonja Hökberg ihn sehen konnte. Wallander betrachtete sie lange. Sie erwiderte seinen Blick.

»Hast du einen Kaugummi?« fragte sie plötzlich.

Wallander schüttelte den Kopf Er blickte Lötberg an, der auch den Kopf schüttelte.

»Wir werden sehen, ob wir einen Kaugummi besorgen können«, sagte Wallander und schaltete das Tonbandgerät ein. »Aber vorher werden wir miteinander reden.«

»Ich habe schon gesagt, wie es war. Warum kann ich keinen Kaugummi kriegen? Ich bezahle dafür. Ich sage nichts, wenn ich keinen Kaugummi kriege.«

Wallander zog das Telefon heran und rief in der Anmeldung an. Ebba bekommt das bestimmt hin, dachte er. Aber als sich eine fremde Frauenstimme meldete, fiel ihm ein, daß Ebba nicht mehr da war. Sie war in Pension gegangen. Obwohl es schon über ein halbes Jahr her war, hatte Wallander sich noch nicht daran gewöhnt. Die neue Kollegin in der Anmeldung hieß Irene und war um die Dreißig. Sie war vorher Arztsekretärin gewesen und hatte sich schon nach kurzer Zeit im Polizeipräsidium viele Sympathien erworben, aber Wallander vermißte Ebba.

»Ich brauche einen Kaugummi«, sagte Wallander. »Weißt du, wer Kaugummi kaut?«

»Ja, weiß ich«, erwiderte sie. »Ich selbst.«

Wallander legte auf und ging zur Anmeldung.

»Ist es das Mädchen?« fragte Irene.

»Du schaltest schnell«, sagte Wallander.

Er kehrte ins Vernehmungszimmer zurück und gab Sonja Hökberg den Kaugummi. Er hatte vergessen, das Tonbandgerät auszuschalten.

»Dann fangen wir an«, sagte er. »Es ist der 6. Oktober 1997, sechzehn Uhr fünfzehn. Vernehmung von Sonja Hökberg durch Kurt Wallander.«

»Soll ich das gleiche noch mal erzählen?« fragte das Mädchen.

»Ja. Und du sollst so deutlich sprechen, daß es im Mikrophon zu hören ist.«

»Ich habe doch schon alles gesagt.«

»Es kann sein, daß ich ein paar weitere Fragen habe.«

»Ich habe keine Lust, alles noch mal zu sagen.«

Wallander kam für einen Moment aus dem Konzept. Es war ihm unbegreiflich, daß sie keine Spur von Unruhe oder Nervosität erkennen ließ. »Darum kommst du wohl nicht herum«, sagte er. »Du bist angeklagt, ein sehr schweres Verbrechen begangen zu haben. Und du hast gestanden. Dir wird schwere Körperverletzung vorgeworfen. Und weil es dem Taxifahrer sehr schlecht geht, kann es noch schlimmer kommen.«

Lötberg blickte Wallander mißbilligend an, sagte aber nichts.

Wallander begann von vorne.

»Du heißt also Sonja Hökberg und bist am 2. Februar 1978 geboren.«

»Ich bin Wassermann. Und du?«

»Das tut hier nichts zur Sache. Du sollst nur auf meine Fragen antworten. Sonst nichts. Ist das klar?«

»Ich bin doch nicht blöd.«

»Du wohnst mit deinen Eltern im Trastväg 12 hier in Ystad.«

»Ja.«

»Du hast einen jüngeren Bruder, der Emil heißt, geboren 1982.«

»Der sollte hier sitzen. Nicht ich.«

Wallander sah sie fragend an. »Wieso?«

»Wir haben ständig Zoff. Er geht immer an meine Sachen. Schnüffelt in meinen Schubladen herum.«

»Jüngere Geschwister sind sicher manchmal anstrengend. Aber ich glaube, das lassen wir hier erst einmal beiseite.«

Immer noch genauso ruhig, dachte Wallander. Er spürte, daß ihre Unberührtheit ihn abstieß. »Kannst du mir erzählen, was Dienstag abend passiert ist?«

»Es ist so verdammt langweilig, das gleiche zweimal zu erzählen.«

»Es hilft nichts. Eva Persson und du, ihr seid also ausgegangen?«

»Hier in der Stadt kann man ja nichts machen. Ich würde gern in Moskau wohnen.«

Wallander betrachtete sie verblüfft. Auch Lötberg schien erstaunt zu sein.

»Warum gerade Moskau?«

»Ich habe irgendwo gesehen, daß es da spannend ist. Viel los. Warst du mal in Moskau?«

»Nein. Antworte nur auf meine Fragen. Sonst nichts. Ihr seid also ausgegangen?«

»Das weißt du doch schon.«

»Eva und du, ihr seid also gute Freundinnen?«

»Sonst wären wir ja wohl nicht zusammen ausgegangen. Glaubst du, ich gehe mit jemand aus, den ich nicht mag?«

Zum erstenmal meinte Wallander einen Riß in ihrer gleichgültigen Haltung wahrzunehmen. Ihre Ruhe begann in Ungeduld überzugehen.

»Kennt ihr euch schon lange?«

»Nicht besonders.«

»Wie lange?«

»Ein paar Jahre.«

»Sie ist fünf Jahre jünger als du.«

»Sie sieht zu mir auf.«

»Was meinst du damit?«

»Sie sagt es selbst. Sie sieht zu mir auf.«

»Und warum tut sie das?«

»Das mußt du sie selbst fragen.«

Das werde ich auch, dachte Wallander. Ich werde sie eine ganze Menge fragen.

»Kannst du jetzt erzählen, was geschah?«

»Aber Herrgott noch mal.«

»Du wirst schön müssen, ob du willst oder nicht. Notfalls sitzen wir bis heute abend hier.«

»Wir haben ein Bier getrunken.«

»Ist Eva Persson nicht erst vierzehn?«

»Sie sieht älter aus.«

»Und was geschah dann?«

»Dann haben wir noch eins getrunken.«

»Und danach?«

»Wir haben ein Taxi bestellt. Das weißt du doch alles. Warum fragst du?«

»Ihr hattet also beschlossen, einen Taxifahrer zu überfallen?«

»Wir brauchten Geld.«

»Wofür?«

»Nichts Besonderes.«

»Ihr brauchtet Geld. Aber ihr brauchtet es nicht für etwas Besonderes. Richtig so?«

»Ja.« Nein du, gar nicht richtig, schoß es Wallander durch den Kopf. Er hatte einen Anflug von Unsicherheit an ihr bemerkt. Sofort wurde er wachsam. »Im allgemeinen braucht man doch Geld für etwas Besonderes.«

»Aber so war es nicht.«

Genau so war es, dachte Wallander. Aber er entschied sich, die Frage bis auf weiteres auf sich beruhen zu lassen.

»Wie seid ihr darauf gekommen, daß es ein Taxifahrer sein sollte?«

»Wir haben darüber geredet.«

»Als ihr im Restaurant gesessen habt?«

»Ja.«

»Ihr habt also nicht vorher darüber gesprochen?«

»Warum hätten wir das tun sollen?«

Lötberg saß da und betrachtete seine Hände.

»Wenn ich versuche zusammenzufassen, was du gesagt hast, dann habt ihr, bevor ihr in diesem Restaurant Bier getrunken habt, nicht beschlossen, den Taxifahrer zu überfallen. Wer hatte die Idee?«

»Das war ich.«

»Und Eva hatte nichts einzuwenden?«

»Nein.«

Das stimmt nicht, dachte Wallander. Sie lügt. Aber sie lügt nicht schlecht. »Ihr habt vom Restaurant aus das Taxi bestellt und seid sitzen geblieben, bis es kam. Richtig?«

»Ja.«

»Aber woher hattet ihr den Hammer? Und das Messer? Wenn ihr es nicht vorher geplant habt?«

Sonja Hökberg sah Wallander an. Ihr Blick wich ihm nicht aus. »Ich habe immer einen Hammer in der Tasche. Eva hat ein Messer.«

»Warum?«

»Man kann nie wissen, was passiert.«

»Was meinst du damit?«

»Die Straßen sind voll von Idioten. Man muß sich verteidigen können.«

»Du hast also immer einen Hammer bei dir?«

»Ja.«

»Hast du ihn früher schon mal benutzt?«

Der Anwalt fuhr zusammen. »Die Frage ist kaum relevant.«

»Was bedeutet das?« fragte Sonja Hökberg.

»Relevant? Daß die Frage nicht wichtig ist.«

»Ich kann auf jeden Fall antworten. Ich habe ihn nie benutzt. Aber Eva hat einmal einen Kerl in den Arm gestochen. Als er anfing, sie zu begrapschen.«

Wallander hatte eine Idee. Er wich von der Linie ab, der er bisher gefolgt war. »Habt ihr jemand in dem Restaurant getroffen? Hattet ihr euch mit jemand verabredet?«

»Mit wem denn?«

»Das müßtest du wissen.«

»Nein.«

»Da saßen also keine Jungs, die ihr treffen wolltet?«

»Nein.«

»Du hast also keinen Freund?«

»Nein.«

Die Antwort kam zu schnell, dachte Wallander. Viel zu schnell. Er merkte sich das. »Das Taxi kam, und ihr gingt hinaus.«

»Ja.«

»Was habt ihr dann gemacht?«

»Ja, was macht man in einem Taxi? Man sagt, wo man hin will.«

»Und ihr sagtet, ihr wolltet nach Rydsgård. Warum gerade Rydsgård?«

»Das weiß ich nicht. Es war wohl nur Zufall. Irgendwas mußten wir ja sagen.«

»Eva setzte sich auf den Vordersitz und du auf die Rückbank. Hattet ihr das abgesprochen?«

»Das war unser Plan.«

»Was für ein Plan?«

»Daß wir dem Alten sagen würden, er sollte anhalten, weil Eva nach hinten kommen wollte. Und dann wollten wir ihn uns vornehmen.«

»Ihr hattet also schon von Anfang an beschlossen, die Waffen zu benutzen?«

»Nicht, wenn der Fahrer jünger gewesen wäre.«

»Was hättet ihr da gemacht?«

»Da hätten wir den Rock hochgezogen und ihm Angebote gemacht und ihn so zum Anhalten gebracht.«

Wallander spürte, daß ihm der Schweiß ausbrach. Ihre kaltschnäuzige Verschlagenheit quälte ihn. »Was für Angebote?«

»Was denkst du denn?«

»Ihr wolltet ihn also damit zu locken versuchen, daß er Sex haben könnte?«

»Was für eine Scheißsprache.«

Lötberg beugte sich hastig vor. »Du brauchst nicht soviel zu fluchen.«

Sonja Hökberg blickte ihren Anwalt an. »Ich fluche, soviel ich will.«

Lötberg zog sich zurück. Wallander hatte sich entschlossen, schnell weiterzugehen. »Aber jetzt war es also ein älterer Mann, der das Taxi fuhr. Ihr brachtet ihn dazu anzuhalten. Was geschah dann?«

»Ich habe ihn auf den Kopf geschlagen. Eva hat mit dem Messer gestochen.«

»Wie viele Male hast du zugeschlagen?«

»Ich weiß nicht. Ein paarmal. Ich hab nicht mitgezählt.«

»Hattest du keine Angst, er könnte sterben?«

»Wir brauchten doch Geld.«

»Das war nicht meine Frage. Ich habe gefragt, ob du dir nicht darüber im klaren warst, daß er sterben könnte.«

Sonja Hökberg zuckte mit den Schultern. Wallander wartete, aber sie sagte nichts mehr. Er war im Moment nicht in der Lage, die Frage zu wiederholen.

»Du hast gesagt, ihr brauchtet Geld. Wozu denn?«

Jetzt sah er ihn wieder. Den schwachen Anflug von Unsicherheit, bevor sie antwortete.

»Zu nichts Besonderem, habe ich doch schon gesagt.«

»Und was passierte dann?«

»Wir haben die Brieftasche und ein Handy mitgenommen und sind nach Hause gegangen.«

»Und was habt ihr mit der Brieftasche gemacht?«

»Wir haben das Geld geteilt. Eva hat sie dann weggeworfen.« Wallander blätterte in Martinssons Papieren. Johan Lundberg hatte ungefähr sechshundert Kronen in seiner Brieftasche gehabt. Sie war nach einem Hinweis von Eva Persson in einem Papierkorb gefunden worden. Das Handy hatte Sonja Hökberg mitgenommen. Es war bei ihr gefunden worden.

Wallander schaltete das Tonbandgerät aus.

Sonja Hökberg verfolgte seine Bewegungen. »Kann ich jetzt nach Hause gehen?«

»Nein«, sagte Wallander. »Du bist neunzehn Jahre alt. Das bedeutet, du bist strafmündig. Du hast ein schweres Verbrechen begangen. Gegen dich wird Haftbefehl erlassen.«

»Was bedeutet das?«

»Daß du in Haft bleibst.«

»Und warum?«

Wallander sah Lötberg an. Dann stand er auf. »Ich glaube, das kann dir dein Anwalt erklären.«

Wallander verließ den Raum. Ihm war schlecht. Sonja Hökberg hatte nicht gespielt. Sie war wirklich vollkommen ungerührt. Wallander ging zu Martinsson, der telefonierte, aber auf seinen Besucherstuhl deutete. Wallander setzte sich und wartete. Er hatte plötzlich das Bedürfnis zu rauchen. Das kam selten vor. Aber die Begegnung mit Sonja Hökberg war quälend gewesen.

Martinsson beendete das Gespräch.

»Wie ging es?«

»Sie gesteht ja alles. Und sie ist eiskalt.«

»Eva Persson ist genauso. Und sie ist erst vierzehn.«

Wallander schaute Martinsson fast flehend an. »Was ist bloß los?«

»Ich weiß es nicht.«

»Aber das sind doch zwei kleine Mädchen, verdammt noch mal.«

»Ich weiß. Und sie scheinen nichts zu bereuen.«

Sie saßen eine Weile stumm da. Wallander fühlte sich für einen Augenblick vollkommen leer.

Schließlich brach Martinsson das bedrückte Schweigen. »Verstehst du jetzt, warum ich sooft denke, ich möchte aufhören?«

Wallander erwachte wieder zum Leben. »Verstehst du jetzt, warum es so wichtig ist, daß du es nicht tust?«

Er stand auf und trat ans Fenster. »Wie geht es Lundberg?«

»Unverändert kritisch.«

»Wir müssen dieser Sache auf den Grund gehen. Egal ob er stirbt oder nicht. Sie haben ihn überfallen, weil sie für etwas ganz Bestimmtes Geld brauchten. Wenn es nicht einen ganz anderen Grund hatte.«

»Was hätte das sein sollen?«

»Ich weiß nicht. Ich habe nur so ein Gefühl. Daß es vielleicht tiefer reicht. Ohne daß wir schon sagen können, was das ist.«

»Die Wahrscheinlichkeit spricht doch wohl dafür, daß sie ein bißchen angetrunken waren. Und sich vornahmen, Geld zu beschaffen. Ohne an die Konsequenzen zu denken.«

»Warum glaubst du das?«

»Ich bin auf jeden Fall sicher, daß es kein Geldbedarf im allgemeinen war.«

Wallander nickte. »Du kannst recht haben. Etwas in der Richtung habe ich auch schon gedacht. Auf jeden Fall will ich wissen, was es war. Morgen will ich mit Eva Persson sprechen. Den Eltern. Hatte keine von beiden einen Freund?«

»Eva Persson sagte, sie hätte einen.«

»Aber die Hökberg nicht?«

»Nein.«

»Ich glaube, daß sie lügt. Sie hat einen. Und wir werden ihn ausfindig machen.«

Martinsson machte eine Notiz. »Wer nimmt das in die Hand? Du oder ich?«

Wallander zögerte nicht. »Ich. Ich will wissen, was hier in diesem Land vorgeht.«

»Ich bin nur dankbar, wenn ich drum herumkomme.«

»Ganz kommst du nicht drum herum. Und Hansson und Ann-Britt ebensowenig. Wir müssen herausfinden, was hinter diesem Überfall steckt. Es war versuchter Mord. Und wenn Lundberg stirbt, war es Mord.«

Martinsson deutete auf die Papierstapel auf seinem Tisch. »Mir ist schleierhaft, wie ich alles, was hier liegt, schaffen soll. Es sind Ermittlungen dabei, die vor zwei Jahren begonnen wurden. Manchmal hätte ich Lust, dem Reichspolizeichef den ganzen Krempel hinzuschicken und ihn zu fragen, ob er mir erklären kann, wie ich das schaffen soll.«

»Er wird das als Nörgelei und mit dem Hinweis auf schlechte Planung abtun. Und was die schlechte Planung angeht, muß ich ihm teilweise recht geben.«

Martinsson nickte.

»Manchmal hilft es, ein bißchen zu jammern.«

»Ich weiß«, gab Wallander zurück. »Es geht mir genauso. Es ist lange her, daß wir alles schafften, was wir sollten. Jetzt müssen wir eben das Wichtige aussuchen. Ich werde mit Lisa sprechen.«

Wallander war fast schon durch die Tür, als Martinsson ihn zurückrief. »Mir ist gestern abend etwas eingefallen. Wie lange hast du kein Schießtraining mehr gemacht?«

Wallander dachte nach. »Fast zwei Jahre.«

»Ganz wie bei mir. Hansson trainiert für sich. Er ist ja in einem Sportschützenverein. Wie es mit Ann-Britt ist, weiß ich nicht. Außer daß sie wohl immer noch traumatisiert ist nach der Geschichte von vor einem Jahr. Aber laut Vorschrift soll dieses Training regelmäßig absolviert werden. Während der Dienstzeit.«

Wallander sah, worauf Martinsson hinauswollte. Mehrere Jahre lang keine Schießübungen zu machen konnte kaum als ›regelmäßig‹ gelten. Außerdem konnte es gefährlich werden, wenn man in eine Notlage geriet.

»Ich habe mir keine Gedanken darüber gemacht«, sagte Wallander. »Aber es ist natürlich nicht gut.«

»Ich bezweifle, daß ich eine Wand treffen würde«, meinte Martinsson.

»Wir haben zu viel zu tun. Wir schaffen nur das Allernotwendigste. Wenn überhaupt.«

»Sag es Lisa.«

»Ich glaube, das Problem ist ihr bewußt«, erwiderte Wallander zögernd. »Aber die Frage ist, ob sie etwas daran ändern kann.«

»Ich bin noch nicht vierzig«, sagte Martinsson. »Aber trotzdem ertappe ich mich dabei, daß ich denke, wie gut es früher war. Daß es auf jeden Fall besser war. Nicht so eine Scheiße wie heute.«

Wallander fand keine passende Antwort. Martinssons Nörgelei konnte manchmal nerven. Er kehrte in sein Zimmer zurück. Es war halb sechs. Er stellte sich ans Fenster und schaute hinaus in die Dunkelheit. Dachte an Sonja Hökberg und fragte sich, warum die beiden Mädchen so dringend Geld gebraucht hatten. Oder ob etwas anderes dahintersteckte. Dann tauchte das Gesicht von Anette Fredman auf.

Wallander spürte, daß er nicht mehr weiterarbeiten konnte, obwohl viel Arbeit auf ihn wartete. Er nahm seine Jacke und ging. Der Herbstwind schlug ihm entgegen. Das komische Motorgeräusch war sogleich wieder da, als er den Wagen startete. Er verließ den Parkplatz und sagte sich, daß er unterwegs anhalten und einkaufen mußte. Sein Kühlschrank war so gut wie leer. Genaugenommen stand nur eine Flasche Champagner darin, die er bei einer Wette mit Hansson gewonnen hatte. Warum sie gewettet hatten, wußte er nicht mehr. Er beschloß spontan, einen Blick auf den Bankautomaten zu werfen, vor dem am Vorabend ein Mann gestorben war. Bei der Gelegenheit konnte er in einem der Kaufhäuser in der Nähe einkaufen.

Als er geparkt hatte und zu dem Geldautomaten kam, stand eine Frau mit einem Kinderwagen davor und hob Geld ab. Der Asphalt war hart und uneben. Wallander blickte sich um. Wohnungen lagen nicht in der Nähe. Mitten in der Nacht war der Ort sicher vollständig öde. Auch wenn die Straßenbeleuchtung stark war, würde ein Mann, der zusammenbrach und vielleicht aufschrie, von niemandem in der Umgebung gehört oder gesehen werden.

Wallander betrat das nächstliegende Kaufhaus und suchte die Lebensmittelabteilung. Wie üblich befiel ihn Unlust, wenn er sich entscheiden sollte. Er packte einen Korb voll, bezahlte und fuhr nach Hause. Das komische Geräusch im Motor schien immer stärker zu werden. Als er in seine Wohnung hinaufkam, zog er den dunklen Anzug aus. Nachdem er geduscht und gemerkt hatte, daß die Seife fast alle war, bereitete er sich eine Gemüsesuppe zu, die ihm erstaunlicherweise gut schmeckte. Er kochte Kaffee und nahm die Tasse mit ins Wohnzimmer. Er war müde. Nachdem er sich durch die Fernsehkanäle gezappt hatte, ohne etwas zu finden, was ihn interessierte, zog er das Telefon zu sich und wählte Lindas Nummer in Stockholm. Sie lebte mit zwei Freundinnen, von denen er nicht mehr als die Namen wußte, in einer Wohnung auf Kungsholmen. Sie jobbte manchmal als Kellnerin in einem Restaurant. Wallander hatte dort gegessen, als er in Stockholm war. Das Essen war gut gewesen. Aber er war erstaunt gewesen, daß sie die laute Musik ertrug.

Linda war jetzt 26. Er war immer noch der Meinung, daß sie guten Kontakt zueinander hatten, bedauerte es aber, daß sie so weit weg war. Er vermißte das regelmäßige Zusammensein.

Ein Anrufbeantworter schaltete sich ein. Die Mitteilung, daß niemand zu Hause sei, wurde auf Englisch wiederholt. Wallander sagte seinen Namen und daß es nichts Wichtiges war.

Danach blieb er sitzen. Der Kaffee war kalt geworden.

Ich kann so nicht weiterleben, dachte er irritiert. Ich bin fünfzig. Aber ich fühle mich uralt und kraftlos.

Dann sagte er sich, daß er seinen Abendspaziergang machen sollte. Er suchte nach einem guten Grund, ihn ausfallen zu lassen. Aber schließlich stand er auf, zog seine Turnschuhe an und ging hinaus.

Um halb neun kam er zurück. Der Spaziergang hatte seine mißmutige Stimmung vertrieben.

Das Telefon klingelte. Wallander glaubte, es sei Linda. Aber es war Martinsson.

»Lundberg ist tot. Sie haben gerade angerufen.«

Wallander stand stumm.

»Das bedeutet, daß Hökberg und Persson einen Mord begangen haben«, fuhr Martinsson fort.

»Ja«, sagte Wallander. »Und es bedeutet außerdem, daß wir eine richtige Scheißgeschichte am Hals haben.«

Sie verabredeten sich für den folgenden Morgen um acht Uhr.

Danach gab es nicht mehr viel zu sagen.

Wallander blieb auf der Couch sitzen. Er sah zerstreut die Abendnachrichten. Registrierte, daß der Dollarkurs auf dem Weg nach oben war. Das einzige, was ihn wirklich fesselte, war die Trustor-Geschichte. Wie einfach es zu sein schien, sämtliche Mittel aus einer Aktiengesellschaft abzuziehen, ohne daß jemand eingriff, bevor es zu spät war.

Linda rief nicht zurück. Um elf ging er ins Bett.

Er konnte lange nicht einschlafen.

5

ALS WALLANDER AM DIENSTAG, dem 7. Oktober, kurz nach sechs Uhr am Morgen erwachte, merkte er, daß er Schwierigkeiten hatte, zu schlucken. Er war schweißgebadet und spürte, daß er krank wurde. Doch der Gedanke, daß der Taxifahrer Johan Lundberg am Tag zuvor an den Folgen des brutalen Überfalls gestorben war, trieb ihn aus dem Bett. Er duschte, trank Kaffee und nahm ein paar fiebersenkende Tabletten. Die Schachtel steckte er ein. Bevor er aus dem Haus ging, zwang er sich dazu, einen Teller Dickmilch zu essen. Die Straßenlampe vor dem Küchenfenster schwankte im böigen Wind. Es war bewölkt, ein paar Grad über Null. Wallander suchte sich einen dicken Pullover aus dem Kleiderschrank. Dann stand er mit der Hand am Telefon und war im Zweifel, ob er Linda anrufen sollte. Aber er entschied, daß es dafür noch zu früh am Tag war. Als er im Auto saß, fiel ihm ein, daß ein Zettel auf dem Küchentisch lag, auf dem er sich notiert hatte, was er brauchte. Aber jetzt kam er nicht darauf, was es war. Er konnte sich auch nicht vorstellen, zurückzugehen und den Zettel zu holen. Statt dessen beschloß er, in Zukunft auf seinen Anrufbeantworter im Präsidium zu sprechen, wenn er etwas einkaufen mußte. Dann würde er, wenn er zur Arbeit kam, sofort erfahren, was er einkaufen mußte.

Er fuhr den üblichen Weg ins Präsidium, über Österleden. Jedesmal befiel ihn ein schlechtes Gewissen. Um seinen Blutzucker niedrig zu halten, müßte er zu Fuß gehen. Er war auch nicht so krank, daß er den Wagen nicht hätte stehenlassen können.

Wenn ich einen Hund hätte, wäre es überhaupt kein Problem, dachte er. Aber ich habe keinen Hund. Vor einem Jahr habe ich mir in einer Zucht außerhalb von Sjöbo Labrador-Welpen angesehen. Aber es wurde nichts daraus. Es wurde nichts aus dem Haus, nichts aus dem Hund und nichts aus Baiba. Einfach nichts.

Er parkte vor dem Polizeipräsidium und betrat um sieben Uhr sein Zimmer. In dem Moment, als er sich setzte, fiel ihm ein, was er auf den Zettel geschrieben hatte. Seife. Er schrieb es auf seinen Kollegblock.

Die nächsten Minuten verbrachte er damit, das bisher Geschehene noch einmal zu durchdenken. Ein Taxifahrer war ermordet worden. Sie hatten zwei Mädchen, die die Tat gestanden hatten, und eine der beiden Waffen, die benutzt worden waren. Eins der Mädchen war minderjährig, das zweite war angeklagt und würde im Laufe des Tages dem Haftrichter vorgeführt werden.

Das Unbehagen vom Vortag kehrte zurück. Sonja Hökbergs Gefühlskälte. Er versuchte sich einzureden, daß sie trotz allem ein wenig Mitgefühl empfunden hatte und daß es ihm nur nicht gelungen war, dies zu entdecken. Aber vergebens. Seine Erfahrung sagte ihm, daß er sich leider nicht irrte. Wallander stand auf, holte sich im Eßraum Kaffee und ging hinüber zu Martinsson, der auch Frühaufsteher war. Die Tür seines Zimmers stand offen. Wallander fragte sich, wie Martinsson arbeiten konnte, ohne je seine Tür zu schließen. Für Wallander war eine geschlossene Tür zur Außenwelt Bedingung, um sich zu konzentrieren.

Martinsson nickte.

»Ich dachte mir, daß du kommen würdest«, sagte er.

»Ich fühle mich nicht richtig wohl«.

»Erkältet?«

»Ich bekomme im Oktober immer Halsschmerzen.«

Martinsson, der ständig um seine Gesundheit besorgt war, wich auf seinem Stuhl zurück.

»Du hättest zu Hause bleiben können«, sagte er. »Diese betrübliche Geschichte mit Lundberg ist ja schon aufgeklärt.«

»Nur teilweise«, wandte Wallander ein. »Wir haben kein Motiv. Daß die Mädchen es nur ganz allgemein auf Geld abgesehen hatten, glaube ich nicht. Habt ihr übrigens das Messer gefunden?«

»Nyberg kümmert sich darum. Ich habe noch nicht mit ihm gesprochen.«

»Ruf ihn an.«

Martinsson verzog das Gesicht. »Er kann morgens ganz schön grantig sein.«

»Dann rufe ich selbst an.«

Wallander nahm Martinssons Telefon und versuchte es zuerst unter Nybergs Privatnummer. Nach kurzem Warten wurde sein Anruf an ein Mobiltelefon umgeleitet. Nyberg meldete sich. Aber die Verbindung war schlecht.

»Hier ist Kurt. Ich wollte nur hören, ob ihr schon das Messer gefunden habt.«

»Wie zum Teufel sollen wir bei der Dunkelheit etwas finden?« entgegnete Nyberg unwirsch.

»Ich dachte, Eva Persson hätte ausgesagt, wo sie es weggeworfen hat.«

»Trotzdem sind es noch ein paar hundert Quadratmeter, die wir absuchen müssen. Sie behauptet, es läge irgendwo auf dem Alten Friedhof.«

»Und warum holt ihr sie nicht?«

»Wenn es da liegt, dann finden wir es auch«, sagte Nyberg.

Das Gespräch war zu Ende.

»Ich habe schlecht geschlafen«, sagte Martinsson. »Meine Tochter Terese kennt Eva Persson ganz gut. Sie sind ja fast gleichaltrig. Eva Persson hat auch Eltern. Wie es denen wohl geht. Soweit ich mitbekommen habe, ist Eva ihr einziges Kind.«

Sie schwiegen und dachten nach. Dann fing Wallander an zu niesen. Er verließ sofort das Zimmer.

Um acht Uhr hatten sie sich in einem der Sitzungszimmer versammelt. Wallander setzte sich wie üblich an seinen Platz an der Schmalseite. Hansson und Ann-Britt Höglund waren schon da. Martinsson stand am Fenster und telefonierte. Weil er wenig sagte und leise sprach, wußten alle, daß er mit seiner Frau telefonierte.

Wallander hatte sich schon oft gefragt, worüber sie soviel reden konnten, wo sie sich doch ein, zwei Stunden vorher noch am Frühstückstisch gesehen hatten. Vielleicht hatte Martinsson das Bedürfnis, seiner Besorgnis darüber Ausdruck zu geben, Wallander könne ihn anstecken. Die Stimmung war müde und grau. Lisa Holgersson trat in den Raum.

Martinsson beendete sein Telefongespräch. Hansson stand auf und machte die Tür zu.

»Kommt Nyberg nicht?« fragte er.

»Er sucht nach dem Messer«, antwortete Wallander. »Wir gehen davon aus, daß er es findet.«

Dann sah er Lisa Holgersson an. Sie nickte. Er hatte das Wort. Wallander fragte sich im stillen, wie oft er genau diese Situation schon erlebt hatte. Früher Morgen, umgeben von Kollegen, ein Verbrechen soll aufgeklärt werden. Sie hatten im Lauf der Jahre ein neues Polizeipräsidium bekommen, neue Möbel, andere Gardinen. Die Telefone hatten ihr Aussehen verändert, ebenso der Overhead-Projektor. Und alles war natürlich mit Computern ausgestattet. Dennoch war es, als hätten all die Personen immer hier gesessen. Und er selbst am allerlängsten.

»Johan Lundberg ist tot«, begann er. »Falls einer von euch es noch nicht wußte.«

Er zeigte auf Ystads Allehanda, die auf dem Tisch lag. Der Taxifahrermord war groß aufgemacht.

»Das bedeutet also, daß diese beiden Mädchen, Hökberg und Persson, einen Mord begangen haben. Raubmord. Anders kann man es nicht nennen. Vor allem die Hökberg ist in ihrer Darstellung sehr deutlich gewesen. Sie hatten es geplant, sie hatten sich mit Waffen ausgerüstet. Sie wollten den Taxifahrer überfallen, den der Zufall ihnen über den Weg schickte. Eva Persson ist minderjährig, also nicht nur eine Frage für uns, sondern auch für andere. Den Hammer haben wir, außerdem Lundbergs leere Brieftasche und sein Handy. Was noch fehlt, ist das Messer. Keins der Mädchen bestreitet die Tat. Keine von beiden beschuldigt die andere. Ich nehme an, wir können dem Staatsanwalt das Material spätestens morgen übergeben. Die gerichtsmedizinische Untersuchung ist natürlich noch nicht abgeschlossen. Aber für unseren Teil ist es eine ekelhafte Geschichte, die im großen und ganzen schon jetzt abgeschlossen werden kann.«

Wallander verstummte. Keiner sagte etwas.

»Warum haben sie das gemacht?« fragte Lisa Holgersson schließlich. »Das Ganze wirkt ja so unglaublich unnötig.«

Wallander nickte. Er hatte gehofft, daß genau diese Frage käme, damit er sie nicht selbst formulieren mußte.

»Sonja Hökberg ist sehr bestimmt«, sagte er. »Sowohl im Verhör mit Martinsson als auch mit mir. ›Wir brauchten Geld.‹ Sonst nichts.«

»Und wozu?«

Die Frage kam von Hansson.

»Das wissen wir nicht. Darauf antworten sie nicht. Wenn man der Hökberg glauben soll, wußten sie es selbst nicht. Sie brauchten Geld. Nicht für einen besonderen Zweck. Einfach nur das: Geld.«

Wallander blickte in die Runde, bevor er fortfuhr. »Ich glaube nicht daran. Zumindest die Hökberg lügt. Davon bin ich überzeugt. Mit Eva Persson habe ich noch nicht gesprochen. Aber das Geld sollte für etwas Bestimmtes verwendet werden. Da bin ich mir ziemlich sicher. Ich vermute außerdem, daß Eva Persson getan hat, was Sonja Hökberg ihr sagte. Das mindert nicht ihre Schuld. Aber es gibt ein Bild des Verhältnisses der beiden.«

»Spielt das eine Rolle?« fragte Ann-Britt Höglund. »Ob sie das Geld für Kleidung oder etwas anderes verwenden wollten?«

»Eigentlich nicht. Der Staatsanwalt hat mehr als genug, um zumindest bei Hokberg auf schuldig zu plädieren. Was mit Eva Persson passiert, ist, wie gesagt, nicht nur eine Frage für uns.«

»Sie sind noch nie bei uns in Erscheinung getreten«, sagte Martinsson. »Das habe ich untersucht. Und keine hatte irgendwelche Schwierigkeiten in der Schule.«

Wallander bekam wieder das Gefühl, daß sie sich auf einer vollkommen falschen Spur befanden. Oder daß sie zumindest viel zu früh die Möglichkeit abschrieben, daß es für den Mord an Lundberg eine ganz andere Erklärung gab. Aber weil er sein Gefühl noch nicht in Worte fassen konnte, sagte er nichts. Es lag noch genug Arbeit vor ihnen. Die Wahrheit konnte Geldgier sein, aber es konnte auch etwas völlig anderes sein. Sie mußten nach verschiedenen Seiten Ausschau halten.

Das Telefon klingelte. Hansson nahm das Gespräch an. Er hörte zu und legte dann den Hörer auf.

»Es war Nyberg. Sie haben das Messer gefunden.«

Wallander nickte und klappte die Mappe zu, die er vor sich hatte.

»Wir müssen natürlich mit den Eltern reden und dafür sorgen, daß gründliche Personenuntersuchungen gemacht werden. Aber das Material für den Staatsanwalt können wir sofort zusammenstellen.«

Lisa Holgersson hob die Hand. »Wir müssen eine Pressekonferenz abhalten. Die Massenmedien bedrängen uns. Immerhin ist es ungewöhnlich, daß zwei junge Mädchen eine solche Gewalttat begehen.«

Wallander sah Ann-Britt Höglund an. Sie schüttelte den Kopf. In den letzten Jahren hatte sie ihm die Pressekonferenzen abgenommen, die ihm so zuwider waren. Aber jetzt wollte sie nicht. Wallander verstand sie.

»Ich mache das«, sagte er. »Steht die Uhrzeit schon fest?«

»Ich schlage vor, um eins.«

Wallander notierte es auf seinem Block.

Die Besprechung war bald vorüber. Die Aufgaben wurden verteilt. Alle hatten das Gefühl, daß die polizeilichen Ermittlungen so schnell wie möglich abgeschlossen werden mußten. Das Verbrechen war beklemmend. Keiner wollte mehr als nötig darin graben. Wallander würde einen Besuch im Elternhaus von Sonja Hökberg machen. Martinsson und Ann-Britt Höglund würden mit Eva Persson und ihren Eltern sprechen.

Der Raum leerte sich. Wallander spürte, daß seine Erkältung jetzt ausbrach. Bestenfalls wird es mir gelingen, einen Journalisten anzustecken, dachte er, während er seine Taschen nach Papiertaschentüchern durchsuchte.

Im Flur begegnete er Nyberg, der Stiefel und einen dicken Overall trug. Sein Haar stand zu Berge, und wie üblich war er schlechter Laune.

»Ihr habt das Messer gefunden, habe ich gehört.«

»Die Kommune hat offensichtlich kein Geld mehr, um im Herbst zu fegen«, antwortete Nyberg. »Wir haben da draußen kopfgestanden und im Laub gegraben. Aber am Ende haben wir es gefunden.«

»Was für ein Messer war es?«

»Ein Küchenmesser. Ziemlich lang. Sie muß mit solcher Kraft zugestoßen haben, daß die Spitze an einer Rippe abgebrochen ist. Das Messer ist von richtig schlechter Qualität.«

Wallander schüttelte den Kopf.

»Es ist nicht zu glauben«, sagte Nyberg. »Gibt es überhaupt keinen Respekt vor Menschenleben mehr? Wieviel Geld haben sie denn gekriegt?«

»Das wissen wir noch nicht. Ungefähr sechshundert Kronen. Kaum viel mehr. Lundberg hatte gerade erst seine Schicht begonnen. Er hatte nie viel Wechselgeld bei sich, wenn er anfing.«

Nyberg murmelte etwas Unverständliches und verschwand. Wallander ging in sein Zimmer. Er blieb unentschlossen sitzen. Sein Hals schmerzte. Mit einem Seufzer schlug er die Ermittlungsmappe auf. Sonja Hökberg wohnte im Westen der Stadt. Er notierte sich die Adresse, stand auf und nahm seine Jacke. Als er in den Flur hinaustrat, klingelte sein Telefon. Er ging zurück. Es war Linda. Im Hintergrund konnte er Küchengeräusche hören.

»Ich habe heute morgen deine Nachricht gehört«, sagte sie.

»Heute morgen?«

»Ich habe die Nacht nicht zu Hause geschlafen.«

Wallander war klug genug, nicht zu fragen, wo sie die Nacht verbracht habe. Er wußte aus Erfahrung, daß es dazu führen konnte, daß sie böse wurde und einfach auflegte.

»Es war nichts Wichtiges«, sagte er. »Ich wollte nur hören, wie es dir geht.«

»Gut. Und dir?«

»Ein bißchen erkältet. Sonst alles wie immer. Ich wollte fragen, ob du nicht bald einmal herkommst.«

»Ich schaffe es nicht.«

»Aber ich kann dir die Reise bezahlen.«

»Ich sage doch, daß ich es nicht schaffe. Es geht nicht ums Geld.«

Wallander sah ein, daß er sie nicht überreden konnte. Sie war genauso stur wie er selbst.

»Wie geht es dir eigentlich?« fragte sie noch einmal. »Hast du gar keinen Kontakt mit Baiba mehr?«

»Das ist schon lange vorbei. Das weißt du doch.«

»Es ist nicht gut für dich, wenn du so herumhängst.«

»Was meinst du damit?«

»Du weißt schon, was ich meine. Du fängst schön an, mit so einer klagenden Stimme zu reden. Das hast du früher nicht getan.«

»Ich jammere doch nicht.«

»Genau wie jetzt gerade. Aber ich habe einen Vorschlag. Ich finde, du solltest eine Kontaktvermittlung zu Rate ziehen.«

»Kontaktvermittlung?«

»Wo du jemand finden kannst. Sonst wirst du ein nörgeliger Alter, der sich fragt, warum ich nachts nicht zu Hause schlafe.«

Sie sieht direkt durch mich hindurch, dachte Wallander. Direkt hindurch. »Du meinst also, ich sollte eine Annonce aufgeben?«

»Ja. Oder eine Vermittlung zu Rate ziehen.«

»Das werde ich nie tun.«

»Warum nicht?«

»Ich glaube nicht daran.«

»Und warum nicht?«

»Das weiß ich nicht.«

»Es war nur ein Tip. Denk darüber nach. Jetzt muß ich arbeiten.«

»Wo bist du?«

»Im Restaurant. Wir öffnen um zehn.«

Sie sagte hej, und das Gespräch war vorüber. Wallander fragte sich, wo sie die Nacht geschlafen hatte. Vor einigen Jahren hatte Linda einen Freund aus Kenia, der in Lund Medizin studierte. Aber das war zu Ende gegangen. Danach hatte er nie besonders viel über ihre Freunde gewußt. Außer daß sie offenbar in regelmäßigen Abständen wechselten. Er verspürte einen Stich von Irritation und Eifersucht. Dann verließ er sein Zimmer. Der Gedanke an eine Annonce oder eine Kontaktvermittlung war ihm tatsächlich auch schon gekommen. Aber er hatte ihn immer wieder verworfen. Das hieße, daß er sich zu etwas herabließe, für das er sich zu gut war.

Der böige Wind schlug ihm entgegen. Er setzte sich in seinen Wagen, ließ den Motor an und lauschte auf das Klopfen, das schlimmer und schlimmer wurde. Dann fuhr er zu dem Reihenhaus, in dem Sonja Hökberg bei ihren Eltern gewohnt hatte. Aus dem Bericht, den er von Martinsson bekommen hatte, wußte er, daß Sonja Hökbergs Vater ›freier Unternehmer‹ war. Was das bedeutete, ging aus dem Bericht nicht hervor. Wallander stieg aus. Der kleine Garten war gepflegt. Er klingelte an der Haustür. Nach einem Augenblick wurde sie von einem Mann geöffnet. Wallander wußte sogleich, daß er ihn früher schon getroffen hatte. Er hatte ein gutes Gedächtnis für Gesichter. Aber er wußte nicht, wann oder wo.

Der Mann an der Tür hatte Wallander auch sogleich erkannt. »Ich nehme an, Sie kennen mich«, sagte Herr Hökberg.

»Ja«, antwortete Wallander. »Aber ich muß gestehen, daß ich mich nicht erinnere, in welchem Zusammenhang wir uns begegnet sind.«

»Erik Hökberg?«

Wallander suchte in seiner Erinnerung. »Und Sten Widén?«

Jetzt erinnerte sich Wallander. Sten Widén mit seinem Reiterhof in Stjärnsund. Und Erik. Sie hatten einmal vor vielen Jahren eine gemeinsame Leidenschaft für die Oper gehabt. Sten war der Interessierteste gewesen. Aber Erik, ein Jugendfreund von Sten, war ein paarmal dabeigewesen, als sie sich um ein Grammophon versammelt und Verdis Opern angehört hatten.

»Ich erinnere mich«, sagte Wallander. »Aber damals hießen Sie doch nicht Hökberg.«

»Ich habe den Namen meiner Frau angenommen. Damals hieß ich Erik Eriksson.«

Erik Hökberg war ein großer Mann. Der Kleiderbügel, den er Wallander reichte, sah klein aus in seiner Hand. Wallander hatte ihn als mager in Erinnerung. Jetzt hatte er kräftiges Übergewicht. Auch deshalb hatte Wallander ihn nicht gleich unterbringen können.

Wallander hängte die Jacke auf und folgte Hökberg ins Wohnzimmer. Dort stand ein Fernseher. Aber das Geräusch kam von einem anderen Apparat in einem anderen Zimmer. Sie setzten sich.

Wallander war verlegen. Sein Anliegen war ohnedies schon schwer genug.

»Schrecklich, diese Geschichte«, sagte Hökberg. »Ich verstehe natürlich nicht, was in sie gefahren ist.«

»Ist sie früher nie gewalttätig gewesen?«

»Nie.«

»Ihre Frau? Ist sie zu Hause?«

Hökberg war in seinem Sessel zusammengesunken. Hinter dem Gesicht mit den dicken Wülsten ahnte Wallander ein anderes, an das er sich erinnerte aus einer Zeit, die jetzt unendlich fern schien.

»Sie hat Emil mitgenommen und ist zu ihrer Schwester nach Höör gefahren. Sie konnte es nicht mehr aushalten hier. Journalisten, die anrufen. Ohne Rücksicht. Mitten in der Nacht, wenn es ihnen einfällt.«

»Ich muß wohl trotzdem mit ihr sprechen.«

»Das ist mir klar. Ich habe ihr gesagt, daß die Polizei sich bei ihr melden wird.«

Wallander war nicht sicher, wie er weitermachen sollte. »Sie müssen darüber gesprochen haben, Sie und Ihre Frau.«

»Sie versteht es ebensowenig wie ich. Es war wie ein Schock.«

»Sie hatten also guten Kontakt zu Sonja?«

»Es gab nie Probleme.«

»Und mit ihrer Mutter?«

»Auch nicht. Sie stritten sich manchmal. Aber nur um Dinge, die natürlich waren. In all den Jahren, die ich sie kenne, hat es nie irgendwelche Probleme gegeben.«

Wallander runzelte die Stirn. »Was meinen Sie damit?«

»Ich dachte, Sie wüßten, daß sie meine Stieftochter ist.«

Das war aus der Ermittlung nicht hervorgegangen.

»Meine Frau und ich haben Emil zusammen«, fuhr Hökberg fort. »Sonja war wohl zwei Jahre alt, als ich dazukam. Es werden jetzt im Dezember siebzehn Jahre. Ruth und ich haben uns bei einer Weihnachtsfeier getroffen.«

»Wer ist Sonjas leiblicher Vater?«

»Er hieß Rolf. Er hat sich nie um sie gekümmert. Ruth war nicht mit ihm verheiratet.«

»Wissen Sie, wo er ist?«

»Er ist seit ein paar Jahren tot. Er hat sich totgesoffen.«

Wallander hatte in seiner Tasche nach einem Stift gesucht. Er hatte schon gemerkt, daß er Brille und Notizblock vergessen hatte. Auf dem Glastisch lag ein Stapel Zeitungen.

»Kann ich eine Ecke abreißen?«

»Kann die Polizei sich keine Notizblöcke mehr leisten?«

»Das kann man sich wirklich fragen. Aber in diesem Fall habe ich meinen vergessen.«

Wallander nahm eine Zeitung als Schreibunterlage. Es war eine englische Finanzzeitung.

»Darf ich fragen, was Sie beruflich machen?«

Die Antwort überraschte Wallander.

»Ich spekuliere.«

»In was?«

»Aktien. Optionen. Devisen. Außerdem habe ich Wetteinnahmen. Hauptsächlich englisches Cricket. Manchmal ein wenig amerikanischen Baseball.«

»Sie spielen also?«

»Keine Pferde. Ich tippe nicht einmal. Aber ich nehme an, der Börsenmarkt ist auch eine Art Spiel.«

»Und Sie machen das von zu Hause aus?«

Hökberg stand auf und bedeutete Wallander, ihm zu folgen. Als sie in das angrenzende Zimmer traten, blieb Wallander auf der Schwelle stehen. Es lief nicht nur ein Fernseher, es liefen drei. Auf den Bildschirmen flimmerten Ziffernkolumnen. Außerdem gab es ein paar Computer und Drucker. An einer Wand hingen Uhren, die die Zeit in verschiedenen Weltteilen zeigten. Wallander hatte das Gefühl, einen Fluglotsenturm zu betreten.

»Es heißt immer, die neue Technik habe die Welt kleiner gemacht«, sagte Hökberg. »Das kann man bezweifeln. Aber daß meine Welt größer geworden ist, steht außer jedem Zweifel. Von diesem schlecht gebauten Reihenhaus am Stadtrand von Ystad aus kann ich auf allen Märkten der Welt präsent sein. Ich kann mich in Wettbüros in London oder Rom einwählen. Ich kann auf der Börse in Hongkong eine Option erwerben und in Djakarta amerikanische Dollar verkaufen.«

»Ist das wirklich so einfach?«

»Nicht ganz. Es sind Genehmigungen und Kontakte und Wissen erforderlich. Aber in diesem Raum befinde ich mich mitten in der Welt. Zu jeder Zeit. Stärke und Verwundbarkeit gehen Hand in Hand.«

Sie kehrten ins Wohnzimmer zurück.

»Ich würde mir gern Sonjas Zimmer ansehen«, sagte Wallander.

Hökberg geleitete ihn eine Treppe hinauf. Sie gingen an einem Zimmer vorüber, das, wie Wallander annahm, dem Jungen gehörte, der Emil hieß. Hökberg zeigte auf eine Tür.

»Ich warte unten«, sagte er. »Wenn Sie mich nicht brauchen?«

»Nein, es geht schon.«

Hökbergs schwere Schritte verschwanden die Treppe hinunter. Wallander schob die Tür auf. Das Zimmer hatte eine schräge Decke mit einem Fenster, das halb offenstand. Eine dünne Gardine bewegte sich sacht im Wind. Wallander stand reglos und sah sich langsam um. Er wußte aus Erfahrung, daß der erste Eindruck wichtig war. Spätere Beobachtungen konnten eine Dramatik enthüllen, die nicht sogleich sichtbar war. Aber der erste Eindruck würde dennoch immer derjenige sein, zu dem er zurückkehrte. In diesem Zimmer wohnte ein Mensch. Diesen Menschen suchte er. Das Bett war gemacht. Überall waren rosa und geblümte Kissen. Eine Schmalwand wurde von einem hohen Regal ausgefüllt, in dem unendlich viele Spielzeugbären saßen. An der Tür des Kleiderschranks war ein Spiegel, auf dem Fußboden lag ein dicker Teppich. Unter dem Fenster stand ein Schreibtisch. Die Tischplatte war leer. Wallander stand lange in der Tür und betrachtete das Zimmer. Hier wohnte Sonja Hökberg. Er ging ins Zimmer, kniete neben dem Bett nieder und schaute darunter. Es war staubig. Aber an einer Stelle hatte ein Gegenstand ein Muster in den Staub gezeichnet. Wallander durchfuhr ein Schauder. Er ahnte, daß dort der Hammer gelegen hatte. Er erhob sich wieder und setzte sich aufs Bett. Es war unerwartet hart. Dann befühlte er wieder seine Stirn. Er hatte wohl wieder Fieber. Die Tablettenschachtel hatte er in der Tasche. Sein Hals war noch immer rauh. Er stand auf und öffnete die Schreibtischschubladen. Keine war verschlossen. Es gab nicht einmal einen Schlüssel. Wonach er suchte, wußte er nicht. Ein Tagebuch vielleicht oder ein Foto. Aber nichts in den Schubladen weckte seine Aufmerksamkeit. Er setzte sich wieder aufs Bett. Dachte an seine Begegnung mit Sonja Hökberg.

Das Gefühl hatte sich unmittelbar eingestellt. Schon als er auf der Türschwelle gestanden hatte.

Etwas stimmte nicht. Sonja Hökberg und ihr Zimmer paßten nicht zusammen. Er konnte sie hier nicht sehen, zwischen all diesen rosa Bären. Und doch war es ihr Zimmer. Er versuchte zu verstehen, was das bedeuten konnte. Wer sprach eher die Wahrheit? Sonja Hökberg, die er im Polizeipräsidium getroffen hatte? Oder das Zimmer, in dem sie gewohnt und einen blutigen Hammer unter ihrem Bett versteckt hatte?

Rydberg hatte ihn vor vielen Jahren gelehrt zu horchen. Jeder Raum hat seinen Atem. Du mußt horchen. Ein Zimmer erzählt viele Geheimnisse über den Menschen, der in ihm wohnt.

Zunächst war Wallander gegenüber Rydbergs Rat äußerst skeptisch gewesen. Aber nach und nach hatte er eingesehen, daß Rydberg ihn etwas Entscheidendes gelehrt hatte.

Wallander bekam Kopfschmerzen. Es hämmerte hinter den Schläfen. Er stand auf und öffnete die Kleiderschranktür. Auf den Kleiderbügeln Kleider, auf dem Boden Schuhe. Nichts anderes als Schuhe und ein kaputter Teddy. An der Innenseite der Tür hing ein Filmplakat. ›Im Auftrag des Teufels‹. Al Pacino spielte die Hauptrolle. Wallander erinnerte sich an ihn aus ›Der Pate‹. Er schloß die Kleiderschranktür wieder und setzte sich auf den Schreibtischstuhl. Von dort konnte er das Zimmer aus einer anderen Perspektive sehen.

Es fehlt etwas, dachte er. Er erinnerte sich an Lindas Zimmer aus ihrer Teenagerzeit. Zwar hatte auch sie Spieltiere gehabt. Aber vor allem Bilder der Idole, die wechseln konnten, aber in irgendeiner Gestalt immer da waren.

In Sonja Hökbergs Zimmer gab es nichts. Sie war neunzehn. Alles, was sie hatte, war ein Filmplakat in einem Kleiderschrank.

Wallander blieb noch ein paar Minuten sitzen. Dann verließ er das Zimmer und ging die Treppe hinunter. Erik Hökberg wartete im Wohnzimmer auf ihn. Wallander bat ihn um ein Glas Wasser und nahm seine Tabletten.

Hökberg betrachtete ihn forschend. »Haben Sie etwas gefunden?«

»Ich wollte mich nur umsehen.«

»Was wird mit ihr passieren?«

Wallander schüttelte den Kopf. »Sie ist strafmündig, und sie hat gestanden. Es wird also nicht leicht für sie.«

Hökberg sagte nichts. Wallander sah ihm an, wie gequält er war.

Wallander notierte die Telefonnummer von Hökbergs Schwägerin in Höör.

Dann verließ er das Reihenhaus. Der Wind hatte aufgefrischt. Die Böen kamen und gingen. Wallander fuhr zum Präsidium zurück. Er fühlte sich schlecht. Gleich nach der Pressekonferenz würde er nach Hause fahren und sich ins Bett legen. Als er in die Anmeldung kam, winkte Irene ihn zu sich. Sie war blaß.

»Was ist passiert?« fragte er.

»Ich weiß nicht«, antwortete sie. »Aber sie haben dich gesucht. Und du hattest wie üblich dein Handy nicht bei dir.«

»Wer hat nach mir gesucht?«

»Alle.«

Wallander verlor die Geduld. »Wer alle? Sei ein wenig präziser!

»Martinsson und Lisa.«

Wallander ging auf direktem Weg zu Martinssons Zimmer. Hansson war auch da.

»Was ist passiert?« fragte Wallander.

Martinsson antwortete. »Sonja Hökberg ist abgehauen.«

Wallander starrte ihn ungläubig an. »Abgehauen?«

»Vor einer knappen Stunde. Wir haben alles denkbare Personal draußen und suchen nach ihr. Aber sie ist verschwunden.«

Wallander sah seine Kollegen an.

Dann zog er seine Jacke aus und setzte sich.

6

WALLANDER BRAUCHTE NICHT LANGE, um zu verstehen, was geschehen war.

Jemand war nachlässig gewesen. Jemand hatte in eklatanter

Weise gegen seine Dienstvorschriften verstoßen. Aber vor allem hatte jemand vergessen, daß Sonja Hökberg nicht nur ein junges Mädchen mit vertrauenerweckendem Aussehen war. Sie hatte vor zwei Tagen einen brutalen Mord begangen.

Das Geschehen war leicht zu rekonstruieren. Sonja Hökberg sollte nach einer Unterredung mit ihrem Anwalt in die Arrestabteilung zurückgebracht werden. Während sie wartete, hatte sie darum gebeten, zur Toilette gehen zu dürfen. Als sie wieder herauskam, hatte sie bemerkt, daß der Wachbeamte, der sie begleitete, ihr den Rücken zuwandte und sich mit jemandem unterhielt, der sich in einem anliegenden Büro befand. Da war sie in die andere Richtung gegangen. Niemand hatte versucht, sie aufzuhalten. Sie war einfach durch die Anmeldung hinausspaziert. Keiner hatte sie gesehen. Irene nicht, niemand. Nach ungefähr fünf Minuten war der Wachmann in die Toilette gegangen und hatte entdeckt, daß Sonja Hökberg nicht dort war. Er war daraufhin zu dem Zimmer zurückgegangen, in dem sie die Unterredung mit ihrem Anwalt gehabt hatte. Erst als er einsah, daß sie nicht dorthin zurückgegangen war, hatte er Alarm geschlagen. Sonja Hökberg hatte zehn Minuten Zeit gehabt zu verschwinden. Und das reichte.

Wallander stöhnte. Seine Kopfschmerzen kamen wieder.

»Ich habe alle verfügbaren Leute losgeschickt«, sagte Martinsson. »Und ich habe ihren Vater angerufen. Du warst gerade gegangen. Ist bei deinem Gespräch etwas herausgekommen, was dich auf eine Idee bringt, wohin sie möglicherweise will?«

»Ihre Mutter ist bei einer Schwester in Höör.«

Er gab Martinsson den Zettel mit der Telefonnummer.

»Dahin kommt sie aber kaum zu Fuß«, sagte Hansson.

»Sonja Hökberg hat den Führerschein«, sagte Martinsson mit dem Telefonhörer am Ohr. »Sie kann per Anhalter fahren, sie kann ein Auto klauen.«

»Vor allem müssen wir mit Eva Persson sprechen«, sagte Wallander. »Und zwar auf der Stelle. Ich pfeife darauf, daß sie minderjährig ist. Jetzt soll sie sagen, was sie weiß.«

Hansson verließ das Zimmer. In der Tür wäre er beinah mit Lisa Holgersson zusammengestoßen, die bei einer Besprechung außerhalb des Präsidiums gewesen war und gerade erfahren hatte, daß Sonja Hökberg verschwunden war. Während Martinsson mit der Mutter in Höör telefonierte, erklärte Wallander Lisa, wie es zu Sonja Hökbergs Flucht hatte kommen können.

»So etwas darf einfach nicht passieren«, sagte sie.

Lisa Holgersson war wütend. Das gefiel Wallander. Er dachte zurück an seinen ehemaligen Chef, Björk, und wie der sich sofort Sorgen gemacht hätte, daß sein Ansehen in Mitleidenschaft gezogen werden könnte.

»Es darf nicht passieren«, sagte Wallander. »Und doch passiert es. Aber am wichtigsten ist jetzt, daß wir sie schnappen. Dann können wir klären, wo es gehapert hat. Und wer zur Verantwortung gezogen werden muß.«

»Glaubst du, es besteht die Gefahr, daß sie gewalttätig wird?«

Wallander dachte nach. Er sah ihr Zimmer vor sich. All die Plüschtiere.

»Wir wissen zuwenig über sie«, sagte er. »Aber ganz undenkbar ist es nicht.«

Martinsson legte den Hörer auf. »Ich habe mit ihrer Mutter geredet«, sagte er. »Und mit den Kollegen in Höör. Sie wissen, worum es geht.«

»Ich glaube, das weiß keiner von uns«, wandte Wallander ein. »Aber ich will, daß dieses Mädchen so schnell wie möglich gefaßt wird.«

»Hatte sie die Flucht geplant?« fragte Lisa Holgersson.

»Der Wache zufolge nicht«, sagte Martinsson. »Ich glaube, sie hat ganz einfach die Gelegenheit ergriffen, als sie sich bot.«

»Sicher war es geplant«, sagte Wallander. »Sie suchte eine Gelegenheit. Sie wollte von hier weg. Hat jemand mit dem Anwalt gesprochen? Kann er uns helfen?«

»Ich glaube nicht, daß daran schon jemand gedacht hat«, sagte Martinsson. »Er ist gleich nach seiner Unterredung mit ihr weggefahren.

Wallander stand auf. »Ich rede mit ihm.«

»Die Pressekonferenz«, sagte Lisa Holgersson. »Was machen wir damit?«

Wallander schaute auf die Uhr. Zwanzig nach elf.

»Wir halten sie wie vorgesehen ab. Aber die Nachricht müssen wir ihnen geben. Auch wenn wir uns das lieber erspart hätten.«

»Ich sehe ein, daß ich dabeisein muß«, sagte Lisa Holgersson.

Wallander antwortete nicht. Er ging in sein Zimmer. Sein Kopf hämmerte. Bei jedem Schlucken tat es weh.

Ich sollte im Bett liegen, dachte er. Anstatt hier herumzulaufen und neunzehnjährige Mädchen zu jagen, die Taxifahrer totschlagen.

In einer seiner Schreibtischschubladen fand er Papiertaschentücher. Er wischte sich den Schweiß unter dem Hemd ab. Er hatte Fieber. Dann rief er den Anwalt Lötberg an und berichtete, was geschehen war.

»Das ist unerwartet«, sagte Lötberg, nachdem Wallander ausgeredet hatte.

»Vor allem ist es nicht gut«, sagte Wallander. »Können Sie mir helfen?«

»Ich glaube nicht. Wir haben darüber gesprochen, was jetzt geschehen würde. Daß sie Geduld haben müsse.«

»Hatte sie Geduld?«

Lötberg überlegte. »Ehrlich gesagt, ich weiß es nicht. Es war nicht leicht, Kontakt zu ihr zu finden. Äußerlich wirkte sie ruhig. Aber wie es unter der Oberfläche aussah, darüber kann ich wenig sagen.«

»Sie erwähnte nichts von einem Freund? jemand, der sie besuchen sollte?«

»Nein.«

»Überhaupt nichts?«

»Sie wollte wissen, was mit Eva Persson sei.«

Wallander überlegte. »Hat sie nach ihren Eltern gefragt?«

»Nein, hat sie nicht.«

Wallander fand das bemerkenswert. Ebenso eigentümlich wie ihr Zimmer. Das Gefühl, daß etwas mit Sonja Hökberg seltsam war, wurde immer stärker.

»Ich lasse natürlich von mir hören, falls sie Kontakt zu mir aufnimmt«, sagte Lötberg.

Sie beendeten das Gespräch. Wallander sah wieder ihr Zimmer vor sich. Es war ein Kinderzimmer, dachte er. Kein Zimmer, in dem ein neunzehnjähriges Mädchen lebte. Es war das Zimmer einer Zehnjährigen. Irgendwo auf der Strecke ist das Zimmer stehengeblieben, während Sonja immer älter wurde.

Er konnte seinen Gedankengang nicht klar zu Ende denken. Aber er wußte, daß er wichtig war.

Martinsson brauchte weniger als eine halbe Stunde, um dafür zu sorgen, daß Eva Persson Wallander treffen konnte. Wallander war verblüfft, als er das Mädchen sah. Sie war klein und sah kaum älter aus als zwölf. Er schaute auf ihre Hände und konnte sich nicht vorstellen, daß sie ein Messer gehalten und es einem Mitmenschen mit Kraft in die Brust gestoßen hatte. Aber er entdeckte schnell, daß sie etwas an sich hatte, was an Sonja Hökberg erinnerte. Zuerst konnte er die Ähnlichkeit nicht bestimmen. Dann erkannte er, was es war.

Die Augen. Die gleiche Unberührtheit.

Martinsson hatte sie allein gelassen. Am liebsten hätte Wallander Ann-Britt Höglund bei dem Gespräch mit Eva Persson dabeigehabt. Aber sie war irgendwo draußen in der Stadt und versuchte, die Fahndung nach Sonja Hökberg so effektiv wie möglich ablaufen zu lassen.

Eva Perssons Mutter hatte verweinte Augen. Sie tat Wallander sogleich leid. Es machte ihm angst, daran zu denken, was sie durchmachte.

Er kam direkt zur Sache. »Sonja ist geflohen. Jetzt möchte ich fragen, ob du weißt, wohin sie gegangen sein kann. Ich möchte, daß du genau nachdenkst. Und daß du ehrlich bist. Hast du verstanden?«

Eva Persson nickte.

»Wohin ist sie also gegangen, was glaubst du?«

»Sie ist wohl nach Hause gegangen. Wohin denn sonst?«

Wallander konnte nicht entscheiden, ob das Mädchen ehrlich oder arrogant war. Er sagte sich, daß seine Kopfschmerzen ihn ungeduldig machten.

»Wenn sie nach Hause gegangen wäre, hätten wir sie schon gefunden«, sagte er und wurde etwas lauter. Die Mutter kroch auf ihrem Stuhl zusammen.

»Ich weiß nicht, wo sie ist.«

Wallander schlug einen Kollegblock auf. »Was hat sie für Freunde? Mit wem verkehrt sie? Kennt sie jemanden mit einem Auto?«

»Meistens sind es wir beide.«

»Sie muß doch noch andere Freunde haben?«

»Kalle.«

»Wie heißt er weiter?«

»Ryss.«

»Er heißt Kalle Ryss?«

»Ja.«

»Ich will kein einziges Wort hören, das nicht stimmt. Hast du das verstanden?«

»Warum schreist du so, verdammt? Scheiß Opa. So heißt er. Kalle Ryss.«

Wallander war nahe daran zu explodieren. Er liebte es gar nicht, Opa genannt zu werden. »Wer ist Kalle?«

»Er surft. Meistens ist er in Australien. Aber jetzt ist er zu Hause und jobbt bei seinem Alten.«

»Und wo?«

»Sie haben einen Eisenwarenladen.«

»Kalle ist also einer von Sonjas Freunden?«

»Sie waren mal zusammen.«

Wallander fragte weiter. Aber Eva Persson kam auf keinen anderen, mit dem Sonja Hökberg Kontakt aufgenommen haben könnte. Sie wußte auch nicht, wohin Sonja geflüchtet sein könnte. In einem letzten Versuch, noch etwas Brauchbares zu erfahren, wandte Wallander sich an Eva Perssons Mutter.

»Ich kannte sie nicht«, sagte sie so leise, daß Wallander sich über den Tisch beugen mußte, um sie zu verstehen.

»Sie müssen doch die beste Freundin Ihrer Tochter gekannt haben!«

»Ich mochte sie nicht.«

Eva Persson drehte sich blitzschnell um und schlug ihre Mutter ins Gesicht. Es ging so schnell, daß Wallander nicht reagieren konnte. Die Mutter begann zu schreien. Eva Persson schlug weiter und stieß dabei Schimpfworte aus. Wallander wurde in die Hand gebissen, aber es gelang ihm mit einiger Mühe, Eva Persson von ihrer Mutter zu trennen.

»Bringt die Alte raus!« schrie Eva. »Ich will sie nicht sehen!«

In dem Augenblick verlor Wallander vollständig die Kontrolle. Er gab Eva Persson eine kräftige Ohrfeige. Der Schlag war so hart, daß Eva Persson umfiel. Mit schmerzender Hand wankte Wallander aus dem Zimmer. Lisa Holgersson, die über den Flur hastete, starrte ihn entgeistert an. »Was ist passiert«

Wallander antwortete nicht. Er sah seine Hand an. Sie brannte nach der Ohrfeige.

Keiner von ihnen hatte den Journalisten einer Abendzeitung bemerkt, der vorzeitig zur Pressekonferenz erschienen war. Während des Tumults hatte er sich mit einer kleinen diskreten Kamera unbeobachtet bis zum Zentrum des Geschehens vorgearbeitet. Er knipste mehrere Bilder und merkte sich, was er sah und hörte. In seinem Kopf nahm schon eine Schlagzeile Gestalt an. In großer Eile kehrte er zur Anmeldung zurück.

Mit einer halben Stunde Verspätung kam die Pressekonferenz endlich in Gang. Lisa Holgersson hatte bis zum Schluß gehofft, daß irgendeine Streife Sonja Hökberg finden würde. Wallander, der sich in dieser Hinsicht keine Illusionen machte, wollte pünktlich anfangen. Teils weil er der Meinung war, daß Lisa Holgersson vergebens hoffte. Aber ebenso wegen seiner Erkältung, die schlimmer wurde.

Schließlich gelang es ihm, Lisa davon zu überzeugen, daß keine Veranlassung bestand, noch länger zu warten. Die Journalisten würden nur irritiert sein. Es würde ohnedies schwierig genug werden.

»Und was soll ich sagen?« fragte sie, als sie unterwegs waren zum großen Sitzungssaal, in dem die Pressekonferenz stattfinden sollte.

»Nichts«, gab Wallander zurück. »Ich mach das schon. Aber ich möchte, daß du dabei bist.«

Wallander ging in eine Toilette und wusch sich das Gesicht mit kaltem Wasser. Als er danach in den Sitzungssaal trat, zuckte er zusammen. Es waren mehr Journalisten anwesend, als er sich vorgestellt hatte. Er stieg auf das kleine Podium, seine Chefin folgte ihm. Sie setzten sich. Wallander blickte über die Versammlung. Einige der Gesichter kannte er. Von ein paar Journalisten kannte er die Namen, andere waren ihm völlig unbekannt.

Was sage ich jetzt? dachte er. Auch wenn man es sich vorgenommen hat, sagt man nie wirklich, was eigentlich Sache ist.

Lisa Holgersson begrüßte die Journalisten und übergab das Wort an Wallander.

Ich hasse das hier, dachte er ergeben. Ich mag es nicht nur nicht. Ich hasse diese Begegnungen mit den Medien. Auch wenn ich weiß, daß sie nötig sind.

Er zählte stumm bis drei, dann fing er an: »Vor einigen Tagen wurde ein Taxifahrer hier in Ystad überfallen und beraubt. Er ist, wie Sie schon wissen, leider seinen Verletzungen erlegen. Zwei Personen konnten im Zusammenhang mit diesem Verbrechen festgenommen werden. Sie haben die Tat gestanden. Weil einer der Täter minderjährig ist, werden wir bei dieser Pressekonferenz den Namen nicht nennen.«

Einer der Journalisten hob die Hand. »Warum sagen Sie Täter, wenn es sich um zwei Frauen handelt?«

»Darauf komme ich noch«, sagte Wallander. »Wenn Sie sich ein wenig gedulden.«

Der Journalist war jung und hartnäckig. »Die Pressekonferenz sollte um ein Uhr anfangen. Jetzt ist es nach halb zwei. Nehmen Sie überhaupt keine Rücksicht darauf, daß wir Zeiten haben, die wir einhalten müssen?«

Wallander überging die Frage mit Schweigen.

»Es handelt sich mit anderen Worten um Mord«, fuhr er fort. »Raubmord. Es besteht auch kein Grund dazu, nicht offen zu sagen, wie es sich verhält, daß es nämlich ein ungewöhnlich brutaler Mord war. Deshalb ist es natürlich erfreulich, daß wir die Tat so schnell aufklären konnten.«

Dann wagte er den Absprung. Es war, wie an einer Stelle zu tauchen, an der man mit verborgenen Untiefen rechnen mußte. »Leider ist insofern eine Komplikation aufgetreten, als eine der Täterinnen flüchtig ist. Aber wir hoffen, sie binnen kurzem greifen zu können.«

Es wurde still im Saal. Dann kamen alle Fragen auf einmal.

»Wie heißt die, die geflohen ist?«

Wallander sah Lisa Holgersson an. Sie nickte.

»Sonja Hökberg.«

»Von wo ist sie geflohen?«

»Von hier aus dem Präsidium.«

»Wie konnte das passieren?«

»Wir sind dabei, das zu untersuchen.«

»Was soll das heißen?«

»Genau das, was ich sage. Daß wir untersuchen, wie Sonja Hökberg fliehen konnte.«

»Die geflohene Frau ist mit anderen Worten gefährlich.«

Wallander zögerte. »Ja«, antwortete er schließlich. »Aber es ist nicht sicher.«

»Entweder ist sie gefährlich, oder sie ist es nicht. Können Sie sich nicht entscheiden?«

Wallander verlor die Geduld. Zum wievielten Mal an diesem Tag, wußte er nicht. Er wollte das Ganze so schnell wie möglich hinter sich bringen und dann nach Hause gehen und sich ins Bett legen. »Die nächste Frage.«

Der Journalist ließ nicht locker. »Ich verlange eine vernünftige Antwort. Ist sie gefährlich oder nicht?«

»Sie haben die Antwort bekommen, die ich geben kann. Die nächste Frage.«

»Ist sie bewaffnet?«

»Nicht, soweit wir wissen.«

»Wie wurde der Taxifahrer getötet?«

»Mit Messer und Hammer.«

»Haben Sie die Mordwaffen gefunden?«

»Ja.«

»Können wir sie sehen?«

»Nein.«

»Warum nicht?«

»Aus ermittlungstechnischen Gründen. Die nächste Frage.«

»Läuft eine landesweite Fahndung nach ihr?«

»Noch reicht die regionale Fahndung. Und das ist alles, was wir zum gegenwärtigen Zeitpunkt zu sagen haben.«

Wallanders Art und Weise, die Pressekonferenz für beendet zu erklären, löste heftige Proteste aus. Wallander wußte, daß noch eine unendliche Anzahl mehr oder weniger wichtiger Fragen im Raum stand.

Aber er stand auf und zerrte Lisa Holgersson fast von ihrem Stuhl hoch. »Es reicht jetzt«, zischte er.

»Sollten wir nicht noch eine Weile bleiben?«

»Dann mußt du es übernehmen. Sie haben erfahren, was sie wissen müssen. Den Rest füllen sie genausogut selbst aus.«

Fernsehen und Radio wollten Interviews.

Wallander bahnte sich einen Weg durch den Wald von Mikrophonen und Kameraaugen. »Das hier mußt du machen«, sagte er zu Lisa Holgersson. »Oder bitte Martinsson. Ich muß jetzt nach Hause.«

Sie waren in den Korridor gelangt. Sie sah ihn verwundert an.

»Gehst du nach Hause?«

»Wenn du willst, darfst du deine Hand auf meine Stirn legen. Ich bin krank. Ich habe Fieber. Es gibt andere Polizisten, die nach der Hökberg suchen können. Und alle diese Scheißfragen beantworten können.«

Er ließ sie stehen, ohne auf eine Antwort zu warten. Ich mache einen Fehler, dachte er. Ich sollte hierbleiben und versuchen, in diesem Chaos einigermaßen Ordnung zu halten. Aber gerade im Moment schaffe ich es nicht.

Er kam in sein Zimmer und zog sich die Jacke an, als ein Zettel auf seinem Schreibtisch seine Aufmerksamkeit gefangennahm. Es war Martinssons Handschrift.

»Den Ärzten zufolge ist Tynnes Falk eines natürlichen Todes gestorben. Kein Verbrechen. Können wir also ad acta legen.« Es dauerte ein paar Sekunden, bis Wallander einfiel, daß es sich um den Mann handelte, der tot vor dem Geldautomaten bei den Kaufhäusern gelegen hatte. Dann bleibt uns das wenigstens erspart, dachte er.

Er verließ das Präsidium durch die Garage, um keine Journalisten zu treffen. Es stürmte jetzt. Er duckte sich gegen die Böen auf dem Weg zu seinem Wagen. Als er den Zündschlüssel umdrehte, passierte nichts. Er versuchte es mehrfach, aber der Motor war tot.

Er löste den Sicherheitsgurt und stieg aus, ohne sich die Mühe zu machen, abzuschließen. Auf dem Weg zur Mariagata fiel ihm das Buch ein, das er aus der Buchhandlung abzuholen versprochen hatte. Aber das mußte warten. Alles mußte warten. Jetzt wollte er nur schlafen.

Das Erwachen war wie der Sprung aus einem Traum.

Er war wieder auf der Pressekonferenz gewesen, aber sie hatte in dem Reihenhaus stattgefunden, in dem Sonja Hökberg wohnte. Wallander hatte keine einzige der Journalistenfragen beantworten können. Dann hatte er ganz hinten im Raum seinen Vater entdeckt. Er saß augenscheinlich ungerührt zwischen den Fernsehkameras und malte eine seiner immer gleichen Herbstlandschaften.

Wallander lag still und horchte. Der Wind drückte gegen das Fenster. Er drehte den Kopf. Die Uhr auf dem Nachttisch zeigte halb sieben. Er hatte fast vier Stunden geschlafen. Er versuchte zu schlucken. Sein Hals war geschwollen und rauh. Aber das Fieber war gefallen. Er ahnte, daß sie Sonja Hökberg noch immer nicht gefaßt hatten. Sonst hätte jemand angerufen. Er stand auf und ging in die Küche. Dalag der Zettel, daß er Seife kaufen müsse. Er schrieb dazu, daß er in der Buchhandlung ein Buch abholen wollte. Dann machte er Tee. Vergebens suchte er nach einer Zitrone. Im Gemüsefach lagen nur ein paar alte Tomaten und eine angefaulte Gurke. Er nahm die Teetasse mit ins Wohnzimmer. Überall in den Ecken lag Staub. Er ging zurück in die Küche und schrieb »Staubsaugerbeutel« auf seinen Einkaufszettel. Am besten wäre es natürlich, wenn er einen neuen Staubsauger kaufte.

Er zog das Telefon an sich und rief im Präsidium an. Der einzige, den er erreichte, war Hansson.

»Wie geht es?«

Hansson klang müde. »Sie ist spurlos verschwunden.«

»Keiner, der sie gesehen hat?«

»Nichts. Der Reichspolizeichef hat angerufen und sich skeptisch zu dem Vorgefallenen geäußert.«

»Das kann ich mir denken. Aber ich schlage vor, daß wir darauf im Moment nichts geben.«

»Ich habe gehört, daß du krank bist?«

»Morgen bin ich wieder in Ordnung.«

Hansson berichtete ihm, wie die Fahndung angelaufen war. Wallander hatte keine Einwände. Man hatte eine regionale Suchaktion veranlaßt und die landesweite Fahndung vorbereitet. Hansson versprach, sich zu melden, wenn etwas passierte.

Wallander beendete das Gespräch und griff zur Fernbedienung. Er sollte sich die Nachrichten ansehen. Sicher würde Sonja Hökbergs Flucht die große Neuigkeit in den Südnachrichten sein. Vielleicht würde sie sogar als würdig erachtet, eine Reichsnachricht zu werden. Aber er legte die Fernbedienung wieder weg. Statt dessen schob er eine CD mit Verdis ›La Traviata‹ ein. Er legte sich auf die Couch und schloß die Augen. Dachte an Eva Persson und ihre Mutter. An den wüsten Ausbruch des Mädchens. Ihre ungerührten Augen. Dann klingelte das Telefon. Er richtete sich auf, stellte die Musik leiser und nahm ab.

»Kurt?«

Er erkannte die Stimme sofort. Es war Sten Widén. Unter Wallanders wenigen Freunden war Sten der älteste.

»Lange her.«

»Es ist immer lange her, wenn wir miteinander reden. Wie geht es dir? Im Präsidium hat mir jemand gesagt, daß du krank bist.«

»Halsschmerzen. Nichts Besonderes.«

»Ich dachte, wir könnten uns treffen.«

»Gerade im Moment ist es schwierig. Du hast vielleicht die Nachrichten gesehen?«

»Ich sehe weder Nachrichten, noch lese ich Zeitung. Außer die Ergebnisse von Galopprennen und den Wetterbericht.«

»Wir haben eine Person, die sich auf der Flucht befindet. Ich muß diese Person kriegen. Danach können wir uns sehen.«

»Ich wollte mich verabschieden.«

Wallander spürte, wie etwas in seinem Magen sich verkrampfte. War Sten krank? Hatte er seine Leber endgültig kaputtgesoffen?

»Warum das? Warum dich verabschieden?«

»Ich verkaufe den Hof und geh weg.«

In den letzten Jahren hatte Sten Widén immer wieder davon gesprochen, aufbrechen zu wollen. Der Hof, den er von seinem Vater geerbt hatte, war immer mehr zu einer trostlosen Belastung geworden. Lange Abende hatte Wallander seinen Träumen von einem anderen Leben zugehört, das er beginnen wollte, bevor es zu spät war. Er hatte Widéns Träumen nie größeren Ernst beigemessen als seinen eigenen. Offenbar war das ein Irrtum gewesen. Wenn Sten betrunken war, was häufig vorkam, konnte er übertreiben. Aber jetzt wirkte er nüchtern und voller Energie. Die normalerweise schleppende Stimme war verändert.

»Ist das dein Ernst?«

»Ja. Ich fahre.«

»Wohin?«

»Das habe ich noch nicht entschieden. Aber bald ist es soweit.«

Der Knoten im Magen hatte sich wieder gelöst. Statt dessen empfand Wallander Neid. Sten Widéns Träume hatten sich trotz allem als tragfähiger erwiesen als seine eigenen.

»Ich komme raus zu dir, sobald ich es schaffe. Im besten Fall schon in ein paar Tagen.«

»Ich bin zu Hause.«

Als das Gespräch beendet war, blieb Wallander lange untätig sitzen. Er konnte ein Gefühl des Neids nicht unterdrücken. Seine eigenen Träume von einem Aufbruch aus dem Polizistendasein wirkten unendlich entlegen. Was Sten Widén jetzt tat, würde er selbst nie schaffen.

Er trank seinen Tee aus und trug die Tasse in die Küche. Das Thermometer vor dem Fenster zeigte ein Grad über Null. Für Anfang Oktober war es kalt.

Er ging zur Couch zurück. Die Musik war schwach zu hören. Er streckte sich nach der Fernbedienung und richtete sie auf die Musikanlage.

Im gleichen Augenblick fiel der Strom aus.

Zuerst glaubte er, es sei eine Sicherung. Aber als er sich tastend zum Fenster bewegt hatte, sah er, daß auch die Straßenlaternen erloschen waren.

Er kehrte zur Couch zurück und wartete.

Was er zu diesem Zeitpunkt nicht wußte, war, daß ein großer Teil Schonens im Dunkeln lag.

7

OLLE ANDERSSON SCHLIEF. Das Telefon klingelte.

Als er die Nachttischlampe anknipsen wollte, blieb alles dunkel. Im Nu war ihm klar, was der Anruf bedeutete. Er knipste die Taschenlampe an, die stets neben seinem Bett stand, und nahm den Hörer ab. Wie er vermutet hatte, kam der Anruf von der Betriebszentrale von Sydkraft, die rund um die Uhr besetzt war. Rune Ågren war am Apparat. Olle Andersson wußte, daß er in dieser Nacht vom 7. auf den 8. Oktober Dienst hatte. Rune stammte aus Malmö und hatte seit über dreißig Jahren für verschiedene Kraftwerke gearbeitet. Im nächsten Jahr würde er in Rente gehen.

Er kam direkt zur Sache. »Wir haben einen Spannungsabfall und Stromausfall in einem Viertel von Schonen.«

Olle Andersson wunderte sich. Sie hatten zwar seit einigen Tagen starken Wind, aber er hatte noch lange keine Sturmstärke erreicht.

»Weiß der Teufel, was da los ist«, fuhr Ågren fort. »Aber es ist die Transformatorstation bei Ystad, die ausgefallen ist. Also schmeiß dich in die Klamotten, und nichts wie hin.«

Olle Andersson wußte, daß es eilte. Die Transformatorstation bei Ystad war ein Knotenpunkt in dem komplizierten Leitungsnetz, durch das der Strom über Städte und Regionen verteilt wurde. Wenn dort etwas passierte, konnte in einem großen Teil Schonens der Strom ausfallen. Es war ständig Personal in Bereitschaft, falls ein Störfall im Verteilernetz eintrat, und in dieser Woche war Olle Andersson für den Bezirk Ystad zuständig.

»Ich war eingeschlafen«, sagte er. »Wann kam der Ausfall?«

»Vor vierzehn Minuten. Wir brauchten eine Weile, um ihn zu lokalisieren. Du mußt dich beeilen. Die Polizei in Kristianstad hat außerdem einen Defekt am Reserveaggregat. Ihre Notrufanlage ist ausgefallen.«

Olle Andersson wußte, was das bedeutete. Er legte den Hörer auf und zog sich an.

Seine Frau Berit war wach geworden. »Was ist denn passiert?«

»Ich muß raus. Schonen ist ohne Strom.«

»Ist der Sturm so stark?«

»Nein. Es muß etwas anderes sein. Schlaf nur weiter.«

Mit der Taschenlampe in der Hand ging er die Treppe hinunter. Das Haus lag in Svarte. Er würde zwanzig Minuten mit dem Wagen brauchen, um zur Transformatorstation zu gelangen. Während er seine Jacke anzog, fragte er sich, was wohl passiert war.

Er befürchtete, der Fehler könnte so kompliziert sein, daß er allein nicht in der Lage war, ihn zu beheben. Wenn der Stromausfall umfassend war, mußte die Spannung so schnell wie möglich wieder aufgebaut werden.

Der Wind war stark, als er auf den Hof hinauskam, aber Olle Andersson war trotzdem sicher, daß es nicht der Wind war, der die Störung verursacht hatte. Er setzte sich in seinen Wagen, eine rollende Werkstatt, schaltete den Funk ein und rief Ågren an. »Ich bin jetzt unterwegs.«

Er brauchte neunzehn Minuten bis zur Transformatorstation. Die Landschaft lag in absoluter Dunkelheit. Jedesmal, wenn der Strom ausfiel und er unterwegs war, um den Schaden zu beheben, hatte er den gleichen Gedanken. Daß diese kompakte Dunkelheit vor nur hundert Jahren völlig normal gewesen war. Die Elektrizität hatte alles verändert. Kein heute Lebender konnte sich vorstellen, wie es damals gewesen war. Aber Olle Andersson pflegte auch zu denken, wie verwundbar die Gesellschaft geworden war. So konnte ein simpler Defekt in einem der Schaltzentren die Stromversorgung eines ganzen Landesteils lahmlegen.

»Ich bin da«, gab er Ågren durch.

»Dann mach schnell jetzt.«

Die Transformatorstation stand auf einem Acker. Sie war von einem hohen Zaun umgeben. Überall hingen Schilder, die darauf hinwiesen, daß das Betreten Lebensgefahr bedeutete. Er duckte sich gegen den Wind: In der Hand hielt er den Schlüsselbund. Er trug eine Brille, die er selbst konstruiert hatte. Statt Gläsern hatte er zwei kleine, aber starke Taschenlampen oberhalb der Augen montiert. Er suchte die richtigen Schlüssel. Als er an das Tor kam, blieb er wie angewurzelt stehen. Es war aufgebrochen. Er schaute sich um. Kein Auto, kein Mensch.

Er griff zum Funkgerät und rief Ågren an. »Das Tor ist aufgebrochen«, sagte er.

Ågren konnte ihn wegen des Sturms nur schwer verstehen. Andersson mußte wiederholen, was er gesagt hatte.

»Es sieht leer aus«, fuhr er fort. »Ich gehe rein.«

Er erlebte nicht zum erstenmal, daß das Tor einer Transformatorstation aufgebrochen worden war. Sie erstatteten jedesmal Anzeige bei der Polizei. Manchmal gelang es der Polizei sogar, die Täter zu fassen. Oft waren es Jugendliche, die aus reinem Mutwillen gehandelt hatten. Aber sie hatten zuweilen davon gesprochen, was passieren würde, wenn jemand sich ernsthaft vornähme, Sabotage am Stromnetz auszuüben. Erst im September hatte er an einer Sitzung teilgenommen, auf der einer der technischen Sicherheitsbeauftragten von Sydkraft darüber gesprochen hatte, daß sie ganz neue Sicherheitsmaßnahmen ins Auge fassen müßten.

Er drehte den Kopf. Weil er seine große Taschenlampe in der Hand hielt, waren es drei Lichtpunkte, die über das Stahlskelett der Transformatorstation glitten. Mitten zwischen den Stahltürmen lag ein kleines graues Haus, das eigentliche Herzstück der Station. Es hatte eine Stahltür, die mit zwei verschiedenen Schlüsseln geöffnet wurde und die Unbefugte nur mit einer kräftigen Sprengladung aufbrechen konnten. An seinem Schlüsselbund hatte er die verschiedenen Schlüssel mit kleinen farbigen Streifen Isolierband markiert. Der rote Schlüssel war für das Tor, Gelb und Blau waren für die Stahltür. Er blickte sich um. Alles wirkte verlassen. Nur der Wind heulte. Er begann zu gehen. Nach ein paar Schritten blieb er stehen. Etwas ließ ihn stutzen. Er schaute sich um. War etwas hinter ihm? Aus dem Funkgerät, das er an seiner Jacke befestigt hatte, erklang Ågrens schnarrende Stimme. Er antwortete nicht. Was hatte ihn innehalten lassen? In der Dunkelheit um ihn herum war nichts. Jedenfalls nichts, was er sehen konnte. Aber ein Geruch. Es muß von den Äckern kommen, dachte er; ein Bauer, der Mist auf die Äcker gefahren hat. Er ging weiter auf das niedrige Gebäude zu. Der Geruch wurde nicht schwächer.

Plötzlich blieb Andersson wie angewurzelt stehen. Die Stahltür war offen. Er machte ein paar Schritte rückwärts und griff zum Funkgerät.

»Die Tür ist offen«, sagte er. »Hörst du mich?«

»Ich höre. Was meinst du damit, die Tür ist offen?«

»Genau das, was ich sage.«

»Ist jemand da?«

»Ich weiß nicht. Aber es sieht nicht so aus, als sei sie aufgebrochen worden.«

»Wie kann sie dann offen sein?«

»Ich weiß nicht.«

Es wurde still im Funkgerät. Andersson fühlte sich plötzlich sehr einsam. Ågren meldete sich wieder.

»Meinst du, sie ist aufgeschlossen worden?«

»Es sieht so aus. Außerdem riecht es hier komisch.«

»Sieh nach, was los ist. Es wird höchste Zeit. Die Chefs setzen mir schon zu. Sie rufen an wie die Irren und wollen wissen, was los ist.«

Andersson holte tief Luft, ging zur Tür und leuchtete hinein. Zuerst begriff er nicht, was er sah. Der Gestank, der ihm entgegenschlug, war entsetzlich. Dann verstand er, was passiert war. Daß in dieser Oktobernacht in Schonen die Lichter ausgegangen waren, lag an der verkohlten Leiche, die zwischen den Sammelschienen hing. Ein Mensch hatte den Stromausfall herbeigeführt.

Er stolperte rückwärts aus dem Häuschen und rief Ågren an. »Im Transformatorhaus ist eine Leiche.«

Es dauerte ein paar Sekunden, bevor Ågren antwortete.

»Sag das noch einmal.«

»Da drinnen ist eine verkohlte Leiche. Ein Mensch hat den Kurzschluß verursacht.«

»Ist das wirklich wahr?«

»Du hörst doch, was ich sage! Ein Relaisschutz muß kaputtgegangen sein.«

»Dann alarmieren wir die Polizei. Warte da, wo du bist. Wir müssen versuchen, das gesamte Leitungsnetz von hier aus umzukoppeln.«

Im Funkgerät wurde es still. Olle merkte, wie er zitterte. Ihm war unbegreiflich, was hier geschehen war. Warum ging ein Mensch in eine Transformatorstation und nahm sich das Leben, indem er sich Starkstrom durch den Körper jagte? Es war, als setzte man sich auf einen elektrischen Stuhl.

Ihm war schlecht. Um sich nicht zu übergeben, ging er zum Auto zurück.

Der Wind war böig und stark. Jetzt hatte es auch angefangen zu regnen.

Der Alarmruf erreichte das im Dunkeln liegende Polizeipräsidium in Ystad kurz nach Mitternacht. Der Beamte, der das Gespräch von der Sydkraft entgegennahm, schrieb mit und nahm eine schnelle Einschätzung der Lage vor. Weil eine Leiche mit im Spiel war, rief er Hansson an, der Bereitschaftsdienst hatte und versprach, sogleich hinzufahren. Hansson hatte eine Kerze neben dem Telefon. Martinssons Nummer wußte er auswendig. Es dauerte lange, bis Martinsson sich meldete, weil er geschlafen und nicht mitbekommen hatte, daß der Strom ausgefallen war. Er hörte Hansson zu und begriff sofort, daß es ernst war. Als er aufgelegt hatte, fühlte er über die Tasten seines Telefons und drückte eine Nummer, die er auswendig konnte.

Wallander war auf dem Sofa eingeschlafen, während er darauf wartete, daß der Strom zurückkam. Aber als das Klingeln des Telefons ihn weckte, war es immer noch pechschwarz um ihn her. Er riß das Telefon vom Tisch, als er nach dem Hörer griff.

»Martinsson hier. Hansson hat gerade angerufen.«

Wallander ahnte, daß etwas Ernstes passiert war, und hielt den Atem an.

»Sie haben in einer Anlage von Sydkraft außerhalb von Ystad eine Leiche gefunden.«

»Ist es deswegen dunkel?«

»Ich weiß nicht. Aber ich fand, daß du informiert werden solltest. Trotz deiner Krankheit.«

Wallander schluckte. Sein Hals war noch immer geschwollen. Aber er hatte kein Fieber mehr. »Mein Auto ist kaputt«, sagte er. »Du mußt mich abholen.«

»Ich bin in zehn Minuten da.«

»Fünf«, sagte Wallander. »Nicht mehr. Und wenn die ganze Gegend schwarz ist.«

Er zog sich im Dunkeln an und ging hinunter auf die Straße. Es regnete. Martinsson kam nach sieben Minuten. Sie fuhren durch die unbeleuchtete Stadt. Hansson wartete an einem der Rondelle an der Ausfahrt.

»Es ist eine Transformatorstation gleich nördlich vom Müllplatz«, sagte Martinsson.

Wallander wußte, wo sie lag. Er hatte dort draußen in einem angrenzenden Waldstück mit Baiba einen Spaziergang gemacht, als sie bei ihm zu Besuch war.

»Was genau ist denn passiert?«

»Ich weiß nicht mehr, als ich dir gesagt habe. Sydkraft hat uns alarmiert. Sie haben die Leiche gefunden, als sie rausgefahren waren, um die Störung zu beheben.«

»Wie weit reicht sie denn?«

»Hansson zufolge ist ein Viertel von ganz Schonen lahmgelegt.«

Wallander sah ihn ungläubig an. Ein Stromausfall war sehr selten derartig umfassend. Es kam gelegentlich vor, wenn ein schwerer Wintersturm übers Land zog. Oder wie bei dem Orkan im Herbst 1969. Aber nicht, wenn es so wehte wie jetzt.

Sie bogen von der Hauptstraße ab. Der Regen hatte zugenommen. Martinssons Scheibenwischer lief auf vollen Touren. Wallander bereute, daß er keine Regenjacke angezogen hatte, und an seine Gummistiefel kam er auch nicht heran. Die lagen im Kofferraum seines Wagens, der beim Präsidium stand.

Hansson bremste. Eine Taschenlampe leuchtete in der Dunkelheit. Wallander sah einen Mann im Overall, der ihnen zuwinkte.

»Das hier ist eine Hochspannungsstation«, sagte Martinsson. »Es wird kein schöner Anblick sein. Wenn es stimmt, daß jemand verbrannt ist.

Sie stiegen aus in den Regen. Hier draußen auf dem freien Feld war der Wind stärker. Der Mann, der ihnen entgegenkam, stand unter Schock. Wallander zweifelte nicht mehr daran, daß wirklich etwas Ernstes geschehen war.

»Da drinnen«, sagte der Mann und zeigte zum Haus.

Wallander ging voran. Der Regen peitschte ihm ins Gesicht und nahm ihm fast die Sicht. Martinsson und Hansson waren hinter ihm. Neben ihnen ging der geschockte Olle Andersson. »Da drinnen«, sagte er, als sie vor dem Transformatorenhaus stehenblieben.

»Steht da drinnen noch irgend etwas unter Strom?« fragte Wallander.

»Nichts. Jetzt nicht mehr.«

Wallander nahm Martinssons Taschenlampe und leuchtete ins Innere des Häuschens. Jetzt roch er den Gestank von verbranntem Menschenfleisch. Ein Geruch, an den er sich nie hatte gewöhnen können. Obwohl er ihn oft genug gerochen hatte, wenn Menschen bei Bränden umgekommen waren. Ihm fuhr unwillkürlich der Gedanke durch den Kopf, daß Hansson sich bestimmt übergeben würde. Leichengeruch ertrug er nicht.

Der Körper war schwarz verkohlt. Das Gesicht war unkenntlich. Sie hatten einen rußigen Kadaver vor sich. Eingeklemmt zwischen Sicherungen und Leitungen.

Er trat zur Seite, damit Martinsson sehen konnte.

»Pfui Teufel«, stöhnte Martinsson.

Wallander rief Hansson zu, er solle Nyberg benachrichtigen und die volle Besetzung anfordern.

»Und sie sollen einen Generator mitbringen. Damit wir hier Lichthaben.«

Er wandte sich an Martinsson. »Wie heißt der Mann, der die Leiche entdeckt hat?«

»Olle Andersson.«

»Was tat er hier?«

»Sydkraft hatte ihn hergeschickt. Sie haben natürlich Reparateure, die rund um die Uhr in Bereitschaft sind.«

»Sprich mit ihm. Versuche, einen Zeitplan aufzustellen. Und trampelt hier nicht herum. Nyberg dreht sonst durch.« Martinsson nahm Andersson mit zu einem der Autos. Wallander war plötzlich allein. Er ging in die Hocke und leuchtete die Leiche an. Von der Kleidung war nichts übrig. Wallander hatte das Gefühl, eine Mumie zu betrachten. Oder einen Körper, der nach tausend Jahren in einem Moor gefunden worden war. Aber dies war eine moderne Transformatorstation. Er versuchte nachzudenken. Der Strom war gegen elf ausgefallen. Jetzt war es kurz vor eins. Wenn es dieser

Mensch war, der den Stromausfall verursacht hatte, dann war es vor ungefähr zwei Stunden passiert.

Wallander kam wieder hoch. Die Taschenlampe ließ er auf dem Zementfußboden stehen. Was war geschehen? Ein Mensch verschafft sich Zugang zu einer abseits gelegenen Transformatorstation und verursacht einen Stromausfall, indem er sich das Leben nimmt. Wallander verzog das Gesicht. So einfach konnte es nicht sein. Schon häuften sich die Fragen. Er bückte sich nach der Lampe und sah sich im Raum um. Er konnte nichts anderes tun, als auf Nyberg zu warten.

Aber gleichzeitig beunruhigte ihn etwas. Er ließ den Lichtkegel der Taschenlampe über den verkohlten Körper wandern. Woher sein Gefühl kam, wußte er nicht. Aber es war, als erkenne er etwas, was nicht mehr da war. Aber vor kurzem noch dagewesen war.

Er ging nach draußen und betrachtete die massive Stahltür. Sie hatte zwei robuste Schlösser. Eine Spur von Gewalteinwirkung konnte er nicht erkennen. Er nahm den Weg zurück, den er gekommen war, und versuchte nur da aufzutreten, wo der Boden unberührt war. Als er zum Zaun kam, untersuchte er das Tor. Es war aufgebrochen worden. Was hatte das zu bedeuten? Ein Tor war aufgebrochen, eine Stahltür hingegen ohne Gewaltanwendung geöffnet worden. Martinsson hatte sich in den Wagen des Elektromonteurs gesetzt. Hansson telefonierte von seinem eigenen aus. Wallander schüttelte sich den Regen ab und setzte sich in Martinssons Wagen. Der Motor lief, die Scheibenwischer arbeiteten. Er drehte die Heizung hoch. Sein Hals tat weh. Er machte das Radio an, in dem eine Sondernachrichtensendung lief. Als er zuhörte, wurde ihm der Ernst der Situation bewußt.

Ein Viertel von ganz Schonen war ohne Strom. Von Trelleborg bis Kristianstad war es dunkel. Die Krankenhäuser hatten Notstromaggregate, aber sonst war der Stromausfall überall total. Ein Direktor von Sydkraft wurde interviewt und teilte mit, daß die Störung lokalisiert worden war. Man rechne damit, sie in einer halben Stunde behoben zu haben. Auch wenn einzelne Gegenden noch warten mußten.

Hier wird es in einer halben Stunde keinen Strom geben, dachte

Wallander. Er fragte sich, ob der Mann, der im Radio interviewt wurde, schon wußte, was passiert war.

Lisa Holgersson muß informiert werden, dachte er. Er nahm Martinssons Handy und wählte ihre Nummer. Es dauerte, bis sie abnahm.

»Wallander hier. Hast du gemerkt, daß kein Strom da ist?«

»Ist der Strom ausgefallen? Ich habe geschlafen.«

Wallander erzählte das Wichtigste.

Sie war sofort hellwach. »Soll ich kommen?«

»Ich denke, du solltest Kontakt mit Sydkraft aufnehmen. Damit ihnen klar ist, daß ihr Stromausfall eine polizeiliche Ermittlung nach sich zieht.«

»Was ist denn passiert? Ein Selbstmord?«

»Ich weiß nicht.«

»Kann es Sabotage sein oder eine terroristische Aktion?«

»Schwer zu sagen. Ausschließen können wir nichts.«

»Ich rufe Sydkraft an. Halt mich auf dem laufenden.«

Wallander beendete das Gespräch. Hansson kam durch den Regen gerannt. Wallander öffnete die Tür.

»Nyberg ist unterwegs. Wie sieht es da drinnen aus?«

»Es war nichts mehr übrig. Das Gesicht ist verbrannt.«

Hansson antwortete nicht. Er lief durch den Regen zu seinem eigenen Wagen.

Zwanzig Minuten später konnte Wallander im Rückspiegel die Lichter von Nybergs Wagen sehen. Er stieg aus und ging ihm entgegen.

Nyberg sah müde aus. »Was ist passiert? Aus Hansson konnte ich wie gewöhnlich nicht schlau werden.«

»Da drinnen ist ein Toter. Verbrannt. Nicht viel übrig.«

Nyberg blickte um sich. »Das kommt dabei raus, wenn man sich mit Hochspannung verbrennt. Ist das der Grund, warum alles dunkel ist?«

»Vermutlich.«

»Soll das heißen, daß halb Schonen jetzt darauf wartet, daß ich fertig werde? Damit sie ihren Strom wiederbekommen?«

»Falls das so ist, können wir darauf jedenfalls keine Rücksicht nehmen. Aber ich glaube, sie sind schon dabei, den Strom wieder in Gang zu bringen. Nur gerade hier nicht.«

»Wir leben in einer verwundbaren Gesellschaft«, sagte Nyberg und begann sogleich, dem Techniker, der ihn begleitete, Anweisungen zu geben.

Das gleiche hat Erik Hökberg gesagt, dachte Wallander. Daß wir in einer verwundbaren Gesellschaft leben. Seine Computer werden ausgegangen sein, falls er nachts auf ist und darauf herumtippt, um Geld zu verdienen.

Nyberg arbeitete schnell und effektiv. In kurzer Zeit waren Scheinwerfer aufgebaut und an einen scheppernden Generator angeschlossen: Martinsson und Wallander hatten sich ins Auto gesetzt. Martinsson blätterte in seinen Notizen.

»Andersson wurde von dem diensttuenden Kollegen bei Sydkraft angerufen, der Ågren heißt. Sie hatten die Störung hier lokalisiert. Andersson wohnt in Svarte. Er brauchte zwanzig Minuten hierher. Er sah sofort, daß das Tor aufgebrochen war. Die Stahltür dagegen war aufgeschlossen worden. Als er hineinschaute, sah er, was los war.«

»Hat er etwas beobachtet?«

»Als er kam, war niemand hier, und er ist niemandem begegnet.«

Wallander überlegte. »Wir müssen das mit den Schlüsseln klären«, sagte er.

Andersson telefonierte mit Ågren, als Wallander in seinen Wagen stieg. Er beendete das Gespräch sofort.

»Ich kann mir denken, wie sehr Sie das mitgenommen hat«, sagte Wallander.

»So etwas Entsetzliches habe ich noch nie gesehen. Was ist denn passiert?«

»Das wissen wir nicht. Als Sie ankamen, war das Tor also aufgebrochen, aber die Stahltür war angelehnt, ohne Gewaltanwendung. Wie erklären Sie sich das?«

»Das erkläre ich mir überhaupt nicht.«

»Wer hat außer Ihnen noch Schlüssel zu dieser Anlage?«

»Ein anderer Reparateur, der in Ystad wohnt. Er heißt Moberg. Das Hauptbüro besitzt natürlich Schlüssel. Die Kontrolle ist sehr streng.«

»Aber es hat jemand aufgeschlossen?«

»Es sieht so aus.«

»Ich nehme an, daß diese Schlüssel nicht einfach zu kopieren sind?«

»Die Schlösser sind in den USA hergestellt. Es soll unmöglich sein, sie mit falschen Schlüsseln zu öffnen.«

»Wie heißt Moberg mit Vornamen?«

»Lars.«

»Kann er vergessen haben abzuschließen?«

Andersson schüttelte den Kopf. »Das wäre gleichbedeutend mit Entlassung. Die Kontrollen sind scharf. Die Sicherheitsvorkehrungen sind in den letzten Jahren noch verstärkt worden.«

Wallander hatte vorerst keine Fragen mehr. »Am besten warten Sie noch«, sagte er. »Falls wir noch Fragen haben. Und ich möchte, daß Sie Lars Moberg anrufen.«

»Warum das?«

»Bitten Sie ihn nachzusehen, ob er seine Schlüssel noch hat. Die für diese Tür.«

Wallander stieg aus. Es regnete jetzt weniger. Das Gespräch mit Andersson hatte seine Unruhe verstärkt. Natürlich konnte es Zufall sein, daß sich ein Mensch, der sich ums Leben bringen wollte, gerade diese Transformatorstation ausgesucht hatte. Aber vieles sprach dagegen. Nicht zuletzt der Umstand, daß die Stahltür mit Schlüsseln geöffnet worden war. Das wies in eine andere Richtung: daß jemand ermordet und anschließend zwischen die stromführenden Leitungen geworfen worden war, um zu verbergen, was eigentlich geschehen war.

Wallander trat ins Scheinwerferlicht. Der Fotograf war gerade mit seinen Bildern und den Videoaufnahmen fertig geworden. Nyberg kniete neben dem toten Körper. Er grummelte verärgert, als ihm Wallanders Schatten einen Moment lang in die Quere kam.

»Was hast du gesagt?«

»Daß es eine Ewigkeit zu dauern scheint, bis der Arzt kommt. Ich muß den Körper verrücken, um zu sehen, was dahinter ist.«

»Was ist deiner Meinung nach passiert?«

»Du weißt doch, daß ich nicht gern spekuliere.«

»Und doch tun wir die ganze Zeit genau das. Also. Was glaubst du?«

Nyberg überlegte, bevor er antwortete. »Wenn jemand dies als Selbstmordmethode gewählt hat, wäre es, gelinde gesagt, makaber. Falls es sich um Mord handelt, wäre es eine ungewöhnlich brutale Vorgehensweise. Es erinnert an eine Hinrichtung auf dem elektrischen Stuhl.«

Vollkommen richtig, dachte Wallander. Was uns zu der Möglichkeit führt, daß jemand einen Racheakt begangen hat. Indem er einen Menschen auf eine sehr spezielle Art von elektrischem Stuhl befördert.

Nyberg wandte sich wieder seiner Arbeit zu. Ein Kriminaltechniker hatte begonnen, den Bereich innerhalb des Zauns zu durchsuchen. Eine Ärztin erschien. Wallander hatte schon mehrfach mit ihr zusammengearbeitet. Sie hieß Susann Bexell, machte nicht viele Worte und ging sogleich an die Arbeit. Nyberg holte seine Thermoskanne und goß sich Kaffee ein. Er bot auch Wallander an, der dankend annahm. Mehr Schlaf würde er in dieser Nacht sowieso nicht bekommen. Martinsson tauchte neben ihnen auf, naß und verfroren. Wallander gab ihm seinen Kaffeebecher.

»Sie haben den Strom jetzt wieder in Gang gekriegt«, sagte Martinsson. »Sie schalten gerade um Ystad herum wieder ein. Weiß der Teufel, wie sie das machen.«

»Hat Andersson mit seinem Kollegen Moberg gesprochen? Wegen der Schlüssel?«

Martinsson ging, um nachzufragen. Wallander sah Hansson reglos hinter dem Steuer seines Wagens sitzen. Er ging hinüber und sagte ihm, er solle ins Präsidium zurückfahren. Ystad lag noch immer im Dunkeln. Hansson konnte dort von größerem Nutzen sein. Hansson nickte dankbar und fuhr davon.

Wallander trat zu der Ärztin. »Kannst du schon etwas über ihn sagen?«

»Auf jeden Fall so viel, daß du dich irrst. Es ist kein Mann. Es ist eine Frau.«

»Bist du sicher?«

»Ja. Aber weitere Fragen werde ich nicht beantworten.«

»Ich habe trotzdem noch eine. War sie schon tot, als sie hier landete? Oder hat der Strom sie getötet?«

»Das weiß ich noch nicht.«

Wallander wandte sich nachdenklich um. Er war die ganze Zeit davon ausgegangen, daß es ein Mann war, der dort lag. Im gleichen Augenblick sah er, wie der Kriminaltechniker, der das Gelände am Zaun untersucht hatte, mit einem Gegenstand in der Hand zu Nyberg kam. Wallander ging zu ihnen.

Es war eine Handtasche.

Wallander starrte sie an.

Zuerst glaubte er, sich zu irren.

Dann wußte er mit Sicherheit, daß er sie schon einmal gesehen hatte. Und zwar am Tag zuvor.

»Sie lag am nördlichen Ende des Zauns«, sagte der Techniker, der Ek hieß.

»Ist das eine Frau da drinnen?« fragte Nyberg verwundert.

»Nicht nur das«, erwiderte Wallander. »Jetzt wissen wir auch, wer sie ist.«

Die Tasche hatte kürzlich im Verhörzimmer gestanden. Sie hatte einen Verschluß, der an ein Eichenblatt erinnerte.

Er irrte sich nicht. »Diese Tasche gehört Sonja Hökberg«, sagte er. »Also ist sie es, die da drinnen liegt.«

Es war zehn nach zwei. Der Regen war wieder stärker geworden.

8

UM KURZ NACH DREI UHR AM MORGEN kehrte das Licht nach Ystad zurück.

Wallander befand sich zu diesem Zeitpunkt noch mit seinen Technikern an der Transformatorstation. Hansson rief vom Präsidium aus an und berichtete davon. In der Entfernung konnte Wallander die Außenbeleuchtung eines Stalls angehen sehen.

Die Ärztin hatte ihre Arbeit beendet, der Körper war weggebracht worden, und Nyberg hatte seine technische Untersuchung fortsetzen können. Er hatte Olle Anderssons Hilfe in Anspruch genommen und sich das komplizierte Transformatornetz im Innern des Hauses erklären lassen. Gleichzeitig wurden eventuelle Spuren um das eingezäunte und abgesperrte Gelände gesichert. Der anhaltende Regen machte die Arbeit mühsam. Martinsson war im Matsch ausgerutscht und gefallen und hatte sich einen Ärmel am Ellenbogen aufgerissen. Wallander fror so, daß es ihn schüttelte, und er sehnte sich nach seinen Gummistiefeln.

Kurz nachdem der Strom nach Ystad zurückgekommen war, nahm Wallander Martinsson mit in eins der Polizeiautos. Dort erstellten sie gemeinsam eine Übersicht über das, was sie bisher wußten. Ungefähr dreizehn Stunden, bevor sie in dem Transformatorhaus starb, war Sonja Hökberg aus dem Polizeipräsidium geflohen. Sie konnte zu Fuß dorthin gelangt sein. Die Zeit reichte aus. Aber weder Wallander noch Martinsson hielten das für wahrscheinlich. Immerhin betrug die Entfernung nach Ystad acht Kilometer.

»Jemand müßte sie gesehen haben«, sagte Martinsson. »Unsere Wagen waren unterwegs und haben nach ihr gesucht.«

»Sicherheitshalber sollten wir es kontrollieren«, meinte Wallander. »Daß wirklich ein Wagen auf der Strecke gefahren ist und sie nicht gesehen hat.«

»Und was ist die Alternative?«

»Daß jemand sie hingefahren hat. Der sie dann zurückgelassen hat und mit dem Wagen verschwunden ist.«

Beide wußten, was das bedeutete. Die Frage, wie Sonja Hökberg gestorben war, mußte geklärt werden. Hatte sie Selbstmord begangen, oder war sie ermordet worden?

»Die Schlüssel«, sagte Wallander. »Das Tor war aufgebrochen. Aber nicht die innere Tür. Warum?«

Sie suchten schweigend nach einer möglichen Erklärung.

»Wir brauchen eine Liste all derer, die Zugang zu den Schlüsseln haben«, fuhr Wallander fort. »Ich will eine genaue Aufstellung für jeden Schlüssel. Wer einen hat. Und wo die Leute sich gestern am späten Abend aufgehalten haben.«

»Mir leuchtet das alles nicht ein«, sagte Martinsson. »Sonja Hökberg begeht einen Mord. Dann wird sie selbst ermordet. Ich finde Selbstmord trotz allem naheliegender.«

Wallander antwortete nicht. Er hatte viele Gedanken im Kopf, doch es gelang ihm nicht, sie ineinandergreifen zu lassen. Ein ums andere Mal ging er das Gespräch mit Sonja Hökberg durch, sein erstes und zugleich letztes mit ihr.

»Du hast als erster mit ihr geredet«, sagte Wallander. »Was hattest du für einen Eindruck von ihr?«

»Den gleichen wie du. Daß es ihr nicht leid tat. Sie hätte ebensogut ein Insekt getötet haben können wie einen alten Taxifahrer.«

»Das spricht gegen Selbstmord. Warum sollte sie sich das Leben nehmen, wenn sie kein schlechtes Gewissen hatte?«

Martinsson schaltete die Scheibenwischer aus. Durch die Scheibe erkannten sie Olle Andersson, der reglos in seinem Wagen saß, dahinter Nyberg, der einen Scheinwerfer verrückte. Seine Bewegungen waren unkontrolliert. Wallander sagte sich, daß er wütend und ungeduldig war.

»Aber was spricht für Mord?«

»Nichts«, erwiderte Wallander. »Ebensowenig wie dafür, daß Sonja Hökberg sich selbst umbringt. Wir müssen beide Möglichkeiten in Betracht ziehen. Aber daß es ein Unglück gewesen sein sollte, können wir vergessen.«

Das Gespräch versandete. Nach einer Weile bat Wallander Martinsson, zu veranlassen, daß am Morgen um acht Uhr eine Ermittlungsgruppe zusammenkam. Dann verließ er den Wagen. Der Regen hatte aufgehört. Er spürte, wie müde er war. Und durchgefroren. Sein Hals tat weh. Er ging zu Nyberg hinüber, der im Begriff war, die Arbeit im Transformatorhaus zu beenden.

»Hast du etwas gefunden?«

»Nein.«

»Was war Anderssons Meinung?«

»Worüber? Über meine Arbeitsweise etwa?«

Wallander zählte stumm bis zehn. Nyberg war denkbar schlechter Laune. Wenn er gereizt war, konnte es unmöglich werden, mit ihm zu sprechen.

»Er kann auch nicht sagen, was passiert ist«, sagte Nyberg nach einer Weile. »Der Körper hat den Stromausfall verursacht. Aber ob es ein toter Körper war, der hier zwischen die Leitungen geworfen wurde, oder ein lebender, das können nur die Gerichtsmediziner beantworten. Wenn überhaupt.«

Wallander nickte. Er schaute zur Uhr. Halb vier. Es hatte keinen Sinn, noch zu bleiben. »Ich fahre jetzt. Aber um acht setzen wir uns zusammen.«

Nyberg grummelte etwas Unverständliches. Wallander deutete es so, daß er kommen würde.

Dann wandte er sich wieder dem Wagen zu, in dem Martinsson saß und Notizen machte. »Fahren wir«, sagte er. »Du kannst mich bei mir zu Hause absetzen.«

»Was ist mit deinem Wagen?«

»Er gibt keinen Mucks von sich.«

Schweigend kehrten sie nach Ystad zurück. Als Wallander in seine Wohnung gekommen war, ließ er ein Bad einlaufen. Während sich die Wanne füllte, nahm er seine letzten Schmerztabletten und schrieb auf die wachsende Einkaufsliste auf dem Küchentisch, daß er neue kaufen mußte. Er fragte sich ergeben, wann er wohl Zeit haben würde, in die Apotheke zu gehen.

Im warmen Wasser taute er langsam wieder auf. Für einige Minuten duselte er ein. Sein Kopf war leer. Doch dann kehrten die Bilder zurück. Von Sonja Hökberg. Und Eva Persson. In Gedanken wanderte er von einem Ereignis zum nächsten. Er ging behutsam vor, um nichts zu vergessen. Nichts hing zusammen. Warum war Johan Lundberg getötet worden? Was hatte Sonja Hökberg zu der Tat getrieben? Und warum hatte Eva Persson mitgemacht? Er war sicher, daß das Tatmotiv nicht nur akuter Geldmangel war. Das Geld sollte zu etwas benutzt werden. Wenn nicht etwas ganz anderes dahintersteckte.

In Sonja Hökbergs Handtasche, die sie bei der Transformatorstation gefunden hatten, waren nicht mehr als dreißig Kronen gewesen. Das Geld aus dem Raub war von der Polizei beschlagnahmt worden.

Sie ist geflohen, dachte er. Plötzlich tut sich ihr eine Möglichkeit auf, wegzulaufen. Das ist um zehn Uhr am Vormittag. Nichts kann vorbereitet gewesen sein. Sie verläßt das Präsidium und ist von da an dreizehn Stunden lang verschwunden. Ihr Körper wird acht Kilometer von Ystad entfernt gefunden.

Wie kam sie dorthin? Sie kann per Anhalter gefahren sein, aber sie kann auch mit jemandem Kontakt aufgenommen haben, den sie kannte. Was passiert dann? Bittet sie darum, an einen Ort gefahren zu werden, an dem sie vorhat, Selbstmord zu begehen? Oder wird sie ermordet? Wer hat die Schlüssel zur inneren Tür, aber nicht zum äußeren Tor?

Wallander stieg aus der Badewanne. Es gibt zwei Warums, dachte er. Zwei Fragen, die jetzt entscheidend sind und die in verschiedene Richtungen zeigen. Wenn sie sich entschlossen hat, Selbstmord zu begehen, warum wählt sie ausgerechnet eine Transformatorstation? Und wie kommt sie an die Schlüssel? Und wenn sie getötet worden ist: warum?

Wallander kroch ins Bett. Es war halb fünf. In seinem Kopf überschlugen sich die Gedanken. Aber er war zu müde, um noch klar denken zu können. Er mußte schlafen. Bevor er das Licht löschte, stellte er den Wecker. Er schob ihn so weit vom Bett fort, daß er gezwungen sein würde, aufzustehen, um ihn auszumachen.

Als er erwachte, hatte er das Gefühl, nur wenige Minuten geschlafen zu haben. Er versuchte zu schlucken. Sein Hals schmerzte immer noch, aber weniger als am Tag zuvor. Er befühlte seine Stirn. Das Fieber war fort. Aber seine Nase dicht. Er ging ins Badezimmer und schneuzte sich, wobei er es vermied, in den Spiegel zu sehen. Die Müdigkeit war wie ein körperlicher Schmerz. Während das Kaffeewasser kochte, blickte er aus dem Fenster. Es war noch immer windig, aber die Regenwolken waren verschwunden. Fünf Grad über Null. Er fragte sich, wann er wohl Zeit haben würde, sich um sein Auto zu kümmern.

Um kurz nach acht waren sie in einem der Sitzungszimmer im Präsidium versammelt. Wallander betrachtete die müden Gesichter von Martinsson und Hansson und fragte sich, wie er wohl selber aussah. Lisa Holgersson, die auch nicht viele Stunden geschlafen hatte, wirkte dagegen unberührt.

Sie war es auch, die die Sitzung eröffnete. »Wir müssen uns darüber im klaren sein, daß der Stromausfall in Schonen heute nacht einer der gravierendsten und bisher umfassendsten gewesen ist. Das weist auf die Verwundbarkeit hin. Was da geschehen ist, sollte eigentlich unmöglich sein. Es geschah dennoch. Jetzt werden die Behörden, die Kraftwerksbetreiber und die Zivilverteidigung wieder überlegen, wie die Sicherheit verstärkt werden kann. Dies nur als Einleitung.«

Sie nickte Wallander zu, weiterzumachen. Er faßte zusammen.

»Wir wissen mit anderen Worten nicht, was passiert ist«, sagte er zum Abschluß. »Ob es ein Unglück war, Selbstmord oder Mord. Auch wenn wir einen Unglücksfall mit großer Wahrscheinlichkeit ausschließen können. Sie hat allein oder mit jemand anderem zusammen das äußere Tor aufgebrochen. Von da an hatten sie Schlüssel. Das Ganze ist gelinde gesagt merkwürdig.«

Er blickte in die Runde. Martinsson konnte mitteilen, daß Streifenwagen auf der Suche nach Sonja Hökberg mehrfach den fraglichen Weg abgefahren waren.

»Dann wissen wir das«, sagte Wallander. »Also hat jemand sie hingefahren. Was ist mit Wagenspuren?«

Er hatte die Frage an Nyberg gerichtet, der rotäugig und mit zerzausten Haaren am unteren Tischende saß. Wallander wußte, daß Nyberg sich nach seiner Pensionierung sehnte.

»Abgesehen von unseren eigenen und denen des Reparateurs Andersson haben wir zwei abweichende gefunden. Aber bei dem verdammten Regen heute nacht sind die Abdrücke sehr undeutlich.«

»Zwei andere Wagen sind also da gewesen?«

»Andersson meinte, der eine Abdruck könnte von seinem Kollegen Moberg stammen. Wir sind dabei, das zu untersuchen.«

»Dann bliebe ein Wagen mit unbekanntem Fahrer?«

»Ja.«

»Man konnte natürlich nichts darüber sagen, wann dieser andere Wagen dort war?«

Nyberg blickte ihn verwundert an. »Wie sollte das zu bewerkstelligen sein?«

»Ich setze großes Vertrauen in deine Fähigkeiten. Das weißt du ja.«

»Irgendwo verläuft trotz allem eine Grenze.«

Ann-Britt Höglund hatte bisher geschwiegen. Jetzt hob sie die Hand. »Kann es eigentlich etwas anderes sein als Mord?« fragte sie.

»Mir fällt es genauso schwer wie euch, einen Grund zu erkennen, warum Sonja Hökberg Selbstmord begangen haben sollte. Auch wenn sie beschlossen hätte, dem Ganzen ein Ende zu machen, wäre sie kaum auf die Idee gekommen, sich selbst zu verbrennen.«

Wallander erinnerte sich an ein Ereignis vor ein paar Jahren. Damals hatte ein Mädchen aus Mittelamerika sich verbrannt, indem sie sich in einem Rapsfeld mit Benzin übergossen hatte. Es war eine seiner gräßlichsten Erinnerungen. Er war Augenzeuge und hatte gesehen, wie das Mädchen aufloderte. Und er hatte nichts tun können.

»Frauen schlucken Tabletten«, sagte Ann-Britt. »Sie erschießen sich selten. Und sie werfen sich nicht in eine Stromleitung.«

»Ich glaube, du hast recht«, stimmte Wallander zu. »Aber wir müssen trotzdem abwarten, was die Rechtsmediziner sagen. Heute nacht da draußen war nicht eindeutig zu erkennen, was geschehen ist.«

Mehr Fragen gab es nicht.

»Die Schlüssel«, sagte Wallander. »Das ist das allerwichtigste. Zu kontrollieren, daß keiner gestohlen worden ist. Darauf müssen wir uns als erstes konzentrieren. Und außerdem läuft eine Mordermittlung. Sonja Hökberg ist zwar tot, aber Eva Persson lebt noch, und auch wenn sie minderjährig ist, muß die Ermittlung zu Ende geführt werden.«

Martinsson übernahm es, die Sache mit den Schlüsseln zu kontrollieren. Dann brachen sie auf, und Wallander ging in sein Zimmer. Unterwegs holte er Kaffee. Sein Telefon klingelte.

Es war Irene in der Anmeldung. »Du hast Besuch«, sagte sie.

»Wen denn?«

»Er heißt Enander und ist Arzt.«

Wallander suchte in seiner Erinnerung, ohne darauf zu kommen, wer es sein könnte. »Und was will er?«

»Mit dir reden.«

»Worum geht es denn?«

»Das sagt er nicht.«

»Schick ihn zu jemand anderem.«

»Das habe ich schon versucht. Aber er will unbedingt mit dir reden. Dringend.«

Wallander seufzte. »Ich komme runter«, sagte er und legte auf.

Der Mann, der ihn an der Anmeldung erwartete, war in mittleren Jahren, hatte kurze Stoppelhaare und trug einen Trainingsanzug. Er hatte einen kräftigen Händedruck und stellte sich als David Enander vor.

»Ich bin sehr beschäftigt«, sagte Wallander. »Worum geht es?«

»Es dauert nicht lange. Aber es ist wichtig.«

»Der Stromausfall heute nacht hat ein Chaos angerichtet. Ich kann Ihnen zehn Minuten geben. Wollen Sie eine Anzeige machen?«

»Ich möchte nur ein Mißverständnis aufklären.«

Wallander wartete auf eine Fortsetzung, die aber nicht kam. Sie gingen zu seinem Büro. Die Armlehne fiel ab, als Enander sich auf den Besucherstuhl setzte.

»Lassen Sie sie liegen. Der Stuhl ist kaputt«, sagte Wallander.

David Enander kam direkt zur Sache. »Es handelt sich um Tynnes Falk, der vor einigen Tagen gestorben ist.«

»Wir von uns aus haben den Fall abgeschlossen. Er starb eines natürlichen Todes.«

»Das ist genau das Mißverständnis, das ich richtigstellen möchte«, sagte Enander und strich sich über die Stoppelfrisur.

Wallander sah, daß der Mann ihm gegenüber es wirklich ernst meinte. »Ich höre.«

David Enander nahm sich Zeit und wählte seine Worte mit Bedacht. »Ich bin viele Jahre lang Tynnes Falks Hausarzt gewesen. Er wurde 1981 mein Patient. Mit anderen Worten, vor mehr als fünfzehn Jahren. Er kam wegen eines Ausschlags an den Händen zu mir. Ich arbeitete damals in der Ambulanz des Krankenhauses. 1986 machte ich eine eigene Praxis auf, als die neue Klinik eingerichtet wurde. Herr Falk blieb mein Patient. Er war selten oder nie krank. Die allergischen Beschwerden traten nicht wieder auf, aber ich habe regelmäßig Gesundheitskontrollen bei ihm durchgeführt. Herr Falk war ein Mensch, der wissen wollte, wie es um ihn bestellt war. Er führte auch ein vorbildliches Leben und paßte auf sich auf. Aß vernünftig, trieb Sport, hatte geregelte Gewohnheiten.«

Wallander fragte sich, worauf Enander hinauswollte. Er spürte, wie seine Ungeduld zunahm.

»Ich war verreist, als er starb«, fuhr Enander fort. »Ich hörte es erst gestern, als ich nach Hause kam.«

»Wie erfuhren Sie davon?«

»Seine frühere Frau rief mich an.«

Wallander nickte ihm zu, er solle weiterreden.

»Sie sagte, die Todesursache sollte ein schwerer Herzinfarkt gewesen sein.«

»Das ist uns auch mitgeteilt worden.«

»Die Sache ist nur die, daß das nicht stimmen kann.«

Wallander hob die Augenbrauen. »Und warum nicht?«

»Ganz einfach. Noch vor zehn Tagen habe ich bei Falk eine gründliche Untersuchung durchgeführt. Sein Herz war in ausgezeichneter Verfassung. Er hatte die Kondition eines Zwanzigjährigen.«

Wallander dachte nach. »Was wollen Sie mir eigentlich sagen? Daß unsere Ärzte sich geirrt haben?«

»Ich bin mir sehr wohl dessen bewußt, daß in seltenen Fällen auch bei einer vollkommen gesunden Person ein Herzinfarkt auftreten kann. Aber ich weigere mich zu glauben, daß dies bei Herrn Falk der Fall gewesen ist.«

»Woran sollte er sonst gestorben sein?«

»Das weiß ich nicht. An Herzversagen jedenfalls nicht.«

»Ich werde es weiterleiten«, sagte Wallander. »War sonst noch etwas?«

»Es muß etwas passiert sein«, sagte Enander. »Wenn ich es richtig verstanden habe, hatte er eine Kopfwunde. Ich glaube, er wurde überfallen. Getötet.«

»Nichts spricht dafür. Er ist nicht beraubt worden.«

»Es war nicht das Herz«, insistierte Enander. »Ich bin weder Gerichtsmediziner noch Obduzent. Ich kann nicht sagen, woran er gestorben ist. Aber das Herz war es nicht. Da bin ich mir sicher.«

Wallander machte eine Notiz und schrieb Enanders Adresse und Telefonnummer auf. Dann stand er auf. Das Gespräch war beendet. Er hatte keine Zeit mehr.

Sie trennten sich in der Anmeldung.

»Ich bin mir sicher«, wiederholte Enander. »Mein Patient Tynnes Falk ist nicht an Herzversagen gestorben.«

Wallander kehrte in sein Zimmer zurück. Er legte seine Notiz über Tynnes Falk in eine Schublade und verbrachte die folgende Stunde damit, einen Bericht über die Ereignisse der Nacht abzufassen.

Im Jahr zuvor hatte Wallander einen Computer bekommen. Nach einem eintägigen Einführungskurs hatte er aber noch lange gebraucht, um einigermaßen mit dem Gerät umgehen zu können. Bis vor ein, zwei Monaten hatte er den Computer noch mit Widerwillen betrachtet. Aber eines Tages hatte er plötzlich eingesehen, daß er ihm seine Arbeit erleichterte. Auf seinem Schreibtisch herrschte nicht mehr das Durcheinander von losen Zetteln, auf denen er seine Gedanken und Beobachtungen festhielt. Durch den Computer hatte er eine bessere Ordnung bekommen. Doch noch immer schrieb er mit zwei Fingern und machte viele Fehler. Aber jetzt brauchte er nicht mehr dazusitzen und alle Tippfehler zu übermalen. Das allein war schon eine Erleichterung.

Um elf kam Martinsson mit der Liste derer, die Schlüssel zu der Transformatorstation hatten. Es waren fünf Personen. Wallander warf einen Blick auf die Namen.

»Keiner von ihnen vermißt seine Schlüssel. Keiner hat sie aus den Augen gelassen. Abgesehen von Moberg ist in den letzten Tagen auch keiner an der Transformatorstation gewesen. Soll ich anfangen zu untersuchen, was sie in der Zeit, in der Sonja Hökberg verschwunden war, gemacht haben?«

»Damit warten wir noch«, sagte Wallander. »Bevor die Gerichtsmediziner sich geäußert haben, können wir nicht viel mehr tun als warten.«

»Was machen wir mit Eva Persson?«

»Die wird noch einmal gründlich verhört.«

»Willst du das machen?«

»Nein, danke. Ich dachte, das könnte Ann-Britt übernehmen. Ich rede mit ihr.«

Um kurz nach zwölf war Wallander die Lundberg-Ermittlung mit Ann-Britt durchgegangen. Seine Schluckbeschwerden hatten nachgelassen. Doch er war noch immer müde. Nachdem er vergebens versucht hatte, seinen Wagen zu starten, rief er in der Werkstatt an und bat, den Wagen abzuholen. Er hinterlegte die Schlüssel bei Irene in der Anmeldung und ging ins Zentrum, um in einem der Mittagsrestaurants zu essen. An den Nachbartischen wurde der Stromausfall der letzten Nacht diskutiert. Nach dem Essen ging er in die Apotheke und kaufte Seife und Schmerztabletten. Als er ins Präsidium zurückkam, fiel ihm das Buch ein, das er in der Buchhandlung hätte abholen sollen. Einen Moment lang überlegte er, ob er zurückgehen sollte, doch dann ließ er es bleiben. Sein Wagen war vom Parkplatz verschwunden. Er rief den Meister der Werkstatt an, aber sie hatten den Fehler noch nicht gefunden. Als er fragte, ob die Reparatur teuer würde, erhielt er keine klare Antwort. Er beendete das Gespräch und entschied gleichzeitig, daß es jetzt reichte. Er würde einen anderen Wagen kaufen.

Anschließend blieb er sitzen. Plötzlich war er sicher, daß Sonja Hökberg nicht zufällig in der Transformatorstation gelandet war. Und es war auch kein Zufall, daß es sich um einen der verwundbarsten Knotenpunkte im Stromnetz von ganz Schonen handelte.

Die Schlüssel, dachte er. Jemand hat Sonja Hökberg dorthin gebracht. Jemand, der die wichtigsten Schlüssel hat.

Fragte sich nur, warum das äußere Tor aufgebrochen worden war.

Er griff nach der Liste, die Martinsson ihm zuvor gegeben hatte. Fünf Personen, fünf Paar Schlüssel.

Olle Andersson, Reparateur.

Lars Moberg, Reparateur.

Hilding Olofsson, Betriebsleiter.

Artur Wahlund, Sicherheitsbeauftragter.

Stefan Molin, technischer Direktor.

Die Namen sagten ihm so wenig wie zuvor. Er rief Martinsson an, der sofort abnahm.

»Diese Schlüsselleute«, sagte er. »Hast du zufällig in unseren Registern nachgeschlagen, ob wir etwas über sie haben?«

»Hätte ich das tun sollen?«

»Nein, überhaupt nicht. Aber ich bin so daran gewöhnt, daß du genau bist.«

»Ich kann es jetzt machen.«

»Wir warten noch. Irgend etwas Neues von den Pathologen?«

»Ich bezweifle, daß sie vor morgen früh etwas sagen können.«

»Dann laß die Namen doch durchlaufen. Wenn du Zeit hast.«

Im Gegensatz zu Wallander liebte Martinsson seine Computer. Wenn jemand im Präsidium Probleme mit der neuen Technik hatte, ging der oder die Betreffende zu Martinsson.

Wallander arbeitete weiter an dem Material über den Taxifahrermord. Um drei holte er sich Kaffee. Sein Schnupfen war erträglich, der Hals wieder normal. Von Hansson hörte er, daß Ann-Britt inzwischen mit Eva Persson sprach. Es läuft gut, dachte er. Ausnahmsweise schaffen wir einmal alles, was wir schaffen müssen.

Er hatte sich gerade wieder über seine Papiere gebeugt, als Lisa Holgersson in seiner Tür erschien. Sie hielt eine Abendzeitung in der Hand. An ihrem Gesicht konnte Wallander sogleich ablesen, daß etwas passiert war.

»Hast du das hier gesehen?« fragte sie und reichte ihm die in der Mitte aufgeschlagene Zeitung.

Wallander starrte auf das Bild. Es zeigte Eva Persson auf dem Fußboden des Verhörzimmers. Es sah aus, als sei sie gefallen.

Er spürte, wie sich sein Magen verkrampfte, als er den Text las.

Bekannter Kriminalbeamter mißhandelt Teenager. Wir haben die Bilder.

»Wer hat das Bild gemacht?« fragte Wallander ungläubig. »Es war doch kein Journalist da.«

»Es muß aber einer dagewesen sein.«

Wallander erinnerte sich vage daran, daß die Tür offengestanden hatte und daß er hinter sich einen Schatten wahrgenommen hatte.

»Es war vor der Pressekonferenz«, sagte Lisa Holgersson. »Vielleicht war jemand zu früh da und ist durch unsere Flure geschlichen?«

Wallander war wie gelähmt. In seinen dreißig Jahren bei der Polizei war er häufig in Raufereien verwickelt gewesen. Doch immer nur bei schwierigen Festnahmen. Er hatte nie jemanden während eines Verhörs angegriffen, sosehr er auch provoziert worden war.

Ein einziges Mal war es passiert. Und ausgerechnet da war ein Fotograf zur Stelle.

»Das wird Ärger geben«, sagte Lisa Holgersson. »Warum hast du nichts gesagt?«

»Sie hat ihre Mutter angegriffen. Ich habe sie geschlagen, um die Mutter zu schützen.«

»Das geht aus dem Bild nicht hervor.«

»Aber so war es.«

»Warum hast du nichts gesagt?«

Wallander wußte keine Antwort.

»Ich hoffe, du verstehst, daß wir eine Untersuchung dieser Sache einleiten müssen.«

Wallander konnte hören, daß sie enttäuscht klang. Das empörte ihn. Sie glaubt mir nicht, dachte er. »Du hast vielleicht vor, mich von der Arbeit zu suspendieren?«

»Nein. Aber ich will ganz genau wissen, was vorgefallen ist.«

»Das habe ich schon gesagt.«

»Eva Persson hat zu Ann-Britt etwas anderes gesagt. Daß du sie vollkommen ohne Grund geschlagen hast.«

»Sie lügt. Fragt ihre Mutter.«

Lisa Holgersson zögerte mit der Antwort. »Das haben wir schon getan«, sagte sie schließlich. »Und sie streitet ab, von ihrer Tochter geschlagen worden zu sein.«

Wallander war wie gelähmt. Ich höre auf, dachte er. Ich bleibe nicht länger bei der Polizei. Ich gehe weg von hier. Und ich komme nie wieder.

Lisa Holgersson wartete. Doch Wallander schwieg.

Da verließ sie das Zimmer.

9

WALLANDER VERLIESS AUGENBLICKLICH DAS PRÄSIDIUM. Ob es eine Flucht war oder nur der Versuch, sich zu beruhigen, war ihm selbst nicht klar. Er wußte natürlich, daß alles so gewesen war, wie er gesagt hatte. Aber Lisa Holgersson hatte ihm nicht geglaubt, und das hatte ihn aus der Fassung gebracht.

Als er ins Freie trat, fluchte er, weil er kein Auto hatte. Oft, wenn er aus irgendeinem Grund aufgewühlt war, nahm er den Wagen und fuhr damit umher, bis er sich beruhigt hatte.

Er ging zu Systembolaget und kaufte eine Flasche Whisky. Dann ging er direkt nach Hause, zog den Telefonstecker heraus und setzte sich an den Küchentisch. Er öffnete die Flasche und nahm ein paar tiefe Schlucke. Es schmeckte widerlich. Doch er fand, daß er das jetzt brauchte. Wenn es etwas gab, was ihn sich wehrlos fühlen ließ, dann waren es unberechtigte Anschuldigungen. Lisa Holgersson hatte es nicht direkt gesagt. Aber ihr Mißtrauen war nicht zu übersehen gewesen. Vielleicht hat Hansson doch die ganze Zeit recht gehabt, dachte Wallander verbittert. Man sollte nie ein Weib als Chef haben. Er nahm noch einen Schluck. Langsam fühlte er sich besser. Er bereute schon, daß er nach Hause gegangen war. Es konnte so aufgefaßt werden, als fühle er sich schuldig. Er schloß das Telefon wieder an. Mit kindischer Ungeduld regte er sich sofort darüber auf, daß niemand anrief.

Er wählte die Nummer des Präsidiums. Irene meldete sich.

»Ich wollte nur sagen, daß ich nach Hause gegangen bin«, erklärte Wallander. »Ich bin erkältet.«

»Hansson hat nach dir gefragt. Und Nyberg. Und verschiedene Zeitungen.«

»Was wollten sie denn?«

»Die Zeitungen?«

»Hansson und Nyberg.«

»Das haben sie nicht gesagt.«

Sie hat bestimmt die Zeitung vor sich, dachte Wallander. Sie und alle anderen. Im Polizeipräsidium von Ystad wird wahrscheinlich über nichts anderes geredet. Manch einer dürfte außerdem Schadenfreude empfinden, daß dieser Scheiß Wallander endlich mal eins auf die Nase bekommt.

Er ließ sich zu Hansson durchstellen. Es dauerte, bis der abnahm. Wallander vermutete, daß Hansson über seine komplizierten Wettsysteme gebeugt saß, die ihm wie immer den Supergewinn bringen sollten. Die aber nie mehr einbrachten, als daß er mit Mühe und Not seinen Einsatz zurückbekam.

»Was machen die Pferde?« fragte Wallander.

Es war eine Verharmlosung. Um zu erkennen zu geben, daß das, was in der Zeitung stand, ihn nicht aus der Fassung brachte.

»Welche Pferde?«

»Wettest du nicht?«

»Im Moment nicht. Wieso?«

»Nur ein kleiner Scherz. Was wolltest du von mir?«

»Bist du in deinem Zimmer?«

»Ich bin zu Hause. Erkältet.«

»Ich wollte dir nur sagen, daß ich kontrolliert habe, zu welchen Zeiten unsere Autos die Straße dort entlanggefahren sind. Ich habe mit den Besatzungen gesprochen. Keiner von ihnen hat Sonja Hökberg gesehen. Sie sind die Strecke viermal hin- und zurückgefahren.«

»Dann wissen wir, daß sie nicht zu Fuß gegangen ist. Sie muß also abgeholt worden sein. Sie hat demnach als erstes nach dem Verlassen des Präsidiums ein Telefon gesucht. Oder sie ist zu jemandem nach Hause gegangen. Ich hoffe, Ann-Britt hat daran gedacht, Eva Persson zu fragen.«

»Wonach?«

»Sonja Hökbergs übrige Freunde und Freundinnen. Jeden, der sie gefahren haben kann.«

»Hast du mit Ann-Britt gesprochen?«

»Dazu bin ich noch nicht gekommen.«

Es entstand eine Pause. Wallander entschied sich dafür, selbst die Initiative zu ergreifen. »Das ist kein schönes Bild in der Zeitung.«

»Nein.«

»Die Frage ist, wie ein Fotograf auf unsere Flure gelangen konnte. Bei Pressekonferenzen lotsen wir sie doch gruppenweise hinein.«

»Komisch, daß du kein Blitzlicht bemerkt hast.«

»Bei den Kameras heutzutage ist das kaum noch nötig.«

»Was war denn eigentlich passiert?«

Wallander sagte, wie es gewesen war. Er benutzte exakt die Worte wie bei Lisa Holgersson. Ließ nichts weg und fügte nichts hinzu.

»Und es gibt keinen Außenstehenden, der das Ganze gesehen hat?« fragte Hansson.

»Niemanden außer dem Fotografen. Der wird natürlich lügen. Sonst hat sein Bild ja keinen Wert.«

»Du mußt wohl öffentlich erklären, wie es sich tatsächlich abgespielt hat.«

»Das tue ich ja gerade.«

»Du mußt mit der Zeitung reden.«

»Wie stellst du dir das vor? Ein alter Polizist gegen eine Mutter und ihre Tochter? Das kann doch nicht gutgehen.«

»Du vergißt, daß das Mädchen immerhin einen Mord begangen hat.«

Wallander fragte sich, ob das helfen würde. Wenn ein Polizist sich an einem Inhaftierten verging, war das eine ernste Sache. Der Meinung war Wallander auch selbst. Da half es kaum, daß ganz besondere Umstände vorgelegen hatten.

»Ich werde darüber nachdenken«, sagte er und bat Hansson, ihn mit Nyberg zu verbinden.

Nyberg kam erst nach einigen Minuten ans Telefon. Wallander hatte noch ein paar Schlucke aus der Whiskyflasche genommen. Er fing an, sich betrunken zu fühlen. Aber der Druck war weg.

»Nyberg.«

»Hast du die Zeitung gesehen?« fragte Wallander.

»Welche Zeitung?«

»Das Bild. Von Eva Persson?«

»Ich lese keine Abendzeitungen, aber ich habe davon gehört. Obwohl, wenn ich die Sache richtig verstanden habe, hatte sie ihre Mutter angegriffen.«

»Das geht aus dem Bild aber nicht hervor.«

»Und was hat das mit der Sache zu tun?«

»Ich werde deswegen Probleme bekommen. Lisa will eine Untersuchung vornehmen.«

»Es ist doch gut, wenn die Wahrheit ans Tageslicht kommt.«

»Die Frage ist nur, ob die Zeitungen die Geschichte auch kaufen. Wem liegt denn was an einem alten Polizisten, wenn eine flotte junge Mörderin in der Nähe ist?«

Nyberg klang verwundert. »Du hast dich doch noch nie darum gekümmert, was die Zeitungen schreiben.«

»Vielleicht nicht. Aber es ist auch noch nie ein Bild veröffentlicht worden, aus dem hervorgeht, daß ich ein junges Mädchen niedergeschlagen habe.«

»Aber hat sie nicht einen Mord begangen?«

»Ich finde es trotzdem äußerst unangenehm.«

»Das geht vorüber. Ich wollte ansonsten nur bestätigen, daß einer der Reifenabdrücke von Mobergs Auto stammt. Das bedeutet, wir haben alle Abdrücke bis auf einen identifiziert. Aber der Reifen des unbekannten Autos ist ein Standardfabrikat.«

»Damit wissen wir, daß jemand sie hingefahren hat. Und dann wieder weggefahren ist.«

»Noch etwas«, sagte Nyberg. »Ihre Handtasche.«

»Was ist damit?«

»Ich habe versucht zu begreifen, warum sie dort am Zaun lag.«

»Er hat sie wohl dahin geworfen.«

»Aber warum? Er kann ja kaum geglaubt haben, wir würden sie nicht finden.«

Nyberg hatte recht. Und was er sagte, war wichtig.

»Du meinst: Warum hat er sie nicht mitgenommen? Wenn er anderseits hoffte, daß der Körper nicht zu identifizieren wäre?«

»So ungefähr.«

»Und wie lautet die Antwort?«

»Das ist dein Job. Ich stelle nur fest, wie es war. Die Tasche lag fünfzehn Meter vom Eingang des Transformatorhauses entfernt.«

»Sonst noch was?«

»Nein. Andere Spuren haben wir nicht gefunden.«

Das Gespräch war zu Ende. Wallander griff zur Whiskyflasche. Aber er stellte sie sogleich wieder hin. Es reichte jetzt. Wenn er weitertränke, würde er eine Grenze überschreiten, und das wollte er nicht. Er ging ins Wohnzimmer. Es war ungewohnt, mitten am Tage zu Hause zu sein. Würde es so sein, wenn er einmal in Pension ginge? Der Gedanke daran ließ ihn frösteln. Er stellte sich ans Fenster und blickte auf die Mariagata hinunter. Schon Dämmerung. Er dachte an den Arzt, der ihn besucht hatte, und an den Mann, der tot vor einem Geldautomaten gefunden worden war. Er nahm sich vor, am nächsten Tag den Gerichtsmediziner anzurufen und ihm von Enanders Besuch zu berichten. Von seiner Weigerung, einen Herzinfarkt als Falks Todesursache zu akzeptieren. Es würde nichts ändern. Aber er hätte die Information auf jeden Fall weitergegeben. Länger sollte er damit nicht warten.

Er dachte darüber nach, was Nyberg über Sonja Hökbergs Handtasche gesagt hatte. Eigentlich war nur eine Schlußfolgerung denkbar. Und die weckte plötzlich all seine kriminalistischen Instinkte. Die Tasche hatte dort gelegen, weil jemand wollte, daß sie gefunden wurde.

Wallander setzte sich auf die Couch und ging das Ganze im Kopf noch einmal durch. Ein Körper kann bis zur Unkenntlichkeit verbrennen. Besonders wenn er starken Stromstößen ausgesetzt wird und der Strom sich nicht sofort ausschaltet. Ein Mensch, der auf dem elektrischen Stuhl hingerichtet wird, verdampft von innen heraus. Wer auch immer Sonja Hökberg tötete, wußte, daß es schwer sein würde, sie zu identifizieren. Deshalb hat er die Tasche zurückgelassen.

Aber das erklärt noch nicht, warum sie am Zaun lag.

Wallander ließ den Gedanken erst einmal fallen. Er ging zu schnell vor. Zunächst brauchten sie die Bestätigung, daß Sonja Hökberg wirklich ermordet worden war.

Er ging zurück in die Küche und kochte Kaffee. Das Telefon schwieg. Es war vier Uhr geworden. Er setzte sich mit der Kaffeetasse an den Tisch und rief wieder im Präsidium an. Irene konnte berichten, daß Zeitungen und Fernsehen weiterhin nach ihm fragten. Aber sie hatte ihnen seine Privatnummer nicht gegeben. Seit einigen Jahren hatte er eine Geheimnummer. Wieder dachte Wallander, daß seine Abwesenheit als Schuldeingeständnis gedeutet werden konnte, zumindest als Zeichen dafür, daß der Vorfall ihm zusetzte. Ich hätte dableiben sollen, dachte er. Ich hätte mit jedem einzelnen Journalisten sprechen und erzählen sollen, wie es wirklich war.

Seine Schwäche war verflogen. Er merkte, daß er langsam wütend wurde. Er bat Irene, ihn zu Ann-Britt durchzustellen. Eigentlich hätte er mit Lisa Holgersson anfangen und ihr deutlich sagen sollen, daß er ihr Mißtrauen nicht akzeptiere.

Bevor Ann-Britt abnahm, legte er schnell auf.

Im Moment wollte er mit keiner von beiden reden. Statt dessen wählte er Sten Widéns Nummer. Ein Mädchen meldete sich. Auf dem Pferdehof wechselten die Stallgehilfinnen häufig. Wallander hatte zuweilen den Verdacht, daß Sten die Mädchen nicht immer in Ruhe ließ. Als Sten ans Telefon kam, bereute Wallander schon fast, ihn angerufen zu haben. Aber immerhin konnte er sicher sein, daß Sten Widén das Bild in der Zeitung nicht gesehen hatte. »Ich wollte vorbeikommen«, sagte Wallander. »Aber mein Wagen ist nicht in Ordnung.«

»Wenn du willst, kann ich dich holen.«

Sie verabredeten sich für sieben Uhr. Wallander blickte zur Whiskyflasche. Aber er ließ sie stehen.

Es klingelte an seiner Tür. Er fuhr zusammen. Er bekam selten, eigentlich nie Besuch. Sicher war es ein Journalist, der seine Adresse herausbekommen hatte. Er stellte die Whiskyflasche in einen Schrank und machte auf.

Doch in der Tür stand kein Journalist. Es war Ann-Britt Höglund. »Störe ich?«

Er ließ sie herein und hielt das Gesicht abgewandt, damit sie nicht merkte, daß er getrunken hatte. Sie setzten sich ins Wohnzimmer.

»Ich bin erkältet«, sagte Wallander. »Ich kann nicht arbeiten.«

Sie nickte. Aber bestimmt glaubte sie ihm nicht. Dazu hatte sie auch keine Veranlassung. Alle wußten, daß Wallander häufig trotz Fieber und Erkältung arbeitete.

»Wie geht es dir?« fragte sie.

Die Schwäche ist vorüber, dachte Wallander. Auch wenn sie ganz tief da drinnen noch irgendwo steckt. Aber ich werde sie nicht zeigen. »Wenn du das in bezug auf das Bild in der Zeitung meinst, natürlich alles andere als gut. Wie kann sich ein Fotograf ungehindert bis zu unseren Verhörzimmern bewegen?«

»Lisa macht sich große Sorgen.«

»Sie sollte auf das hören, was ich sage«, entgegnete Wallander. »Mir den Rücken stärken. Und nicht sofort glauben, die Zeitungen hätten recht.«

»Aber man kann das Bild doch kaum schönreden.«

»Das tue ich auch nicht. Ich habe sie geschlagen. Weil sie ihre Mutter angegriffen hat.«

»Aber dir ist ja wohl klar, daß sie etwas anderes behaupten.«

»Sie lügen. Glaubst du ihnen vielleicht?«

Sie schüttelte den Kopf. »Die Frage ist nur, wie man aufdecken kann, daß sie lügen.«

»Wer steckt dahinter?«

Ihre Antwort kam schnell und bestimmt.

»Die Mutter. Ich glaube, sie ist verschlagen. Sie sieht darin eine Möglichkeit, von der Tat ihrer Tochter abzulenken. Da nun außerdem Sonja Hökberg tot ist, können sie alles auf sie schieben.«

»Nicht das blutige Messer.«

»Auch das. Selbst wenn es aufgrund von Evas Aussage gefunden wurde, kann sie immer noch behaupten, es wäre Sonja gewesen, die auf Lundberg eingestochen hat.«

Wallander sah ein, daß Ann-Britt recht hatte. Die Toten konnten nicht reden. Und es gab ein großes Farbfoto, das einen Polizeibeamten zeigte, der ein Mädchen zu Boden geschlagen hatte. Das Bild war unscharf. Aber kaum jemand konnte daran zweifeln, was es darstellte.

»Die Staatsanwaltschaft hat eine sofortige Untersuchung gefordert.«

»Wer von den beiden?«

»Viktorsson.«

Wallander mochte Viktorsson nicht. Er war erst im August nach Ystad gekommen. Aber Wallander war bereits einige Male heftig mit ihm aneinandergeraten.

»Es wird Aussage gegen Aussage stehen.«

»Abgesehen davon, daß zwei gegen eine stehen.«

»Das Sonderbare ist, daß Eva Persson ihre Mutter überhaupt nicht mag«, sagte Wallander. »Das war vollkommen offensichtlich, als ich mit dem Mädchen sprach.«

»Sie hat wohl eingesehen, daß sie trotz allem schlecht dasteht. Auch wenn sie minderjährig ist und nicht im Gefängnis landet. Also schließt sie vorübergehend Frieden mit ihrer Mutter.«

Wallander fühlte plötzlich, daß er nicht mehr über die Sache reden konnte, jedenfalls nicht jetzt.

»Warum bist du gekommen?«

»Ich hörte, daß du krank bist.«

»So krank nun auch wieder nicht. Morgen bin ich wieder im Dienst. Erzähl mir lieber, was dein Gespräch mit Eva Persson ergeben hat.«

»Sie hat ihre Aussage widerrufen.«

»Aber sie kann unmöglich wissen, daß Sonja Hökberg tot ist.«

»Genau das ist so merkwürdig.«

Wallander brauchte einen Augenblick, um zu begreifen, was Ann-Britt gerade gesagt hatte. Dann ging ihm ein Licht auf. Er sah sie an.

»Was denkst du?«

»Warum ändert man eine Aussage? Man hat ein Verbrechen gestanden, das man zusammen mit jemand anderem begangen hat. Alles paßt zusammen. Was die eine sagt, deckt sich mit den Worten der anderen. Warum nimmt man anschließend alles zurück?«

»Genau. Warum? Aber vor allem vielleicht: zu welchem Zeitpunkt?«

»Deshalb bin ich gekommen. Eva Persson konnte nicht wissen, daß Sonja Hökberg tot ist, als ich begann, sie zu verhören. Aber auf einmal widerruft sie ihr gesamtes Geständnis. Jetzt hat Sonja Hökberg alles getan. Eva Persson ist unschuldig. Sie wollten überhaupt keinen Taxifahrer berauben. Sie wollten nicht nach Rydsgård fahren. Sonja habe vorgeschlagen, einen Onkel von ihr in Bjäresjö zu besuchen.«

»Gibt es den?«

»Ich habe ihn angerufen. Er behauptet, Sonja seit fünf oder sechs Jahren nicht mehr gesehen zu haben.«

Wallander dachte nach. »Dann gibt es nur eine Erklärung«, sagte er. »Eva Persson hätte nie ihr Geständnis widerrufen und eine Geschichte zusammengedichtet, wenn sie nicht sicher gewesen wäre, daß Sonja Hökberg ihr nicht mehr widersprechen kann.«

»Anders kann ich es mir auch nicht erklären. Ich habe sie natürlich gefragt, warum sie vorher etwas vollkommen anderes erzählt hat.«

»Und was hat sie geantwortet?«

»Sie habe nicht gewollt, daß Sonja die ganze Schuld bekäme.«

»Weil sie Freundinnen sind?«

»Ja, genau.«

Beiden war klar, was das bedeutete. Es gab nur eine Erklärung. Eva Persson wußte, daß Sonja Hökberg tot war.

»Was denkst du?« fragte Wallander.

»Daß es zwei Möglichkeiten gibt. Sonja kann Eva angerufen haben, nachdem sie aus dem Präsidium geflohen war. Sie kann gesagt haben, sie wolle sich das Leben nehmen.«

Wallander schüttelte den Kopf. »Das klingt nicht sehr wahrscheinlich.«

»Finde ich auch nicht. Ich glaube auch gar nicht, daß sie Eva Persson angerufen hat. Sie hat jemand anderen angerufen.«

»Der später Eva Persson anrief und sagte, daß Sonja tot sei?«

»Das wäre eine Möglichkeit.«

»Was bedeutet, daß Eva Persson weiß, wer Sonja Hökberg getötet hat. Wenn es denn Mord war.«

»Kann es denn überhaupt etwas anderes gewesen sein?«

»Eigentlich nicht. Aber wir müssen auf den Befund aus Lund warten.

»Ich habe versucht, ein vorläufiges Ergebnis zu bekommen. Aber offenbar braucht es seine Zeit bei verbrannten Körpern.«

»Ich hoffe, ihnen ist klar, wie dringend es ist?«

»Ist es das nicht immer?«

Sie schaute auf die Uhr und stand auf. »Ich muß nach Hause zu den Kindern.«

Wallander hatte das Gefühl, noch etwas sagen zu müssen. Er wußte aus eigener Erfahrung, wie aufreibend eine Scheidung war. »Was macht deine Scheidung?«

»Du hast selbst eine hinter dir. Da weißt du, daß es von Anfang bis Ende beschissen ist.«

Er begleitete sie zur Tür.

»Trink einen Whisky«, sagte sie. »Den kannst du brauchen.«

»Das habe ich schon getan«, antwortete Wallander.

Um sieben hörte Wallander es von der Straße hupen. Durchs Küchenfenster erkannte er Sten Widéns rostigen Kastenwagen. Er steckte die Whiskyflasche in eine Plastiktüte und ging hinunter.

Sie fuhren zum Hof hinaus. Wie üblich wollte Wallander seinen Besuch mit einer Runde durch den Stall beginnen. Viele Boxen standen leer. Ein etwa siebzehnjähriges Mädchen hängte einen Sattel auf. Dann ging sie, und sie waren allein. Wallander setzte sich auf einen Heuballen.

Sten Widén lehnte an der Wand. »Ich fahre«, sagte er. »Der Hof steht zum Verkauf.«

»Was glaubst du, wer ihn kaufen wird?«

»Jemand, der verrückt genug ist, um zu denken, daß es sich rentiert.«

»Bekommst du einen guten Preis?«

»Nein, aber es wird schon reichen. Wenn ich mich einschränke, kann ich von den Zinsen leben.«

Wallander hätte gern gewußt, über wieviel Geld sie eigentlich redeten, mochte aber nicht fragen.

»Weißt du schon, wohin du willst?« fragte er statt dessen. »Zuerst muß ich verkaufen. Dann entscheide ich mich.«

Wallander holte die Whiskyflasche hervor. Sten nahm einen Schluck.

»Du kannst doch ohne Pferde nicht leben«, sagte Wallander. »Was wirst du machen?«

»Ich weiß nicht.«

»Du wirst dich totsaufen.«

»Oder vielleicht auch nicht. Vielleicht höre ich dann ganz auf damit.«

Sie verließen den Stall und gingen über den Hof zum Wohnhaus. Der Abend war kühl. Wallanders Neid machte sich wieder bemerkbar. Sein alter Freund Per Åkeson, der Staatsanwalt, befand sich seit mehreren Jahren im Sudan. Wallander war inzwischen zu der festen Überzeugung gelangt, daß er nie zurückkommen würde. Und jetzt brach Sten auf. Zu etwas Unbekanntem, etwas Neuem. Er selbst dagegen kam in einer Abendzeitung vor, die berichtete, daß er ein vierzehnjähriges Mädchen zu Boden geschlagen habe.

Schweden ist ein Land, aus dem viele Menschen fliehen, dachte er. Die es sich leisten können. Und die, die es sich nicht leisten können, sind auf der Jagd nach Geld, um sich der Schar der Auswanderer anschließen zu können.

Wie ist es dazu gekommen? Was ist eigentlich geschehen?

Sie setzten sich in das unaufgeräumte Wohnzimmer, das auch als Büro benutzt wurde.

Sten Widén goß sich ein Glas Cognac ein. »Ich habe schon daran gedacht, Bühnenarbeiter zu werden«, sagte er.

»Was meinst du damit?«

»Genau das, was ich sage. Ich könnte an die Scala in Mailand gehen und einen Job als Kulissenschieber annehmen.«

»Aber das macht man doch alles nicht mehr von Hand?«

»Die eine oder andere Kulisse wird bestimmt noch von Hand bewegt. Stell dir vor, jeden Abend hinter der Bühne. Und Oper hören. Ohne eine Öre zu bezahlen. Ich könnte ihnen anbieten, umsonst zu arbeiten.«

»Bist du fest entschlossen?«

»Nein. Ich habe so viele Vorstellungen. Manchmal frage ich mich, ob ich nicht hinauf nach Norrland gehen sollte. Und mich in einem richtig kalten und widerlichen Schneehaufen vergraben. Ich weiß noch nicht. Ich weiß nur, daß der Hof verkauft werden soll und daß ich abhaue. Aber was machst du?«

Wallander zuckte mit den Schultern, ohne etwas zu sagen. Er hatte mittlerweile zuviel getrunken. Sein Kopf wurde immer schwerer.

»Du jagst weiter Schwarzbrenner?«

Sten Widéns Stimme klang spöttisch. Wallander wurde ärgerlich. »Mörder«, erwiderte er. »Leute, die andere Menschen totschlagen. Mit dem Hammer auf den Kopf. Ich nehme an, du hast von dem Taxifahrer gehört?«

»Nein.«

»Zwei junge Mädchen haben einen Taxifahrer erschlagen und erstochen. Die jage ich. Keine Schwarzbrenner.«

»Ich begreife nicht, wie du das aushältst.«

»Ich auch nicht. Aber jemand muß es machen, und ich mache es vermutlich besser als viele andere.

Sten Widén sah ihn an und lächelte. »Du brauchst dich nicht so ins Zeug zu legen. Ich glaub schon, daß du ein guter Polizist bist. Das hab ich immer geglaubt. Die Frage ist nur, ob du auch noch für was anderes im Leben Zeit hast.«

»Ich bin keiner, der sich drückt.«

»So einer wie ich?«

Wallander antwortete nicht. Eine Kluft hatte sich zwischen ihnen aufgetan. Plötzlich fragte er sich, wie lange sie eigentlich schon existiert hatte. Ohne daß sie es bemerkt hatten. In ihrer Jugend waren sie enge Freunde gewesen. Dann waren sie in verschiedene Richtungen gegangen. Als sie sich viele Jahre später wiedersahen, hatten sie die alte Freundschaft wiederaufleben lassen. Es war ihnen nie klargeworden, daß die Voraussetzungen inzwischen völlig anders waren. Erst jetzt sah Wallander, wie es sich eigentlich verhielt. Vermutlich hatte Sten Widén es ebenfalls erkannt.

»Eins der Mädchen, die den Taxifahrer erschlugen, hatte einen Stiefvater«, sagte Wallander. »Erik Hökberg.«

Sten Widén blickte ihn erstaunt an. »Ist das dein Ernst?«

»Das ist mein Ernst. Und vermutlich ist das Mädchen jetzt selbst ermordet worden. Ich glaube nicht, daß ich die Zeit dazu habe, abzuhauen. Auch wenn ich Lust dazu hätte.«

Er steckte die Whiskyflasche zurück in die Tüte. »Kannst du mir ein Taxi bestellen?«

»Willst du schon nach Hause?«

»Ja, ich glaube schon.«

Ein Anflug von Enttäuschung zog über Sten Widéns Gesicht. Wallander empfand das gleiche. Eine Freundschaft ging zu Ende. Genauer gesagt: Sie hatten endlich entdeckt, daß sie schon lange vorbei war.

»Ich fahre dich nach Hause.«

»Nein«, sagte Wallander. »Du hast getrunken.«

Sten Widén sagte nichts. Er ging zum Telefon und bestellte ein Taxi. »Es kommt in zehn Minuten.«

Sie gingen nach draußen. Es war ein klarer und windstiller Herbstabend.

»Woran hat man geglaubt?« fragte Sten Widén plötzlich. »Als man jung war?«

»Das habe ich vergessen. Aber ich blicke nicht oft zurück. Ich habe genug mit dem zu tun, was in der Gegenwart passiert. Und mir reicht die Sorge um die Zukunft.«

Das Taxi kam.

»Schreib mal«, sagte Wallander, »und erzähl mir, was aus dir geworden ist.«

»Das werde ich tun.«

Wallander verkroch sich auf dem Rücksitz.

Der Wagen fuhr durch die Dunkelheit nach Ystad zurück.

Als Wallander seine Wohnung betrat, klingelte das Telefon. Es war Ann-Britt. »Bist du gerade nach Hause gekommen? Ich habe mehrmals versucht, dich zu erreichen. Warum hast du dein Handy nie eingeschaltet?«

»Was ist denn passiert?«

»Ich habe einen neuen Versuch bei der Pathologie in Lund gemacht und mit einem Obduzenten gesprochen. Er wollte keine feste Zusage machen. Aber er hat etwas herausgefunden. Sonja Hökberg hatte eine Fraktur am Hinterkopf.«

»Sie war also schon tot, als der Strom durch den Körper ging?«

»Vielleicht nicht tot. Aber bewußtlos.«

»Sie kann sich nicht selbst verletzt haben?«

»Er ist ziemlich sicher, daß es sich um einen Schlag gehandelt hat, den sie sich nicht selbst zufügen konnte.«

»Dann wissen wir das«, sagte Wallander. »Daß sie ermordet wurde.«

»Haben wir das nicht die ganze Zeit gewußt?«

»Nein«, entgegnete Wallander. »Wir haben es vermutet. Aber wissen tun wir es erst jetzt.«

Irgendwo im Hintergrund schrie ein Kind. Ann-Britt beeilte sich, das Gespräch zu beenden. Sie verabredeten sich für acht Uhr am folgenden Tag.

Wallander setzte sich an den Küchentisch. Er dachte an Sten Widén. Und an Sonja Hökberg. Aber vor allem an Eva Persson.

Sie muß es wissen, dachte er. Sie muß wissen, wer Sonja Hökberg getötet hat.

10

UM KURZ NACH FÜNF AM DONNERSTAGMORGEN wurde Wallander aus dem Schlaf gerissen. Als er im Dunkeln die Augen aufschlug, wußte er, was ihn geweckt hatte. Er hatte etwas vergessen. Das Versprechen, das er Ann-Britt gegeben hatte, an diesem Abend vor einer literarischen Frauenvereinigung in Ystad darüber zu reden, wie es war, als Polizist zu arbeiten.

Reglos lag er in der Dunkelheit. Es war ihm total entfallen. Er hatte nichts vorbereitet. Sich nicht einmal Stichworte gemacht.

Er spürte, wie sein Magen sich verkrampfte. Die Frauen, vor denen er sprechen sollte, hatten natürlich das Bild von Eva Persson gesehen. Ann-Britt mußte inzwischen angerufen und mitgeteilt haben, daß er und nicht sie kommen würde.

Das schaffe ich nicht, dachte er. Sie werden mich nur als einen brutalen Mann sehen, der Frauen mißhandelt. Aber nicht so, wie ich wirklich bin. Was das auch heißen mag.

Er blieb liegen und sann auf eine Ausflucht. Der einzige, der vielleicht Zeit haben könnte, war Hansson. Aber das war unmöglich. Ann-Britt hatte schon gesagt, warum. Hansson drückte sich nicht gut aus, wenn er über etwas anderes sprechen sollte als Pferde. Er war ein Mummler, den nur Menschen verstanden, die ihn gut kannten.

Um halb sechs stand Wallander auf. Es gab kein Entkommen. Er setzte sich an den Küchentisch und zog den Notizblock heran. Ganz oben hin schrieb er *Vortrag*. Er fragte sich, was Rydberg wohl einer Gruppe von Frauen über seinen Beruf erzählt hätte. Aber er vermutete, daß Rydberg sich nie zu einem Auftritt dieser Art hätte überreden lassen.

Um sechs Uhr hatte er noch immer nicht mehr als dieses eine Wort geschrieben. Er war kurz davor aufzugeben, als ihm einfiel, was er machen könnte. Er würde über den Fall sprechen, an dem sie gerade arbeiteten. Die Ermittlungen im Taximord. Vielleicht könnte er sogar mit Stefan Fredmans Beerdigung anfangen? Einige Tage aus dem Leben eines Kriminalbeamten? Genau so, wie es war, ungeschönt. Er notierte sich ein paar Stichworte. Er würde auch den Vorfall mit dem Fotografen nicht auslassen. Es könnte als eine Verteidigungsrede aufgefaßt werden, was es natürlich auch war. Schließlich war er trotz allem derjenige, der wußte, was tatsächlich geschehen war.

Um Viertel nach sechs legte er den Bleistift aus der Hand. Sein Unbehagen angesichts dessen, was ihm bevorstand, war nicht geringer geworden, doch jetzt fühlte er sich nicht mehr völlig ausgeliefert. Beim Anziehen kontrollierte er, ob er für den Abend noch ein sauberes Hemd hatte. Es hing noch eins ganz hinten im Kleiderschrank. Alle anderen lagen in einem großen Haufen auf dem Fußboden. Er hatte lange nicht gewaschen.

Kurz vor sieben rief er in der Werkstatt an und fragte nach seinem Auto. Die Auskunft, die er erhielt, war niederschmetternd. Sie überlegten offenbar, ob sie den ganzen Motor auseinandernehmen sollten. Der Meister versprach, ihm im Lauf des Tages einen Kostenvoranschlag zu machen. Das Thermometer vorm Fenster zeigte sieben Grad über Null. Schwacher Wind, Wolken, aber kein Regen. Wallanders Blick folgte einem alten Mann, der sich langsam die Straße entlangbewegte. An einem Papierkorb blieb er stehen und wühlte mit einer Hand darin herum, ohne etwas zu finden. Wallander dachte an den vergangenen Abend. Sein Neidgefühl war verflogen und einer diffusen Wehmut gewichen. Sten Widén würde aus seinem Leben verschwinden. Wie viele gab es überhaupt noch, die ihn mit seinem früheren Leben verbanden? Bald war keiner mehr übrig.

Er dachte an Mona, Lindas Mutter. Sie war auch aufgebrochen. Damals war er vollkommen entgeistert gewesen, als sie ihm sagte, sie wolle ihn verlassen. Auch wenn er im Innersten geahnt hatte, daß sich etwas Derartiges anbahnte. Vor zwei Jahren hatte sie wieder geheiratet. Wallander hatte bis dahin in regelmäßigen Abständen versucht, sie zu überreden, zu ihm zurückzukehren. Sie sollten noch einmal von vorne anfangen. Jetzt im nachhinein verstand er sich selbst nicht mehr. Er hatte nicht wirklich noch einmal von vorn anfangen wollen. Er ertrug nur die Einsamkeit nicht. Mit Mona hätte er nie mehr zusammenleben können. Ihrer beider Aufbruch war notwendig gewesen und viel zu spät gekommen. Jetzt war sie mit einem golfspielenden Versicherungsberater verheiratet. Wallander hatte ihn nie getroffen, nur ihre Stimmen waren sich dann und wann am Telefon begegnet. Linda war nicht besonders begeistert von ihm. Aber Mona schien es gutzugehen. Es gab ein Haus irgendwo in Spanien. Der Mann hatte offensichtlich Geld, was Wallander von sich nie hatte behaupten können.

Er schob die Gedanken beiseite und ging ins Präsidium. Unterwegs überlegte er weiter, was er am Abend sagen könnte. Ein Streifenwagen hielt neben ihm. Ob er mitfahren wolle. Aber Wallander winkte ab. Er wollte lieber gehen.

Vor der Anmeldung im Polizeipräsidium stand ein Mann. Als Wallander hineingehen wollte, wandte der Mann sich zu ihm um. Wallander kam sein Gesicht bekannt vor, doch er konnte ihn nirgendwo unterbringen.

»Kurt Wallander«, sagte der Mann. »Haben Sie einen Moment Zeit?«

»Das kommt darauf an. Wer sind Sie?«

»Harald Törngren.«

Wallander schüttelte den Kopf.

»Ich bin der Fotograf, der das Bild gemacht hat.«

Wallander erinnerte sich jetzt an das Gesicht des Mannes von der letzten Pressekonferenz her.

»Sie meinen, daß Sie der Mann sind, der sich hier hereingeschlichen hat?«

Harald Törngren war an die Dreißig. Er hatte ein längliches Gesicht und kurzgeschnittene Haare. Er lächelte. »Ich suchte eigentlich nach einer Toilette, und niemand hat mich aufgehalten.«

»Was wollen Sie?«

»Ich dachte, Sie könnten das Bild kommentieren. Ich will ein Interview machen.«

»Sie schreiben ja doch nicht, was ich sage.«

»Woher wollen Sie das wissen?«

Wallander überlegte, ob er Törngren bitten sollte zu verschwinden. Gleichzeitig bot ihm die Situation eine Gelegenheit. »Ich will aber jemanden dabei haben«, sagte er. »Jemanden, der zuhört.«

Törngren lächelte weiter. »Einen Interviewzeugen?«

»Ich habe mit Journalisten schlechte Erfahrungen gemacht.«

»Sie können zehn Zeugen haben, wenn Sie wollen.«

Wallander schaute auf die Uhr. Es war fünf vor halb acht. »Sie bekommen eine halbe Stunde. Nicht mehr.«

»Wann?«

»Jetzt.«

Sie gingen hinein. Irene konnte mitteilen, daß Martinsson schon gekommen war. Wallander bat Törngren zu warten, während er zu Martinssons Zimmer ging. Er saß an seinem Computer. Wallander erklärte ihm in aller Eile die Situation.

»Möchtest du, daß ich ein Tonbandgerät mitnehme?«

»Es reicht, wenn du dabei bist. Und dich nachher an das erinnerst, was ich gesagt habe.«

Martinsson zögerte plötzlich.

»Und du weißt nicht, was er dich fragen will?«

»Nein. Aber ich weiß, was passiert ist.«

»Wenn du nur nicht aufbrausend wirst.«

Wallander reagierte verwundert. »Pflege ich Dinge zu sagen, die ich nicht meine?«

»Das kommt vor.«

Wallander sah ein, daß Martinsson recht hatte. »Ich werde daran denken. Komm, wir gehen.«

Sie setzten sich in eins der kleineren Sitzungszimmer. Törngren stellte sein Tonbandgerät auf den Tisch. Martinsson hielt sich im Hintergrund.

»Ich habe gestern abend mit Eva Perssons Mutter gesprochen«, sagte Törngren. »Sie haben vor, Anzeige gegen Sie zu erstatten.«

»Anzeige weswegen?«

»Körperverletzung. Was sagen Sie dazu?«

»Von Körperverletzung kann gar nicht die Rede sein.«

»Die beiden sind anderer Ansicht. Und ich habe mein Bild.«

»Wollen Sie wissen, was tatsächlich passiert ist?«

»Ich würde gern Ihre Version hören.«

»Das ist nicht eine Version. Es ist die Wahrheit.«

»Aussage steht gegen Aussage.«

Wallander erkannte die Hoffnungslosigkeit des Unterfangens, auf das er sich eingelassen hatte. Aber jetzt war es zu spät. Er schilderte, wie Eva Persson plötzlich ihre Mutter angegriffen hatte und wie er dazwischengegangen war. Das Mädchen sei wie von Sinnen gewesen. Da habe er ihr eine Ohrfeige gegeben.

»Sowohl die Mutter als auch die Tochter sagen etwas völlig anderes.«

»Aber so ist es gewesen.«

»Es klingt nicht besonders plausibel, daß ein Mädchen seine Mutter schlägt.«

»Eva Persson hatte gerade einen Mord gestanden. Die Situation war angespannt. Da können unerwartete Dinge geschehen.«

»Eva Persson sagte gestern zu mir, sie sei zu dem Geständnis gezwungen worden.«

Wallander und Martinsson starrten einander an.

»Gezwungen?«

»Das hat sie gesagt.«

»Und wer soll sie gezwungen haben?«

»Die, die sie verhört haben.«

Jetzt war Martinsson empört. »Das ist das Idiotischste, was ich je gehört habe«, sagte er. »Wir führen hier keine Verhöre mit Zwangsmethoden durch.«

»Das hat sie aber gesagt. Jetzt widerruft sie das Geständnis. Sie sagt, sie sei unschuldig.«

Wallander blickte Martinsson scharf an, und der sagte nichts mehr. Wallander selbst war jetzt ganz ruhig. »Die Voruntersuchung ist noch lange nicht abgeschlossen. Eva Persson ist an dem Verbrechen beteiligt. Wenn sie sich entschließt, ihr Geständnis zurückzunehmen, ändert das nichts an der Sachlage.«

»Sie meinen also, daß sie lügt?«

»Darauf möchte ich nicht antworten.«

»Warum nicht?«

»Weil das hieße, Informationen aus einer laufenden Voruntersuchung an die Öffentlichkeit zu geben. Informationen, die nicht preisgegeben werden dürfen.«

»Aber Sie behaupten, daß sie lügt?«

»Das sind Ihre Worte. Ich stelle nur dar, was vorgefallen ist.«

Wallander sah bereits die Schlagzeilen vor sich. Aber er wußte, daß er das Richtige tat. Daß Eva Persson und ihre Mutter Verschlagenheit an den Tag legten, würde ihnen nicht helfen. Auch nicht, daß ihnen vermutlich übertriebene und gefühlsbetonte Reportagen in der Boulevardpresse zu Hilfe kommen würden.

»Das Mädchen ist sehr jung«, sagte Törngren. »Sie behauptet, sie sei durch ihre ältere Freundin in all dies tragische Geschehen hineingezogen worden. Und ist das nicht am wahrscheinlichsten?«

Wallander erwog schnell, ob er Sonja Hökbergs Tod erwähnen sollte. Die Nachricht war noch nicht an die Öffentlichkeit gegeben worden. Doch er konnte es nicht tun. Dennoch verschaffte sein Wissen ihm Überlegenheit. »Was meinen Sie mit ›am wahrscheinlichsten‹?« fragte er.

»Daß es sich so verhält, wie Eva sagt. Daß sie von ihrer älteren Freundin verleitet worden ist?«

»Nicht Sie und Ihre Zeitung führen die Ermittlungen im Mordfall Lundberg. Das tun wir. Wenn Sie Ihre Schlüsse ziehen und Ihre Urteile fällen, kann Sie natürlich niemand daran hindern. Die Wirklichkeit sieht anders aus. Aber wahrscheinlich wird ihr in der Zeitung nicht soviel Platz eingeräumt werden.«

Wallander schlug mit den Handflächen auf den Tisch, um anzudeuten, daß das Interview beendet war.

»Danke, daß Sie sich Zeit genommen haben«, sagte Törngren und packte sein Tonbandgerät ein.

»Martinsson bringt Sie nach draußen«, sagte Wallander und stand auf.

Er gab Törngren nicht die Hand, sondern verließ einfach den Raum. Während er seine Post holte, versuchte er, das Gespräch mit Törngren zu rekapitulieren. Gab es etwas, was er hätte sagen sollen, aber nicht gesagt hatte? Hätte er etwas anders ausdrücken sollen? Mit der Post unter dem Arm und einer Tasse Kaffee in der Hand betrat er sein Zimmer. Er sagte sich, daß das Gespräch mit Törngren gut gewesen war, auch wenn er natürlich nicht wissen konnte, wie der Artikel in der Zeitung aussehen würde. Er setzte sich an den Tisch und blätterte die Post durch. Nichts war so wichtig, daß es nicht warten konnte. Dann fiel ihm der Arzt ein, der ihn am Vortag besucht hatte. Wallander suchte in der Schreibtischschublade seine Notizen und rief anschließend die Pathologie in Lund an. Er hatte Glück und bekam sogleich den Arzt an den Apparat, den er suchte. Wallander erzählte kurzgefaßt von Enanders Besuch. Der Pathologe hörte zu und notierte sich Wallanders Mitteilung. Nachdem er versprochen hatte, von sich hören zu lassen, falls die neuen Informationen irgendwelche Auswirkungen auf die bereits durchgeführte gerichtsmedizinische Untersuchung hätten, beendeten sie das Gespräch.

Um acht stand Wallander auf und ging zum Sitzungszimmer. Lisa Holgersson war da, ebenso Staatsanwalt Lennart Viktorsson. Wallander spürte, wie ihm das Adrenalin hochschoß, als er den Staatsanwalt erblickte. Viele hätten sich wohl geduckt, wenn sie auf der ersten Seite eines Boulevardblatts gelandet wären. Wallander hatte seinen Schwächeanfall schon am Vortag gehabt. Jetzt war er in Kampfeslaune. Er setzte sich auf seinen Platz und ergriff unmittelbar das Wort.

»Wie alle wissen, hat gestern eine Abendzeitung ein Bild von Eva Persson gebracht, nachdem ich ihr eine Ohrfeige gegeben hatte. Obwohl das Mädchen und seine Mutter etwas anderes behaupten, verhielt es sich so, daß ich eingegriffen habe, als das Mädchen auf seine Mutter losging und sie ins Gesicht schlug. Um sie zur Ruhe zu bringen, gab ich ihr eine Ohrfeige. Nicht besonders hart. Aber sie taumelte und fiel hin. Das habe ich auch dem Journalisten gesagt, dem es gelungen war, sich hier ins Präsidium einzuschleichen. Ich habe ihm heute morgen ein Interview gegeben. Martinsson war als Zeuge dabei.«

Er machte eine Pause und blickte in die Runde, bevor er fortfuhr. Lisa Holgersson wirkte unzufrieden. Er ahnte, daß sie die Sache lieber selbst aufgegriffen hätte.

»Mir ist mitgeteilt worden, daß eine interne Untersuchung des Vorfalls durchgeführt werden soll. Von mir aus gern. Und jetzt, meine ich, sollten wir zu Dringenderem übergehen, und zwar zum Mord an Lundberg und zu dem, was eigentlich mit Sonja Hökberg passiert ist.«

Lisa Holgersson ergriff sofort das Wort, nachdem er geendet hatte. Wallander gefiel ihr Gesichtsausdruck nicht. Er hatte noch immer das Gefühl, verraten worden zu sein.

»Es ist dir wohl klar, daß du keine weiteren Verhöre mit Eva Persson durchführen darfst«, sagte sie.

Wallander nickte. »Das verstehe sogar ich.«

Eigentlich hätte ich etwas anderes sagen sollen, dachte er. Daß es die oberste Pflicht eines Polizeipräsidenten ist, seinen Leuten Rückhalt zu geben. Nicht unkritisch und nicht um jeden Preis. Aber zumindest solange Aussage gegen Aussage steht. Sie findet es bequemer, sich an eine Lüge anzulehnen, als einer unbequemen Wahrheit zu vertrauen.

Viktorsson hob die Hand und unterbrach ihn in seinen Gedanken. »Ich werde natürlich die interne Untersuchung genau verfolgen. Und was Eva Persson anbelangt, sollten wir ihre neuen Aussagen ernst nehmen. Vermutlich ist es gewesen, wie sie sagt. Daß Sonja Hökberg allein die Tat geplant und ausgeführt hat.«

Wallander traute seinen Ohren nicht. Er sah sich am Tisch um und suchte Rückendeckung bei seinen engsten Kollegen. Hansson saß in seinem karierten Flanellhemd da und schien in Gedanken weit weg zu sein. Martinsson massierte sich das Kinn, Ann-Britt kauerte zusammengesunken auf dem Stuhl. Keiner fing seinen Blick auf. Aber er interpretierte das, was er sah, trotzdem als Rükkendeckung. »Eva Persson lügt«, sagte er. »Das, was sie zuerst gesagt hat, war die Wahrheit. Und das werden wir auch beweisen können. Wenn wir uns anstrengen.«

Viktorsson wollte weitersprechen. Aber Wallander ließ ihn nicht zu Wort kommen. Er zweifelte daran, daß alle schon wußten, was Ann-Britt ihm am Abend zuvor am Telefon gesagt hatte.

»Sonja Hökberg ist ermordet worden«, sagte er. »Die Pathologie hat uns mitgeteilt, daß man eine Verletzung am Hinterkopf gefunden hat, die vermutlich von einem heftigen Schlag herrührt. Er kann tödlich gewesen sein. Sie war zumindest bewußtlos oder betäubt, als jemand sie zwischen die Stromleitungen geworfen hat. Aber daran, daß sie ermordet wurde, brauchen wir nicht mehr zu zweifeln.«

Er hatte richtig vermutet. Seine Information kam für alle im Raum überraschend.

»Ich muß darauf hinweisen, daß es sich um eine vorläufige Beurteilung des Gerichtsmediziners handelt«, fuhr Wallander fort. »Es kann also noch mehr kommen. Aber kaum weniger.«

Keiner sagte etwas. Er spürte, daß er jetzt das Kommando übernommen hatte. Das Bild in der Zeitung machte ihn wütend und gab ihm neue Energie. Aber das schlimmste für ihn war Lisa Holgerssons offenes Mißtrauen.

Er ging weiter und lieferte eine gründliche Lagebeschreibung.

»Johan Lundberg wird in seinem Taxi ermordet. Nach außen wirkt es wie ein spontan geplanter und ausgeführter Raubmord. Die Mädchen erklären, sie hätten Geld gebraucht. Aber nicht für einen bestimmten Zweck. Sie unternehmen keine Anstrengungen, nach der Tat zu entkommen. Als wir sie festnehmen, gestehen sie beide fast unmittelbar. Ihre Darstellungen decken sich, und sie zeigen keine erkennbare Reue. Wir finden außerdem die Mordwaffen. Dann flieht Sonja Hökberg. Zwölf Stunden später wird sie ermordet in einer der Transformatorstationen von Sydkraft gefunden. Wie sie dort hingekommen ist, ist eine entscheidende und noch nicht beantwortete Frage. Warum sie ermordet wird, wissen wir ebensowenig. Gleichzeitig geschieht jedoch etwas, was als wichtig angesehen werden muß. Eva Persson widerruft ihr Geständnis. Jetzt schiebt sie alles auf Sonja Hökberg. Sie macht Aussagen, die nicht mehr kontrolliert werden können, weil Sonja Hökberg inzwischen tot ist. Die Frage ist, woher Eva Persson davon wußte. Richtiger gesagt: Sie muß davon gewußt haben. Aber die Nachricht von dem Mord ist noch gar nicht veröffentlicht. Nur eine sehr begrenzte Anzahl Menschen weiß davon. Und noch weniger wußten es gestern, als Eva Persson ihre Darstellung änderte.«

Wallander verstummte. Im Raum herrschte gespannte Aufmerksamkeit. Er hatte die entscheidenden Fragen eingekreist.

»Was machte Sonja Hökberg, nachdem sie das Präsidium verlassen hatte?« fragte Hansson. »Das mussen wir klären.«

»Wir wissen, daß sie nicht zu Fuß zur Transformatorstation gelangt ist«, sagte Wallander. »Auch wenn es nicht hundertprozentig zu beweisen ist, können wir davon ausgehen, daß sie gefahren ist.«

»Gehen wir jetzt nicht zu schnell vor?« wandte Viktorsson ein. »Sie kann ja schon tot gewesen sein, als sie dorthin kam.«

»Ich bin noch nicht fertig«, erwiderte Wallander. »Die Möglichkeit existiert natürlich.«

»Gibt es etwas, was dagegen spricht?«

»Nein.«

»Ist es dann nicht am wahrscheinlichsten, daß sie schon tot war, als sie dorthin gebracht wurde? Was spricht dafür, daß sie sich freiwillig dorthin begeben hat?«

»Daß sie die Person kannte, die sie fuhr.«

Viktorsson schüttelte den Kopf. »Warum sollte sich jemand zu einer der Anlagen von Sydkraft mitten auf einen Acker begeben? Hat es nicht sogar geregnet? Spricht das nicht eher dafür, daß sie an einem anderen Ort getötet wurde?«

»Jetzt gehst du zu schnell vor«, wandte Wallander ein. »Wir kreisen erst einmal die vorhandenen Alternativen ein. Aber wir treffen noch keine Wahl.«

»Wer hat sie gefahren?« warf Martinsson ein. »Wenn wir das wissen, dann wissen wir, wer sie getötet hat. Wenn auch nicht, warum.«

»Das kommt danach«, sagte Wallander. »Ich denke, daß Eva Persson kaum von jemand anderem von Sonja Hökbergs Tod erfahren haben kann als von demjenigen, der sie getötet hat.«

Er sah Lisa Holgersson an.

»Das bedeutet, daß Eva Persson der Schlüssel zu dem Ganzen ist. Sie ist minderjährig, und sie lügt. Aber jetzt muß sie unter Druck gesetzt werden. Ich will wissen, wie sie von Sonja Hökbergs Tod erfahren hat.«

Er stand auf. »Und weil nicht ich es bin, der mit Eva Persson sprechen wird, werde ich mich in der Zwischenzeit anderen Dingen widmen.«

Er verließ schnell den Raum, zufrieden mit seinem Abgang. Es war eine kindische Demonstration, das war ihm klar. Aber effektvoll, wenn er sich nicht irrte. Er nahm an, daß man Ann-Britt die Verantwortung für die Gespräche mit Eva Persson übertragen würde. Sie wußte, wonach sie zu fragen hatte. Wallander nahm seine Jacke. Er würde die Zeit nutzen, um Antwort auf eine andere Frage zu bekommen, die ihn beschäftigte. Er hoffte, daß sie sich anschließend der Person, die Sonja Hökberg getötet hatte, von zwei verschiedenen Seiten aus nähern konnten. Bevor er sein Büro verließ, nahm er zwei Fotos aus einer der Ermittlungsmappen und steckte sie in die Tasche.

Er ging zur Stadt hinunter. Die ganze Geschichte hatte etwas Sonderbares an sich, das ihn beunruhigte. Warum war Sonja Hökberg getötet worden? Warum war das auf eine Art und Weise geschehen, die in einem großen Teil Schonens zu einem Stromausfall geführt hatte? War das wirklich Zufall gewesen?

Er ging schräg über den Marktplatz und gelangte in die Hamngata. Das Restaurant, in dem Sonja Hökberg und Eva Persson Bier getrunken hatten, war noch nicht geöffnet. Er schaute durch ein Fenster hinein. Es war jemand im Lokal. Jemand, den er kannte. Er klopfte an die Scheibe. Der Mann hantierte weiter hinter dem Tresen. Wallander klopfte fester. Der Mann blickte auf. Wallander winkte, und der Mann kam ans Fenster.

Als er Wallander erkannte, lächelte er und öffnete die Tür. »Es ist noch nicht neun«, sagte er. »Und du hast schon Appetit auf Pizza?«

»Ungefähr«, sagte Wallander. »Ein Kaffee täte mir gut. Und ich muß mit dir reden.«

István Kecskeméti war 1956 aus Ungarn nach Schweden gekommen. Über die Jahre hinweg hatte er in Ystad verschiedene Restaurants betrieben. Manchmal, wenn Wallander sich nicht aufraffen konnte zu kochen, aß er bei István. Der Mann hatte zuweilen ein übertriebenes Mitteilungsbedürfnis, aber Wallander mochte ihn. Außerdem wußte István inzwischen, daß Wallander zuckerkrank war.

István war allein im Lokal. Aus der Küche hörte man jemanden Fleisch klopfen. Erst ab elf würde für Mittagsgäste geöffnet werden. Wallander setzte sich an einen der Tische tief im Inneren des Lokals, und während er darauf wartete, daß István mit dem Kaffee kam, überlegte er, wo die beiden Mädchen an jenem Abend gesessen und Bier getrunken hatten, bevor sie das Taxi bestellten.

István stellte zwei Tassen auf den Tisch. »Du kommst nicht oft«, sagte er. »Und wenn du kommst, haben wir geschlossen. Das bedeutet, daß du etwas anderes willst als Essen.«

Er warf die Arme in die Luft und stöhnte. »Alle wollen Hilfe von István. Hier rufen Sportvereine und Hilfsorganisationen an. Jemand will einen Friedhof für Tiere aufmachen. Alle bitten um Spenden. Alle wollen, daß István spendet. Damit er Reklame kriegt. Aber wie macht man auf einem Hundefriedhof Reklame für eine Pizzeria?«

Nach einem neuen Stöhnen fuhr er fort. »Vielleicht willst du auch etwas? Soll István Geld spenden für die schwedische Polizei?«

»Es reicht schon, wenn du mir ein paar Fragen beantwortest«, sagte Wallander. »Am letzten Mittwoch. Warst du da hier?«

»Ich bin immer hier. Aber der letzte Mittwoch ist lange her.«

Wallander legte die beiden Fotos auf den Tisch. Es war schummerig im Lokal. »Kennst du diese beiden?«

István nahm die Fotos mit zum Tresen. Er studierte sie ausgiebig, bevor er antwortete. »Ich glaube, ja.«

»Du hast von dem Taximord gehört?«

»Schreckliche Geschichte. Daß es so etwas gibt. Und dann noch Jugendliche.«

Im gleichen Augenblick begriff István den Zusammenhang. »Waren das diese beiden?«

»Ja. Und sie waren an dem Abend hier. Es ist wichtig, daß du dich erinnerst. Wo sie saßen. Und ob sie in Begleitung waren.« Wallander konnte sehen, daß István wirklich versuchte, sich zu erinnern. Wallander wartete. István nahm die beiden Fotos und ging zwischen den Tischen umher. Er tastete sich vor, langsam, zögernd. Er sucht nach seinen Gästen, dachte Wallander. Er tut genau das, was ich selbst getan hätte. Die Frage ist nur, ob er sie in seiner Erinnerung findet.

An einem Tisch hinten am Fenster blieb István stehen. Wallander stand auf und ging zu ihm.

»Ich glaube, hier haben sie gesessen.«

»Bist du sicher?«

»Ziemlich.«

»Wer saß wo?«

István wurde unsicher. Wallander wartete, während István den Tisch umkreiste, einmal, zweimal, bevor er innehielt. Er plazierte die Fotos von Sonja Hökberg und Eva Persson auf dem Tisch, als lege er zwei Speisekarten vor.

»Bist du sicher?«

»Ja.«

Aber Wallander sah, daß István die Stirn in Falten zog. Er suchte noch immer etwas in seiner Erinnerung. »Es geschah etwas im Laufe des Abends«, sagte er. »Daß ich mich an sie erinnern kann, hängt damit zusammen, daß ich bezweifelte, ob die eine wirklich achtzehn war.«

»Sie war es nicht«, sagte Wallander. »Aber vergiß es.«

István rief nach einer Laila, die sich in der Küche befand. Eine übergewichtige Kaltmamsell schaukelte herein.

»Setz dich hierhin«, sagte István. Das Mädchen war blond. Er ließ sie auf Eva Perssons Stuhl Platz nehmen.

»Was ist denn los?« fragte sie. Ihr Schonisch war selbst für Wallander schwer zu verstehen.

»Bleib einfach sitzen«, sagte István. »Bleib einfach sitzen.«

Wallander wartete. Er sah zu, wie István sich zu erinnern versuchte. »Etwas geschah im Laufe des Abends«, wiederholte István.

Dann kam er darauf. Er bat Laila, sich auf den anderen Platz zu setzen.

»Sie haben die Plätze getauscht«, sagte István. »Irgendwann im Laufe des Abends haben sie die Plätze getauscht.«

Laila kehrte in die Küche zurück. Wallander setzte sich auf den Platz, auf dem Sonja Hökberg zuerst gesessen hatte. Von dort aus blickte er auf eine Wand. Und auf das Fenster zur Straße. Aber der Rest des Lokals lag hinter ihm. Als er die Seite tauschte, hatte er die Eingangstür vor sich. Weil ein Pfeiler und eine Nische mit einem Gruppentisch den Blick auf das übrige Lokal verdeckten, konnte er nur einen Tisch sehen. Einen Zweiertisch.

»Saß jemand an dem Tisch dort?« fragte er. »Kannst du dich erinnern, ob jemand ungefähr zur gleichen Zeit kam, als die Mädchen die Plätze tauschten?«

István dachte nach. »Ja«, sagte er dann. »Du hast recht. Es kam jemand und setzte sich dorthin. Aber ob es gleichzeitig mit dem Plätzetausch der Mädchen war, das kann ich nicht sagen.«

Wallander merkte, daß er den Atem anhielt. »Kannst du ihn beschreiben? Weißt du, wer er war?«

»Ich hatte ihn noch nie gesehen. Aber er ist leicht zu beschreiben.«

»Wieso?«

»Weil er schräge Augen hatte.«

Wallander begriff nicht. »Was meinst du damit?«

»Daß er Chinese war. Oder auf jeden Fall ein Asiat.«

Wallander überlegte. Er näherte sich einem wichtigen Punkt.

»Blieb er sitzen, nachdem die Mädchen mit dem Taxi weggefahren waren?«

»Ja. Bestimmt eine Stunde.«

»Hatten sie irgendwelchen Kontakt miteinander?«

István schüttelte den Kopf. »Das weiß ich nicht. Ich habe nichts bemerkt. Aber es ist möglich.«

»Weißt du noch, wie der Mann seine Rechnung bezahlt hat?«

»Ich glaube, mit Kreditkarte. Aber ich bin mir nicht sicher.«

»Gut«, sagte Wallander. »Ich möchte, daß du die Rechnung heraussuchst.«

»Die habe ich schon weggeschickt. Ich glaube, es war American Express.«

»Dann suchen wir deine Kopie«, sagte Wallander.

Der Kaffee war kalt geworden. Er merkte, daß er es eilig hatte. Sonja Hökberg sah jemanden auf der Straße kommen, dachte er. Dann tauschte sie den Platz, um besser sehen zu können. Und der Mann war ein Asiat.

»Wonach suchst du eigentlich?« fragte István.

»Ich versuche zunächst einfach nur zu verstehen, was passiert ist«, antwortete Wallander. »Weiter bin ich noch nicht.«

Er verabschiedete sich von István und verließ das Lokal.

»Ein Mann mit schrägen Augen«, dachte er.

Plötzlich war seine Unruhe wieder da. Jetzt hatte er es eilig.

11

AUSSER ATEM erreichte Wallander das Präsidium. Er war gelaufen, weil er wußte, daß Ann-Britt gerade mit Eva Persson sprach. Es war wichtig, daß er ihr mitteilte, was bei seinem Besuch in Istváns Restaurant herausgekommen war, und daß sie Antworten auf die neu aufgetauchten Fragen bekamen. Irene reichte ihm einen Stapel Telefonnotizen, die er ungelesen in die Tasche stopfte. Er rief in dem Zimmer an, in dem Ann-Britt mit Eva Persson saß.

»Ich wollte gerade zum Ende kommen«, sagte sie.

»Nein«, sagte Wallander. »Es sind ein paar neue Fragen aufgetaucht. Mach eine Pause. Ich komme.«

Sie verstand, daß es wichtig war, und versprach ihm, noch zu warten. Wallander erwartete sie schon ungeduldig, als sie auf den Flur hinaustrat. Er kam sofort zur Sache. Erzählte ihr von dem Plätzetausch im Restaurant und dem Mann, der am einzigen Tisch gesessen hatte, den Sonja Hökberg hatte sehen können. Als er geendet hatte, merkte er, daß sie zögerte.

»Ein Asiat?«

»Ja.«

»Glaubst du wirklich, daß das wichtig ist?«

»Sonja Hökberg hat den Platz getauscht. Sie suchte Blickkontakt mit ihm. Das muß etwas bedeuten.«

Ann-Britt Höglund zuckte mit den Schultern. »Ich werde mit ihr reden. Aber was soll ich eigentlich fragen?«

»Warum sie die Plätze tauschten. Und wann. Achte darauf, ob sie lügt. Ob sie den Mann bemerkt hat, der hinter ihrem Rücken saß.«

»Es ist schwer, ihr überhaupt etwas anzumerken.«

»Bleibt sie bei ihrer Geschichte?«

»Sonja Hökberg schlug und stach allein auf Lundberg ein. Eva Persson wußte vorher von nichts.«

»Was sagt sie, wenn du sie an ihr früheres Geständnis erinnerst?«

»Sie erklärt es damit, daß sie Angst vor Sonja Hökberg hatte.«

»Und warum hatte sie Angst?«

»Darauf antwortet sie nicht.«

»*Hatte* sie Angst?«

»Nein. Sie lügt.«

»Wie reagierte sie, als sie hörte, daß Sonja Hökberg tot ist?«

»Sie verstummte. Ich glaube, sie war sehr betroffen.«

»Sie wußte also nichts?«

»Kaum.«

Ann-Britt mußte wieder zurück. Vor der Tür drehte sie sich um. »Die Mutter hat ihr einen Anwalt besorgt. Er hat schon Anzeige gegen dich erstattet. Er heißt Klas Harrysson.«

Der Name sagte Wallander nichts.

»Ein junger, ehrgeiziger Anwalt aus Malmö. Er wirkt sehr siegessicher.«

Einen Moment lang überkam Wallander große Müdigkeit. Dann kehrte seine Wut zurück. »Hast du etwas aus ihr herausbekommen, was wir noch nicht wußten?«

»Ehrlich gesagt glaube ich, daß Eva Persson ein bißchen dumm ist. Aber sie hält an ihrer Geschichte fest. Der zweiten Version. Sie geht nicht davon ab. Hört sich an wie eine Maschine.«

Wallander schüttelte den Kopf. »Dieser Mord an Lundberg geht tiefer. Davon bin ich überzeugt.«

»Ich hoffe, du hast recht. Und sie brauchten tatsächlich nicht nur Geld und erschlugen deshalb einen x-beliebigen Taxifahrer.«

Ann-Britt ging zurück zu Eva Persson. Wallander suchte Martinsson, konnte ihn aber nicht finden. Auch Hansson war nicht da. Zurück in seinem Zimmer blätterte Wallander die Telefonnotizen durch, die Irene ihm mitgegeben hatte. Die meisten, die etwas von ihm gewollt hatten, waren Journalisten. Aber es war auch eine Nachricht von Tynnes Falks früherer Frau darunter. Wallander legte den Zettel zur Seite, rief Irene in der Anmeldung an und bat sie, keine Gespräche durchzustellen. Durch die Auskunft bekam er die Nummer des American Express. Er erklärte sein Anliegen und wurde mit einer Frau namens Anita verbunden. Sie bat ihn darum, einen Kontrollrückruf machen zu dürfen. Wallander legte auf und wartete. Nach ein paar Minuten fiel ihm ein, daß er Irene gebeten hatte, keine Anrufe durchzustellen. Er fluchte und rief erneut bei American Express an. Diesmal glückte der Kontrollrückruf. Wallander erklärte sein Anliegen und gab ihr alle Informationen.

»Ihnen ist klar, daß das ein wenig dauern kann?« sagte die Frau namens Anita.

»Wenn Ihnen nur klar ist, daß es sehr dringend ist.«

»Ich werde tun, was ich kann.«

Das Gespräch war zu Ende. Wallander wählte sofort die Nummer der Autowerkstatt. Nach ein paar Minuten kam der Meister ans Telefon. Als er den Preis nannte, verschlug es Wallander die Sprache. Gleichzeitig sagte der Meister ihm zu, den Wagen schon am nächsten Tag fertig zu haben. Teuer waren die Ersatzteile, nicht die Arbeit. Wallander sagte zu, den Wagen am nächsten Tag um zwölf Uhr abzuholen.

Einen Augenblick blieb er untätig sitzen. In Gedanken war er in dem Zimmer, in dem Ann-Britt sich mit Eva Persson aufhielt. Es irritierte ihn, daß er nicht selbst dort saß. Ann-Britt konnte manchmal zu weich sein, wenn es darauf ankam, jemanden in einem Verhör unter Druck zu setzen. Außerdem war ihm Unrecht zugefügt worden. Und Lisa Holgersson hatte offen ihr Mißtrauen gezeigt. Das verzieh er ihr nicht. Damit die Zeit verging, rief er Tynnes Falks Frau an. Sie meldete sich fast sofort.

»Mein Name ist Wallander. Spreche ich mit Marianne Falk?«

»Gut, daß Sie anrufen. Ich habe schon darauf gewartet.«

Ihre Stimme klang hell und angenehm. Wallander fühlte sich an Monas Stimme erinnert. Etwas Entferntes, vielleicht Wehmütiges durchzog ihn.

»Hat Doktor Enander mit Ihnen Kontakt aufgenommen?« fragte sie.

»Ich habe mit ihm gesprochen.«

»Sie wissen also, daß Tynnes nicht an einem Herzinfarkt gestorben ist?«

»Das ist vielleicht eine riskante Schlußfolgerung.«

»Warum? Er ist überfallen worden.«

Sie klang sehr bestimmt. Wallander spürte, wie sein Interesse plötzlich geweckt wurde. »Das klingt fast, als seien Sie gar nicht erstaunt.«

»Worüber?«

»Daß es ein solches Ende mit ihm nahm. Daß er überfallen worden ist.«

»Das bin ich auch nicht. Tynnes hatte viele Feinde.«

Wallander zog einen Notizblock und einen Bleistift an sich. Die Brille hatte er schon auf. »Was für Feinde?«

»Das weiß ich nicht. Aber er hat sich immer Sorgen gemacht.«
Wallander suchte in seiner Erinnerung nach etwas, was er in Martinssons Bericht gelesen hatte. »Er hatte eine Computerberatungsfirma, nicht wahr?«

»Ja.«

»Das hört sich nicht nach einer besonders gefährlichen Arbeit an.«

»Es kommt darauf an, wen man berät.«

»Und wen hat er beraten?«

»Das weiß ich nicht.«

»Sie wissen es nicht?«

»Nein.«

»Trotzdem glauben Sie, daß er überfallen worden ist?«

»Ich kannte meinen Mann. Auch wenn wir nicht zusammen leben konnten. Im letzten Jahr war er beunruhigt.«

»Aber er hat nie gesagt, warum?«

»Tynnes redete nur, wenn es unbedingt nötig war.«

»Sie sagten eben, er habe Feinde gehabt.«

»Das waren seine eigenen Worte.«

»Was für Feinde?«

Ihre Antwort kam zögernd. »Ich weiß, daß es sich merkwürdig anhört«, sagte sie. »Aber ich kann es nicht deutlicher ausdrücken. Obwohl wir so lange zusammengelebt und zwei Kinder miteinander haben.«

»Man benutzt das Wort ›Feind‹ nicht ohne besonderen Grund.«

»Tynnes ist viel gereist. In der ganzen Welt herum. Das hat er schon immer getan. Welche Menschen er auf diesen Reisen getroffen hat, kann ich nicht sagen. Aber manchmal kam er nach Hause und war heiter. Bei anderen Gelegenheiten wirkte er beunruhigt, wenn ich ihn in Sturup abholte.«

»Aber er muß doch irgend etwas darüber hinaus gesagt haben? Warum er Feinde hatte? Wer sie waren?«

»Er war verschwiegen. Aber ich sah sie ihm an. Seine Unruhe.«

Wallander bekam den Verdacht, die Frau, mit der er sprach, könnte überspannt sein.

»Gab es noch etwas, was Sie mir sagen wollten?«

»Es war kein Herzinfarkt. Ich will, daß die Polizei aufklärt, was eigentlich passiert ist.«

Wallander überlegte, bevor er antwortete. »Ich habe mir notiert, was Sie gesagt haben. Wir melden uns bei Ihnen, falls es notwendig wird.«

»Ich erwarte, daß Sie herausfinden, was passiert ist. Tynnes und ich waren geschieden. Aber ich habe ihn immer noch geliebt.«

Als er aufgelegt hatte, fragte Wallander sich gedankenverloren, ob Mona ihn vielleicht auch immer noch liebte. Obwohl sie jetzt mit einem anderen Mann verheiratet war. Er zweifelte stark daran. Dagegen hätte er gern gewußt, ob sie ihn je geliebt hatte. Irritiert wischte er die Gedanken beiseite und rekapitulierte noch einmal das, was Marianne Falk gesagt hatte. Ihre Besorgnis hatte echt gewirkt. Aber was sie gesagt hatte, war nicht gerade erhellend. Wer Tynnes Falk eigentlich gewesen war, blieb weiterhin ausgesprochen unklar. Er suchte Martinssons Bericht heraus und wählte dann die Nummer der Pathologie in Lund. Während der ganzen Zeit lauschte er auf Ann-Britts Schritte auf dem Korridor. Was ihn eigentlich interessierte, war das Gespräch zwischen Ann-Britt und Eva Persson. Tynnes Falk war an einem Herzinfarkt gestorben. Daran änderte auch eine besorgte Frau nichts, die sich ihren toten Exmann von eingebildeten Feinden umgeben vorstellte. Er sprach noch einmal mit dem Arzt, der Tynnes Falk obduziert hatte, und erzählte ihm von dem Gespräch mit Falks Frau.

»Es ist nicht ungewöhnlich, daß Herzinfarkte aus dem Nichts kommen«, sagte der Pathologe. »Der Mann, der zu uns gebracht wurde, ist genau daran gestorben. Weder das, was Sie beim letzten Mal gesagt haben, noch, was Sie jetzt sagen, verändert dieses Bild.«

»Und die Kopfwunde?«

»Die hat er sich zugezogen, als er mit dem Kopf auf dem Asphalt aufschlug.«

Wallander bedankte sich und legte auf. Einen Moment lang nagte es in ihm. Marianne Falk war überzeugt, daß Tynnes Falk beunruhigt gewesen war.

Dann klappte er Martinssons Bericht zu. Sie hatten nicht die Zeit, um den Hirngespinsten der Leute nachzugehen.

Er holte Kaffee im Eßraum. Es war kurz vor zwölf. Martinsson und Hansson waren noch nicht im Haus. Wallander ging in sein Zimmer zurück. Noch einmal blätterte er den Stapel mit Telefonnotizen durch: Anita vom American Express ließ nichts von sich hören. Er trat ans Fenster und schaute zum Wasserturm, wo ein paar Krähen lärmten. Er war ungeduldig und irritiert. Sten Widéns

Entschluß, aus seinem bisherigen Leben aufzubrechen, machte ihm zu schaffen. Er kam sich vor, als sei er auf dem letzten Platz eines Wettlaufs gelandet, den er zwar nicht hätte gewinnen können, in dem er aber auch nicht letzter werden wollte. Sein Gedanke war unklar, aber er wußte, was ihn störte. Das Gefühl, daß die Zeit ihm davonlief. »So kann es nicht weitergehen«, sagte er laut ins Zimmer hinein. »Es muß bald etwas passieren.«

»Mit wem redest du?«

Wallander fuhr herum. Martinsson stand in der Tür. Wallander hatte ihn nicht kommen hören. Keiner im Polizeipräsidium hatte einen so lautlosen Gang wie Martinsson.

»Ich rede mit mir selbst«, sagte Wallander offen. »Tust du das nie?«

»Meine Frau behauptet, ich rede im Schlaf. Vielleicht kann man das vergleichen?«

»Was wolltest du denn?«

»Ich habe alle, die Schlüssel zum Transformatorhaus haben, durch unsere Programme laufen lassen. Keiner von ihnen steht in unseren Registern.«

»Wie wir erwartet haben.«

»Ich habe mir Gedanken darüber gemacht, warum das Tor aufgebrochen wurde«, sagte Martinsson. »Soweit ich sehen kann, gibt es zwei Möglichkeiten. Entweder fehlte der Schlüssel zum Tor, oder jemand wollte den Anschein von etwas erwecken, was wir noch nicht verstehen.«

»Und was könnte das sein?«

»Randale. Vandalismus. Was weiß ich.«

Wallander schüttelte den Kopf. »Die Stahltür ist aufgeschlossen worden. Somit gibt es eine weitere Möglichkeit. Derjenige, der das Tor aufgebrochen hat, war nicht identisch mit der Person, die die Stahltür geöffnet hat.«

Martinsson reagierte verständnislos. »Und wie willst du das erklären?«

»Ich will es nicht erklären. Ich nenne nur eine Alternative.«

Das Gespräch versiegte. Martinsson verschwand. Es war zwölf Uhr geworden. Wallander wartete weiter.

Um fünf vor halb eins erschien Ann-Britt Höglund. »Man kann

dieser Eva Persson nicht vorwerfen, es zu eilig zu haben«, sagte sie. »Wie kann ein junger Mensch so langsam sprechen?«

»Sie hat vielleicht Angst, etwas Falsches zu sagen.«

Ann-Britt hatte sich auf seinen Besucherstuhl gesetzt. »Ich habe danach gefragt, worum du mich gebeten hast«, begann sie. »Einen Chinesen hatte sie nicht gesehen.«

»Ich habe nicht Chinese gesagt. Asiat.«

»Sie hatte auf jeden Fall keinen gesehen. Sie hatten die Plätze getauscht, weil Sonja behauptete, es zöge vom Fenster.«

»Wie hat sie auf die Frage reagiert?«

Ann-Britt sah betrübt aus.

»Genau, wie du es dir gedacht hast. Sie hatte die Frage nicht erwartet. Und ihre Antwort war eine glatte Lüge.«

Wallander schlug mit der flachen Hand auf den Tisch. »Dann wissen wir das«, sagte er. »Es gibt einen Zusammenhang zwischen den beiden Mädchen und diesem Mann, der ins Lokal kam.«

»Was für einen Zusammenhang?«

»Das wissen wir noch nicht. Aber es war kein gewöhnlicher Taximord.«

»Ich weiß nur nicht, wie wir weiterkommen sollen.«

Wallander erzählte ihr von dem Anruf von American Express, den er erwartete. »Dann haben wir einen Namen. Und wenn wir einen Namen haben, sind wir schon einen großen Schritt weiter. In der Zwischenzeit machst du einen Hausbesuch bei Eva Persson. Ich möchte, daß du dir ihr Zimmer ansiehst. Wo ist eigentlich ihr Vater?«

Ann-Britt blätterte in ihren Notizen. »Er heißt Hugo Lövström. Sie waren nicht verheiratet.«

»Wohnt er hier in der Stadt?«

»Er soll in Växjö leben.«

»Was heißt ›soll leben‹?«

»Daß er der Tochter zufolge ein obdachloser Alkoholiker ist. Das Mädchen ist voller Haß. Ob sie ihren Vater stärker verabscheut als ihre Mutter, ist schwer zu sagen.«

»Haben sie keinen Kontakt?«

»Es hat nicht den Anschein.«

Wallander überlegte. »Wir finden keinen Grund«, sagte er. »Wir müssen wissen, was dahintersteckt. Entweder irre ich mich. Daß junge Menschen heutzutage, und nicht nur Jungen, wirklich finden, Mord sei nichts Außergewöhnliches. Dann gebe ich mich geschlagen. Aber ganz soweit bin ich noch nicht. Irgend etwas muß sie einfach zu der Tat getrieben haben.«

»Wir sollten den Fall vielleicht als Dreiecksdrama betrachten«, sagte Ann-Britt.

»Wie meinst du das?«

»Vielleicht wäre es nicht verkehrt, Lundberg ein bißchen genauer unter die Lupe zu nehmen?«

»Warum? Sie konnten doch nicht wissen, welcher Fahrer sie abholen würde.«

»Damit hast du auch wieder recht.«

Wallander merkte, daß sie über etwas nachsann. Er wartete.

»Aber wenn man es nun andersherum betrachtet«, sagte sie nachdenklich. »Wenn es trotz allem etwas Impulsives war. Sie hatten ein Taxi bestellt. Wohin sie fahren wollten, können wir vielleicht noch klären. Aber nimm einmal an, daß eine von ihnen, oder vielleicht beide, reagieren, als sie entdecken, daß es ausgerechnet Lundberg ist, der sie fährt.«

»Du hast recht«, meinte er. »Die Möglichkeit besteht.«

»Daß die Mädchen bewaffnet waren, wissen wir. Mit Hammer und Messer. Irgendeine Art von Waffe gehört wahrscheinlich bald zur Standardausrüstung von Jugendlichen. Die Mädchen sehen, daß Lundberg den Wagen fährt. Und sie töten ihn. So kann es vor sich gegangen sein. Auch wenn es ziemlich weit hergeholt ist.«

»Nicht mehr als irgend etwas anderes«, unterbrach Wallander sie. »Laß uns überprüfen, ob Lundberg schon einmal mit uns zu tun gehabt hat.«

Ann-Britt stand auf und verließ das Zimmer. Wallander griff zu seinem Notizblock und versuchte, ein Fazit dessen niederzuschreiben, was Ann-Britt gesagt hatte. Es wurde ein Uhr, ohne daß er das Gefühl hatte, weitergekommen zu sein. Er war hungrig und ging in den Eßraum, um nachzusehen, ob noch belegte Brote übrig waren. Aber der Tisch war leer. Er nahm seine Jacke und verließ das Präsidium. Diesmal nahm er sein Handy mit und gab Irene Anweisung, Gespräche von American Express weiterzuleiten. Er ging in das Mittagsrestaurant, das dem Präsidium am nächsten lag. Er spürte, daß er erkannt wurde. Das Bild in der Zeitung war bestimmt von vielen Zeitungslesern in Ystad diskutiert worden. Es war ihm peinlich, und er aß schnell.

Als er wieder auf die Straße trat, piepte sein Handy. Es war Anita. »Wir haben sie gefunden«, sagte sie.

Wallander suchte vergebens nach einem Stück Papier und etwas zum Schreiben.

»Kann ich Sie zurückrufen?« sagte er. »In zehn Minuten.«

Sie gab ihm ihre Durchwahl. Wallander hastete zurück zu seinem Büro und rief sie an.

»Die Karte ist auf den Namen Fu Cheng ausgestellt.«

Wallander schrieb.

»Sie ist ausgestellt in Hongkong«, fuhr sie fort. »Er hat eine Adresse in Kowloon.«

Wallander bat sie, das zu buchstabieren.

»Es gibt nur ein kleines Problem«, sagte sie. »Die Karte ist falsch.«

Wallander fuhr zusammen. »Sie ist also gesperrt?«

»Nein, schlimmer. Sie ist nicht gestohlen. Sie ist gefälscht. American Express hat nie eine Kreditkarte auf den Namen Fu Cheng ausgestellt.«

»Was bedeutet das?«

»Als erstes, daß es gut war, dies so bald wie möglich zu entdekken. Und daß der Restaurantbesitzer sein Geld nicht bekommt. Wenn er nicht eine Versicherung hat.«

»Das bedeutet also, es existiert kein Fu Cheng?«

»Es gibt sicher einen. Aber seine Kreditkarte ist gefälscht. Genau wie seine Adresse.«

»Warum sagen Sie das nicht gleich?«

»Ich habe es versucht.«

Wallander dankte ihr für die Hilfe und beendete das Gespräch. Ein Mann, der vielleicht aus Hongkong kam, war mit einer falschen Kreditkarte in Istváns Restaurant in Ystad aufgetaucht. Dort hatte er Blickkontakt mit Sonja Hökberg aufgenommen.

Wallander versuchte, einen Zusammenhang zu finden, der sie weiterbrachte. Aber er fand nichts. Es gab keine Verbindungsglieder. Vielleicht bilde ich mir etwas ein, dachte er. Und Sonja Hökberg und Eva Persson sind lediglich die Monster der neuen Zeit, die das Leben anderer mit absoluter Gleichgültigkeit betrachten.

Seine eigene Wortwahl ließ ihn erschrecken. Er hatte sie Monster genannt. Ein Mädchen von neunzehn und eines von vierzehn Jahren.

Er schob die Papiere zur Seite. Viel länger konnte er es nicht mehr aufschieben, den Vortrag vorzubereiten, den er am Abend halten mußte. Obwohl er beschlossen hatte, ganz einfach der Reihe nach von der Mordermittlung zu erzählen, an der sie gerade arbeiteten, wollte er die Stichwörter, die er sich gemacht hatte, ein wenig ausbauen. Sonst würde seine Nervosität überhandnehmen.

Er begann zu schreiben, konnte sich aber nur schwer konzentrieren. Sonja Hökbergs verkohlter Körper tauchte vor seinem inneren Auge auf. Erzog das Telefon heran und rief Martinsson an. »Sieh einmal nach, ob du etwas über Eva Perssons Vater findest«, sagte er. »Hugo Lövström. Er soll in Växjö leben. Alkoholiker und obdachlos.«

»Dann ist es doch einfacher, die Kollegen in Växjö anzurufen und sie zu fragen«, meinte Martinsson. »Ich beschäftige mich übrigens gerade mit Lundberg.«

»Bist du von selbst darauf gekommen?«

Wallander war verblüfft.

»Ann-Britt hat mich darum gebeten. Sie selbst ist zu Eva Persson nach Hause gefahren. Ich frage mich, was sie da zu finden hofft.«

»Ich habe noch einen Namen für deine Computer. Fu Cheng.«

»Was hast du gesagt?«

Wallander buchstabierte.

»Und wer ist das?«

»Das erkläre ich dir nachher. Wir sollten uns am Nachmittag noch treffen. Ich schlage vor, wir sehen uns um halb fünf. Ganz kurz.«

»Heißt er wirklich Fu Cheng?« fragte Martinsson ungläubig.

Wallander antwortete nicht.

Den Rest des Nachmittags verbrachte er über seinen Stichwörtern für den Abend. Schon nach kurzer Zeit haßte er die ganze

Veranstaltung, die vor ihm lag. Im Jahr zuvor hatte er einmal die Polizeihochschule besucht und einen, wie er selbst meinte, mißglückten Vortrag über seine Erfahrungen als Verbrechensermittler gehalten. Aber mehrere Schüler waren nachher zu ihm gekommen und hatten sich bedankt. Wofür sie sich bedankt hatten, war ihm allerdings nie klargeworden.

Um halb fünf gab er seine Vorbereitungen auf. Jetzt mochte es gehen, wie es wollte. Er sammelte seine Papiere zusammen und ging zum Sitzungszimmer. Keiner war da. Er versuchte, im Kopf eine Zusammenfassung zu erstellen. Aber seine Gedanken liefen in verschiedene Richtungen.

Es hängt nicht zusammen, dachte er. Der Mord an Lundberg hängt nicht mit den beiden Mädchen zusammen. Und die ihrerseits hängen nicht mit Sonja Hökbergs Tod in der Transformatorstation zusammen. Diese ganze Ermittlung bleibt ungreifbar. Obwohl wir wissen, was geschehen ist. Uns fehlt das große und entscheidende ›Warum‹.

Hansson kam zusammen mit Martinsson, kurz nach ihnen erschien Ann-Britt. Wallander war froh, daß Lisa Holgersson sich nicht zeigte.

Es wurde eine kurze Sitzung. Ann-Britt hatte einen Besuch bei Eva Persson gemacht. »Alles wirkte normal«, sagte sie. »Eine Wohnung in der Stödgata. Die Mutter arbeitet als Kochin im Krankenhaus. Das Zimmer des Mädchens sah aus, wie man es erwarten konnte.«

»Hatte sie Poster an den Wänden?« fragte Wallander.

»Popgruppen, die ich nicht kenne«, antwortete Ann-Britt. »Nichts, was auffällig wirkte. Warum fragst du?«

Wallander antwortete nicht.

Die Abschrift des Gesprächs mit Eva Persson war schon fertig. Ann-Britt reichte Kopien herum. Wallander berichtete von seinem Besuch bei István, der zur Entdeckung der falschen Kreditkarte geführt hatte.

»Wir werden diesen Mann finden«, schloß er, »und wenn auch nur, um ihn aus der Ermittlung streichen zu können.«

Sie gingen weiter die Resultate der Arbeit des Tages durch. Martinsson zuerst, dann Hansson, der mit Kalle Ryss gesprochen hatte, der als einer von Sonja Hökbergs Freunden bezeichnet worden war. Aber Ryss hatte nichts zu sagen gehabt. Außer, daß er im Grunde sehr wenig über Sonja Hökberg wußte.

»Er sagte, sie sei geheimnisvoll gewesen«, schloß Hansson. »Was auch immer das nun heißen soll.«

Nach zwanzig Minuten faßte Wallander zusammen. »Lundberg wurde von einem der Mädchen oder von beiden getötet. Das Motiv war angeblich Geld. Aber ich glaube nicht, daß es so einfach ist, und deshalb werden wir weiter suchen. Sonja Hökberg wurde ermordet. Es muß einen Zusammenhang zwischen diesen Ereignissen geben, den wir noch nicht entdeckt haben. Einen unbekannten Ausgangspunkt. Deshalb müssen wir ohne vorgefaßte Meinung an die Dinge herangehen. Dennoch sind einige Fragen natürlich wichtiger als andere. Wer fuhr Sonja Hökberg zur Transformatorstation? Warum wurde sie ermordet? Wir müssen uns weiterhin jede Person in ihrem Bekanntenkreis gründlich vornehmen. Ich glaube, es wird länger dauern, als wir gedacht haben, bis wir die umfassende Lösung finden.«

Kurz vor fünf war die Sitzung zu Ende. Ann-Britt wünschte ihm gutes Gelingen für den Abend.

»Sie werden mich wegen Frauenmißhandlung angreifen«, klagte Wallander.

»Das glaube ich nicht. Du hast von früher her einen guten Ruf.«

»Ich dachte, der sei schon lange ruiniert.«

Wallander ging nach Hause. Es war ein Brief von Per Åkeson aus dem Sudan gekommen. Er legte ihn auf den Küchentisch. Der mußte warten. Dann duschte er und zog sich um. Um halb sieben verließ er seine Wohnung und ging zu der Adresse, wo er all diese unbekannten Frauen treffen sollte. Er blieb einen Augenblick in der Dunkelheit stehen und schaute zu der erleuchteten Villa hinauf, bevor er sich ein Herz faßte und hineinging.

Als er das Haus wieder verließ, war es schon nach neun. Er schwitzte. Er hatte länger gesprochen, als er vorgehabt hatte. Auch hatte es hinterher mehr Fragen gegeben als erwartet. Doch die Frauen, die versammelt waren, hatten ihn inspiriert. Die meisten waren in seinem Alter gewesen, und ihre Aufmerksamkeit hatte ihm geschmeichelt. Eigentlich wäre er gern noch eine Weile geblieben.

Langsam ging er nach Hause. Er wußte kaum noch, was er gesagt hatte. Aber sie hatten zugehört. Das war das wichtigste.

Eine Frau in seinem Alter war ihm besonders aufgefallen. Kurz bevor er ging, hatte er ein paar Worte mit ihr gewechselt. Sie hatte sich als Solveig Gabrielsson vorgestellt. Wallander konnte seine Gedanken nur schwer von ihr lösen.

Als er nach Hause kam, schrieb er ihren Namen auf den Block in der Küche. Warum er das tat, wußte er nicht.

Er hatte seine Jacke noch nicht ausgezogen, als das Telefon klingelte. Er nahm ab.

Es war Martinsson. »Wie war der Vortrag?« wollte er wissen.

»Gut. Aber du rufst doch nicht an, um mich danach zu fragen?«

Martinsson zögerte, bevor er fortfuhr. »Ich sitze hier und arbeite«, sagte er. »Und eben kam ein Anruf, von dem ich nicht richtig weiß, was ich damit anfangen soll. Aus der Pathologie in Lund.«
Wallander hielt den Atem an.

»Tynnes Falk«, fuhr Martinsson fort. »Erinnerst du dich?«

»Der Mann an dem Geldautomaten. Klar erinnere ich mich.«

»Es sieht so aus, als sei seine Leiche verschwunden.«

Wallander runzelte die Stirn. »Eine Leiche verschwindet doch höchstens in einem Sarg.«

»Sollte man meinen. Aber es sieht tatsächlich so aus, als hätte jemand diese Leiche vorher gestohlen.«

Wallander wußte nichts zu sagen. Er versuchte nachzudenken.

»Das ist noch nicht alles«, sagte Martinsson. »Es ist nicht nur die Leiche verschwunden. Auf der Bahre im Kühlraum liegt jetzt etwas anderes.«

»Was denn?«

»Ein kaputtes Relais.«

Wallander war nicht sicher, ob er wußte, was ein Relais genau war. Außer daß es mit Elektrizität zu tun hatte.

»Es ist kein gewöhnliches Relais«, sagte Martinsson, »sondern ein großes.«

Wallanders Herz schlug schneller. Er ahnte die Antwort. »Ein großes Relais, das wo benutzt wird?«

»In Transformatorstationen. Solchen wie der, in der wir Sonja Hökbergs Leiche gefunden haben.«

Wallander stand einen Moment lang schweigend da.

Ein Zusammenhang war aufgetaucht.

Aber keiner, wie er ihn erwartet hatte.

12

MARTINSSON saß im Eßraum und wartete.

Es war mittlerweile zehn Uhr am Donnerstagabend. Aus der Notrufzentrale, in der alle nächtlichen Anrufe eingingen, war das schwache Geräusch eines Radios zu hören. Sonst war es still. Martinsson trank Tee und kaute an einem Zwieback. Wallander setzte sich ihm gegenüber, ohne die Jacke auszuziehen.

»Wie war der Vortrag?«

»Das hast du schon vorhin gefragt.«

»Früher hat es mir Spaß gemacht, vor Leuten zu reden. Ich weiß nicht, ob ich es heute noch könnte.«

»Bestimmt wärst du viel besser als ich. Aber wenn du es genau wissen willst, habe ich neunzehn Frauen gezählt, alle in mittleren Jahren, die andächtig zuhörten, allerdings mit einer gewissen Beklemmung, wenn ich die blutigeren Seiten unserer für das Gemeinwohl so nützlichen Arbeit aufzeigte. Sie waren sehr nett und stellten höfliche und nichtssagende Fragen, die ich auf eine Art und Weise beantwortete, von der unser Reichspolizeichef bestimmt angetan gewesen wäre. Reicht das?«

Martinsson nickte und strich die Zwiebackkrümel vom Tisch, bevor er seinen Notizblock heranzog.

»Ich fange ganz vorne an. Um neun vor neun klingelt das Telefon hier draußen in der Zentrale. Der Wachhabende leitet das Gespräch an mich weiter, weil es nicht um einen Einsatz geht und weil er weiß, daß ich noch da bin. Wäre ich nicht dagewesen, hätten sie den Anrufer gebeten, sich morgen wieder zu melden. Der Mann, der anrief, hieß Pålsson. Sture Pålsson. Was für einen Titel er hat, ist mir nicht klargeworden. Aber ihm untersteht das Leichenschauhaus in der Pathologie in Lund. Wahrscheinlich heißt es heutzutage nicht mehr Leichenschauhaus, aber du weißt, was ich meine. Den Kühlraum, in dem die Körper bis zur Obduktion oder bis zur Abholung durch ein Beerdigungsinstitut aufbewahrt werden. Gegen acht Uhr hatte er gemerkt, daß eins der Kühlfächer nicht ganz geschlossen war. Als er die Bahre herauszog, entdeckte er, daß der Körper verschwunden war und daß statt dessen ein elektrisches Relais dort lag. Er rief daraufhin den Angestellten an, der den Tag über die Aufsicht hatte. Einen Mann namens Lyth. Der war sicher, daß der Körper gegen sechs Uhr, als er Feierabend gemacht hatte, noch dagewesen war. Der Körper war also irgendwann zwischen sechs und acht verschwunden. Es gibt einen Zugang direkt vom Hinterhof auf der Rückseite des Leichenschauhauses. Pålsson untersucht die Tür und entdeckt, daß das Schloß aufgebrochen worden ist. Er ruft sofort die Polizei in Malmö an. Das Ganze geht sehr schnell. Eine Streife kommt innerhalb von fünfzehn Minuten. Als sie hören, daß der verschwundene Körper aus Ystad stammt und Gegenstand einer gerichtsmedizinischen Untersuchung war, sagen sie Pålsson, er solle mit uns Kontakt aufnehmen. Was er tut.«

Martinsson legte den Block zurück.

»Es ist natürlich die Aufgabe der Kollegen in Malmö, die Leiche wiederzufinden«, fuhr er fort. »Aber man muß wohl sagen, daß der Fall uns auch angeht.«

Wallander dachte eine Weile nach. Die Situation war ausgesprochen kurios. Aber auch unangenehm. Er spürte, wie seine Unruhe zunahm. »Wir können wohl voraussetzen, daß die Kollegen in Malmö an Fingerabdrücke denken«, sagte er. »Ich weiß nicht, ob das Entwenden einer Leiche überhaupt unter irgendeine Verbrechenskategorie fällt. Eigenmächtiges Verfahren vielleicht. Oder Störung der Totenruhe. Aber es besteht die Gefahr, daß sie es nicht ernst nehmen. Nyberg hat wohl bei der Transformatorstation Fingerabdrücke gesichert?«

Martinsson dachte nach. »Ich glaube schon. Soll ich ihn anrufen?«

»Jetzt nicht. Aber es wäre gut, wenn die Kollegen in Malmö das Relais im Kühlraum auf Fingerabdrücke hin untersuchten.«

»Soll ich sie anrufen?«

»Das wäre das beste.«

Martinsson ging, um zu telefonieren. Wallander holte sich Kaffee und versuchte zu verstehen, was geschehen war. Es konnte sich immer noch um einen eigentümlichen Zufall handeln. So etwas hatte er früher schon erlebt. Aber irgend etwas sagte ihm, daß es diesmal nicht so war. Jemand war in ein Leichenschauhaus eingebrochen, um eine Leiche zu entwenden. Im Austausch war ein elektrisches Relais zurückgelassen worden. Wallander mußte an etwas denken, was Rydberg vor vielen Jahren einmal gesagt hatte, ganz am Anfang ihrer gemeinsamen Zeit. *Verbrecher hinterlassen häufig Grüße an einem Tatort. Manchmal absichtlich. Aber ebensooft aus Nachlässigkeit.*

Dies hier ist keine Nachlässigkeit, dachte er. Man läuft nicht zufällig mit einem großen elektrischen Relais herum. Man vergißt es nicht auf einer Bahre in einem Leichenschauhaus. Es sollte entdeckt werden. Und es handelt sich kaum um einen Gruß an die Pathologen. Es war ein Gruß an uns.

Die zweite Frage ergab sich ebenso von selbst. Warum entwendet man eine Leiche? Es kam wohl zuweilen vor, daß Tote, die obskuren und ausgefallenen Sekten angehörten, entwendet wurden. Aber Tynnes Falk hatte kaum einer solchen Sekte angehört. Auch wenn sie natürlich nicht sicher sein konnten. Also blieb nur eine Erklärung. Seine Leiche war entwendet worden, weil etwas vertuscht werden sollte.

Martinsson kehrte zurück. »Wir haben Glück«, sagte er. »Sie hatten das Relais in einen Plastiksack gesteckt und nicht einfach in eine Ecke geworfen.«

»Fingerabdrücke?«

»Sie sind dabei.«

»Und von der Leiche keine Spur?«

»Nein.«

»Keine Zeugen?«

»Nicht daß ich wüßte.«

Wallander erzählte Martinsson von seinen Überlegungen. Martinsson stimmte seinen Schlußfolgerungen zu. Das Ganze war kein Zufall. Der Körper war fortgebracht worden, weil etwas vertuscht werden sollte. Wallander berichtete Martinsson auch von Doktor Enanders Besuch und vom Telefonat mit Falks früherer Frau.

»Ich habe das nicht ganz ernst genommen«, gab er zu. »Man sollte sich doch auf die Pathologen verlassen können.«

»Daß Falks Leiche entwendet wurde, muß ja nicht gleich bedeuten, daß er auch ermordet worden ist.«

Wallander sah ein, daß Martinsson recht haben konnte.

»Trotzdem fällt es mir schwer, mir einen anderen Grund vorzustellen, als daß man befürchtet, die eigentliche Todesursache könnte entdeckt werden.«

»Vielleicht hatte er etwas verschluckt?«

Wallander hob die Augenbrauen. »Was denn?«

»Diamanten, Drogen. Was weiß ich.«

»Das hätte der Obduzent entdeckt.«

»Und was machen wir jetzt?«

»Herausfinden, wer dieser Tynnes Falk war«, sagte Wallander. »Weil wir das Ganze abgeschrieben hatten, brauchten wir ihn und sein Leben nicht genauer zu untersuchen. Aber Enander machte sich die Mühe, herzukommen und uns seine Bedenken bezüglich der Todesursache mitzuteilen. Als ich mit Falks Frau gesprochen habe, meinte sie, ihr Mann sei oft beunruhigt gewesen. Und habe viele Feinde gehabt. Sie hat überhaupt eine Menge Dinge gesagt, die darauf hindeuten, daß der Mann ein komplizierter Mensch war.«

Martinsson verzog das Gesicht. »Ein Computerberater mit Feinden?«

»Das hat sie gesagt. Und keiner von uns hat sich eingehender mit ihr unterhalten.«

Martinsson hatte die Mappe mit den mageren Informationen über Tynnes Falk mitgebracht.

»Wir haben auch nicht mit den Kindern gesprochen. Wir haben mit gar keinem gesprochen, weil wir geglaubt haben, er sei eines natürlichen Todes gestorben.«

»Davon gehen wir noch immer aus«, meinte Wallander. »Zumindest ist es genauso denkbar wie irgend etwas anderes. Was wir jedoch einsehen müssen, ist, daß zwischen ihm und Sonja Hökberg ein Zusammenhang besteht. Vielleicht auch mit Eva Persson.«

»Warum nicht auch mit Lundberg?«

»Das stimmt. Vielleicht sogar mit dem Taxifahrer.«

»Wir wissen auf jeden Fall, daß Tynnes Falk tot war, als Sonja Hökberg verbrannt wurde«, sagte Martinsson. »Er kann sie also nicht getötet haben.«

»Wenn man den Gedanken verfolgt, daß Falk eventuell ermordet wurde, dann kann der Täter auch Sonja Hökberg auf dem Gewissen haben.«

Wallanders Unbehagen wuchs. Sie rührten an etwas, was sie ganz und gar nicht verstanden. Die Sache hat einen doppelten Boden, dachte er. Wir müssen tiefer eindringen.

Martinsson gähnte. Wallander wußte, daß er um diese Zeit meistens schon schlief.

»Es fragt sich, ob wir noch sehr viel weiterkommen«, sagte er. »Es ist nicht unsere Sache, Leute loszuschicken, um nach einer entlaufenen Leiche zu suchen.«

»Wir sollten einen Blick in Falks Wohnung werfen«, sagte Martinsson und unterdrückte ein weiteres Gähnen. »Er lebte allein. Damit sollten wir anfangen und anschließend mit seiner Frau reden.«

»Seiner früheren Frau. Sie waren geschieden.«

Martinsson stand auf. »Ich fahre nach Hause und gehe ins Bett. Was macht dein Auto?«

»Das ist morgen wieder in Ordnung.«

»Soll ich dich nach Hause fahren?«

»Ich bleibe noch eine Weile hier.«

Martinsson zögerte noch. »Ich kann nachempfinden, daß du empört bist«, sagte er. »Über das Bild in der Zeitung.«

»Was ist deine Meinung dazu?«

»Wozu?«

»Bin ich schuldig oder nicht?«

»Daß du ihr eine Ohrfeige gegeben hast, ist ja wohl klar. Aber ich glaube, daß es so gewesen ist, wie du sagst. Daß sie vorher ihre Mutter angegriffen hat.«

»Ich habe mich auf jeden Fall entschieden«, sagte Wallander. »Wenn ich eine Abmahnung bekomme, höre ich hier auf.«

Er war von seinen eigenen Worten überrascht. Der Gedanke,

seinen Abschied einzureichen, falls die interne Untersuchung zu seinen Ungunsten ausging, war ihm vorher noch nie gekommen.

»Dann tauschen wir die Rollen«, sagte Martinsson.

»Wieso?«

»Dann werde ich dich davon überzeugen müssen, daß du bleiben sollst.«

»Das schaffst du nicht.«

Martinsson erwiderte nichts. Er nahm seine Mappe und ging. Wallander blieb sitzen. Nach einer Weile kamen zwei Polizisten von der Nachtschicht herein. Sie nickten Wallander zu. Wallander lauschte zerstreut ihrer Unterhaltung. Der eine überlegte, ob er sich im Frühjahr ein Motorrad kaufen sollte.

Sie holten sich Kaffee und gingen wieder. Ohne daß Wallander sich eigentlich darüber klar war, nahm ein Entschluß in seinem Kopf Gestalt an.

Er sah zur Uhr. Bald halb zwölf. Eigentlich sollte er bis zum nächsten Morgen warten. Aber eine innere Unruhe trieb ihn.

Kurz vor Mitternacht verließ er das Polizeipräsidium.

In der Tasche hatte er die Dietriche, die er normalerweise in seiner untersten Schreibtischschublade aufbewahrte.

Er brauchte zehn Minuten bis zur Apelbergsgatan. Ein schwacher Wind wehte, es war ein paar Grad über Null. Der Himmel war bewölkt. Die Straßen waren menschenleer. Ein paar schwere Lastzüge fuhren auf ihrem Weg zur Polenfähre an ihm vorbei. Mitternacht. Genau um diese Zeit war Tynnes Falk gestorben, dachte Wallander. Die Uhrzeit hatte auf dem blutbefleckten Kontoauszug gestanden, den er in der Hand gehalten hatte.

Wallander blieb im Schatten stehen und betrachtete das Haus mit der Adresse Apelbergsgatan 10. Das oberste Stockwerk war dunkel. Dort hatte Falk gewohnt. In der Etage darunter brannte auch kein Licht. Aber im ersten Stock war ein Fenster erleuchtet. Wallander lief es kalt den Rücken hinunter. Dort war er einmal so betrunken in den Armen einer fremden Frau eingeschlafen, daß er nachher nicht einmal gewußt hatte, wo er war.

Er tastete nach den Dietrichen und zögerte. Was er jetzt tun wollte, war nicht nur ungesetzlich, sondern auch unnötig. Er konnte bis zum Morgen warten und Schlüssel für die Wohnung besorgen. Aber seine innere Unruhe trieb ihn weiter. Und die respektierte er. Sie stellte sich nur ein, wenn seine Intuition ihm sagte, daß etwas eilte.

Die Haustür war nicht verschlossen. Er hatte im Büro daran gedacht, eine Taschenlampe einzustecken. Das Treppenhaus war dunkel. Er horchte nach Geräuschen, bevor er vorsichtig die Treppe hinaufstieg. Er versuchte, sich an damals zu erinnern, als er hier gewesen war, in Begleitung der unbekannten Frau. Aber jede Erinnerung war verschwunden. Er erreichte den obersten Treppenabsatz. Es gab zwei Türen. Die rechte war Falks. Er horchte wieder, legte das Ohr an die linke Tür. Nichts. Dann steckte er die kleine Taschenlampe zwischen die Zähne und holte seine Dietriche heraus. Bei einer Sicherheitstür hätte er schon jetzt aufgeben müssen. Aber die Tür hatte nur ein gewöhnliches Patentschloß. Das paßt nicht zu dem, was seine Frau gesagt hat, dachte Wallander. Daß Falk beunruhigt gewesen sei und Feinde gehabt habe. Sie muß sich das eingebildet haben.

Er brauchte länger als erwartet, um die Tür zu öffnen. Vielleicht fehlte ihm nicht nur das Waffentraining. Er spürte, wie ihm der Schweiß ausbrach. Seine Finger kamen ihm ungeschickt vor, die Dietriche ungewohnt. Aber schließlich bekam er das Schloß auf. Vorsichtig öffnete er die Tür und horchte. Einen Augenblick glaubte er Atemzüge zu hören, die ihm aus dem Dunkeln entgegenkamen. Dann waren sie fort. Er trat in den Flur und schloß die Tür leise hinter sich.

Das erste, was ihm auffiel, wenn er eine fremde Wohnung betrat, war immer der Geruch. Aber hier im Flur roch es nach gar nichts. Als sei die Wohnung neu gebaut und noch nicht bewohnt. Er prägte sich das Gefühl ein und begann, vorsichtig und mit der Taschenlampe in der Hand, durch die Wohnung zu gehen, jeden Moment gewärtig, daß trotz allem jemand dasein könnte. Als er sicher war, allein zu sein, stieg er aus den Schuhen und zog alle Gardinen zu, bevor er Licht machte.

Wallander befand sich im Schlafzimmer, als das Telefon klingelte. Er fuhr zusammen. Ein zweites Klingeln. Er hielt den Atem an. Dann schaltete sich in der Dunkelheit des Wohnzimmers ein

Anrufbeantworter ein, und er hastete hinüber. Aber niemand sprach eine Nachricht aufs Band. Irgendwo wurde aufgelegt. Wer hatte angerufen? Mitten in der Nacht bei einem Toten?

Wallander trat an eins der Fenster, das auf die Straße hinausging. Er schaute vorsichtig durch den Spalt in der Gardine. Die Straße war verlassen. Er versuchte, mit dem Blick die Dunkelheit der Schatten zu durchdringen. Aber er sah niemanden.

Er begann mit dem Wohnzimmer, nachdem er eine Schreibtischlampe angeknipst hatte. Er stellte sich in die Mitte des Raumes und schaute sich um. Hier hat ein Mann namens Tynnes Falk gewohnt, dachte er. Die Erzählung, die von ihm handelt, beginnt mit einem aufgeräumten Wohnzimmer, in dem alles in bester Ordnung zu sein scheint, so fern jeder Art von Chaos, wie ein Raum nur sein kann. Ledergarnitur, Seestücke an den Wänden. An einer Wand ein Bücherregal.

Er trat an den Schreibtisch. Da stand ein alter Messingkompaß. Die grüne Schreibunterlage war leer. Neben einer antiken Öllampe aus Ton Bleistifte und Kugelschreiber in penibler Ordnung.

Wallander ging in die Küche. Auf der Spüle stand eine Kaffeetasse. Auf dem karierten Wachstuch des Küchentischs lag ein Block. Wallander machte Licht und las. *Balkontür.* Tynnes Falk und ich haben etwas gemeinsam, dachte er. Wir haben beide Notizblöcke in der Küche. Er ging ins Wohnzimmer zurück und öffnete die Balkontür. Sie ließ sich schwer wieder schließen. Tynnes Falk war nicht mehr dazu gekommen, sie zu reparieren. Wallander ging weiter ins Schlafzimmer. Das Doppelbett war gemacht. Er kniete sich auf den Boden und schaute darunter. Ein Paar Pantoffeln. Er öffnete den Kleiderschrank und zog die Schubladen eines Sekretärs heraus. Alles präsentierte sich wohlgeordnet. Er kehrte zum Schreibtisch im Wohnzimmer zurück. Unter dem Anrufbeantworter lag eine Anleitung. Er hatte daran gedacht, Plastikhandschuhe einzustecken. Als er sicher war, den blinkenden Anrufbeantworter abhören zu können, ohne die Nachrichten darauf zu löschen, drückte er auf die Wiedergabetaste.

Zuerst fragte jemand, der Janne hieß, wie es Falk gehe. Er nannte den Zeitpunkt seines Anrufs nicht. Danach folgten zwei Anrufe, bei denen nichts anderes zu hören war als ein Mensch, der atmete.

Wallander hatte das Gefühl, daß es sich beide Male um dieselbe Person handelte. Der vierte Anruf kam von einem Schneider in Malmö, der Falk mitteilte, daß seine Hosen jetzt fertig seien. Wallander notierte sich den Namen der Schneiderei. Danach wieder ein Anruf von jemandem, der nur atmete. Das war der Anruf von gerade eben. Wallander hörte das Band noch einmal ab und fragte sich, ob Nyberg und seine Techniker wohl feststellen konnten, ob das Atmen von ein und derselben Person stammte.

Er legte die Anleitung zurück. Drei Fotos standen auf dem Schreibtisch. Zwei von ihnen stellten offenbar Falks Kinder dar. Ein Junge und ein Mädchen. Der Junge saß auf einem Stein in einer tropischen Landschaft und lächelte. Er mochte an die achtzehn Jahre alt sein. Wallander drehte das Foto um. *Jan 1996. Amazonas.* Also war es der Sohn, der auf den Anrufbeantworter gesprochen hatte. Das Mädchen war jünger. Sie saß von Tauben umgeben auf einer Bank. Wallander drehte das Foto um. *Ina, Venedig 1995.* Das dritte Foto zeigte eine Gruppe von Männern, die vor einer weißen Mauer standen. Das Bild war unscharf. Wallander drehte es um, aber die Rückseite war leer. In der obersten Schreibtischschublade fand er ein Vergrößerungsglas. Er studierte die Gesichter der Männer. Sie waren unterschiedlichen Alters. Am linken Bildrand stand ein Mann mit asiatischem Aussehen. Wallander legte das Bild hin und versuchte nachzudenken. Aber nichts griff ineinander. Er steckte das Bild in die Jackentasche.

Dann hob er die Schreibunterlage an. Darunter lag ein Zeitungsausschnitt mit einem Kochrezept. Fischfondue. Er begann die Schubladen durchzugehen. Überall die gleiche mustergültige Ordnung. In der dritten Schublade lag ein dickes Buch. Wallander holte es heraus. »Logbuch« stand in Goldschrift auf dem Ledereinband. Wallander schlug es auf und blätterte zur letzten beschriebenen Seite. Am Sonntag, dem 5. Oktober, hatte Falk in dem Buch, das offenbar sein Tagebuch war, die letzten Eintragungen gemacht. Er notiert, daß der Wind nachgelassen hat und daß die Temperatur drei Grad plus beträgt. Außerdem klarer Himmel. Er hat die Wohnung geputzt. Es hat drei Stunden und fünfundzwanzig Minuten gedauert, zehn Minuten weniger als am Sonntag davor.

Wallander legte die Stirn in Falten. Daß Falk die Putzzeit notiert hatte, fand er seltsam.

Dann las er die letzte Zeile: *Am Abend kurzer Spaziergang.*

Wallander war erstaunt. Falk war einige Minuten nach Mitternacht am 6. Oktober vor dem Geldautomaten gestorben. Bedeutete die Notiz, daß er schon einen Abendspaziergang hinter sich hatte? Und dann einen zweiten machte?

Wallander ging zurück zu den Aufzeichnungen vom 4. Oktober.

Samstag, der 4. Oktober 1997. Der Wind war den ganzen Tag böig. Laut Wetterdienst 8–10 Meter pro Sekunde. Wolkenfetzen jagten über den Himmel. Temperatur um sechs Uhr früh sieben Grad. Um zwei Uhr war sie auf acht Grad gestiegen. Am Abend auf fünf gesunken. Der Weltraum ist heute öde und leer. Keine Nachrichten. C antwortet nicht. Alles ist ruhig.

Wallander las die letzten Sätze noch einmal. Er verstand sie nicht. Sie enthielten eine rätselhafte Botschaft. Er blätterte zurück. An jedem Tag hatte Falk die Wetterverhältnisse beschrieben. Und dann sprach er vom »Weltraum«. Manchmal war er leer. Manchmal nahm Falk Nachrichten entgegen. Aber was für Nachrichten das waren, konnte Wallander nicht erkennen. Schließlich klappte er das Buch zu.

Noch etwas war auffallend: Nirgendwo erwähnte der Mann, der dies geschrieben hatte, Personennamen. Nicht einmal die seiner Kinder.

Das Logbuch handelte insgesamt vom Wetter und von ausgebliebenen oder empfangenen Botschaften aus dem Weltraum. Dazwischen notiert er sich auf die Minute genau, wie lange er für sein sonntägliches Putzen gebraucht hat.

Wallander legte das Logbuch in die Schublade zurück.

Er fragte sich, ob Tynnes Falk noch ganz bei Trost gewesen war. Seine Aufzeichnungen machten den Eindruck, als stammten sie von einer manischen und verwirrten Person.

Wallander stand auf und trat wieder ans Fenster. Die Straße war immer noch leer. Es war schon nach ein Uhr.

Er kehrte zum Schreibtisch zurück und ging weiter die Schubladen durch. Tynnes Falk hatte eine Aktiengesellschaft besessen, in der er der einzige Aktionär war. In einer Mappe fand er eine Kopie der Gesellschaftssatzung. Tynnes Falk war als Berater mit der Einrichtung und Betreuung von Computersystemen tätig gewesen. Was das im einzelnen besagte, blieb Wallander unklar. Aber er stellte fest, daß Falk verschiedene Banken und sogar Sydkraft als Kunden hatte.

Nirgendwo fand er etwas Überraschendes.

Er schob die letzte Schublade zurück.

Tynnes Falk ist ein Mensch, der keine Spuren hinterläßt, dachte er. Alles ist mustergültig und unpersönlich, wohlgeordnet und undramatisch. Ich finde ihn nicht.

Wallander stand auf und studierte den Inhalt des Bücherregals. Es war eine Mischung aus Belletristik und Sachbüchern auf Schwedisch, Englisch und Deutsch. Es gab auch fast einen Regalmeter Lyrik. Wallander griff ein beliebiges Buch heraus. Die Seiten fielen von selbst auf. Das Buch war mehr als einmal gelesen worden. An einer anderen Stelle fand er dicke Bände über Religionsgeschichte und Philosophie. Aber auch Bücher über Astronomie und die Kunst des Lachsfischens. Er wandte sich vom Bücherregal ab und ging vor der Stereoanlage in die Knie. Tynnes Falks CD-Sammlung war sehr gemischt. Opern neben Bach-Kantaten. Sammelalben von Elvis Presley und Buddy Holly Einspielungen von Geräuschen aus dem Weltraum und vom Meeresboden. In einem Ständer daneben fand Wallander noch eine Anzahl alter Langspielplatten. Er schüttelte verwundert den Kopf. Hier stand Siw Malmkvist neben dem Saxophonisten John Coltrane. Auf dem Videogerät lagen ein paar Videofilme. Einer handelte von Bären in Alaska, ein anderer war von der NASA herausgegeben und beschrieb die Challenger-Epoche in der Geschichte der amerikanischen Raumfahrt. Mitten im Stapel lag auch ein Porno-Video.

Wallander richtete sich wieder auf. Seine Knie schmerzten. Er kam nicht weiter. Einen neuen Zusammenhang hatte er nicht entdeckt. Dennoch war er davon überzeugt, daß es einen gab.

Auf irgendeine Weise hing der Mord an Sonja Hökberg mit dem Tod von Tynnes Falk zusammen.

Vielleicht gab es auch einen Zusammenhang mit Johan Lundberg?

Wallander zog die Fotografie heraus, die er eingesteckt hatte, und stellte sie zurück. Er wollte nicht, daß jemand von seinem nächtlichen Besuch erfuhr. Wenn Falks Frau einen Wohnungsschlüssel hätte und ihn und die Kollegen bei einer späteren Gelegenheit hereinließ, sollte sie nicht entdecken, daß etwas fehlte.

Wallander ging von Zimmer zu Zimmer und löschte das Licht. Dann zog er die Gardinen zurück. Er lauschte, bevor er vorsichtig die Tür öffnete. Die Dietriche hatten keine Kratzer hinterlassen.

Draußen auf der Straße stand er einen Augenblick still und schaute sich um. Es war niemand da, die Stadt schlief. Er ging langsam in Richtung Zentrum. Es war fünf vor halb zwei.

Er bemerkte den Schatten nicht, der ihm lautlos in einiger Entfernung folgte.

13

WALLANDER wurde vom Klingeln des Telefons geweckt.

Er schreckte aus dem Schlaf, als habe er im Grunde nur dagelegen und auf das Klingeln gewartet. In dem Moment, in dem er zum Hörer griff, sah er zur Uhr. Viertel nach fünf.

Die Stimme im Telefon war ihm fremd. »Kurt Wallander?«

»Ja. Das bin ich.«

»Ich bitte um Entschuldigung, wenn ich Sie geweckt haben sollte.«

»Ich war schon wach.«

Warum lügt man in einer solchen Situation? dachte Wallander. Ist es denn eine Schande, um fünf Uhr in der Frühe noch zu schlafen?

»Ich würde Ihnen gern ein paar Fragen stellen wegen des tätlichen Übergriffs auf Eva Persson.«

Wallander war im Nu hellwach. Er setzte sich im Bett auf. Der Mann am Telefon sagte seinen Namen und für welche Zeitung er arbeitete. Wallander dachte, daß er sofort darauf hätte kommen müssen. Daß es nur ein Journalist sein konnte, der ihn am frühen

Morgen anrief. Er hätte nicht abnehmen dürfen. Wenn einer seiner Kollegen ihn in einer dringenden Angelegenheit erreichen wollte, würde er es über sein Handy versuchen. Die Nummer hatte er bisher vor Außenstehenden geheimhalten können.

Aber jetzt war es zu spät. Er mußte antworten. »Ich habe schon klargestellt, daß es kein Übergriff war.«

»Sie meinen also, ein Bild könne lügen?«

»Es sagt nicht die ganze Wahrheit.«

»Können Sie die nicht erzählen?«

»Nicht, solange eine Untersuchung läuft.«

»Irgend etwas müssen Sie doch sagen können!«

»Das habe ich bereits getan. Es war kein Übergriff.«

Damit legte er den Hörer auf und zog schnell den Stecker aus der Wand. Er sah schon die Überschrift vor sich: »Unser Reporter abgeblitzt. Polizist schweigt hartnäckig.« Er sank in die Kissen zurück. Die Straßenlampe vor dem Fenster schwankte im Wind. Das Licht, das durch die Gardine fiel, wanderte die Wand entlang.

Er hatte geträumt, als das Telefon klingelte. Die Bilder kehrten langsam in sein Bewußtsein zurück.

Es war im letzten Jahr gewesen, als er eine Reise in die Schären von Östergötland unternommen hatte. Er war eingeladen worden, einen Mann zu besuchen, der auf einer der Schären lebte und dort die Post beförderte. Sie waren sich während einer der schlimmsten Ermittlungen begegnet, mit denen Wallander je befaßt gewesen war. Nur zögernd hatte er die Einladung angenommen. Eines frühen Morgens war er auf einer der äußersten Schären, wo die Klippen wie versteinerte Urzeittiere aus dem Meer ragen, an Land gesetzt worden. Er war auf der kargen Schäre umhergewandert und hatte ein eigenartiges Empfinden von Klarsicht und Überblick erlebt. In Gedanken war er oft zu dieser einsamen Stunde zurückgekehrt, als das Boot draußen in der Bucht lag und wartete. Mehrfach hatte er seitdem das starke Bedürfnis gehabt, das Erlebnis von damals zu wiederholen.

Der Traum versucht mir etwas zu erzählen, dachte er. Ich weiß nur nicht, was.

Bis Viertel vor sechs blieb er im Bett liegen. Dann schloß er das Telefon wieder an. Das Thermometer vor dem Fenster zeigte drei Grad plus. Der Wind war böig. Während er seinen Kaffee trank, ging er alle Ereignisse in Gedanken noch einmal durch. Zwischen dem Überfall auf den Taxifahrer, Sonja Hökbergs Tod und dem Mann, dessen Wohnung er in der Nacht besucht hatte, war ein Zusammenhang aufgetaucht. Er ließ alles noch einmal Revue passieren. Was sehe ich nicht? dachte er. Es gibt eine Tiefenschicht, die ich nicht erkennen kann. Welche Fragen muß ich eigentlich stellen?

Um sieben gab er auf. Er war nicht weiter gekommen, als daß er das Wichtigste von allem eingekreist hatte: Eva Persson mußte dazu gebracht werden, die Wahrheit zu sagen. Warum hatten Sonja Hökberg und sie im Restaurant die Plätze getauscht? Wer war der Mann, der hereingekommen war? Warum hatten sie den Taxifahrer getötet? Wie hatte Eva Persson wissen können, daß ihre Freundin tot war? Mit diesen vier Fragen mußte er anfangen.

Er ging zum Präsidium hinauf. Es war kälter, als er angenommen hatte. Noch hatte er sich nicht an den Herbst gewöhnt. Er bereute, keinen wärmeren Pullover angezogen zu haben. Während er ging, merkte er, daß sein rechter Fuß naß wurde. Er blieb stehen und schaute unter den Schuh. Die Sohle hatte ein Loch. Die Entdeckung machte ihn rasend. Er mußte sich zusammenreißen, um sich nicht die Schuhe von den Füßen zu zerren und barfuß weiterzugehen.

Das also bleibt mir, dachte er. Nach all den Jahren Polizeiarbeit. Ein Paar kaputte Schuhe.

Ein Mann, der an ihm vorbeiging, schaute ihn verwundert an. Wallander hatte laut mit sich selbst geredet.

In der Anmeldung blieb er bei Irene stehen und fragte, wer schon gekommen sei. Martinsson und Hansson waren da. Wallander bat sie, beide in sein Zimmer zu schicken. Dann entschied er sich doch für eins der Besprechungszimmer. Und bat Irene gleichzeitig, Ann-Britt ebenfalls dahin zu schicken, wenn sie kam.

Martinsson und Hansson betraten gleichzeitig das Zimmer.

»Wie ist der Vortrag gelaufen?« fragte Hansson.

»Ach, scheiß drauf«, antwortete Wallander unwirsch und bereute sofort, daß er seine schlechte Laune an Hansson ausließ. »Ich bin müde«, entschuldigte er sich.

»Wer ist das nicht, verdammt?« gab Hansson zurück, »besonders, wenn man so was hier liest.«

Er hielt eine Tageszeitung in der Hand. Wallander dachte, daß er ihn sofort unterbrechen sollte. Sie hatten keine Zeit dafür, über etwas zu diskutieren, was Hansson in einer Zeitung gelesen hatte. Aber er sagte nichts, sondern setzte sich nur an seinen Platz.

»Die Justizministerin hat sich geäußert«, sagte Hansson. »›Eine notwendige Umstrukturierung der Polizei und ihrer Aufgaben im Lande ist in Angriff genommen worden. Es handelt sich um eine Reform, die mit großen Belastungen einhergeht. Aber die Polizei ist jetzt auf dem richtigen Weg.‹«

Hansson warf die Zeitung verbittert auf den Tisch.

»Auf dem richtigen Weg? Was meint sie damit, zum Henker? Wir drehen uns ständig im Kreis, ohne zu wissen, in welche Richtung wir uns wenden sollen. Am laufenden Band werden neue Prioritäten gesetzt. Im Moment sind es Gewaltverbrechen, Vergewaltigungen, Verbrechen, in die Kinder verwickelt sind, und Wirtschaftskriminalität. Aber keiner weiß, welche Prioritäten morgen gelten sollen.«

»Das ist ja nicht das Problem«, wandte Martinsson ein. »Alles ändert sich so schnell, daß es schwerfällt zu sagen, was gerade nicht Priorität hat. Aber weil wir auch ständig kürzen müssen, sollte man uns gleichzeitig erklären, welche Bereiche wir schleifen lassen sollen.«

»Ich weiß«, sagte Wallander. »Aber ich weiß auch, daß wir hier in Ystad zur Zeit 1465 unaufgeklärte Fälle haben, und ich will nicht, daß es noch mehr werden.«

Er ließ die Handflächen auf die Tischplatte fallen, um zu signalisieren, daß die Klagestunde beendet war. Martinsson und Hansson hatten recht, niemand wußte das besser als er. Aber gleichzeitig wurde er von dem starken Willen beherrscht, die Zähne zusammenzubeißen und weiterzuarbeiten.

Vielleicht lag es daran, daß er allmählich so überarbeitet war, daß er nicht mehr die Energie aufbrachte, gegen die ständigen Veränderungen im Polizeiapparat, die in immer kürzeren Abständen eintraten, zu protestieren.

Ann-Britt Höglund kam herein. »Was für ein Sturm«, sagte sie, während sie sich die Jacke auszog.

»Es ist Herbst«, sagte Wallander. »Fangen wir an. Gestern abend ist etwas passiert, was unsere Ermittlung auf ziemlich dramatische Weise verändert.«

Er nickte Martinsson zu, der von Tynnes Falks verschwundener Leiche berichtete.

»Das ist immerhin mal etwas Neues«, sagte Hansson, nachdem Martinsson geendet hatte. »Eine verschwundene Leiche haben wir bisher nicht gehabt. An ein Gummifloß erinnere ich mich, aber nicht an eine Leiche.«

Wallander verzog das Gesicht. Auch er erinnerte sich, wie das Gummifloß, das in Mossby Strand angetrieben worden war, auf noch immer ungeklärte Weise aus dem Polizeipräsidium verschwunden war.

Ann-Britt sah ihn an.

»Es müßte demnach ein Zusammenhang bestehen zwischen diesem Mann, der an dem Geldautomaten starb, und dem Mord an Lundberg? Das ist doch vollkommen absurd.«

»Ja«, gab Wallander zurück. »Aber es bleibt uns nichts anderes übrig, als von jetzt an auch von dieser Möglichkeit auszugehen. Wir sollten uns auch darüber im klaren sein, daß dies keine leichte Ermittlung wird. Wir dachten, wir hätten einen ungewöhnlich brutalen, aber immerhin aufgeklärten Mord an einem Taxifahrer. Dann mußten wir erleben, wie sich der Fall ausweitete. Als es Sonja Hökberg gelang zu fliehen und wir sie tot in dieser Transformatorstation fanden. Wir wußten, daß ein Mann einen Herzinfarkt bekommen hatte und vor einem Geldautomaten tot zusammengebrochen war. Aber das hatten wir abgeschrieben, weil nichts auf ein Verbrechen deutete. Dann verschwindet die Leiche. Und jemand läßt ein Hochspannungsrelais auf der leeren Bahre zurück.«

Wallander brach ab und dachte an die vier Fragen, die er am Morgen formuliert hatte. Jetzt sah er ein, daß sie eigentlich an einer ganz anderen Stelle anfangen mußten.

»Jemand dringt in ein Leichenschauhaus ein und entwendet eine

Leiche. Wir können nicht sicher sein, aber wir können vermuten, daß dieser Jemand etwas vertuschen will. Gleichzeitig wird das Relais zurückgelassen. Es ist nicht vergessen worden, es ist nicht aus Versehen dort gelandet. Die Person, die die Leiche entwendete, wollte, daß wir es finden.«

»Was wiederum nur eins bedeuten kann«, sagte Ann-Britt.

Wallander nickte. »Jemand will, daß wir zwischen Sonja Hökberg und Tynnes Falk eine Beziehung sehen.«

»Kann das nicht eine falsche Fährte sein?« wandte Hansson ein. »Jemand, der von dem verbrannten Mädchen gelesen hat.«

»Wenn ich die Kollegen in Malmö richtig verstanden habe«, sagte Martinsson, »war das Relais schwer. So etwas trägt man nicht einfach in der Aktenmappe mit sich herum.«

»Laßt uns Schritt für Schritt vorgehen«, unterbrach Wallander. »Nyberg muß untersuchen, ob das Relais von unserer Transformatorstation kommt. Wenn das der Fall ist, sehen wir klarer.«

»Nicht unbedingt«, meinte Ann-Britt. »Es kann doch eine symbolische Spur sein.«

Wallander schüttelte den Kopf. »Ich glaube, es ist so, wie ich denke.«

Martinsson rief Nyberg an, während die anderen Kaffee holten. Wallander erzählte von dem Journalisten, der angerufen und ihn geweckt hatte.

»Das legt sich bald«, sagte Ann-Britt.

»Ich hoffe, du hast recht. Aber sicher bin ich mir ganz und gar nicht.«

Sie kehrten ins Sitzungszimmer zurück.

»Eins noch«, sagte Wallander. »Eva Persson. Es spielt keine Rolle mehr, daß sie minderjährig ist. Jetzt muß sie ernsthaft verhört werden. Das soll Ann-Britt übernehmen. Du weißt, welches die wichtigen Fragen sind. Und gib nicht nach, bevor du eine richtige Antwort bekommen hast statt Ausflüchten.«

Sie verbrachten noch eine Stunde mit der weiteren Planung der Ermittlungsarbeit. Wallander merkte, daß seine Erkältung schon vorüber war. Seine Kräfte kehrten zurück. Um kurz nach halb zehn brachen sie auf. Hansson und Ann-Britt verschwanden den Korridor hinunter. Wallander und Martinsson wollten einen Besuch in Tynnes Falks Wohnung machen. Wallander war versucht zu verraten, daß er schon dagewesen war, unterließ es aber. Es war immer seine Schwäche gewesen, die Kollegen nicht über alle Schritte, die er tat, zu informieren. Aber er hatte schon lange die Hoffnung aufgegeben, an dieser Eigenart noch etwas ändern zu können.

Während Martinsson versuchte, Schlüssel für Tynnes Falks Wohnung zu beschaffen, ging Wallander mit der Zeitung, die Hansson vorher auf den Tisch geknallt hatte, in sein Zimmer. Er blätterte sie durch, um zu sehen, ob etwas über ihn darinstand. Das einzige, was er fand, war eine kleine Meldung, daß ein Polizeibeamter mit langjähriger Berufserfahrung des tätlichen Übergriffs gegen eine Minderjährige verdächtigt werde. Sein Name wurde nicht genannt, aber seine Empörung wallte wieder auf.

Er wollte die Zeitung gerade fortlegen, als sein Blick auf eine Seite mit Kontaktanzeigen fiel. Zerstreut begann er zu lesen. Eine geschiedene Frau, die vor kurzem fünfzig geworden war, fühlte sich einsam, nachdem die Kinder aus dem Haus waren. Sie gab Reisen und klassische Musik als ihre Lieblingsinteressen an. Wallander versuchte, sie sich vorzustellen, doch das einzige Gesicht, das er vor sich sah, gehörte einer Frau namens Erika. Er hatte sie im Jahr zuvor in einem Café in der Nähe von Västervik getroffen. Dann und wann hatte er an sie gedacht, ohne eigentlich zu wissen, warum. Irritiert warf er die Zeitung in den Papierkorb. Aber kurz bevor Martinsson hereinkam, holte er sie wieder heraus, riß die Seite heraus und legte sie in eine Schreibtischschublade.

»Seine Frau kommt mit den Schlüsseln«, sagte Martinsson. »Machen wir einen Spaziergang oder fahren wir?«

»Wir fahren. Ich habe ein Loch im Schuh.«

Martinsson betrachtete ihn interessiert. »Was würde wohl der Reichspolizeichef dazu sagen?«

»Wir haben doch schon Fußstreifen wiedereingeführt«, erwiderte Wallander. »Als nächstes sind vielleicht Barfußpolizisten dran.«

Sie verließen das Präsidium in Martinssons Wagen.

»Wie fühlst du dich?« fragte Martinsson.

»Ich bin sauer«, antwortete Wallander. »Man glaubt, man könnte sich daran gewöhnen, aber man tut es nicht. Mir ist in meinen Jahren bei der Polizei schon so gut wie alles vorgeworfen worden. Vielleicht mit Ausnahme von Faulheit. Man glaubt, man habe sich ein dickes Fell zugelegt, aber das stimmt nicht. Zumindest nicht so, wie man es sich gewünscht hätte.«

»Hast du das ernst gemeint, was du gestern gesagt hast?«

»Was habe ich denn gesagt?«

»Daß du aufhörst, wenn du eine Abmahnung bekommst.«

»Ich weiß nicht. Im Moment bin ich nicht in der Lage, auch nur daran zu denken.«

Sie hielten vor dem Haus Apelbergsgatan 10. Eine Frau stand neben einem Wagen und wartete auf sie.

»Marianne Falk«, sagte Martinsson. »Sie hat nach der Scheidung seinen Namen beibehalten.«

Martinsson wollte gerade aussteigen, als Wallander ihn zurückhielt. »Weiß sie, was passiert ist? Daß die Leiche verschwunden ist?«

»Jemand hat offensichtlich daran gedacht, sie zu unterrichten.«

»Welchen Eindruck machte sie, als du sie anriefst? War sie erstaunt?«

Martinsson dachte einen Moment nach. »Ich glaube nicht.«

Sie stiegen aus. Die elegant gekleidete Frau, die dort im heftigen Wind stand, war groß und schlank und erinnerte Wallander vage an Mona. Sie begrüßten sich. Wallander hatte das Gefühl, daß sie nervös war. Seine Wachsamkeit war sofort geweckt.

»Hat man den Körper gefunden? Wie kann so etwas passieren?«

Wallander ließ Martinsson antworten.

»Es ist natürlich bedauerlich, daß so etwas geschieht.«

»Bedauerlich? Es ist empörend. Wofür haben wir eigentlich die Polizei?

»Das kann man sich fragen«, unterbrach Wallander. »Aber nicht gerade jetzt.«

Sie gingen ins Haus und die Treppe hinauf. Wallander beschlich ein ungutes Gefühl. Hatte er am Abend zuvor vielleicht doch etwas in der Wohnung vergessen?

Marianne Falk ging voran.

Als sie die oberste Etage erreichten, blieb sie wie angewurzelt stehen und zeigte auf die Tür. Martinsson befand sich unmittelbar hinter ihr. Wallander schob ihn zur Seite. Da sah er es: Die Wohnungstür stand offen. Das Schloß, das er am Abend zuvor so mühsam mit seinen Dietrichen geöffnet hatte, ohne einen Kratzer zu hinterlassen, war mit einem kräftigen Stemmeisen aufgebrochen worden. Die Tür war angelehnt. Er lauschte. Martinsson stand direkt neben ihm. Sie hatten beide keine Waffe bei sich. Wallander zögerte. Er machte Zeichen, daß sie hinunter in die untere Etage gehen sollten.

»Es kann jemand in der Wohnung sein«, sagte er leise. »Es ist besser, wir holen Verstärkung.«

Martinsson holte sein Handy heraus.

»Ich möchte Sie bitten, unten im Wagen zu warten«, sagte Wallander zu Marianne Falk.

»Was ist denn los?«

»Tun Sie bitte, was ich Ihnen sage. Warten Sie im Wagen.«

Sie ging die Treppe hinunter. Martinsson sprach mit dem Präsidium.

»Sie kommen.«

Sie warteten reglos im Treppenhaus. Aus der Wohnung war nichts zu hören.

»Ich habe gesagt, sie sollen ohne Sirenen kommen«, flüsterte Martinsson.

Wallander nickte.

Nach acht Minuten kam Hansson mit drei Polizisten die Treppe herauf. Er hatte eine Waffe bei sich.

Wallander lieh sich von einem der anderen eine Pistole. »Also los«, sagte er.

Sie gingen auf der Treppe und vor der Tür in Stellung. Wallander merkte, daß seine Hand, die die Waffe hielt, zitterte. Er hatte Angst. Die gleiche Angst, die er stets empfand, wenn er sich in eine Situation begab, in der so gut wie alles passieren konnte. Er suchte Blickkontakt mit Hansson. Dann schob er mit der Fußspitze vorsichtig die Tür auf und rief in die Wohnung hinein. Es kam keine Antwort. Er rief noch einmal. Als die Tür hinter ihm geöffnet wurde, fuhr er zusammen. Eine ältere Frau schaute vorsichtig heraus. Martinsson drängte sie in ihre Wohnung zurück. Wallander rief zum drittenmal, ohne Antwort zu bekommen.

Dann gingen sie hinein.

Die Wohnung war leer. Aber es war nicht mehr die Wohnung, die er am Abend zuvor besucht und von der er als erstes den Eindruck pedantischer Ordnung gewonnen hatte. Jetzt waren Schubladen herausgezogen und ausgekippt. Die Bilder hingen schief, und die Plattensammlung lag auf dem Boden verstreut.

»Es ist niemand hier«, sagte er. »Aber Nyberg und seine Leute sollen so schnell wie möglich kommen. Bis dahin soll hier niemand unnötig herumlaufen.«

Hansson und die anderen Polizisten verschwanden. Martinsson ging, um mit den Nachbarn zu sprechen. Wallander stand einen Augenblick vollkommen still in der Türöffnung zum Wohnzimmer. Wie oft er schon eine Wohnung vor sich gehabt hatte, in die eingebrochen worden war, wußte er nicht. Ohne daß er sagen konnte, woran es lag, dachte er, daß dies hier anders war. Er ließ den Blick durch das Zimmer wandern. Es fehlte etwas. Langsam ließ er seinen Blick noch einmal zurückwandern. Als er zum zweitenmal den Schreibtisch betrachtete, entdeckte er, was fehlte. Er zog die Schuhe aus und ging zum Schreibtisch.

Das Foto war fort. Das Gruppenbild. Die Männer, die im hellen Sonnenlicht vor einer weißen Mauer standen, einer von ihnen ein Asiat. Sorgfältig suchte er zwischen den Papieren, die über den Boden verstreut waren. Das Bild war fort.

Im gleichen Augenblick merkte er, daß noch etwas verschwunden war. Das Logbuch, in dem er am Abend zuvor geblättert hatte.

Er tat einen Schritt zurück und holte tief Luft. Jemand wußte davon, daß ich hier war, dachte er. Jemand hat mich kommen und gehen sehen.

War er aus einer instinktiven Ahnung heraus zweimal ans Fenster getreten und hatte auf die Straße hinuntergespäht? Es war jemand dagewesen, den er nicht entdeckt hatte. Jemand, der sich tief im Schatten versteckt hatte.

Martinsson unterbrach ihn in seinen Gedanken. »Die Nachbarin ist Witwe und heißt Håkansson. Sie hat nichts gehört und nichts gesehen.«

Wallander dachte an die Nacht, die er einmal in betrunkenem Zustand eine Etage tiefer verbracht hatte.

»Sprich mit allen Hausbewohnern. Vielleicht hat jemand etwas beobachtet.«

»Können wir nicht jemand anderen dafür einteilen? Ich habe ziemlich viel zu tun.«

»Es ist wichtig, daß es ordentlich gemacht wird. Hier wohnen ja nicht viele Leute.«

Martinsson verschwand. Wallander wartete.

Nach zwanzig Minuten erschien ein Kriminaltechniker. »Nyberg ist unterwegs«, sagte er. »Er hatte noch etwas Wichtiges draußen an der Transformatorstation zu erledigen.«

Wallander nickte. »Der Anrufbeantworter«, sagte er dann. »Ich will wissen, was darauf ist. Alles.«

Der Polizist nickte.

»Macht eine Videoaufnahme von dem Ganzen«, fuhr Wallander fort. »Ich will diese Wohnung bis ins kleinste Detail dokumentiert haben.«

»Sind die Leute, die hier wohnen, verreist?« fragte der Polizist.

»Hier wohnte der Mann, der vor ein paar Nächten an dem Geldautomaten starb«, antwortete Wallander. »Es ist wichtig, daß ihr hier sehr gründlich arbeitet.«

Er verließ die Wohnung und ging hinunter auf die Straße. Der Himmel war jetzt wolkenlos. Marianne Falk saß in ihrem Wagen und rauchte.

Als sie Wallander erblickte, stieg sie aus. »Was ist passiert?«

»Einbruch.«

»Wie kann man nur so dreist sein und in eine Wohnung einbrechen, deren Mieter gerade gestorben ist.«

»Ich weiß, daß Sie geschieden waren«, sagte Wallander. »Aber kannten Sie seine Wohnung?«

»Wir hatten ein gutes Verhältnis. Ich habe ihn häufig besucht.«

»Ich möchte Sie bitten, später am Tag wieder herzukommen«, sagte Wallander. »Wenn die Techniker fertig sind, können wir gemeinsam durch die Wohnung gehen. Vielleicht fällt Ihnen etwas auf, vielleicht fehlt etwas.«

Ihre Antwort kam sehr entschieden. »Das glaube ich nicht.«

»Warum nicht?«

»Ich war viele Jahre mit ihm verheiratet. In der Zeit kannte ich ihn ziemlich gut. Aber danach nicht mehr.«

»Was war denn vorgefallen?«

»Nichts. Aber er veränderte sich.«

»Aufweiche Weise?«

»Ich wußte nicht mehr, was er dachte.«

Wallander betrachtete sie nachdenklich. »Trotzdem sollten sie sehen können, ob etwas in seiner Wohnung fehlt. Sie haben gerade gesagt, Sie hätten ihn häufig besucht.«

»Ein Bild oder eine Lampe, die fehlen, würden mir vielleicht auffallen. Aber sonst nichts. Tynnes hatte viele Geheimnisse.«

»Was meinen Sie damit?«

»Kann man damit mehr meinen als das, was es heißt? Ich wußte weder, was er dachte, noch, was er tat. Ich habe das schon bei unserem Telefongespräch zu erklären versucht.«

Wallander erinnerte sich daran, daß er am Abend zuvor in dem Logbuch gelesen hatte.

»Wissen Sie, ob Ihr Mann Tagebuch führte?«

»Ich bin sicher, daß er das nicht tat.«

»Nie?«

»Nie.«

Soweit stimmt es, dachte Wallander. Sie wußte nicht, was ihr Mann machte. Jedenfalls nicht, daß er Tagebuch führte.

»Hat Ihr früherer Mann sich für den Weltraum interessiert?«

Ihre Verwunderung wirkte ganz und gar echt. »Warum hätte er das sollen?«

»Ich frage nur.«

»Als wir jung waren, haben wir vielleicht dann und wann zum Sternenhimmel aufgeschaut. Aber später nicht mehr.«

Wallander lenkte das Gespräch in eine neue Richtung. »Sie sagten, Ihr früherer Mann habe viele Feinde gehabt. Und er sei beunruhigt gewesen.«

»Das hat er mir jedenfalls gesagt.«

»Was genau hat er gesagt?«

»Daß solche wie er Feinde hätten.«

»Das war alles?«

»Ja.«

»›Solche wie ich haben Feinde‹?«

»Ja.«

»Was meinte er damit?«

»Ich habe schon gesagt, daß ich ihn nicht mehr kannte.«

Ein Wagen bremste an der Bordsteinkante, und Nyberg stieg aus. Wallander beschloß, das Gespräch mit Frau Falk fürs erste zu beenden. Er notierte ihre Telefonnummer und sagte, er werde im Lauf des Tages von sich hören lassen.

»Eine letzte Frage noch. Können Sie sich einen Grund vorstellen, warum jemand seine Leiche entwenden sollte?«

»Natürlich nicht.«

Wallander nickte. Für den Augenblick hatte er keine Fragen mehr.

Nachdem sie in ihren Wagen gestiegen war und zurückgesetzt hatte, trat Nyberg zu ihm. »Was ist denn hier los?«

»Ein Einbruch.«

»Haben wir dafür im Moment Zeit?«

»Es hängt irgendwie mit den anderen Fällen zusammen. Aber gerade jetzt interessiert mich am meisten, was du da draußen gefunden hast.«

Nyberg schneuzte sich in die Faust, bevor er antwortete.

»Du hattest recht. Als die Kollegen aus Malmö mit diesem Relais ankamen, war der Fall klar. Die Monteure konnten uns zeigen, wo es gesessen hatte.«

Wallander spürte die Spannung.

»Kein Zweifel?«

»Nicht der geringste.«

Nyberg verschwand durch die Haustür. Wallander blickte über die Straße, hinüber zu den Kaufhäusern und dem Geldautomaten.

Der Zusammenhang zwischen Tynnes Falk und Sonja Hökberg war bestätigt worden. Aber was das bedeutete, verstand Wallander ganz und gar nicht.

Langsam machte er sich auf den Weg zum Präsidium. Doch nach wenigen Metern beschleunigte er das Tempo.

14

NACH DER RÜCKKEHR INS POLIZEIPRÄSIDIUM widmete sich Wallander dem Versuch, in dem Wust von Details, die sich angehäuft hatten, eine provisorische Ordnung zu schaffen. Aber die verschiedenen Handlungsstränge befanden sich sozusagen im freien Fall. Sie stießen aneinander und verloren sich wieder in verschiedene Richtungen.

Kurz vor elf ging er zur Toilette und wusch sich das Gesicht mit kaltem Wasser. Auch das war eine Angewohnheit, die Rydberg ihm beigebracht hatte.

Es gibt nichts Besseres, wenn die Ungeduld überhandnimmt. Nichts Besseres als kaltes Wasser.

Anschließend ging er weiter zum Eßraum, um sich Kaffee zu holen. Wie so oft war der Kaffeeautomat defekt. Martinsson hatte bei einer früheren Gelegenheit vorgeschlagen, sie sollten sich mit der Bitte um Spenden für einen neuen Kaffeeautomaten an die Allgemeinheit wenden. Mit dem Argument, daß ohne ungehinderten Zugang zu Kaffee keine sinnvolle Polizeiarbeit möglich sei. Wallander betrachtete mißmutig den Apparat und erinnerte sich daran, daß in einer seiner Schreibtischschubladen noch eine Dose Pulverkaffee sein mußte. Er ging zu seinem Zimmer und durchsuchte den Schreibtisch. Schließlich fand er den Kaffee, ganz hinten, zusammen mit einer Schuhbürste und zwei kaputten alten Handschuhen.

Dann stellte er eine Liste der verschiedenen Ereignisse auf. Am Rand hielt er den zeitlichen Ablauf fest. Seine Gedanken waren darauf gerichtet, die Oberfläche der Ereignisse zu durchdringen. Er war inzwischen sicher, daß es mehrere Schichten in dem Ganzen gab. An die unterste mußten sie herankommen.

Am Ende saß er mit einer Geschichte da, die sich wie ein böses Märchen las. Zwei Mädchen gehen eines Abends in ein Restaurant und trinken Bier. Das eine Mädchen ist so jung, daß ihm überhaupt kein Bier hätte ausgeschenkt werden dürfen. Im Laufe des Abends tauschen sie die Plätze. Das geschieht zur gleichen Zeit, als ein Mann mit asiatischem Aussehen das Lokal betritt und sich an einen der Tische setzt. Dieser Mann bezahlt mit einer falschen Kreditkarte, die auf eine Person mit Namen Fu Cheng, wohnhaft in Hongkong, ausgestellt ist.

Nach einigen Stunden bestellen die Mädchen ein Taxi, geben als Ziel Rydsgård an und erschlagen unterwegs den Taxifahrer. Sie berauben ihn und gehen anschließend nach Hause, jede zu sich. Als sie festgenommen werden, gestehen sie auf der Stelle, nehmen gemeinsam die Schuld auf sich und nennen als Motiv Geldbedarf. Das ältere der beiden Mädchen flieht in einem unbewachten Augenblick aus dem Polizeipräsidium. Später wird sie verbrannt in einer Transformatorstation in der Nähe von Ystad gefunden. Aller Wahrscheinlichkeit nach ist sie ermordet worden. Die Transformatorstation ist wichtig für die Stromversorgung eines großen Teils von Schonen. Als Sonja Hökberg stirbt, gehen von Trelleborg bis Kristianstad die Lichter aus. Zur gleichen Zeit ändert das zweite Mädchen seine Geschichte. Es widerruft sein Geständnis.

Parallel zu diesen Ereignissen verläuft eine Nebenhandlung. Es ist denkbar, daß diese Nebenhandlung die eigentlich entscheidende ist, das Zentrum, das wir suchen. Ein alleinstehender Computerberater namens Tynnes Falk putzt während einiger Stunden am Sonntag seine Wohnung und macht dann einen oder eventuell den zweiten Abendspaziergang. In der Nacht wird er vor einem Geldautomaten in der Nähe seiner Wohnung tot aufgefunden. Nach einer vorläufigen Untersuchung des Fundorts und aufgrund des gerichtsmedizinischen Gutachtens wird der Verdacht auf ein Verbrechen abgeschrieben. Später wird seine Leiche aus dem Leichenschauhaus entwendet, und ein elektrisches Relais, das aus der Transformatorstation bei Ystad stammt, wird auf der Bahre gefunden. Bei einem nachfolgenden Einbruch in die Wohnung des Mannes verschwinden zumindest ein Tagebuch und ein Foto.

Am Rande dieser Ereignisse, als einer der Männer auf diesem Foto und als Gast an einem Restauranttisch, figuriert ein asiatischer Mann.

Wallander las noch einmal, was er geschrieben hatte. Er wußte natürlich, daß es noch zu früh war, auch nur vorläufige Schlußfolgerungen zu ziehen. Dennoch tat er es. Bei der Zusammenstellung des Materials war ihm plötzlich etwas aufgefallen, woran er bis dahin nicht gedacht hatte.

Der Grund für Sonja Hökbergs Ermordung mußte sein, daß jemand sie daran hindern wollte zu sprechen. Tynnes Falks Körper war entwendet worden, um etwas zu verbergen. Das war ein gemeinsamer Nenner. Beide Ereignisse waren von dem Bedürfnis bestimmt, etwas zu verbergen.

Die Frage lautet also, was verborgen werden soll, dachte Wallander. Und von wem.

Er tastete sich vor, langsam und vorsichtig, als bewege er sich auf vermintem Gelände. Von Rydberg hatte er gelernt, daß Ereignisse nicht unbedingt nach ihrem chronologischen Verlauf gedeutet werden konnten. Das Wichtigste konnte ebensogut zuerst wie zuletzt geschehen. Oder irgendwo dazwischen.

Wallander wollte seine Notizen gerade zur Seite schieben, als ihm noch etwas in den Sinn kam. Zunächst wußte er nicht genau, was es war. Dann fiel es ihm ein. Erik Hökberg hatte von der Verwundbarkeit der Gesellschaft gesprochen. Wallander nahm sich seine Aufzeichnungen noch einmal vor. Was geschah, wenn er die Transformatorstation ins Zentrum rückte? Jemand hatte mit Hilfe eines menschlichen Körpers einen Stromausfall in großen Teilen Schonens verursacht. Die Verdunklung war umfassend gewesen und konnte als Sabotageakt seitens eines Menschen gedeutet werden, der wußte, wo er zuschlagen mußte. Und warum war das Relais auf der Bahre zurückgelassen worden? Die einzig sinnvolle Erklärung war, daß jemand den Zusammenhang zwischen Sonja Hökberg und Tynnes Falk als ganz eindeutig erscheinen lassen wollte. Aber was besagte das eigentlich?

Irritiert schob Wallander seine Papiere beiseite. Es war zu früh für mögliche Interpretationen. Sie mußten weitersuchen, unvoreingenommen und gründlich.

Er trank seinen Kaffee, während er geistesabwesend mit seinem Stuhl balancierte. Dann zog er die herausgerissene Zeitungsseite hervor und las weiter in den Kontaktanzeigen. Wie würde meine eigene Anzeige aussehen? dachte er. Wer würde sich eigentlich für einen fünfzigjährigen Kriminalbeamten interessieren, der an Diabetes leidet und immer weniger Lust zu seiner Arbeit hat? Der weder etwas für Waldspaziergänge noch Abende am Kamin oder Segeln übrig hat?

Er legte die Zeitungsseite fort und fing an zu schreiben: *Fünfzigjähriger Kriminalbeamter, geschieden, erwachsene Tochter, möchte aus seiner Einsamkeit ausbrechen. Aussehen und Alter spielen keine Rolle. Aber du solltest häuslich sein und gerne Opern hören. Antwort an »Kripo 97«.*

Alles Lüge, dachte er. Das Aussehen spielt eine große Rolle. Und ich will auch gar nicht aus meiner Einsamkeit ausbrechen. Ich suche Gemeinsamkeit. Das ist etwas ganz anderes. Ich möchte eine Frau, mit der ich schlafen kann, eine, die dann da ist, wenn ich es will. Und eine, die mich in Frieden läßt, wenn ich allein sein will. Er zerriß das Blatt und fing von vorne an. Diesmal wurde die Anzeige übertrieben aufrichtig: *Fünfzigjähriger Kriminalbeamter, Diabetiker und geschieden, erwachsene Tochter, sucht Partnerin für gelegentliche Zweisamkeit. »Du« sollst hübsch sein, eine gute Figur und Interesse an Erotik haben. Antwort unter »Alter Hund«.*

Wer würde wohl auf so etwas antworten? dachte er. Bestimmt keine, die noch bei Verstand war.

Er blätterte um und fing noch einmal an. Fast sofort wurde er von einem Klopfen an der Tür unterbrochen. Zwölf Uhr schon. Es war Ann-Britt. Zu spät merkte er, daß die Kontaktanzeigen noch auf dem Tisch lagen. Er riß die Zeitungsseite an sich und stopfte sie in den Papierkorb. Aber sie hatte bestimmt bemerkt, womit er sich beschäftigt hatte. Das ärgerte ihn.

Ich werde nie eine Kontaktanzeige schreiben, dachte er wütend. Die Gefahr besteht, daß so eine wie Ann-Britt darauf antwortet.

Sie sah müde aus. »Ich bin gerade erst mit Eva Persson fertig geworden«, sagte sie und ließ sich auf einen Stuhl fallen.

Wallander schob alle Gedanken an Kontaktanzeigen beiseite. »Und wie war sie?«

»Sie hat ihre Geschichte nicht geändert. Sie bleibt dabei, daß Sonja Hökberg allein Lundberg erschlagen und erstochen hat.«

»Ich habe gefragt, wie sie war.«

Ann-Britt dachte nach, bevor sie antwortete. »Sie war anders. Sie wirkte besser vorbereitet.«

»Woran hast du das gemerkt?«

»Sie redete schneller. Viele ihrer Antworten machten den Eindruck, vorher zurechtgelegt worden zu sein. Erst als ich anfing, Fragen zu stellen, die sie nicht erwartet hatte, kehrte diese träge Gleichgültigkeit zurück. Damit schützt sie sich. Gibt sich selbst Zeit zum Nachdenken. Ob sie besonders clever ist, weiß ich nicht, aber verwirrt ist sie kaum. An ihren Lügen hält sie fest. Ich habe sie nicht einmal dabei ertappt, daß sie sich widersprach, obwohl wir zwei Stunden zusammengesessen haben. Das ist ziemlich beachtlich.«

Wallander zog seinen Notizblock heran. »Wir nehmen jetzt nur das Wichtigste, deine Eindrücke. Den Rest kann ich lesen, wenn die Abschrift fertig ist.«

»Für mich ist es vollkommen klar, daß sie lügt. Ich verstehe ehrlich gesagt nicht, wie eine Vierzehnjährige so verhärtet sein kann.«

»Weil sie ein Mädchen ist?«

»Es ist noch immer selten, daß Jungen so hart sind.«

»Es ist dir also nicht gelungen, sie aus dem Gleichgewicht zu bringen?«

»Im Grunde nicht. Sie bleibt dabei, daß sie nicht mitgemacht hat. Und daß sie Angst vor Sonja Hökberg hatte. Ich versuchte, aus ihr herauszubekommen, warum sie Angst hatte. Aber das funktionierte nicht. Das einzige, was sie gesagt hat, war, daß Sonja sehr hart gewesen sei.«

»Womit sie sicher recht hat.«

Ann-Britt blätterte in ihren Aufzeichnungen. »Sie bestritt, daß Sonja angerufen habe, nachdem sie aus dem Präsidium abgehauen war. Es habe sich auch sonst niemand gemeldet.«

»Wann hat sie von Sonjas Tod erfahren?«

»Ihre Mutter war von Erik Hökberg angerufen worden und hat es ihr gesagt.«

»Aber Sonjas Tod muß sie erschüttert haben.«

»Das behauptet sie. Aber anmerken konnte ich ihr nichts. Obwohl sie natürlich erstaunt tat. Aber sie hat nicht die leiseste Ahnung, was Sonja bei dieser Transformatorstation gewollt hat. Und sie kann sich auch nicht vorstellen, wer sie hingefahren hat.«

Wallander stand auf und trat ans Fenster. »Hat sie wirklich überhaupt nicht reagiert? Kein Zeichen von Trauer oder Schmerz?«

»Wie ich schon gesagt habe. Sie ist kontrolliert und kalt. Viele Antworten waren zurechtgelegt, andere waren reine Lügen. Aber ich hatte den Eindruck, daß sie ganz und gar nicht verwundert war über das, was geschehen ist. Obwohl sie das Gegenteil behauptet.«

»Hattest du den Eindruck, daß sie fürchtete, ihr könnte selbst etwas passieren?«

»Nein. Ich habe auch daran gedacht. Was mit Sonja passiert ist, hat ihr, was sie selbst betrifft, keine Angst eingejagt.«

Wallander kehrte an den Tisch zurück. »Nehmen wir einmal an, es stimmt. Was besagt das?«

»Daß Eva Persson vielleicht teilweise doch die Wahrheit sagt. Nicht, was den Mord an Lundberg angeht. Daß sie daran beteiligt war, davon bin ich überzeugt. Aber daß sie vielleicht wirklich nicht viel darüber wußte, was Sonja Hökberg sonst noch getrieben hat.«

»Und was sollte das sein?«

»Ich weiß es nicht.«

»Warum haben sie im Restaurant die Plätze getauscht?«

»Weil Sonja fand, daß es zog. Das wiederholt sie steif und fest.«

»Und der Mann im Hintergrund?«

»Sie bleibt dabei, niemanden gesehen zu haben. Sie hat auch nicht bemerkt, daß Sonja mit jemand außer ihr Kontakt hatte.«

»Und sie hat auch nichts gesehen, als sie das Restaurant verließen?«

»Nein. Das kann auch stimmen. Ich glaube nicht, daß man Eva Persson den Vorwurf machen kann, besonders aufmerksam zu sein.«

»Hast du sie gefragt, ob sie Tynnes Falk kannte?«

»Sie behauptet, den Namen nie gehört zu haben.«

»Und war das die Wahrheit?«

Ann-Britt zögerte mit der Antwort. »Vielleicht war da eine Andeutung von Unsicherheit. Ich kann es nicht genau sagen.«

Ich hätte das Verhör selbst führen sollen, dachte Wallander ergeben. Ich hätte es gemerkt, wenn Eva Persson unsicher gewesen wäre.

Ann-Britt schien seine Gedanken zu lesen. »Ich habe nicht soviel Erfahrung wie du. Ich wünschte, ich könnte dir eine bessere Antwort geben.«

»Früher oder später bekommen wir es raus. Wenn der Haupteingang verschlossen ist, muß man es durch die Hintertür versuchen.«

»Ich versuche; die Zusammenhänge zu verstehen«, sagte Ann-Britt. »Aber ich sehe noch keinen.«

»Es wird seine Zeit dauern«, sagte Wallander. »Fragt sich, ob wir nicht Hilfe benötigen. Wir sind viel zu wenige. Auch wenn wir dies natürlich vorrangig behandeln und alles andere liegenlassen.«

Ann-Britt betrachtete ihn verwundert. »Früher hast du immer darauf bestanden, daß wir unsere Ermittlungen allein durchführen. Hast du deine Meinung geändert?«

»Vielleicht.«

»Weiß eigentlich jemand, was die Umstrukturierung, die gerade läuft, beinhaltet? Ich jedenfalls nicht.«

»Etwas wissen wir trotzdem«, wandte Wallander ein. »Der Polizeibezirk Ystad existiert nicht mehr. Heute gehören wir zum Polizeidistrikt Südliches Schonen.«

»Der mit zweihundertzwanzig Planstellen ausgestattet sein soll. Und der gleichzeitig acht Kommunen umfaßt. Von Simrishamn bis Vellinge. Keiner weiß, wie das funktionieren soll. Wenn es überhaupt besser wird.«

»Das ist mir im Moment egal. Mich interessiert nur, wie wir die ganze Kleinarbeit in dieser Ermittlung bewältigen sollen. Sonst nichts. Ich werde es bei Gelegenheit mit Lisa besprechen. Wenn sie mich nicht suspendiert.«

»Eva Persson behauptet übrigens weiterhin, daß es so war, wie sie und ihre Mutter gesagt haben. Daß du sie ohne jeden Grund geschlagen hast.«

»Das glaube ich gern. Wenn sie in anderen Dingen bei ihren Lügen bleibt, warum nicht auch in diesem Punkt.«

Wallander erzählte ihr von dem Einbruch in Tynnes Falks Wohnung.

»Ist die Leiche wieder aufgetaucht?«

»Soweit ich weiß, nicht.«

»Begreifst du das Ganze?«

»Kein bißchen«, antwortete Wallander. »Aber ich mache mir Sorgen. Vergiß nicht, daß ein großer Teil von Schonen lahmgelegt wurde.«

Sie gingen gemeinsam durch den Korridor. Hansson steckte den Kopf aus der Tür, um mitzuteilen, daß die Polizei in Växjö Eva Perssons Vater ausfindig gemacht habe.

»Den Kollegen zufolge lebt er in einem baufälligen Schuppen irgendwo zwischen Växjö und Vislanda. Jetzt fragen sie, was wir von ihm wissen wollen.«

»Nichts, bis auf weiteres«, sagte Wallander. »Andere Fragen sind momentan dringender.«

Sie beschlossen, um halb zwei, wenn Martinsson zurückgekommen war, eine Sitzung der Ermittlungsgruppe abzuhalten. Wallander kehrte in sein Zimmer zurück und rief die Kfz-Werkstatt an. Er konnte seinen Wagen abholen. Er verließ das Präsidium und ging die Fridhemsgata hinunter zum Surbrunnsplan. Der Wind kam ihm in heftigen Stößen entgegen.

Der Kfz-Meister hieß Holmlund und betreute Wallanders Autos seit vielen Jahren. Er war ein leidenschaftlicher Motorradliebhaber und sprach ein nahezu unverständliches Schonisch aus einem zahnlosen Mund. Holmlund hatte sich in all den Jahren wenig verändert. Wallander wußte nicht zu sagen, ob er fünfzig oder sechzig Jahre alt war.

»Das war ein teurer Spaß«, sagte Holmlund und lächelte sein zahnloses Lächeln. »Aber es lohnt sich. Wenn Sie den Wagen so schnell wie möglich verkaufen.«

Wallander fuhr davon. Das häßliche Motorgeräusch war fort. Der Gedanke an einen neuen Wagen versetzte ihn in gute Stimmung. Die Frage war, ob er Peugeot treu bleiben oder die Marke wechseln sollte. Er nahm sich vor, Hansson zu fragen, der über Autos ebenso gut informiert war wie über Traber.

Er fuhr zu einem Grill-Imbiß an Osterleden. Beim Essen griff er nach einer Zeitung und blätterte sie durch, hatte aber Probleme, sich zu konzentrieren. Ein Gedanke beschäftigte ihn. Er hatte nach einem Zentrum gesucht und verschiedene Wege ausprobiert, um weiterzukommen. Zuletzt war es der Stromausfall gewesen. Er hatte sich gefragt, ob das, was in der Transformatorstation geschehen war, nicht nur ein Mord, sondern zugleich ein gezielter Sabotageakt gewesen sein konnte. Aber was passierte, wenn er statt dessen versuchte, ein Zentrum zu finden, indem er von dem Mann ausging, der in dem Restaurant aufgetaucht war. Der Mann hatte eine falsche Identität gehabt. Außerdem war das Foto aus Tynnes Falks Wohnung verschwunden. Wallander verfluchte sich inzwischen selbst, weil er seinem ersten Impuls nicht nachgegeben und das Foto eingesteckt hatte. Vielleicht hätte István den asiatisch aussehenden Mann erkannt.

Er legte die Gabel hin und rief Nyberg über sein Handy an. »Das Foto einer Gruppe von Männern«, sagte Wallander. »Habt ihr so etwas gefunden?«

»Ich frage mal nach.«

Wallander wartete. Stocherte in dem Bratfisch, der nach nichts schmeckte.

Nyberg meldete sich wieder. »Wir haben ein Foto von drei Männern, die Lachse in den Händen halten. Aufgenommen 1983 in Norwegen.«

»Sonst nichts?«

»Nein. Aber woher weißt du, daß ein solches Foto existiert?«

Nyberg ist nicht dumm, dachte Wallander. Aber er hatte sich auf die Frage vorbereitet. »Ich weiß es nicht. Aber ich suche Bilder von Tynnes Falks Freundeskreis.«

»Wir sind hier gleich fertig«, sagte Nyberg.

»Hast du etwas gefunden?«

»Es sieht nach einem gewöhnlichen Einbruch aus. Könnten Fixer gewesen sein.«

»Keine Spuren?«

»Wir haben eine Anzahl Fingerabdrücke. Aber die können ebensogut von Falk stammen. Fragt sich nur, wie wir das kontrollieren sollen, nachdem die Leiche verschwunden ist.«

»Früher oder später finden wir sie.«

»Da wäre ich nicht so sicher. Wenn man eine Leiche stiehlt, dann doch wohl nur, weil man sie begraben will.«

Wallander sah ein, daß Nyberg recht hatte. Gleichzeitig kam ihm eine andere Idee. Aber Nyberg kam ihm zuvor. »Ich habe mit Martinsson gesprochen und ihn gebeten, Tynnes Falk durch seine Computer laufen zu lassen. Wir konnten ja nicht ausschließen, daß er in unseren Registern ist.«

»Und ist er das?«

»Ja. Aber es gibt keine Fingerabdrücke.«

»Was hat er denn gemacht?«

»Laut Martinsson war er zu einer Strafe wegen Sachbeschädigung verurteilt worden.«

»Was meint er denn damit?«

»Da mußt du ihn schon selbst fragen«, sagte Nyberg gereizt. Wallander beendete das Gespräch. Es war zehn nach eins. Nachdem er getankt hatte, kehrte er zum Präsidium zurück. Martinsson und er kamen gleichzeitig an.

»Niemand hat etwas gesehen oder gehört«, sagte Martinsson, während sie über den Parkplatz gingen. »Ich habe sie alle erwischt. Es scheinen hauptsächlich ältere Menschen in dem Haus zu wohnen, und die sind tagsüber zu Hause. Und eine Krankengymnastin in deinem Alter.«

Wallander gab keinen Kommentar ab. Statt dessen kam er auf das zu sprechen, was Nyberg erwähnt hatte.

»Nyberg sprach von Sachbeschädigung?«

»Ich habe die Papiere in meinem Zimmer. Es hatte etwas mit Nerzen zu tun.«

Wallander sah ihn fragend an, sagte aber nichts.

Er las den Auszug aus dem Strafregister in Martinssons Zimmer. 1991 war Tynnes Falk nördlich von Sölvesborg festgenommen worden. Ein Nerzfarmer hatte in der Nacht entdeckt, daß jemand die Käfige öffnete. Er hatte die Polizei gerufen, die mit zwei Wagen ausgerückt war. Tynnes Falk war nicht allein gewesen. Aber er war als einziger gefaßt worden. Bei seiner Vernehmung hatte er sofort gestanden und als Begründung angegeben, er sei Gegner des Tötens von Tieren für die Herstellung von Pelzwaren. Er hatte jedoch verneint, einer Organisation anzugehören, und hatte auch die Namen der anderen nicht verraten, die in der Dunkelheit entkommen waren.

Wallander legte das Blatt auf den Tisch. »Ich dachte, nur Jugendliche gäben sich mit so etwas hier ab. 1991 war Falk über vierzig.«

»Eigentlich sollte man mit ihnen sympathisieren«, sagte Martinsson. »Meine Tochter ist Mitglied der Feldbiologen.«

»Es ist ja wohl ein Unterschied, ob man Vögel beobachtet oder Nerzfarmer ruiniert.«

»Sie lernen, Achtung vor der Tierwelt zu haben.«

Wallander wollte sich nicht auf eine Diskussion einlassen, bei der er wahrscheinlich schnell den kürzeren ziehen würde. Aber daß Tynnes Falk in eine Befreiungsaktion von Nerzen verwickelt gewesen war, verblüffte ihn.

Um kurz nach halb zwei versammelten sie sich. Es wurde eine kurze Sitzung. Wallander hatte sich vorgenommen, das Ergebnis seiner Überlegungen vorzutragen. Aber er beschloß, damit zu warten. Es war noch zu früh. Um Viertel nach zwei brachen sie wieder auf. Hansson hatte einen Gesprächstermin beim Staatsanwalt. Martinsson verschwand zu seinen Computern, und Ann-Britt wollte einen neuen Versuch bei Eva Perssons Mutter unternehmen. Wallander ging in sein Zimmer und rief Marianne Falk an. Ein Anrufbeantworter schaltete sich ein, aber nachdem er seinen Namen genannt hatte, wurde der Hörer abgenommen. Sie verabredeten, sich um drei Uhr vor der Wohnung in der Apelbergsgata zu treffen. Als Wallander etwas früher ankam, waren Nyberg und seine Techniker schon verschwunden. Ein Polizeiauto parkte vor dem Haus. Als Wallander die Treppe hinaufging, öffnete sich plötzlich die Tür der Wohnung, die er am liebsten vergessen wollte.

In der Tür stand eine Frau, die ihm bekannt vorkam. »Ich habe dich durchs Fenster gesehen«, sagte sie und lächelte. »Ich dachte, ich begrüße dich mal. Erinnerst du dich noch an mich?«

»Natürlich erinnere ich mich«, antwortete Wallander.

»Aber du hast dich nie wieder gemeldet, wie du versprochen hattest.«

Wallander konnte sich an kein Versprechen erinnern. Aber er bezweifelte nicht, eins gegeben zu haben. Wenn er betrunken genug und von einer Frau fasziniert war, konnte er alles mögliche versprechen.

»Es war etwas dazwischengekommen. Du weißt ja, wie das ist.«

»Weiß ich das?«

Wallander murmelte etwas Unverständliches als Antwort. »Möchtest du auf einen Kaffee hereinkommen?«

»Wie du weißt, ist hier oben eingebrochen worden. Es tut mir leid.«

Sie zeigte auf ihre Tür. »Ich habe mir vor einigen Jahren eine Sicherheitstür angeschafft. Fast alle im Haus haben eine. Bis auf Falk.«

»Kanntest du ihn?«

»Er hielt sich ziemlich zurück. Wir grüßten uns im Treppenhaus. Aber das war auch alles.«

Wallander hatte sogleich das Gefühl, daß sie vielleicht nicht die Wahrheit sagte. Aber er fragte nicht weiter. Er wollte bloß weg.

»Du kannst mich ein andermal zum Kaffee einladen«, sagte er.

»Warten wir's ab.«

Sie schloß die Tür. Wallander merkte, daß ihm der Schweiß ausgebrochen war. Er hastete die letzte Treppe hinauf. Immerhin hatte sie ihm einen wichtigen Hinweis gegeben. Die meisten Hausbewohner hatten sich Sicherheitstüren installieren lassen. Nicht aber Tynnes Falk, der von seiner Exfrau als furchtsam und von Feinden umgeben beschrieben worden war.

Die Tür war noch nicht repariert. Er trat in die Wohnung. Nyberg und seine Techniker hatten das Chaos so gelassen, wie es gewesen war.

Er setzte sich auf einen Küchenstuhl und wartete. In der Wohnung war es sehr still. Er blickte auf die Uhr. Zehn vor drei. Er meinte, sie schon auf der Treppe hören zu können. Tynnes Falk kann natürlich geizig gewesen sein, dachte er. Eine Sicherheitstür kostet zwischen zehn- und fünfzehntausend. Ich hatte ja auch schon die Reklamebroschüren im Briefkasten. Aber vielleicht irrt Marianne Falk sich auch. Und es gab gar keine Feinde. Dennoch zweifelte Wallander. Ihm kamen die seltsamen Aufzeichnungen in den Sinn, die er in dem Logbuch gelesen hatte. Tynnes Falks Leiche wird aus dem Leichenschauhaus entwendet. Ungefähr zur gleichen Zeit bricht jemand in seine Wohnung ein. Zumindest ein persönliches Tagebuch und ein Foto sind verschwunden.

Auf einmal sah Wallander es klar vor sich. Jemand wollte nicht erkannt werden oder wollte nicht, daß das Logbuch allzu eingehend gelesen würde.

Wieder verfluchte Wallander insgeheim seinen Entschluß, das Foto nicht mitgenommen zu haben. Die Aufzeichnungen im Logbuch waren seltsam, wie von einem verwirrten Menschen geschrieben. Aber wenn er das Buch eingehender hätte studieren können, wäre sein Eindruck möglicherweise ein anderer gewesen.

Die Schritte auf der Treppe kamen näher. Die Tür wurde aufgestoßen. Wallander stand auf, um Marianne Falk entgegenzugehen. Er verließ die Küche und trat in den Flur.

Instinktiv erfaßte er die Gefahr und drehte sich um.

Aber zu spät. Ein gewaltiger Knall dröhnte durch die Wohnung.

15

WALLANDER WARF SICH ZUR SEITE.

Erst hinterher begriff er, daß die heftige Bewegung ihm das Leben gerettet hatte. Da hatten Nyberg und seine Leute bereits die Kugel herausgekratzt, die sich neben der Wohnungstür in die Wand gebohrt hatte. Bei der Rekonstruktion ließ sich der Hergang klären. Wallander war in den Flur gegangen, um Marianne Falk zu empfangen. Er hatte sich der Wohnungstür zugewandt, aber instinktiv erfaßt, daß sich jemand hinter ihm befand, von dem eine Bedrohung ausging. Jemand, der nicht Marianne Falk war. Er hatte sich zur Seite geworfen und war gleichzeitig auf einer Teppichkante weggerutscht. Das hatte gereicht, um die Kugel, die im gleichen Moment in Brusthöhe auf ihn abgefeuert wurde, zwischen seinem Brustkorb und dem linken Arm hindurchgehen zu lassen. Sie hatte seine Jacke gestreift und eine schwache, aber eindeutige Spur hinterlassen.

Am gleichen Abend suchte er zu Hause ein Zentimetermaß heraus. Er maß den Abstand von der Innenseite des Hemdärmels bis zu dem Punkt, an dem seiner Ansicht nach das Herz begann. Es waren sieben Zentimeter. Die Teppichkante hat mir das Leben gerettet, dachte er, während er sich ein Glas Whisky eingoß. Wieder einmal erinnerte er sich daran, wie er als junger Polizist in Malmö Opfer eines Messerstechers geworden war. Die Klinge war ihm acht Zentimeter rechts vom Herzen in die Brust gedrungen. Damals hatte er zu einer Beschwörungsformel Zuflucht genommen.

Leben hat seine Zeit, Totsein hat seine Zeit. Jetzt hatte er die beunruhigende Erfahrung gemacht, daß sich der Abstand im Verlauf von dreißig Jahren um einen Zentimeter verringert hatte.

Was eigentlich passiert war, wer auf ihn geschossen hatte, wußte er nicht. Er hatte lediglich einen Schatten wahrgenommen. Die schnelle Bewegung einer Gestalt, die sich in dem gewaltigen Knall und seinem eigenen Fall in die Jacken und Mäntel von Tynnes Falk aufgelöst hatte:

Er glaubte, getroffen worden zu sein. Als er einen Schrei hörte, während ihm das Echo des Schusses noch in den Ohren dröhnte, glaubte er, selbst geschrien zu haben. Aber es war Marianne Falk, die von dem flüchtenden Schatten umgerannt und zu Boden geworfen worden war. Auch sie hatte nur einen Schatten wahrgenommen. Als Martinsson mit ihr sprach, hatte sie gesagt, sie schaue immer auf ihre Füße, wenn sie eine Treppe hinaufsteige. Sie hatte den Knall gehört. Aber das Gefühl gehabt, er komme von unten. Deshalb war sie stehengeblieben und hatte sich umgedreht. Dann hatte sie gemerkt, daß jemand ihr entgegengelaufen kam. Als sie sich wieder nach oben umgedreht hatte, bekam sie einen Schlag ins Gesicht und stürzte zu Boden.

Am sonderbarsten war jedoch, daß keiner der beiden Polizisten, die in einem Streifenwagen vor dem Haus Wache hielten, etwas bemerkt hatten. Der Mann, der auf Wallander geschossen hatte, mußte das Haus durch den Haupteingang verlassen haben. Die Kellertür war verschlossen. Aber die Polizisten hatten niemanden aus dem Haus kommen sehen. Sie hatten gesehen, daß Marianne Falk das Haus betrat. Danach hatten sie den Knall gehört, ohne zu begreifen, was los war, und niemand hatte das Haus verlassen.

Martinsson ließ sich nur widerwillig überzeugen. Aber er durchsuchte dennoch das gesamte Haus, brachte verschreckte Rentner und eine etwas besonnenere Krankengymnastin dazu, ihre Türen zu öffnen, und gab den Polizisten Order, in jeden Kleiderschrank und unter jedes Bett zu schauen. Aber nirgendwo fanden sie eine Spur. Wäre nicht das Einschußloch in der Wand gewesen, hätte Wallander glauben können, sich alles nur eingebildet zu haben.

Und noch etwas anderes bildete er sich nicht nur ein, behielt es jedoch bis auf weiteres für sich. Er hatte der Teppichkante in zweifacher Hinsicht sein Leben zu verdanken. Nicht nur, weil er über sie gestolpert war. Sondern auch, weil genau dies den Schützen davon überzeugt hatte, daß er Wallander getroffen hatte. Die Kugel, die Nyberg aus dem Putz der Wand gegraben hatte, war ein Dumdumgeschoß, das eine kraterartige Wunde im Körper des Getroffenen aufreißt. Als Nyberg Wallander die Kugel zeigte, verstand dieser auch, warum der Mann nur einen Schuß abgegeben hatte. Er war davon überzeugt gewesen, daß sein Schuß tödlich sein würde.

Nach der ersten Verwirrung hatte die Jagd begonnen. Schnell war das Treppenhaus voller bewaffneter Polizisten mit Martinsson an der Spitze. Doch keiner wußte, nach wem sie suchen sollten, und weder Marianne Falk noch Wallander konnten auch nur die Andeutung einer Beschreibung liefern. Polizeiautos jagten durch Ystads Straßen, eine regionale Fahndung wurde veranlaßt, aber alle wußten von vornherein, daß es sinnlos war. Martinsson und Wallander hielten sich in der Küche auf, während Nyberg und sein Team Spuren sicherten. Marianne Falk war nach Hause gefahren, um sich umzuziehen. Wallander hatte seine Jacke abgegeben. Ihm taten nach dem Schuß noch immer die Ohren weh. Lisa Holgersson kam zusammen mit Ann-Britt, und Wallander mußte noch einmal erzählen, was passiert war.

»Fragt sich bloß, warum er geschossen hat«, sagte Martinsson. »Zuerst ist eingebrochen worden, und dann kommt jemand bewaffnet zurück.«

»Wir können uns natürlich fragen, ob es derselbe Mann ist«, sagte Wallander. »Warum kommt er zurück? Ich kann keinen anderen Grund dafür sehen, als daß er nach etwas sucht. Was er beim erstenmal nicht gefunden hat.«

»Müssen wir nicht noch etwas fragen?« warf Ann-Britt ein. »Nämlich auf wen er geschossen hat?«

Wallander hatte sich diese Frage von Anfang an gestellt. Konnte es mit der Nacht zusammenhängen, als er allein in der Wohnung gewesen war? Hatte sein Instinkt ihn nicht getäuscht, als er mehrmals ans Fenster getreten war, um vorsichtig in die Dunkelheit hinauszuspähen? Hatte jemand ihn beobachtet? Er dachte, daß jetzt der Zeitpunkt gekommen war, die Wahrheit zu sagen. Doch etwas hielt ihn noch zurück.

»Warum sollte jemand auf mich schießen«, fragte er. »Ich war zufällig hier, als der Mann zurückkam. Wir sollten uns eher fragen, wonach er gesucht hat. Was wiederum heißt, daß Frau Falk so schnell wie möglich herkommen sollte.«

Martinsson verließ die Apelbergsgata zusammen mit Lisa Holgersson. Die Techniker beendeten ihre Arbeit. Ann-Britt blieb mit Wallander in der Küche sitzen. Frau Falk hatte angerufen und gesagt, sie sei unterwegs.

»Wie fühlst du dich?« fragte Ann-Britt.

»Beschissen. Du kennst das ja.«

Vor ein paar Jahren war Ann-Britt Höglund auf einem Lehmakker außerhalb von Ystad niedergeschossen worden. Es war teilweise Wallanders Fehler gewesen, weil er sie dorthin beordert hatte, ohne zu bemerken, daß die Person, die sie festnehmen wollten, mit einer Pistole bewaffnet war, die Hansson zuvor verloren hatte. Sie war lebensgefährlich verletzt worden und erst nach einer langen Pause wieder zurückgekommen. Als sie eines Tages ihren Dienst wieder antrat, war sie verändert. Wallander gegenüber hatte sie mehrfach von der Angst gesprochen, die sie bis in ihre Träume verfolgte.

»Ich bin davongekommen«, fuhr Wallander fort. »Einmal bin ich niedergestochen worden. Aber von einer Kugel bin ich bisher verschont geblieben.«

»Du solltest mit jemandem reden«, meinte sie. »Dafür gibt es Therapiegruppen.«

Wallander schüttelte ungeduldig den Kopf. »Nicht nötig. Und ich will auch nicht mehr darüber reden.«

»Ich begreife nicht, warum du dauernd so stur sein mußt. Du bist ein guter Kriminalbeamter, aber du bist letztlich auch nur ein Mensch. Und wenn du dir noch so sehr etwas anderes einbildest. Aber du irrst dich.«

Wallander war verblüfft über ihren Ausbruch. Aber sie hatte vollkommen recht. Die Polizistenrolle, in die er jeden Tag schlüpfte, verbarg einen Menschen, den er fast vergessen hatte.

»Auf jeden Fall solltest du nach Hause gehen«, sagte sie.

»Und was würde das ändern?«

Im gleichen Augenblick betrat Marianne Falk die Wohnung. Wallander ergriff die Gelegenheit, Ann-Britt und ihre lästigen Fragen loszuwerden.

»Ich möchte alleine mit ihr sprechen«, sagte er. »Danke für die Hilfe.«

»Welche Hilfe?«

Ann-Britt ging. Wallander wurde von einem kurzen Schwindel erfaßt, als er aufstand.

»Was war vorhin eigentlich los?« fragte Marianne Falk.

Wallander bemerkte eine kräftige Schwellung auf ihrer rechten Wange. »Ich kam kurz vor drei Uhr. Dann hörte ich die Tür gehen. Ich dachte, Sie seien es. Aber das war ein Irrtum.«

»Und wer war es?«

»Ich weiß es nicht. Und Sie wissen es offenbar auch nicht.«

»Ich bin nicht einmal dazu gekommen, ihn anzusehen.«

»Aber Sie sind sicher, daß es ein Mann war?«

Die Frage überraschte sie, und sie dachte nach, bevor sie antwortete. »Ja«, sagte sie dann. »Es war ein Mann.«

Wallander wußte, daß sie recht hatte. Ohne daß er es irgendwie begründen konnte.

»Lassen Sie uns im Wohnzimmer anfangen«, sagte er. »Ich möchte, daß Sie durchs Zimmer gehen und nachsehen, ob etwas fehlt. Dann gehen Sie ins nächste Zimmer. Lassen Sie sich Zeit. Sie können Schubladen öffnen und hinter die Gardinen schauen.«

»Das hätte Tynnes nie zugelassen. Er war ein Mann mit vielen Geheimnissen.«

»Wir reden nachher weiter«, unterbrach Wallander sie. »Fangen Sie im Wohnzimmer an.«

Sie gab sich wirklich Mühe. Von der Tür aus beobachtete er sie. Je länger er sie ansah, desto schöner wurde sie, fand er. Er fragte sich, wie er eine Kontaktannonce formulieren müßte, auf die sie antworten würde. Sie ging weiter ins Schlafzimmer. Er wartete auf ein Zeichen, ein Zögern. Daß vielleicht trotz allem etwas fehlte. Als sie wieder in die Küche kamen, war über eine halbe Stunde vergangen.

»Sie haben seinen Kleiderschrank nicht aufgemacht«, sagte Wallander.

»Ich weiß sowieso nicht, was darin ist. Wie sollte ich dann sagen können, daß etwas fehlt?«

»Kam es Ihnen so vor, als fehlte in den Zimmern etwas?«

»Nein, nichts.«

»Wie gut kannten Sie eigentlich seine Wohnung?«

»Wir haben hier nie zusammen gewohnt. Er ist hierhergezogen, als wir uns scheiden ließen. Manchmal rief er an. Ab und zu aßen wir zusammen zu Abend. Die Kinder haben ihn häufiger besucht als ich.«

Wallander versuchte sich zu erinnern, was Martinsson gesagt hatte, als er zum erstenmal von dem Toten vor dem Geldautomaten erzählt hatte.

»Stimmt es, daß Ihre Tochter in Paris wohnt?«

»Ina ist siebzehn und arbeitet als Kindermädchen in der dänischen Botschaft. Sie will Französisch lernen.«

»Und ihr Sohn?«

»Jan? Der studiert in Stockholm. Er ist neunzehn.«

Wallander lenkte das Gespräch wieder auf die Wohnung. »Glauben Sie, es wäre Ihnen aufgefallen, wenn etwas gefehlt hätte?«

»Nur wenn es etwas wäre, was ich schon früher gesehen hätte.«

Wallander nickte. Dann entschuldigte er sich. Er ging zurück ins Wohnzimmer und entfernte einen von drei Porzellanhähnen, die auf einer Fensterbank standen. Danach ging er zurück in die Küche und bat sie, das Wohnzimmer noch einmal anzuschauen.

Sie entdeckte sofort, daß der Hahn fehlte. Wallander sah ein, daß sie nicht weiterkamen.

Sie setzten sich in die Küche. Es war fast fünf. Das Herbstdunkel senkte sich über die Stadt.

»Was machte er beruflich?« fragte Wallander. »Ich weiß nur, daß er eine Einmann-Firma in der Computerbranche betrieb.«

»Er war Berater.«

»Und was bedeutet das?«

Sie sah ihn verwundert an. »Dieses Land wird heutzutage von Beratern geführt. Bald werden die Parteivorsitzenden von Beratern ersetzt werden. Berater sind hochbezahlte Experten, die im Land umherfliegen und mit Lösungen aufwarten. Wenn es schiefgeht, müssen sie auch die Rolle des Sündenbocks spielen. Aber für diese Leiden werden sie ganz gut bezahlt.«

»Ihr Mann war also Berater in der Computerbranche?«

»Ich wäre Ihnen dankbar, wenn Sie Tynnes Falk nicht ›meinen Mann‹ nennen würden. Das war er nicht mehr.«

Wallander wurde ungeduldig. »Können Sie ein bißchen detaillierter schildern, was er machte?«

»Er war sehr geschickt darin, verschiedene Steuerungssysteme aufzubauen.«

»Und was bedeutet das?«

Zum erstenmal lächelte sie. »Ich glaube nicht, daß ich Ihnen das erklären kann, wenn Sie nicht einmal die elementarsten Kenntnisse davon haben, wie Computer funktionieren.«

Wallander sah ein, daß sie recht hatte. »Wer waren seine Kunden?«

»Soweit ich weiß, arbeitete er viel mit Banken zusammen.«

»Eine spezielle Bank?«

»Das weiß ich nicht.«

»Wer kann das wissen?«

»Er hatte einen Steuerberater.«

Wallander suchte in seinen Taschen nach einem Stück Papier, um den Namen aufzuschreiben. Er fand nur die Rechnung der Kfz-Werkstatt.

»Er heißt Rolf Stenius und hat sein Büro in Malmö. Seine Adresse oder Telefonnummer kenne ich nicht.«

Wallander legte den Stift weg. Eine Ahnung, etwas übersehen zu haben, tauchte in seinem Kopf auf. Er versuchte, den Gedanken zu fassen, aber vergeblich.

Marianne Falk hatte ein Päckchen Zigaretten ausgepackt. »Stört es Sie, wenn ich rauche?«

»Ganz und gar nicht.«

Sie holte eine Untertasse von der Spüle und zündete die Zigarette an.

»Tynnes würde sich im Grab umdrehen. Er haßte Zigaretten. Während unserer Ehe hat er mich auf die Straße gejagt, wenn ich rauchen wollte. Jetzt kann ich mich wenigstens ein kleines bißchen rächen.«

Wallander ergriff die Gelegenheit, um das Thema zu wechseln. »Als wir zum erstenmal miteinander sprachen, sagten Sie, er habe Feinde gehabt. Und er sei beunruhigt gewesen.«

»Das war mein Eindruck.«

»Es ist Ihnen sicher klar, daß dies sehr wichtig ist.«

»Wenn ich mehr wüßte, würde ich es bestimmt erzählen. Aber die Wahrheit ist, daß ich es nicht weiß.«

»Man kann einem Menschen ansehen, wenn er beunruhigt ist. Aber kann man ihm ansehen, daß er Feinde hat? Er muß doch etwas gesagt haben.«

Sie antwortete nicht sofort. Rauchte und schaute aus dem Fenster. Es war dunkel. Wallander wartete.

»Es fing vor ein paar Jahren an«, begann sie. »Ich merkte, daß er beunruhigt war. Aber auch euphorisch. Als sei er manisch geworden. Dann fing er an, komische Bemerkungen zu machen. Ich kam zum Beispiel her, und wir tranken Kaffee. Plötzlich konnte er sagen: Wenn die Leute Bescheid wüßten, würden sie mich totschlagen. Oder: Man kann nie wissen, wie dicht die Verfolger einem auf den Fersen sind.«

»Hat er das wirklich gesagt?«

»Ja.«

»Ohne eine Erklärung zu geben?«

»Ja.«

»Haben Sie denn nicht gefragt, was er damit meinte?«

»Wenn ich ihn fragte, wurde er aufbrausend und sagte, ich solle still sein.«

Wallander überlegte, bevor er fortfuhr. »Lassen Sie uns über Ihre beiden Kinder sprechen.«

»Sie wissen natürlich, daß er tot ist.«

»Glauben Sie, daß eins von ihnen ihn ähnlich erlebt hat wie Sie? Daß er beunruhigt war? Und angefangen hatte, von Feinden zu sprechen?«

»Das bezweifle ich. Sie hatten sehr wenig Kontakt miteinander. Einerseits lebten sie bei mir. Anderseits war Tynnes nicht sonderlich erbaut davon, wenn sie ihn zu häufig besuchten. Ich sage das nicht, um ihn schlechtzumachen. Das können Jan und Ina bestätigen.«

»Er muß aber doch Freunde gehabt haben.«

»Sehr wenige. Ich merkte mit der Zeit, daß ich einen Eigenbrötler geheiratet hatte.«

»Wer kannte ihn außer Ihnen?«

»Ich weiß, daß er eine Frau zu treffen pflegte, die auch Computerberaterin ist. Sie heißt Siv Eriksson. Ihre Telefonnummer habe ich nicht. Aber ihr Büro liegt unten in Skansgränd. Direkt bei der Sjömansgata. Sie haben ein paar Aufträge gemeinsam ausgeführt.«

Wallander notierte sich den Namen. Marianne Falk drückte ihre Zigarette aus.

»Eine letzte Frage noch«, sagte Wallander. »Vorläufig jedenfalls. Vor ein paar Jahren wurde Tynnes Falk von der Polizei gefaßt, als er Nerze freigelassen hat. Er bekam eine Geldstrafe.«

Sie betrachtete ihn mit einer Verwunderung, die ganz und gar echt zu sein schien. »Davon habe ich nie etwas gehört.«

»Aber Sie können es verstehen?«

»Daß er Nerze freiließ? Warum in aller Welt hätte er das tun sollen?«

»Sie wissen nicht, ob er Kontakt zu Organisationen hatte, die sich mit so etwas beschäftigen?«

»Was sollten das für Organisationen sein?«

»Militante Umweltschützer. Tierfreunde.«

»Es fällt mir sehr schwer, das alles zu glauben.«

Wallander nickte. Er wußte, daß sie die Wahrheit sagte. Sie stand auf.

»Ich werde wohl noch einmal mit Ihnen sprechen müssen«, sagte Wallander.

»Mein Exmann hat mir einen großzügigen Unterhalt gezahlt, als wir uns scheiden ließen. Das bedeutet, daß ich um das, was ich am meisten verabscheue, herumgekommen bin.«

»Und was ist das?«

»Zu arbeiten. Ich verbringe meine Tage mit Bücherlesen. Und ich sticke Rosen auf kleine Leinentücher.«

Wallander fragte sich, ob sie sich über ihn lustig machte. Aber er sagte nichts und brachte sie zur Tür.

Sie schaute auf das Loch in der Wand. »Schießen die Einbrecher jetzt schon auf Leute?«

»Es kommt vor.«

Sie betrachtete ihn von oben bis unten. »Und Sie haben keine Waffe bei sich, um sich zu verteidigen?«

»Nein.«

Sie schüttelte den Kopf, reichte ihm die Hand und verabschiedete sich.

»Noch eins«, sagte Wallander. »Hat Tynnes sich für den Weltraum interessiert?«

»Was meinen Sie damit?«

»Raumschiffe, oder Astronomie.«

»Danach haben Sie schon einmal gefragt. Und ich kann Ihnen nur die gleiche Antwort geben. Daß er sehr selten den Kopf hob, um den Himmel anzusehen. Wenn er es einmal tat, dann sicher nur, um sich zu vergewissern; daß die Sterne wirklich noch da waren. Er war gänzlich unromantisch veranlagt.«

Sie blieb auf der Treppe stehen. »Wer repariert die Tür?«

»Gibt es keinen Hausverwalter?«

»Danach dürfen Sie nicht mich fragen.«

Sie ging die Treppe hinunter. Wallander kehrte in die Wohnung zurück. Er setzte sich auf den Küchenstuhl. Genau hier hatte er zum erstenmal das Gefühl gehabt, etwas zu übersehen. Rydberg hatte ihm beigebracht, immer seinem inneren Warnsystem zu vertrauen. In der technisierten und rationalisierten Welt, in der Polizisten lebten und leben mußten, besaß trotz allem das Intuitive ein natürliches und entscheidendes Gewicht.

Ein paar Minuten blieb er reglos sitzen. Dann kam er darauf. Wieder einmal galt es, eine radikal andere Perspektive einzunehmen, um den Dingen neue Seiten abzugewinnen. Marianne Falk hatte nicht sehen können, ob etwas fehlte. Konnte das bedeuten, daß der Mann, der eingebrochen war und auf Wallander geschossen hatte, in Wirklichkeit gekommen war, um etwas zu hinterlassen? Wallander schüttelte den Kopf über seine eigenen Gedanken. Er wollte gerade aufstehen, als er zusammenfuhr. Jemand hatte an die Tür geklopft. Wallander spürte, wie sein Herz hämmerte. Erst als das Klopfen sich wiederholte, ging ihm auf, daß es sich kaum um jemanden handeln konnte, der zurückgekommen war, um ihn zu töten. Er ging hinaus in den Flur und schob die Tür auf.

Ein älterer Mann mit einem Stock in der Hand stand davor. »Ich möchte zu Herrn Falk«, sagte er mit energischer Stimme. »Ich komme mit einer Beschwerde.«

»Wer sind Sie?« fragte Wallander.

»Mein Name ist Carl-Anders Setterkvist, und ich bin der Hausbesitzer. Verschiedene Mieter haben sich bei mir über Lärm und ein ständiges Auf und Ab von Militär im Treppenhaus beschwert. Wenn Herr Falk hier ist, möchte ich mit ihm persönlich sprechen.«

»Herr Falk ist tot«, sagte Wallander, unnötig brutal.

Setterkvist sah ihn fragend an. »Tot? Was soll das heißen?«

»Ich bin Polizeibeamter«, erklärte Wallander. »Kriminalpolizist. Hier ist eingebrochen worden. Aber Herr Falk ist tot. Er starb Montag nacht. Hier laufen keine Militärs die Treppen auf und ab, sondern Polizisten.«

Setterkvist schien einen Moment lang zu überlegen, ob er Wallander glauben sollte. »Ich möchte Ihre Marke sehen«, sagte er dann mit Nachdruck.

»Die Marken sind schon vor vielen Jahren abgeschafft worden«, erwiderte Wallander. »Aber Sie können meinen Ausweis sehen.«

Er holte ihn aus der Tasche. Setterkvist studierte ihn eingehend. Wallander erzählte kurz, was geschehen war.

»Sehr bedauerlich«, sagte Setterkvist. »Und was wird mit den Wohnungen?«

Wallander fuhr zusammen. »Wohnungen?«

»In meinem Alter ist es immer lästig, wenn neue Mieter einziehen. Man will ja gerne wissen, mit was für Leuten man es zu tun hat. Besonders in einem Haus wie diesem, in dem hauptsächlich ältere Menschen wohnen.«

»Wohnen Sie selbst hier?«

Setterkvist war sofort gekränkt. »Ich wohne in einer Villa außerhalb der Stadt.«

»Sie sagten ›Wohnungen‹?«

»Was hätte ich sonst sagen sollen?«

»Heißt das, Tynnes Falk hatte mehr als eine Wohnung gemietet?«

Setterkvist machte ein Zeichen mit dem Stock, daß er hereinkommen wolle.

Wallander trat zur Seite. »Ich will Sie nur daran erinnern, daß hier eingebrochen worden ist. Es sieht ziemlich wüst aus.«

»Bei mir ist auch schon eingebrochen worden«, entgegnete Setterkvist ungerührt. »Ich weiß, wie so etwas aussieht.«

Wallander lotste ihn in die Küche.

»Herr Falk war ein sehr angenehmer Mieter. Nie mit der Miete im Rückstand. In meinem Alter wundert man sich über nichts mehr. Aber ich muß sagen, daß mich die Beschwerden, die in den letzten Tagen eingingen, erstaunt haben. Deshalb bin ich gekommen.«

»Er hatte also mehr als eine Wohnung«, wiederholte Wallander.

»Ich besitze ein vornehmes altes Haus am Runnerströms Torg«, sagte Setterkvist. »Dort hat Herr Falk eine Dachwohnung gemietet. Er sagte, er brauche sie für seine Arbeit.«

Das kann das Fehlen von Computern erklären, dachte Wallandes. In dieser Wohnung gibt es nicht viel, was auf die Ausübung einer beruflichen Tätigkeit schließen ließe.

»Ich müßte diese Wohnung einmal sehen«, sagte Wallander.

Setterkvist dachte eine Weile nach. Dann zog er den größten Schlüsselbund hervor, das Wallander je gesehen hatte. Aber Setterkvist wußte sofort, welche Schlüssel er suchte. Er machte sie los.

»Sie bekommen natürlich eine Quittung«, sagte Wallander.

Setterkvist schüttelte den Kopf. »Man muß den Menschen vertrauen«, sagte er. »Oder besser gesagt, man muß seinem eigenen Urteil vertrauen können.«

Setterkvist marschierte ab. Wallander rief im Präsidium an und bat um Hilfe bei der Plombierung der Wohnung. Dann ging er auf direktem Weg hinunter zum Runnerströms Torg. Es war fast sieben Uhr. Der Wind war noch immer böig. Wallander fror. Die Jacke, die Martinsson ihm geliehen hatte, war dünn. Er dachte an den Pistolenschuß. Es kam ihm immer noch alles unwirklich vor. Er fragte sich, wie er wohl in einigen Tagen reagieren würde, wenn er eingesehen hatte, wie nah er dem Tod tatsächlich gewesen war.

Das Haus am Runnerströms Torg stammte vom Anfang des zwanzigsten Jahrhunderts und hatte zwei Obergeschosse. Wallandes stellte sich auf die gegenüberliegende Straßenseite und blickte zu den Fenstern im Dachgeschoß hinauf. Ein Mann fuhr auf dem

Fahrrad vorbei. Dann war er allein. Er ging über die Straße und öffnete die Haustür. Aus einer Wohnung klang Musik. Er machte Licht im Treppenhaus. Als er ins Dachgeschoß hinaufkam, sah er nur eine Tür. Eine Sicherheitstür ohne Namensschild und Briefkasten. Wallander horchte. Alles war still. Dann schloß er auf. In der Tür hielt er inne und lauschte ins Dunkel. Einen kurzen Augenblick glaubte er, aus der Wohnung das Atmen eines Menschen zu hören, und machte sich bereit zu fliehen, bevor er begriff, daß es Einbildung war. Er machte Licht und zog die Tür hinter sich zu.

Der Raum war groß. Aber er war fast leer. Es gab nichts außer einem Tisch und einem Stuhl. Auf dem Tisch stand ein großer Computer. Wallander trat an den Tisch. Neben dem Computer lag etwas, was wie eine Zeichnung aussah. Wallander knipste die Tischlampe an.

Nach einem Augenblick begriff er, was er sah.

Die Zeichnung stellte die Transformatorstation dar, in der Sonja Hökberg tot aufgefunden worden war.

16

WALLANDER HIELT DEN ATEM AN.

Er glaubte, nicht richtig hingesehen zu haben. Die Zeichnung stelle etwas anderes dar. Aber dann verschwanden seine Zweifel. Er hatte recht. Vorsichtig legte er das Blatt Papier zurück neben den großen Computer mit seinem dunklen Bildschirm. Er sah, wie sich sein Gesicht im Licht der Lampe spiegelte. Auf dem Tisch stand ein Telefon. Er sollte jemanden anrufen. Martinsson oder Ann-Britt. Und Nyberg. Aber er nahm den Hörer nicht ab. Statt dessen begann er, langsam im Raum umherzugehen. Hier hat Tynnes Falk gesessen und gearbeitet, dachte er. Hinter einer Sicherheitstür, die für denjenigen, der es versuchte, sehr schwer zu bezwingen wäre. Hier hatte er gesessen und als Computerberater gearbeitet. Noch weiß ich nicht, was seine Arbeit beinhaltete. Aber eines Nachts liegt er tot vor einem Geldautomaten. Sein Körper verschwindet aus dem Leichenschauhaus. Und jetzt finde ich die Zeichnung einer Transformatorstation neben seinem Computer.

Einen verwirrenden Augenblick lang glaubte Wallander, eine Erklärung zu ahnen. Aber das Gewimmel von Details war zu groß. Wallander ging im Raum auf und ab. Was ist da? dachte er. Und was fehlt? Ein Computer, ein Stuhl, ein Tisch und eine Lampe. Ein Telefon und eine Zeichnung. Aber keine Regale. Keine Aktenordner, keine Bücher. Nicht einmal ein Bleistift.

Nachdem er eine Runde durch den Raum gemacht hatte, kehrte er zum Schreibtisch zurück, griff nach dem Lampenschirm, drehte ihn nach oben und leuchtete langsam die Wände ab. Das Licht der Lampe war stark, aber er konnte keine Anzeichen für mögliche Verstecke erkennen. Er setzte sich auf den Stuhl. Die Stille um ihn her war massiv. Fenster und Wände waren dick. Durch die Tür drang kein Laut. Wäre Martinsson dagewesen, hätte er ihn gebeten, den Computer zu starten. Martinsson wäre begeistert gewesen. Aber er selbst wagte nicht, daran zu rühren. Von neuem dachte Wallander, daß er Martinsson anrufen sollte. Aber er zögerte noch. Ich muß verstehen, dachte er. Das ist das wichtigste. In kürzerer Zeit, als ich zu hoffen wagte, ist eine Reihe von Ereignissen miteinander verknüpft worden. Das Problem ist nur, daß ich das, was ich sehe, nicht deuten kann.

Inzwischen war es fast acht Uhr geworden. Er entschloß sich endlich, Nyberg anzurufen.

Es half nichts, daß es spät war und Nyberg mehrere Tage fast keinen Schlaf bekommen hatte. Viele würden meinen, daß die Untersuchung des Büros bis zum nächsten Tag warten konnte. Aber nicht Wallander. Sein Gefühl, daß Eile geboten war, wurde immer stärker. Er wählte die Nummer von Nybergs Handy Nyberg hörte zu und enthielt sich jeden Kommentars. Nachdem er sich die Adresse aufgeschrieben hatte, ging Wallander hinunter auf die Straße, um auf ihn zu warten.

Nyberg kam allein in seinem Wagen. Wallander half ihm, die Taschen hinaufzutragen.

»Wonach suche ich hier?« fragte Nyberg, als sie in die Wohnung gekommen waren.

»Fingerabdrücke. Verstecke.«

»Dann rufe ich vorläufig keinen anderen dazu. Wenn die Fotos und die Videoaufnahmen warten können?«

»Das hat Zeit bis morgen.«

Nyberg nickte und zog die Schuhe aus. Aus einer seiner Taschen holte er ein Paar Spezialschuhe aus Plastik. Bis vor einigen Jahren war Nyberg ständig unzufrieden gewesen mit dem Fußschutz, der zur Verfügung stand. Schließlich hatte er selbst ein Modell entworfen und mit einem Hersteller Kontakt aufgenommen. Wallander vermutete, daß er alle Kosten aus eigener Tasche bezahlt hatte.

»Verstehst du dich auf Computer?« fragte Wallander.

»Ich weiß genauso wenig darüber, wie sie eigentlich funktionieren, wie die meisten. Aber starten kann ich ihn natürlich, wenn du willst.«

Wallander schüttelte den Kopf. »Es ist sicherer, wenn Martinsson das macht«, sagte er. »Er verzeiht es mir nie, wenn ich jemand anderen an einen Computer lasse.«

Dann zeigte er Nyberg das Blatt Papier, das auf dem Tisch lag. Nyberg erkannte sofort, was die Zeichnung darstellte. Er sah Wallander fragend an. »Was bedeutet das? Hat Falk das Mädchen getötet?«

»Als sie ermordet wurde, war er selbst schon tot«, antwortete Wallander.

Nyberg nickte. »Ich bin müde«, sagte er. »Ich werfe Tage und Stunden und Ereignisse durcheinander. Jetzt warte ich nur noch auf die Pensionierung.«

Einen Scheiß tust du, dachte Wallander. Du fürchtest sie.

Nyberg holte ein Vergrößerungsglas aus einer seiner Taschen und setzte sich an den Schreibtisch. Einige Minuten lang studierte er die Zeichnung im Detail. Wallander stand schweigend daneben und wartete.

»Das hier ist keine Kopie«, sagte Nyberg schließlich. »Das ist ein Original.«

»Bist du sicher?«

»Nicht ganz. Aber fast.«

»Das würde also bedeuten, daß jemand in einem Archiv sie vermißt?«

»Ich weiß nicht, ob ich es richtig verstanden habe«, sagte Nyberg. »Aber ich habe mich ausführlich mit diesem Monteur Andersson unterhalten. Über die Sicherheit bei den Stromleitungen. Normalerweise sollte es für Außenstehende unmöglich sein, diese Zeichnung zu kopieren. Und noch schwieriger ist es, an ein Original heranzukommen.«

Wallander erkannte die Wichtigkeit von Nybergs Bemerkung. War die Zeichnung aus einem Archiv gestohlen worden, konnten sich neue Spuren ergeben.

Nyberg baute sein Arbeitslicht auf.

Wallander beschloß, ihn nicht zu stören. »Ich fahre ins Präsidium. Wenn du mich brauchst, bin ich da zu erreichen.«

Nyberg antwortete nicht. Er war schon bei der Arbeit.

Als Wallander auf die Straße trat, hatte er es sich anders überlegt. Er würde nicht ins Präsidium fahren. Auf jeden Fall nicht auf direktem Weg. Marianne Falk hatte von einer Frau namens Siv Eriksson gesprochen. Diese müßte wissen, was Tynnes Falk als Computerberater eigentlich gemacht hatte, und sie wohnte ganz in der Nähe. Auf jeden Fall lag ihr Büro dort. Wallander ließ seinen Wagen stehen. Er ging die Långgata in Richtung Zentrum und bog bei der Skansgränd nach rechts ab. Die Stadt war verlassen. Zweimal blieb er stehen und drehte sich um. Aber hinter ihm war niemand. Der böige Wind hatte nicht nachgelassen, und er fror. Während er weiterging, dachte er an den Schuß, der auf ihn abgefeuert worden war, und wie dicht er am Tod vorbeigeschrammt war.

Als er bei dem Haus anlangte, das Marianne Falk ihm beschrieben hatte, sah er sofort das Schild mit der Aufschrift *Sercon*. ›Siv Eriksson Consult‹, dachte er.

Das Büro sollte im Obergeschoß liegen. Er drückte die Taste der Gegensprechanlage und hoffte, daß er Glück hatte. Wenn es nur ihr Büro war, müßte er ihre Wohnadresse herausfinden.

Die Antwort kam unmittelbar. Wallander beugte sich zum Mikrophon vor, sagte, wer er war und was er wollte. Die Frau, die sich gemeldet hatte, schwieg. Dann ertönte der Türsummer. Wallander ging hinein.

Sie stand in der Wohnungstür und wartete, als er die Treppe

heraufkam. Obwohl das Licht vom Flur ihn blendete, erkannte er sie sofort.

Er hatte sie am Abend zuvor getroffen, als er seinen Vortrag gehalten hatte. Er hatte ihr auch die Hand gegeben, sich aber ihren Namen nicht gemerkt. Gleichzeitig dachte er, wie sonderbar es war, daß sie selbst sich nicht bei der Polizei gemeldet hatte. Sie mußte doch gewußt haben, daß Tynnes Falk tot war.

Einen Augenblick wurde er unsicher. Vielleicht wußte sie von nichts? Vielleicht stand er hier und war gezwungen, eine Todesnachricht zu überbringen?

»Es tut mir leid, daß ich störe«, sagte er.

Sie ließ ihn in den Flur. Es roch nach brennendem Holz. Jetzt sah er sie deutlich. Sie war in den Vierzigern, hatte halblanges dunkles Haar und markante Gesichtszüge. Am Abend zuvor war er viel zu nervös gewesen, um auf ihr Aussehen zu achten. Die Frau, die er jetzt vor sich hatte, machte ihn verlegen. Und das kam nur vor, wenn er eine Frau anziehend fand.

»Ich will Ihnen erklären, warum ich hier bin«, begann er.

»Ich weiß schon, daß Tynnes tot ist. Marianne hat mich angerufen.«

Wallander hatte das Gefühl, daß sie traurig war. Er selbst war erleichtert. In all seinen Jahren als Polizeibeamter hatte er sich nie daran gewöhnen können, Todesnachrichten zu überbringen.

»Als Kollegen müssen Sie einander nahegestanden haben«, sagte er.

»Ja und nein. Wir standen uns nahe. Sehr nahe. Aber nur in Bezug auf die Arbeit.«

Wallander fragte sich, ob die Nähe vielleicht doch in etwas mehr bestanden hatte. Ein Anflug von Eifersucht durchfuhr ihn.

»Ich nehme an, es ist wichtig, wenn die Polizei mich am Abend besucht«, sagte sie und reichte ihm einen Kleiderbügel. Er folgte ihr in ein geschmackvoll eingerichtetes Wohnzimmer. Im offenen Kamin brannte ein Feuer. Wallander hatte das Gefühl, daß die Möbel und Bilder wertvoll waren.

»Kann ich Ihnen etwas anbieten?«

Whisky, dachte Wallander. Den könnte ich jetzt brauchen.

»Danke, aber das ist nicht nötig«, sagte er.

Er setzte sich an die Ecke eines dunkelblauen Sofas. Sie wählte einen Sessel ihm gegenüber. Sie hatte schöne Beine. Er merkte plötzlich, daß sie seinen Blick auffing.

»Ich komme aus Tynnes Falks Büro«, sagte er. »Außer einem Computer war dort nichts.«

»Tynnes war ein Asket. Er wollte nichts um sich haben, wenn er arbeitete.«

»Eigentlich bin ich deswegen gekommen. Um zu fragen, was er tat. Oder was Sie taten.«

»Wir haben ab und zu zusammengearbeitet. Aber nicht regelmäßig.«

»Lassen Sie uns damit anfangen, was er tat, wenn er allein arbeitete.«

Wallander bereute, Martinsson nicht angerufen zu haben. Es bestand das Risiko, daß er Antworten bekam, die er nicht verstand. Noch war es nicht zu spät, ihn hinzuzuholen. Aber zum drittenmal an diesem Abend unterließ es Wallander, ihn anzurufen.

»Ich verstehe nicht viel von Computern«, sagte Wallander. »Deshalb müssen Sie sich sehr einfach ausdrücken.«

Sie betrachtete ihn lächelnd. »Das erstaunt mich allerdings«, sagte sie. »Gestern abend, als ich Ihren Vortrag hörte, bekam ich den Eindruck, daß Computer inzwischen die besten Helfer der Polizei sind.«

»Das gilt nicht für mich. Noch immer müssen einige von uns ihre Zeit damit verbringen, mit Menschen zu reden. Nicht nur in Registern nachzuschlagen. Oder E-Mails hin und her zu schikken.«

Sie stand auf, ging zum Kamin und schürte das Feuer. Wallander betrachtete sie. Als sie sich umdrehte, schaute er schnell auf seine Hände.

»Was wollen Sie wissen? Und warum wollen Sie es wissen?«

Wallander beantwortete die zweite Frage zuerst. »Wir sind nicht mehr sicher, daß Tynnes Falk eines natürlichen Todes starb. Auch wenn die Ärzte ursprünglich von einem Herzinfarkt ausgegangen sind.«

»Einem Herzinfarkt?«

Ihr Erstaunen wirkte vollkommen echt. Wallander dachte sogleich an den Arzt, der ihn besucht hatte, um die Todesursache richtigzustellen.

»Es hört sich sonderbar an, daß es das Herz gewesen sein soll. Tynnes war sehr gut trainiert.«

»Das habe ich schon mehrmals gehört. Und unter anderem deshalb haben wir angefangen, das Ganze zu untersuchen. Die Frage bleibt nur, woran er gestorben sein kann, wenn wir eine akute Erkrankung ausschließen. Eine Form von Gewaltanwendung liegt natürlich nahe. Oder ein Unglücksfall. Möglicherweise ist er gestolpert und so heftig mit dem Kopf aufgeschlagen, daß er daran starb.«

Sie schüttelte ungläubig den Kopf. »Tynnes hätte nie jemanden an sich herankommen lassen.«

»Was meinen Sie damit?«

»Er war immer wachsam. Er sprach häufig davon, daß er sich auf der Straße nicht sicher fühlte. Deshalb war er stets bereit. Und er war sehr schnell. Er beherrschte außerdem eine asiatische Kampfsportart, deren Namen ich vergessen habe.«

»Hat er Ziegelsteine mit der Hand gespalten?«

»So ungefähr.«

»Sie glauben also, daß es ein Unglück war?«

»Davon gehe ich aus.«

Wallander nickte, bevor er fortfuhr. »Es gibt andere Gründe, warum ich gekommen bin. Aber darauf kann ich im Moment nicht näher eingehen.«

Sie hatte ein Glas Rotwein eingeschenkt. Vorsichtig setzte sie es auf der Armlehne ab. »Sie verstehen sicher, daß ich neugierig bin?«

»Ich kann trotzdem nichts sagen.«

Lüge, dachte Wallander. Nichts hindert mich daran, entschieden mehr zu sagen. Ich sitze nur hier und übe eine absurde Form von Macht aus.

Sie unterbrach seine Gedanken. »Was wollen Sie wissen?«

»Was machte er?«

»Er war ein genialer Systemprogrammierer.«

Wallander hob die Hand. »Hier ist schon Stop. Was besagt das?«

»Er entwickelte Computerprogramme für verschiedene Unternehmen. Oder verbesserte schon vorhandene Programme und machte sie kompatibel. Wenn ich sage, daß er genial war, dann meine ich das auch so. Er bekam Anfragen aus Asien und den USA, dabei ging es um Aufträge auf höchstem Niveau. Aber er hat immer abgelehnt. Obwohl er sehr viel Geld hätte verdienen können.«

»Warum hat er abgelehnt?«

Sie sah plötzlich bedrückt aus. »Ich weiß es wirklich nicht.«

»Aber Sie haben darüber gesprochen?«

»Er erzählte von den Angeboten, die er bekam. Und welche Summen ihm geboten wurden. Wenn ich es gewesen wäre, ich hätte sofort ja gesagt. Aber er nicht.«

»Sagte er, warum?«

»Er wollte nicht. Er fand, daß er es nicht nötig hätte.«

»Er hatte also reichlich Geld?«

»Das glaube ich eigentlich nicht. Manchmal mußte er sich Geld von mir leihen.«

Wallander zog die Stirn kraus. Er ahnte, daß sie sich etwas Bedeutungsvollem näherten. »Hat er mehr erzählt?«

»Nein. Er fand, daß er es nicht nötig hätte. Das war alles. Wenn ich weiterfragte, blockte er ab. Er konnte manchmal heftig werden. Er bestimmte die Grenzen. Nicht ich.«

Was hatte er statt dessen? dachte Wallander. Was steckte hinter den Ablehnungen?

»Was gab den Ausschlag, wenn Sie Aufträge gemeinsam ausführten?«

Ihre Antwort verblüffte ihn. »Der Grad von Langeweile.«

»Das verstehe ich nicht.«

»Es gibt immer Teile eines Arbeitsprojekts, die langweilig sind. Tynnes konnte sehr ungeduldig sein. Er ließ mich die langweiligen Teile machen. Dann konnte er sich den Dingen widmen, die schwierig und spannend waren. Am liebsten etwas Neuem. Das sich noch niemand vor ihm ausgedacht hatte.«

»Und damit waren Sie zufrieden?«

»Man muß seine Grenzen kennen. Für mich war es nicht so langweilig. Ich hatte nicht seine Fähigkeiten.«

»Wie haben Sie sich kennengelernt?«

»Bis zu meinem dreißigsten Lebensjahr war ich Hausfrau. Dann ließ ich mich scheiden und machte eine Ausbildung. Tynnes hielt einmal einen Vortrag. Er faszinierte mich. Ich fragte ihn, ob er mich brauchen könnte. Zuerst sagte er nein. Aber ein Jahr später rief er mich an. Unsere erste Arbeit betraf das Sicherheitssystem einer Bank.«

»Was besagt das?«

»Heute werden Gelder mit schwindelerregendem Tempo hin und her bewegt. Zwischen Personen und Unternehmen, Banken und verschiedenen Ländern. Es gibt immer Menschen, die versuchen, in diese Systeme einzudringen. Die einzige Möglichkeit, sich dagegen zu wehren, ist, ihnen ständig einen Schritt voraus zu sein. Es ist ein Duell, das nie endet.«

»Das hört sich ausgesprochen hochkarätig an.«

»Das ist es auch.«

»Gleichzeitig muß ich zugeben, daß es sich seltsam anhört. Daß ein Computerberater in Ystad ganz für sich derart komplizierte Aufgaben bewältigt.«

»Einer der großen Vorteile der neuen Technologie ist es, daß man sich im Mittelpunkt der Welt befindet, wo man auch lebt. Tynnes hat mit Unternehmen, Komponentenherstellern und anderen Programmierern in der ganzen Welt konferiert.«

»Von seinem Büro hier in Ystad?«

»Ja.«

Wallander war unsicher, wie er weiter vorgehen sollte. Ob er wirklich verstanden hatte, worin Tynnes Falks Arbeit bestand? Aber es war sinnlos, weiter in die Welt der Computerelektronik einzudringen, ohne daß Martinsson dabei war. Sie sollten im übrigen so schnell wie möglich Kontakt mit der Computerabteilung des Reichskriminalamts aufnehmen.

Wallander beschloß, das Thema zu wechseln. »Hatte er Feinde?«

Er beobachtete ihr Gesicht, als er die Frage stellte. Aber er konnte nichts anderes entdecken als Verwunderung.

»Meines Wissens nicht.«

»Haben Sie in der letzten Zeit etwas Auffälliges an ihm bemerkt?«

Sie überlegte. »Er war wie immer.«

»Und wie war er immer?«

»Launisch. Und er arbeitete viel.«

»Wo trafen Sie sich?«

»Hier. Nie in seinem Büro.«

»Warum nicht?«

»Wenn ich ehrlich sein soll, glaube ich, daß er eine Bazillenphobie hatte. Außerdem fand er es unerträglich, wenn jemand seinen Fußboden schmutzig machte. Ich glaube, er hatte eine Putzmanie.«

»Ich bekomme den Eindruck, daß Tynnes Falk ein ziemlich komplizierter Mensch war.«

»Nicht, wenn man sich an ihn gewöhnt hatte. Er war, wie Männer eben sind.«

»Und wie sind Männer eben?«

Sie lächelte. »Ist das eine private Frage, oder hat sie mit Tynnes zu tun?«

»Ich stelle keine privaten Fragen.«

Sie durchschaut mich, dachte Wallander. Aber was soll's.

»Männer können kindisch und eitel sein. Auch wenn sie energisch das Gegenteil behaupten.«

»Das hört sich sehr allgemein an.«

»Aber ich meine, was ich sage.«

»Und so war Tynnes Falk?«

»Ja. Aber nicht nur. Er konnte auch großzügig sein. Er bezahlte mir mehr, als er hätte bezahlen müssen. Aber aus seiner Stimmung konnte man nie klug werden.«

»Er war verheiratet und hatte Kinder.«

»Über seine Familie haben wir nie gesprochen. Es dauerte bestimmt ein Jahr, bevor ich mitbekam, daß er überhaupt verheiratet war und zwei Kinder hatte.«

»Hatte er andere Interessen neben seiner Arbeit?«

»Keine, von denen ich wüßte.«

»Keine?«

»Nein.«

»Aber er muß doch Freunde gehabt haben.«

»Mit denen, die er hatte, kommunizierte er via Internet. In den vier Jahren, die wir uns kannten, hat er keine einzige Ansichtskarte bekommen.«

»Wie können Sie das wissen, wenn Sie ihn nie besuchten?«

Sie deutete mit den Händen einen Applaus an. »Das ist eine gute Frage. Seine Post ging an mich. Das Problem war nur, daß nie etwas kam.«

»Überhaupt nichts?«

»Das können Sie wortwörtlich nehmen. In all den Jahren kam kein einziger Brief für ihn. Keine Rechnung. Nichts.«

Wallander runzelte die Stirn. »Das zu verstehen fällt mir schwer. Die Post ging an Sie. Aber in den ganzen Jahren kommt nichts?«

»Dann und wann mal eine an Tynnes adressierte Werbesendung. Aber das war auch alles.«

»Er muß also noch eine andere Postanschrift gehabt haben.«

»Vermutlich. Aber die kenne ich nicht.«

Wallander dachte an Falks zwei Wohnungen. Am Runnerströms Torg war nichts gewesen. Aber er konnte sich auch nicht erinnern, in der Apelbergsgata Post gesehen zu haben.

»Das müssen wir untersuchen«, sagte Wallander. »Er macht unbestreitbar einen geheimnisvollen Eindruck.«

»Manche Menschen bekommen vielleicht nicht gern Post. Während andere es lieben, wenn der Briefkasten klappert.«

Wallander wußte plötzlich nichts mehr zu fragen. Tynnes Falk war ihm ein Rätsel. Ich gehe zu schnell vor, dachte er. Zuerst müssen wir sehen, was wir in seinem Computer finden. Wenn er ein richtiges Leben hatte, finden wir es da.

Sie füllte ihr Weinglas nach und fragte, ob er seine Meinung geändert habe. Er schüttelte den Kopf.

»Sie haben gesagt, Sie hätten sich nahegestanden. Aber wenn ich Sie richtig verstanden habe, stand er eigentlich niemandem nahe. Sprach er wirklich nie von seiner Frau und seinen Kindern?«

»Nein.«

»Was sagte er, wenn er es doch einmal tat?«

»Dann waren es plötzliche Bemerkungen. Während wir mit einer Arbeit beschäftigt waren, konnte er sagen, daß seine Tochter Geburtstag hatte. Ihn weiter zu fragen war sinnlos. Dann blockte er ab.«

»Haben Sie je seine Wohnung besucht?«

»Nie.«

Die Antwort kam schnell und bestimmt. Etwas zu schnell. Und

etwas zu bestimmt, dachte Wallander. Die Frage ist, ob nicht trotz allem ein bißchen mehr war zwischen Tynnes Falk und seiner Assistentin.

Es war neun Uhr geworden. Die Glut im Kamin sackte langsam in sich zusammen. »Ich nehme an, daß in den letzten Tagen auch keine Post für ihn gekommen ist?«

»Nichts.«

»Was ist geschehen, Ihrer Meinung nach?«

»Ich weiß es nicht. Ich habe geglaubt, Tynnes Falk würde ein alter Mann werden. Den Ehrgeiz hatte er auf jeden Fall. Es muß ein Unglück gewesen sein.«

»Kann er eine Krankheit gehabt haben, von der Sie nichts wußten?«

»Natürlich. Aber es fällt mir schwer, das zu glauben.«

Wallander überlegte, ob er ihr erzählen sollte, daß Falks Leiche verschwunden war. Doch er entschied sich, es bis auf weiteres für sich zu behalten. Statt dessen griff er einen anderen Punkt auf. »In seinem Büro lag die Zeichnung einer Transformatorstation. Kennen Sie die?«

»Ich weiß nicht einmal richtig, was das ist.«

»Eine der Anlagen von Sydkraft außerhalb von Ystad.«

Sie dachte nach. »Ich weiß, daß er eine Reihe von Aufträgen für Sydkraft ausgeführt hat«, sagte sie dann. »Aber damit hatte ich nie zu tun.«

Wallander kam eine Idee. »Ich möchte Sie bitten, eine Liste anzufertigen«, sagte er, »von den Projekten, bei denen Sie zusammengearbeitet haben. Und von denen, die er allein bearbeitet hat.«

»Seit wann?«

»Das letzte Jahr. Fangen Sie damit an.«

»Tynnes kann natürlich Aufträge gehabt haben, von denen ich nichts wußte.«

»Ich spreche mit seinem Steuerberater«, sagte Wallander. »Er muß seinen Auftraggebern ja Rechnungen ausgestellt haben. Aber die Liste von Ihnen hätte ich trotzdem gern.«

»Jetzt?«

»Es reicht, wenn Sie es morgen machen.«

Sie stand auf und stocherte in der Glut. Im Kopf versuchte Wallander in aller Eile, eine Kontaktannonce zu formulieren, die Siv Eriksson dazu bringen würde zu antworten. Sie kehrte zu Ihrem Sessel zurück. »Sind Sie hungrig?«

»Nein. Ich werde gleich gehen.«

»Es kommt mir nicht so vor, als hätte ich Ihnen sehr geholfen.«

»Ich weiß jetzt jedenfalls mehr über Tynnes Falk als vorher. Polizeiarbeit erfordert Geduld.«

Dann dachte er, daß er jetzt besser gehen sollte. Er hatte keine Fragen mehr und stand auf. »Ich lasse wieder von mir hören«, sagte er. »Aber ich wäre dankbar, wenn ich die Liste morgen bekommen könnte. Sie können Sie mir ins Polizeipräsidium faxen.«

»Geht es auch per E-Mail?«

»Sicher. Ich weiß nur nicht, wie das funktioniert oder welche Adresse das Polizeipräsidium hat.«

»Das finde ich heraus.«

Sie begleitete ihn in den Flur. Wallander zog seine Jacke an.

»Hat Tynnes Falk je mit Ihnen über Nerze gesprochen?« fragte er.

»Warum um alles in der Welt hätte er das tun sollen?«

»Ich dachte nur.«

Sie öffnete die Wohnungstür. Wallander hatte das dringende Bedürfnis, noch zu bleiben.

»Ihr Vortrag war gut«, sagte sie. »Aber Sie waren sehr nervös.«

»Das kann vorkommen, wenn man allein so vielen Frauen ausgeliefert ist«, erwiderte Wallander.

Sie verabschiedeten sich. Wallander ging hinunter. Als er die Haustür öffnete, piepte sein Handy.

Es war Nyberg. »Wo bist du?«

»In der Nähe. Wieso?«

»Ich glaube, es ist am besten, wenn du herkommst.«

Nyberg beendete das Gespräch. Wallanders Herz begann schneller zu schlagen. Nyberg rief nur an, wenn es wichtig war.

Es mußte etwas passiert sein.

17

WALLANDER BRAUCHTE WENIGER ALS FÜNF MINUTEN, um zu dem Haus am Runnerströms Torg zurückzukehren. Als er im Dachgeschoß anlangte, stand Nyberg im Treppenhaus vor der Tür und rauchte. Da erkannte Wallander, wie müde Nyberg war. Er rauchte nur dann, wenn er so hart gearbeitet hatte, daß er vor Erschöpfung fast zusammenbrach. Wallander wußte noch, wann es das letztemal vorgekommen war. Es war ein paar Jahre her, während der schwierigen Ermittlung, die mit der Festnahme von Stefan Fredman geendet hatte. Nyberg hatte auf einem Steg irgendwo an einem Binnensee gestanden, aus dem sie gerade eine Leiche herausgezogen hatten. Plötzlich war er der Länge nach vornüber gefallen. Wallander hatte geglaubt, Nyberg habe einen Herzinfarkt erlitten. Doch nach ein paar Sekunden hatte er die Augen aufgeschlagen und um eine Zigarette gebeten, die er unter Schweigen geraucht hatte. Danach hatte er die Untersuchung des Fundplatzes wortlos zu Ende geführt.

Nyberg drückte die Zigarette mit dem Fuß aus und nickte Wallander zu, mit hineinzukommen. »Ich habe damit angefangen, mir die Wände anzusehen«, sagte Nyberg. »Etwas stimmte da nicht. Das ist manchmal so bei alten Häusern. Daß Ausbauten gemacht worden sind, die den ursprünglichen Plan des Architekten durchkreuzen. Ich habe jedenfalls nachgemessen. Und habe dies hier entdeckt.«

Nyberg führte Wallander zu einer der Schmalseiten. Dort war eine Einbuchtung, als habe sich hier ein Ofengang befunden.

»Ich habe es rundum abgeklopft«, fuhr Nyberg fort. »Es klang hohl. Dann fand ich das hier.«

Nyberg zeigte auf die Fußbodenleiste. Wallander ging in die Hocke. Sie war mit einem kaum sichtbaren Stoß geteilt. Es war auch ein Spalt in der Wand zu erkennen, der mit Klebeband verdeckt und übermalt worden war.

»Hast du nachgesehen, was dahinter ist?«

»Ich wollte auf dich warten.«

Wallander nickte. Nyberg zog vorsichtig das Klebeband ab. Eine niedrige Tür kam zum Vorschein, etwa anderthalb Meter hoch. Dann trat Nyberg zur Seite. Wallander schob die Tür auf. Sie bewegte sich lautlos. Nyberg leuchtete mit einer Taschenlampe über seine Schulter.

Der verborgene Raum war größer, als Wallander ihn sich vorgestellt hatte. Er fragte sich, ob Setterkvist davon wußte. Er nahm Nybergs Taschenlampe und leuchtete hinein. Bald hatte er den Lichtschalter gefunden.

Der Raum war ungefähr acht Quadratmeter groß. Er hatte kein Fenster, aber ein Lüftungsventil. Er war leer, bis auf einen Tisch, der einem Altar glich. Darauf standen zwei Kerzenständer. Das Bild, das hinter den Kerzen an der Wand hing, stellte Tynnes Falk dar. Wallander hatte das Gefühl, als sei das Bild in genau diesem Raum aufgenommen worden. Er bat Nyberg, die Taschenlampe zu halten, während er das Foto eingehend betrachtete. Tynnes Falk starrte in die Kamera. Sein Gesicht war ernst.

»Was hat er da in der Hand?« fragte Nyberg.

Wallander suchte seine Brille hervor und ging noch näher heran.

»Ich weiß nicht, was du meinst«, sagte er, als er sich wieder aufrichtete, »aber für mich sieht es aus wie eine Fernbedienung.«

Sie tauschten die Plätze. Nyberg kam zum gleichen Ergebnis. Tynnes Falk hielt tatsächlich eine normale Fernbedienung in der Hand.

»Frag mich nicht, was das hier darstellen soll«, sagte Wallander. »Ich begreife es ebensowenig wie du.«

»Hat er sich selbst angebetet?« fragte Nyberg ungläubig. »War der Mann verrückt?«

»Ich weiß es nicht«, antwortete Wallander.

Sie wandten sich von dem Altar ab und sahen sich im Raum um. Mehr gab es nicht zu sehen. Nur dieser kleine Altar. Wallander zog ein Paar Plastikhandschuhe über, die Nyberg geholt hatte, dann nahm er vorsichtig das Bild ab und schaute auf die Rückseite. Dort stand nichts.

Er gab Nyberg das Bild. »Sieh es dir genauer an.«

»Vielleicht ist dies Zimmer Teil irgendeines Systems«, meinte Nyberg zögernd. »Wie bei chinesischen Schachteln. Finden wir ein geheimes Zimmer, finden wir vielleicht noch ein zweites.«

Sie suchten den Raum gemeinsam ab. Aber die Wände waren solide. Es gab keine weitere verborgene Tür.

Sie kehrten in den größeren Raum zurück.

»Hast du sonst noch etwas gefunden?« fragte Wallander.

»Nichts. Es sieht aus, als wäre hier kürzlich geputzt worden.«

»Tynnes Falk war ein reinlicher Mann«, sagte Wallander. Er dachte an die Notiz in dem Logbuch und an das, was Siv Eriksson gesagt hatte.

»Ich glaube nicht, daß ich hier heute abend noch viel tun kann«, sagte Nyberg. »Aber wir machen natürlich morgen früh weiter.«

»Dann soll Martinsson herkommen«, sagte Wallander. »Ich will wissen, was auf diesem Computer ist.«

Wallander half Nyberg beim Einpacken.

»Wie zum Teufel kann ein Mensch sich selbst anbeten?« sagte Nyberg entrüstet, als sie fertig waren und gehen wollten.

»Dafür gibt es viele Beispiele«, entgegnete Wallander.

»In ein paar Jahren bleibt mir so was erspart«, sagte Nyberg. »Verrückte, die sich Altäre bauen, auf denen sie ihr eigenes Gesicht anbeten.«

Sie packten die Taschen in Nybergs Wagen. Der Wind hatte Sturmstärke erreicht. Wallander nickte und schaute Nyberg nach, als er davonfuhr. Es war fast halb elf. Er war hungrig. Aber der Gedanke, nach Hause zu fahren und Essen zu machen, widerstrebte ihm. Er stieg in seinen Wagen und fuhr zu einer Grillstube an der Straße nach Malmö, die geöffnet hatte. Ein paar Jungen schepperten an einem Spielautomaten. Wallander hätte sie am liebsten gebeten, leise zu sein. Verstohlen warf er einen Blick auf die Titelseiten der Zeitungen. Nichts über ihn. Aber er wagte nicht, die Blätter aufzuschlagen. Er wollte nichts sehen. Bestimmt stand da etwas. Vielleicht hatte der Fotograf mehr als das eine Bild gemacht. Oder Eva Perssons Mutter hatte sich mit neuen Lügen zu Wort gemeldet.

Er nahm seine Würstchen mit Kartoffelmus mit ins Auto. Beim ersten Bissen kleckerte er Senf auf Martinssons Jacke. Sein spontaner Impuls war, die Wagentür aufzustoßen und alles hinauszuwerfen. Aber er beruhigte sich wieder.

Nachdem er gegessen hatte, konnte er sich nicht entscheiden, ob er nach Hause oder ins Präsidium fahren sollte. Er brauchte Schlaf. Aber die Unruhe ließ ihn nicht los. Er fuhr zum Präsidium. Der Eßraum war leer. Der Kaffeeautomat war repariert worden. Aber jemand hatte einen wütenden Hinweis geschrieben, daß man nicht zu hart an den Hebeln ziehen dürfe.

Was für Hebel? dachte Wallander ergeben. Ich tue nichts anderes, als meine Tasse unter den Hahn zu stellen und auf einen Knopf zu drücken. Ich habe noch nie Hebel gesehen. Er nahm seinen Kaffee mit. Der Flur war verlassen. Wie viele einsame Abende er wohl in all den Jahren in seinem Büro verbracht hatte.

Einmal, als er noch mit Mona verheiratet und Linda noch klein war, war Mona eines Abends außer sich vor Wut heraufgekommen und hatte gesagt, jetzt müsse er sich zwischen seiner Arbeit und seiner Familie entscheiden. Damals war er sofort mit ihr nach Hause gegangen. Aber oft hatte er sich geweigert.

Er nahm Martinssons Jacke mit auf die Toilette und versuchte, sie zu säubern, aber vergebens. Dann kehrte er in sein Zimmer zurück und zog einen Block heran. Während der folgenden halben Stunde schrieb er aus der Erinnerung nieder, was er mit Siv Eriksson gesprochen hatte. Als er fertig war, gähnte er ausgiebig. Es war halb zwölf. Er sollte nach Hause fahren. Wenn er durchhalten wollte, mußte er schlafen. Aber er zwang sich, das Geschriebene noch einmal durchzulesen. Er wunderte sich über Tynnes Falks merkwürdige Persönlichkeit. Über den geheimen Raum mit dem Altar, auf dem sein Foto wie ein Götzenbild aufgestellt war. Die Tatsache, daß niemand wußte, wo er seine Post bekam. Eine Aussage von Siv Eriksson hatte sich ihm besonders eingeprägt.

Tynnes Falk habe keins der lockenden Angebote, die er bekommen hatte, angenommen. Weil er es nicht nötig hatte.

Wallander schaute zur Uhr. Zwanzig vor zwölf. Es war zu spät, um anzurufen. Aber sein Gefühl sagte ihm, daß Marianne Falk noch nicht zu Bett gegangen war. Er blätterte in seinen Papieren, bis er ihre Telefonnummer gefunden hatte. Nach dem fünften Klingeln war er bereit zu akzeptieren, daß sie schlief. Im gleichen Augenblick meldete sie sich. Er nannte seinen Namen und entschuldigte sich, weil er so spät noch anrief.

»Ich gehe nie vor eins ins Bett«, sagte Marianne Falk. »Aber es kommt natürlich selten vor, daß jemand gegen Mitternacht hier anruft.«

»Ich habe eine Frage«, sagte Wallander. »Hat Tynnes Falk ein Testament aufgesetzt?«

»Nicht, soweit ich weiß.«

»Kann es sein, daß ein Testament existiert, ohne daß Sie davon wissen?«

»Natürlich. Aber ich glaube es nicht.«

»Warum nicht?«

»Als wir uns trennten, haben wir eine für mich sehr vorteilhafte Regelung getroffen. Ich empfand es beinah wie einen Vorschuß auf ein Erbe, auf das ich nie einen Anspruch haben würde. Unsere Kinder beerben ihn ja automatisch.«

»Das war es, wonach ich fragen wollte.«

»Ist seine Leiche gefunden worden?«

»Noch nicht.«

»Und der Mann, der geschossen hat?«

»Der auch nicht. Das Problem ist, daß wir keine Personenbeschreibung haben. Wir wissen nicht einmal, ob es wirklich ein Mann war. Auch wenn Sie und ich das glauben.«

»Es tut mir leid, daß ich keine bessere Antwort geben konnte.«

»Wir werden natürlich trotzdem untersuchen, ob ein Testament existiert.«

»Ich habe sehr viel Geld bekommen«, sagte sie plötzlich. »Viele Millionen. Und die Kinder rechnen damit, daß für sie noch eine ganze Menge übrig ist.«

»Tynnes war also reich?«

»Es war eine totale Überraschung, daß er mir so viel geben konnte, als wir uns scheiden ließen.«

»Wie erklärte er sein großes Vermögen?«

»Er sagte, er habe ein paar lukrative Aufträge in den USA gehabt. Aber das stimmte natürlich nicht.«

»Warum nicht?«

»Er war nie in den USA.«

»Woher wissen Sie das?«

»Ich habe einmal seinen Paß gesehen. Es war kein Visum drin. Keine Stempel.«

Er kann auch so Geschäfte mit den USA gemacht haben, dachte Wallander. Erik Hökberg sitzt in seiner Wohnung und verdient Geld in fernen Ländern. Das gleiche muß für Tynnes Falk gegolten haben.

Wallander entschuldigte sich noch einmal und beendete das Gespräch. Er gähnte. Es war zwei Minuten vor Mitternacht. Er zog die Jacke an und löschte das Licht.

Als er in die Anmeldung kam, steckte einer der Polizisten von der Nachtschicht den Kopf aus der Zentrale. »Ich glaube, ich habe hier was für dich«, sagte er.

Wallander schloß fest die Augen und hoffte, daß nichts passiert war, was ihn die Nacht über wachhalten würde. Er trat an die Tür. Der Polizist reichte ihm einen Telefonhörer.

»Da hat anscheinend jemand eine Leiche gefunden«, sagte er.

Nicht noch eine, dachte Wallander. Das gibt uns den Rest. Nicht jetzt.

Er nahm den Hörer entgegen. »Hier Wallander. Was ist denn passiert?«

Der Mann am anderen Ende war sehr aufgeregt. Er schrie. Wallander hielt den Hörer ein Stück vom Ohr weg. »Sprechen Sie langsam«, sagte er. »Ruhig und langsam. Sonst können wir nichts machen.«

»Ich heiße Nils Jönsson. Hier liegt ein toter Mann auf der Straße.«

»Wo denn?«

»In Ystad. Ich bin über ihn gestolpert. Er ist nackt und er ist tot. Es sieht gräßlich aus. So was muß ich mir nicht bieten lassen. Ich habe ein schwaches Herz.«

»Langsam, langsam und ruhig«, wiederholte Wallander. »Sie sagen, es liegt ein toter nackter Mann auf der Straße?«

»Hören Sie nicht, was ich sage?«

»Doch, ich höre. Welche Straße?«

»Verflucht, was weiß ich, wie der Parkplatz heißt.«

Wallander schüttelte den Kopf. »Reden Sie von einem Parkplatz? Also keine Straße?«

»Es ist wohl beides.«

»Und wo?«

»Ich bin nur auf der Durchreise von Trelleborg. Ich will nach Kristianstad. Ich wollte tanken, und da lag er hier.«

»Sind Sie an einer Tankstelle? Von wo rufen Sie an?«

»Ich sitze im Wagen.«

Wallander hatte schon gehofft, der Mann sei betrunken. Daß alles pure Einbildung sei. Aber die Erregung des Mannes war echt.

»Was sehen Sie von Ihrem Wagen aus?«

»Ein Kaufhaus.«

»Hat es einen Namen?«

»Das kann ich nicht sehen. Aber ich bin bei der Ausfahrt abgefahren.«

»Welcher Ausfahrt?«

»Nach Ystad natürlich.«

»Von Trelleborg kommend?«

»Nein, von Malmö. Ich bin die große Straße gefahren.«

Ein Gedanke hatte sich aus Wallanders Unterbewußtem gelöst und stieg langsam an die Oberfläche. Aber noch fiel es ihm schwer zu glauben, daß es wahr sein konnte.

»Sehen Sie von Ihrem Wagen aus einen Geldautomaten?«

»Da liegt er. Auf dem Asphalt.«

Wallander hielt den Atem an. Als der Mann weitersprach, reichte er dem Polizisten, der neugierig zugehört hatte, den Hörer.

»Es ist die gleiche Stelle, an der wir Tynnes Falk gefunden haben. Fragt sich jetzt nur, ob wir ihn zum zweitenmal gefunden haben.«

»Große Besetzung also?«

Wallander schüttelte den Kopf. »Weck Martinsson auf. Und Nyberg. Der schläft wahrscheinlich noch nicht. Wie viele Wagen haben wir im Moment draußen?«

»Zwei. Einer ist in Hedeskoga, da muß ein Familienstreit geschlichtet werden. Eine Geburtstagsfeier, die ausgeufert ist.«

»Und der zweite?«

»In der Stadt.«

»Die sollen so schnell wie möglich zum Parkplatz am Missunnaväg fahren. Ich komme mit meinem Wagen hin.«

Wallander verließ das Präsidium. Er fror in der dünnen Jacke. Während der Fahrt, die nur einige Minuten dauerte, fragte er sich, was ihn wohl erwartete. Aber im Innersten war er sicher: Es war

Tynnes Falk, der an den Ort zurückgekehrt war, an dem sie ihn tot gefunden hatten.

Wallander und der hinzugerufene Streifenwagen kamen fast gleichzeitig an. Ein Mann sprang aus einem roten Volvo und fuchtelte mit den Armen. Nils Jönsson aus Trelleborg. Unterwegs nach Kristianstad. Wallander stieg aus. Der Mann kam ihm rufend und gestikulierend entgegen. Wallander roch seinen schlechten Atem. »Warten Sie hier«, fuhr er ihn an.

Dann ging er zu dem Automaten.

Der Mann auf dem Asphalt war nackt. Und es war Tynnes Falk. Er lag auf dem Bauch, die Hände unter der Brust. Sein Kopf war nach links gedreht. Wallander wies die Polizisten an, den Platz abzusperren und Nils Jönssons Aussage aufzunehmen. Selbst war er nicht dazu in der Lage. Nils Jönsson würde sowieso nichts Wichtiges sagen können. Wer immer die Leiche hergebracht hatte, hatte bestimmt einen Moment abgepaßt, in dem er unbeobachtet war. Aber die Kaufhäuser wurden von Nachtwachen kontrolliert. Beim erstenmal hatte ein Wachmann Tynnes Falk entdeckt.

Wallander hatte noch nie etwas Vergleichbares erlebt. Ein Todesfall, der sich wiederholte. Eine Leiche, die zurückkehrte.

Er begriff nichts. Langsam ging er um den Körper herum, als rechne er damit, Tynnes Falk würde plötzlich aufstehen.

Eigentlich liegt da ein Götzenbild, dachte er.

Du hast dich selbst angebetet. Und Siv Eriksson zufolge hast du vorgehabt, ein sehr alter Mann zu werden. Aber du hast nicht einmal so lange gelebt wie ich.

Nyberg kam in seinem Wagen. Lange starrte er auf den Körper. Dann sah er Wallander an.

»War der nicht tot? Aber wie ist er dann hierher zurückgekommen? Will er hier vor dem Geldautomaten begraben werden?«

Wallander antwortete nicht. Er wußte nichts zu sagen. Gleichzeitig sah er Martinsson hinter einem der Polizeiwagen bremsen. Er ging ihm entgegen.

Martinsson stieg aus, im Trainingsanzug. Mißbilligend blickte er auf den Flecken auf der Jacke, die Wallander trug. Aber er sagte nichts.

»Was ist denn los?«

»Tynnes Falk ist zurückgekehrt.«

»Soll das ein Witz sein?«

»In der Regel meine ich, was ich sage. Tynnes Falk liegt genau da, wo er gestorben ist.«

Sie gingen hinüber zu dem Geldautomaten. Nyberg telefonierte. Er weckte einen seiner Techniker. Wallander fragte sich finster, ob er Nyberg wieder vor Erschöpfung in Ohnmacht fallen sehen würde.

»Eins ist wichtig«, sagte Wallander. »Versuch dich daran zu erinnern, ob er beim erstenmal, als ihr ihn gefunden habt, genauso lag.«

Martinsson nickte und ging langsam um den Körper herum. Wallander wußte, daß er ein gutes Erinnerungsvermögen hatte. Aber Martinsson schüttelte den Kopf. »Er lag näher am Automaten. Und das eine Bein war angewinkelt.«

»Bist du sicher?«

»Ja.«

Wallander überlegte. »Eigentlich brauchen wir nicht auf einen Arzt zu warten«, sagte er nach einer Weile. »Der Mann wurde vor knapp einer Woche für tot erklärt. Ich denke, wir können den Körper umdrehen, ohne daß man uns eines Dienstvergehens bezichtigt.«

Martinsson wirkte unsicher. Aber Wallander war entschlossen. Er sah keine Veranlassung zu warten. Als Nyberg ein paar Bilder gemacht hatte, drehte er den Körper um. Martinsson zuckte zurück. Wallander brauchte ein paar Sekunden, um zu entdecken, warum. An jeder Hand fehlte ein Finger. Der Zeigefinger der rechten und der Mittelfinger der linken Hand fehlten. Wallander stand auf.

»Was sind das für Leute, mit denen wir es hier zu tun haben?« stöhnte Martinsson. »Leichenfledderer?«

»Ich weiß es nicht. Aber natürlich hat das etwas zu bedeuten. Ebenso wie die Tatsache, daß jemand sich die Mühe macht, die Leiche zu rauben. Und sie dann hierhin zurückzulegen.«

Martinsson war bleich. Wallander nahm ihn beiseite. »Wir brauchen den Wachmann, der ihn beim erstenmal gefunden hat«, sagte er. »Wir müssen auch deren Zeitplan haben. Wann kommen sie hier vorbei? Dann können wir den Zeitpunkt bestimmen, an dem er hier gelandet ist.«

»Wer hat ihn diesmal gefunden?«

»Ein Mann namens Nils Jönsson aus Trelleborg.«

»Wollte er Geld abheben?«

»Er behauptet, er habe tanken wollen. Außerdem hat er ein schwaches Herz.«

»Es wäre gut, wenn er nicht jetzt und hier stürbe«, sagte Martinsson. »Ich glaube, das ertrüge ich nicht.«

Wallander ging zu dem Polizisten, der Nils Jönssons Aussage zu Protokoll genommen hatte. Wie von Wallander vorhergesehen, hatte Jönsson nichts beobachtet.

»Was sollen wir mit ihm machen?«

»Schick ihn weg. Wir brauchen ihn nicht mehr.«

Wallander sah, wie Nils Jönsson mit einem Kavaliersstart verschwand. Er fragte sich geistesabwesend, ob der Mann jemals in Kristianstad ankommen oder ob sein Herz unterwegs stehenbleiben würde.

Martinsson hatte mit der Wachgesellschaft gesprochen. »Um elf ist jemand hiergewesen«, sagte er.

Inzwischen war es halb eins. Wallander erinnerte sich, daß der Anruf von Nils Jönsson um Mitternacht eingegangen war. Der Mann hatte angegeben, daß es ungefähr Viertel vor zwölf gewesen sei, als er die Leiche entdeckt habe. Das konnte stimmen.

»Die Leiche hat höchstens eine Stunde hier gelegen«, sagte Wallander. »Und ich habe das bestimmte Gefühl, daß diejenigen, die ihn hierhin gelegt haben, wußten, wann die Wachmänner vorbeikommen.«

»›Die‹?«

»Einer allein bestimmt nicht«, sagte Wallander. »Davon bin ich überzeugt.«

»Wie schätzt du die Möglichkeit ein, Zeugen zu finden?«

»Gering. Hier wohnt niemand, der etwas durch ein Fenster gesehen haben könnte. Und wer hält sich so spät abends schon hier auf?«

»Leute, die ihre Hunde ausführen.«

»Vielleicht.«

»Ihnen kann ein Wagen aufgefallen sein. Etwas Ungewöhnliches. Hundebesitzer sind Gewohnheitsmenschen, die gern Tag für Tag zur gleichen Zeit die gleiche Runde drehen. Die merken sich, wenn sie etwas sehen, was aus dem Rahmen fällt.«

Wallander stimmte zu. Es war einen Versuch wert.

»Wir schicken morgen abend jemand hierher«, sagte er. »Der vorbeikommende Hundebesitzer fragt. Oder Jogger.«

»Hansson liebt Hunde«, sagte Martinsson.

Ich auch, dachte Wallander. Aber ich bin trotzdem froh, wenn ich morgen abend nicht hier raus muß.

Ein Wagen bremste vor der Absperrung. Ein junger Mann in einem Trainingsanzug, der Martinssons glich, stieg aus. Wallander fragte sich, ob er bald von einer Fußballmannschaft umgeben wäre.

»Der Wachmann«, sagte Martinsson. »Von Sonntag nacht. Er hat heute frei.«

Er ging zu ihm, um mit ihm zu reden. Wallander kehrte zu der Leiche zurück.

»Jemand hat ihm zwei Finger abgeschnitten«, sagte Nyberg. »Es wird immer schlimmer.«

Wallander nickte. »Ich weiß, daß du kein Arzt bist. Aber hast du geschnitten gesagt?«

»Es sind glatte Schnittflächen. Natürlich kann es auch eine kräftige Zange gewesen sein. Das muß die Ärztin entscheiden. Sie ist unterwegs.«

»Susann Bexell?«

»Ich weiß nicht.«

Sie kam nach einer halben Stunde. Und es war Doktor Bexell. Wallander erklärte ihr die Situation. Gleichzeitig traf der Hundeführer ein, um nach den Fingern zu suchen.

»Ich weiß eigentlich nicht, was ich hier soll«, sagte die Ärztin, als Wallander geendet hatte. »Wenn er tot ist, ist er tot.«

»Ich möchte, daß du dir seine Hände ansiehst. Es sind zwei Finger abgeschnitten worden.«

Nyberg hatte wieder angefangen zu rauchen. Wallander wunderte sich darüber, daß er selbst sich nicht müder fühlte. Der Hund hatte mit seinem Führer zu suchen begonnen. Wallander erinnerte sich vage an einen anderen Hund, der einmal einen schwarzen Finger gefunden hatte. Wie lange war das her? Es konnten fünf Jahre sein, aber genausogut zehn.

Die Ärztin arbeitete schnell. »Ich glaube, jemand hat sie mit einer Zange abgekniffen«, sagte sie. »Aber ob es hier oder woanders war, kann ich nicht sagen.«

»Hier ist es nicht gewesen«, sagte Nyberg mit Nachdruck.

Keiner widersprach ihm. Aber es fragte auch keiner, wie er seiner Sache so sicher sein könne.

Die Ärztin war fertig mit ihrer Arbeit. Inzwischen war der Leichenwagen eingetroffen. Die Leiche konnte abtransportiert werden.

»Ich möchte nicht, daß er noch einmal abhanden kommt«, sagte Wallander. »Es wäre gut, wenn man den Mann jetzt begraben könnte.«

Die Ärztin und der Leichenwagen verschwanden. Der Hund hatte auch aufgegeben.

»Zwei Finger hätte er gefunden«, sagte der Hundeführer. »Die läßt er sich nicht entgehen.«

»Ich glaube trotzdem, wir sollten morgen dieses ganze Gelände gründlich absuchen«, sagte Wallander und dachte an Sonja Hökbergs Handtasche. »Der sie abgekniffen hat, kann sie ein Stück weit weggeworfen haben. Damit wir es nicht so leicht haben.«

Es war Viertel vor zwei. Der Wachmann war nach Hause gefahren.

»Er war meiner Meinung«, sagte Martinsson. »Der Körper lag anders.«

»Das kann mindestens zweierlei bedeuten«, sagte Wallander. »Entweder haben sie sich gar nicht darum bemüht, den Körper so hinzulegen wie beim erstenmal. Oder sie wußten ganz einfach nicht, wie er gelegen hatte.«

»Aber warum? Warum sollte der Körper hierher zurück?«

»Frag mich nicht. Und jetzt macht es wirklich keinen Sinn mehr, hierzubleiben. Wir müssen schlafen.«

Nyberg packte zum zweitenmal an diesem Abend seine Taschen. Die Stelle sollte bis zum nächsten Tag abgesperrt bleiben.

»Wir sehen uns morgen früh um acht«, sagte Wallander.

Dann trennten sie sich.

Wallander fuhr nach Hause und machte sich Tee. Er trank eine halbe Tasse und ging dann ins Bett. Der Rücken und die Beine taten ihm weh. Die Straßenlampe schaukelte vor seinem Fenster.

Kurz vor dem Wegsacken riß es ihn noch einmal an die Oberfläche. Zuerst wußte er nicht, was seine Aufmerksamkeit geweckt hatte. Er lauschte. Dann merkte er, daß es aus seinem Inneren kam.

Es war etwas mit den abgeschnittenen Fingern.

Er setzte sich im Bett auf. Es war zwanzig Minuten nach zwei.

Ich will es jetzt wissen, dachte er. Ich kann nicht bis morgen warten.

Er stand auf und ging in die Küche. Das Telefonbuch lag auf dem Tisch.

Nach weniger als einer Minute hatte er die Nummer gefunden, die er suchte.

18

SIV ERIKSSON SCHLIEF.

Erst beim elften Klingeln meldete sie sich.

»Hier ist Kurt Wallander.«

»Wer?«

»Ich war heute abend bei Ihnen.«

Sie schien langsam wach zu werden.

»Oh, die Polizei. Wieviel Uhr ist es?«

»Halb drei. Ich hätte nicht angerufen, wenn es nicht wichtig wäre.«

»Ist etwas passiert?«

»Wir haben die Leiche gefunden.«

Es raschelte im Hörer. Er stellte sich vor, daß sie sich im Bett aufsetzte. »Noch einmal.«

»Wir haben Tynnes Falks Leiche gefunden.«

Im gleichen Augenblick wurde Wallander klar, daß sie gar nichts vom Verschwinden der Leiche wußte. Vor Müdigkeit hatte er vergessen, daß er ihr bei seinem Besuch nichts davon gesagt hatte.

Jetzt berichtete er. Und sie hörte zu, ohne ihn zu unterbrechen.

»Und das soll ich glauben?« fragte sie, als er geendet hatte.

»Ich gebe zu, daß es sich absurd anhört. Aber jedes Wort ist wahr.«

»Wer tut so etwas? Und warum?«

»Das würden wir auch gern wissen.«

»Und Sie haben den Körper an der gleichen Stelle gefunden, an der er gestorben ist?«

»Ja.«

»Herrgott!«

Er hörte sie atmen. »Aber wie kann er dort gelandet sein?«

»Das wissen wir noch nicht. Aber ich rufe an, weil ich Sie etwas fragen muß.«

»Haben Sie vor, herzukommen?«

»Das Telefongespräch reicht aus.«

»Was wollen Sie wissen? Schlafen Sie eigentlich nie?«

»Manchmal ist es ein wenig hektisch. Die Frage, die ich Ihnen stellen will, wirkt vielleicht ein bißchen sonderbar.«

»Ich finde, Sie wirken überhaupt sonderbar. Genauso sonderbar wie das, was Sie erzählen. Wenn Sie erlauben, daß ich ehrlich bin, so mitten in der Nacht.«

Wallander kam aus dem Konzept. »Ich glaube, ich verstehe nicht ganz, was Sie meinen.«

Sie lachte laut. »Sie brauchen es nicht so ernst zu nehmen. Aber ich finde Menschen sonderbar, die etwas zu trinken ablehnen, obwohl man ihnen von weitem ansieht, wie durstig sie sind. Genauso sonderbar, wie wenn sie etwas zu essen ablehnen, obwohl man ihnen von weitem ansieht, wie hungrig sie sind.«

»Ich war tatsächlich weder hungrig noch durstig. Falls Sie mich meinen.«

»Wen denn sonst?«

Wallander fragte sich, warum er nicht einfach ehrlich sein konnte. Wovor hatte er eigentlich Angst? Er bezweifelte auch, daß sie ihm glaubte.

»Sind Sie jetzt gekränkt?«

»Ganz und gar nicht«, erwiderte er. »Aber kann ich jetzt meine Frage stellen?«

»Ich bin ganz Ohr.«

»Können Sie beschreiben, wie es aussah, wenn Tynnes Falk auf der Tastatur seines Computers schrieb?«

»Ist das Ihre Frage?«

»Ja. Und ich hätte gern eine Antwort.«

»Es sah ziemlich normal aus, glaube ich.«

»Menschen schreiben unterschiedlich. Polizisten stellt man gern dar, wie sie mit dem Ein-Finger-Suchsystem eine alte Schreibmaschine traktieren.«

»Jetzt verstehe ich, was Sie meinen.«

»Hat er alle Finger benutzt?«

»Das tun sehr wenige, wenn sie an Computern arbeiten.«

»Er benutzte also nur bestimmte Finger?«

»Ja.«

Wallander hielt den Atem an. Jetzt mußte sich zeigen, ob er recht hatte oder nicht.

»Welche Finger hat er benutzt?«

»Lassen Sie mich nachdenken.«

Wallander wartete gespannt.

»Er schrieb mit den Zeigefingern«, sagte sie.

Wallander merkte, wie die Enttäuschung sich einstellte. »Sind Sie ganz sicher?«

»Eigentlich nicht.«

»Es ist wichtig.«

»Ich versuche, ihn mir vorzustellen.«

»Lassen Sie sich Zeit.«

Jetzt war sie wach. Er war sicher, daß sie sich Mühe gab.

»Ich rufe gleich zurück«, sagte sie. »Etwas macht mich unsicher. Ich glaube, es geht leichter, wenn ich mich an meinen eigenen Computer setze. Das hilft vielleicht meiner Erinnerung auf die Sprünge.«

Wallander gab ihr seine Privatnummer.

Dann setzte er sich an den Küchentisch und wartete. Er hatte brummende Kopfschmerzen. Am nächsten Abend würde er früh ins Bett gehen und eine ganze Nacht lang schlafen, dachte er, was auch geschähe. Wie es Nyberg wohl ging. Schlief er, oder lag er wach und wälzte sich hin und her?

Zehn Minuten später rief sie zurück. Wallander zuckte zusammen, als es klingelte. Er fürchtete, es könnte ein Journalist sein. Aber es war zu früh. Vor halb fünf am Morgen riefen die nicht an.

Er nahm den Hörer auf. Sie kam direkt zur Sache. »Rechter Zeigefinger und linker Mittelfinger.«

»Sind Sie sicher?«

»Ja. Es ist sehr ungewöhnlich, daß man so auf einer Tastatur tippt. Aber er hat so geschrieben.«

»Gut«, sagte Wallander. »Das ist wichtig. Es hat mich in einer Vermutung bestärkt.«

»Sie werden sicher verstehen, daß ich nun wirklich neugierig bin.«

Wallander überlegte, ob er ihr von den abgeschnittenen Fingern erzählen sollte. Aber er ließ es bleiben.

»Ich kann leider nicht mehr sagen. Jedenfalls im Augenblick nicht. Später vielleicht.«

»Was ist eigentlich passiert?«

»Das versuchen wir herauszufinden«, sagte Wallander. »Vergessen Sie nicht die Liste, um die ich Sie gebeten habe. Gute Nacht.«

»Gute Nacht.«

Wallander stand auf und trat ans Fenster. Die Temperatur war etwas gestiegen. Plus sieben Grad. Der Wind noch immer böig. Außerdem hatte ein Nieselregen eingesetzt. Es war vier Minuten vor drei. Wallander ging ins Bett. Die abgeschnittenen Finger tanzten lange vor seinen Augen, bevor es ihm gelang einzuschlafen.

*

Der Mann, der im Schatten am Runnerströms Torg wartete, zählte langsam seine Atemzüge. Als Kind schon hatte er gelernt, daß Atmen und Geduld zusammenhingen. Ein Mensch mußte wissen, wann Warten wichtiger war als alles andere.

Seinen Atemzügen zu lauschen war auch eine gute Methode, die eigene Unruhe zu kontrollieren. Viel zu viele ungeplante Ereignisse waren eingetreten. Er wußte, daß man sich nicht gegen alles absichern konnte. Aber daß Tynnes Falk gestorben war, bedeutete einen schweren Verlust. Jetzt waren sie dabei, die Situation neu zu organisieren. Bald würden sie alles wieder unter Kontrolle haben. Die Zeit wurde allmählich knapp. Doch wenn nicht noch etwas

Unvorhergesehenes eintrat, würden sie ihren Zeitplan einhalten können.

Er dachte an den Mann, der weit weg in der tropischen Dunkelheit saß. Der alles in der Hand hatte. Den er nie getroffen hatte. Aber den er respektierte und fürchtete.

Es durfte nichts schiefgehen.

Das würde der Mann nie hinnehmen.

Aber es konnte nichts schiefgehen. Keiner würde in den Computer eindringen können, der das eigentliche Gehirn war. Seine Besorgnis war unbegründet. Ein Mangel an Selbstkontrolle.

Es war ein Fehler gewesen, daß er den Polizeibeamten, der in Falks Wohnung hinaufgegangen war, nicht tödlich getroffen hatte. Doch das gefährdete die Sicherheit nicht. Vermutlich wußte der Mann sowieso nichts. Obwohl sie nicht sicher sein konnten.

Falk hatte es selbst gesagt: Nichts ist jemals vollkommen sicher. Jetzt war er tot. Sein Tod hatte ihm recht gegeben. Nichts war wirklich hundertprozentig sicher.

Sie mußten vorsichtig sein. Der Mann, der jetzt allein alle Entscheidungen treffen mußte, hatte ihm geraten abzuwarten. Es würde unnötiges Aufsehen erregen, wenn der Polizist noch einmal angegriffen und dabei getötet würde. Es gab auch keinen Grund anzunehmen, daß die Polizisten die geringste Ahnung davon hatten, was eigentlich vorging.

Er hatte das Haus in der Apelbergsgata beobachtet. Als der Polizist das Haus verlassen hatte, war er ihm zum Runnerströms Torg gefolgt. Es war, wie er erwartet hatte. Sie hatten das geheime Büro entdeckt. Später war noch jemand gekommen. Ein Mann, der Taschen hineingetragen hatte. Der Polizeibeamte hatte danach das Haus verlassen und war nach einer Stunde zurückgekehrt. Vor Mitternacht hatten beide Falks Büro endgültig verlassen.

Er hatte weiter gewartet und geduldig seinen Atemzügen gelauscht. Jetzt war es drei Uhr in der Nacht, und die Straße wirkte verlassen. Der kühle Wind ließ ihn frösteln. Es war unwahrscheinlich, daß jetzt noch jemand kommen würde. Vorsichtig trat er aus dem Schatten und überquerte die Straße. Er schloß die Haustür auf und stieg mit lautlosen Schritten die Treppen bis zum Dachgeschoß hinauf. Er trug Handschuhe, als er aufschloß. Er ging hinein, knipste die Taschenlampe an und leuchtete die Wände ab. Sie hatten die Tür zu dem hinteren Raum gefunden. Das hatte er erwartet. Ohne genau zu wissen warum, hatte er Respekt vor dem Polizisten, den er in der Wohnung getroffen hatte. Er hatte sehr schnell reagiert, obwohl er nicht mehr jung war. Auch das war etwas, was er schon früh gelernt hatte. Einen Gegner zu unterschätzen war eine genauso schwere Sünde wie die Habgier.

Er richtete den Strahl der Taschenlampe auf den Computer. Dann startete er ihn. Der Bildschirm leuchtete auf. Er suchte nach einem Menü, aus dem er ersehen konnte, wann der Computer zuletzt gelaufen war. Es war sechs Tage her. Also hatte die Polizei ihn nicht einmal gestartet.

Dennoch war es zu früh, sich in Sicherheit zu wiegen. Es konnte eine Frage der Zeit sein. Oder vielleicht wollten sie einen Spezialisten zu Rate ziehen. Seine Unruhe kehrte zurück. Aber er war überzeugt davon, daß sie die Codes nie würden knacken können. Und wenn sie tausend Jahre daran säßen. Es sei denn, einer der Polizisten verfügte über eine extrem gute Intuition. Oder einen Scharfsinn, der alles übertraf. Aber das war unwahrscheinlich. Besonders weil sie nicht wußten, wonach sie suchen mußten. Nicht einmal in ihren wildesten Phantasien würden sie sich vorstellen können, welche Kräfte in diesem Computer gesammelt waren und nur darauf warteten, freigesetzt zu werden.

Er verließ die Wohnung ebenso leise, wie er gekommen war.

Dann war er wieder in den Schatten verschwunden.

*

Wallander erwachte mit dem Gefühl, verschlafen zu haben. Aber die Uhr zeigte fünf nach sechs. Er hatte drei Stunden geschlafen. Er ließ sich aufs Kissen zurückfallen. Er hatte Kopfschmerzen vor Schlafmangel. Noch zehn Minuten, dachte er. Oder sieben. Gerade jetzt schaffe ich es nicht aufzustehen.

Doch dann sprang er sofort aus dem Bett und taumelte ins Badezimmer. Seine Augen waren blutunterlaufen. Er stellte sich unter die Dusche und lehnte sich schwer wie ein Pferd an die Wand. Langsam kehrten die Lebensgeister zurück.

Um fünf vor sieben bremste er auf dem Parkplatz vor dem Präsidium. Der Nieselregen hielt an. Hansson war an diesem Morgen ungewöhnlich früh gekommen. Er stand in der Anmeldung und blätterte in einer Zeitung. Und er trug einen Anzug mit Schlips. Normalerweise präsentierte er sich in ausgebeulten Kordhosen und ungebügelten Hemden.

»Hast du Geburtstag?« fragte Wallander verwundert.

Hansson schüttelte den Kopf. »Ich habe mich zufällig dieser Tage im Spiegel gesehen. Es war kein schöner Anblick. Ich dachte, ich könnte versuchen, mich zu bessern. Wir werden sehen, wie lange es anhält. Außerdem ist ja heute Samstag.«

Sie gingen gemeinsam zum Eßraum, um den obligatorischen Kaffee zu holen. Wallander erzählte von den nächtlichen Ereignissen.

»Das klingt ja total verrückt«, meinte Hansson. »Warum um Himmels willen legt man einen Toten zurück auf die Straße?«

»Dafür, daß wir das herausfinden, bekommen wir unser Gehalt«, sagte Wallander. »Du sollst übrigens heute abend auf Hundesuche gehen.«

»Was meinst du damit?«

»Eigentlich war es Martinssons Idee. Jemandem, der mit seinem Hund draußen war, ist vielleicht am Missunnaväg etwas aufgefallen. Und da meinten wir, du könntest dich dahin stellen und eventuelle Hundebesitzer ansprechen.«

»Warum gerade ich?«

»Du magst doch Hunde. Oder nicht?«

»Ich habe heute abend schon was vor. Es ist Samstag, nur so nebenbei.«

»Du schaffst beides. Es reicht, wenn du kurz vor elf da bist.«

Hansson nickte.

Wallander hatte seinen Kollegen zwar nie besonders gern gemocht, aber an seiner Bereitschaft, sich zur Verfügung zu stellen, wenn Not am Mann war, fand er nichts auszusetzen.

»Um acht im Sitzungszimmer«, sagte er. »Wir müssen das Ganze bereden. Gründlich.«

»Ich finde, wir tun nichts anderes. Aber wir kommen trotzdem nicht von der Stelle.«

Wallander setzte sich an seinen Schreibtisch. Doch nach einer Weile schob er den Block von sich. Er wußte nicht mehr, was er schreiben sollte. Er konnte sich nicht daran erinnern, jemals so desorientiert und konzeptlos vor einer Ermittlung gestanden zu haben. Sie hatten einen toten Taxifahrer und eine ebenso tote Mörderin. Sie hatten einen Mann vor einem Geldautomaten, dessen Leiche verschwunden war, um anschließend vor demselben Geldautomaten wieder aufzutauchen. Mit zwei fehlenden Fingern, und zwar denen, die er benutzt hatte, wenn er an seinem Computer tippte. Sie hatten außerdem einen gravierenden Stromausfall in Schonen und eine sonderbare Verknüpfung all dieser Todesfälle und Vorkommnisse. Dazu kam, daß jemand auf Wallander geschossen hatte. Es wäre eine Illusion zu glauben, es hätte sich um einen ungezielten Schreckschuß gehandelt. Er hatte sterben sollen.

Nichts daran ist plausibel, dachte Wallander. Ich weiß nicht, wo der Anfang ist und wo das Ende. Am wenigsten weiß ich, warum diese Menschen gestorben sind. Irgendwo muß es doch ein Motiv geben.

Er stand auf und trat mit dem Kaffeebecher in der Hand ans Fenster.

Was würde Rydberg tun? Hätte er einen Rat? Wie würde er vorgehen? Oder wäre er ebenso verwirrt wie ich?

Ausnahmsweise erhielt er keine Antwort. Rydberg schwieg.

Es wurde halb acht. Wallander mußte die Sitzung der Ermittlungsgruppe vorbereiten. Trotz allem war er derjenige, der die Dinge vorantreiben mußte. Um die Geschehnisse von einem neuen Blickwinkel aus zu sehen, ließ er sie in Gedanken rückwärts ablaufen. Welche Ereignisse waren zentral? Welche konnten als Anhängsel betrachtet werden? Es war, als konstruiere man ein Planetensystem, in dem verschiedene Planeten in unterschiedlichen Umlaufbahnen um einen Kern kreisten. Aber er fand diesen Kern nicht. Da war nur ein großes, schwarzes Loch.

Irgendwo existiert immer eine Hauptperson, dachte er. Nicht alle Rollen sind gleich wichtig. Einige von denen, die gestorben sind, haben eine kleinere Rolle gespielt. Aber wer ist eigentlich wer? Und in welchem Stück?

Er war wieder beim Ausgangspunkt angelangt. Das einzige, was ganz sicher schien, war die Tatsache, daß der Mordversuch an ihm selbst nicht im Zentrum stand. Ebensowenig hielt er es für denkbar, daß der Mord an dem Taxifahrer den Ausgangspunkt für die übrigen Ereignisse bildete.

Blieb nur Tynnes Falk. Zwischen ihm und Sonja Hökberg hatte es eine Verbindung gegeben. Ein fehlendes Relais und die Zeichnung einer Transformatorstation. Daran mußten sie sich halten. Das Verbindungsglied war brüchig. Aber dennoch existierte es.

Er blieb noch ein paar Minuten sitzen. Auf dem Flur hörte er Ann-Britt lachen. Das war lange nicht vorgekommen. Er sammelte seine Zettel und Mappen zusammen und ging zum Sitzungszimmer.

Sie verbrachten fast drei Stunden an diesem Samstagvormittag mit der Lagebesprechung. Langsam verschwand die müde und graue Stimmung um den Tisch.

Gegen halb neun kam Nyberg herein. Wortlos setzte er sich an die untere Schmalseite. Wallander sah ihn an. Nyberg schüttelte den Kopf. Er hatte nichts zu sagen, was nicht warten konnte.

Sie versuchten, auf verschiedenen Wegen weiterzukommen. In verschiedenen Richtungen. Aber der Boden gab jedesmal unter ihnen nach.

»Ist es jemand, der falsche Fährten legt?« sagte Ann-Britt, als sie eine Pause machten, um sich die Beine zu vertreten und Luft zu schnappen. »Vielleicht ist im Grunde genommen alles ganz einfach? Wenn wir erst einmal das Motiv haben.«

»Was für ein Motiv?« fragte Martinsson. »Wer einen Taxifahrer beraubt, kann kaum dasselbe Motiv haben wie jemand, der ein Mädchen verschmoren läßt und halb Schonen verdunkelt. Außerdem wissen wir nicht einmal, ob dieser Falk wirklich erschlagen wurde. Mein Tip ist immer noch, daß er eines natürlichen Todes gestorben ist. Oder daß es ein Unfall war.«

»Eigentlich wäre es einfacher, wenn er ermordet worden wäre«, sagte Wallander. »Dann könnten wir sicher sein, daß dies hier wirklich eine zusammenhängende Kette von Verbrechen ist.«

Sie hatten das Fenster geschlossen und sich wieder gesetzt.

»Am schwerwiegendsten ist aber doch, daß jemand auf dich geschossen hat«, sagte Ann-Britt. »Trotz allem ist ein Einbrecher nur äußerst selten bereit, jemanden zu töten, der ihm über den Weg läuft.«

»Ich weiß nicht, ob es schwerwiegender ist als etwas anderes«, wandte Wallander ein. »Aber es ist auf jeden Fall ein Indiz dafür, daß die Menschen, die dahinterstecken, keinerlei Rücksichten kennen. Was immer sie erreichen wollen.«

Sie drehten und wendeten das Material noch eine Weile. Wallander sagte nicht viel. Aber er hörte aufmerksam zu. Es war schon häufig vorgekommen, daß eine widerspenstige Ermittlung sich plötzlich durch ein paar hingeworfene Worte, einen Nebensatz oder einen zufälligen Kommentar um ihre eigene Achse gedreht hatte. Sie suchten Eingänge und Ausgänge, und vor allem nach einem Zentrum. Einem Kern, den sie dort einsetzen konnten, wo jetzt nur ein großes schwarzes Loch war. Es war mühsam und anstrengend, ein einziger langer und immer länger werdender Berghang.

Die letzte Stunde verbrachten sie damit, ihre Merklisten durchzukämmen und die anstehenden Aufgaben nach ihrer Dringlichkeit zu ordnen.

Kurz vor elf sah Wallander ein, daß sie jetzt kaum noch weiterkommen würden. »Die Sache wird sich hinziehen«, sagte er. »Möglicherweise müssen wir mehr Personal anfordern. Ich spreche auf jeden Fall mit Lisa darüber. Aber es macht nicht viel Sinn, jetzt noch länger hier zu sitzen. Obwohl keiner von uns sich das Wochenende freinehmen kann. Wir müssen weiterstrampeln.«

Hansson verschwand, um mit dem Staatsanwalt zu sprechen, der einen Lagebericht angefordert hatte. Schon vorher hatte Wallander Martinsson während einer Pause gebeten, nach der Sitzung mit in Falks Wohnung am Runnerströms Torg zu kommen. Martinsson ging in sein Zimmer, um zuerst zu Hause anzurufen. Nyberg saß am Tischende und raufte sich die Haare. Dann erhob er sich und verließ den Raum ohne ein Wort. Nur Ann-Britt war noch da. Wallander sah, daß sie unter vier Augen mit ihm sprechen wollte. Er schob die Tür zu.

»Ich habe über eine Sache nachgedacht«, begann sie. »Dieser Mann, der geschossen hat.«

»Was ist mit dem?«

»Er hat dich gesehen. Und er schoß, ohne zu zögern.«

»Daran will ich lieber gar nicht denken.«

»Vielleicht solltest du das aber.«

Wallander betrachtete sie gespannt. »Wie soll ich das verstehen?«

»Ich denke nur, daß du vielleicht ein bißchen vorsichtig sein solltest. Es kann natürlich sein, daß er überrascht wurde. Aber man kann wohl nicht ganz ausschließen, daß er glaubt, du wüßtest etwas. Und es noch einmal versucht.«

Wallander war erstaunt darüber, daß der Gedanke ihm selbst noch nicht gekommen war. Er bekam sofort Angst.

»Nicht daß ich dir Angst einjagen will«, fügte sie hinzu, »aber sagen muß ich es ja.«

Er nickte. »Ich werde daran denken. Fragt sich nur, was es ist, das ich seiner Ansicht nach wissen könnte.«

»Vielleicht hat er sogar recht. Und du hast etwas gesehen, ohne dir dessen bewußt zu sein.«

Wallander war ein anderer Gedanke gekommen. »Wir sollten die Apelbergsgata und Runnerströms Torg überwachen lassen. Keine Streifenwagen, sehr diskret. Nur sicherheitshalber.«

Sie war seiner Meinung und ging, um die Überwachung zu veranlassen. Wallander blieb mit seiner Angst allein. Er dachte an Linda. Dann zuckte er mit den Schultern und ging zur Anmeldung hinunter, um auf Martinsson zu warten.

Um kurz vor halb zwölf betraten sie die Wohnung am Runnerströms Torg. Martinsson wollte sich sofort an den Computer setzen, doch Wallander zeigte ihm zunächst den hinteren Raum mit dem Altar.

»Der Cyberspace verwirrt den Menschen den Verstand«, sagte Martinsson kopfschüttelnd. »Diese ganze befestigte Wohnung verursacht mir Übelkeit.«

Wallander erwiderte nichts. Er dachte darüber nach, woran Martinssons Bemerkung über den Cyberspace ihn erinnerte. Etwas, was Tynnes Falk in seinem Logbuch über den *Weltraum* geschrieben hatte.

Den Weltraum, der geschwiegen hatte. Keine Botschaft von den Freunden.

Was ist das für eine Botschaft? dachte Wallander. Ich gäbe im Moment viel darum, es zu wissen.

Martinsson hatte seine Jacke ausgezogen und sich vor den Computer gesetzt. Wallander stand schräg hinter ihm.

»Hier sind ein paar äußerst raffinierte Programme drauf«, sagte Martinsson, nachdem er ihn gestartet hatte. »Und vermutlich ist dieser Rechner ungeheuer schnell. Ich bin nicht sicher, ob ich damit zurechtkomme.«

»Versuch es auf jeden Fall. Wenn es nicht geht, müssen wir die Computerexperten des Reichskrim hinzuziehen.«

Martinsson antwortete nicht. Er betrachtete den Computer schweigend. Dann stand er auf und untersuchte die Rückseite. Wallander schaute ihm zu. Martinsson setzte sich wieder an den Computer. Eine große Anzahl von Symbolen wirbelte auf dem Bildschirm vorbei. Schließlich blieb ein Sternenhimmel stehen.

»Er scheint an einen Server angeschlossen zu sein, bei dem man automatisch landet, wenn man ihn einschaltet.«

Wieder der Weltraum, dachte Wallander. Tynnes Falk war auf jeden Fall konsequent.

»Soll ich dir erklären, was ich tue?« fragte Martinsson.

»Ich begreife es trotzdem nicht.«

Martinsson gab den Befehl für das Öffnen der Festplatte ein. Eine Reihe kodierter Dateibezeichnungen tauchte auf. Wallander setzte seine Brille auf und beugte sich über Martinssons Schulter. Aber er sah nur Zahlenreihen und Buchstabenkombinationen. Martinsson markierte die oberste in der linken Spalte und versuchte, sie zu öffnen. Er drückte auf die Eingabetaste. Dann zuckte er zusammen.

»Was ist los?«

Martinsson zeigte auf den rechten Rand des Bildschirms. Ein kleiner Lichtpunkt hatte angefangen zu blinken.

»Ich bin mir nicht ganz sicher«, sagte Martinsson langsam. »Aber ich glaube, daß jemand bemerkt hat, daß wir versuchen, eine Datei zu öffnen, ohne dazu befugt zu sein.«

»Wie kann das denn sein?«

»Dieser Rechner ist mit anderen Rechnern vernetzt.«

»Und deshalb kann jetzt jemand sehen, daß wir versuchen, diesen hier in Gang zu bringen?«

»Ungefähr so.«

»Und wo befindet sich dieser Jemand?«

»Wo du willst«, sagte Martinsson. »Er kann auf einer einsamen Farm in Kalifornien sitzen. Oder auf einer Insel vor der Küste Australiens. Aber er kann sich auch in der Wohnung direkt unter uns befinden.«

Wallander schüttelte ungläubig den Kopf. »Das begreife, wer will.«

»Computer und Internet bewirken, daß du dich mitten in der Welt befindest, wo du auch bist.«

»Wirst du ihn öffnen können?«

Martinsson begann, mit verschiedenen Befehlen zu arbeiten. Wallander wartete. Nach ungefähr zehn Minuten schob Martinsson seinen Stuhl zurück.

»Alles gesperrt«, erklärte er. »Jeder Zugang ist mit komplizierten Codes gesichert. Und die wiederum haben weitere Sicherheitssysteme hinter sich.«

»Das heißt also, du gibst auf?«

Martinsson lächelte. »Noch nicht«, erwiderte er. »Noch nicht richtig.«

Er machte sich wieder über die Tastatur her. Aber im nächsten Moment gab er einen Ausruf des Erstaunens von sich.

»Was ist jetzt?« wollte Wallander wissen.

Martinsson blickte gespannt auf den Bildschirm.

»Ich bin nicht ganz sicher. Aber ich glaube, jemand hat erst vor ein paar Stunden an diesem Computer gesessen.«

»Woran kannst du das sehen?«

»Ich glaube, es hat wenig Sinn, wenn ich versuche, das zu erklären.«

»Bist du sicher?«

»Noch nicht ganz.«

Wallander wartete, während Martinsson weiterarbeitete. Nach zehn Minuten stand er auf. »Ich hatte recht«, sagte er. »Gestern war jemand an diesem Computer. Oder letzte Nacht.«

»Sicher?«

»Ja.«

Sie sahen sich an.

»Das bedeutet also, daß noch jemand außer Falk Zugang zu diesem Rechner hat.«

»Außerdem dürfte es niemand sein, der unbefugt eingedrungen ist.«

Wallander nickte schweigend.

»Wie sollen wir das deuten?« fragte Martinsson.

»Ich weiß nicht«, erwiderte Wallander. »Es ist noch zu früh.«

Martinsson setzte sich wieder an den Computer.

Um halb fünf machten sie eine Pause. Martinsson lud Wallander zu sich zum Abendessen ein. Kurz vor sieben waren sie wieder zurück. Wallander sah ein, daß seine Anwesenheit gänzlich unnötig war. Aber anderseits wollte er Martinsson nicht allein lassen.

Erst als es zehn Uhr geworden war, gab Martinsson auf. »Ich komme nicht durch« sagte er. »Solche Sicherheitssysteme habe ich mein Lebtag noch nicht gesehen. Hier liegen tausende Kilometer an elektronischem Stacheldraht. Firewalls, die man nicht überwinden kann.«

»Dann wissen wir das«, sagte Wallander. »Dann müssen wir uns ans Reichskrim wenden.«

»Vielleicht auch nicht«, sagte Martinsson zögernd.

»Haben wir denn eine Alternative?«

»Wir haben allerdings eine«, sagte Martinsson. »Einen jungen Mann namens Robert Modin. Er wohnt in Löderup. Nicht weit von dem Haus entfernt, in dem dein Vater gelebt hat.«

»Wer ist das?«

»Ein ganz normaler junger Mann von neunzehn Jahren. Soweit ich weiß, ist er vor ein paar Wochen aus dem Gefängnis entlassen worden.«

Wallander sah Martinsson skeptisch an. »Warum sollte der eine Alternative sein?«

»Weil er es vor ein, zwei Jahren geschafft hat, in den Zentralrechner des Pentagons einzudringen. Er gilt als einer der geschicktesten Hacker in Europa.«

Wallander zögerte. Gleichzeitig lockte ihn Martinssons Idee. Er brauchte keine lange Bedenkzeit. »Hol ihn her«, sagte er. »In der Zwischenzeit sehe ich nach, was Hansson und seine Hunde machen.«

Martinsson fuhr in seinem Wagen nach Löderup.

Wallander schaute sich in der nächtlich dunklen Straße um. Ein Wagen stand ein paar Häuser weit entfernt. Er hob die Hand zu einem Gruß.

Dann fiel ihm ein, was Ann-Britt gesagt hatte. Daß er vorsichtig sein sollte.

Noch einmal blickte er sich um. Dann ging er hinauf zum Missunnaväg.

Der Nieselregen hatte aufgehört.

19

HANSSON hatte seinen Wagen vor dem Finanzamt geparkt.

Wallander sah den Kollegen schon von weitem. Er stand unter einer Straßenlaterne und las Zeitung. Unverkennbar ein Polizist, dachte Wallander. Niemand braucht daran zu zweifeln, daß er einen Auftrag ausführt, auch wenn nicht klar ist, was er genau tut. Aber er ist zu dünn gekleidet. Abgesehen von der goldenen Regel, nach getaner Arbeit am Abend lebend nach Hause zu kommen, gibt es für einen Polizisten nichts Wichtigeres, als sich warm anzuziehen, wenn er einen Fahndungsauftrag im Freien ausführt.

Hansson schien in seine Zeitung versunken. Er bemerkte Wallander erst, als der unmittelbar neben ihm stand. Wallander sah, daß es eine Zeitung über Trabsport war.

»Ich habe dich gar nicht gehört«, sagte Hansson. »Ich frage mich, ob ich allmählich schwerhörig werde.«

»Wie läuft es mit den Pferden?«

»Ich lebe von Illusionen wie die meisten anderen. Daß man eines

Tages mit der einzigen richtigen Tippreihe dasitzt. Aber die verfluchten Pferde laufen nicht, wie sie sollen. Nie.«

»Und was machen die Hunde?«

»Ich bin noch nicht lange hier. Bisher ist niemand vorbeigekommen.«

Wallander sah sich um. »Als ich nach Ystad kam, war hier freies Feld.«

»Svedberg hat oft davon gesprochen«, sagte Hansson. »Wie die Stadt sich verändert habe. Aber er war ja hier geboren.«

Sie verweilten für einen Moment in Gedanken bei ihrem toten Kollegen. In der Erinnerung konnte Wallander immer noch hören, wie Martinsson hinter ihm aufstöhnte, als sie Svedberg erschossen auf dem Fußboden seines Wohnzimmers entdeckten.

»Er wäre bald fünfzig geworden«, sagte Hansson. »Wann bist du dran?«

»Nächsten Monat.«

»Ich hoffe, ich bin eingeladen.«

»Wozu denn? Ich feiere nicht.«

Sie gingen die Straße entlang. Wallander erzählte von Martinssons hartnäckigen Versuchen, in Tynnes Falks Rechner hineinzukommen. Sie blieben beim Geldautomaten stehen.

»Man gewöhnt sich so schnell an alles«, sagte Hansson. »Ich kann mich kaum mehr daran erinnern, wie es war, bevor die Automaten kamen. Und noch weniger verstehe ich, wie sie eigentlich funktionieren. Manchmal stelle ich mir vor, daß ein kleiner Kassierer da drin sitzt. So ein Alter, der die Scheine zählt und kontrolliert, daß alles mit rechten Dingen zugeht.«

Wallander dachte an das, was Erik Hökberg gesagt hatte. Wie verwundbar die Gesellschaft geworden war. Der Stromausfall einige Nächte zuvor hatte seine Worte bestätigt.

Sie gingen zu Hanssons Wagen zurück. Noch immer waren keine Hundebesitzer auf ihrem Abendspaziergang in Sicht.

»Ich gehe jetzt. Wie war dein Abendessen?«

»Ich war gar nicht da. Was hat man von einem Essen, wenn man nicht ein Glas dazu trinken kann?«

»Du hättest dich von einem Wagen abholen lassen können.«

Hansson betrachtete Wallander aufmerksam. »Willst du damit

sagen, ich hätte hier stehen und Leute ansprechen sollen, während ich eine Fahne habe?«

»Ich rede von einem Glas«, sagte Wallander. »Nicht davon, daß du betrunken wärst.«

Im Weggehen fiel Wallander ein, daß Hansson im Verlauf des Tages ein Gespräch mit dem Staatsanwalt geführt hatte. »Hatte Viktorsson etwas zu sagen?«

»Eigentlich nicht.«

»Aber irgend etwas muß er doch gesagt haben.«

»Er sah keinen Grund dafür, zum gegenwärtigen Zeitpunkt die Ermittlung in eine bestimmte Richtung zu lenken. Wir sollten weiter auf breiter Front vorgehen. Voraussetzungslos.«

»Die Polizei ermittelt nie voraussetzungslos«, sagte Wallander. »Das sollte er wissen.«

»Das war es auf jeden Fall, was er gesagt hat.«

»Sonst nichts?«

»Nein.«

Wallander bekam plötzlich das Gefühl, daß Hansson ausweichend antwortete. Als hielte er mit etwas hinter dem Berg. Er wartete. Aber Hansson schwieg.

»Um halb eins kannst du Schluß machen«, sagte Wallander. »Ich gehe jetzt. Wir sehen uns morgen.«

»Ich hätte mich wärmer anziehen sollen. Es ist frisch.«

»Wir haben Herbst«, sagte Wallander. »Bald kommt der Winter.«

Er ging zur Stadt zurück. Je mehr er darüber nachdachte, desto sicherer wurde er, daß da etwas war, was Hansson nicht gesagt hatte. Als er zum Runnerströms Torg kam, sah er ein, daß es nur eine Möglichkeit gab. Viktorsson hatte einen Kommentar über ihn abgegeben. Über den angeblichen Übergriff. Über die laufende interne Untersuchung.

Es irritierte Wallander, daß Hansson nichts gesagt hatte. Aber es wunderte ihn nicht. Hanssons Leben war von der ständigen Anstrengung bestimmt, immer mit allen gut Freund zu sein. Gleichzeitig merkte Wallander, wie müde er wurde. Niedergeschlagen vielleicht.

Er blickte sich um. Der zivile Polizeiwagen stand noch da. Ansonsten war die Straße leer. Er schloß die Tür seines Wagens auf und stieg ein. Als er den Motor anlassen wollte, piepte sein Handy Er fischte es aus seiner Tasche. Es war Martinsson.

»Wo bist du?«

»Ich bin nach Hause gefahren.«

»Warum? Hast du Molin nicht angetroffen?«

»Modin. Robert Modin. Ich hatte plötzlich Zweifel.«

»Weswegen?«

»Du weißt doch, wie es ist. Die Vorschriften besagen, daß wir nicht einfach so auf Außenstehende zurückgreifen dürfen. Immerhin hat Modin eine Gefängnisstrafe abgesessen. Wenn auch nur für ein oder zwei Monate.«

Wallander sah ein, daß Martinsson kalte Füße bekommen hatte. Das war auch früher schon vorgekommen. Manchmal hatte es zu Auseinandersetzungen zwischen ihnen geführt. Wallander fand bisweilen, daß Martinsson übervorsichtig war. Er benutzte nicht das Wort feige, obwohl er genau das meinte.

»Wir sollten uns die Sache vorher vom Staatsanwalt absegnen lassen«, fuhr Martinsson fort. »Auf jeden Fall sollten wir mit Lisa darüber reden.«

»Du weißt, daß ich die Verantwortung übernehme«, sagte Wallander.

»Aber trotzdem.«

Wallander sah ein, daß Martinsson sich entschieden hatte. »Du kannst mir jedenfalls Modins Adresse geben. Dann bist du alle Verantwortung los.«

»Findest du nicht, daß wir warten sollten?«

»Nein«, antwortete Wallander. »Die Zeit läuft uns weg. Ich will wissen, was in dem Computer ist.«

»Wenn du meine persönliche Meinung hören willst, so solltest du schlafen. Hast du dich mal im Spiegel angeschaut?«

»Ja, ich weiß«, sagte Wallander. »Gib mir jetzt die Adresse.«

Er suchte einen Stift aus dem Handschuhfach, das mit Papier und zusammengepreßten Papptellern aus verschiedenen Imbißstuben vollgestopft war. Wallander notierte die Adresse, die Martinsson ihm nannte, auf der Rückseite einer Benzinquittung.

»Es ist bald Mitternacht«, sagte Martinsson.

»Ja, ich weiß«, erwiderte Wallander. »Wir sehen uns morgen.« Er beendete das Gespräch und legte das Telefon auf den Beifahrersitz. Martinsson hatte recht. Was er jetzt mehr als alles andere nötig hatte, war Schlaf. Was hätte es eigentlich für einen Sinn, nach Löderup hinauszufahren? Robert Modin lag wahrscheinlich im Bett und schlief. Es muß bis morgen warten, dachte er.

Dann fuhr er aus Ystad hinaus, in östlicher Richtung, nach Löderup.

Er fuhr schnell, um sich abzureagieren. Weil er nicht einmal mehr seinen eigenen Beschlüssen zu folgen vermochte.

Der Zettel mit der Adresse lag neben dem Handy auf dem Beifahrersitz. Aber schon, als Martinsson ihm die Adresse genannt hatte, wußte Wallander, wo es war. Es lag nur wenige Kilometer von dem Haus entfernt, in dem sein Vater gewohnt hatte. Wallander ahnte außerdem, daß er Modins Vater schon einmal begegnet war. Ohne daß er sich den Namen damals gemerkt hatte. Er kurbelte die Scheibe herunter und ließ die kühle Luft über sein Gesicht streichen. Im Moment irritierten ihn Hansson und Martinsson gleichermaßen. Sie kriechen, dachte er zornig. Vor sich selbst und vor ihrer Chefin.

Um Viertel nach zwölf bog er von der Hauptstraße ab. Natürlich bestand die Möglichkeit, daß er ein dunkles und schlafendes Haus vorfand. Aber sein Ärger und die Irritation hatten ihm die Müdigkeit ausgetrieben. Er wollte Robert Modin treffen. Und er wollte ihn mitnehmen zum Runnerströms Torg.

Er kam zu einem abgeteilten Hof mit großem Garten. Im Licht der Scheinwerfer sah Wallander ein einsames Pferd, das reglos auf einer Koppel stand. Das Haus war weißgekalkt. Davor standen ein Jeep und ein kleinerer Wagen. In mehreren Fenstern im Untergeschoß war Licht.

Wallander stellte den Motor ab und stieg aus. Im gleichen Augenblick ging das Licht vor der Haustür an. Ein Mann trat auf die Haustreppe. Wallander kannte ihn. Sie waren sich tatsächlich schon einmal begegnet.

Wallander trat auf ihn zu und begrüßte ihn. Der Mann war an die Sechzig, mager und leicht gekrümmt. Aber seine Hände ließen nicht darauf schließen, daß er Landwirt war.

»Ich kenne Sie«, sagte Modin. »Ihr Vater hat hier drüben gewohnt.«

»Wir sind uns schon begegnet«, sagte Wallander. »Aber ich weiß nicht mehr, in welchem Zusammenhang.«

»Ihr Vater irrte draußen auf den Äckern umher. Mit einem Koffer.«

Wallander erinnerte sich. Sein Vater hatte in einem Anfall geistiger Verwirrung beschlossen, nach Italien zu reisen. Er hatte einen Koffer gepackt und sich auf den Weg gemacht. Modin hatte ihn entdeckt, wie er durch den Lehm stapfte, und im Polizeipräsidium angerufen.

»Ich glaube nicht, daß wir uns getroffen haben, seit er tot ist«, sagte Modin. »Und das Haus ist ja verkauft.«

»Seine Frau ist zu ihrer Schwester nach Svarte gezogen. Ich weiß nicht einmal, wer das Haus gekauft hat.«

»So ein Kerl aus dem Norden, der behauptet, er sei Geschäftsmann. Aber ich habe den Verdacht, daß er eigentlich nur Schwarzbrenner ist.«

Wallander meinte, es vor sich sehen zu können. Das alte Atelier seines Vaters, verwandelt in eine Schwarzbrennerei.

»Ich nehme an, Sie kommen wegen Robert«, unterbrach Modin Wallanders Gedanken. »Ich dachte, er hätte genug gebüßt.«

»Das hat er bestimmt«, gab Wallander zurück. »Aber Sie haben recht, ich komme seinetwegen.«

»Was hat er denn jetzt angestellt?«

Wallander sah die Angst des Vaters.

»Nichts. Im Gegenteil, vielleicht kann er uns bei etwas helfen.«

Modin war verwundert. Aber auch erleichtert. Er nickte zur Tür hin. Wallander ging mit hinein.

»Meine Frau schläft«, sagte Modin. »Sie nimmt Oropax.«

Im gleichen Moment fiel Wallander ein, daß Modin Landvermesser war. Er hatte keine Ahnung, woher er das wußte.

»Ist Robert zu Hause?«

»Er ist bei Freunden auf einem Fest. Aber er hat das Handy mit.«

Modin ging voraus ins Wohnzimmer.

Wallander zuckte zusammen. Über dem Sofa hing eins der Gemälde seines Vaters. Die Landschaft ohne Birkhahn.

»Ich habe es von ihm bekommen«, sagte Modin. »Wenn es ganz schlimm wurde mit dem Schnee, habe ich seinen Zufahrtsweg mit gepflügt. Manchmal bin ich vorbeigefahren und habe mit ihm geplaudert. Ein bemerkenswerter Mann, auf seine Weise.«

»Das kann man wohl sagen.«

»Ich mochte ihn. Es gibt nicht mehr viele von seinem Schlag.«

»Es war nicht immer leicht, mit ihm umzugehen«, sagte Wallander. »Aber natürlich fehlt er mir. Und natürlich werden diese Alten immer seltener. Eines Tages werden sie ganz verschwunden sein.«

»Mit wem ist schon leicht umzugehen«, sagte Modin. »Mit Ihnen vielleicht? Mit mir jedenfalls nicht. Da können Sie meine Frau fragen.«

Wallander setzte sich aufs Sofa. Modin begann, eine Pfeife auszukratzen.

»Robert ist ein guter Junge«, sagte er. »Ich fand die Strafe hart. Auch wenn es nur ein Monat war. Es war doch alles nur ein Spiel.«

»Ich weiß gar nicht, was da war«, sagte Wallander. »Außer daß er es geschafft hat, in den Rechner des Pentagons einzudringen.«

»Von diesen Computern versteht er was«, sagte Modin. »Den ersten Apparat kaufte er sich mit neun Jahren. Für Geld, das er sich beim Erdbeerpflücken verdient hatte. Dann verschwand er in der Datenwelt. Aber solange er die Schule nicht vernachlässigte, hatte ich nichts dagegen. Allerdings – meine Frau war dagegen. Und jetzt findet sie natürlich, daß sie recht hatte.«

Wallander bekam das Gefühl, daß Modin ein sehr einsamer Mensch war. Aber wie gern er auch gewollt hätte, es war keine Zeit für Konversation.

»Ich würde also gern Robert treffen«, sagte er. »Es ist möglich, daß seine Fähigkeiten im Umgang mit Computern uns weiterhelfen können.«

Modin paffte an seiner Pfeife. »Darf man fragen, auf welche Weise?«

»Ich kann nur so viel sagen, daß es sich um ein kompliziertes Datenproblem handelt.«

Modin nickte und stand auf. »Dann frage ich nicht weiter.«

Er verschwand im Flur. Wallander hörte, daß er mit jemandem

am Telefon sprach. Er wandte sich um und betrachtete das Bild, das sein Vater gemalt hatte.

Wo sind die Seidenritter hin? dachte er. Die Aufkäufer, die in ihren glitzernden Amischlitten ankamen und Vaters Bilder zum Ramschpreis aufkauften. In ihren schicken Anzügen und mit ihrem protzigen Auftreten. Vielleicht gibt es einen Friedhof, wo nur Seidenritter begraben sind. Zusammen mit ihren prallen Brieftaschen und glitzernden Autos.

Modin kam zurück. »Der Junge ist unterwegs«, sagte er. »Er ist in Skillinge. Das dauert ein Weilchen.«

»Was haben Sie ihm gesagt?«

»Wie es ist. Keine Gefahr. Aber daß die Polizei seine Hilfe braucht.«

Modin setzte sich wieder. Seine Pfeife war ausgegangen. »Es muß dringend sein, wenn Sie mitten in der Nacht kommen.«

»Manche Sachen können nicht warten.«

Modin begriff, daß Wallander nicht über die Sache reden wollte.

»Kann ich Ihnen etwas anbieten?«

»Ein Kaffee wäre gut.«

»Mitten in der Nacht?«

»Ich habe vor, noch ein paar Stunden zu arbeiten. Aber lassen Sie nur.«

»Aber klar kriegen Sie Kaffee«, sagte Modin.

Sie saßen in der Küche, als ein Wagen auf den Hof fuhr. Die Haustür ging auf, und Robert Modin trat ein.

Wallander glaubte, einen Dreizehnjährigen vor sich zu haben. Er hatte kurzgeschnittenes Haar und eine runde Brille und war von kleiner Statur. Sicher würde er mit jedem Jahr, das verging, seinem Vater immer ähnlicher werden. Er trug Jeans, Hemd und Lederjacke. Wallander stand auf und reichte ihm die Hand. »Es tut mir leid, daß wir dich bei einem Fest gestört haben.«

»Wir wollten sowieso gehen.«

Modin stand in der Wohnzimmertür. »Ich laß euch jetzt allein«, sagte er und verschwand.

»Bist du müde?« fragte Wallander.

»Nicht besonders.«

»Ich dachte, wir könnten nach Ystad fahren.«
»Warum denn?«
»Ich möchte dir etwas zeigen. Ich erkläre es dir unterwegs.«
Der Junge war auf der Hut. Wallander versuchte zu lächeln. »Du brauchst dir keine Sorgen zu machen.«
»Ich hole nur meine andere Brille«, sagte Robert Modin.
Er verschwand die Treppe hinauf. Wallander ging ins Wohnzimmer und bedankte sich für den Kaffee.
»Ich nehme Robert mit nach Ystad. Aber ich sorge dafür, daß er ordentlich wieder nach Hause kommt.«
Modin sah plötzlich wieder beunruhigt aus.
»Und er hat bestimmt nichts ausgefressen?«
»Ehrlich. Es ist so, wie ich gesagt habe.«
Robert Modin kam zurück. Sie verließen das Haus um zwanzig nach eins. Der Junge setzte sich auf den Beifahrersitz. Er legte Wallanders Handy auf die Ablage. »Es hat jemand angerufen«, sagte er.
Wallander ließ sich die Nummer anzeigen. Es war Hansson. Ich hätte das Telefon mit ins Haus nehmen sollen, dachte er.
Er wählte die Nummer. Es dauerte, bis Hansson sich meldete.
»Habe ich dich geweckt?«
»Ja klar hast du mich geweckt. Was glaubst du denn? Es ist halb zwei. Ich bin bis halb eins geblieben. Da war ich so müde, daß ich dachte, ich falle um.«
»Du hast angerufen?«
»Es ist uns tatsächlich jemand ins Netz gegangen.«
Wallander streckte sich hinter dem Steuer.
»Was?«
»Eine Frau mit einem Schäferhund. Wenn ich sie richtig verstanden habe, hat sie Tynnes Falk an dem Abend gesehen, an dem er starb.«
»Gut. Ist ihr etwas aufgefallen?«
»Sie hatte eine klare Erinnerung. Alma Högström, pensionierte Zahnärztin. Sie sagte, sie habe Tynnes Falk häufig abends gesehen. Er ging offenbar regelmäßig spazieren.«
»Und der Abend, an dem die Leiche zurückkam?«
»Sie meinte, einen Lieferwagen gesehen zu haben. Wenn die Zeiten stimmen, müßte es halb zwölf gewesen sein. Er parkte vor

dem Geldautomaten. Er war ihr aufgefallen, weil er quer zwischen den markierten Parkplätzen stand.«

»Irgendwelche Leute?«

»Ein Mann, meinte sie.«

»Meinte sie?«

»Sie war sich nicht sicher.«

»Könnte sie den Wagen identifizieren?«

»Ich habe sie gebeten, morgen früh ins Präsidium zu kommen.«

»Gut«, sagte Wallander. »Vielleicht bringt es was.«

»Wo bist du? Zu Hause?«

»Nicht richtig«, sagte Wallander. »Wir sehen uns morgen.«

Es war zwei Uhr, als Wallander vor dem Haus am Runnerströms Torg bremste. Ein anderer Wagen stand an der gleichen Stelle wie der vorige. Wallander blickte sich auf der Straße um. Wenn etwas passierte, konnte auch Robert Modin in Gefahr geraten. Aber die Straße war leer.

Auf dem Weg von Löderup in die Stadt hatte Wallander erklärt, worum es sich handelte. Er wollte ganz einfach, daß Robert versuchte, in Falks Rechner hineinzukommen.

»Ich weiß, daß du was davon verstehst«, sagte er. »Die Sache mit dem Pentagon ist mir egal. Mich interessiert nur, daß du dich mit Computern auskennst.«

»Eigentlich hätte ich nie auffliegen dürfen«, sagte Robert plötzlich aus dem Dunkel. »Es war mein eigener Fehler.«

»Warum?«

»Ich war nachlässig beim Verwischen der Spuren.«

»Was meinst du damit?«

»Wenn man in ein gesperrtes Gelände eindringt, hinterläßt man Spuren. Das ist, wie wenn man einen Zaun aufschneidet. Wenn man wieder rausgeht, muß man den Zaun reparieren. Das habe ich nicht gut genug gemacht. Deshalb konnten sie mich aufspüren.«

»Da saßen also Leute im Pentagon, denen es gelungen ist, dahinterzukommen, daß jemand aus dem kleinen Löderup bei ihnen zu Besuch war?«

»Sie konnten nicht wissen, wer ich war oder wie ich hieß. Aber sie konnten sehen, daß es mein Rechner war.«

Wallander versuchte sich in Erinnerung zu rufen, ob er von der Geschichte hatte reden hören. Das sollte er eigentlich, weil Löderup früher zum Polizeibezirk Ystad gehört hatte. Aber ihm fiel nichts ein.

»Und wer hat dich geschnappt?«

»Es kamen zwei Männer vom Reichskriminalamt in Stockholm.«

»Und dann?«

»Leute aus den USA haben mich verhört.«

»Verhört?«

»Sie wollten wissen, wie ich es angestellt hatte. Ich sagte es ihnen, genau wie es war.«

»Und dann?«

»Dann wurde ich verurteilt.«

Wallander hätte gern noch mehr Fragen gestellt. Aber der Junge neben ihm schien nicht mehr sagen zu wollen.

Sie traten ins Haus und stiegen die Treppe hinauf. Wallander spürte, daß er die ganze Zeit wachsam war. Bevor er die Sicherheitstür aufschloß, stand er still und horchte. Robert Modin betrachtete ihn durch seine Brille. Aber er sagte nichts.

Sie gingen hinein. Wallander machte Licht und zeigte auf den Computer. Er nickte zum Schreibtischstuhl hin. Robert setzte sich und schaltete ohne weiteres den Computer ein. Die Symbole flimmerten vorüber. Wallander hielt sich im Hintergrund. Robert ließ die Finger prüfend über die Tastatur gleiten, als bereite er sich auf ein Klavierkonzert vor. Er hielt das Gesicht sehr nah an den Bildschirm, als suchten seine Augen etwas, was Wallander nicht sehen konnte.

Dann begann er, Befehle einzugeben.

Er brauchte ungefähr eine Minute. Dann schaltete er den Rechner plötzlich ab und drehte sich zu Wallander um.

»So was wie das hier habe ich noch nie gesehen«, sagte er einfach. »Den kann ich nicht öffnen.«

Wallander spürte die Enttäuschung. Bei sich selbst ebenso wie bei Robert Modin.

»Bist du sicher?«

Der Junge schüttelte den Kopf. »Dann müßte ich zuerst schlafen«, sagte er. »Und viel Zeit haben.«

Wallander sah jetzt mit aller Deutlichkeit, wie sinnlos es gewesen war, Robert Modin mitten in der Nacht herzuholen. Martinsson hatte natürlich recht gehabt. Wenn auch widerwillig, gestand er sich auch selbst ein, daß sein Starrsinn durch Martinssons Zaudern ausgelöst worden war.

»Hast du morgen Zeit?«

»Den ganzen Tag.«

Wallander löschte das Licht und schloß ab. Dann brachte er den Jungen zu der Zivilstreife, die in ihrem Wagen wartete, und bat sie, dafür zu sorgen, daß eine Nachtstreife ihn nach Hause fuhr. Sie verabredeten, daß um zwölf Uhr, wenn er ausgeschlafen hätte, jemand kommen und ihn abholen würde.

Wallander fuhr zur Mariagata. Es war fast drei, als er zwischen die Laken kroch. Kurz darauf schlief er ein. Fest entschlossen, sich am nächsten Tag nicht vor elf Uhr im Präsidium blicken zu lassen.

*

Die Frau war am Freitag kurz vor ein Uhr ins Polizeipräsidium gekommen. Sie hatte schüchtern nach einer Karte von Ystad gefragt. Das Mädchen, das sie empfangen hatte, verwies sie an die Touristeninformation oder die Buchhandlung. Die Frau hatte sich freundlich bedankt. Dann hatte sie nach einer Toilette gefragt. Das Mädchen hatte ihr die Tür der Besuchertoilette gezeigt. Sie hatte hinter sich abgeschlossen und das Fenster geöffnet. Dann hatte sie es wieder zugeschoben. Aber die Haken hatte sie vorher mit Klebeband überklebt. Die Reinigungskraft, die am Freitagabend gekommen war, hatte nichts bemerkt.

In der Nacht auf Montag, kurz nach vier, schlich sich ein Mann an die eine Außenwand des Präsidiums. Er verschwand durch das Fenster. Die Flure waren verlassen. Aus der Notrufzentrale war ein einsames Radio zu hören. Der Mann hatte eine Skizze in der Hand. Er hatte sie sich beschafft, indem er den Rechner eines Architekturbüros angezapft hätte. Er wußte genau, wohin er gehen mußte.

Er schob die Tür von Wallanders Zimmer auf. Eine Jacke mit einem gelben Fleck hing auf einem einsamen Kleiderbügel.

Dann ging der Mann zu dem Computer, der sich im Zimmer

befand. Schweigend betrachtete er ihn einen Moment, bevor er ihn einschaltete.

Er brauchte zwanzig Minuten. Aber die Gefahr, daß jemand um diese Tageszeit ins Zimmer kam, war gleich Null. Es war sehr leicht, in Wallanders Computer hineinzukommen und alle seine Dokumente und Briefe zu kopieren.

Als der Mann fertig war, machte er das Licht aus und öffnete die Tür vorsichtig einen Spalt. Der Flur war leer.

Lautlos verschwand er auf dem gleichen Weg, auf dem er gekommen war.

20

AM SONNTAGMORGEN, dem 12. Oktober, erwachte Wallander um neun Uhr. Obwohl er nur sechs Stunden geschlafen hatte, fühlte er sich ausgeruht. Bevor er sich auf den Weg zum Präsidium machte, ging er eine halbe Stunde spazieren. Es war ein klarer, schöner Herbsttag. Die Temperatur war auf neun Grad gestiegen. Um Viertel nach zehn betrat er das Präsidium. Bevor er zu seinem Zimmer ging, steckte er den Kopf in die Tür der Einsatzzentrale und fragtc, wic dic Nacht gewesen sei. Abgesehen von einem Einbruch in der Mariakirche, bei dem die Diebe jedoch durch die Alarmanlage in die Flucht geschlagen worden waren, war dic Nacht ungewöhnlich ruhig verlaufen. Die Zivilstreifen, die die Apelbergsgata und den Runnerströms Torg überwachten, hatten auch keine erwähnenswerten Beobachtungen gemacht.

Wallander fragte den wachhabenden Beamten, wer von seinen Kollegen schon da war.

»Martinsson ist hier. Hansson wollte jemanden abholen. Ann-Britt habe ich nicht gesehen.«

»Ich bin hier«, hörte Wallander ihre Stimme hinter sich. »Habe ich etwas verpaßt?«

»Nein«, sagte Wallander. »Aber laß uns zu mir hineingehen.«

»Ich hänge nur meine Sachen auf.«

Wallander erklärte dem Diensthabenden, daß er jemanden brauche, der um zwölf Uhr nach Löderup führe und Robert Modin abholte. Er erklärte den Weg.

»Es muß ein Zivilwagen sein«, sagte er abschließend. »Das ist wichtig.«

Einige Minuten später war Ann-Britt in sein Zimmer gekommen. Sie sah weniger müde aus als in den vergangenen Tagen. Er hätte sie gern gefragt, wie es bei ihr zu Hause aussah. Aber wie üblich war er unsicher, ob es der richtige Zeitpunkt war. Statt dessen erzählte er, daß Hansson mit einer Zeugin auf dem Weg ins Präsidium war. Und von dem jungen Mann in Löderup, der ihnen vielleicht helfen konnte, Falks Computer zu knacken.

»Ich kann mich an den Fall erinnern«, sagte sie, als Wallander geendet hatte.

»Er behauptete, es seien Leute vom Reichskrim heruntergekommen. Weißt du, warum?«

»Vermutlich, weil sie es da oben in Stockholm mit der Angst bekommen hatten. Schwedische Behörden prahlen ja nicht gerne damit, daß ein Bürger ihres Landes vor seinem Computerbildschirm sitzt und die geheimen Dokumente der amerikanischen Militärmacht liest.«

»Trotzdem ist es komisch, daß ich nicht einmal etwas davon gehört habe.«

»Vielleicht warst du in Urlaub?«

»Komisch ist es auf jeden Fall.«

»Ich glaube kaum, daß hier etwas Wichtiges läuft, ohne daß du davon erfährst.«

Wallander erinnerte sich an das Gefühl vom Vorabend, daß Hansson ihm etwas verheimlichte. Er wollte Ann-Britt schon fragen, unterdrückte es aber. Er machte sich auch keine Illusionen. Im Augenblick beschuldigte ihn ein junges Mädchen, gestützt von der Mutter, es mißhandelt zu haben. Polizisten pflegten einander den Rücken zu stärken. Aber wenn anderseits ein Kollege sich selbst ein Problem geschaffen hatte, konnten ihm alle rasch den Rücken zukehren.

»Du glaubst also, daß die Lösung in diesem Computer liegt?« fragte sie.

»Ich glaube nichts. Aber wir müssen uns Klarheit darüber verschaffen, was Falk eigentlich trieb. Wer war er? Heute kommt es mir so vor, als bekämen Menschen allmählich elektronische Identitäten.«

Dann berichtete er von der Frau, die mit Hansson auf dem Weg ins Präsidium war.

»Das ist wohl die erste Person, die tatsächlich etwas gesehen hat«, sagte Ann-Britt.

»Bestenfalls.«

Sie lehnte am Türpfosten. Sie hatte sich das erst kürzlich angewöhnt. Früher, wenn sie in sein Zimmer gekommen war, hatte sie sich immer auf den Stuhl gesetzt.

»Ich habe versucht nachzudenken«, sagte sie. »Gestern abend, vor dem Fernseher. Irgendeine Unterhaltungssendung. Aber ich konnte mich nicht konzentrieren. Die Kinder waren eingeschlafen.«

»Und dein Mann?«

»Mein Exmann. Er befindet sich im Jemen. Glaube ich. Aber jedenfalls habe ich den Fernseher ausgemacht und mich in die Küche gesetzt, mit einem Glas Wein. Ich versuchte, alles durchzugehen, was passiert war. So einfach wie möglich. Ohne irrelevante Details.«

»Das ist eine nahezu unmögliche Aufgabe«, wandte Wallander ein. »Solange man nicht weiß, was tatsächlich relevant ist und was nicht.«

»Du hast mir aber beigebracht, daß man sich vorwärtstasten muß. Und das Wesentliche vom Unwesentlichen trennt.«

»Und zu welchem Ergebnis bist du gekommen?«

»Daß gewisse Dinge trotz allem als gegeben gelten können. Erstens, daß wir den Zusammenhang zwischen Tynnes Falk und Sonja Hökberg nicht zu bezweifeln brauchen. Das elektrische Relais ist ausschlaggebend. Gleichzeitig gibt es in allen Zeitplänen etwas, was auf eine Möglichkeit hindeutet, der wir bisher keine rechte Beachtung geschenkt haben.«

»Und das wäre?«

»Daß Tynnes Falk und Sonja Hökberg vielleicht nicht direkt miteinander zu tun hatten.«

Wallander verstand. Ihr Gedankengang konnte von Bedeutung

sein. »Du meinst also, daß die Verbindung zwischen ihnen indirekt war? Über eine dritte Person?«

»Das Motiv liegt vielleicht ganz woanders. Weil Tynnes Falk selbst ja schon tot war, als Sonja Hökberg verbrannte. Aber die Person, die sie getötet hat, kann auch Tynnes Falks Leiche entwendet haben.«

»Trotzdem wissen wir nicht, wonach wir suchen«, sagte Wallander. »Es gibt kein Motiv, das sie verbindet. Keinen gemeinsamen Nenner. Außer daß es für alle gleich dunkel wurde, als der Strom ausfiel.«

»Und war es ein Zufall oder nicht, daß der Stromausfall gerade an der Transformatorstation ausgelöst wurde, die am empfindlichsten war?«

Wallander zeigte auf eine Karte an der Wand. »Sie ist von Ystad aus gesehen die nächstliegende«, sagte er. »Und von hier ist Sonja Hökberg gekommen.«

»Aber wir sind uns einig, daß sie zu jemandem Kontakt aufgenommen haben muß. Der daraufhin beschloß, sie dorthin zu fahren.«

»Wenn sie es nicht selbst wollte«, sagte Wallander langsam. »Es kann wirklich so sein.«

Schweigend betrachteten sie die Karte.

»Ich frage mich, ob man nicht mit Lundberg anfangen sollte«, sagte Ann-Britt nachdenklich. »Dem Taxifahrer.«

»Haben wir was über ihn gefunden?«

»Er ist nicht in unseren Registern. Ich habe außerdem mit einigen seiner Kollegen gesprochen. Und mit seiner Witwe. Keiner hat ein böses Wort über ihn zu sagen. Ein Mann, der Taxi fuhr und seine Freizeit der Familie widmete. Ein schönes und normales schwedisches Schicksal, das ein brutales Ende erfährt. Als ich gestern in der Küche saß, kam es mir auf einmal so vor, als sei es zu schön. Das Bild hatte keinen Makel. Wenn du nichts dagegen hast, würde ich gern Lundbergs Leben ein bißchen genauer unter die Lupe nehmen.«

»Ich denke, da tust du genau das Richtige. Hatte er Kinder?«

»Zwei Söhne. Einer wohnt in Malmö. Der andere lebt hier in der Stadt. Ich wollte sie mir eigentlich heute vornehmen.«

»Tu das. Und wenn es uns nur zu der Erkenntnis führt, daß es ein gewöhnlicher Raubmord war und nichts anderes.«

»Kommen wir heute zusammen?«

»Falls ja, melde ich mich.«

Sie verschwand durch die Tür. Wallander dachte noch eine Weile über ihr Gespräch nach. Dann ging er in den Eßraum und holte Kaffee. Auf dem Tisch lag eine Tageszeitung. Er nahm sie mit in sein Zimmer und blätterte sie zerstreut durch. Plötzlich fiel sein Blick auf die Annonce einer Kontaktvermittlung, die ihr hohes Niveau und ihren Service anpries. Sie nannte sich reichlich phantasielos ›Datentreff‹. Wallander las die Annonce durch. Ohne sich zu bedenken, schaltete er seinen Computer an und formulierte eine Annonce. Wenn er es jetzt nicht tat, würde nie etwas daraus. Es brauchte ja niemand etwas davon zu erfahren. Er konnte anonym bleiben, solange er selbst es wollte. Die Antworten, die eventuell eingingen, würden ihm nach Hause geschickt werden, ohne daß der Absender genannt wurde. Er versuchte, so einfach wie möglich zu schreiben. *Polizeibeamter, 50 J., geschieden, ein Kind, sucht Bekanntschaft. Keine Ehe. Aber Liebe.* Als Chiffre wählte er nicht »Alter Hund«; sondern »Labrador«. Er druckte ein Exemplar aus und ließ den Text auf dem Computer. In der obersten Schreibtischschublade hatte er Umschläge und Briefmarken. Er schrieb die Adresse, klebte den Umschlag zu und steckte ihn in die Jackentasche. Als er fertig war, empfand er tatsächlich eine gewisse Spannung. Er würde sicher keine Antworten bekommen. Oder sie wären so, daß er sie sofort zerriß.

Da stand Hansson in der Tür. »Sie ist jetzt da«, sagte er. »Alma Högström, pensionierte Zahnärztin. Unsere Zeugin.«

Wallander stand auf und folgte Hansson zu einem der kleineren Sitzungszimmer. Neben dem Stuhl, auf dem die Frau saß, lag ein Schäferhund und betrachtete die Umgebung mit wachsamen Blikken. Wallander begrüßte Frau Högström. Er hatte den Eindruck, daß sie sich für ihren Besuch im Polizeipräsidium feingemacht hatte.

»Ich freue mich, daß Sie sich die Zeit nehmen konnten, herzukommen«, sagte er. »Obwohl Sonntag ist.«

Gleichzeitig fragte er sich, wie es kam, daß er sich nach all den Jahren als Polizeibeamter noch immer so steif ausdrückte.

»Wenn man Beobachtungen gemacht hat, die für die Polizei von Nutzen sein können, sollte man seine staatsbürgerliche Pflicht tun.«

Sie drückt sich ja noch schlimmer aus als ich, dachte Wallander ergeben. Wie ein Dialog aus einem alten Film.

Sie gingen langsam alles durch, was sie gesehen hatte. Wallander ließ Hansson die Fragen stellen und machte selbst Notizen. Alma Högström war klar im Kopf und gab deutliche Antworten. War sie unsicher, sagte sie es. Das vielleicht Wichtigste von allem war, daß sie ein gutes Zeitgefühl hatte.

Sie hatte einen dunklen Kastenwagen gesehen, als es halb zwölf war. Sie war so sicher, weil sie ganz einfach kurz zuvor auf die Uhr gesehen hatte.

»Eine alte Gewohnheit von mir«, klagte sie. »Es hört nie auf. Man hatte einen Patienten mit Betäubung auf dem Behandlungsstuhl und das Wartezimmer voll. Die Zeit verging immer zu schnell.«

Hansson wollte sie dazu bringen, den Typ des Kastenwagens genauer zu bestimmen. Er hatte eine Mappe bei sich, die er vor ein paar Jahren selbst zusammengestellt hatte, mit verschiedenen Wagentypen und einem Farbenfächer, den er sich in einer Farbenhandlung besorgt hatte. Heutzutage gab es das natürlich alles auf verschiedenen Computerprogrammen. Aber Hansson fiel es ebenso schwer wie Wallander, liebgewordene Gewohnheiten aufzugeben. Sie kamen nach einigem Hin und Her zu dem Ergebnis, daß es vermutlich ein Mercedes-Bus gewesen war. Schwarz oder dunkelblau.

Auf das Kennzeichen hatte sie nicht geachtet, auch nicht darauf, ob jemand im Führerhaus saß. Dagegen hatte sie hinter dem Wagen einen Schatten gesehen.

»Eigentlich war ich es nicht«, sagte sie, »sondern mein Hund, Clever. Er hat die Ohren gespitzt und zu dem Wagen hinüber geschaut.«

»Es ist schwer, einen Schatten zu beschreiben«, sagte Hansson. »Aber könnten Sie vielleicht noch ein bißchen mehr sagen? War es beispielsweise ein Mann oder eine Frau?«

Sie überlegte lange, bevor sie antwortete. »Der Schatten trug auf jeden Fall keinen Rock«, sagte sie. »Und ich glaube, es war ein Mann. Aber ganz sicher bin ich mir nicht.«

»Haben Sie etwas gehört?« schaltete Wallander sich ein.

»Nein. Aber ich meine mich zu erinnern, daß zur gleichen Zeit einige Autos auf der Straße vorbeifuhren.«

Hansson machte weiter. »Was geschah dann?«

»Ich ging meine übliche Runde.«

Hansson breitete einen Stadtplan auf dem Tisch aus. Sie zeigte ihm ihren Weg.

»Sie sind also noch einmal an der Stelle vorbeigekommen? Und da war der Wagen weg?«

»Ja.«

»Und wieviel Uhr war es da?«

»Es müßte ungefähr zehn nach zwölf gewesen sein.«

»Woher wissen Sie das?«

»Ich brauche eine Viertelstunde von dort zu mir. Und als ich nach Hause kam, war es fünf vor halb eins.«

Sie zeigte, wo sie wohnte. Wallander und Hansson stimmten zu. Die Zeit dürfte stimmen.

»Aber Sie haben nichts auf dem Asphalt liegen sehen? Und Ihr Hund hat nicht reagiert?«

»Nein.«

»Ist das nicht ein wenig sonderbar?« wandte Hansson sich an Wallander.

»Der Körper muß gekühlt aufbewahrt worden sein«, sagte Wallander. »Dann geht vielleicht kein Geruch von ihm aus. Wir können Nyberg ja fragen. Oder einen von unseren Hundeführern.

»Ich bin jedenfalls froh, daß ich nichts gesehen habe«, sagte Alma Högström energisch. »Es ist doch nicht zu glauben. Daß mitten in der Nacht Menschen mit einer Leiche angefahren kommen.«

Hansson fragte, ob sie andere Menschen gesehen habe, als sie an dem Automaten vorbeigegangen sei. Aber sie war allein gewesen.

Sie gingen zu ihren früheren Begegnungen mit Tynnes Falk über.

Wallander hatte plötzlich eine Frage, die nicht warten konnte. »Wußten Sie, daß der Mann, den sie gewöhnlich trafen, Falk hieß?«

Ihre Antwort überraschte ihn. »Er war einmal mein Patient. Er hatte gute Zähne. Er kam nur ein einziges Mal. Aber ich habe ein gutes Gedächtnis für Namen und Gesichter.«

»Er pflegte also abends spazierenzugehen?« fragte Hansson.

»Ich traf ihn mehrmals die Woche.«

»War er manchmal in Begleitung?«

»Nie. Er war immer allein.«

»Haben Sie sich miteinander unterhalten?«

»Ich machte einmal den Versuch, ihn zu grüßen. Aber er schien ungestört sein zu wollen.«

Hansson hatte keine Fragen mehr. Er sah Wallander an, der fortfuhr. »Haben Sie etwas bemerkt, was in der letzten Zeit anders an ihm war?«

»Woran denken Sie dabei?«

Wallander wußte es selbst nicht genau. »Wirkte er ängstlich? Blickte er sich um?«

Sie überlegte lange. »Wenn es einen Unterschied gab, dann würde ich sagen, daß es genau das Gegenteil war.«

»Das Gegenteil wovon?«

»Von Angst. Er machte in der letzten Zeit den Eindruck, als sei er guter Stimmung und voller Energie. Vorher hatte ich zuweilen das Gefühl, daß er sich schwerfällig und vielleicht ein bißchen verzagt bewegte.«

Wallander runzelte die Stirn. »Sind Sie sich da sicher?«

»Wie kann man sicher sein, was in einem anderen Menschen vorgeht. Ich sage nur, was ich glaube.«

Wallander nickte. »Dann danken wir Ihnen«, sagte er. »Möglicherweise lassen wir noch einmal von uns hören. Wenn Ihnen noch etwas einfallen sollte, rufen Sie uns doch bitte sofort an.«

Hansson brachte sie hinaus. Wallander blieb sitzen. Er dachte an ihre letzten Worte. Daß Tynnes Falk in der letzten Zeit seines Lebens ungewöhnlich guter Stimmung gewesen sei. Wallander schüttelte den Kopf. Es kam ihm vor, als hinge alles immer weniger zusammen.

Hansson kam zurück. »Habe ich richtig gehört? Hieß der Hund Clever?«

»Ja.«

»Was für ein Name.«

»Wieso? Ein cleverer Hund. Ich habe schon schlimmere gehört.«

»Man kann doch einen Hund nicht Clever nennen.«

»Sie sieht das offenbar anders. Und es dürfte auf jeden Fall nicht als strafbare Handlung gelten.«

Hansson schüttelte den Kopf. »Ein schwarzer oder blauer Mercedes-Bus«, sagte er dann. »Ich denke, wir müssen anfangen, uns um Autos zu kümmern, die als gestohlen gemeldet werden.«

Wallander nickte. »Rede auch mal mit einem Hundeführer über das mit dem Geruch. Aber ansonsten haben wir einen eindeutigen und sicheren Zeitpunkt bekommen, an den wir uns halten können. Und das ist im Augenblick schon viel.«

Wallander kehrte in sein Zimmer zurück. Es war Viertel vor zwölf. Er rief Martinsson an und erklärte ihm, was in der Nacht geschehen war. Martinsson hörte zu, ohne ein Wort zu sagen. Wallander war irritiert, beherrschte sich aber. Statt dessen bar er Martinsson, Robert Modin in Empfang zu nehmen. Wallander würde zur Anmeldung kommen und ihm den Wohnungsschlüssel bringen.

»Das könnte lehrreich sein«, sagte Martinsson. »Zuzuschauen, wie ein Meister über Brandmauern klettert.«

»Ich kann dir versprechen, daß ich weiterhin die Verantwortung übernehme. Aber ich möchte nicht, daß er allein dort sitzt.«

Martinsson bemerkte die leichte Ironie in Wallanders Bemerkung. Er begann sofort, sich zu verteidigen. »Es kann nicht jeder wie du sein«, sagte er. »Und die Dienstvorschriften nach Gutdünken behandeln.«

»Ich weiß«, erwiderte Wallander geduldig. »Du hast vollkommen recht. Aber ich habe trotzdem nicht vor, zum Staatsanwalt oder zu Lisa zu gehen, um mir die Genehmigung zu holen.«

Martinsson verschwand mit dem Schlüssel. Wallander war hungrig. Er ging durch das trübe Herbstwetter in die Stadt und aß bei István zu Mittag. István hatte viel zu tun. Sie kamen nicht dazu, über Fu Cheng und seine falsche Kreditkarte zu reden. Auf dem Rückweg ging Wallander bei der Post vorbei und warf den Brief an die Kontaktvermittlung ein. Dann ging er in der sicheren Gewißheit, nie eine Antwort zu bekommen, zurück zum Präsidium.

Als er sein Zimmer betrat, klingelte das Telefon. Es war Nyberg. Wallander ging durch den Flur zurück. Nybergs Arbeitszimmer lag eine Etage tiefer. Als Wallander eintrat, sah er den Hammer und das Messer vom Raubmord an Lundberg auf dem Tisch vor Nyberg liegen.

»Heute bin ich vierzig Jahre Polizist«, sagte Nyberg unwirsch. »Ich habe an einem Montagmorgen angefangen. Aber es ist natürlich Sonntag, wenn ich mein sinnloses Jubiläum feiere.«

»Wenn du alles so satt hast, begreife ich nicht, warum du überhaupt noch weitermachst«, fauchte Wallander ihn an.

Es erstaunte ihn, daß er die Geduld verlor. Es war noch nie vorgekommen, daß er Nyberg angefahren hatte. Im Gegenteil, er war immer behutsam mit dem tüchtigen, aber cholerischen Techniker umgegangen.

Nyberg schien es ihm aber nicht übelzunehmen. Er blickte Wallander überrascht an. »Ich dachte, ich wäre der einzige hier, der schlechte Laune hat.«

»War nicht so gemeint«, murmelte Wallander.

Nyberg würde wütend. »Klar war es so gemeint, verdammt. Ich begreife nicht, warum die Leute immer solche Angst haben, ihre schlechte Laune rauszulassen. Außerdem hast du recht. Ich sitze hier und jaule.«

»Was am Ende vielleicht das einzige ist, was uns bleibt«, sagte Wallander langsam.

Nyberg zog ungnädig den Plastikbeutel mit dem Messer an sich. »Ich habe Bescheid bekommen wegen der Fingerabdrücke«, sagte er. »Hier drauf sind zwei verschiedene.«

Wallander wurde sogleich hellhörig. »Eva Persson und Sonja Hökberg?«

»Alle beide.«

»Was also bedeuten kann, daß die Persson in diesem Punkt nicht lügt?«

»Das ist auf jeden Fall eine Möglichkeit.«

»Du meinst, daß trotzdem die Hökberg allein für die Ausführung der Tat verantwortlich war?«

»Ich meine gar nichts. Ich sage nur, was ist. Es besteht die Möglichkeit.«

»Und was ist mit dem Hammer?«

»Darauf sind nur Hökbergs Fingerabdrücke. Sonst keine.«

Wallander nickte. »Dann wissen wir das.«

»Wir wissen noch ein bißchen mehr«, sagte Nyberg und blätterte in dem Wust von Papieren auf seinem Schreibtisch. »Manchmal übertreffen die Gerichtsmediziner sich selbst. Sie glauben mit an Gewißheit grenzender Wahrscheinlichkeit sagen zu können, daß die Gewalt in zwei Phasen ausgeübt wurde. Zuerst der Hammer. Dann das Messer.«

»Nicht umgekehrt?«

»Nein. Und auch nicht gleichzeitig.«

»Wie finden sie so etwas heraus?«

»Ich weiß es ungefähr. Aber ich glaube kaum, daß ich es dir erklären kann.«

»Das würde bedeuten, daß die Hökberg die Waffe gewechselt hat?«

»Ich glaube jedenfalls, daß es so vor sich gegangen ist. Eva Persson hatte vielleicht ihr Messer in der Tasche. Als die Hökberg es haben wollte, bekam sie es.«

»Wie im Operationssaal«, meinte Wallander angewidert. »Der Chirurg, der sich verschiedene Instrumente reichen läßt.«

Eine Weile dachten sie schweigend über den unangenehmen Vergleich nach.

Dann brach Nyberg das Schweigen. »Da ist noch etwas. Ich habe über diese Tasche nachgedacht. Draußen bei der Transformatorstation. Die ganz falsch lag.«

Wallander wartete auf die Fortsetzung. Wenn Nyberg auch vor allem ein tüchtiger und gründlicher Techniker war, ließ er zuweilen doch eine unerwartete Kombinationsgabe aufblitzen.

»Ich bin hinausgefahren«, fuhr er fort. »Ich habe die Tasche mitgenommen und versucht, sie von verschiedenen Punkten aus zum Zaun hin zu werfen. Aber sie kam nie so weit.«

»Warum nicht?«

»Du weißt ja, wie es da aussieht. Strommasten, Stacheldraht, hohe Betonfundamente. Die Tasche blieb immer irgendwo hängen. Ich habe es fünfundzwanzigmal versucht. Einmal habe ich es geschafft.«

»Das würde also bedeuten, jemand hat sich die Mühe gemacht, mit der Tasche zum Zaun zu gehen.«

»So könnte es gewesen sein. Fragt sich nur, warum.«

»Und du hast eine Idee?«

»Das Natürliche ist selbstverständlich, daß die Tasche dort hingeworfen wurde, um gefunden zu werden. Aber vielleicht nicht sofort.«

»Jemand wollte also, daß der Körper identifiziert würde, aber nicht sofort?«

»Zu dem Ergebnis war ich auch gekommen. Aber dann entdeckte ich etwas. Gerade da, wo die Tasche lag, ist es besonders hell. Einer der Scheinwerfer beleuchtet genau die Stelle, an der die Tasche lag.«

Wallander ahnte, worauf Nyberg hinauswollte, sagte aber nichts.

»Ich meine nur, sie lag vielleicht da, weil jemand sich ins Licht gestellt hat, um sie zu durchsuchen.«

»Und vielleicht hat er auch etwas gefunden?«

»So stelle ich es mir vor. Aber die Schlußfolgerungen zu ziehen ist natürlich deine Sache.«

Wallander stand auf. »Gut«, sagte er. »Es kann sein, daß du vollkommen richtig denkst.«

Wallander stieg die Treppe hinauf und ging in Ann-Britts Zimmer. Sie saß über einem Berg von Papieren.

»Sonja Hökbergs Mutter«, sagte er. »Ich möchte, daß du Kontakt mit ihr aufnimmst und sie fragst, ob sie weiß, was normalerweise in der Handtasche ihrer Tochter war.«

Wallander erzählte von Nybergs Idee. Ann-Britt nickte und begann, eine Telefonnummer zu suchen.

Wallander machte sich nicht die Mühe zu warten. Er war rastlos und ging zurück in sein Zimmer. Wie viele Kilometer hatte er in all den Jahren wohl schon auf dem Flur zurückgelegt? Dann hörte er es in seinem Zimmer klingeln. Er hastete zum Telefon.

Es war Martinsson. »Ich glaube, es wird Zeit, daß du herkommst.«

»Warum?«

»Robert Modin ist ein sehr tüchtiger junger Mann.«

»Was ist denn passiert«

»Was wir gehofft haben. Wir sind drin. Der Computer hat seine Tore geöffnet.«

Wallander legte auf.

Jetzt haben wir endlich den Durchbruch, dachte er. Es hat lange gedauert. Aber am Ende ging es doch.

Er nahm seine Jacke und verließ das Präsidium.

Es war Viertel vor zwei. Sonntag, der 12. Oktober.

II
DIE BRANDMAUER

21

IM MORGENGRAUEN erwachte Carter davon, daß die Ventilation der Klimaanlage plötzlich aussetzte. Er lag reglos unter dem Laken und horchte ins Dunkel. In einiger Entfernung bellte ein Hund. Wieder einmal Stromausfall. Es passierte hier in Luanda so gut wie jede Nacht. Savimbis Banditen waren ständig auf der Jagd nach Möglichkeiten, die Stromversorgung der Hauptstadt durch einen Kurzschluß lahmzulegen. Und dann fielen die Ventilatoren aus. Es würde nur wenige Minuten dauern, bis es im Raum stickig heiß war. Aber die Frage war, ob er sich aufraffen konnte aufzustehen und in den an die Küche angrenzenden Raum hinunterzugehen, um den Generator zu starten. Er wußte auch nicht, was schlimmer war: der Lärm des Generators oder die drückende Hitze im Schlafzimmer.

Er wandte den Kopf und schaute auf die Uhr. Viertel nach fünf. Vor dem Haus hörte er eine der Nachtwachen schnarchen. Es war bestimmt José. Aber solange der zweite Mann sich wachhielt, war es nicht problematisch. Er legte den Kopf so, daß er den Kolben der Pistole fühlte, die ständig unter dem Kopfkissen lag. Ungeachtet aller Nachtwachen und Zäune war sie am Ende die einzige Sicherheit, die er hatte. Für den Fall, daß einer der zahllosen Räuber, die sich in der Dunkelheit verbargen, zuzuschlagen beschloß. Er hatte volles Verständnis dafür, daß sie es auf ihn abgesehen hatten. Er war weiß, er war wohlhabend. In einem armen und heruntergekommenen Land wie Angola war Kriminalität eine Selbstverständlichkeit. Wäre er einer der Armen, würde er sich auch berauben.

Plötzlich sprang die Klimaanlage wieder an. Manchmal waren die Ausfälle kurz. Dann lag es nicht an den Banditen, sondern an einem technischen Problem. Die Leitungen waren alt. Sie waren von den Portugiesen in der Kolonialzeit installiert worden. Wie viele Jahre sie seitdem ohne Wartung waren, wußte er nicht.

Carter blieb wach im Dunkeln liegen. Er dachte daran, daß er bald sechzig würde. Eigentlich war es bemerkenswert, daß er so alt geworden war, wenn man bedachte, was für ein Leben er geführt hatte. Inhalts- und abwechslungsreich. Aber auch gefährlich.

Er schlug das Laken zur Seite und ließ die kühle Luft direkt auf die Haut treffen. Er liebte es nicht, in der Morgendämmerung aufzuwachen. In den Stunden vor Sonnenaufgang war er ganz und gar ungeschützt. Da gab es nur ihn und das Dunkel und alle Erinnerungen. Dann konnte er sich in eine rasende Wut über alle Ungerechtigkeiten hineinsteigern. Erst wenn er seine Gedanken auf die Rache konzentrierte, die nahe bevorstand, beruhigte er sich wieder. Aber dann waren meistens schon mehrere Stunden vergangen. Die Sonne würde schon am Horizont stehen. Die Nachtwachen hatten angefangen zu schwatzen, und bald würde es am Vorhängeschloß klappern, wenn Celina aufschloß, um in die Küche zu gelangen und ihm sein Frühstück zuzubereiten.

Er zog das Laken wieder über sich. Wenn seine Nase zu jucken begann, wußte er, daß er bald niesen mußte. Er haßte es zu niesen. Er verabscheute alle Allergien. Sie waren eine Schwäche, die er verachtete. Besonders wenn er zur Unzeit nieste. Es war vorgekommen, daß er einen Vortrag abbrechen mußte, weil das Niesen ihm das Weitersprechen unmöglich machte.

Andere Male bekam er juckenden Ausschlag. Oder seine Augen tränten.

Er zog das Laken über den Mund. Diesmal blieb er Sieger. Das Bedürfnis zu niesen verschwand. Statt dessen blieb er liegen und dachte an die Jahre, die vergangen waren. An all das, was passiert war und dazu beigetragen hatte, daß er jetzt in einem Bett in einem Haus in Luanda lag, der Hauptstadt von Angola.

Vor mehr als dreißig Jahren hatte er als junger Volkswirt bei der Weltbank in Washington angefangen. Damals war er erfüllt von dem Glauben an die Möglichkeiten der Bank, zur Verbesserung der Welt beizutragen. Oder sie zumindest gerechter zu machen. Die großen Kredite, die in der armen Welt benötigt wurden und die einzelne Nationen oder private Banken nicht aufbringen konnten, waren der Anlaß dafür gewesen, daß einst bei einem Treffen in Bretton Woods die Weltbank geschaffen wurde. Auch wenn viele seiner Freunde an der Universität in Kalifornien der Meinung waren, daß er die falsche Wahl traf, daß in den Büros der Weltbank keine vernünftigen Lösungen für die wirtschaftlichen Probleme der Welt geschaffen wurden, hatte er an seiner Entscheidung festgehalten. Er war nicht weniger radikal als andere. Er war in denselben Demonstrationszügen mitmarschiert, nicht zuletzt gegen den Krieg in Vietnam. Aber er war nie zu der Überzeugung gelangt, daß ziviler Ungehorsam an sich zu einer besseren Welt führen würde. Er glaubte auch nicht an die kleinen und viel zu beschränkten sozialistischen Parteien. Er war zu der Auffassung gelangt, daß er in den bestehenden Strukturen wirken mußte. Wollte man die Macht erschüttern, mußte man sich in ihrer Nähe bewegen.

Außerdem hatte er ein Geheimnis. Deshalb hatte er die Columbia-Universität in New York verlassen und war nach Kalifornien umgezogen. Er war ein Jahr in Vietnam gewesen. Und es hatte ihm gefallen. Er hatte einer Kampfeinheit angehört, die sich fast die ganze Zeit in der Nähe von An Khe an der wichtigen Straße von Qui Nhon nach Westen befunden hatte. Er wußte, daß er während dieses Jahres mehrere feindliche Soldaten getötet hatte, und ihm war auch bewußt, daß er eigentlich nichts bereute. Während seine Kameraden sich in Drogen flüchteten, hatte er seine Disziplin als Soldat aufrechterhalten. Er war sicher gewesen, daß er überleben würde. Er würde nicht in einem Plastiksack über das Meer zurückgeschickt werden. Damals, in den schwülen Nächten, irgendwo auf Patrouille im Dschungel, war er zu seiner Überzeugung gelangt. Man mußte sich auf der Seite der Macht befinden, in der Nähe der Macht, um sie erschüttern zu können. Und wie er jetzt hier in Angola lag und auf die Morgendämmerung wartete, konnte er das gleiche wieder fühlen. Daß er sich wieder in einem Dschungel in stickiger Hitze befand und daß er damals, vor dreißig Jahren, recht gehabt hatte.

Weil er früh erkannt hatte, daß bald der Posten des Verantwortlichen Leiters der Bank in Angola frei würde, hatte er sofort Portugiesisch gelernt. Seine Karriere war schnell und schnurgerade. Seine Vorgesetzten hatten seine Fähigkeiten erkannt. Obwohl es viele Bewerber mit höheren oder zumindest umfassenderen Qualifikationen gegeben hatte, war ihm ohne Diskussion der angestrebte Chefposten in Luanda übertragen worden.

Es war das erstemal, daß er nach Afrika kam, seinen Fuß in ein armes und zerrissenes Land auf der südlichen Halbkugel setzte. Die Zeit als Soldat in Vietnam rechnete er nicht. Dort war er ein unwillkommener Feind gewesen. In Angola war er willkommen. In der ersten Zeit hatte er nur zugehört, gesehen und gelernt. Er hatte sich über die Freude und die Würde gewundert, die trotz der bedrückenden Zustände so stark und lebendig waren.

Er hatte zwei Jahre gebraucht, um einzusehen, daß das, was die Bank tat, vollkommen falsch war. Statt das Land in seiner Selbständigkeit zu stärken und den Wiederaufbau des vom Krieg verwüsteten Landes zu erleichtern, trug die Bank eigentlich nur dazu bei, die Reichen noch weiter zu mästen. Seine Machtposition brachte es mit sich, daß ihm ständig kriecherische und ängstliche Menschen begegneten. Hinter radikalen Phrasen entdeckte er Korruption, Feigheit und schlecht maskierte Eigeninteressen. Es gab auch andere – unabhängige Intellektuelle, den einen oder anderen Minister –, die das gleiche sahen wie er. Doch sie waren zahlenmäßig immer unterlegen. Niemand außer ihm hörte ihnen zu.

Schließlich hielt er es nicht mehr aus. Er hatte versucht, seinen Vorgesetzten klarzumachen, daß die Strategien der Bank von Grund auf verfehlt waren. Aber er fand kein Gehör, obwohl er ein übers andere Mal über den Atlantik reiste, um die Zentrale zu beeinflussen. Er schrieb eine Unmenge ernsthafter Promemorien. Aber die Reaktion war nie etwas anderes als wohlwollende Gleichgültigkeit. Bei einem dieser Treffen beschlich ihn zum erstenmal das Gefühl, daß man angefangen hatte, ihn als lästig zu betrachten. Jemand, der sich anschickte, aus dem Rahmen zu fallen. Er unterhielt sich eines Abends mit seinem ältesten Mentor, einem Analysten namens Whitfield, der ihn in seinen Jahren an der Universität begleitet und seine Anstellung befürwortet hatte. Sie trafen sich in einem kleinen Restaurant in Georgestown, und Carter hatte ihn unverblümt gefragt: War er im Begriff, sich unmöglich zu machen? Gab es wirklich keinen, der einsah, daß er recht und die Bank unrecht hatte? Whitfield hatte gesagt, die Frage sei falsch gestellt; und so verhielt es sich auch. Ob Carter recht hatte oder nicht, spielte eine untergeordnete Rolle. Die Bank hatte sich für eine Politik entschieden. Die sollte verfolgt werden, richtig oder nicht.

In der Nacht darauf flog Carter zurück nach Luanda. Unterwegs in dem bequemen Erster-Klasse-Sessel begann ein dramatischer Entschluß in seinem Hirn Form anzunehmen.

Es kostete ihn noch viele schlaflose Nächte, bis er darauf kam, was er eigentlich wollte.

Damals begegnete er auch dem Mann, der ihn davon überzeugen sollte, daß er recht hatte.

Hinterher hatte Carter gedacht, daß das Wichtige im Leben eines Menschen stets eine seltsame Kombination von bewußten Entscheidungen und Zufällen war. Die Frauen, die er geliebt hatte, waren auf die eigentümlichsten Weisen in sein Leben getreten. Und genauso hatten sie es auch wieder verlassen.

Es war an einem Abend im März Mitte der siebziger Jahre gewesen. Er befand sich tief in seiner schlaflosen Periode, und er suchte einen Ausweg aus dem Dilemma. Er fühlte sich rastlos und beschloß, eins der Restaurants an der Hafenpromenade von Luanda zu besuchen. Es hieß »Metropol«. Er ging gern dorthin, weil das Risiko, einem anderen Angestellten der Bank zu begegnen, gering war. Oder überhaupt Menschen, die der Elite des Landes angehörten. Im »Metropol« hatte er stets seine Ruhe. Am Nebentisch hatte ein Mann gesessen, der sehr schlecht Portugiesisch sprach. Weil der Kellner kein Englisch konnte, hatte Carter gedolmetscht.

Danach hatten sie sich unterhalten. Es zeigte sich, daß der Mann Schwede war und sich in Luanda aufhielt, um einen Auftrag als Berater im staatlichen Telekommunikationssektor, der sehr vernachlässigt war, auszuführen. Was ihn an dem Mann eigentlich interessiert hatte, konnte Carter sich nie ganz erklären. Normalerweise war er ein Mensch, der Distanz zu seinen Mitmenschen hielt. Aber irgend etwas an diesem Schweden hatte ihn sofort gefesselt. Carter war ein mißtrauischer Mensch. Wenn er Menschen begegnete, ging er davon aus, daß es Feinde waren.

Sie hatten noch nicht viele Worte gewechselt, als Carter erkannte, daß der Mann am Nebentisch, der sich im Laufe des Abends zu ihm an den Tisch setzte, sehr intelligent war. Er war kein Techniker mit beschränktem Horizont, sondern erwies sich als belesen und gut vertraut mit der Kolonialgeschichte Angolas wie auch mit der gegenwärtig herrschenden heiklen politischen Situation.

Der Mann hieß Tynnes Falk. Er hatte seinen Namen genannt, als sie sich in der Nacht verabschiedeten. Sie waren die letzten Gäste. Ein einsamer Kellner hatte halb schlafend an der Theke gesessen. Vor dem Lokal warteten ihre Fahrer. Falk wohnte im Hotel Luanda, und sie verabredeten sich für den nächsten Abend.

Drei Monate war Falk in Luanda geblieben. Gegen Ende der Periode hatte Carter ihm eine neue Beratertätigkeit angeboten. Eigentlich war es nur ein Vorwand, um Falk die Möglichkeit zur Rückkehr zu geben, damit sie ihre Gespräche weiterführen konnten.

Falk war zwei Monate später zurückgekommen. Da hatte er zum erstenmal erzählt, daß er unverheiratet war. Carter war auch nie verheiratet gewesen. Aber er hatte mit vielen Frauen zusammengelebt und hatte vier Kinder, drei Mädchen und einen Jungen, die er fast nie traf. In Luanda hatte er zwei schwarze Geliebte, zwischen denen er wechselte. Die eine unterrichtete an der Universität, die andere war die geschiedene Frau eines Ministers. Wie üblich hielt er seine Beziehungen geheim, außer vor seiner Dienerschaft. Er hatte es immer vermieden, Verhältnisse mit Frauen zu haben, die in der Bank arbeiteten. Weil Falk eine große Einsamkeit ausstrahlte, verhalf Carter ihm zu weiblicher Gesellschaft in Form einer Frau, die Rosa hieß und die Tochter eines portugiesischen Kaufmanns und seiner schwarzen Dienerin war.

Falk hatte sich von da an in Afrika immer wohler gefühlt. Carter hatte ihm ein Haus mit Garten und Blick aufs Meer an der schönen Bucht von Luanda besorgt. Außerdem hatte er einen Vertrag mit Falk geschlossen, der diesem für ein Minimum an Arbeit ein Maximum an Vergütung zusicherte.

Sie setzten ihre Gespräche fort. Worüber sie in den langen und warmen Nächten auch sprachen, sie hatten bald entdeckt, daß sie sich in ihren politischen und moralischen Einschätzungen äußerst nahestanden. Zum erstenmal hatte Carter jemanden gefunden, dem er sich anvertrauen konnte. Und für Falk war es ebenso. Sie hörten einander mit steigendem Interesse und jener Verwunderung zu, die der Entdeckung entsprang, daß sie so gleichartige Ansichten hatten. Sie waren nicht nur in ihrem enttäuschten Radikalismus vereint. Sie waren auch beide nicht in passive und selbstquälerische Bitterkeit versunken. Bis zu dem Augenblick, in dem der Zufall sie zusammenführte, hatten sie jeder für sich nach einem Ausweg gesucht. Jetzt konnten sie es gemeinsam tun. Sie formulierten einige einfache Voraussetzungen, auf die sie sich ganz selbstverständlich und ohne Probleme einigen konnten. Was blieb noch jenseits der verbrauchten Ideologien? In diesem unfaßbaren Gewimmel von Menschen und Ideen, in einer Welt, die ihnen immer korrupter vorkam? Wie konnte eigentlich eine bessere Welt aufgebaut werden? Konnte sie überhaupt geschaffen werden, solange das alte Fundament noch bestand? Sie sahen nach und nach ein, und vielleicht trieben sie sich gegenseitig zu dieser Einsicht, daß eine neue und bessere Welt kaum entstehen konnte, wenn nicht eine absolute Voraussetzung existierte: Daß alles zuerst niedergerissen worden war.

In diesen nächtlichen Gesprächen nahm der Plan Gestalt an. Sie bewegten sich langsam auf einen Punkt hin, an dem sie ihr Wissen und ihre Erfahrungen zusammenbringen konnten. Carter hatte mit wachsender Faszination den verblüffenden Dingen gelauscht, die Falk von der elektronischen Datenwelt, in der er lebte und arbeitete, erzählen konnte. Durch Falk hatte er verstanden, daß eigentlich nichts unmöglich war. Wer die elektronische Kommunikation beherrschte, der hatte die eigentliche Macht. Als Falk von den Kriegen der Zukunft sprach, lauschte Carter mit höchster Anspannung. Was die Panzer für den Ersten und die Atombombe für den Zweiten Weltkrieg bedeutet hatten, das würde die neue Informationstechnik für die Konflikte bedeuten, die in nicht allzu ferner Zukunft bevorständen. Dann würden Zeitbomben, die aus nichts anderem als vorprogrammierten Datenviren bestanden, in die Waffenarsenale eines potentiellen Feindes eingeschmuggelt werden. Elektronische Impulse würden die Aktienmärkte und Telekommunikationssysteme eines Feindes lahmlegen. Die neue Technik würde es mit sich bringen, daß die Machtkämpfe um die

Zukunft nicht auf noch so ausgeklügelten Schlachtfeldern entschieden würden, sondern an Tastaturen und in Laboratorien. Die Zeit der kernwaffenbestückten U-Boote war vorüber. Die wirklichen Bedrohungen gingen jetzt von den Glasfaserkabeln aus, die zu einem immer dichteren Spinnennetz um den Erdball gesponnen wurden.

Der große Plan nahm in diesen warmen afrikanischen Nächten Gestalt an. Sie waren von Anfang an darauf eingestellt, sich Zeit zu lassen. Nichts zu übereilen.

Sie ergänzten einander vorzüglich. Carter hatte Kontakte. Er wußte, wie die Weltbank funktionierte. Er kannte die Finanzsysteme bis ins Detail und wußte, wie brüchig die weltumspannende Wirtschaft im Grunde war. Was viele als Stärke ausgaben, daß die Weltwirtschaft immer enger verflochten war, würde in sein Gegenteil verkehrt werden. Falk seinerseits war der Techniker, der sich ausdenken konnte, wie verschiedene Ideen praktisch umgesetzt werden mußten.

Monatelang saßen sie fast jeden Abend zusammen und feilten an ihrem großen Plan.

In den mehr als zwanzig Jahren, die seitdem vergangen waren, hatten sie ständig Kontakt miteinander gehabt. Von Anfang an war ihnen klargewesen, daß die Zeit noch nicht reif war. Aber eines Tages würde sie es sein, und dann würden sie zuschlagen. An dem Tag, an dem die Elektronik die Instrumente bereithielt und die internationale Finanzwelt so eng verflochten war, daß nur noch ein Schlag den Knoten lösen konnte, würde es soweit sein.

Carter wurde aus seinen Gedanken gerissen. Instinktiv griff er nach der Pistole unter dem Kopfkissen. Aber es war nur Celina, die sich an dem Hängeschloß am Kücheneingang zu schaffen machte. Eigentlich sollte er sie entlassen, dachte er gereizt. Sie machte zuviel Lärm, wenn sie sein Frühstück zubereitete. Außerdem kochte sie die Eier nie so, wie er sie haben wollte. Celina war häßlich und dick und dumm. Sie konnte weder lesen noch schreiben, und sie hatte neun Kinder. Und einen Mann, der die meiste Zeit im Schatten eines Baums saß und schwadronierte, wenn er nicht betrunken war.

Einst hatte Carter gedacht, diese Menschen würden die neue

Welt schaffen. Daran glaubte er nicht mehr. Und dann konnte man die Welt ebensogut einreißen. Sie zerschlagen.

Die Sonne hatte sich schon über den Horizont erhoben. Carter blieb noch eine Weile unter dem Laken liegen. Er dachte daran, daß Falk jetzt tot war. Was nicht passieren durfte, war passiert. In ihrem Plan war stets auch Raum für den Gedanken gewesen, daß das Unerwartete, das Unkontrollierbare eintreffen könnte. Sie hätten es in ihre Berechnungen einbezogen, Verteidigungssysteme aufgebaut und alternative Lösungen entworfen. Aber sie hatten sich nie vorgestellt, daß einer von ihnen selbst betroffen sein könnte. Daß einer von ihnen sterben würde, einen ganz sinnlosen und ungeplanten Tod. Doch genau das war geschehen. Als Carter die telefonische Nachricht aus Schweden erhalten hatte, wollte er sie zuerst nicht glauben. Aber schließlich hatte er sich nicht länger gegen die Wahrheit sträuben können. Sein Freund war tot. Tynnes Falk gab es nicht mehr. Es schmerzte ihn und gefährdete ihren gesamten Plan. Es war der denkbar ungünstigste Zeitpunkt – kurz bevor sie endlich zuschlagen wollten. Jetzt war er der einzige, der den großen Augenblick erleben durfte. Doch das Leben bestand nicht nur aus bewußten Entscheidungen und gründlichen Plänen. Es enthielt auch Zufälle.

In seinem Kopf hatte die große Operation schon einen Namen bekommen: *Jakobs Moor.*

Er konnte sich noch erinnern, wie Falk bei einer überaus seltenen Gelegenheit zuviel Wein getrunken und plötzlich angefangen hatte, von seiner Kindheit zu erzählen. Daß er auf einem Gut aufgewachsen war, auf dem sein Vater als eine Art Verwalter gearbeitet hatte. Dort, in der Nähe eines Waldgeländes, gab es ein Moor. Die Flora war Falk zufolge verwildert, chaotisch und schön. An diesem Moor hatte er als Kind gespielt, hatte Libellen fliegen sehen und einige der allerbesten Momente seines Lebens erlebt. Er hatte auch den Namen Jakobs Moor erklärt. Vor langer Zeit hatte sich jemand, der Jakob hieß, aus unglücklicher Liebe eines Nachts dort ertränkt.

Für Falk hatte das Moor, als er erwachsen geworden war, eine andere Bedeutung bekommen. Nicht zuletzt, nachdem er Carter begegnet war und beide spürten, daß sie eine große Erfahrung dessen teilten, was das Leben eigentlich bedeutete. Jetzt wurde das Moor zu einem Symbol für die chaotische Welt, in der sie lebten, wo am Ende das einzige, was man tun konnte, war, hinzugehen und sich zu ertränken. Oder zumindest dafür zu sorgen, daß andere darin verschwanden.

Jakobs Moor. Ein guter Name. Wenn die Operation denn überhaupt einen Namen brauchte. Aber sie würde zum Ehrengedenken an Falk werden. Ein Gedenken, dessen Bedeutung nur Carter verstand.

Er lag noch eine Weile im Bett und dachte an Falk. Aber als er merkte, daß er sentimental wurde, stand er auf, duschte und ging hinunter in die Küche, um zu frühstücken.

Er hatte vor, den Rest des Vormittags in seinem Wohnzimmer zu verbringen. Er hörte ein Streichquartett von Beethoven, bis er Celinas Geklapper aus der Küche nicht mehr ertrug. Also fuhr er zum Strand und machte einen Spaziergang. An seiner Seite oder unmittelbar hinter ihm ging sein Fahrer Alfredo, der auch sein Leibwächter war. Jedesmal, wenn Carter durch Luanda fuhr und den Verfall, die Müllhalden, die Armut, das Elend sah, fand er sich darin bestärkt, daß er das Richtige tat. Falk hatte ihn fast bis ans Ziel begleitet. Aber jetzt mußte er den Rest allein schaffen.

Er ging am Meer entlang und schaute auf die zerbröckelnde Stadt. Was auch entstehen würde aus der Asche dessen, was er bald in Brand setzen wollte, es konnte kaum etwas anderes sein als eine Veränderung zum Besseren.

Kurz vor elf war er wieder zurück in seiner Villa. Celina war nach Hause gegangen. Er trank eine Tasse Kaffee und ein Glas Wasser. Dann ging er in sein Arbeitszimmer im Obergeschoß. Die Aussicht auf das Meer war hinreißend. Aber er zog die Gardinen vor. Am wohlsten fühlte er sich in der afrikanischen Dämmerung. Oder wenn die weichen Gardinen das Sonnenlicht von seinen empfindlichen Augen fernhielten. Er schaltete seinen Computer an und begann fast mechanisch mit den Routineeingaben.

Irgendwo in der elektronischen Welt tickte eine unsichtbare Uhr. Die hatte Falk ihm nach seinen Instruktionen konstruiert. Heute war Sonntag, der 12. Oktober, nur noch acht Tage, dann war es soweit.

Um Viertel nach elf hatte er die Kontrollen durchgeführt.

Er wollte gerade den Rechner abschalten, als er erstarrte. Ein kleines Licht hatte plötzlich in einer Ecke des Bildschirms zu blinken begonnen. Der Impuls war regelmäßig, zweimal kurz, einmal lang, zweimal kurz. Er griff zum Handbuch, das Falk ausgearbeitet hatte, und suchte, bis er den richtigen Code gefunden hatte.

Zuerst glaubte er, nicht richtig gesehen zu haben. Aber es war kein Irrtum. Jemand hatte sich durch den äußeren Ring von Sicherheitscodes in Falks Rechner in Schweden hindurchgearbeitet. In der kleinen Stadt Ystad, von der Carter nur Fotos gesehen hatte.

Er starrte auf den Bildschirm und traute seinen Augen nicht. Falk hatte garantiert, daß niemand seine Sicherheitssysteme durchbrechen könnte.

Dennoch war es offenbar jemandem gelungen.

Carter brach der Schweiß aus. Er zwang sich, ruhig zu bleiben. Falk hatte eine Unzahl von Sicherheitsfunktionen aktiviert. Der innerste Kern in Falks System, die unsichtbaren und mikroskopisch kleinen Datenraketen, waren hinter Befestigungen und Firewalls verborgen, die niemand überwinden konnte.

Dennoch versuchte es jemand.

Carter überdachte die Situation. Nach Falks Tod hatte er sofort eine Person nach Ystad geschickt, die die Situation beobachten und ihm berichten sollte. Es waren mehrere unglückliche Störmomente aufgetreten. Aber Carter hatte bisher geglaubt, alles sei unter Kontrolle. Weil er so rasch und ohne zu zögern reagiert hatte.

Er entschied sich dafür anzunehmen, daß weiterhin alles unter Kontrolle war. Aber trotzdem gab es jemanden, der in Falks Rechner eingedrungen war, auf jeden Fall jemanden, der es versucht hatte. Das war nicht zu leugnen. Es war eine Störung, die eine sofortige Gegenmaßnahme notwendig machte.

Carter dachte intensiv nach. Wer konnte das sein? Es fiel ihm schwer, sich vorzustellen, daß es einer der Polizeibeamten war, die seinen Informationen zufolge Falks Tod und einen Teil der übrigen Ereignisse eher beiläufig untersuchten.

Aber wenn nicht sie es waren, wer dann?

Er fand keine Antwort. Obwohl er am Rechner saß, bis die

Dämmerung sich auf Luanda herabgesenkt hatte. Als er schließlich aufstand, war er immer noch ruhig.

Aber etwas war geschehen, und er mußte herausfinden, was, um so schnell wie möglich eine geeignete Maßnahme zu ergreifen.

Kurz vor Mitternacht kehrte er an seinen Computer zurück.

Falk fehlte ihm mehr denn je.

Dann setzte er seinen Ruf in den Cyberspace ab.

Nach ungefähr einer Minute erhielt er Antwort.

*

Wallander hatte sich neben Martinsson gestellt. Am Computer saß Robert Modin. Der Bildschirm war voller Zahlen, die in rasendem Tempo und in wechselnden Kolumnen vorbeirauschten. Dann wurde es vollkommen still. Ein paar einsame Einsen und Nullen leuchteten auf. Dann wurde es schwarz. Robert Modin blickte Martinsson an, der nickte. Er gab weiter seine Befehle ein. Neue Ziffernschwärme rauschten vorbei. Dann hielten sie plötzlich an. Martinsson und Wallander beugten sich vor.

»Ich weiß überhaupt nicht, was das hier ist«, sagte Robert Modin. »So etwas habe ich noch nie gesehen.«

»Können das nicht irgendwelche Berechnungen sein?« meinte Martinsson.

Robert Modin schüttelte den Kopf. »Ich glaube nicht. Es sieht aus wie ein Zahlensystem, das auf einen weiteren Befehl wartet.«

Jetzt schüttelte Martinsson den Kopf. »Kannst du erklären, was du meinst?«

»Eine Berechnung kann es nicht sein. Es ist ja nichts ausgerechnet. Die Ziffern beziehen sich nur auf sich selbst. Es sieht mir eher wie eine Chiffrierung aus.«

Wallander war unzufrieden. Was er genau erwartet hatte, wußte er nicht, aber dies hier jedenfalls kaum. Einen Schwarm sinnloser Ziffern.

»Hat man nicht nach dem Zweiten Weltkrieg das Chiffrieren aufgegeben?« fragte er, bekam aber keine Antwort.

Sie starrten weiter auf die Ziffern.

»Es hat etwas mit 20 zu tun«, sagte Robert Modin plötzlich.

Martinsson beugte sich wieder nach vorn, aber Wallander blieb stehen. Er hatte Rückenschmerzen. Robert Modin zeigte und erklärte. Martinsson hörte interessiert zu, während Wallander die Gedanken in andere Richtungen schweifen ließ.

»Kann es etwas mit dem Jahr 2000 zu tun haben?« fragte Martinsson.

»Es ist nicht 2000«, sagte Robert Modin mit Nachdruck.

»In acht Tagen«, sagte Wallander in Gedanken. Ohne daß er wußte, warum.

Robert Modin und Martinsson diskutierten weiter. Neue Zahlen erschienen. Wallander lernte, was ein Modem war. Früher wußte er nur, daß es etwas war, was den Computer über Telefonleitungen mit dem Rest der Welt verband. Er begann ungeduldig zu werden. Gleichzeitig war ihm klar, daß das, womit Robert Modin sich beschäftigte, wichtig sein konnte.

In seiner Tasche piepte das Handy Er ging zur Wohnungstür und antwortete.

Es war Ann-Britt. »Ich habe vielleicht etwas gefunden«, sagte sie.

Wallander ging ins Treppenhaus. »Was denn?«

»Ich sagte ja, daß ich ein bißchen in Lundbergs Leben herumstochern wollte«, fuhr sie fort. »In erster Linie wollte ich mit seinen beiden Söhnen sprechen. Der ältere heißt Carl-Einar Lundberg. Plötzlich kam es mir vor, als hätte ich den Namen vorher schon einmal gesehen. Ich kam nur nicht darauf, wo und in welchem Zusammenhang.«

Der Name sagte Wallander nichts.

»Ich habe also in den Registern nachgesehen.«

»Ich dachte, das könnte nur Martinsson?«

»Sagen wir lieber, du bist der einzige, der es nicht kann.«

»Und was hast du gefunden?«

»Ich bin also auf etwas gestoßen. Carl-Einar Lundberg ist vor ein paar Jahren in einem Prozeß in Erscheinung getreten. Ich glaube, es war, als du längere Zeit krankgeschrieben warst.«

»Was hat er getan?«

»Anscheinend nichts, denn er wurde freigesprochen. Aber er war wegen Vergewaltigung angeklagt.«

Wallander dachte nach. »Es ist auf jeden Fall einen Versuch wert. Aber ich sehe nicht, wie es zu unserer Geschichte paßt. Am wenigsten zu Falk. Auch zu Sonja Hökberg nicht.«

»Ich mache trotzdem weiter«, sagte Ann-Britt. »Wie wir vereinbart haben.«

Das Gespräch endete. Wallander kehrte zu den anderen zurück.

Wir kommen nicht weiter, dachte er in einem Anfall von Resignation. Wir wissen überhaupt nicht, wonach wir suchen sollen. Wir befinden uns in einem einzigen großen Vakuum.

22

KURZ NACH SECHS konnte Robert Modin nicht mehr. Er klagte über Kopfschmerzen. Aber er gab nicht auf. Er blinzelte Martinsson und Wallander durch seine Brille an und sagte, er würde lieber am folgenden Tag weitermachen.

»Aber ich muß nachdenken«, erklärte er. »Ich muß mir eine Strategie zurechtlegen. Und ein paar Freunde konsultieren.«

Martinsson sorgte dafür, daß Robert Modin nach Löderup gefahren wurde.

»Was hat er damit gemeint?« fragte Wallander, als Martinsson und er ins Präsidium zurückgekehrt waren.

»Daß er nachdenken und eine Strategie entwickeln muß, genau wie wir«, antwortete Martinsson. »Wir lösen Probleme. Ist das nicht der Grund, warum er uns hilft?«

»Er hörte sich an wie ein alter Doktor, der einen Patienten mit sonderbaren Symptomen am Hals hat. Er sagte, er müsse ein paar Freunde konsultieren.«

»Das bedeutet nichts anderes, als daß er ein paar andere Hacker anruft. Oder übers Internet mit ihnen Kontakt aufnimmt. Der Vergleich mit dem Doktor und den seltsamen Symptomen ist wirklich gut.«

Martinsson schien darüber hinweggekommen zu sein, daß sie keine Genehmigung eingeholt hatten, um die Dienste Robert Modins in Anspruch zu nehmen. Wallander zog es vor, nicht mehr daran zu rühren.

Ann-Britt und Hansson waren beide im Präsidium. Ansonsten herrschte ein trügerischer Sonntagsfrieden. Vor Wallanders innerem Auge huschte der Berg mit Ermittlungen vorbei, der wuchs und wuchs. Dann versammelte er alle zu einer kurzen Besprechung. Sie waren zumindest symbolisch dabei, eine Arbeitswoche zu beenden.

»Ich habe mit einem der Hundeführer gesprochen«, sagte Hansson. »Norberg. Er hat übrigens gerade den Hund gewechselt. Herkules ist zu alt geworden.«

»Ist der Hund denn nicht schon tot?« fragte Martinsson erstaunt. »Ich habe das Gefühl, daß er schon immer dabeigewesen ist.«

»Jetzt ist es offenbar vorbei. Er wird allmählich blind.«

Martinsson stieß ein müdes Lachen aus.

»Das wäre doch mal ein Thema für die Presse«, sagte er. »Die blinden Suchhunde der Polizei.«

Wallander war alles andere als amüsiert. Er konnte nicht leugnen, daß er den alten Polizeihund vermissen würde. Vielleicht sogar mehr als gewisse Kollegen.

»Ich habe noch einmal über die Sache mit den Hundenamen nachgedacht«, fuhr Hansson fort. »Ich kann zur Not begreifen, daß man einen Köter Herkules nennt. Aber Clever?«

»Haben wir denn einen Polizeihund, der so heißt?« fragte Martinsson verwundert.

Wallander ließ die Handflächen mit einem Knall auf die Tischplatte fallen. Das war die stärkste autoritäre Geste, zu der er im Moment fähig war. »Wir lassen das im Moment mal beiseite. Was hat Norberg gesagt?«

»Daß es schon sein kann, wenn Gegenstände oder Körper, die gefroren sind oder waren, den Geruch verlieren. Hunde haben zum Beispiel im Winter bei starker Kälte Schwierigkeiten, Leichen zu finden.«

Wallander ging schnell weiter. »Und der Wagen? Der Mercedes? Bist du damit weitergekommen?«

»Vor ein paar Wochen ist in Ånge ein schwarzer Mercedes-Bus gestohlen worden.«

Wallander strengte sein Gedächtnis an. »Wo liegt Ånge?«

»Bei Luleå«, sagte Martinsson im Brustton der Überzeugung.

»Von wegen«, entgegnete Hansson. »Sundsvall. Oder zumindest nahebei.«

Ann-Britt stand auf und ging zur Karte an der Wand. Hansson hatte recht.

»Der kann es natürlich sein«, fuhr Hansson fort. »Schweden ist ein kleines Land.«

»Dennoch wirkt es kaum wahrscheinlich«, fand Wallander. »Aber es können ja noch andere Wagen gestohlen sein, nur die Meldungen sind noch nicht eingegangen. Wir müssen die Sache im Auge behalten.«

Dann hörten sie Ann-Britt zu.

»Lundberg hat zwei Söhne, die so unterschiedlich zu sein scheinen, wie man es sich nur vorstellen kann. Der in Malmö, Nils-Emil, arbeitet als Hausmeister in einer Schule. Den habe ich telefonisch zu erreichen versucht. Seine Frau sagte, er sei unterwegs und trainiere mit einer Gruppe von Orientierungsläufern. Sie war sehr gesprächig. Der Tod seines Vaters hat ihn schwer erschüttert. Wenn ich es richtig verstanden habe, ist Nils-Emil gläubiger Christ. Für uns scheint also der andere Sohn von Interesse zu sein, Carl-Einar. 1993 war er angeklagt, ein Mädchen hier aus der Stadt, das Englund hieß, vergewaltigt zu haben. Aber er wurde nicht verurteilt.«

»Ich kann mich dran erinnern«, sagte Martinsson. »Eine widerliche Geschichte.«

Wallander erinnerte sich nur daran, daß er in jener Zeit an den Stränden von Skagen in Dänemark entlanggewandert war. Dann war ein Anwalt ermordet worden, und er war zu seiner eigenen großen Verwunderung wieder in den Polizeidienst zurückgekehrt.

»Hast du die Ermittlung damals geführt?« fragte Wallander.

Martinsson verzog das Gesicht. »Nein, Svedberg.«

Es wurde still im Zimmer. Alle dachten einen Augenblick an ihren toten Kollegen.

»Ich habe noch nicht alle Papiere durchgesehen«, fuhr Ann-Britt fort. »Deshalb weiß ich noch nicht, warum er nicht verurteilt wurde.«

»Es wurde gar keiner verurteilt«, sagte Martinsson. »Der Täter kam ohne Strafe davon. Wir haben keinen anderen Verdächtigen gefunden. Svedberg war überzeugt, daß Lundberg es trotzdem war, daran erinnere ich mich noch deutlich. Aber ich wäre nie darauf gekommen, daß es Johan Lundbergs Sohn sein könnte.«

»Nehmen wir einmal an, er war es«, sagte Wallander. »Inwiefern würde das eigentlich erklären, daß sein Vater einem Raubmord zum Opfer fällt? Oder daß Sonja Hökberg verbrannt wurde? Oder daß Tynnes Falk die Finger abgeschlagen werden?«

»Die Vergewaltigung war brutal«, sagte Ann-Britt. »Man muß sich auf jeden Fall einen Mann vorstellen, der vor wenig zurückschreckt. Dieses Mädchen Englund lag lange im Krankenhaus. Sie hatte schwere Verletzungen. Am ganzen Körper.«

»Wir werden ihn uns natürlich genauer ansehen«, sagte Wallander. »Aber ich kann trotzdem kaum glauben, daß er mit dieser Sache zu tun hat. Hinter dem, was hier passiert ist, verbirgt sich etwas anderes. Ohne daß wir sagen können, was es ist.«

Damit war der Übergang geschaffen, um über Robert Modin und Falks Computer zu sprechen. Weder Hansson noch Ann-Britt schienen darauf zu reagieren, daß sie die Hilfe einer Person in Anspruch genommen hatten, die wegen hochqualifizierten Datenvergehens vorbestraft war.

»Ich verstehe das nicht richtig«, sagte Hansson, nachdem Wallander verstummt war. »Was glaubst du eigentlich in dem Computer zu finden? Ein Geständnis? Einen Bericht über das, was geschehen ist? Und warum?«

»Ich weiß nicht, ob in dem Computer überhaupt etwas verborgen ist«, sagte Wallander einfach. »Aber wir müssen herausfinden, womit sich Falk eigentlich beschäftigt hat. Genauso, wie wir klären müssen, wer er war. Und vor allem müssen wir uns, glaube ich, in seine Vergangenheit vertiefen. Ich habe den Eindruck, daß er ein ausgesprochen sonderbarer Mann war.«

Hansson schien weiterhin daran zu zweifeln, daß die Beschäftigung mit Falks Rechner sich lohnte. Aber er sagte nichts. Wallanger sah ein, daß er die Besprechung jetzt so schnell wie möglich beenden mußte. Alle waren müde. Sie brauchten Ruhe.

»Wir müssen so weitermachen wie bisher«, fuhr er fort. »Wir

müssen noch mehr über Sonja Hökberg wissen. Wer war sie eigentlich? Sie hat im Ausland gearbeitet, sie hat mit allem möglichen zu tun gehabt. Wir wissen zuwenig.«

Hier unterbrach er sich und wandte sich an Ann-Britt. »Was war mit ihrer Handtasche?«

»Das habe ich vergessen zu erwähnen«, erwiderte sie in entschuldigendem Ton. »Ihre Mutter glaubt, daß vielleicht ein Telefonverzeichnis fehlt.«

»Vielleicht?«

»Ich nehme ihr das wirklich ab. Sonja Hökberg hat offensichtlich niemanden an sich herangelassen außer Eva Persson. Wenn überhaupt. Die Mutter glaubt, Sonja habe ein kleines schwarzes Notizbuch gehabt, in dem sie Telefonnummern notierte. Aber, wie gesagt, sie war sich nicht sicher.«

»Wenn das stimmt, ist es eine wichtige Auskunft. Eva Persson müßte es wissen.«

Wallander überlegte, bevor er fortfuhr. »Ich denke, wir sollten ein bißchen umdisponieren. Ich möchte, daß von jetzt an Ann-Britt sich ausschließlich mit Sonja Hökberg und Eva Persson befaßt. Es muß in Sonjas Hintergrund einen Freund geben. Jemanden, der sie aus der Stadt gefahren hat. Ich möchte auch, daß du in ihrem Umfeld und in ihrer Vergangenheit suchst. Was für eine Person war sie eigentlich? Martinsson hält Robert Modin weiter bei Laune. Lundbergs Sohn kann ein anderer übernehmen. Beispielsweise ich selbst. Und ich werde versuchen, ein genaueres Bild von Falk zu zeichnen. Hansson muß sich bemühen, alles zusammenzuhalten. Viktorsson informieren zum Beispiel, die Nachhut bilden, Zeugen aufspüren und Erklärungen dafür finden, wie eine Leiche aus der Pathologie in Lund verschwinden kann. Außerdem muß jemand nach Växjö fahren und mit Eva Perssons Vater reden. Nur, damit es getan ist.«

Er blickte in die Runde, bevor er die Sitzung beendete.

»Dies wird seine Zeit dauern. Aber früher oder später müssen wir auf etwas stoßen, was auf das Vorhandensein eines gemeinsamen Nenners hindeutet.«

»Vergessen wir nicht etwas?« sagte Martinsson. »Daß jemand auf dich geschossen hat?«

»Nein, das haben wir nicht vergessen«, sagte Wallander. »Und der Schuß zeigt den Ernst in der ganzen Angelegenheit. Daß es einen Hintergrund gibt, der bedeutend komplizierter sein dürfte, als wir es uns vorstellen.«

Sie brachen auf. Wallander verspürte das Bedürfnis, das Polizeipräsidium so schnell wie möglich zu verlassen. Es war halb acht geworden. Obwohl er während des Tages sehr wenig gegessen hatte, hatte er keinen Hunger. Er fuhr nach Hause in die Mariagata. Der Wind war eingeschlafen. Die Temperatur war unverändert. Er blickte um sich, bevor er die Haustür aufschloß und hineinging.

Die folgende Stunde verbrachte er damit, seine Wohnung notdürftig zu putzen und seine schmutzige Wäsche zusammenzutragen. Dann und wann hielt er inne und warf einen Blick auf die Nachrichten. Ein Nachrichtenspot ließ ihn aufhorchen. Ein amerikanischer Oberst wurde zu der Frage interviewt, wie zukünftige Kriege aussehen könnten. Das meiste würde per Computer gesteuert werden. Die Zeit der Bodentruppen wäre bald vorüber. Auf jeden Fall würde ihre Bedeutung stark abnehmen.

Wallander hatte einen Gedanken. Weil es noch nicht halb zehn war, suchte er eine Telefonnummer heraus und setzte sich ans Telefon in der Küche.

Erik Hökberg meldete sich beinah unmittelbar.

»Wie geht es?« fragte er. »Wir leben in einem Trauerhaus hier. Und wir müssen bald erfahren, was eigentlich mit Sonja passiert ist.«

»Wir arbeiten, soviel wir können.«

»Aber kommen Sie weiter? Wer hat sie getötet?«

»Wir wissen es noch nicht.«

»Ich kann nicht verstehen, daß es so schwer sein soll, jemanden zu finden, der ein armes Mädchen in einer Transformatorstation zu Tode schmoren läßt.«

Wallander entgegnete darauf nichts.

»Ich rufe an, weil ich eine Frage habe. Konnte Sonja mit einem Computer umgehen?«

Die Antwort kam sehr prompt und eindeutig. »Natürlich konnte sie das. Können das nicht alle jungen Leute heutzutage?«

»Hat sie sich denn für Computer interessiert?«

»Sie surfte im Internet. Sie war gut. Aber nicht so gut wie Emil.«

Wallander fiel nichts mehr ein, was er fragen konnte. Er kam sich hilflos vor. Eigentlich hätte Martinsson die Fragen stellen sollen.

»Sie haben bestimmt viel nachgegrübelt«, sagte er dann. »Über das, was geschehen ist. Sie müssen sich gefragt haben, warum Sonja den Taxifahrer getötet hat. Und warum sie selbst getötet wurde.«

Erik Hökbergs Stimme war belegt, als er antwortete. »Ich gehe manchmal in ihr Zimmer«, sagte er. »Ich sitze da und sehe mich um. Und ich verstehe nichts.«

»Wie würden Sie Sonja beschreiben?«

»Sie war stark und eigensinnig. Es war nicht leicht, mit ihr umzugehen. Sie hätte sich im Leben sicher gut behauptet. Wie sagt man noch? Ein reich ausgestatteter Mensch? Das war sie. Ohne Zweifel.«

Wallander dachte an ihr Kleinmädchenzimmer. Nicht das Zimmer der Person, die ihr Stiefvater gerade beschrieb.

»Hatte sie keinen Freund?« fragte Wallander.

»Nicht daß ich wüßte.«

»Ist das nicht etwas seltsam?«

»Warum?«

»Sie war ja immerhin neunzehn Jahre alt. Und sah gut aus.«

»Sie hat auf jeden Fall keinen mit nach Hause gebracht.«

»Und hat nie jemand angerufen?«

»Sie hatte ein eigenes Telefon. Das hatte sie sich zu ihrem achtzehnten Geburtstag gewünscht. Und es klingelte oft. Aber wer da anrief, weiß ich natürlich nicht.«

»Hatte sie einen Anrufbeantworter?«

»Ich habe ihn abgehört. Das Band war leer.«

»Falls noch eine Nachricht darauf gesprochen wird, würde ich das Band gerne abhören.«

Wallander fiel plötzlich das Poster ein, das er im Kleiderschrank gesehen hatte. Nichts außer den Kleidern und diesem Poster verriet, daß ein Teenager in dem Zimmer wohnte. Eine fast erwachsene Frau. Er suchte in seinem Gedächtnis nach dem Titel des Films, ›Im Auftrag des Teufels‹.

»Kriminalinspektorin Höglund wird sich noch einmal mit Ihnen in Verbindung setzen. Sie wird viele Fragen stellen. Und wenn Sie wirklich wollen, daß wir herausfinden, was mit Sonja geschehen ist, müssen Sie ihr helfen, so gut es geht.«

»Bekommen Sie nicht die Antworten, die Sie verlangen?«

Erik Hökbergs Stimme klang plötzlich aggressiv.

Wallander konnte ihn verstehen. »Sie helfen in vorbildlicher Weise«, antwortete er. »Und jetzt will ich Sie nicht weiter stören.«

Er legte auf, blieb aber sitzen. Das Kinoplakat im Kleiderschrank ging ihm nicht aus dem Sinn. Er schaute auf die Uhr. Halb zehn. Er rief Linda in ihrem Restaurant in Stockholm an. Ein gehetzter Mann antwortete in gebrochenem Schwedisch. Er versprach, Linda ans Telefon zu holen. Es dauerte ein paar Minuten, bis sie an den Apparat kam.

Als sie hörte, wer daran war, wurde sie sofort wütend. »Du weißt doch, daß du um diese Zeit nicht anrufen sollst. Sie werden nur sauer auf mich.«

»Ich weiß«, sagte Wallander entschuldigend. »Nur eine Frage.«

»Wenn es schnell geht.«

»Es geht schnell. Hast du einen Film gesehen, der ›Im Auftrag des Teufels‹ heißt? Mit Al Pacino?«

»Störst du mich bei der Arbeit, um nach einem Film zu fragen?«

»Ich habe keinen anderen, den ich fragen könnte.«

»Ich lege jetzt auf.«

Jetzt wurde Wallander wütend.

»Du wirst doch wohl auf die Frage antworten können? Hast du den Film gesehen?«

»Ja, hab ich«, fauchte sie.

»Wovon handelt er?«

»Herrgott!«

»Handelt er von Gott?«

»Auf eine Weise schon. Er handelt von einem Anwalt, der eigentlich der Teufel ist.«

»Ist das alles?«

»Reicht das nicht? Warum willst du das wissen? Hast du Alpträume?«

»Ich stecke in einer Mordermittlung. Warum hat eine Neunzehnjährige das Filmplakat an der Wand?«

»Vermutlich schwärmt sie für Al Pacino. Oder sie liebt den Teufel. Woher soll ich das wissen, verdammt noch mal?«

»Mußt du unbedingt fluchen?«

»Ja.«

»Wovon handelt er noch?«

»Warum leihst du ihn dir nicht aus? Es gibt ihn bestimmt auf Video.«

Wallander kam sich vor wie ein Idiot. Daran hätte er denken müssen. Er hätte in eine der Videotheken in der Stadt gehen sollen, statt Linda wütend zu machen.

»Tut mir leid, daß ich dich gestört habe«, sagte er.

Ihr Ärger war verflogen. »Ist schon in Ordnung. Aber ich muß jetzt Schluß machen.«

»Ich weiß. Tschüß dann.«

Er legte den Hörer auf. Sofort klingelte es. Zögernd nahm er den Hörer wieder ab. Es konnte ein Journalist sein. Und wenn er eins jetzt nicht, ertrug, dann jemanden, der ihn interviewen wollte.

Zuerst erkannte er die Stimme nicht wieder. Dann hörte er, daß es Siv Eriksson war. »Ich hoffe, ich störe nicht«, sagte sie.

»Überhaupt nicht.«

»Ich habe noch einmal nachgedacht. Ich habe überlegt, wie ich Ihnen helfen kann.«

Lade mich ein, dachte Wallander. Wenn du mir wirklich helfen willst. Ich bin hungrig und durstig. Ich will nicht länger in dieser verdammten Wohnung sitzen.

»Ist Ihnen etwas eingefallen?« fragte er dann so förmlich, wie es ihm möglich war.

»Leider nicht. Ich nehme an, seine Frau kennt ihn am besten. Oder seine Kinder.«

»Wenn ich Sie richtig verstanden habe, hatte er viele verschiedene Aufträge. Hier in Schweden und im Ausland. Er war eine Kapazität, und er war gefragt. Hat er je etwas über seine Arbeit geäußert, was Sie gewundert hat? Etwas Unerwartetes?«

»Er sagte sehr wenig. Er war vorsichtig mit Worten. Er war vorsichtig in allem.«

»Können Sie das etwas ausführlicher beschreiben?«

»Manchmal hatte ich das Gefühl, daß er ganz woanders war. Wir diskutierten zum Beispiel über ein Problem. Er hörte zu, und er antwortete. Aber trotzdem war es, als sei er nicht da.«

»Wo war er denn?«

»Das weiß ich nicht. Er war sehr geheimnisvoll. Das geht mir jetzt auf. Damals glaubte ich, er sei schüchtern. Oder geistesabwesend. Jetzt glaube ich das nicht mehr. Wenn ein Mensch tot ist, verändert sich sein Bild in der Erinnerung.«

Wallander dachte an seinen eigenen Vater. Aber er fand nicht, daß sein Vater ihm jetzt, nach seinem Tod, anders erschien als zu seinen Lebzeiten.

»Und Sie wissen nicht, woran er eigentlich gedacht hat?« fuhr er fort.

»Im Grunde nicht.«

Die Antwort blieb gewissermaßen in der Schwebe, fand Wallander. Er wartete auf die Fortsetzung.

»Ich habe eigentlich nur eine Erinnerung, die irgendwie abweicht. Und das ist nicht viel. Gemessen daran, daß wir uns immerhin seit einigen Jahren kannten.«

»Erzählen Sie.«

»Es war vor zwei Jahren. Im Oktober oder Anfang November. Er kam eines Abends zu mir und war sehr aufgewühlt. Das konnte er nicht verbergen. Wir hatten einen sehr dringenden Auftrag. Ich glaube, es war etwas für die Landwirtschaftskammer. Ich fragte ihn natürlich, was passiert sei. Er sagte, er sei Zeuge eines Streits zwischen ein paar Teenagern und einem älteren Mann geworden, der offenbar ein wenig betrunken war. Als der Mann versucht habe, sich zu verteidigen, hätten sie ihn niedergeschlagen. Und ihn getreten, als er am Boden lag.«

»War das alles?«

»Reicht das nicht?«

Wallander dachte nach. Tynnes Falk hatte reagiert, weil ein Mensch ein Opfer von Gewalt geworden war. Aber was das zu bedeuten hatte, war Wallander nicht sogleich klar. Auf jeden Fall nicht in bezug auf ihre Ermittlungen.

»Hat er nicht eingegriffen?«

»Nein. Er war nur entrüstet.«

»Was sagte er?«

»Daß es das Chaos sei. Daß die Welt ein Chaos sei. Daß es sich kaum noch lohnte.«

»Daß was sich nicht lohnte?«

»Ich weiß nicht. Ich hatte den Eindruck, daß es auf eine Weise der Mensch an sich war, der sich nicht lohnte. Wenn das Tierische die Oberhand gewann. Als ich versuchte, ihn zu fragen, winkte er ab. Wir sprachen nie mehr darüber.«

»Wie interpretieren Sie seine Erregung?«

»Als ganz natürlich. Hätten Sie nicht genauso reagiert?«

Vielleicht, dachte Wallander. Aber es fragt sich, ob ich daraus den Schluß abgeleitet hätte, daß die Welt sich im Chaos befindet.

»Sie wissen natürlich nicht, wer diese Jugendlichen waren? Oder der betrunkene Mann?«

»Wie um Gottes willen sollte ich das wissen?«

»Ich bin Polizist. Ich stelle immer Fragen.«

»Es tut mir leid, daß ich nicht mehr helfen kann.«

Wallander merkte, daß er Lust hatte, sie am Telefon festzuhalten. Aber das würde sie selbstverständlich sofort entdecken. »Gut, daß Sie angerufen haben«, sagte er nur. »Rufen Sie mich an, wenn Ihnen noch etwas einfällt. Ich melde mich sicher morgen bei Ihnen.«

»Ich sitze an einem Auftrag für eine Restaurantkette. Ich bin den ganzen Tag im Büro.«

»Was geschieht jetzt mit Ihren Aufträgen?«

»Das weiß ich nicht. Ich kann nur hoffen, daß mein Ruf gut genug ist, um ohne Tynnes überleben zu können. Sonst muß ich mir etwas anderes einfallen lassen.«

»Was könnte das sein?«

Sie lachte. »Brauchen Sie die Antwort für die Ermittlung?«

»Ich bin nur neugierig.«

»Möglich, daß ich mir die Welt ansehe.«

Alle fahren weg, dachte Wallander. Zu guter Letzt bleiben nur noch ich und die versammelte Ganovenschaft übrig.

»Ich habe auch schon mit dem Gedanken gespielt«, sagte Wallander. »Aber ich sitze fest wie die meisten anderen.«

»Ich sitze nicht fest«, entgegnete sie fröhlich. »Man bestimmt selbst.«

Als das Gespräch vorüber war, dachte Wallander über ihre Worte nach. *Man bestimmt selbst.* Natürlich hatte sie recht. In der gleichen Weise, wie Per Åkeson und Sten Widén recht hatten.

Plötzlich war er froh darüber, an die Kontaktvermittlung geschrieben zu haben. Auch wenn er kaum mit einer Antwort rechnete, so hatte er doch wenigstens etwas getan.

Er zog seine Jacke an und ging zu einer Videothek am unteren Ende der Stora Östergata. Als er ankam, zeigte es sich, daß der Laden sonntags schon um neun Uhr schloß. Er ging weiter zum Marktplatz hinauf und blieb dann und wann vor einem Schaufenster stehen.

Woher das Gefühl kam, wußte er nicht. Aber plötzlich drehte er sich rasch um. Bis auf ein paar Jugendliche und einen Wachmann war die Straße leer. Wieder dachte er an das, was Ann-Britt ihm gesagt hatte. Daß er vorsichtig sein sollte.

Ich spinne, sagte er sich. Keiner ist so blöd, denselben Polizeibeamten zweimal hintereinander anzugreifen.

Am Markt bog er in die Hamngata ein und ging über Österleden nach Hause. Die Luft war frisch. Er merkte, daß er Bewegung brauchte.

Um Viertel nach zehn war er zurück in der Mariagata. Er fand ein einsames Bier im Kühlschrank und machte sich ein paar Brote. Dann setzte er sich vor den Fernseher und sah sich eine Diskussion über die schwedische Wirtschaft an. Das einzige, was er zu verstehen glaubte, war, daß es zugleich gut und schlecht um sie stand. Er merkte, daß er einnickte, und freute sich schon darauf, endlich eine ganze Nacht ungestört schlafen zu können.

Die Ermittlung ließ ihn für eine Weile in Frieden.

Um halb zwölf legte er sich hin und machte die Lampe aus.

Er war kaum eingeschlafen, als das Telefon klingelte. Das Klingeln hallte im Dunkeln wider.

Er zählte bis neun, bevor es aufhörte. Dann zog er den Stecker aus der Wand und wartete. Wenn es jemand aus dem Präsidium wäre, würde er es jetzt über sein Handy versuchen.

Da piepte das Handy auf dem Nachttisch.

Es war die Nachtstreife, die die Apelbergsgata bewachte. Der Polizist hieß Elofsson. »Ich weiß nicht, ob es wichtig ist«, sagte er. »Aber hier ist in der letzten Stunde mehrfach dasselbe Auto vorbeigefahren.«

»Habt ihr den Fahrer sehen können?«

»Deshalb rufe ich an. Du hast ja deine Instruktionen gegeben.«

Wallander wartete gespannt.

»Er könnte Chinese sein«, fuhr Elofsson fort. »Aber es ist natürlich schwer zu entscheiden.«

Wallander brauchte keine Bedenkzeit. Die ungestörte Nacht war schon vorbei. »Ich komme«, sagte er.

Er beendete das Gespräch und sah zur Uhr.

Es war kurz nach Mitternacht.

23

WALLANDER BOG VOM MALMÖVÄG AB.

Dann fuhr er an der Apelbergsgata vorbei und parkte auf dem Jörgen Krabbes Väg. Von dort brauchte er knapp fünf Minuten bis zu dem Haus, in dem Falks Wohnung lag. Es war jetzt windstill. Der Himmel war wolkenlos, und Wallander spürte, daß es langsam kälter wurde. Der Oktober in Schonen war immer ein Monat, in dem das Wetter sich nicht richtig entscheiden konnte.

Der Wagen, in dem Elofsson und sein Kollege warteten, parkte schräg gegenüber von Falks Haus. Als Wallander sich näherte, öffnete sich die hintere Tür des Wagens, und er stieg ein. Es duftete nach Kaffee. Er dachte an all die Nächte, in denen er im Verlauf trostloser Ermittlungen selbst in Autos gesessen und gegen den Schlaf gekämpft oder irgendwo an einer Straße gestanden und gefroren hatte.

Sie begrüßten sich. Elofssons Kollege war erst seit einem halben Jahr in Ystad. Er hieß El Sayed, seine Familie stammte aus Tunesien. Er war der erste Polizist aus dem Einwanderermilieu, der von der Polizeihochschule nach Ystad gekommen war. Wallander hatte sich Sorgen gemacht, El Sayed könnte auf Vorurteile und Ablehnung stoßen. Er machte sich keine Illusionen darüber, wie zahlreiche Polizisten über einen farbigen Kollegen dachten. Es war auch gekommen wie vorhergesehen. Versteckte, aber giftige Kommentare. Wieviel El Sayed davon selbst bemerkt und was er erwartet hatte, ahnte Wallander nicht. Manchmal hatte er selbst ein schlechtes Gewissen, weil er ihn noch nicht bei passender Gelegenheit zu sich nach Hause eingeladen hatte. Er wußte auch von keinem anderen, der es getan hatte. Aber der junge Mann mit seinem freundlichen Lächeln hatte es trotzdem geschafft, leidlich in die Gemeinschaft hineinzuwachsen. Auch wenn es seine Zeit gedauert hatte. Wallander fragte sich manchmal, was geschehen wäre, wenn El Sayed auf die Kommentare reagiert hätte, statt gute Miene zum bösen Spiel zu machen.

»Er kam von Norden«, sagte Elofsson. »Von Malmö. Und zwar dreimal.«

»Wann ist er zuletzt vorbeigefahren?«

»Kurz bevor ich angerufen habe. Ich habe zuerst dein privates Telefon versucht. Du schläfst wohl fest?«

Wallander antwortete darauf nicht.

»Erzähl, was passiert ist.«

»Du weißt doch, wie es ist. Erst wenn jemand zum zweitenmal vorbeifährt, registriert man es.«

»Was für ein Wagen?«

»Ein dunkelblauer Mazda.«

»Fuhr er langsamer, als er hier vorbeikam?«

»Vom erstenmal kann ich's nicht sagen. Aber beim zweitenmal eindeutig.«

El Sayed mischte sich ins Gespräch. »Er fuhr schon beim erstenmal langsamer.

Wallander merkte, daß Elofsson irritiert war. Es gefiel Elofsson nicht, daß der Mann neben ihm mehr gesehen hatte als er selbst.

»Aber er ist nicht stehengeblieben?«

»Nein.«

»Hat er euch entdeckt?«

»Beim erstenmal kaum. Vermutlich beim zweiten.«

»Was passierte dann?«

»Nach zwanzig Minuten kam er wieder zurück. Aber da wurde er nicht langsamer.«

»Da wollte er wohl nur kontrollieren, ob ihr noch da wart. Konntet ihr sehen, ob mehr als eine Person in dem Wagen saß?«

»Wir haben uns das auch gefragt. Sicher können wir natürlich nicht sein. Aber wir glauben, es war nur eine Person.«

»Habt ihr mit den Kollegen unten am Runnerströms Torg gesprochen?«

»Sie haben den Wagen nicht bemerkt.«

Das verwunderte Wallander. Wenn jemand an dem Haus vorbeifuhr, in dem Falk gewohnt hatte, müßte er sich auch für Falks Büro interessiert haben.

Er überlegte. Die einzig denkbare Erklärung war die, daß die Person in dem Wagen von der Existenz des Büros nichts wußte. Falls die beiden in dem Polizeiwagen nicht geschlafen hatten, und die Möglichkeit wollte Wallander nicht ganz ausschließen.

Elofsson wandte sich um und reichte Wallander einen Zettel, auf dem er das Kennzeichen des Wagens notiert hatte.

»Ich nehme an, ihr habt euch schon nach dem Halter des Fahrzeugs erkundigt?«

»Sie haben anscheinend einen Fehler an ihrem Hauptrechner. Wir erhielten den Bescheid, zu warten.«

Wallander hielt den Zettel gegen das Wagenfenster, so daß das Licht der Straßenlampe darauf fiel. MLR 331. Er prägte sich die Nummer ein.

»Was meinten sie, wann ihre Computer wieder laufen würden?«

»Das wußten sie nicht.«

»Aber irgendwas müssen sie doch gesagt haben.«

»Vielleicht morgen.«

»Was heißt das?«

»Daß sie sie morgen vielleicht wieder in Gang bekämen.«

Wallander schüttelte den Kopf. »Wir müssen das hier so schnell wie möglich wissen. Wann werdet ihr abgelöst?«

»Um sechs.«

»Bevor ihr nach Hause geht, müßt ihr einen Bericht schreiben und zu Hansson oder Martinsson ins Zimmer legen. Damit die sich darum kümmern.«

»Was tun wir, wenn er zurückkommt?«

»Das tut er nicht«, sagte Wallander. »Nicht, solange er weiß, daß ihr hier seid.«

»Sollen wir eingreifen? Falls er doch kommt?«

»Nein. Es ist ja kein Verbrechen, in der Apelbergsgata Auto zu fahren.«

Wallander blieb noch ein paar Minuten im Wagen sitzen. »Ruft mich an, falls er doch wieder auftaucht«, sagte er. »Nehmt meine Handynummer.«

Er wünschte ihnen viel Glück und ging zurück zum Jörgen Krabbes Väg. Dann fuhr er hinunter zum Runnerströms Torg. Es war nicht ganz so schlimm, wie er befürchtet hatte. Nur einer der Polizisten schlief. Sie hatten keinen blauen Mazda bemerkt.

»Haltet die Augen offen«, ermahnte er sie und gab ihnen das Kennzeichen.

Auf dem Weg zurück zu seinem Wagen merkte er plötzlich, daß er Setterkvists Schlüssel in der Tasche hatte. Eigentlich brauchte Martinsson sie, wenn er zusammen mit Robert Modin in Falks Büro weiterarbeiten wollte. Ohne richtig zu wissen warum, schloß er die Haustür auf und stieg hinauf ins Dachgeschoß. Bevor er aufschloß, legte er das Ohr an die Tür und lauschte. Als er ins Zimmer trat und Licht gemacht hatte, sah er sich genauso um wie beim erstenmal. Hatte er damals etwas übersehen? Etwas, was nicht nur ihm, sondern auch Nyberg entgangen war? Er fand nichts. Er setzte sich auf den Stuhl und betrachtete den dunklen Bildschirm.

Robert Modin hatte von einer Ziffernkombination gesprochen: 20. Wallander war sogleich klargewesen, daß der Junge wirklich etwas gesehen hatte. In dem, was für Martinsson und für ihn nur eine verwirrende Masse von Ziffern war, hatte Robert Modin ein Muster erkannt. Das einzige, was er selbst in dem Zusammenhang denken konnte, war, daß genau in einer Woche der 20. Oktober war. Aber selbst, wenn die Zwanzig etwas bedeutete, war es dann relevant für die Ermittlung?

In seiner ganzen Schulzeit war Wallander schwach in Mathematik gewesen. Von vielen Fächern, in denen er aufgrund von Faulheit schlecht war, hatte die Mathematik sich unterschieden. Er hatte im Grunde nie rechnen können, obwohl er es versucht hatte. Ziffern und Zahlen bildeten eine Welt, in die er nie richtig hatte eindringen können.

Plötzlich klingelte das Telefon neben dem Computer.

Wallander fuhr zusammen. Das Klingeln hallte im Raum. Er starrte auf den schwarzen Apparat. Beim siebten Klingeln nahm er den Hörer ab und drückte ihn ans Ohr.

Es rauschte. Als werde die Leitung an einem fernen Ort offengehalten. Da war jemand.

Wallander sagte hallo. Einmal. Zweimal. Aber alles, was er hören konnte, waren Atemzüge irgendwo tief in dem Rauschen.

Dann klickte es, und die Verbindung wurde unterbrochen. Wallander legte den Hörer zurück. Er spürte, wie sein Herz klopfte. Das gleiche Rauschen hatte er schon einmal gehört. Als er Falks Anrufbeantworter in der Wohnung in der Apelbergsgata abgehört hatte.

Da war jemand, dachte er. Jemand, der angerufen hat, um mit Falk zu sprechen. Aber Falk ist tot. Es gibt ihn nicht mehr.

Plötzlich fiel ihm ein, daß es ja noch eine andere Möglichkeit gab: daß jemand angerufen hatte, um mit *ihm* zu sprechen. Hatte ihn jemand gesehen, als er in Falks Büro ging?

Er erinnerte sich, daß er früher am Abend unvermittelt auf der Straße stehengeblieben war. Als sei jemand hinter ihm gewesen. Seine Unruhe kehrte zurück. Bisher war es ihm gelungen, den Schatten zu verdrängen, der erst kürzlich auf ihn geschossen hatte. Ann-Britts Worte hallten in ihm wider. Er mußte vorsichtig sein.

Er stand auf, ging zur Tür und lauschte. Aber alles war still.

Er kehrte zum Schreibtisch zurück. Ohne zu wissen warum, hob er die Tastatur an.

Darunter lag eine Ansichtskarte.

Er stellte die Lampe ein und setzte die Brille auf. Die Karte war alt, und die Farben waren verblaßt. Es war eine Strandpromenade. Palmen, ein langgestreckter Kai. Das Meer mit kleinen Fischerbooten. Und dahinter eine Reihe von Hochhäusern. Er drehte die Karte um. Sie war an Tynnes Falk in der Apelbergsgata adressiert. Das bedeutete, daß Siv Eriksson nicht all seine Post bekommen hatte. Oder hatte sie ihn angelogen? Vielleicht wußte sie nicht, daß Falk trotz allem Post nach Hause bekam. Der Text war kurz. So kurz, wie er überhaupt sein konnte. Er bestand aus einem einzigen Buchstaben: »C«. Wallander versuchte, den Poststempel zu entziffern. Die Briefmarke war fast ganz abgerissen. Er konnte ein L und ein D erkennen. Zwei der übrigen Buchstaben mußten folglich Vokale sein. Aber welche, das konnte er nicht sehen. Auch das Datum war nicht lesbar. Es gab keinen Text auf der Rückseite, der erklärt hätte, um welche Stadt es sich handelte. Abgesehen von der Adresse und dem Buchstaben C gab es nichts als einen Fleck, der die halbe Adresse bedeckte. Als habe jemand beim Schreiben der Karte eine Apfelsine gegessen. Oder beim Lesen. Wallander versuchte die Buchstaben L und D mit anderen Buchstaben zu kombinieren, aber vergeblich. Er studierte die Vorderseite noch einmal. Auf dem Bild waren Menschen zu erkennen. Als kleine Punkte. Aber es war unmöglich, ihre Hautfarbe zu erkennen. Wallander dachte an die verunglückte und chaotische Reise in die Karibik, die er vor ein paar Jahren gemacht hatte. Die Palmen waren da. Doch die Stadt im Hintergrund war ihm fremd.

Dann der Buchstabe. Das gleiche einsame C wie in Falks Logbuch. Ein Name. Tynnes Falk hatte gewußt, wer der Absender war, und die Karte aufgehoben. In diesem leeren Raum, wo sich außer dem Computer nur die Zeichnung einer Transformatorstation befand, hatte Falk eine Ansichtskarte aufbewahrt. Einen Gruß von Curt oder Conrad. Wallander steckte die Karte ein. Dann schaute er unter dem Computer nach. Nichts. Er hob das Telefon an. Leer.

Er blieb noch ein paar Minuten sitzen, bevor er das Licht löschte und ging.

Als er in die Mariagata zurückkam, war er sehr müde. Dennoch konnte er es nicht unterlassen, das Vergrößerungsglas hervorzusuchen, sich an den Küchentisch zu setzen und die Karte noch einmal genau zu studieren. Aber er entdeckte nichts Neues.

Kurz vor zwei ging er ins Bett.

Er schlief sofort ein.

Am Montag morgen machte Wallander nur einen kurzen Besuch im Polizeipräsidium. Er gab Martinsson den Schlüsselbund und berichtete von dem Wagen, der in der Nacht beobachtet worden war. Wallander erwähnte die Ansichtskarte nicht. Nicht weil er sie verheimlichen wollte, sondern weil er es eilig hatte. Er wollte sich nicht in unnötige Diskussionen verwickeln lassen. Bevor er das Präsidium verließ, führte er zwei Telefonate, eins davon mit Siv Eriksson. Er fragte sie, ob die Zahl Zwanzig ihr etwas sage. Außerdem wollte er wissen, ob Falk bei irgendeiner Gelegenheit eine Person erwähnt habe, deren Nachname oder Vorname mit C anfing. Sie konnte darauf spontan keine Antwort geben. Aber sie versprach, darüber nachzudenken. Danach hatte er von der Ansichtskarte erzählt, die er am Runnerströms Torg gefunden hatte, die aber in die Apelbergsgata adressiert war. Ihre Verwunderung war so groß, daß er deren Echtheit nicht bezweifelte. Sie hatte Falk geglaubt, als er ihr gesagt hatte, seine Post ginge an ihre Adresse. Aber einige, unter anderem die Person, die sich nur »C« nannte, hatten in die Apelbergsgata geschrieben.

Wallander erzählte, was die Ansichtskarte darstellte. Aber weder das Motiv noch die beiden Buchstaben des Poststempels sagten ihr etwas.

»Er hatte vielleicht noch andere Postadressen«, schlug sie vor.

Wallander spürte einen Anflug von Enttäuschung in ihrer Stimme, als habe Falk sie betrogen.

»Wir werden das untersuchen«, sagte er. »Vielleicht haben Sie recht.«

Sie hatte auch die Liste nicht vergessen, um die Wallander sie gebeten hatte. Sie wollte sie im Laufe des Tages im Präsidium vorbeibringen.

Nachdem er das Gespräch beendet hatte, merkte Wallander, daß es ihn froh gemacht hatte, ihre Stimme zu hören. Doch er verlor sich nicht in Träumereien, sondern führte sogleich das nächste Gespräch, und zwar mit Marianne Falk. Er teilte ihr nur kurz mit, daß er sie im Lauf der nächsten halben Stunde besuchen werde.

Dann blätterte er flüchtig die Papiere durch, die sich auf seinem Schreibtisch angesammelt hatten. Vieles davon hätte er sofort erledigen müssen. Aber er hatte keine Zeit. Der Berg würde weiter wachsen. Schon vor halb neun war er gegangen, ohne zu hinterlassen, wohin er wollte.

In den nächsten Stunden saß er auf Marianne Falks Sofa und sprach von dem Mann, mit dem sie verheiratet gewesen war. Wallander fing ganz von vorn an. Wann waren sie sich begegnet? Und wo? Wie war er damals? Marianne erwies sich als eine Frau mit einem guten Gedächtnis. Nur ganz selten kam sie ins Stocken oder mußte nach einer Antwort suchen. Wallander hatte daran gedacht, einen Kollegblock mitzunehmen, aber er machte nur wenige Notizen. Kaum etwas von dem, was Marianne Falk erzählte, würde weitere Nachforschungen erforderlich machen. Noch befand er sich in der ersten Phase, in der er versuchte, einen Überblick über Falks persönliche Geschichte zu gewinnen.

Marianne Falk zufolge war er auf einem Hof in der Nähe von Linköping aufgewachsen, wo sein Vater Verwalter war. Er war das einzige Kind. Nach dem Abitur in Linköping hatte er beim Panzerregiment in Skövde seinen Militärdienst abgeleistet, bevor er sich an der Universität Uppsala immatrikulierte. Anfangs war er anscheinend ein wenig unschlüssig und hatte sich nicht für ein Fach entscheiden können. Soviel sie wußte, hatte er neben Jura auch Literaturwissenschaft studiert. Doch schon nach einem Jahr war er nach Stockholm gezogen und hatte an der Handelshochschule angefangen. In dieser Zeit waren sie sich bei einem Studentenfest begegnet.

»Tynnes tanzte nicht«, sagte sie. »Aber er war da. Irgendwie wurden wir einander vorgestellt. Ich erinnere mich noch, daß ich ihn zuerst langweilig fand. Es war wahrlich keine Liebe auf den ersten Blick. Jedenfalls nicht von meiner Seite. Ein paar Tage später rief er an. Ich wußte nicht einmal, wie er meine Telefonnummer bekommen hatte. Er wollte mich wiedersehen. Aber nicht, um spazieren oder ins Kino zu gehen. Sein Vorschlag verblüffte mich.«

»Was wollte er denn?«

»Er wollte mit mir nach Bromma fahren, um die Flugzeuge anzusehen.«

»Und warum?«

»Er liebte Flugzeuge. Wir fuhren hin. Er wußte fast alles über die Maschinen, die da starteten und landeten. Ich fand ihn schon ein bißchen komisch. Vielleicht hatte ich mir nicht vorgestellt, so den Mann meines Lebens zu treffen.«

Sie hatten sich 1972 getroffen. Wallander bekam den Eindruck, daß Tynnes Falk sehr hartnäckig war, während Marianne dem Ganzen bedeutend skeptischer gegenüberstand. Sie war von einer Aufrichtigkeit, die Wallander überraschte.

»Er machte keinerlei Annäherungsversuche«, sagte sie. »Ich glaube, es dauerte drei Monate, bis er überhaupt auf die Idee kam, mich zu küssen. Hätte er es damals nicht getan, wäre mir sicher die Lust vergangen, und ich hätte Schluß gemacht. Vermutlich ahnte er das. Und da kam also dieser Kuß.«

Während jener Jahre zwischen 1973 und 1977 hatte sie eine Ausbildung als Krankenschwester absolviert. Eigentlich wäre sie gern Journalistin geworden. Aber sie war an der Journalistenhochschule nicht angenommen worden. Ihre Eltern lebten in Spånga bei Stockholm, wo ihr Vater eine kleine Kfz-Werkstatt hatte.

»Tynnes sprach nie über seine Eltern«, sagte sie. »Ich mußte ihm jedes Wort aus der Nase ziehen, wenn ich etwas über seine Kindheit und Jugend erfahren wollte. Ich wußte kaum, daß sie noch lebten. Sicher war nur, daß er keine Geschwister hatte. Ich selbst hatte fünf. Es dauerte unendlich lange, bis ich ihn dazu bringen konnte, mit mir nach Hause zu kommen, um meine Eltern kennenzulernen. Er war sehr schüchtern. Zumindest tat er so.«

»Was meinen Sie damit?«

»Tynnes hatte ein gesundes Selbstvertrauen. Ich glaube, daß er die große Mehrheit der Menschen zutiefst verachtete. Obwohl er das Gegenteil behauptete.«

»Auf welche Weise?«

»Wenn ich zurückdenke, erscheint unser Verhältnis natürlich als sehr sonderbar. Er wohnte für sich, in einem Zimmer am Odenplan. Ich blieb in Spånga. Ich hatte nicht besonders viel Geld und Angst davor, ein zu hohes Studiendarlehen in Anspruch zu nehmen. Aber Tynnes machte nicht einmal den Vorschlag, daß wir vielleicht zusammenziehen könnten. Wir trafen uns an drei oder vier Abenden in der Woche. Was er neben dem Studium außer Flugzeuge anschauen noch tat, davon wußte ich nicht viel. Bis zu dem Tag, an dem ich ernstlich anfing, mich zu fragen.«

Es war an einem Donnerstagnachmittag, erinnerte sie sich.

Vielleicht im April oder spätestens Anfang Mai, ungefähr ein halbes Jahr, nachdem sie sich kennengelernt hatten. Gerade an jenem Tag hatten sie sich nicht verabredet. Tynnes hatte gesagt, er habe eine wichtige Vorlesung, die er nicht ausfallen lassen könne. Statt dessen hatte sie ein paar Erledigungen für ihre Mutter gemacht. Als sie auf dem Weg zum Hauptbahnhof die Drottninggata überqueren wollte, hatte sie warten müssen, weil ein Demonstrationszug den Weg blockierte. Es war eine Manifestation für die Dritte Welt. Die Plakate und Spruchbänder handelten von der Weltbank und den portugiesischen Kolonialkriegen. Sie selbst hatte sich nie besonders für Politik interessiert. Sie kam aus einem soliden sozialdemokratischen Elternhaus. Von der das Land überschwemmenden Linkswelle war sie nicht erfaßt worden. Auch Tynnes Falk hatte lediglich einen allgemeinen Radikalismus zur Schau getragen. Aber auf alles, was sie ihn fragte, hatte er eindeutige Antworten gehabt. Außerdem neigte er dazu, mit seinen theoretischen politischen Kenntnissen zu brillieren. Dennoch hatte sie ihren Augen nicht getraut, als sie ihn plötzlich unter den Demonstranten entdeckte. Auf dem Plakat, das er trug, stand »Viva Cabral«. Später hatte sie selbst herausgefunden, daß Amílcar Cabral der Anführer der Befreiungsbewegung in Guinea-Bissau war. Sie war damals auf der Drottninggata so überrascht gewesen, daß sie ein paar Schritte zurückgetreten war. Er hatte sie nicht bemerkt.

Später hatte sie ihn gefragt. Als er hörte, daß sie unter den Menschen auf dem Bürgersteig gestanden hatte, ohne daß er sie gesehen hatte, packte ihn rasende Wut. Es war das erstemal, daß er einen Wutausbruch bekam. Aber er hatte sich bald wieder beruhigt. Warum er so wütend geworden war, hatte sie nie verstanden. Aber an dem Tag hatte sie erkannt, daß es vieles gab, was sie über Tynnes Falk nicht wußte.

»Im Juni machte ich Schluß«, sagte sie. »Nicht weil ich einen anderen getroffen hätte. Ich glaubte ganz einfach nicht mehr daran. Und sein Ausbruch damals spielte auch eine Rolle.«

»Wie reagierte er, als Sie Schluß machten?«

»Das weiß ich nicht.«

»Das wissen Sie nicht?«

»Wir hatten uns in einem Café in Kungsträdgården getroffen. Ich sagte es, wie es war. Daß ich unsere Beziehung beenden wollte. Sie hätte doch keine Zukunft. Er hörte zu. Dann stand er auf und ging.«

»Das war alles?«

»Er sagte kein einziges Wort. Ich erinnere mich daran, daß sein Gesicht vollkommen ausdruckslos war. Als ich nichts mehr zu sagen hatte, ging er. Aber er legte Geld für den Kaffee auf den Tisch.«

»Und was geschah dann?«

»Ich traf ihn mehrere Jahre nicht.«

»Wie lange?«

»Vier Jahre.«

»Was machte er in der Zeit?«

»Das weiß ich nicht genau.«

Wallanders Verwunderung war merkbar gestiegen. »Sie meinen, daß er vier Jahre lang spurlos verschwunden war? Ohne daß Sie wußten, wo er war und was er tat?«

»Ich sehe ein, daß es schwerfällt, das zu glauben. Aber genau so war es. Eine Woche nach dem Treffen in Kungsträdgården dachte ich, ich sollte mich vielleicht trotz allem noch einmal bei ihm melden. Da war er aus seinem Zimmer ausgezogen, ohne eine Anschrift zu hinterlassen. Nach einigen Wochen gelang es mir, seine Eltern auf dem Hof bei Linköping ausfindig zu machen. Aber die wußten auch nicht, wo er war. Vier Jahre lang war er fort, ohne daß ich ein Wort von ihm hörte. An der Handelshochschule hatte er aufgehört. Niemand wußte etwas. Bis er wieder auftauchte.«

»Wann war das?«

»Das weiß ich noch wie heute. Es war am 2. August 1977. Ich hatte gerade meine erste Stelle als frischexaminierte Krankenschwester angetreten. Im Krankenhaus Sabbatsberg. Plötzlich stand er vor dem Krankenhaus. Er hatte einen Blumenstrauß in der Hand. Und er lächelte. Ich hatte während der vergangenen vier Jahre eine mißglückte Beziehung erlebt. Jetzt stand er da, und ich freute mich, ihn zu sehen. Ich steckte in einer verwirrten und einsamen Lebensphase. Außerdem war meine Mutter gerade gestorben.«

»Sie haben sich also wieder getroffen?«

»Er fand, wir sollten heiraten. Das sagte er schon nach ein paar Tagen.«

»Aber er muß doch erzählt haben, was er in den vier Jahren getan hat?«

»Nein. Eben nicht. Er sagte, daß er mich nicht nach meinem Leben fragen würde. Wenn ich nicht nach seinem fragte. Wir sollten so tun, als existierten diese vier Jahre nicht.«

Wallander sah sie fragend an. »Hatte er sich auf irgendeine Weise verändert?«

»Nein, außer daß er braun war.«

»Sie meinen sonnengebräunt?«

»Ja. Aber sonst war er der gleiche. Nur durch einen Zufall habe ich erfahren, wo er in diesen vier Jahren gewesen war.«

In diesem Moment piepte Wallanders Handy. Er war unschlüssig, ob er das Gespräch annehmen sollte. Schließlich griff er doch in die Jackentasche.

Es war Hansson. »Martinsson hat mir die Sache mit dem Auto von heute nacht hinterlassen. Die Rechner waren ausgefallen. Das Kennzeichen ist als gestohlen registriert.«

»Der Wagen oder die Nummernschilder?«

»Die Schilder. Von einem Volvo, der am Nobeltorg in Malmö geparkt war.«

»Dann wissen wir das«, sagte Wallander. »Elofsson und El Sayed hatten recht. Der Wagen fuhr wirklich vorbei, um Ausschau zu halten.«

»Ich weiß nicht recht, was ich jetzt weiter damit machen soll.«

»Sprich mit den Kollegen in Malmö. Ich möchte, daß wir eine regionale Fahndung nach diesem Wagen veranlassen.«

»Unter welchem Verdacht steht der Fahrer?«

Wallander überlegte. »Teils, daß er etwas mit dem Mord an Sonja Hökberg zu tun hat. Teils kann er auch etwas darüber wissen, warum auf mich geschossen wurde.«

»War er der Schütze?«

»Er kann Zeuge gewesen sein«, sagte Wallander ausweichend.

»Wo bist du jetzt?«

»Ich sitze bei Frau Falk. Wir hören später voneinander.«

Sie servierte Kaffee aus einer schönen blauweißen Kanne. Wallander erinnerte sich daran, daß es in seinem Elternhaus das gleiche Porzellan gab, als er klein war.

»Erzählen Sie von dem Zufall«, sagte er, als sie sich wieder gesetzt hatte.

»Es war ungefähr einen Monat, nachdem Tynnes wieder aufgetaucht war. Er hatte ein Auto gekauft und holte mich immer damit ab. Einer der Ärzte in meiner Abteilung sah einmal, daß er mich abholte. Am Tag danach fragte er, ob er richtig gesehen habe. Ob der Mann, der mich abgeholt habe, Tynnes Falk heiße. Als ich das bestätigte, sagte er, er habe ihn im letzten Jahr getroffen. Aber nicht irgendwo. Sondern in Afrika.«

»Wo in Afrika?«

»In Angola. Der Arzt hatte dort als Volontär gearbeitet. Unmittelbar nachdem das Land seine Unabhängigkeit von Portugal gewonnen hatte. Bei einer Gelegenheit war er mit einem anderen Schweden zusammengetroffen. Es war spät in der Nacht in einem Restaurant. Sie hatten an verschiedenen Tischen gesessen. Aber als Tynnes bezahlen wollte, hatte er seinen schwedischen Paß hervorgezogen, in dem sein Geld steckte. Der Arzt hatte ihn angesprochen. Tynnes hatte zurückgegrüßt und seinen Namen genannt, aber nicht viel mehr. Der Arzt erinnerte sich noch an ihn. Vor allem, weil er es sonderbar gefunden hatte, daß Tynnes so abweisend war. Als sei es ihm unangenehm, als Schwede identifiziert worden zu sein.«

»Da müssen Sie ihn doch gefragt haben, was er dort getan hat.«

»Wie oft habe ich gedacht, ich wollte ihn fragen. Herausfinden, was er getrieben hat. Warum er nach Afrika gefahren war. Aber in gewisser Weise hatten wir uns versprochen, nicht in diesen vier Jahren zu graben. Statt dessen versuchte ich, es über andere Kanäle herauszufinden.«

»Welche Kanäle?«

»Ich rief verschiedene Organisationen an, die Entwicklungshelfer in Afrika hatten. Aber erst, als ich mit SIDA sprach, war ich erfolgreich. Tynnes war tatsächlich zwei Monate in Angola gewesen, um bei der Installation einer Reihe von Funkmasten mitzuwirken.«

»Aber er war vier Jahre fort«, sagte Wallander. »Sie sprechen von zwei Monaten.«

Eine Weile saß sie vollkommen still, versunken in einen Gedanken, bei dem Wallander sie nicht stören wollte.

»Wir heirateten und bekamen Kinder. Abgesehen von der Begegnung mit dem Arzt in Luanda wußte ich nichts darüber, was er in diesen Jahren gemacht hatte. Und ich fragte nie. Erst jetzt, wo er tot ist und wir schon lange geschieden sind, habe ich endlich etwas darüber erfahren.«

Sie stand auf und verließ das Zimmer. Als sie zurückkam, hatte sie ein Paket in der Hand. Etwas, was in ein zerrissenes Wachstuch eingewickelt war. Sie legte es vor Wallander auf den Tisch.

»Nach seinem Tod bin ich in den Keller gegangen. Ich wußte, daß dort ein Stahlkoffer stand. Er war verschlossen. Aber jetzt brach ich ihn auf. Außer dem hier war nichts darin als Staub.«

Sie nickte ihm zu, das Paket zu öffnen. Wallander schlug das Wachstuch zur Seite. Vor ihm lag ein Fotoalbum in braunem Leder. Auf der ersten Seite war mit Tusche geschrieben *Angola 1973–1977.*

»Ich habe mir die Bilder angesehen«, sagte sie. »Was sie genau erzählen, weiß ich nicht. Aber ich glaube, ihnen entnehmen zu können, daß Tynnes nicht nur die zwei Monate in Angola verbrachte, in denen er als Berater für SIDA arbeitete. Er war wohl wirklich fast vier Jahre da.«

Wallander hatte das Album noch nicht geöffnet. Ihm kam ein Gedanke. »Ich bin ziemlich ungebildet. Ich weiß nicht einmal, wie die Hauptstadt von Angola heißt.«

»Luanda.«

Wallander nickte. In der Jackentasche hatte er die Ansichtskarte, die er unter der Tastatur gefunden hatte. Auf der er ein L und ein D erkannt hatte.

Die Karte war in Luanda abgeschickt worden. Wer ist der Mann oder die Frau, deren Name mit C anfängt?

Er wischte sich die Hände an einer Serviette ab.

Dann beugte er sich vor und öffnete das Album.

24

DAS ERSTE BILD zeigt wirre Reste eines ausgebrannten Busses. Er liegt auf der Seite neben einer Straße, die rot gefärbt ist von Sand und vielleicht auch von Blut. Das Bild ist aus einiger Entfernung aufgenommen worden. Der Bus sieht wie ein Tierkadaver aus. Neben das eingeklebte Bild hat jemand mit Bleistift geschrieben: *Nordöstlich von Huambo 1975.* Unter dem Foto ist ein ähnlicher gelber Fleck wie auf der Postkarte. Wallander blätterte um. Eine Gruppe schwarzer Frauen ist an einem Tümpel versammelt. Die Landschaft verbrannt und ausgetrocknet. Es gibt keine Schatten auf dem Bild. Die Sonne muß senkrecht am Himmel gestanden haben, als das Bild aufgenommen wurde. Keine der Frauen schaut in Richtung des Fotografen. Der Wasserstand in dem Tümpel ist sehr niedrig.

Wallander betrachtete das Bild. Tynnes Falk, wenn er denn der Fotograf war, hat beschlossen, diese Frauen abzubilden. Aber eigentlich ist der fast ausgetrocknete Tümpel der Mittelpunkt. Den will es zeigen. Frauen, die bald kein Wasser mehr zu holen haben. Wallander blätterte weiter. Marianne Falk saß schweigend an der anderen Seite des Tischs. Wallander nahm eine Uhr wahr, die irgendwo im Raum tickte. Es folgten weitere Bilder einer ausgedörrten Landschaft. Ein Dorf mit niedrigen runden Hütten. Kinder und Hunde. Überall die rote Erde, die auf dem Bild umherzuwirbeln scheint. Keine Menschen, die in die Kamera sehen.

Plötzlich sind die Dörfer fort. Jetzt ist es ein Schlachtfeld. Oder das Feld nach einer Schlacht. Die Vegetation ist dichter, grüner. Ein Hubschrauber liegt umgestürzt auf der Seite, wie ein riesiges Insekt, auf das jemand getreten ist. Verlassene Kanonen, deren Rohre auf einen unsichtbaren Feind gerichtet sind. Auf den Bildern sind nur diese Waffen. Keine Menschen, weder lebende noch tote. Darunter Daten und Ortsnamen, nicht mehr. Dann folgen zwei Seiten mit Funkmasten. Einige der Bilder sind unscharf.

Plötzlich ein Gruppenbild. Wallander versuchte, die Gesichter von neun Männern zu unterscheiden, die vor etwas, was aussieht wie ein Bunker, Aufstellung genommen haben. Es sind zehn

Mann, ein Junge und eine Ziege. Die Ziege scheint von rechts ins Bild gekommen zu sein. Einer der Männer ist dabei, sie fortzuscheuchen, als das Bild aufgenommen wird. Der Junge starrt direkt in die Kamera. Er lacht. Sieben der Männer sind schwarz, die anderen weiß. Die Schwarzen sehen fröhlich aus, die Weißen ernst. Wallander drehte das Album so, daß Marianne Falk auch sehen konnte, und fragte sie, ob sie einen der beiden Weißen kenne. Sie schüttelte den Kopf. Neben dem Bild steht ein unlesbarer Ortsname und ein Datum: *Januar 1976*. Falk muß schon längst seine Funkmasten installiert haben. Vielleicht macht er gerade einen weiteren Besuch, um nachzuschauen, ob sie noch stehen. Er ist nach Angola zurückgekehrt. Oder hat er das Land gar nicht verlassen? Nichts spricht dagegen, daß er die ganze Zeit dortgeblieben ist. Welchen Auftrag er jetzt ausführt, ist unbekannt. Niemand weiß, wovon er lebt. Wallander blätterte um. Bilder aus Luanda. Jetzt ist es einen Monat später, Februar 1976. Jemand hält eine Rede in einem Stadion. Menschen mit roten Fahnen. Außerdem Flaggen. Wallander nahm an, daß es die Flagge Angolas war, mit der die Menschen winken. Weiterhin scheint Falk uninteressiert an einzelnen Menschen. Hier ist es eine Volksmenge. Das Bild ist aus so großem Abstand aufgenommen, daß einzelne Menschen kaum auszumachen sind. Aber Falk muß immerhin dieses Stadion besucht haben. Vielleicht ist es der Nationaltag? Der Unabhängigkeitstag des jungen Angola, der gefeiert wird? Warum hat Falk diese Bilder aufgenommen? Schlecht fotografiert, immer aus zu großem Abstand. Was will er eigentlich mit diesen Bildern für die Erinnerung festhalten?

Danach folgen ein paar Seiten mit Stadtbildern. *Luanda April 1976*. Wallander blätterte schneller.

Dann hielt er inne.

Ein Bild fällt aus dem Rahmen. Ein altes Bild. Ein Schwarzweißfoto. Eine Gruppe ernster Europäer hat sich für das Foto in Positur gestellt. Die Frauen sitzen, die Männer stehen. Neunzehntes Jahrhundert. Im Hintergrund ein großes Haus, auf dem Land. Schwarze Diener in weißer Kleidung sind zu erkennen. Einer von ihnen lacht, aber die Menschen im Vordergrund sind ernst. Neben dem Bild steht: *Schottische Missionare, Angola 1894*.

Wallander fragte sich, was das Bild hier sollte. Ein ausgebrannter Bus, verlassene Schlachtfelder, Frauen, die bald kein Wasser mehr haben, Funkmasten – und schließlich ein Bild von Missionaren.

Dann kommt die Gegenwart wieder, die Zeit, in der sich Falk definitiv in Angola befindet. Und zum erstenmal sind dort Menschen aus der Nähe fotografiert. Menschen, die den Mittelpunkt des Bilds ausmachen. Irgendwo wird ein Fest gefeiert. Es sind Blitzlichtaufnahmen. Nur Weiße. Das Blitzlicht hat ihre Augen rot wie die Augen von Tieren gemacht. Gläser und Flaschen. Marianne Falk beugte sich vor und zeigte auf einen Mann mit einem Glas in der Hand. Er ist von ziemlich jungen Männern umgeben. Die meisten prosten und rufen dem Fotografen etwas zu. Aber Tynnes Falk sitzt schweigend da. Sie zeigt auf sein Gesicht. Er ist still und ernst. Er ist mager und trägt ein weißes Hemd, das bis zum Hals zugeknöpft ist. Die anderen Männer sind halbnackt und verschwitzt, mit geröteten Gesichtern. Wallander fragte noch einmal, ob Frau Falk keins der Gesichter erkenne. Aber sie schüttelte den Kopf.

Irgendwo hier ist eine Person mit einem Namen, der mit C anfängt. Falk ist in Angola geblieben. Falk ist von der Frau, die er liebt, verlassen worden. Oder hat nicht im Grunde er sie verlassen? Da sucht er sich so weit entfernt wie möglich eine Arbeit. Vielleicht um zu vergessen. Oder um seine Zeit abzuwarten. Etwas geschieht, das ihn bleiben läßt. Wallander drehte die Seite um. Tynnes Falk steht vor einer weißgekalkten Kirche. Er schaut den Fotografen an. Jetzt lächelt er. Zum erstenmal lächelt er. Hat außerdem das Hemd am Kragen aufgeknöpft. Wer steht hinter der Kamera? Kann es C sein?

Die nächste Seite. Falk ist wieder der Fotograf. Wallander beugte sich vor, näher ans Bild. Zum erstenmal sieht er ein Gesicht, das wiederkehrt. Der Mann steht sehr dicht an der Kamera. Groß, mager und sonnengebräunt. Der Blick energisch. Das Haar kurzgeschnitten. Er könnte Nordeuropäer sein. Vielleicht Deutscher. Oder Russe. Dann studiert Wallander den Hintergrund. Das Bild ist im Freien aufgenommen. Ganz hinten am Horizont kann er Bergrücken mit dichter grüner Vegetation ahnen. Aber viel näher, gleich hinter dem Rücken des Mannes, ist etwas, was zunächst wirkt wie eine große Maschine. Wallander hatte das Gefühl, daß die Konstruktion ihm bekannt vorkam. Aber erst, als er das Bild ein wenig aus der Distanz betrachtete, erkannte er, was es war. Eine Transformatorstation. Hochspannungsleitungen.

Hier entsteht auf einmal ein Zusammenhang, dachte er. Was er bedeutet, weiß ich nicht. Aber wenn tatsächlich Falk das Bild gemacht hat, dann hat er einen Mann fotografiert, der neben einer Transformatorstation steht. Nicht ganz unähnlich der, in der Sonja Hökberg starb. Er wendete langsam die Seite, als hoffe er, dort die Lösung zu finden. Daß dieses Fotoalbum schließlich die wahre Geschichte alles dessen, was geschehen war, enthielte. Aber da schaut ihm ein Elefant entgegen, und da liegen ein paar Löwen, schläfrig am Straßenrand. Falk hat das Bild aus einem Auto aufgenommen. Daneben steht: *Krügerpark, August 1976.* Noch wird es ein Jahr dauern, bis er nach Schweden zurückkehren und vor dem Krankenhaus Sabbatsberg darauf warten wird, daß Marianne herauskommt. Seine vierjährige Abwesenheit ist noch längst nicht beendet. Schläfrige Löwen. Falk verschwunden. Wallander erinnerte sich, daß der Krügerpark in Südafrika lag. Er wußte es seit einem einige Jahre zurückliegenden Fall, als eine Immobilienmaklerin ermordet und er in eine Ermittlung hineingezogen worden war, die nach Südafrika führte. Lange hatte er daran gezweifelt, ob es ihm gelingen würde, die komplizierte Ermittlung zu einem klärenden Abschluß zu bringen.

Falk hat also Angola verlassen. Er sitzt in einem Auto und fotografiert durch das heruntergekurbelte Wagenfenster Tiere. Es folgen acht Seiten mit Tieren und Vögeln. Unter anderem eine endlose Menge gähnender Flußpferde. Touristische Erinnerungsfotos. Falk ist sehr selten ein inspirierter Fotograf. Erst als die Tierbilder zu Ende gehen, hält Wallander wieder ein. Falk ist wieder in Angola. *Luanda, Juni 1976.* Da ist der magere Mann wieder. Mit dem energischen Blick und den Stoppelhaaren. Er sitzt auf einer Bank am Meer. Ausnahmsweise ist Falk einmal eine richtig durchkomponierte Aufnahme gelungen. Dann ist Schluß. Das Album ist nicht voll. Es folgt eine Anzahl leerer Seiten. Keine Bilder sind herausgerissen, keine Texte durchgestrichen. Das letzte Bild ist das des Mannes, der auf einer Bank sitzt und aufs Meer schaut. Im Hintergrund eine Stadtsilhouette wie auf der Ansichtskarte.

Wallander lehnte sich zurück. Marianne Falk betrachtete ihn mit forschendem Blick.

»Ich weiß nicht, was die Bilder eigentlich erzählen«, sagte er. »Aber ich muß das Album ausleihen. Möglicherweise müssen wir das eine oder andere der Bilder vergrößern.«

Sie begleitete ihn hinaus in den Flur. »Warum glauben Sie, daß es so wichtig ist, was er damals gemacht hat? Das ist doch so lange her.«

»Etwas ist damals geschehen«, erwiderte Wallander. »Was es ist, weiß ich nicht. Aber etwas geschah, was ihn durchs Leben begleitete.«

»Und was sollte das gewesen sein?«

»Ich weiß es nicht.«

»Wer war der Mann, der in seiner Wohnung geschossen hat?«

»Wir wissen es nicht. Wir wissen weder, wer er war, noch, was er dort tat.«

Er zog seine Jacke an und gab ihr die Hand. »Wenn Sie wollen, schicke ich Ihnen eine Quittung, daß wir die Fotos bekommen haben.«

»Das ist nicht nötig.«

Wallander öffnete die Tür.

»Da war noch etwas«, sagte sie.

Wallander sah sie an und wartete. Er sah, daß sie sehr unsicher war.

»Die Polizei will vielleicht nur Fakten«, fuhr sie zögernd fort. »Das, woran ich jetzt denke, ist auch mir selbst höchst unklar.«

»Im Moment kann alles bedeutungsvoll sein.«

»Ich habe lange mit Tynnes zusammengelebt«, sagte sie. »Und ich glaubte ihn natürlich zu kennen. Was er in den Jahren, in denen er verschwunden war, gemacht hat, wußte ich nicht. Aber es war etwas, das mich nicht tangierte. Weil er so ausgeglichen war und mich und die Kinder stets so gut behandelte, kümmerte ich mich nicht darum.«

Sie verstummte abrupt. Wallander wartete.

»Manchmal kam es vor, daß ich das Gefühl hatte, mit einem

Fanatiker verheiratet zu sein. Einem Menschen mit zwei Gesichtern.«

»Einem Fanatiker?«

»Er konnte manchmal so sonderbare Ansichten äußern.«

»Worüber?«

»Über das Leben. Die Menschen. Die Welt. Praktisch über alles. Er konnte die heftigsten Anklagen ausstoßen. Die sich nicht gegen jemanden richteten. Es war, als schicke er Mitteilungen in den Weltraum.«

»Erklärte er sich nicht?«

»Ich bekam Angst. Ich wagte nicht zu fragen. Er schien wie von Haß erfüllt. Außerdem gingen seine Ausbrüche ebensoschnell vorüber, wie sie gekommen waren. Ich bekam das Gefühl, daß er sich sozusagen verplappert hatte. Zumindest, daß er selbst es so empfand. Etwas kam ans Licht, das er am liebsten verborgen hätte.«

Wallander dachte nach. »Sie bleiben dabei, daß er nie politisch engagiert war?«

»Er verachtete Politiker. Ich glaube, er hat nie gewählt.«

»Hatte er auch keine Verbindungen zu anderen Bewegungen?«

»Nein.«

»Gab es irgendwelche Menschen, zu denen er aufgesehen hat?«

»Das kann ich mir nicht denken.«

Dann korrigierte sie sich. »Doch. Vielleicht hat er tatsächlich eine Art Liebe zu Stalin empfunden.«

Wallander zog die Stirn kraus. »Und warum Stalin?«

»Ich weiß es nicht. Aber er sagte mehrmals, Stalin habe die uneingeschränkte Macht gehabt. Richtiger gesagt: Er habe sie sich genommen, um uneingeschränkt herrschen zu können.«

»Hat er es so gesagt?«

»Ja.«

»Und erklärt hat er es nie?«

»Nein.«

Wallander nickte. »Wenn Ihnen noch etwas einfällt, müssen Sie es uns sofort wissen lassen.«

Sie versprach, das zu tun. Dann fiel die Tür ins Schloß.

Wallander setzte sich in seinen Wagen. Das Fotoalbum legte er auf den Beifahrersitz.

Ein Mann hatte vor einer Transformatorstation gestanden. Vor zwanzig Jahren im fernen Angola.

Konnte es derselbe Mann sein, der die Postkarte geschickt hatte? War es der Mann, dessen Name mit C anfing?

Wallander schüttelte den Kopf. Er blickte nicht durch.

Von einem unklaren Impuls getrieben, verließ er die Stadt und fuhr noch einmal zu dem Ort, an dem sie Sonja Hökbergs Körper gefunden hatten. Er war verlassen. Das Tor war verschlossen. Wallander stieg aus und blickte sich um. Braune Äcker, ein Stück entfernt krächzende Krähen. Tynnes Falk hatte tot an einem Geldautomaten gelegen. Er hatte Sonja Hökberg nicht töten können. Es gab andere, noch unsichtbare Bindeglieder, die sich wie ein Netzwerk zwischen den Geschehnissen verzweigten.

Er dachte an Falks abgeschlagene Schreibfinger. Jemand wollte, daß etwas verborgen wurde. Das gleiche galt für Sonja Hökberg. Es gab keine andere vernünftige Erklärung. Sie war getötet worden, damit sie nicht reden konnte.

Wallander fror. Der Tag war frisch. Er kehrte zum Wagen zurück und stellte die Heizung höher. Dann fuhr er zurück in Richtung Ystad. Als er sich dem Kreisverkehr an der Einfahrt zur Stadt näherte, piepte sein Telefon. Er fuhr an den Straßenrand und hielt an.

Es war Martinsson. »Wir sind dabei«, sagte er.

»Kommt ihr voran?«

»Diese Ziffern sind wie eine hohe Mauer. Modin versucht, sie zu überwinden. Was er eigentlich tut, kann ich nicht sagen.«

»Wir müssen uns in Geduld üben.«

»Ich nehme an, die Polizei bezahlt sein Mittagessen?«

»Laß dir eine Quittung geben, ich regle das später.«

»Ich frage mich, ob wir nicht trotz allem mit dem Reichskrim und seinen Datenexperten Kontakt aufnehmen sollten. Was gewinnen wir eigentlich dabei, daß wir es aufschieben?«

Martinsson hatte natürlich recht, dachte Wallander. Aber er wollte trotzdem warten und Robert Modin noch etwas Zeit geben.

»Das werden wir auch tun«, sagte er. »Aber wir warten noch eine Weile.«

Wallander fuhr weiter zum Präsidium. Von Irene erfuhr er, daß

Gertrud angerufen hatte. Er ging in sein Büro und rief sie an. Manchmal fuhr er sonntags zu ihr und besuchte sie. Aber oft kam es nicht vor. Und er hatte ständig ein schlechtes Gewissen. Schließlich hatte Gertrud sich in den letzten Jahren seines schwierigen Vaters angenommen. Ohne sie wäre er sicher nicht so alt geworden. Aber jetzt, wo sein Vater nicht mehr lebte, hatten Wallander und Gertrud kaum noch etwas, worüber sie reden konnten.

Gertruds Schwester meldete sich. Sie konnte sehr mitteilsam sein und hatte zu fast allem eine Meinung. Wallander versuchte, sich kurz zu fassen. Sie holte Gertrud an den Apparat, aber es dauerte ewig, bis sie endlich kam.

Aber es war nichts passiert. Wallander hatte sich unnötig Sorgen gemacht.

»Ich wollte nur hören, wie es dir geht«, sagte Gertrud.

»Viel zu tun. Sonst geht's gut.«

»Du hast mich lange nicht besucht.«

»Ich weiß. Sobald ich Zeit habe, komme ich.«

»Eines Tages ist es vielleicht zu spät«, sagte sie. »In meinem Alter weiß man nie, wie lange man noch lebt.«

Gertrud war kaum sechzig Jahre alt. Aber Wallander stellte fest, daß sie bereits die Methoden seines Vaters übernommen hatte. Die gleiche seelische Erpressung.

»Ich komme«, sagte er freundlich, »sobald ich kann.«

Dann entschuldigte er sich damit, daß er eine dringende Unterredung habe, die Leute warteten schon. Aber als das Gespräch zu Ende war, ging er in den Eßraum und holte Kaffee. Dort traf er auf Nyberg, der eine spezielle Sorte Kräutertee trank, die schwer zu bekommen war. Ausnahmsweise wirkte Nyberg ausgeruht. Er hatte sogar sein Haar gekämmt, das sonst nach allen Seiten auseinanderstand.

»Wir haben keine Finger gefunden«, sagte Nyberg. »Die Hunde haben überall gesucht. Aber wir haben die Abdrücke durchlaufen lassen, die wir in Falks Wohnung gefunden haben und die seine sein müssen.«

»Hat es was gebracht?«

»In den schwedischen Registern ist er nicht.«

Wallander brauchte nicht lange, um sich zu entscheiden.

»Gib sie an Interpol. Weißt du übrigens, ob Angola Interpol angeschlossen ist?«

»Woher soll ich das denn wissen?«

»Ich frage mich nur.«

Nyberg nahm seine Tasse und ging. Wallander stahl ein paar Zwiebäcke aus Martinssons privater Packung und ging in sein Zimmer. Es war zwölf Uhr. Der Vormittag war schnell vergangen. Das Fotoalbum lag vor ihm. Er war unsicher, wie er jetzt weiter vorgehen sollte. Er wußte zwar mehr über Falk als vor ein paar Stunden, aber nichts davon hatte ihn einer Erklärung der rätselhaften Verbindung zu Sonja Hökberg nähergebracht.

Er zog das Telefon zu sich heran und rief Ann-Britt an. Keine Antwort. Auch Hansson war nicht in seinem Zimmer. Und Martinsson war bei Robert Modin. Er versuchte sich vorzustellen, was Rydberg getan hätte. Diesmal war es leichter, seine Stimme zu hören. Rydberg hätte nachgedacht. Das war das Wichtigste, was ein Kriminalbeamter nach dem Sammeln der Fakten tun konnte. Wallander legte die Füße auf den Schreibtisch und schloß die Augen. Noch einmal ging er alles durch, was geschehen war. Dabei versuchte er, seinen Blick auf den inneren Rückspiegel zu richten, der auf sonderbare Art und Weise alles nach Angola zurücklenkte, zu einem Zeitpunkt vor über zwanzig Jahren. Wieder versuchte er, von verschiedenen Ausgangspunkten die Ereignisse zu durchdenken. Lundbergs Tod. Und Sonja Hökbergs. Aber auch den Stromausfall.

Als er die Augen wieder aufschlug, tat er es mit dem gleichen Gefühl wie ein paar Tage zuvor. Daß die Lösung greifbar nahe war, nur daß er sie nicht sehen konnte.

Das Klingeln des Telefons unterbrach ihn in seinen Gedanken. Es war Irene. Siv Eriksson warte an der Anmeldung. Er sprang vom Stuhl, fuhr sich mit den Fingern durch die Haare und ging hinunter. Sie war wirklich eine sehr attraktive Frau. Er hatte beschlossen, sie in sein Büro zu bitten, aber sie hatte keine Zeit.

Sie reichte ihm einen Umschlag. »Hier ist die Liste, um die Sie mich gebeten haben.«

»Ich hoffe, es hat Sie nicht zuviel Mühe gekostet.«

»Nicht allzuviel. Aber mühsam war es schon.«

Sie lehnte dankend ab, als er ihr eine Tasse Kaffee anbot.

»Tynnes hat eine Reihe loser Fäden hinterlassen«, erklärte sie. »Ich will versuchen, sie zuordnen.«

»Sie sind demnach nicht ganz sicher, ob er nicht noch andere Aufträge hatte?«

»Nein, aber ich glaube es nicht. In der letzten Zeit hat er vieles abgelehnt. Ich weiß das, weil er mich gebeten hatte, verschiedene Anfragen zu beantworten.«

»Wie haben Sie das aufgefaßt?«

»Ich dachte, er hätte vielleicht eine Verschnaufpause nötig.«

»Ist das vorher schon einmal vorgekommen? Daß er eine größere Anzahl von Anfragen abgelehnt hat?«

»Jetzt, wo Sie mich danach fragen, würde ich sagen, nein, eigentlich nicht. Es war tatsächlich zum erstenmal.«

»Und er hat nicht erklärt, warum?«

»Nein.«

Wallander hatte keine Fragen mehr. Siv Eriksson wandte sich zum Ausgang. Ein Taxi wartete vor der Tür auf sie. Als der Fahrer ihr die Wagentür aufhielt, sah Wallander, daß er ein schwarzes Trauerband am Arm trug.

Er ging zurück in sein Zimmer und öffnete den Umschlag. Die Liste war lang. Viele der Unternehmen, für die Falk und Siv Eriksson Aufträge ausgeführt hatten, waren ihm unbekannt. Aber mit einer Ausnahme waren alle in Schonen ansässig. Eine Firma hatte eine dänische Adresse. Wallander meinte zu wissen, daß dort Hebekräne hergestellt wurden. Aber zwischen all den unbekannten Unternehmen fand er auch einige, die er identifizieren konnte, unter anderem mehrere Banken. Sydkraft oder ein anderes Stromversorgungsunternehmen war jedoch nicht dabei. Wallander schob die Liste beiseite und verlor sich in Gedanken.

Tynnes Falk war tot vor einem Geldautomaten gefunden worden. Er hatte am Abend das Haus verlassen, um einen Spaziergang zu machen. Eine Frau mit Hund hatte ihn gesehen. Er hatte am Geldautomaten haltgemacht und einen Kontoauszug ausdrucken lassen, aber kein Geld abgehoben. Und dann war er tot umgefallen. Wallander hatte plötzlich das Gefühl, etwas übersehen zu haben. Wenn Falk keinen Herzinfarkt bekommen hatte und auch nicht überfallen worden war, woran konnte er dann gestorben sein?

Nach weiteren Minuten des Nachdenkens rief er in der Filiale der Nordbank an. Bei mehreren Gelegenheiten hatte er einen Kredit in Anspruch nehmen müssen, wenn er einen neuen Wagen gekauft hatte. Dabei hatte er einen der leitenden Angestellten der Bank namens Winberg näher kennengelernt. Wallander ließ sich mit Winberg verbinden. Als die Frau in der Vermittlung sagte, Winbergs Apparat sei besetzt, bedankte er sich und legte auf. Er verließ das Präsidium und ging zur Bank. Winberg führte gerade ein Kundengespräch, nickte Wallander aber zu, sich zu setzen und zu warten.

Nach fünf Minuten war Winberg frei. »Ich habe schon auf Sie gewartet«, sagte er. »Ist wieder ein anderer Wagen fällig?«

Wallander hörte nie auf, sich darüber zu wundern, daß die Bankangestellten so jung waren. Als er zum erstenmal einen Kredit aufnahm, hatte er sich gefragt, ob Winberg, der den Kredit bewilligte, wohl schon das Alter für den Führerschein erreicht hatte.

»Ich komme wegen etwas ganz anderem. Eine dienstliche Angelegenheit. Der Wagen muß noch eine Weile warten.«

Winbergs Lächeln verschwand, Wallander sah, daß er nervös wurde.

»Ist hier in der Bank etwas vorgefallen?«

»Dann wäre ich zu Ihrem Chef gegangen. Ich benötige lediglich eine Information. Über Ihre Geldautomaten.«

»Aus Sicherheitsgründen ist es mir natürlich nicht möglich, allzuviel zu sagen.«

Wallander dachte, daß Winberg sich genauso hölzern ausdrückte, wie er selbst es oft tat.

»Meine Fragen sind eher technischer Art. Die erste ist ganz einfach. Wie häufig kommt es vor, daß einem Bankomat bei der Registrierung einer Abhebung oder bei der Ausgabe eines Kontoauszugs Fehler unterlaufen?«

»Sehr selten. Aber ich habe keine Statistik zur Hand.«

»Für mich heißt ›sehr selten‹, daß es im Prinzip nie vorkommt?«

Winberg nickte. »Für mich auch.«

»Es besteht auch nicht die Möglichkeit, daß beispielsweise die Zeitangabe auf einem Kontoauszug falsch ausgedruckt ist?«

»Davon habe ich noch nie gehört. Vermutlich kommt es vor. Aber es kann nicht oft sein. Wenn es um finanzielle Transaktionen geht, muß der Sicherheitsstandard natürlich optimal sein.«

»Man kann den Automaten also vertrauen?«

»Ist Ihnen etwas Derartiges passiert?«

»Nein. Aber ich mußte Antworten auf diese Fragen haben.«

Winberg öffnete eine seiner Schubladen und suchte etwas. Dann legte er einen Cartoon auf den Tisch, der einen Mann darstellte, der langsam von einem Bankomaten geschluckt wurde.

»Ganz so schlimm ist es also nicht«, lachte er. »Aber die Zeichnung ist gut. Und die Computer der Bank sind natürlich ebenso verwundbar wie alle anderen Computer.«

Da war es wieder, dachte Wallander. Das Reden von der Verwundbarkeit. Er betrachtete die Zeichnung und stimmte Winberg zu. Sie war gut.

»Die Nordbank hat einen Kunden namens Tynnes Falk«, fuhr er fort. »Ich brauche eine Aufstellung über all seine Kontobewegungen während des vergangenen Jahres. Das betrifft auch Geldentnahmen an Automaten.«

»Da müssen Sie sich an eine höhere Ebene wenden«, sagte Winberg. »Über das Bankgeheimnis kann ich nicht entscheiden.«

»Mit wem muß ich sprechen?«

»Mit Martin Olsson am besten. Er sitzt eine Etage höher.«

»Können Sie nachsehen, ob ich ihn sprechen kann?«

Winberg verschwand. Wallander stellte sich vor, daß ihm jetzt eine lange und ermüdende bürokratische Prozedur bevorstand.

Doch als Winberg ihn in den ersten Stock gelotst hatte, begegnete Wallander einem ebenfalls erstaunlich jungen Bankdirektor, der ihm zu helfen versprach. Es bedurfte lediglich eines formellen Ersuchens seitens der Polizeibehörde. Als Olsson hörte, daß der Kontoinhaber verstorben war, nannte er noch eine andere Möglichkeit. Die Witwe könnte einen Antrag stellen.

»Er war geschieden«, sagte Wallander.

»In dem Fall reicht ein Schreiben der Polizei aus«, sagte Olsson. »Ich verspreche, daß es dann schnell geht.«

Wallander bedankte sich und ging wieder hinunter zu Winberg. Er hatte noch eine Frage.

»Könnten Sie in Ihrer Kartei nachsehen, ob ein Mann namens Tynnes Falk hier ein Bankfach hatte?«

»Eigentlich weiß ich nicht, ob das erlaubt ist«, erwiderte Winberg zögernd.

»Ihr Chef hat grünes Licht gegeben«, log Wallander.

Winberg verschwand. Nach ein paar Minuten kam er zurück. »Ein Bankfach auf den Namen Tynnes Falk existiert bei uns nicht.«

Wallander stand auf. Aber er setzte sich gleich wieder. Wenn er sowieso schon hier war, konnte er die Sache mit dem Kredit für den Wagen, den er bald kaufen müßte, ebensogut jetzt erledigen.

»Wir machen das mit dem Auto auch gleich«, sagte er. »Sie haben recht. Ich muß sowieso bald einen neuen haben.«

»Wieviel brauchen Sie?«

Wallander überschlug in aller Eile. Andere Schulden hatte er nicht. »Hunderttausend«, sagte er. »Wenn es geht.«

»Kein Problem«, sagte Winberg und streckte sich nach einem Formular.

Um halb zwei war alles klar. Winberg hatte den Kredit selbst bewilligt, ohne ein Plazet von oben einholen zu müssen. Wallander verließ die Bank mit dem trügerischen Gefühl, plötzlich reich geworden zu sein. Als er an der Buchhandlung am Marktplatz vorüberkam, fiel ihm ein, daß dort seit mehreren Tagen ein Buch über Polsterei lag, das er hatte abholen sollen. Zugleich fiel ihm ein, daß seine Brieftasche leer war. Er machte kehrt und ging zum Geldautomaten an der Post, wo er sich ans Ende der Schlange stellte. Vor ihm warteten vier Personen. Eine Frau mit Kinderwagen, zwei Teenager und ein älterer Mann. Wallander schaute abwesend zu, wie die Frau ihre Karte in den Schlitz steckte, ihr Geld nahm und anschließend den Kontoauszug einsteckte. Dann dachte er an Tynnes Falk. Er sah, wie die beiden Teenager einen Hunderter abhoben und danach eifrig den Kontoauszug diskutierten. Der ältere Mann sah sich um, bevor er die Karte in den Schlitz steckte und seine Geheimzahl eingab. Er hob fünfhundert Kronen ab und steckte den Kontoauszug ungelesen in die Tasche. Jetzt war Wallander an der Reihe. Er hob eintausend Kronen ab und las dann den Kontoauszug durch. Alles schien zu stimmen. Summen ebenso wie Datum und Uhrzeit. Er knüllte den Zettel zusammen und warf ihn in einen Papierkorb. Plötzlich blieb er stehen. Er dachte an den Stromausfall, der einen großen Teil Schonens lahmgelegt hatte. Jemand hatte gewußt, wo sich einer der Schwachpunkte der Stromversorgung befand. Wie weit die Technik auch fortschritt, es würde immer solche Schwachpunkte geben. Anfällige Knotenpunkte, wo die verschiedenen Ströme dessen, was alle für selbstverständlich hielten, plötzlich zum Stillstand gebracht werden konnten. Er dachte an die Zeichnung, die auf Falks Tisch neben dem Computer gelegen hatte. Sie hatte nicht zufällig dort gelegen. Ebensowenig, wie das Relais auf seiner Bahre zufällig gefunden worden war.

Die Einsicht war spontan. Sie ergab nichts Neues. Aber plötzlich sah er mit aller Deutlichkeit, was zuvor vage und unklar war.

Nichts von alldem, was geschehen war, beruhte auf Zufall. Die Zeichnung hatte dort gelegen, weil Tynnes Falk sie benutzt hatte. Das wiederum bedeutete, daß es kein Zufall war, daß Sonja Hökberg ausgerechnet in der Transformatorstation zu Tode gekommen war.

Es handelt sich um eine Art Opfer, dachte er. In Falks geheimem Raum stand ein Altar. Mit Falks eigenem Gesicht als Götzenbild, das angebetet werden sollte. Sonja Hökberg war nicht nur getötet worden. Auf irgendeine Art und Weise war sie auch geopfert worden. Damit die Verwundbarkeit und der schwache Punkt aufgezeigt wurden. Man hatte Schonen eine Kapuze übergezogen und alles lahmgelegt.

Der Gedanke ließ ihn erschauern. Das Gefühl, daß er und seine Kollegen in einem Vakuum herumtappten, verstärkte sich.

Er betrachtete die Menschen, die zu dem Geldautomaten kamen. Wenn man die Stromversorgung lahmlegen kann, kann man bestimmt auch einen Geldautomaten lahmlegen, dachte er. Und Gott weiß, was man sonst noch alles stillegen, umdirigieren oder ausschalten könnte. Flugüberwachungszentren und Stellwerke, Wasser- und Elektrizitätswerke. All dies kann geschehen. Unter einer Voraussetzung: Daß man den schwachen Punkt kennt.

Er ging weiter. Die Buchhandlung war vergessen. Er kehrte ins

Präsidium zurück. Irene wollte mit ihm sprechen, aber er winkte ab. Er warf die Jacke über seinen Besucherstuhl und zog, noch während er sich setzte, seinen Kollegblock heran. Während einiger intensiver Augenblicke ließ er alles noch einmal Revue passieren. Diesmal versuchte er, die Ereignisse aus einer völlig neuen Perspektive zu analysieren. Gab es Anhaltspunkte dafür, daß sich eine Form ausgeklügelter und gut geplanter Sabotage unter der Oberfläche verbarg? War Sabotage der feste Grund des Ganzen, nach dem er suchte? Er dachte wieder daran, daß Falk einmal wegen der Befreiung von Nerzen festgenommen worden war. Verdeckte diese Geschichte etwas, was eigentlich viel umfassender war? War es eine Vorübung für etwas, was erst noch kommen sollte?

Als er den Stift hinwarf und sich zurücklehnte, war er keineswegs sicher, jetzt den Punkt gefunden zu haben, an dem sie den Durchbruch erzielen würden und von dem aus sie die Ermittlung endlich vorantreiben konnten. Aber er sah auf jeden Fall eine Möglichkeit. Auch wenn der Mord an Lundberg in dieser Deutung nicht vorkam. Damit hat es immerhin angefangen, dachte er. Kann es sein, daß etwas Unkontrollierbares zu geschehen begann? Etwas, was gar nicht geplant war? Was jedoch unmittelbare Maßnahmen erforderlich machte? Wir vermuten schon jetzt, daß Sonja Hökberg getötet wurde, damit sie etwas nicht ans Tageslicht bringen konnte. Und warum wurden Falk zwei Finger abgeschnitten? Weil etwas verdeckt werden sollte.

Dann sah Wallander, daß es noch eine Möglichkeit gab. Wenn der Gedanke stimmte, daß Sonja Hökberg geopfert worden war, konnte es auch ein rituelles Motiv für Falks abgeschnittene Schreibfinger geben.

Er fing noch einmal von vorne an. Was, wenn der Mord an Lundberg mit dem, was später geschah, gar nicht zusammenhing? Wenn Lundbergs Tod im Grunde genommen ein Irrtum war?

Nach einer weiteren halben Stunde verließ ihn die Zuversicht. Es war zu früh. Es paßte nicht zusammen.

Dennoch kam es ihm so vor, als sei er ein Stück weitergekommen. Er hatte eingesehen, daß es mehr Möglichkeiten gab, die Ereignisse und ihr Verhältnis zueinander zu interpretieren, als er bisher geahnt hatte.

Er wollte gerade zur Toilette gehen, als Ann-Britt an die Tür klopfte.

Sie kam direkt zur Sache. »Du hattest recht«, sagte sie. »Sonja Hökberg hatte wirklich einen Freund.«

»Wie heißt er?«

»Wie er heißt, kann ich dir sagen. Aber nicht, wo er sich aufhält.«

»Warum nicht?«

»Er scheint verschwunden zu sein.«

Wallander sah sie an. Dann ließ er seinen Besuch auf der Toilette auf sich beruhen und setzte sich wieder.

Es war Viertel vor drei.

25

SPÄTER SOLLTE WALLANDER STETS DENKEN, daß er an jenem Nachmittag, als er in seinem Büro saß und Ann-Britt zuhörte, einen der größten Fehler seines Lebens begangen hatte. Als sie von ihrer Entdeckung berichtete, daß Sonja Hökberg sehr wohl einen Freund gehabt hatte, hätte er sogleich begreifen müssen, daß an der Geschichte etwas faul war. Ann-Britt hatte nicht die ganze Wahrheit ausgegraben, sondern nur die halbe. Und halbe Wahrheiten haben, wie er wußte, die Tendenz, sich in ganze Lügen zu verwandeln. Er sah nicht, was er hätte sehen müssen.

Sein Fehler mußte teuer bezahlt werden. In finsteren Stunden dachte Wallander, daß sein Versagen zum Tod eines Menschen beigetragen hatte. Und es hätte dazu führen können, daß eine andere Katastrophe tatsächlich eingetreten wäre.

Ann-Britt hatte sich am Montagmorgen, dem 13. Oktober, vorgenommen, den Freund aufzuspüren, der ihrer Vermutung zufolge in Sonja Hökbergs Leben existiert hatte. Sie griff den Punkt zunächst noch einmal mit Eva Persson auf. Die Unklarheit, wie Eva Persson untergebracht werden sollte, solange die Voruntersuchung andauerte, bestand weiter. Jetzt hatten sich die Staatsanwaltschaft und das Jugendamt jedoch darauf geeinigt, daß das Mädchen bis auf weiteres zu Hause bleiben sollte, aber unter Überwachung stand. Ein Grund hierfür war der Vorfall im Verhörzimmer, als der Fotograf das unselige Foto gemacht hatte. Es hätte zumindest in gewissen Kreisen einen Aufschrei der Entrüstung auslösen können, wenn man Eva Persson weiterhin im Präsidium oder im Untersuchungsgefängnis festgehalten hätte. Ann-Britt hatte also bei Eva Persson zu Hause mit dem Mädchen gesprochen. Sie hatte ihr, die jetzt weniger kalt und abweisend wirkte, klargemacht, daß sie selbst nichts zu befürchten habe, wenn sie die Wahrheit sagte. Aber Eva hatte hartnäckig darauf bestanden, daß sie nichts von einem Freund wisse. Der einzige, mit dem Sonja früher einmal zusammengewesen war, sei Kalle Ryss. Ann-Britt war immer noch nicht sicher, ob Eva Persson die Wahrheit sagte. Aber sie war nicht weitergekommen und hatte schließlich aufgegeben. Bevor sie ging, hatte sie noch eine Weile unter vier Augen mit Evas Mutter gesprochen. Sie hatten bei geschlossener Tür in der Küche gestanden. Weil die Mutter mit kaum hörbarer Stimme flüsterte, vermutete Ann-Britt, daß die Tochter an der Tür lauschte. Aber auch die Mutter wußte nichts von einem Freund. Und überhaupt war alles Sonja Hökbergs Schuld gewesen. Sie hatte den armen Taxifahrer umgebracht. Ihre Tochter Eva war unschuldig. Und war noch dazu brutal von diesem schrecklichen Kriminalbeamten mißhandelt worden.

Ann-Britt hatte das Gespräch ziemlich unbeherrscht abgebrochen und danach das Haus verlassen. Sie konnte sich lebhaft das Kreuzverhör vorstellen, in das die Tochter ihre Mutter vermutlich unmittelbar nehmen würde.

Ann-Britt war auf direktem Weg zu dem Eisenwarenladen gefahren, in dem Kalle Ryss arbeitete. Sie waren ins Lager gegangen und hatten sich dort zwischen Nagelpaketen und Motorsägen unterhalten. Im Gegensatz zu Eva Persson, die pausenlos zu lügen schien, antwortete Kalle Ryss einfach und geradeheraus auf ihre Fragen. Sie gewann den Eindruck, daß er Sonja immer noch sehr gern gehabt hatte, auch wenn ihre Beziehung vor über einem Jahr zu Ende gegangen war. Er vermißte sie, trauerte um sie und war auch erschrocken über das, was passiert war. Aber er hatte nicht viel über ihr Leben gewußt, nach ihrer Trennung. Auch wenn Ystad eine kleine Stadt war, lief man seinen Bekannten nicht häufig über den Weg.

Außerdem verbrachte Kalle Ryss die Wochenenden jetzt in Malmö, wo er eine neue Freundin hatte. »Aber ich glaube, es gibt da jemanden. Einen Typ, mit dem Sonja zusammen war.«

Kalle Ryss hatte nicht viel über seinen Nachfolger gewußt, eigentlich so gut wie nichts, außer daß er Jonas Landahl hieß und ganz für sich in einem Haus in der Snapphanegata wohnte. Die Hausnummer wußte er nicht. Aber es sollte an der Ecke der Friskyttegata sein, auf der linken Seite, vom Zentrum aus gesehen. Wovon Jonas Landahl lebte oder was er beruflich machte, wußte er nicht.

Ann-Britt fuhr sofort hin. Das erste Haus auf der linken Seite war ein schönes, modernes Einfamilienhaus. Sie ging durchs Gartentor und klingelte an der Haustür. Das Haus machte sogleich einen verlassenen Eindruck. Warum sie das Gefühl hatte, konnte sie nicht sagen. Niemand öffnete. Nach mehrmaligem Klingeln war sie um das Haus herumgegangen. Sie hatte an die Hintertür geklopft und versucht, durch die Fenster hineinzusehen. Als sie zur Vorderseite zurückkam, stand ein Mann in Morgenrock und hohen Stiefeln vor dem Gartentor. Er bot einen merkwürdigen Anblick, ein Mann im Morgenrock auf der Straße an diesem kühlen Herbstmorgen. Er erklärte, er wohne im Haus gegenüber und habe sie kommen sehen. Dann stellte er sich als Yngve vor. Kein Nachname. Einfach Yngve.

»Hier ist niemand zu Hause«, sagte er bestimmt. »Nicht einmal der Junge ist da.«

Das Gespräch an der Gartentür war kurz, aber ergiebig. Yngve war ein Mann, der seine Nachbarn offenbar kontinuierlich unter Aufsicht hielt. Er informierte Ann-Britt als erstes darüber, daß er Sicherheitsbeauftragter für die Krankenpflege gewesen sei, bevor er vor ein paar Jahren in Pension gegangen war. Die Landahls waren fremde Vögel, die sich vor etwa zehn Jahren mit ihrem Sohn hier im Viertel niedergelassen hatten. Sie hatten das Haus von einem Ingenieur bei der Kommune gekauft, der nach Karlstad gezogen war. Was Herr Landahl beruflich machte, wußte Yngve nicht zu sagen. Als sie eingezogen waren, hatten sie es nicht für nötig gehalten, sich ihren Nachbarn vorzustellen. Sie hatten ihre Möbel und den Sohn ins Haus geschafft und die Tür hinter sich zugemacht. Sie hatten sich überhaupt selten gezeigt. Die Eltern hatten den Jungen, der damals zwölf oder dreizehn war, häufig allein gelassen. Sie waren auf lange Reisen Gott weiß wohin gegangen. Dann und wann waren sie plötzlich zurückgekommen, um ebenso plötzlich wieder zu verschwinden. Und der Junge war allein zurückgeblieben. Er grüßte freundlich. Aber er hielt auf Distanz. Kaufte ein, was er brauchte, holte die Post herein und ging abends viel zu spät ins Bett. In einem der Nachbarhäuser wohnte eine Lehrerin seiner Schule. Und sie konnte berichten, daß er gut zurechtkam. So war es weitergegangen. Der Junge wuchs heran, und die Eltern brachen immer wieder auf zu ihren unbekannten Reisezielen. Eine Zeitlang hatte ein Gerücht über einen großen Totogewinn die Runde gemacht, oder vielleicht war es auch Lotto. Einer Arbeit schien keiner von beiden nachzugehen. Aber das Geld schien ja da zu sein. Zuletzt hatten sie sich Mitte September sehen lassen. Seitdem war der Junge, der inzwischen erwachsen war, wieder allein. Doch vor ein paar Tagen war ein Taxi gekommen und hatte auch ihn abgeholt.

»Das Haus steht also leer?« hatte sie gefragt.

»Es ist niemand da.«

»Wann war das mit dem Taxi, das ihn abholte?«

»Vorigen Mittwoch. Am Nachmittag.«

Ann-Britt stellte sich den Pensionär namens Yngve vor, wie er in der Küche saß und das Kommen und Gehen seiner Nachbarn notierte. Wenn es keine Züge gibt, auf die man glotzen kann, muß man entweder die Wand anstarren oder seine Nachbarn ausspionieren, dachte sie.

»Wissen Sie noch, welche Taxigesellschaft es war?«

»Nein.«

Stimmt nicht, dachte sie. Du weißt es ganz genau. Vielleicht Sogar die Wagenmarke und das Kennzeichen. Aber du willst nicht, daß ich verstehe, was ich längst verstanden habe. Daß du deine Nachbarn ausspionierst.

Dann hatte sie nur noch eins zu sagen.

»Ich wäre Ihnen dankbar, wenn Sie uns informieren würden, sobald er wieder auftaucht.«

»Was hat er denn gemacht?«

»Absolut nichts. Wir müssen nur mit ihm sprechen.«

»Worüber denn?«

Seine Neugier kannte offenbar keine Grenzen. Sie schüttelte den Kopf. Er fragte nicht noch einmal. Aber sie sah, daß er gekränkt war. Als habe sie irgendwie gegen die Gesetze der Kollegialität verstoßen. Wieder im Präsidium, hatte sie Glück. Sie brauchte keine Viertelstunde, um die Taxigesellschaft und den Fahrer ausfindig zu machen, der an jenem Mittwoch eine Tour von der Snapphanegata gehabt hatte. Er fuhr beim Präsidium vor, und sie setzte sich zu ihm auf den Beifahrersitz und redete mit ihm. Er hieß Östensson und war an die dreißig Jahre alt. Am Arm trug er eine Trauerbinde. Nachher war ihr klargeworden, daß es natürlich wegen Lundberg war.

Sie hatte ihn nach der Fahrt gefragt. Er hatte ein gutes Gedächtnis. »Die Tour kam um kurz vor zwei. Der Name war Jonas.«

»Kein Nachname?«

»Ich dachte, es sei der Nachname. Heutzutage gibt es ja alle möglichen Namen.«

»Und Sie hatten nur einen Fahrgast?«

»Einen jungen Mann. Sehr freundlich.«

»Hatte er viel Gepäck?«

»Einen kleinen Koffer mit Rädern. Sonst nichts.«

»Und wohin wollte er?«

»Zur Fähre.«

»Wollte er nach Polen?«

»Gibt es denn Fähren woandershin?«

»Was für einen Eindruck hatten Sie von ihm?«

»Gar keinen. Aber er war freundlich, wie gesagt.«

»Er machte keinen beunruhigten Eindruck?«

»Nein.«

»Hat er etwas gesagt?«

»Er saß hinten und schwieg und schaute aus dem Fenster. Ich erinnere mich daran, daß er mir Trinkgeld gegeben hat.«

An mehr konnte Östensson sich nicht erinnern. Ann-Britt dankte ihm für seine Bemühung. Dann entschloß sie sich, einen Hausdurchsuchungsbefehl für das Haus in der Snapphanegata zu beantragen. Sie hatte mit dem Staatsanwalt gesprochen, der ihr zugehört und anschließend die notwendige Genehmigung erteilt hatte.

Sie war auf dem Weg dorthin, als jemand von der Kindertagesstätte angerufen hatte, in der ihre Jüngste war. Sie war hingefahren. Das Kind hatte gespuckt, und die nächsten Stunden hatte sie zu Hause verbracht. Aber plötzlich war die Übelkeit wie verflogen. Ihre Nachbarin, ein wahres Geschenk des Himmels, die einsprang, wann immer sie konnte, hatte Zeit gehabt. Und jetzt, wo sie ins Präsidium zurückkam, war auch Wallander wieder da.

»Haben wir Schlüssel?« fragte er.

»Ich dachte, wir nehmen einen Schlosser mit.«

»Den Teufel werden wir tun. Waren es Sicherheitstüren?«

»Gewöhnliche Patentschlösser.«

»Die schaffe ich noch selbst.«

»Du mußt dir darüber im klaren sein, daß ein Mann in Morgenrock und grünen Stiefeln von seinem Küchenfenster aus alles beobachtet, was wir tun.«

»Du mußt hinübergehen und mit ihm reden. Spiel ihm eine kleine Verschwörungskomödie vor. Daß wir dank seiner Aufmerksamkeit die Hilfe bekommen haben, die wir brauchten. Aber daß er uns gleichzeitig weiterhin helfen muß, indem er aufpaßt, daß wir den Rücken frei haben. Und natürlich kein einziges Wort zu irgend jemandem, der fragen sollte, was wir da treiben. Wenn es einen neugierigen Nachbarn gibt, gibt es vielleicht noch mehr.«

Ann-Britt bekam einen Lachanfall. »Das kauft er mir ab. Genau so einer war das.«

Sie fuhren in ihrem Wagen zur Snapphanegata. Wie üblich fand er, daß sie schlecht und ruckhaft fuhr. Er wollte ihr von dem Fotoalbum erzählen, über dem er den Vormittag verbracht hatte. Aber er konnte sich auf nichts anderes konzentrieren als auf die anderen Autos, mit denen sie hoffentlich nicht zusammenstoßen würden.

Während Wallander sich die Haustür vornahm, verschwand Ann-Britt, um mit dem Nachbarn zu sprechen. Auch auf Wallander machte das Haus einen verlassenen Eindruck.

Als er gerade das Schloß aufbekommen hatte, kam sie zurück.

»Der Mann im Morgenrock ist ab sofort Mitglied der Ermittlungsgruppe«, sagte sie.

»Du hast hoffentlich nichts davon gesagt, daß wir den Jungen im Zusammenhang mit dem Mord an Sonja Hökberg suchen?«

»Was glaubst du eigentlich von mir?«

»Nur das Beste.«

Wallander öffnete. Sie traten ein und zögen die Tür hinter sich zu.

»Ist hier jemand?« rief Wallander.

Die Worte hallten in der Stille des Hauses wider. Es kam keine Antwort.

Sie gingen langsam, aber zielbewußt durchs Haus. Stellten fest, daß alles geputzt und aufgeräumt war. Auch wenn der Junge in aller Eile abgereist war, sahen sie keine Anzeichen eines hastigen Aufbruchs. Die Ordnung war vorbildlich. Die Möbel und Bilder hatten etwas Unpersönliches. Als sei alles auf einmal gekauft und nur hereingestellt worden, um eine Anzahl leerer Räume zu füllen. Auf einem Regal standen ein paar Fotos von zwei jungen Menschen und einem Neugeborenen. Sonst keine persönlichen Erinnerungsstücke. Auf einem Tisch stand ein Telefon mit blinkendem Anrufbeantworter. Wallander drückte auf den Wiedergabeknopf. Eine Computerfirma in Lund teilte mit, das bestellte Modem sei eingetroffen. Danach hatte sich jemand verwählt. Gefolgt von jemandem, der seinen Namen nicht nannte. Dann kam das, worauf Wallander im Innersten gehofft hatte.

Sonja Hökbergs Stimme.

Wallander erkannte sie sofort. Ann-Britt brauchte ein paar Sekunden, um zu merken, wer da sprach.

»*Ich rufe wieder an. Es ist wichtig. Ich rufe wieder an.*«

Dann hatte sie aufgelegt.

Wallander fand die Taste, mit der alle Mitteilungen noch einmal von vorn abgespielt werden konnten. Sie lauschten noch einmal.

»Dann wissen wir das«, meinte Wallander. »Sonja hatte tatsächlich Kontakt zu dem Jungen, der hier wohnt. Und sie nennt nicht einmal ihren Namen.«

»Kann dies das Gespräch sein, nach dem wir uns gefragt haben? Nachdem sie getürmt war?«

»Vermutlich.«

Wallander ging hinaus in die Küche, durchquerte die Waschküche und öffnete die Tür zur Garage. Darin stand ein Wagen. Ein dunkelblauer Golf.

»Ruf Nyberg an«, sagte Wallander. »Dieser Wagen muß gründlich untersucht werden.«

»War es der, mit dem sie in den Tod fuhr?«

»Wir können es auf jeden Fall nicht ausschließen.«

Ann-Britt begann von ihrem Handy aus, Nyberg zu suchen. Wallander ging inzwischen ins Obergeschoß. Dort waren vier Schlafräume. Aber nur zwei wirkten bewohnt. Das der Eltern und das des Sohns. Wallander öffnete den Kleiderschrank im Schlafzimmer der Eltern. Kleider hingen da in wohlgeordneten Reihen.

Er hörte Ann-Britt die Treppe heraufkommen. »Nyberg ist unterwegs.«

Dann begann auch sie, sich die verschiedenen Kleidungsstücke anzusehen. »Geschmack haben sie«, sagte sie. »Und Geld auch.«

Wallander hatte in der hintersten Ecke eine Hundeleine und eine kleine Lederpeitsche gefunden.

»Vielleicht haben sie auch Geschmack an gewissen ausgefallenen Dingen«, meinte er nachdenklich.

»Das soll ja ›in‹ sein im Moment«, sagte Ann-Britt munter. »Es vögelt sich wohl besser, wenn man sich Plastiktüten über den Kopf zieht und ein bißchen mit dem Tod spielt.«

Ihre Ausdrucksweise ließ Wallander zusammenzucken. Er war peinlich berührt. Sagte aber nichts.

Sie gingen weiter zum Zimmer des Jungen. Es war überraschend spartanisch. Kahle Wände, ein Bett. Und ein großer Tisch mit einem Computer.

»Den soll Martinsson sich einmal ansehen«, sägte Wallander.

»Wenn du willst, kann ich ihn anmachen.«

»Wir warten damit.«

Sie kehrten ins Erdgeschoß zurück. Wallander blätterte in den Papieren in einer der Küchenschubladen, bis er fand, was er suchte. »Ich weiß nicht, ob es dir aufgefallen ist«, sagte er. »Es steht kein Name an der Haustür. Was ziemlich ungewöhnlich ist. Aber hier sind auf jeden Fall ein paar Reklamesendungen an Harald Landahl, den Vater von Jonas.«

»Sollen wir ihn suchen lassen? Ich meine den Jungen?«

»Ich denke, noch nicht. Wir müssen erst ein bißchen mehr wissen.«

»Meinst du, er hat sie getötet?«

»Möglicherweise. Seine Abreise könnte immerhin darauf schließen lassen, daß er versucht hat, sich abzusetzen.«

Sie warteten darauf, daß Nyberg auftauchte. Währenddessen gingen sie Schubläden und Schränke durch.

Ann-Britt fand eine Reihe Fotos, die ein neuerbautes Haus auf Korsika zeigten. »Kann es sein, daß die Eltern dahin fahren?«

»Nicht unmöglich.«

»Man kann sich fragen, woher sie das Geld haben.«

»Bis auf weiteres interessiert uns nur der Sohn.«

Es klingelte. Vor der Tür stand Nyberg mit seinen Technikern. Wallander geleitete sie zur Garage. »Fingerabdrücke«, sagte er. »Die eventuell auch irgendwo anders gefunden worden sind. Zum Beispiel auf Sonja Hökbergs Handtasche. Oder in Falks Wohnung. Oder am Runnerströms Torg. Vor allem geht es um Spuren, die darauf hindeuten, daß er an der Transformatorstation gewesen ist. Und daß Sonja Hökberg in dem Wagen gefahren ist.«

»Dann fangen wir mit den Reifen an«, sagte Nyberg. »Das geht am schnellsten. Du weißt ja, daß da draußen eine Spur war, die wir nicht identifizieren konnten.«

Wallander wartete. Es dauerte weniger als zehn Minuten, bis Nyberg ihm die Antwort geben konnte, auf die er gehofft hatte.

»Dieser Abdruck stimmt«, sagte Nyberg nach einem Vergleich mit Fotos, die bei der Transformatorstation gemacht worden waren.

»Bist du sicher?«

»Natürlich nicht. Es gibt Tausende von Reifen, die sich fast exakt gleichen. Aber wie du hier am rechten Hinterreifen siehst, hat er zu wenig Luft. Er ist außerdem auf der Innenseite abgefahren, weil die Räder nicht ordentlich ausgewuchtet sind. Das erhöht die Wahrscheinlichkeit, daß es sich um genau dieses Auto handelt, ziemlich drastisch.«

»Du bist dir mit anderen Worten sicher?«

»So sicher, wie man sich eben sein kann.«

Wallander verließ die Garage. Ann-Britt war im Wohnzimmer beschäftigt. Er blieb in der Küche. Ist es richtig, was ich tue? dachte er. Oder sollte ich sofort eine Fahndung veranlassen? Von plötzlicher Unruhe getrieben, kehrte er ins Obergeschoß zurück. Er setzte sich auf den Schreibtischstuhl im Zimmer des Jungen und schaute sich um. Dann stand er auf und öffnete den Kleiderschrank. Nichts, was ihm ins Auge fiel. Er stellte sich auf die Zehenspitzen und fühlte auf den obersten Regalbrettern nach. Ebenfalls nichts. Er kehrte zum Schreibtischstuhl zurück. Dort war der Computer. Einem Impuls folgend, hob er die Tastatur an. Auch hier nichts. Er überlegte, bevor er auf den Treppenabsatz hinaustrat und Ann-Britt rief. Gemeinsam gingen sie wieder ins Zimmer. Wallander zeigte auf den Computer.

»Willst du, daß ich ihn starte?«

Er nickte.

»Wir warten also nicht auf Martinsson?«

In ihrer Stimme schwang unverkennbar ein Anflug von Ironie mit. Vielleicht hatte er sie vorhin verletzt. Aber im Augenblick war ihm das gleichgültig. Wie oft hatte er sich in all den Jahren, seit er bei der Polizei war, gekränkt gefühlt. Von anderen Polizisten, von Verbrechern, von Staatsanwälten und Journalisten, und nicht zuletzt von der sogenannten Allgemeinheit.

»Wonach soll ich suchen?«

»Ich weiß nicht.«

Sie klickte aufs Geratewohl auf ein Symbol. Im Gegensatz zu Falks Rechner leistete dieser keinen Widerstand. Das Problem war nur, daß die geöffnete Datei leer war.

Wallander hatte die Brille aufgesetzt und beugte sich über ihre Schulter. »Versuch mal, den Ordner zu öffnen, auf dem ›Korrespondenz‹ steht.«

Sie klickte das Symbol an. Das gleiche wie vorher. Der Ordner war leer.

»Was bedeutet das?« fragte er.

»Daß da nichts ist.«

»Oder gelöscht. Mach weiter.«

Sie klickte ein Symbol nach dem anderen an. Aber immer mit dem gleichen Resultat.

»Ein bißchen komisch ist das schon«, sagte sie. »Hier ist praktisch nichts.«

Wallander sah sich nach Disketten oder einer zweiten Festplatte um. Doch er fand weder das eine noch das andere.

Ann-Britt ging zu dem Symbol, das Information über den Inhalt des Rechners verhieß. »Hier ist zuletzt am 9. Oktober etwas geändert worden«, sagte sie.

»Das war letzten Donnerstag.«

Sie blickten sich fragend an. »Einen Tag, nachdem er nach Polen gefahren ist?«

»Wenn denn unser Privatdetektiv spielender Nachbar recht hat. Was ich einmal annehmen will.«

Wallander setzte sich aufs Bett. »Erklär mir das.«

»Soweit ich es verstehe, kann das nur zweierlei bedeuten. Entweder er ist zurückgekommen. Oder jemand anders ist hiergewesen.«

»Und derjenige kann den Inhalt des Computers gelöscht haben?«

»Ohne Probleme. Weil hier keine Sperre war.«

Wallander versuchte, seine armseligen Computerkenntnisse und die wenigen Fachbegriffe, die er selbst aufgeschnappt hatte, zu benutzen. »Kann das bedeuten, daß das Paßwort, das eventuell vorhanden war, auch gelöscht wurde?«

»Derjenige, der den Rechner gestartet hat, konnte natürlich auch das Paßwort löschen.«

»Und den Computer sozusagen entleeren?«

»Er kann natürlich Abdrücke hinterlassen haben.«

»Was heißt das?«

»Martinsson hat es mir erklärt.«

»Dann erklär du es jetzt mir!«

»Wenn man sich den Computer als ein Haus denkt, aus dem man die Möbel herausholt, dann bleiben manchmal Spuren zurück. Stuhlbeine können Kratzer auf dem Parkettboden hinterlassen haben. Oder das Holz ist heller oder dunkler geworden, je nachdem, wo die Sonne hinkam oder nicht.«

»Wenn man ein Bild von der Wand nimmt, das lange da gehangen hat, dann kann man das sehen. Meinst du das?«

»Martinsson sprach vom Kellergewölbe der Computer. Irgendwo lebt etwas weiter von dem, was einmal da war. Nichts verschwindet ganz. Es sei denn, die Festplatte ist gänzlich hin. Man kann Dinge rekonstruieren, die eigentlich nicht mehr dasein sollten. Die ausradiert wurden, aber trotzdem noch da sind.«

Wallander schüttelte den Kopf. »Ich verstehe und verstehe doch nicht«, sagte er. »Gerade jetzt interessiert mich aber in erster Linie, daß jemand noch am neunten an diesem Rechner gewesen ist.«

Sie hatte sich wieder dem Computer zugewandt. »Laß mich kurz der Sicherheit halber die Spiele kontrollieren«, sagte sie.

Sie klickte auf die Symbole, an die sie bisher nicht gerührt hatte. »Hier gibt es ein Spiel, von dem ich noch nie etwas gehört habe«, murmelte sie. »Jakobs Moor‹.«

Sie klickte auf das Symbol und schüttelte den Kopf. »Hier ist absolut nichts. Fragt sich nur, warum das Symbol noch da ist.«

Sie begannen, den Raum nach Disketten zu durchsuchen. Aber sie fanden keine. Wallander war intuitiv davon überzeugt, daß die Benutzung des Computers am 9. Oktober entscheidend für die Ermittlung war. Jemand hatte alle Daten gelöscht oder von der Festplatte kopiert. Ob es Jonas Landahl selbst oder jemand anders war, wußten sie nicht.

Schließlich gaben sie auf. Wallander ging hinunter in die Garage und bat Nyberg, das Haus nach Disketten zu durchsuchen, sobald die Arbeit am Wagen beendet wäre.

Als er wieder in die Küche kam, sprach Ann-Britt mit Martinsson am Telefon.

Sie reichte ihm den Hörer. »Kommt ihr voran?«

»Robert Modin ist ein sehr energischer junger Mann«, sagte Martinsson. »Er hat zum Mittagessen irgendeine Art von Pie in sich hineingeschaufelt. Aber ich war noch nicht beim Kaffee, da wollte er schon wieder weitermachen.«

»Und habt ihr etwas erreicht?«

»Er bleibt dabei, daß die Zahl Zwanzig wichtig ist. Sie kehrt auf verschiedene Weisen wieder. Aber noch ist er nicht über die Mauer gekommen.«

»Was heißt das?«

»Das ist sein Ausdruck. Es ist ihm noch nicht gelungen, die Sperren zu überwinden. Aber er behauptet, sicher zu sein, daß es zwei Wörter sind. Oder eine Kombination von einem Wort und einer Zahl. Woher auch immer er das wissen kann.«

Wallander berichtete kurz, wo er selbst sich befand und was geschehen war. Als das Gespräch vorüber war, bat er Ann-Britt, noch einmal mit dem Nachbarn zu reden. War er sicher, was das Datum betraf? Hatte er am Donnerstag, dem 9. Oktober, jemanden in der Nähe des Hauses beobachtet?

Sie ging. Wallander setzte sich aufs Sofa und grübelte. Aber als sie nach zwanzig Minuten zurückkam, war er mit seinen Gedanken nicht nennenswert weitergekommen.

»Er führt eine Art Journal«, sagte sie. »Eigentlich ist es unglaublich. Steht einem das bevor, wenn man pensioniert ist? Auf jeden Fall ist er sich seiner Sache sicher. Der Junge ist am Mittwoch abgereist.«

»Und am neunten?«

»Niemand hat sich dem Haus genähert. Aber er räumt ein, daß er nicht jede Minute am Küchenfenster verbringt.«

»Dann wissen wir jedenfalls das«, sagte Wallander. »Es kann der Junge gewesen sein. Aber natürlich auch jemand anders.«

Inzwischen war es fünf Uhr geworden. Ann-Britt mußte los, um ihre Kinder abzuholen. Sie bot ihm an, am Abend wiederzukommen. Doch Wallander bat sie abzuwarten. Falls etwas Wichtiges geschah, würde er sie anrufen.

Zum drittenmal kehrte er in das Zimmer des Jungen zurück, ging auf die Knie und schaute unters Bett.

Ann-Britt hatte es auch schon gemacht. Aber er wollte mit eigenen Augen sehen, daß sich nichts darunter befand.

Dann legte er sich aufs Bett.

Angenommen, er will etwas Wichtiges im Zimmer verstecken, dachte Wallander. Etwas, auf das sein Blick als erstes fallen soll, wenn er am Morgen erwacht. Wallander ließ den Blick an den Wänden entlanggleiten. Nichts. Er wollte sich gerade wieder aufsetzen, als er entdeckte, daß ein Bücherregal neben dem Kleiderschrank schräg stand. Es war deutlich zu erkennen, solange man auf dem Bett lag. Er setzte sich auf. Die Schräge verschwand. Er ging zum Regal und hockte sich davor. Die Regalfüße wurden durch zwei kaum sichtbare Keile angehoben. Er tastete mit einer

Hand unter das Regal. Der Hohlraum betrug kaum mehr als drei Zentimeter. Er fühlte sofort, daß etwas unter dem untersten Regalbrett steckte. Er fummelte den Gegenstand heraus. Noch bevor er ihn ans Licht zog, war ihm klar, was es war. Eine Diskette. Und noch ehe er den Schreibtisch erreichte, hatte er schon Martinssons Nummer auf seinem Handy eingetippt. Martinsson meldete sich sofort. Wallander erklärte, wo er sich befand. Martinsson schrieb die Adresse auf. Robert Modin würde für eine Weile an Falks Rechner allein gelassen werden.

Martinsson kam nach einer Viertelstunde. Er startete den Computer und schob die Diskette in das Laufwerk. Wallander beugte sich vor, um den Titel zu lesen, als er auf dem Bildschirm erschien. »Jakobs Moor«. Er erinnerte sich vage, daß Ann-Britt gesagt hatte, es sei ein Spiel. Die Enttäuschung stellte sich auf der Stelle ein. Martinsson öffnete die Diskette. Es gab nur eine Datei. Sie war am 29. September zuletzt bearbeitet worden. Martinsson klickte weiter.

Verwundert lasen sie den Text, der auf dem Bildschirm erschien.

Die Nerze müssen befreit werden.

»Was bedeutet das?« fragte Martinsson.

»Ich weiß es nicht«, erwiderte Wallander. »Trotzdem wird in diesem Augenblick ein weiterer Zusammenhang deutlich. Und zwar zwischen Jonas Landahl und Tynnes Falk.«

Martinsson betrachtete ihn verständnislos.

»Du hast wohl vergessen«, fuhr Wallander fort, »daß Falk vor einigen Jähren zu einer Bußgeldzahlung verurteilt wurde, weil er an einer Aktion gegen eine Nerzfarm beteiligt war.«

Jetzt fiel es Martinsson wieder ein.

»Ich frage mich, ob nicht Jonas Landahl eine von den Personen war, die damals in der Dunkelheit verschwanden und die die Polizei nicht erwischte.«

Martinsson war immer noch verwirrt. »Geht es bei dem Ganzen hier um Nerze?«

»Nein«, sagte Wallander. »Bestimmt nicht. Aber ich glaube, wir tun gut daran, Jonas Landahl so schnell wie irgend möglich herzuschaffen.«

26

FRÜH IM MORGENGRAUEN AM DIENSTAG, dem 14. Oktober, hatte Carter in Luanda eine wichtige Entscheidung zu treffen. Er schlug im Dunkeln die Augen auf und lauschte dem pfeifenden Geräusch der Klimaanlage. Sein Gehör sagte ihm, daß es wieder einmal Zeit war, den Ventilator im Inneren der Anlage zu reinigen. Ein schwacher Mißton mischte sich in das Rauschen der Kaltluft, die ins Schlafzimmer geblasen wurde. Er war aufgestanden, hatte seine Pantoffeln ausgeschüttelt, falls sich ein Insekt darin versteckt hätte, seinen Morgenrock angezogen und war hinuntergegangen in die Küche. Durch das vergitterte Fenster sah er einen der Nachtwächter, wahrscheinlich war es José, tief in sich zusammengesunken auf dem alten kaputten Klappstuhl schlafen. Aber Roberto stand reglos am Tor und spähte in die Nacht hinaus, wie erstarrt in unbekannten Gedanken. Bald würde er einen der großen Besen nehmen und anfangen, vor dem Haus zu fegen. Es war ein Geräusch, das Carter stets ein Gefühl von Sicherheit gab. Es hatte etwas Zeitloses und Beruhigendes, wenn jemand Tag für Tag die gleiche Tätigkeit wiederholte. Roberto und sein Besen waren ein Sinnbild des Lebens, wenn es nichts zu wünschen übrigließ. Ohne Überraschungen und Anstrengungen. Nur eine Anzahl wiederkehrender, rhythmischer Bewegungen, wenn der Besen Sand und Steine und heruntergefallene Zweige wegfegte. Carter holte sich eine Flasche abgekochtes Wasser, die während der Nacht im Kühlschrank gestanden hatte. Er trank zwei große Gläser in langsamen Schlucken. Dann ging er wieder die Treppe hinauf und setzte sich an seinen Rechner. Der war ständig eingeschaltet und an eine kräftige Reservebatterie angeschlossen. Er verfügte außerdem über einen Stabilisator, der die ständigen Schwankungen der Stromspannung ausglich.

Carter sah sofort, daß eine E-Mail von Fu Cheng gekommen war. Er lud sie herunter und las sie aufmerksam.

Was Cheng geschrieben hatte, klang nicht gut. Ganz und gar nicht gut. Cheng hatte alles ausgeführt, was Carter ihm aufgetragen hatte. Aber offenbar verhielt es sich so, daß die Kriminalbeamten noch immer versuchten, in Falks Rechner einzudringen. Carter hatte wenig Sorge, daß es ihnen wirklich gelingen könnte, die Programme zu öffnen. Und wenn es ihnen gegen alle Wahrscheinlichkeit doch gelingen sollte, würden sie trotzdem nicht verstehen, was sie vor sich hatten. Geschweige denn in der Lage sein, Gegenmaßnahmen zu ergreifen. Doch in der Mitteilung, die diese Nacht gekommen war, berichtete Cheng von einer anderen Beobachtung, die ihn beunruhigte. Offenbar hatte die Polizei einen jungen Mann hinzugezogen.

Carter fand junge Männer mit Brille, die vor Rechnern saßen, besorgniserregend. Er hatte bei mehreren Gelegenheiten mit Falk über diese Genies der neuen Zeit gesprochen. Sie konnten in geheime Netzwerke eindringen und die kompliziertesten elektronischen Protokolle lesen und deuten.

Jetzt teilte Cheng ihm mit, er vermute, der junge Mann, der anscheinend Modin hieß, sei ein solches Genie. Cheng betonte in seiner Nachricht, schwedische Hacker seien verschiedentlich in die Verteidigungssysteme ausländischer Nationen eingedrungen.

Dieser Modin konnte also einer dieser Ketzer sein, dachte Carter. Die Ketzer unserer Zeit. Die sich weigerten, die Elektronik und ihre Geheimnisse in Frieden zu lassen. Früher wäre jemand wie Modin auf dem Scheiterhaufen verbrannt worden.

Carter gefiel die Sache mit dem jungen Hacker ganz und gar nicht, genausowenig wie manches andere, was in der letzten Zeit geschehen war. Falk war zu früh gestorben und hatte ihn mit allen Überlegungen und Entscheidungen allein gelassen. Carter war gezwungen gewesen, um Falk herum aufzuräumen. Viel Zeit zum Überlegen hatte er nicht gehabt. Er hatte keinen einzigen Beschluß gefaßt, ohne diesen zuerst mit dem Logikprogramm zu testen, das er von der Harvard-Universität gestohlen hatte, um eine Beurteilung seiner Maßnahmen zu erhalten. Doch das hatte offenbar nicht ausgereicht. Es war ein Fehler gewesen, Falks Leiche zu entwenden. Vielleicht hätten sie auch die junge Frau am Leben lassen sollen. Aber sie hätte vielleicht geredet. Niemand wußte es. Und die Polizisten schienen nicht aufzugeben.

Carter hatte das schon früher erlebt. Daß ein Mensch beharrlich eine Spur verfolgte. Die Spur eines verwundeten Raubtiers, das sich irgendwo im Busch versteckte.

Schon vor einigen Tagen hatte er erfahren, daß der Kriminalbeamte, der Wallander hieß, das Ganze leitete. Chengs Analysen waren klar. Deshalb hatten sie auch beschlossen, diesen Wallander aus dem Weg zu räumen. Aber es war mißlungen. Und der Kriminalbeamte schien die Spur unbeirrt weiterzuverfolgen.

Carter stand auf und trat ans Fenster. Noch war die Stadt nicht erwacht. Die afrikanische Nacht war von Düften erfüllt. Cheng ist zuverlässig, dachte er. Er verfügte über die asiatische Form eines selbstaufopfernden Fanatismus, auf den zu bauen er und Falk einst beschlossen hatten. Aber die Frage war jetzt doch, ob das reichte.

Er setzte sich wieder und begann zu schreiben. Das Logikprogramm sollte ihm einen Rat geben. Es dauerte eine knappe Stunde, sämtliche Informationen einzugeben, das, was er für seine Alternativen hielt zu definieren, und dann den Rechner aufzufordern, eine Prognose zu erstellen. Das Programm war unmenschlich in des Wortes bester Bedeutung. Es kannte weder Zweifel noch andere Gefühle, die den Blick trüben und die Richtung unklar machen konnten.

Nach wenigen Sekunden kam die Antwort.

Es bestand kein Zweifel. Carter hatte den Schwachpunkt eingegeben, den sie bei Wallander entdeckt hatten. Eine Schwäche, die eine Möglichkeit offenbarte. Die Möglichkeit, ihm entscheidend beizukommen.

Alle Menschen haben Geheimnisse, dachte Carter. Auch dieser Mann namens Wallander. Geheimnisse und Schwächen.

Er begann erneut zu schreiben. Die Dämmerung war gekommen, und Celina hatte schon lange in der Küche rumort, als er fertig wurde. Dreimal las er durch, was er geschrieben hatte, bevor er zufrieden war. Dann klickte er auf ›Senden‹, und seine Botschaft verschwand in den elektronischen Weltraum.

Wer von ihnen den Vergleich zuerst benutzt hatte, wußte Carter nicht mehr. Aber vermutlich war es Falk, der gesagt hatte, sie seien eine Art neuer Astronauten. Sie schwebten in den neuen Welträumen umher, die sie umgaben. »Die Freunde im Weltraum«, hatte er gesagt, »das sind wir.«

Carter ging hinunter in die Küche und frühstückte. Jeden Morgen musterte er Celina verstohlen, um zu sehen, ob sie wieder schwanger war. Er hatte beschlossen, sie zu entlassen, wenn es wieder soweit war. Er gab ihr die Liste, die er am Abend zuvor geschrieben hatte. Celina sollte zum Markt gehen und einkaufen. Um sicher zu sein, daß sie wirklich verstand, ließ er sie laut vorbuchstabieren, was er geschrieben hatte. Er gab ihr Geld und ging dann hinaus und schloß die zwei Türen auf der Vorderseite auf. Er hatte gezählt, daß jeden Morgen insgesamt sechzehn Schlösser zu öffnen waren.

Celina verließ das Haus. Die Stadt war erwacht. Doch das Haus, das einst von einem portugiesischen Arzt erbaut worden war, hatte dicke Wände. Carter kehrte mit dem Gefühl, von Schweigen umgeben zu sein, in das obere Stockwerk zurück. Das Schweigen, das stets da war, inmitten des afrikanischen Lärms. Es blinkte auf dem Bildschirm. Er hatte Grüße aus dem Weltraum bekommen. Er setzte sich und las die Nachricht.

Es war, wie er gehofft hatte. Innerhalb der nächsten vierundzwanzig Stunden würden sie anfangen, die Schwäche auszunutzen, die sie bei dem Kriminalbeamten, der Wallander hieß, entdeckt hatten.

Lange saß er da und blickte auf den Bildschirm. Schließlich stand er auf und verließ das Zimmer, um sich anzukleiden.

Noch knapp eine Woche, dachte er, dann würde die elektronische Flutwelle einsetzen und die Welt überrollen.

*

Kurz nach sieben am Montag abend schien Wallander und Martinsson gleichzeitig die Luft auszugehen. Sie verließen daraufhin das Haus in der Snapphanegata und kehrten ins Polizeipräsidium zurück. Nyberg war mit einem Kollegen noch in der Garage beschäftigt. Er arbeitete in seinem üblichen Tempo, sorgfältig, aber auch mit einer Art stummer Wut. Insgeheim verglich Wallander Nyberg manchmal mit einer Art wandelnder Zeitbombe, die nur durch glückliche Umstände daran gehindert wurde hochzugehen.

Sie hatten versucht zu verstehen, was geschehen war. War Jonas Landahl selbst zurückgekehrt, um den Inhalt seines Rechners zu löschen? Warum hatte er dann eine Diskette zurückgelassen, wenn er – warum auch immer – deren Inhalt verbergen wollte? Oder hatte er geglaubt, auch von der Diskette sei alles gelöscht? Aber warum hatte er sich dann die Mühe gemacht, sie in das Versteck unter dem schrägen Bücherregal zu schieben? Es gab zahlreiche Fragen, aber keine Antworten. Martinsson entwickelte vorsichtig die Theorie, die unbegreifliche Mitteilung »Die Nerze müssen befreit werden« könne vorsätzlich ins Spiel gebracht worden sein, damit sie sie fänden und in eine falsche Richtung schauten. Aber was war eigentlich die falsche Richtung, dachte Wallander verzagt. Wenn es keine richtige gab. Sie hatten auch eingehend diskutiert, ob sie nicht schon am selben Abend die Fahndung nach Landahl ankurbeln sollten. Aber Wallander hatte gezögert. Sie hatten keinen wirklichen Grund. Auf jeden Fall nicht, bevor Nyberg das Auto gründlich untersucht hatte. Martinsson stimmte darin nicht mit Wallander überein, und ungefähr zu diesem Zeitpunkt, als sie sich zu keiner gemeinsamen Haltung durchringen konnten, spürten sie beide gleichzeitig, wie erschöpft sie waren. Oder war es im Grunde Überdruß? Wallander empfand es als quälend, daß er nicht in der Lage war, die Ermittlung in eine vernünftige Richtung zu lenken. Er vermutete, daß Martinsson dies stillschweigend genauso sah. Auf dem Weg ins Präsidium fuhren sie am Runnerströms Torg vorbei. Wallander wartete im Wagen, während Martinsson hinaufging, um Robert Modin zu sagen, daß es für heute genug sei. Sie kamen gemeinsam herunter, und der Wagen, der Modin nach Hause bringen sollte, traf kurz danach ein. Martinsson erzählte, Modin habe überhaupt nicht nach Hause fahren wollen. Er hätte gern die ganze Nacht vor seinen elektronischen Mysterien verbracht. Er steckte immer noch fest, erzählte Martinsson. Aber er behauptete mit unverdrossener Beharrlichkeit, daß die Zahl Zwanzig wichtig sei.

Wieder zurück im Präsidium, hatte Martinsson in seinem Computer nach Jonas Landahl gesucht. Er stellte Fragen nach den verschiedenen Gruppen, die sie in ihren Registern hatten. Gruppen, die sich unter anderem dem Kampf gegen den Handel mit Pelzen widmeten und Nerze aus den Farmen freiließen. Aber der Computer antwortete »Zugang verweigert«. Daraufhin hatte er den Computer ausgeschaltet und sich wieder zu Wallander gesellt, der mit ausdrucksloser Miene und einem Plastikbecher mit kaltem Kaffee im Eßraum herumhing.

Sie beschlossen, Feierabend zu machen und nach Hause zu gehen. Wallander war noch eine Weile im Eßraum sitzen geblieben, zu müde, um nachzudenken, zu müde, um nach Hause zu gehen. Als letztes versuchte er noch, herauszufinden, womit Hansson sich beschäftigte. Jemand erzählte ihm schließlich, er sei vermutlich am Nachmittag nach Växjö gefahren. Dann hatte Wallander Nyberg angerufen, der jedoch nichts Neues zu berichten wußte.

Auf dem Nachhauseweg hatte Wallander Lebensmittel eingekauft. Als er bezahlen wollte, fand er seine Brieftasche nicht. Aber die Kassiererin kannte ihn und schrieb die Summe an. Als Wallander nach Hause kam, notierte er als erstes mit großen Buchstaben auf einem Zettel, daß er am nächsten Tag bezahlen mußte. Den Zettel legte er auf die Fußmatte. Dann hatte er Spaghetti gemacht und sie vor dem Fernseher gegessen. Ausnahmsweise waren sie richtig gut gelungen. Er zappte durch die Programme und entschied sich schließlich für einen Film. Aber er kam mitten in die Handlung und brachte nicht genug Interesse auf, um weiter zuzuschauen. Gleichzeitig fiel ihm ein, daß er sich einen anderen Film ansehen wollte. Einen Film mit Al Pacino. Um elf war er ins Bett gegangen und hatte den Telefonstecker herausgezogen. Die Straßenlampe hing reglos vor seinem Fenster. Im Nu war er eingeschlafen.

Am Dienstag morgen wachte er ausgeschlafen kurz vor sechs auf. Er hatte von seinem Vater geträumt. Und von Sten Widén. Sie hatte sich in einer eigenartigen Steinlandschaft befunden. Im Traum hatte Wallander ununterbrochen Angst gehabt, die beiden aus den Augen zu verlieren. Sogar ich kann diesen Traum deuten, dachte er. Ich bin noch immer das kleine Kind, das fürchtet, allein gelassen zu werden.

Das Telefon klingelte. Es war Nyberg. Wie üblich kam er direkt zur Sache. Egal, zu welchem Zeitpunkt er anrief, immer setzte er voraus, daß sein Gegenüber hellwach war. Während er seinerseits sich selbstverständlich darüber beklagte, ständig zu den unmöglichsten Zeiten von Leuten angerufen zu werden, die nach diesem oder jenem fragten.

»Ich komme gerade von der Garage in der Snapphanegata zurück«, begann er. »Und ich habe etwas auf der Rückbank eingeklemmt gefunden, was ich gestern übersehen haben muß.«

»Was denn?«

»Einen Kaugummi. Spearmint. Mit Zitronengeschmack.«

»Ist es am Sitz festgeklebt?«

»Nein, nicht einmal ausgepackt. Wenn es festgeklebt gewesen wäre, hätte ich es gestern schon gefunden.«

Wallander war aus dem Bett gestiegen und stand barfuß auf dem kühlen Fußboden.

»Gut«, sagte er. »Wir sprechen uns später.«

Nach einer halben Stunde war er geduscht und angezogen. Den Morgenkaffee würde er erst im Präsidium trinken. Als er auf die Straße trat, war es windstill. Er hatte sich vorgenommen, an diesem Morgen zu Fuß zu gehen. Aber er änderte seine Meinung und nahm den Wagen. Auf sein schlechtes Gewissen pfiff er. Als erstes sah er nach Irene, aber sie war noch nicht gekommen. Ebba wäre dagewesen, dachte er. Selbst wenn auch sie nicht vor sieben Uhr angefangen hätte. Aber sie hätte intuitiv gewußt, daß ich mit ihr reden wollte. Natürlich war er ungerecht Irene gegenüber. Mit Ebba war niemand zu vergleichen. Im Eßraum holte er sich Kaffee. Sie hatten für diesen Tag eine große Verkehrskontrolle angesetzt. Wallander wechselte ein paar Worte mit einem der Verkehrspolizisten, der darüber klagte, daß immer mehr Menschen zu schnell fuhren und außerdem Alkohol getrunken hatten. Noch dazu ohne Führerschein. Wallander hörte zerstreut zu und dachte, daß die Polizei immer schon eine klagende und jammernde Zunft gewesen war, und kehrte zur Anmeldung zurück. Irene hängte gerade ihren Mantel auf.

»Erinnerst du dich daran, daß ich mir kürzlich einen Kaugummi von dir geliehen habe?«

»Man leiht sich keinen Kaugummi. Du hast ihn bekommen. Oder dieses Mädchen.«

»Was für eine Sorte war es?«

»Gewöhnliches Spearmint.«

Wallander nickte.

»War das alles?« fragte Irene verwundert.

»Reicht das nicht?«

Er ging zu seinem Büro, und der Kaffee schwappte im Becher. Er hatte es eilig, seinen Gedankengang weiterzuverfolgen. Er rief Ann-Britt zu Hause an. Als sie sich meldete, hörte er im Hintergrund Kindergeschrei.

»Ich möchte dich um einen Gefallen bitten«, sagte er. »Ich möchte, daß du mit Eva Persson sprichst und sie fragst, ob sie einen bestimmten Kaugummigeschmack bevorzugt. Außerdem will ich wissen, ob sie Sonja manchmal Kaugummis abgegeben hat.«

»Warum ist das wichtig?«

»Das erkläre ich dir, wenn du herkommst.«

Zehn Minuten später rief sie zurück. Im Hintergrund herrschte noch immer Unruhe. »Ich habe mit ihrer Mutter gesprochen. Sie behauptet, daß der Kaugummigeschmack ihrer Tochter variiert. Ich kann mir nicht denken, daß sie in so einer Sache lügt.«

»Sie weiß also, was für Kaugummis Eva kaut?«

»Mütter wissen manchmal so gut wie alles über ihre Töchter«, antwortete sie.

»Oder gar nichts?«

»Genau.«

»Und Sonja?«

»Wir können wohl davon ausgehen, daß Eva Persson ihr Kaugummis gegeben hat.«

Wallander schnalzte mit den Lippen.

»Warum um Himmels willen ist das mit diesen Kaugummis wichtig?« fragte Ann-Britt.

»Das erfährst du, wenn du hier bist.«

»Hier ist ein Scheißchaos«, sagte sie. »Aus irgendeinem Grund ist es am Dienstag morgen immer am schlimmsten.«

Wallander legte auf. Jeder Morgen ist am schlimmsten, dachte er. Ohne Ausnahme. Auf jeden Fall immer dann, wenn man um fünf Uhr aufwacht und nicht wieder einschlafen kann. Dann ging er zu Martinsson hinüber. Sein Zimmer war leer. Wahrscheinlich befand er sich schon zusammen mit Robert Modin am Runnerströms Torg. Hansson war von der vermutlich vollkommen überflüssigen Reise nach Växjö noch nicht zurückgekommen.

Wallander setzte sich in sein Zimmer und versuchte, allein eine Lageeinschätzung vorzunehmen. Es bestand kaum ein Zweifel daran, daß Sonja Hökberg in dem blauen Auto, das in der Garage in der Snapphanegata stand, ihre letzte Fahrt gemacht hatte. Jonas Landahl hatte sie zur Transformatorstation gefahren, wo sie getötet worden war, und danach hatte er selbst mit der Polenfähre das Weite gesucht.

Es gab Lücken und Mängel. Jonas Landahl mußte nicht unbedingt selbst den Wagen gefahren haben. Er mußte auch nicht unbedingt derjenige sein, der Sonja Hökberg getötet hatte. Aber er stand unter dringendem Verdacht. Vor allem brauchten sie ihn, um ihn zu verhören.

Der Computer war ein entschieden größeres Problem. Wenn Jonas Landahl den Inhalt nicht selbst gelöscht hatte, mußte es jemand anders getan haben. Außerdem war da noch die Diskette mit der Sicherungskopie, die unter dem schrägen Bücherregal versteckt gewesen war.

Wallander versuchte, eine plausible Deutung zustande zu bringen. Nach ein paar Minuten sah er ein, daß es tatsächlich eine weitere Möglichkeit gab. Jonas Landahl hatte die Daten auf seinem Rechner selbst gelöscht. Aber zu einem späteren Zeitpunkt war eine zweite Person erschienen, um zu kontrollieren, ob er es auch wirklich getan hatte. Wallander schlug einen Kollegblock auf und suchte nach einem Stift. Dann schrieb er eine Reihe von Namen auf. Er ordnete sie in der Reihenfolge ihres ersten Auftretens.

Lundberg, Sonja und Eva.

Tynnes Falk.

Jonas Landahl.

Ein Zusammenhang zwischen ihnen war gesichert. Aber noch immer gab es kein begreifbares Motiv für die verschiedenen Verbrechen. Wir suchen noch immer nach einem Boden, dachte Wallander.

Er wurde in seinen Gedanken durch Martinsson unterbrochen, der in der Tür erschien. »Robert Modin ist schon zugange«, sagte er. »Er wollte um sechs abgeholt werden. Heute hat er auch seine eigene Verpflegung dabei. Komische Tees. Und noch komischere Zwiebäcke. Biodynamisch angebaut auf Bornholm. Außerdem hat er einen Walkman bei sich. Er sagt, er arbeite am besten bei Musik. Ich habe mir seine Kassetten angesehen und die Titel aufgeschrieben.«

Martinsson zog einen Zettel aus der Tasche. »›Messias‹ von Händel und ›Requiem‹ von Verdi. Sagt dir das was?«

»Ja, daß Robert Modin einen ziemlich guten Musikgeschmack hat.«

Wallander erzählte von Nybergs und Ann-Britts Anrufen. Daß sie jetzt ziemlich sicher sein könnten, daß Sonja in dem Wagen gefahren war.

»Es braucht aber nicht ihre letzte Fahrt gewesen zu sein«, meinte Martinsson.

»Bis auf weiteres gehen wir davon aus. Und machen das Ganze scharf mit dem Motiv, daß Landahl praktisch Hals über Kopf abgehauen ist.«

»Wir lassen also die Fahndung rausgehen?«

»Ja. Du mußt mit dem Staatsanwalt sprechen.«

Martinsson verzog das Gesicht. »Kann Hansson das nicht übernehmen?«

»Er ist noch nicht gekommen.«

»Wo zum Henker steckt der eigentlich?«

»Jemand hat behauptet, er wäre nach Växjö gefahren.«

»Und warum?«

»Eva Perssons alkoholisierter Vater soll in der Gegend leben.«

»Ist das wirklich wichtig? Mit ihm zu reden?«

Wallander zuckte mit den Schultern. »Ich kann nicht dasitzen und alle Prioritäten selbst bestimmen.«

Martinsson war aufgestanden. »Also spreche ich mit Viktorsson. Und ich werde mal sehen, was ich über Landahl herausbekomme. Wenn nur die Rechner funktionieren.«

Wallander hielt ihn zurück. »Was wissen wir eigentlich über diese Gruppen? Unter anderem die, die sich ›Veganer‹ nennt.«

»Hansson zufolge handelt es sich um eine Art verfeinerter Motorradgang. Weil sie in Laboratorien einbrechen, in denen Tierversuche gemacht werden.«

»Das ist aber nicht gerade gerecht.«

»Wer hätte Hansson jemals den Vorwurf machen können, gerecht zu sein?«

»Ich dachte trotz allem, es seien ziemlich unblutige Gruppen. Ziviler Ungehorsam, aber gewaltlos.«

»Das sind sie wohl auch meistens.«

»Aber Falk hing da mit drin.«

»Nichts spricht dafür, daß er ermordet wurde. Vergiß das nicht.«

»Aber Sonja Hökberg wurde es. Und Lundberg.«

»Das sagt doch eigentlich nur, daß wir keine Ahnung haben, was wirklich hinter dem Ganzen steckt.«

»Wird Robert Modin es schaffen?«

»Schwer zu sagen. Aber ich hoffe es natürlich.«

»Und er bleibt dabei, daß die Zahl Zwanzig wichtig ist?«

»Ja. Er ist sich sicher. Ich verstehe nur die Hälfte von seinen Erklärungen. Aber er ist sehr überzeugend.«

Wallander warf einen Blick auf seinen Kalender. »Heute ist der 14. Oktober. In knapp einer Woche ist der zwanzigste.«

»Falls die Zwanzig sich aufs Datum bezieht. Aber das wissen wir nicht.«

Wallander kam eine alte Frage in den Sinn.

»Haben wir von Sydkraft irgend etwas Neues gehört? Sie müssen doch eine Untersuchung vorgenommen haben. Wie konnte es zu dem Einbruch kommen? Warum war das äußere Tor beschädigt, nicht aber die Tür?«

»Hansson kümmert sich um die Sache. Sydkraft nimmt den Fall anscheinend ziemlich ernst. Hansson vermutet, daß einige Köpfe rollen werden.«

»Die Frage ist, ob *wir* es ernst genug genommen haben«, sagte Wallander. »Wie konnte Falk an die Zeichnung kommen? Und warum?«

»Das ist alles so unklar«, klagte Martinsson. »Natürlich kann man nicht von der Möglichkeit absehen, daß es Sabotage war. Der Schritt vom Freilassen von Nerzen zur Verdunkelung ganzer Landesteile ist vielleicht gar nicht so groß. Zumindest nicht, wenn man fanatisch genug ist.«

Wallander spürte, wie die Unruhe ihn wieder packte. »Vor einem habe ich Angst«, sagte er. »Und das ist diese Zahl Zwanzig. Was ist, wenn sie sich doch auf den 20. Oktober bezieht. Was passiert dann?«

»Ich habe die gleiche Angst«, erwiderte Martinsson. »Und ich kenne die Antwort ebensowenig wie du.«

»Es fragt sich, ob wir uns nicht einmal mit Sydkraft zusammensetzen sollten. Und wenn es nur darum geht, daß sie ihre eigene Sicherheit überprüfen.«

Martinsson nickte zögernd. »Man kann es auch anders sehen. Zuerst waren es Nerze. Dann ein Transformator. Was kommt als nächstes?«

Keiner von beiden hatte eine Antwort.

Martinsson verließ den Raum. Wallander widmete die folgenden Stunden der Sichtung der Papierstapel, die sich auf seinem Tisch angesammelt hatten. Die ganze Zeit war er auf der Suche nach etwas, was er vorher übersehen hatte. Doch er fand nichts anderes als die Bestätigung, daß sie immer noch im Dunkeln tappten.

Am späten Nachmittag traf sich die Ermittlungsgruppe. Martinsson hatte mit Viktorsson gesprochen. Nach Jonas Landahl wurde inzwischen im In- und Ausland gefahndet. Die polnische Polizei hatte im übrigen sehr schnell per Telex reagiert. Landahl war tatsächlich an dem Tag, an dem der Nachbarin der Snapphanegata ihn zum letztenmal gesehen hatte, ins Land eingereist. Aber eine Ausreise hatte die polnische Polizei nicht feststellen können. Wallander war sich nicht einmal sicher, ob Landahl sich wirklich in Polen befand. Etwas sagte ihm, daß es nicht so war. Ann-Britt hatte vor der Sitzung noch mit Eva Persson über den Kaugummi gesprochen. Diese hatte bekräftigt, daß Sonja zuweilen Kaugummi mit Zitronengeschmack gekaut habe. Aber wann zuletzt, konnte sie nicht sagen. Nyberg hatte das Auto durchsucht und eine Unzahl von Plastikbeuteln mit Fasern und Haaren zur Analyse geschickt. Erst wenn die Ergebnisse vorlagen, konnten sie absolut sicher sein, daß Sonja Hökberg in Landahls Wagen gesessen hatte. Dieser Punkt führte zu einer hitzigen Diskussion zwischen Martinsson und Ann-Britt. Wenn Sonja Hökberg und Jonas Landahl wirklich befreundet gewesen waren, war es doch ganz natürlich, daß sie in seinem Wagen fuhr. Doch damit war noch lange nicht gesagt, daß sie es auch am letzten Tag ihres Lebens getan hatte.

Wallander verhielt sich abwartend, während die beiden stritten. Keiner hatte recht. Beide waren müde. Ihre Auseinandersetzung verebbte schließlich von allein. Hansson hatte tatsächlich eine vollkommen sinnlose Fahrt nach Växjö unternommen. Außerdem hatte er sich verfahren und es zu spät gemerkt. Eva Perssons Vater wohnte in einer unglaublichen Bruchbude bei Vislanda. Er war schwer betrunken, als Hansson sich schließlich zur richtigen Adresse durchgefragt hatte, und konnte keinerlei brauchbare Auskünfte geben. Außerdem brach er jedesmal in Tränen aus, wenn er den Namen seiner Tochter und die Zukunft, die sie erwartete, erwähnte. Hansson war so schnell wie möglich wieder abgefahren.

Ein Mercedes-Bus wie der, nach dem sie suchten, war auch nicht aufgetaucht. Wallander hatte außerdem via American Express ein Fax aus Hongkong empfangen, auf dem ein Polizeichef namens Wang ihm mitteilte, daß es unter der angegebenen Adresse keinen Fu Cheng gebe. Während sie zusammensaßen, kämpfte Robert Modin weiterhin mit Falks Rechner. Nach einer langen und Wallanders Meinung nach völlig unnötigen Diskussion beschlossen sie, noch ein, zwei Tage abzuwarten, bevor sie Kontakt mit den Informatikern des Reichskriminalamts aufnähmen.

Um sechs Uhr sah Wallander nur noch müde und fahle Gesichter um sich her. Er wußte, daß sie heute nicht mehr weiterkämen. Sie verabredeten sich für acht Uhr am folgenden Tag. Wallander arbeitete noch weiter. Aber um halb neun fuhr auch er nach Hause. Er aß die Reste der Spaghetti vom Vortag und legte sich dann mit einem Buch aufs Bett. Es handelte von den Napoleonischen Kriegen und war todlangweilig.

Das Telefon weckte ihn. Zuerst wußte er nicht, wo er sich befand oder wieviel Uhr es war. Er nahm ab. Das Gespräch kam aus dem Polizeipräsidium.

»Wir haben einen Alarmruf von einer der Fähren bekommen, die nach Ystad unterwegs sind«, sagte der Wachhabende.

»Was ist passiert?«

»Offenbar hatten sie eine Störung an einer der Propellerwellen. Als sie den Schaden lokalisieren wollten, fanden sie die Ursache.«

»Und was war es?«

»Eine Leiche im Maschinenraum.«

Wallander schnappte nach Luft. »Wo befindet sich die Fähre?«

»Nur wenige Seemeilen vom Hafen entfernt.«

»Ich komme.«

»Soll ich sonst noch jemand anrufen?«

Wallander überlegte. »Martinsson und Hansson. Und Nyberg. Wir treffen uns unten am Fährterminal.«

»Sonst noch jemand?«

»Ich möchte, daß du Lisa Holgersson informierst.«

»Die ist auf einer Konferenz in Kopenhagen.«

»Darauf können wir keine Rücksicht nehmen. Ruf sie an.«

»Und was soll ich ihr sagen?«

»Daß sich ein mutmaßlicher Mörder auf dem Heimweg von Polen nach Schweden befindet. Und daß er leider tot ist.«

Das Gespräch war zu Ende. Wallander wußte, daß er jetzt nicht mehr darüber nachzugrübeln brauchte, wo Jonas Landahl steckte.

Zwanzig Minuten später hatten sie sich am Terminal versammelt und warteten darauf, daß die große Fähre anlegte.

27

ALS WALLANDER DIE LEITER in den Maschinenraum hinunterkletterte, überkam ihn das Gefühl, daß ihn ein Inferno erwartete. Auch wenn das Schiff jetzt still am Kai lag und alles, was man hörte, ein Pfeifen war, lag die Hölle dort unten in der Tiefe. Sie waren von einem aufgeregten Ersten Steuermann und zwei leichenblassen Maschinisten empfangen worden. Wallander entnahm ihrer Aussage, daß der Körper, der dort unten im öligen Bilgenwasser lag, bis zur Unkenntlichkeit verstümmelt war. Jemand, vielleicht Martinsson, hatte ihm gesagt, daß ein Gerichtsmediziner auf dem Weg sei. Ein Feuerwehrauto mit Rettungsleuten war bereits eingetroffen.

Aber es war dennoch Wallander, der als erster hinunter mußte.

Martinsson wollte am liebsten verschont bleiben, und Hansson war noch nicht erschienen. Wallander bat Martinsson, sich ein Bild darüber zu verschaffen, was eigentlich passiert war. Sobald Hansson eintraf, sollte er ihm helfen.

Dann machte Wallander sich auf den Weg, dicht hinter ihm kam Nyberg. Sie stiegen die Leiter hinunter. Der Maschinist, der die Leiche entdeckt hatte, erhielt Order, sie zu begleiten. Auf dem untersten Absatz führte er sie nach achtern. Wallander war erstaunt darüber, wie groß der Maschinenraum war. Der Maschinist blieb neben der letzten Leiter stehen und zeigte in die Tiefe. Wallander stieg hinunter. Als sie sich auf der Leiter befanden, trat Nyberg ihm auf die Hand. Wallander stieß vor Schmerz einen Fluch aus und hätte beinah losgelassen. Dann kamen sie unten an, und dort, unter der einen von zwei großen ölglänzenden Propellerwellen, lag der Körper.

Der Maschinist hatte nicht übertrieben. Wallander hatte das Gefühl, daß das, was er da vor sich sah, kein Mensch mehr war. Es sah aus, als habe jemand einen frischgeschlachteten Tierkörper auf den Grund des Schiffes geworfen. Nyberg stöhnte hinter ihm auf. Wallander glaubte zu hören, daß er etwas von unmittelbar in Pension gehen zischte. Wallander wunderte sich darüber, daß ihm selbst nicht einmal schlecht wurde. Er hatte in seinem Polizistenleben vieles ansehen müssen. Die menschlichen Überreste nach gräßlichen Verkehrsunfällen. Menschen, die monate- oder jahrelang tot in ihren Wohnungen gelegen hatten. Aber dies hier gehörte zum Schlimmsten, was er je erlebt hatte. An der Wand des Zimmers mit dem schrägen Bücherregal hatte ein Bild von Jonas Landahl gehangen. Ein junger Mann von alltäglichem Aussehen. Jetzt versuchte Wallander zu entscheiden, ob es so war, wie er von dem Augenblick an, als das Telefon geklingelt hatte, vermutete. Waren es die Überreste von Landahl, die dort im Öl lagen? Das Gesicht war fast ganz ausgelöscht. Nur ein blutiger Klumpen ohne erkennbare Gesichtszüge war davon übriggeblieben.

Der Junge auf dem Foto hatte blondes Haar gehabt. Und der Kopf, der dort unten lag, fast abgetrennt vom Körper, hatte noch ein paar Haarsträhnen, die nicht abgerissen und auch nicht vom Blut getränkt waren. Sie waren blond. Wallander war sich sicher, ohne es beweisen zu können. Er rückte zur Seite, damit Nyberg etwas sehen konnte. In diesem Augenblick kam auch die Ärztin, Susann Bexell, in Begleitung von zwei Feuerwehrmännern, die Leiter herab.

»Wie zum Teufel ist er hier gelandet?« sagte Nyberg.

Obwohl die Maschinen im Leerlauf liefen, mußte er rufen, um sich verständlich zu machen. Wallander schüttelte den Kopf, ohne etwas zu sagen. Er wollte so schnell wie möglich wieder hinauf, heraus aus dieser Hölle. Um klar denken zu können. Er verließ Nyberg, die Ärztin und die Feuerwehrleute und stieg die Leiter hinauf. Er ging an Deck und holte ein paarmal tief Luft.

Da tauchte Martinsson neben ihm auf. »Wie war es?«

»Schlimmer, als du es dir vorstellen kannst.«

»Ist es Landahl?«

Sie hatten noch gar nicht über diese Möglichkeit gesprochen, aber Martinsson hatte also auf Anhieb den gleichen Gedanken gehabt wie er selbst. Sonja Hökberg in der Transformatorstation hatte einen Stromausfall herbeigeführt. Landahl war in der Tiefe des Maschinenraums einer Polenfähre gestorben.

»Es war nicht genau zu erkennen«, sagte Wallander. »Aber ich denke, wir können davon ausgehen, daß es Jonas Landahl ist.«

Martinsson hatte schon herausgefunden, daß die Fähre nicht vor dem nächsten Morgen wieder auslaufen sollte. Bis dahin würden sie die technische Untersuchung abgeschlossen und den Leichnam abtransportiert haben.

»Ich habe mir die Passagierliste zeigen lassen«, sagte Martinsson. »Ein Jonas Landahl stand heute jedenfalls nicht darauf.«

»Er ist es«, sagte Wallander bestimmt. »Ob er auf der Liste steht oder nicht.«

»Ich dachte, nach der ›Estonia‹ seien strenge Vorschriften erlassen worden, und man muß zu jedem Zeitpunkt die Anzahl der Passagiere und ihre Namen angeben können?«

»Er kann doch unter einem anderen Namen an Bord gegangen sein«, sagte Wallander. »Wir brauchen eine Kopie dieser Passagierliste. Und die Namen der gesamten Besatzung. Dann müssen wir sehen, ob ein Name auftaucht, den wir eventuell kennen. Oder der irgendwie mit Landahl in Verbindung gebracht werden kann.«

»Du schließt also einen Unglücksfall völlig aus?«

»Ja«, sagte Wallander. »Es war ebensowenig ein Unglücksfall wie die Sache mit Sonja Hökberg. Und es sind dieselben Personen in die Geschichte verwickelt.«

Dann fragte er, ob Hansson gekommen sei. Martinsson sagte, der Kollege vernehme gerade die Maschinisten.

Sie verließen das Deck und gingen hinein. Die Fähre wirkte verlassen. Ein paar Reinigungskräfte putzten die große Treppe, die die Decks miteinander verband. Wallander lotste Martinsson in die Cafeteria. Dort war kein Mensch. Aber Wallander konnte es in der Küche klappern hören. Durch die Fenster sahen sie die Lichter von Ystad.

»Versuch mal, ein paar Tassen Kaffee aufzutreiben«, sagte er. »Wir müssen reden.«

Martinsson verschwand in Richtung Küche. Wallander setzte sich an einen Tisch. Was bedeutete der Tod von Jonas Landahl? Langsam begann er, provisorisch zwei Theorien zu entwickeln, die er Martinsson vorlegen wollte.

Plötzlich tauchte ein Mann in Uniform neben ihm auf. »Warum haben Sie das Schiff nichtverlassen?«

Wallander blickte den Mann an. Er trug einen Vollbart, und sein Gesicht war gerötet. Auf den Achselklappen hatte er ein paar gelbe Streifen. Die Polenfähren sind groß, dachte Wallander. Es muß nicht jeder mitbekommen haben, was unten im Maschinenraum passiert ist.

»Ich bin Kriminalbeamter«, sagte Wallander. »Und wer sind Sie?«

»Ich bin der Dritte Steuermann.«

»In Ordnung«, sagte Wallander. »Gehen Sie zu Ihrem Kapitän und sprechen Sie mit ihm. Dann erfahren Sie, warum ich hier bin.«

Der Mann schien zu zögern. Doch dann entschied er sich dafür, Wallander zu glauben, daß er kein verspäteter Passagier war. Er verschwand. Martinsson kam mit einem Tablett durch die Schwingtüren.

»Sie waren beim Essen«, sagte er, als er sich gesetzt hatte. »Sie hatten nichts davon gehört, was passiert war. Aber daß die Fähre zuletzt mit halber Kraft lief, ist ihnen natürlich aufgefallen.«

»Eben ist ein Steuermann vorbeigekommen«, sagte Wallander. »Er wußte auch nichts.«

»Haben wir nicht einen Fehler gemacht?« fragte Martinsson.

»Welchen?«

»Hätten wir nicht alle Passagiere festhalten sollen? Zumindest bis wir die Namen kontrolliert und die Wagen untersucht hätten?«

Wallander sah ein, daß Martinsson recht hatte. Gleichzeitig wäre es eine riesige Operation gewesen, die den Einsatz zahlreicher Personen erfordert hätte.

Wallander bezweifelte, daß sich der Aufwand gelohnt hätte. »Vielleicht hast du recht«, sagte er. »Aber jetzt ist es nicht mehr zu ändern.«

»Als ich jung war, habe ich davon geträumt, zur See zu fahren«, sagte Martinsson.

»Ich auch«, erwiderte Wallander. »Tun das nicht alle?«

Dann kam er direkt zur Sache. »Wir müssen das interpretieren. Bisher sind wir davon ausgegangen, daß es Landahl war, der Sonja Hökberg zur Transformatorstation fuhr und dann tötete. Und daß er deshalb verschwand. Aus der Snapphanegata floh. Jetzt wird er selbst getötet. Wir müssen uns fragen, wie sein Tod das Bild verändert.«

Martinsson rührte in seiner Tasse.

»So wie ich es sehe«, fuhr Wallander fort, »kann man zwei denkbare Theorien aufstellen. Die eine ist die, daß Jonas Landahl Sonja Hökberg getötet hat. Aus uns unbekannten Gründen. Wir ahnen nur, daß es etwas damit zu tun hat, sie zum Schweigen zu bringen. Sie weiß etwas, und Landahl will nicht, daß sie es sagt. Dann setzt Landahl sich ab. Ob er die Panik bekommen oder zielbewußt agiert hat, wissen wir nicht. Und dann wird er selbst getötet. Aus Rache. Oder weil Landahl seinerseits plötzlich jemandem gefährlich geworden ist, der Spuren verwischen will.«

Wallander machte eine Pause. Als Martinsson nichts sagte, fuhr er fort. »Die zweite Möglichkeit ist, daß eine unbekannte Person zuerst Sonja Hökberg und jetzt Jonas Landahl getötet hat.«

»Wie erklärt das Landahls hastigen Aufbruch?«

»Er begreift, was mit Sonja passiert ist, und kriegt es mit der Angst zu tun. Er haut ab. Aber jemand holt ihn ein.«

Martinsson nickte.

»Sabotage und Tod«, sagte er. »Man schickt Starkstrom durch die Hökberg und legt Schonen lahm. Dann wirft man Landahl hinunter zwischen die Propellerwellen einer Polenfähre.«

»Weißt du noch, worüber wir zuvor gesprochen haben?« sagte Wallander. »Zuerst wurden Nerze aus ihren Käfigen befreit. Dann kam der Stromausfall. Jetzt eine Polenfähre. Was kommt als nächstes?«

Martinsson schüttelte ratlos den Kopf. »Es macht trotzdem keinen Sinn. Das mit den Nerzen kann ich verstehen. Eine Gang von Tierschützern hat zugeschlagen. Ich kann auch das mit dem Stromausfall verstehen. Man will zeigen, wie verwundbar eine Gesellschaft ist. Aber was will man damit zeigen, daß man im Maschinenraum einer Fähre ein Chaos anrichtet?«

»Das ist wie beim Domino. Fällt ein Stein, bricht alles zusammen. Es kommt zu einer Kettenreaktion. Das Steinchen, das gefallen ist, ist Falk.«

»Und wie bringst du den Mord an Lundberg in diesem Bild unter?«

»Da genau liegt das Problem. Ich kann ihn nicht unterbringen. Und folglich mache ich mir über eine andere Möglichkeit Gedanken.«

»Daß Lundberg gar nicht mit den anderen zusammenhängt?«

Wallander nickte. Martinsson dachte schnell, wenn er wollte.

»Wir haben das ja schon oft genug gehabt«, sagte Wallander. »Daß zwei Ereignisse sich nur zufällig ineinander verhakt hatten. Aber wir konnten diese Kollision nicht erkennen. Wir glaubten, die beiden Dinge gehörten zusammen, während es nichts weiter war als Zufall.«

»Du meinst also, wir sollten die Ermittlungen trennen? Aber Sonja Hökberg spielt doch in beiden Fällen eine Hauptrolle.«

»Das ist eben die Frage«, sagte Wallander. »Stell dir vor, es ist nicht so. Sondern ihre Rolle ist wesentlich kleiner, als wir bisher angenommen haben.«

In diesem Augenblick betrat Hansson die Cafeteria. Er blickte neidisch auf ihre Kaffeetassen. In seiner Gesellschaft war ein grauhaariger Mann mit freundlichen Augen und vielen Streifen auf den

Achselklappen. Wallander stand auf und wurde Kapitän Sund vorgestellt.

Zu seinem Erstaunen sprach Sund einen Dialekt, der verriet, daß er aus Dalarna kam.

»Schreckliche Geschichte«, sagte er.

»Niemand hat etwas gesehen«, sagte Hansson. »Aber irgendwie muß Landahl ja in den Maschinenraum hinuntergekommen sein.«

»Es gibt also keine Zeugen?«

»Ich habe mit den beiden Maschinisten gesprochen, die auf der Reise von Polen hierher Dienst hatten. Aber sie haben nichts bemerkt.«

»Werden die Türen zum Maschinenraum verschlossen gehalten?« fragte Wallander.

»Das lassen die Sicherheitsvorschriften nicht zu«, erwiderte Sund. »Aber es sind natürlich Schilder mit ›Zutritt verboten‹ an den Türen. Alle, die im Maschinenraum arbeiten, sind angewiesen, auf der Stelle zu reagieren, wenn ein Unbefugter hereinkommt. Es passiert schon mal, daß ein Passagier, der einen über den Durst getrunken hat, hereintorkelt. Aber etwas wie diese Geschichte hier hätte ich nicht für möglich gehalten.«

»Ich nehme an, daß die Fähre jetzt leer ist«, sagte Wallander. »Es ist kein Wagen stehengeblieben?«

Sund sprach in ein Funktelefon und fragte auf dem Wagendeck nach. Es kratzte und knisterte, als er Antwort bekam.

»Alle Fahrzeuge sind fort«, sagte er. »Das Wagendeck ist leer.«

»Und wie ist es mit den Kabinen? Hat man möglicherweise verlassenes Gepäck gefunden?«

Sund entfernte sich, um eine Antwort auf Wallanders Frage zu bekommen. Hansson setzte sich. Wallander bemerkte, daß er ungewöhnlich sorgfältige Notizen über den Ablauf der Ereignisse gemacht hatte.

Als die Fähre von Swinemünde auslief, hatte sie eine berechnete Fahrzeit von ungefähr sieben Stunden bis Ystad vor sich. Wallander fragte, ob die Maschinisten beurteilen konnten, wann in etwa der Körper zwischen den Propellerwellen gelandet war. Konnte es während der Liegezeit in Polen gewesen sein? Oder erst kurz vor den ersten Anzeichen einer Störung? Hansson hatte den beiden

Maschinisten genau diese Fragen auch gestellt. Sie hatten übereinstimmend geantwortet. Der Körper konnte schon dort gelegen haben, als die Fähre noch in Polen war. Viel mehr als das gab es nicht zu sagen. Niemand hatte etwas gesehen. Keiner schien Landahl bemerkt zu haben. Es waren etwa einhundert Passagiere an Bord gewesen, hauptsächlich polnische LKW-Fahrer. Außerdem war eine Delegation der schwedischen Zementindustrie an Bord gewesen, die in Polen über Investitionen verhandelt hatte.

»Wir müssen wissen, ob Landahl mit jemand zusammen war«, sagte Wallander, nachdem Hansson geendet hatte. »Das ist das Wichtigste. Wir brauchen also ein Foto von Landahl. Einer muß morgen mit der Fähre hin- und zurückfahren, bei denen, die hier arbeiten, herumgehen, das Foto zeigen und sehen, ob jemand Landahl erkennt.«

»Ich hoffe, daß ich das nicht bin«, sagte Hansson. »Ich werde so leicht seekrank.«

»Such jemand anderen«, gab Wallander zurück. »Nimm einen Schlosser mit Lind fahr in die Snapphanegata. Hol das Foto von dem Jungen. Frage diesen Menschen, der in dem Eisenwarenladen arbeitet, ob es einigermaßen ähnlich ist.«

»Diesen Kalle Ryss?«

»Ja, genau. Irgendwann wird er seinen Nachfolger ja wohl mal gesehen haben.«

»Die Fähre geht morgen früh um sechs.«

»Dann mußt du es eben heute abend regeln«, sagte Wallander kühl.

Als Hansson gehen wollte, tauchte eine weitere Frage in Wallanders Kopf auf. »War heute abend ein Asiat auf der Fähre?«

Sie suchten auf Martinssons Passagierliste. Aber sie fanden keinen asiatischen Namen.

»Derjenige, der morgen mit der Fähre fährt, soll danach fragen«, sagte Wallander. »Ob ein Passagier mit asiatischem Aussehen an Bord gewesen ist.«

Hansson verschwand. Wallander und Martinsson blieben sitzen. Susann Bexell kam nach einer Weile und setzte sich zu ihnen. Sie war sehr blaß.

»So etwas habe ich noch nie erlebt«, sagte sie. »Zuerst ein Mädchen, das in einer Hochspannungsanlage verbrennt. Und jetzt das hier.«

»Kann man annehmen, daß es sich um einen jüngeren Mann handelt?« fragte Wallander.

»Das kann man.«

»Aber eine Todesursache kannst du uns natürlich nicht nennen? Oder einen Zeitpunkt?«

»Du warst ja selbst unten und weißt, wie es aussieht. Der Junge ist ja vollständig zerhackt worden. Einer der Feuerwehrmänner mußte kotzen. Kein Wunder.«

»Ist Nyberg noch da unten?«

»Ich glaube schon.«

Susann Bexell entfernte sich. Kapitän Sund war noch nicht zurückgekommen. Martinssons Handy begann zu summen. Es war Lisa Holgersson, die aus Kopenhagen anrief.

Martinsson hielt Wallander das Telefon hin, doch der schüttelte abwehrend den Kopf. »Sprich du mit ihr.«

»Was soll ich denn sagen?«

»Erzähl ihr, was los ist. Was denn sonst?«

Wallander stand auf und ging in der verlassenen Cafeteria auf und ab. Landahls Tod hatte einen Weg versperrt, der ihm gangbar erschienen war. Aber am stärksten beunruhigte ihn, daß das Ganze vielleicht hätte vermieden werden können. Wenn Landahl nicht geflohen war, weil er einen Mord begangen hatte, sondern weil jemand anders einen Mord begangen hatte. Und weil er Angst hatte.

Wallander machte sich Vorwürfe. Er hatte nicht gründlich genug nachgedacht. Hatte vor dem nächstliegenden Motiv haltgemacht. Wo er eigentlich alternative Theorien hätte aufstellen sollen. Jetzt war Landahl tot. Vielleicht hätte es auch nicht verhindert werden können?

Martinsson hatte das Telefongespräch beendet. Wallander kehrte an den Tisch zurück.

»Sie wirkte nicht gerade total nüchtern«, sagte Martinsson.

»Sie ist auf einem Fest der Polizeipräsidenten«, sagte Wallander. »Aber jetzt ist sie auf jeden Fall informiert darüber, womit wir unseren Abend verbringen.«

Kapitän Sund betrat die Cafeteria. »In einer Kabine ist ein Gepäckstück liegengeblieben.«

Wallander und Martinsson standen gleichzeitig auf. Sie folgten dem Kapitän durch verschlungene Gänge zu einer Kabine, in der eine Frau in der Uniform der Reederei wartete.

Sie war Polin und sprach nicht gut Schwedisch. »Laut Passagierliste wurde diese Kabine von einer Person mit Namen Jonasson gebucht.«

Wallander und Martinsson sahen einander an.

»Gibt es jemanden, der das Aussehen dieser Person beschreiben könnte?«

Es zeigte sich, daß der Kapitän die polnische Sprache fast so gut beherrschte wie seinen Dalarna-Dialekt.

»Hatte er die Kabine allein gebucht?«

»Ja.«

Wallander trat ein. Die Kabine war eng und ohne Fenster. Wallander schauderte es bei dem Gedanken daran, eine stürmische Nacht in einer solchen Kabine verbringen zu müssen. Auf der an der Wand befestigten Koje stand ein Koffer mit Rollen. Wallander ließ sich von Martinsson ein Paar Plastikhandschuhe geben. Dann öffnete er den Koffer. Er war leer. Zehn Minuten suchten sie vergebens in der Kabine.

»Nyberg muß einen Blick darauf werfen«, sagte Wallander, als sie die Hoffnung aufgegeben hatten, etwas zu finden. »Und der Taxifahrer, der Landahl zur Fähre gebracht hat. Vielleicht erkennt er den Koffer wieder.«

Wallander trat auf den Gang hinaus. Martinsson besprach mit dem Kapitän, daß die Kabine nicht gereinigt werden durfte. Wallander betrachtete die Türen der angrenzenden Kabinen. Vor beiden Türen lagen Bündel mit Handtüchern und Laken. Die Türen trugen die Nummern 309 und 311.

»Versuche herauszufinden, wer diese Kabinen gebucht hatte«, sagte er. »Vielleicht haben sie etwas gehört. Oder jemand kommen oder gehen sehen.«

Martinsson machte sich eine Notiz auf seinem Block und begann dann, mit der Polin zu reden. Wallander hatte Martinsson häufig wegen seines guten Englisch beneidet. Er selbst sprach es sehr schlecht, fand er. Auf gemeinsamen Reisen hatte Linda ihn oft wegen seiner miserablen Aussprache gehänselt. Kapitän Sund folgte Wallander die Treppen hinauf.

Es war kurz vor Mitternacht.

»Darf ich Ihnen nach diesem Schock vielleicht einen Drink anbieten?« fragte Sund.

»Leider nicht«, antwortete Wallander.

Es kratzte und knarrte in Sunds Funktelefon. Er lauschte und entschuldigte sich dann. Wallander war froh, allein gelassen zu werden. Sein Gewissen machte ihm zu schaffen. Könnte Landahl noch am Leben sein, wenn er schneller geschaltet hätte? Er wußte, daß es darauf keine Antwort gab. Es blieb nur der Selbstvorwurf, dem er wehrlos ausgesetzt war.

Zwanzig Minuten später kam Martinsson.

»Kabine 309 war von einem Norweger mit Namen Larsen gebucht worden. Er sitzt zur Zeit vermutlich in einem Auto und ist auf dem Weg nach Norwegen. Aber ich habe seine Telefonnummer. In einer Stadt, die Moss heißt. Kabine 311 hatte dagegen ein Paar hier aus Ystad. Herr und Frau Tomander.«

»Sprich morgen mit ihnen«, sagte Wallander. »Vielleicht bringt es etwas.«

»Ich habe Nyberg auf der Treppe getroffen. Er war bis zum Bauch voll Öl. Aber er wollte sich die Kabine ansehen, wenn er den Overall gewechselt hätte.«

»Es fragt sich, ob wir wirklich weiterkommen.«

Sie gingen gemeinsam durch das verlassene Terminalgebäude. Auf einigen Bänken lagen jüngere Männer und schliefen. Die Fahrkartenschalter waren geschlossen. Sie trennten sich vor Wallanders Wagen. »Wir müssen alles noch einmal von vorn durchgehen«, sagte Wallander. »Bis um acht dann.«

Martinsson betrachtete sein Gesicht. »Du machst dir Sorgen?«

»Allerdings. Ich mache mir immer Sorgen, wenn ich nicht begreife, was vor sich geht.«

»Wie steht es mit der disziplinarischen Untersuchung?«

»Ich habe nichts mehr gehört. Es rufen auch keine Journalisten mehr an. Aber das liegt vielleicht nur daran, daß ich meistens den Stecker herausgezogen habe.«

»Blöd, wenn so was passiert.«

Wallander ahnte eine Doppeldeutigkeit in Martinssons Worten. Sofort war er auf der Hut. Und wurde wütend. »Was willst du damit sagen?«

»Haben wir davor nicht alle Angst? Daß wir die Beherrschung verlieren und anfangen, Leute zu schlagen?«

»Ich habe dem Mädchen eine Ohrfeige gegeben. Um die Mutter zu schützen.«

»Ja«, sagte Martinsson. »Aber trotzdem.«

Er glaubt mir nicht, dachte Wallander, als er in seinem Wagen saß. Vielleicht tut das keiner.

Die Einsicht war wie ein Schock. Es war ihm noch nie passiert, daß er sich von seinen engsten Kollegen verraten oder allein gelassen gefühlt hatte. Er blieb im Wagen sitzen, ohne den Motor zu starten. Plötzlich überlagerte dieses Gefühl alles andere. Es verdrängte sogar das Bild des jungen Mannes, der von der Propellerwelle zermalmt worden war.

Zum zweitenmal binnen einer Woche fühlte er sich verletzt und verbittert. Ich höre auf, dachte er. Morgen reiche ich mein Entlassungsgesuch ein. Sollen sie diese Scheißermittlung doch allein machen.

Als er nach Hause kam, war er noch immer aufgewühlt. In Gedanken trug er eine heftige Auseinandersetzung mit Martinsson aus.

Lange konnte er nicht einschlafen.

Um acht Uhr am Mittwoch morgen waren sie versammelt. Viktorsson war auch anwesend. Und Nyberg, der noch immer Öl an den Fingern hatte. Wallander war in einer etwas milderen Gemütsverfassung aufgewacht. Er würde jetzt nicht aufhören. Und er würde auch keine Konfrontation mit Martinsson herbeiführen. Erst sollte die disziplinarische Untersuchung ans Licht fördern, was wirklich im Vernehmungszimmer passiert war. Dann würde er bei einer passenden Gelegenheit seinen Kollegen erzählen, was er von ihrem Mißtrauen ihm gegenüber hielt.

Sie gingen die Ereignisse des vergangenen Abends durch. Martinsson hatte schon mit dem Passagier namens Tomander gesprochen. Weder er noch seine Frau hatten aus der Nachbarkabine irgend etwas gehört oder gesehen. Der Mann mit Namen Larsen, der in Moss wohnte, war noch nicht nach Hause gekommen. Seine Frau hatte jedoch am Telefon gesagt, sie erwarte ihren Mann im Lauf des Vormittags zurück.

Dann legte Wallander die beiden Theorien dar, zu denen er im Gespräch mit Martinsson gelangt war. Niemand hatte etwas einzuwenden. Es war eine langsam und methodisch durchgeführte Sitzung der Ermittlungsgruppe. Aber unter der Oberfläche spürte Wallander die Unruhe. Alle hatten es eilig, zu ihren Aufgaben zurückzukehren.

Als sie aufbrachen, hatte Wallander beschlossen, sich ganz auf Tynnes Falk zu konzentrieren. Er war jetzt überzeugter denn je, daß mit Falk alles anfing. Wie der Mord an dem Taxifahrer mit allem übrigen zusammenhing, mußte bis auf weiteres offenbleiben. Die Frage, die Wallander sich gestellt hatte, war sehr einfach. Welche dunklen Kräfte waren in Bewegung gesetzt worden, als Falk während seines Abendspaziergangs gestorben war? Als er einen Kontoauszug aus dem Bankomat bekommen hatte? War es überhaupt ein Todesfall mit natürlicher Ursache? Er rief die Pathologie in Lund an und ließ nicht locker, bis er den Arzt, der die Obduktion durchgeführt hatte, an den Apparat bekam. Konnte trotz allem eine Form von Gewaltanwendung Falks Tod herbeigeführt haben? Hatte man wirklich alle Möglichkeiten untersucht? Er rief auch Enander an, Falks Hausarzt, der ihn im Präsidium besucht hatte. Die Ansichten darüber, was passiert sein konnte und was nicht einmal eine denkbare Todesursache war, klafften auseinander. Aber als es Nachmittag geworden war und Wallander so hungrig war, daß sein Magen knurrte, hatte er doch das Gefühl, Klarheit gewonnen zu haben. Falk war keines gewaltsamen Todes gestorben. Es lag kein Verbrechen vor. Aber dieser natürliche Tod vor einem Bankomat hatte verschiedene Prozesse in Gang gesetzt.

Er zog einen Kollegblock heran und schrieb.

Falk.

Nerze.

Angola.

Er betrachtete das, was er geschrieben hatte. Und fügte noch eine Zeile hinzu.

20.

Dann starrte er die Worte an, die eine Einheit zu bilden schienen. Was hatte er nicht entdeckt? Um seiner Verärgerung und seiner Ungeduld Herr zu werden und den Kopf frei zu bekommen, verließ er das Präsidium und machte einen Spaziergang. Er aß in einer Pizzeria. Dann kehrte er in sein Büro zurück. Um fünf Uhr war er kurz davor, aufzugeben. Er schaffte es nicht, hinter das, was geschehen war, zu schauen. Das Motiv und den Wegweiser zu erkennen, den sie so dringend benötigten. Er kam nicht weiter.

Er hatte sich gerade Kaffee geholt, als das Telefon klingelte. Es war Martinsson. »Ich bin hier am Runnerströms Torg«, sagte er. »Jetzt hat es geklappt.«

»Was?«

»Robert Modin hat es geschafft. Er ist in Falks Rechner reingekommen. Und hier passieren wunderliche Dinge auf dem Bildschirm.«

Wallander knallte den Hörer auf.

Endlich, dachte er. Jetzt sind wir durch.

28

ALS WALLANDER AM RUNNERSTRÖMS TORG angelangt war und sein Auto abschloß, hätte er sich umsehen sollen. Vielleicht hätte er den Schatten bemerkt, der sich hastig tiefer in die Dunkelheit am oberen Ende der Straße zurückzog. Vielleicht hätte er begriffen, daß es nicht nur jemanden gab, der sie beobachtete, sondern daß dieser Jemand auch die ganze Zeit über wußte, wo sie sich befanden, was sie taten, beinah sogar, was sie dachten. Die Wagen, die rund um die Uhr die Apelbergsgata und den Runnerströms Torg bewachten, hatten nicht verhindern können, daß sich jemand dort in den Schatten aufhielt.

Aber Wallander schaute sich nicht um. Er schloß nur sein Auto ab und eilte über die Straße zu dem Haus, in dem Martinsson zufolge seltsame Dinge auf einem Monitor zu sehen waren. Als Wallander hereinkam, starrten Robert Modin und Martinsson gebannt auf den Bildschirm, murmelten und zeigten. Zu seiner Verwunderung registrierte Wallander, daß Martinsson sich einen faltbaren Jagdstuhl mitgebracht hatte. Und es standen inzwischen zwei weitere Rechner im Zimmer. Wallander bekam das Gefühl, einen Raum betreten zu haben, in dem eine äußerst komplizierte elektronische Operation ablief. Oder eine Art religiösen Rituals. Er dachte an den Altar, auf dem Falk sich selbst verehrt hatte. Wallander grüßte, ohne eine Antwort zu bekommen.

Der Bildschirm sah jetzt anders aus. Die Unmengen von Ziffern, die vorher dort umhergewirbelt waren, um dann in einen unbekannten Weltraum zu entschwinden, waren nicht mehr da. Zwar sahen sie noch immer auf Ziffern, aber jetzt standen sie still. Robert Modin hatte seine Kopfhörer abgenommen. Seine Hände wanderten zwischen den verschiedenen Tastaturen hin und her. Die Finger arbeiteten unglaublich schnell, als sei er ein Virtuose, der auf drei Instrumenten gleichzeitig spielte. Wallander wartete. Martinsson hatte einen Schreibblock in der Hand. Dann und wann bat Modin ihn darum, etwas aufzuschreiben. Und Martinsson schrieb. Modin beherrschte die Szene. Daran bestand kein Zweifel. Erst nach ungefähr zehn Minuten schienen sie zu bemerken, daß Wallander hereingekommen war. Das Klappern der Tastaturen hörte auf.

»Was ist passiert?« fragte Wallander. »Und warum habt ihr hier mehrere Rechner?«

»Wenn man nicht über den Berg gehen kann, muß man um ihn herumgehen«, sagte Robert Modin. Er war verschwitzt. Aber er sah glücklich aus. Ein junger Mann, dem es gelungen war, eine Tür zu öffnen, die verschlossen gewesen war.

»Das erklärt Robert am besten«, sagte Martinsson.

»Das Paßwort, um hineinzukommen, konnte ich nicht knakken«, sagte der Junge. »Aber ich habe meine eigenen Rechner mitgenommen und an Falks angeschlossen. Und dann konnte ich hintenherum hinein.«

Schon jetzt wurde das Gespräch für Wallander zu abstrakt. Daß Rechner Fenster hatten, wußte er. Aber nicht, daß sie auch Türen hatten.

»Ich habe davorgestanden und angeklopft«, sagte Modin. »Aber gleichzeitig habe ich mir hinten einen Zugang gegraben.«

»Und wie geht das?«

»Das ist ein bißchen schwer zu erklären. Außerdem ist es eine Art Berufsgeheimnis.«

»Gut, dann lassen wir das. Und was habt ihr gefunden?«

Jetzt übernahm Martinsson. »Falk hatte natürlich einen Internetzugang. In einer Datei, die ulkigerweise ›Jakobs Moor‹ heißt, gibt es eine Reihe von Telefonnummern, die in einer speziellen Weise angeordnet sind. Zumindest haben wir das geglaubt. Aber jetzt hat sich gezeigt, daß es keine Telefonnummern sind, sondern Codes. Sie bestehen aus zwei Gruppen. Ein Wort und eine Ziffernkombination. Wir versuchen gerade, herauszubekommen, was sie bedeuten.«

»Eigentlich sind es sowohl Telefonnummern als auch Codes«, warf Modin ein. »Außerdem sind hier massenweise Zifferngruppen chiffrierter Namen von verschiedenen Institutionen gelagert. Sie scheinen sich überall zu befinden. In den USA, in Asien, in Europa. Hier ist auch etwas in Brasilien. Und Nigeria.«

»Was für Institutionen denn?«

»Das versuchen wir gerade herauszufinden«, sagte Martinsson. »Eine haben wir gefunden, die Robert schon kannte. Und als wir die entdeckten, habe ich dich angerufen.«

»Welche denn?«

»Das Pentagon«, antwortete Modin.

Wallander wußte nicht zu sagen, ob in Modins Stimme Triumph mitschwang oder ob er Angst hatte.

»Und was bedeutet das alles?«

»Das wissen wir noch nicht«, antwortete Martinsson. »Aber wir können davon ausgehen, daß in diesem Rechner sehr wichtige und vermutlich verbotene Informationen gespeichert sind. Es bedeutet außerdem, daß Falk zu allen diesen Institutionen Zugang hatte.«

»Ich habe das Gefühl, daß es so einer wie ich ist, der an diesem Rechner gesessen hat«, sagte Modin plötzlich.

»Also sollte auch Falk sich Zugang zu anderen Datensystemen verschafft haben?«

»Es sieht so aus.«

Wallander glaubte immer weniger zu verstehen. Aber er spürte, wie seine Unruhe zurückkehrte.

»Wozu kann das benutzt werden?« fragte er. »Kann man in all dem eine Absicht erkennen?«

»Es ist noch zu früh«, meinte Martinsson. »Zuerst müssen wir die Institutionen identifizieren. Dann klärt sich vielleicht das Bild. Aber das dauert seine Zeit. Es ist alles so kompliziert. Gerade im Hinblick darauf, daß kein Außenstehender Zugang bekommen und sehen sollte, was hier drauf war.«

Er stand von seinem Klappstuhl auf. »Ich muß für eine Stunde nach Hause fahren«, sagte er. »Terese hat Geburtstag. Aber ich komme zurück.«

Er reichte Wallander den Block.

»Grüß sie von mir«, sagte Wallander. »Wie alt wird sie denn?«

»Sechzehn.«

Wallander erinnerte sich an sie als kleines Mädchen. Als sie fünf wurde, war Wallander sogar bei Martinsson zu Hause gewesen und hatte Geburtstagstorte gegessen. Gleichzeitig dachte er, daß sie zwei Jahre älter war als Eva Persson.

Martinsson verschwand durch die Tür, kam aber noch einmal zurück. »Ich habe vergessen zu sagen, daß ich mit Larsen in Moss gesprochen habe«, sagte er.

Es dauerte ein paar Sekunden, bis Wallander einfiel, wer Larsen war.

»Er hat jemanden in der Nebenkabine gehört«, fuhr Martinsson fort. »Die Wände sind dünn. Aber gesehen hat er niemanden. Er war müde und hat während der ganzen Überfahrt von Polen geschlafen.«

»Was für Geräusche hat er gehört?«

»Danach habe ich ihn auch gefragt. Nichts, was auf einen Tumult schließen ließe.«

»Hat er Stimmen gehört?«

»Ja. Aber er konnte nicht sagen, wie viele es waren.«

»Menschen führen nur selten Selbstgespräche«, sagte Wallander.

»Also müssen mindestens zwei Personen in der Kabine gewesen sein.«

»Ich habe ihn gebeten, sich zu melden, falls ihm noch etwas einfällt.«

Martinsson verschwand aufs neue. Wallander setzte sich vorsichtig auf den Klappstuhl. Robert Modin arbeitete weiter. Wallander wußte, daß es sinnlos war, Fragen zu stellen. In dem Maße, in dem Computer immer mehr Steuerungssysteme in der Gesellschaft übernahmen, würde der Bedarf für einen ganz anderen Typ von Polizeibeamten zunehmen. Dem hatte man auch schon Rechnung getragen, wenngleich noch keineswegs in ausreichendem Umfang. Die Verbrecher hatten wie üblich einen Vorsprung. Das organisierte Verbrechen in den USA hatte schon zu einem frühen Zeitpunkt erkannt, welche Möglichkeiten die Elektronik barg. Auch wenn es noch nicht bewiesen werden konnte, wurde behauptet, daß die großen Drogenkartelle in Südamerika bereits über Satellitenkommunikation verfügten. Da konnten sie sich unter anderem über die amerikanischen Grenzkontrollen und die Flugzeuge, die den Luftraum überwachten, auf dem laufenden halten. Und natürlich benutzten sie Mobiltelefönnetze. Häufig wurde von einem Mobiltelefon aus nur ein einziger Anruf getätigt, bevor die Nummer wieder gelöscht wurde. Alles, um die Lokalisierung des Anrufers unmöglich zu machen.

Robert Modin drückte auf eine Taste und lehnte sich zurück. Das Modem neben dem Rechner begann zu blinken.

»Was tust du jetzt?« fragte Wallander.

»Ich versuche, eine E-Mail zu senden, um zu sehen, wo sie eventuell ankommt. Aber ich schicke sie von meinem eigenen Rechner.«

»Aber du hast die Adresse doch in Falks Rechner eingegeben?«

»Ich habe die beiden zusammengeschlossen.«

Auf dem Bildschirm begann es zu blinken. Robert Modin fuhr auf und beugte sich näher heran. Dann bearbeitete er wieder die Tasten. Wallander wartete.

Plötzlich verschwand alles vom Bildschirm. Einen Moment lang war er vollkommen dunkel. Danach kehrten die Schwärme von Zifferngruppen wieder. Robert Modin runzelte die Stirn.

»Was ist jetzt los?«

»Ich weiß nicht richtig. Aber mir wurde der Zugang verweigert. Ich muß meine Spuren verwischen. Das dauert ein paar Minuten.«

Das Tastengeklapper setzte wieder ein. Wallander wartete. Er wurde immer ungeduldiger.

»Noch einmal«, murmelte Modin.

Dann passierte etwas, was ihn vom Stuhl hochschnellen ließ. Er studierte lange den Bildschirm. »Die Weltbank«, sagte er dann. »Was meinst du damit?«

»Daß eine der Institutionen, die sich hinter den Codes hier in diesem Rechner verbergen, die Weltbank ist. Wenn ich das Ganze richtig verstehe, ist es eine Abteilung, die sich mit einer Art von globaler Finanzinspektion beschäftigt.«

»Das Pentagon und die Weltbank«, sagte Wallander. »Nicht gerade kleine Fische.«

»Ich glaube, es ist Zeit für eine Konferenzschaltung«, sagte Modin. »Ich muß meine Freunde um Rat fragen. Ich habe sie gebeten, sich bereitzuhalten.«

»Wo sind sie denn?«

»Einer wohnt bei Rättvik. Der zweite in Kalifornien.«

Wallander begann einzusehen, daß sie jetzt ernsthaft Kontakt mit den Computerspezialisten des Reichskrim aufnehmen mußten. Er stellte sich mit unguten Gefühlen vor, welche Probleme auf ihn zukamen. Er brauchte sich keine Illusionen zu machen. Die Kritik daran, daß er Modin hinzugezogen hatte, würde überwältigend sein. Auch wenn an Modins Kompetenz nicht zu zweifeln war.

Während Modin mit seinen Freunden kommunizierte, ging Wallander im Raum auf und ab. Er dachte an Jonas Landahl, der tot auf dem Grund einer Fähre gelegen hatte. An Sonja Hökbergs verbrannten Körper. Und dieses eigentümliche Büro am Runnerströms Torg, in dem er sich gerade befand. Außerdem nagte die Befürchtung an ihm, er könnte sich auf einem vollkommen falschen Weg befinden. Sein Auftrag war es, die Arbeit der Ermittlungsgruppe zu leiten. Dieser Aufgabe fühlte er sich nicht mehr gewachsen. Und zudem noch das Gefühl, daß seine Kollegen begonnen hatten, ihm nicht mehr zu trauen. Vielleicht betraf das nicht nur die Frage, was wirklich in dem Vernehmungszimmer geschehen war, als er Eva Persson eine Ohrfeige gegeben hatte und ein Fotograf sich in unmittelbarer Nähe aufhielt. Möglicherweise redeten sie hinter seinem Rücken darüber, daß er nicht mehr richtig mithielt? Daß es vielleicht an der Zeit war, Martinsson die Ermittlungen leiten zu lassen, wenn sie schwere Verbrechen aufzuklären hatten.

Er war verletzt und empfand Selbstmitleid. Aber gleichzeitig erwachte sein Zorn. So leicht würde er sich nicht geschlagen geben. Außerdem hatte er keinen Sudan, wo er ein neues Leben anfangen konnte. Er hatte auch keinen Reiterhof zu verkaufen. Seine Zukunftsaussicht war eine ziemlich magere Pension.

Das Klappern hinter ihm hatte aufgehört. Modin war aufgestanden und streckte sich. »Ich habe Hunger«, sagte er.

»Was haben deine Freunde gesagt?«

»Wir haben eine Denkpause von einer Stunde eingelegt. Danach reden wir weiter.«

Wallander war selbst hungrig. Er schlug vor, eine Pizza essen zu gehen. Modin wirkte fast gekränkt bei diesem Vorschlag.

»Ich esse nie Pizza. Das ist ungesund.«

»Was ißt du denn?«

»Sprossen und Keimlinge.«

»Sonst nichts?«

»Eier mit Essig sind auch nicht schlecht.«

Wallander fragte sich, welches Restaurant in Ystad wohl eine Speisekarte bieten könnte, die Robert Modin zusagte. Er bezweifelte, daß überhaupt eins existierte.

Modin schaute in seine Plastiktüten mit mitgebrachtem Essen, die auf dem Fußboden standen. Nichts schien ihn im Moment zu reizen.

»Ein gewöhnlicher Salat tut es auch«, sagte er. »Zur Not.«

Sie gingen aus dem Haus. Wallander fragte, ob Modin die paar Blöcke bis ins Zentrum fahren wolle. Aber er zog es vor, zu Fuß zu gehen. Die zivilen Beamten standen an ihrem Platz.

»Ich frage mich, worauf die warten«, sagte Modin, als sie den Wagen passiert hatten.

»Das kann man sich allerdings fragen«, gab Wallander zurück.

Sie gingen zu der einzigen Salatbar, die Wallander in Ystad kannte. Wallander aß mit großem Appetit. Robert Modin dagegen untersuchte genau jedes Salatblatt und jedes Stück Gemüse, bevor er es in den Mund steckte. Wallander hatte noch nie einen Menschen gesehen, der so langsam kaute.

»Du bist vorsichtig mit dem Essen«, sagte Wallander.

»Ich will den Kopf freihalten«, erwiderte Modin.

Und den Arsch sauber, dachte Wallander gehässig. Damit muß ich mich meistens abgeben.

Während des Essens versuchte Wallander, ein Gespräch mit Modin zu führen, bekam aber nur einsilbige Antworten. Modin war mit seinen Gedanken immer noch bei den Ziffernschwärmen und den Geheimnissen in Falks Rechner.

Kurz vor sieben waren sie wieder am Runnerströms Torg. Martinsson war noch nicht zurückgekommen. Modin setzte sich, um die Gespräche mit seinen Freunden in Dalarna und Kalifornien wiederaufzunehmen. Wallander stellte sich vor, daß sie genauso aussahen wie der junge neben ihm.

»Keiner hat mich identifiziert«, sagte Modin, nachdem er ein paar verwickelte Manöver durchgeführt hatte.

»Woran kannst du das sehen?«

»Ich sehe es einfach.«

Wallander machte es sich auf dem Klappstuhl bequem. Es war wie bei einer Jagd, dachte er. Wir jagen elektronische Elche. Irgendwo sind sie. Nur aus welcher Richtung sie auftauchen, wissen wir nicht.

Sein Handy piepte.

Modin fuhr zusammen. »Ich hasse Handys«, sagte er mit Nachdruck.

Wallander ging ins Treppenhaus. Es war Ann-Britt. Wallander erzählte ihr, wo er sich befand und was Modin bisher aus Falks Rechner herausbekommen hatte.

»Die Weltbank und das Pentagon«, sagte sie. »Zwei der absoluten Machtzentren auf der Welt.«

»Über das Pentagon weiß ich natürlich einiges. Aber was die Weltbank angeht, bin ich nicht so gut informiert. Auch wenn Linda manchmal darüber gesprochen hat. Sehr negativ übrigens.«

»Die Bank der Banken. Die Kredite vor allem an die armen Länder in der Dritten Welt vergibt. Aber die auch andere Volkswirtschaften über Wasser hält. Sie wird viel kritisiert. Nicht zuletzt deshalb, weil sie von den Kreditnehmern oft Unmögliches verlangt.«

»Woher weißt du das alles?«

»Mein früherer Mann bekam so einiges mit von der Bank, wenn er auf seinen Reisen war. Und er hat mir davon erzählt.«

»Wir wissen noch immer nicht, was das Ganze bedeutet«, sagte Wallander. »Aber warum rufst du an?«

»Ich hatte doch vor, noch einmal mit diesem Ryss zu sprechen. Schließlich war er es, der uns auf die Spur von Jonas Landahl gebracht hat. Ich tendiere außerdem mehr und mehr zu der Ansicht, daß Eva Persson tatsächlich sehr wenig von Sonja Hökberg wußte, die sie offensichtlich sehr bewundert hat. Daß sie lügt, wissen wir ja. Aber vermutlich sagt sie auch in vielerlei Hinsicht die Wahrheit.«

»Und was hat er gesagt? Hieß er nicht Kalle mit Vornamen?«

»Kalle Ryss. Ich fragte ihn, warum er und Sonja Hökberg Schluß gemacht hätten. Die Frage kam wohl ziemlich unerwartet. Ich merkte, daß er versuchte, sich um eine Antwort zu drücken. Aber ich ließ nicht locker. Und da kam etwas Bemerkenswertes ans Licht. Er hatte mit ihr Schluß gemacht, weil sie nie Lust hatte.«

»Worauf nie Lust hatte?«

»Na, was glaubst du? Auf Sex natürlich.«

»Hat er das wirklich gesagt?«

»Als er erst einmal angefangen hatte, kam alles auf einmal. Er hatte sie kennengelernt und sofort gemocht. Aber es zeigte sich in der Folgezeit, daß sie an einer sexuellen Beziehung vollkommen uninteressiert war. Und schließlich hat er es aufgegeben. Aber das Interessante ist natürlich die Ursache.«

»Und die war?«

»Sie hat ihm erzählt, sie sei vor ein paar Jahren vergewaltigt worden. Und an den Folgen leide sie noch immer.«

»Und ist Sonja Hökberg vergewaltigt worden?«

»Ihm zufolge ja. Ich habe in den Registern nachgesehen. Alte Ermittlungen. Aber es gibt keinen Fall, in dem Sonja Hökberg erscheint.«

»Und es soll hier in Ystad gewesen sein?«

»Ja. Aber natürlich fiel mir sofort etwas ganz anderes ein.«

Wallander wußte, was sie meinte. »Lundbergs Sohn? Carl-Einar?«

»Genau. Es ist natürlich eine riskante Vermutung. Aber ganz unwahrscheinlich ist es auch wieder nicht.«

»Und was siehst du vor dir?«

»Ich denke folgendes: Carl-Einar Lundberg war wirklich wegen Vergewaltigung vor Gericht. Er wird freigesprochen. Sehr viel spricht jedoch dafür, daß er es trotzdem war. Nichts hindert uns anzunehmen, daß er früher schon einmal das gleiche getan hat. Nur ist Sonja Hökberg nicht zur Polizei gegangen.«

»Warum nicht?«

»Es gibt viele Gründe, warum Frauen keine Anzeige erstatten, wenn sie vergewaltigt worden sind. Das sollte dir doch bekannt sein.«

»Du hast also eine Schlußfolgerung gezogen?«

»Eine provisorische.«

»Aber ich will sie auf jeden Fall hören.«

»Jetzt wird es schwierig. Es klingt alles so weit hergeholt, das gebe ich gern zu. Aber Carl-Einar war schließlich Lundbergs Sohn.«

»Sie hätte sich also an dem Vater ihres Vergewaltigers gerächt?«

»Das gibt uns immerhin ein Motiv. Außerdem wissen wir noch etwas über Sonja Hökberg.«

»Und das wäre?«

»Daß sie sehr hartnäckig war. Nach dem, was du erzählt hast, hat ihr Stiefvater genau das gemeint. Daß sie stark war.«

»Trotzdem fällt es mir schwer, deinen Gedanken nachzuvollziehen. Die Mädchen konnten ja nicht wissen, daß ausgerechnet Lundberg das Taxi fahren würde. Und woher wußte Sonja, daß er Carl-Einars Vater war?«

»Ystad ist klein. Außerdem wissen wir nicht, wie Sonja Hökberg reagiert hat. Sie kann von dem Gedanken an Rache vollkommen besessen gewesen sein. Vergewaltigte Frauen sind schwer gedemütigt worden. Viele resignieren. Aber es gibt Beispiele für Frauen, die von dem Gedanken besessen sind, sich zu rächen.«

Sie machte eine Pause, bevor sie fortfuhr. »Auf eine von ihnen sind wir ja selbst gestoßen.«

Wallander nickte. »Du denkst an Yvonne Ander?«

»An wen sonst?«

In Gedanken kehrte Wallander zu den Ereignissen von vor einigen Jahren zurück, als eine einsame Frau eine Anzahl brutaler Morde begangen hatte, Hinrichtungen, um genau zu sein, und zwar an Männern, die sich an Frauen vergriffen hatten. Bei der Festnahme der Täterin war Ann-Britt angeschossen und schwer verletzt worden.

Ann-Britt hatte möglicherweise etwas herausgefunden, das sich als entscheidend erweisen konnte. Außerdem deckte es sich mit seinen eigenen Gedanken, nach denen der Mord an Lundberg sich irgendwo an der Peripherie befand und Falk das Zentrum war. Falk und sein Logbuch und sein Rechner.

»Auf jeden Fall sollte jemand so schnell wie möglich nachprüfen, ob Eva Persson hiervon etwas gewußt hat«, sagte er.

»Daran habe ich auch schon gedacht. Und dann sollte man untersuchen, ob Sonja Hökberg irgendwann einmal mit blauen Flekken nach Hause gekommen ist. Die Vergewaltigung, derentwegen Carl-Einar Lundberg vor Gericht stand, war sehr brutal.«

»Du hast recht.«

»Ich übernehme das.«

»Und danach setzen wir uns zusammen und prüfen alle Fakten anhand dieser Theorie.«

Ann-Britt versprach, sich wieder zu melden, sobald sie mehr erfahren hatte. Wallander steckte das Telefon in die Jackentasche und blieb im dunklen Treppenhaus stehen. Ein Gedanke hatte in seinem Kopf Gestalt angenommen. Sie suchten nach einem Zentrum, einer Achse, um die sich die Ereignisse abspielten. Neben all den alternativen Ansätzen, die er durchdacht hatte, gab es vielleicht noch eine Möglichkeit. Warum war Sonja Hökberg eigentlich aus dem Gefängnis geflohen? Dieser Frage waren sie nicht besonders intensiv nachgegangen. Sie hatten sich mit der nächstliegenden Antwort begnügt. Sie wollte weg, wollte vor ihrer Verantwortung davonlaufen. Ihr Geständnis hatten sie schon bekommen. Aber sie konnte auch einen anderen Grund gehabt haben. Sonja Hökberg war geflohen, weil sie noch etwas zu verbergen hatte. Die Frage war nur, was. Wallander spürte, daß er sich mit dem gerade formulierten Gedanken etwas Wichtigem genähert hatte. Ihm spukte auch noch etwas anderes im Kopf herum, was er zu fassen versuchte. Ein weiteres Verbindungsglied.

Jetzt erkannte er, was es war. Sonja Hökberg konnte sich in der unsinnigen Hoffnung auf ein Entkommen aus dem Gefängnis entfernt haben. Soweit mochte seine Vermutung richtig gewesen sein. Aber dort draußen hatte jemand gewartet, der fürchtete, daß sie nicht nur den Mord an einem Taxifahrer gestanden hatte. Sondern daß sie mehr erzählt hatte. Dinge, die von etwas ganz anderem handelten als von der Rache für eine Vergewaltigung.

Dann hängt es tatsächlich zusammen, dachte Wallander. Dann paßt sogar Lundberg ins Bild. Und es gibt eine plausible Erklärung für das, was geschehen ist. Es soll etwas verheimlicht werden. Etwas, von dem jemand fürchtete, sie könnte es uns erzählt haben. Oder sie würde es noch erzählen. Sie wird getötet, zum Schweigen gebracht. Und derjenige, der sie getötet hat, wird anschließend selbst getötet. Genau wie Robert Modin da drinnen seine Spuren verwischt, haben nach Falks Tod andere ihre Spuren beseitigt.

Was ist damals in Luanda passiert? dachte er wieder. Wer verbirgt sich hinter dem Buchstaben C? Was bedeutet die Zahl Zwanzig? Was verbirgt sich wirklich in diesem Rechner?

Er merkte, daß Ann-Britts Entdeckung ihn aus seiner dumpfen Stimmung herausgerissen hatte. Mit neu geweckter Energie ging er wieder hinein zu Robert Modin.

Eine Viertelstunde später kam Martinsson zurück. Er beschrieb die leckere Torte, die er gerade gegessen hatte. Ungeduldig hörte Wallander zu. Dann bat er Modin zu berichten, was sie in Martinssons Abwesenheit herausgefunden hatten.

»Die Weltbank? Was hatte Falk denn damit zu tun?«

»Genau das müssen wir in Erfahrung bringen.«

Martinsson zog die Jacke aus, griff nach dem Klappstuhl und spuckte symbolisch in die Hände. Wallander berichtete kurz über sein Gespräch mit Ann-Britt.

Er konnte Martinsson ansehen, daß er sogleich den Ernst begriff. »Das gibt uns doch immerhin einen Einstieg«, sagte er, als Wallander geendet hatte.

»Mehr als das«, sagte Wallander. »Zum erstenmal kommt so etwas wie eine Logik zum Vorschein.«

»Aber gleichzeitig liegt noch vieles im Dunkeln«, sagte Martinsson nachdenklich. »Wir haben noch immer keine sinnvolle Erklärung dafür, warum das Relais auf Falks Bahre gelandet ist. Und warum seine Leiche entwendet wurde, wissen wir auch nicht. Daß seine Schreibfinger abgeschnitten wurden, kann ganz einfach nicht das Hauptmotiv gewesen sein.«

»Ich will versuchen, Licht in dieses Dunkel zu bringen«, sagte Wallander. »Ich gehe jetzt und mache eine Zusammenfassung. Aber laß sofort von dir hören, wenn etwas Neues auftaucht.«

»Wir machen weiter bis zehn«, sagte Robert Modin plötzlich. »Dann muß ich schlafen.«

Als Wallander auf die Straße trat, war er einen Moment unschlüssig. Würde er wirklich noch ein paar Stunden weitermachen können? Oder sollte er nach Hause fahren?

Er beschloß, beides miteinander zu verbinden. Diese Arbeit konnte er im Moment genausogut zu Hause am Küchentisch erledigen. Er stieg in den Wagen und fuhr nach Hause.

Nach langem Suchen fand er in der hintersten Ecke seines Küchenschranks eine Tüte Tomatensuppe. Er befolgte die Kochanleitung genau. Aber die Suppe schmeckte nach nichts. Nach allzuviel Tabasco wurde sie zu scharf. Er zwang sich, die Hälfte zu essen, und goß den Rest weg. Dann machte er sich einen starken Kaffee und breitete seine Papiere auf dem Küchentisch aus. Er begann alle Ereignisse noch einmal durchzugehen, die sich irgendwie berührten. Er drehte jeden Stein um, ging im Gelände vor und zurück und versuchte, seiner Intuition zu folgen. Wie ein unsichtbares Raster lag Ann-Britts Theorie über seinen Gedanken. Niemand rief an, niemand störte ihn. Um elf Uhr stand er auf und streckte sich.

Dunkle Stellen bleiben, dachte er. Trotzdem dürfte Ann-Britt etwas aufgespürt haben, was uns weiterbringen kann.

Kurz vor Mitternacht ging er ins Bett. Bald war er eingeschlafen.

Um Punkt zehn Uhr hatte Robert Modin gesagt, daß es jetzt reiche. Sie hatten seine Computer zusammengepackt. Martinsson fuhr ihn selbst nach Löderup. Sie verabredeten, daß jemand ihn am folgenden Morgen um acht Uhr abholen sollte. Martinsson fuhr auf direktem Weg nach Hause. Im Kühlschrank wartete ein Stück Torte auf ihn.

Aber Robert Modin ging nicht ins Bett. Er wußte, daß er das, was er vorhatte, nicht tun sollte. Die Erinnerung daran, was passiert war, als es ihm gelungen war, die Firewalls des Pentagons zu überwinden, war noch sehr lebendig. Aber die Versuchung war zu groß. Außerdem war er schlauer geworden. Diesmal würde er vorsichtiger sein. Nie vergessen, nach seinen Angriffen die Spuren hinter sich auszulöschen.

Seine Eltern waren zu Bett gegangen. Schweigen herrschte in Löderup. Martinsson hatte nicht mitbekommen, daß Modin das Material aus Falks Rechner kopiert hatte, das er hatte öffnen können. Jetzt verknüpfte er seine beiden Rechner wieder und ging das Material noch einmal durch. Er suchte weitere Öffnungen. Risse in den elektronischen Brandmauern.

*

Am Abend war eine Regenfront über Luanda hinweggezogen.

Carter hatte die Zeit mit der Lektüre eines Berichts verbracht, der sich kritisch mit der Vorgehensweise des Internationalen Währungsfonds in einigen ostafrikanischen Ländern auseinandersetzte. Die Kritik war scharf und gut formuliert. Carter hätte es selbst kaum besser schreiben können. Gleichzeitig war er aufs neue in seiner Überzeugung bestärkt worden, daß es keinen Ausweg mehr gab. Bei dem gegenwärtigen Finanzsystem in der Welt würde nichts ernstlich verändert werden können.

Nachdem er den Bericht zur Seite gelegt hatte, stellte er sich ans Fenster und schaute auf die Blitze, die über den Himmel zuckten. Die Nachtwachen hockten unter ihrem provisorischen Regenschutz im Dunkeln.

Er wollte gerade ins Bett gehen, als er einer Eingebung folgte und noch einmal ins Arbeitszimmer trat. Die Klimaanlage rauschte.

Sofort erkannte er auf seinem Bildschirm, daß jemand im Begriff war, sich in seinen Server einzuloggen. Aber etwas hatte sich verändert. Er setzte sich vor den Bildschirm. Nach einer Weile erkannte er, was es war.

Jemand war plötzlich unvorsichtig geworden.

Carter wischte sich die Hände an einem Taschentuch ab.

Dann begann er, die Person, die sein Geheimnis zu enthüllen drohte, zu jagen.

29

AM DONNERSTAG MORGEN blieb Wallander fast bis zehn Uhr zu Hause. Er war früh aufgewacht und fühlte sich ausgeschlafen. Seine Freude darüber, eine ganze Nacht ungestört geschlafen zu haben, war groß, erlitt aber sogleich einen Rückschlag von schlechtem Gewissen. Er hätte arbeiten, am besten um fünf Uhr aufstehen und die frühen Morgenstunden zu etwas Sinnvollem nutzen sollen. Er hatte sich oft gefragt, woher diese Einstellung zur Arbeit kam. Seine Mutter war Hausfrau gewesen und hatte sich nie darüber beklagt, nicht außerhalb der eigenen vier Wände zu arbeiten. Zumindest nicht so, daß Wallander sich daran erinnern konnte.

Sein Vater hatte sich wahrlich auch nicht gerade übernommen, es sei denn, er hatte es selbst gewollt. Bei den wenigen Gelegenheiten, bei denen Bestellungen für eine größere Partie Gemälde eingegangen waren, hatte er häufig verärgert reagiert, weil er nicht in seinem eigenen Rhythmus arbeiten konnte. Hinterher, wenn einer der Männer im Seidenanzug gekommen war und die Partie abgeholt hatte, war er unmittelbar wieder in den alten Trott verfallen. Zwar war er immer früh am Morgen in sein Atelier gegangen und hatte sich nur zu den Mahlzeiten gezeigt, aber Wallander hatte mehrmals heimlich durch ein Fenster geschaut und entdeckt, daß sein Vater nicht ständig vor der Staffelei saß. Manchmal hatte er auf einer schmutzigen Matratze in der Ecke gelegen und geschlafen oder gelesen. Oder er hatte an einem wackeligen Tisch gesessen und Patiencen gelegt. Wallanders innere Triebkräfte bestanden hingegen aus einer Anzahl böser und ewig unbefriedigter Furien.

Was das Aussehen betraf, wurde er jedoch seinem Vater immer ähnlicher.

Gegen acht rief er im Präsidium an. Der einzige, den er erreichen konnte, war Hansson. Alle in der Ermittlungsgruppe waren mit ihren jeweiligen Aufgaben beschäftigt. Daraufhin hatte Wallander entschieden, ihre Besprechung auf den Nachmittag zu verschieben. Anschließend ging er in die Waschküche und entdeckte zu seiner Verwunderung, daß sie frei war und sich niemand für die kommenden Stunden eingetragen hatte. Er setzte sofort seinen Namen auf die Liste und ging in seine Wohnung, um die erste Ladung Wäsche zu holen.

Als er die Waschmaschine angestellt hatte und zum zweitenmal in seine Wohnung zurückkehrte, lag der Brief auf dem Fußboden im Flur. Er trug keinen Absender. Sein Name und seine Anschrift waren mit der Hand geschrieben. Er legte ihn auf den Küchentisch und dachte, daß es sich um eine Einladung handelte oder um den Brief eines Jugendlichen, der mit einem Kriminalbeamten korrespondieren wollte. Ganz ungewöhnlich war es nicht, daß Briefe direkt abgegeben wurden. Danach hängte er seine Bettdecke auf den Balkon. Es war wieder kälter geworden. Aber noch kein Frost. Der Wind wehte schwach. Eine dünne Wolkendecke bedeckte den Himmel. Erst später, nach der zweiten Tasse Kaffee, öffnete er den Brief. In dem Umschlag lag ein zweiter Brief. Ohne Namen. Er öffnete ihn und las. Zuerst begriff er gar nichts. Dann erkannte er, daß er tatsächlich eine Antwort auf seine Kontaktannonce bekommen hatte. Er legte den Brief hin, drehte eine Runde um den Tisch und las ihn noch einmal.

Die Frau, die ihm schrieb, hieß Elvira Lindfeldt. Sie hatte kein Foto mitgeschickt. Doch Wallander beschloß trotzdem sogleich, daß sie sehr schön war. Ihre Schrift war gerade und energisch. Schnörkellos. Das Kontaktbüro hatte ihr seine Annonce geschickt. Sie hatte sie gelesen, war interessiert und hatte am selben Tag geantwortet. Sie war neununddreißig Jahre alt, ebenfalls geschieden, und sie lebte in Malmö. Sie arbeitete bei einer Speditionsfirma, die Heinemann & Nagel hieß. Sie beendete den Brief damit, daß sie ihm ihre Telefonnummer schrieb und hinzufügte, sie hoffe, sie würden sich bald treffen können. Wallander fühlte sich wie ein hungriger Wolf, dem es endlich gelungen war, eine Beute zu erlegen. Er wollte auf der Stelle anrufen. Aber er besann sich und beschloß, den Brief fortzuwerfen. Es würde sowieso ein Reinfall werden. Sie würde sicher enttäuscht sein, weil er ganz anders war, als sie ihn sich vorgestellt hatte.

Außerdem hatte er keine Zeit. Er befand sich mitten in einer der kompliziertesten Mordermittlungen, für die er je die Verantwortung getragen hatte. Er machte noch ein paar Runden um den Tisch. Es war unsinnig gewesen, überhaupt an das Kontaktbüro zu schreiben. Er nahm den Brief, zerriß ihn und warf ihn in den Abfall. Dann griff er die Gedanken wieder auf, die ihn am Abend nach Ann-Britts Anruf beschäftigt hatten. Bevor er ins Präsidium fuhr, holte er die Wäsche aus der Maschine und legte eine zweite Ladung ein. Als er ins Präsidium kam, schrieb er als erstes einen Erinnerungszettel, daß er spätestens um zwölf die Waschmaschine und den Trockenschrank leeren mußte. Auf dem Flur begegnete er Nyberg, der mit einer Plastiktüte in der Hand irgendwohin unterwegs war.

»Wir werden heute eine Reihe von Ergebnissen reinbekommen«, sagte er. »Unter anderem haben wir massenweise Fingerabdrücke in der Weltgeschichte herumgeschickt, um zu sehen, ob sie an mehr als einer Stelle aufgetaucht sind.«

»Was war eigentlich im Maschinenraum der Fähre passiert?«

»Ich beneide den Gerichtsmediziner wirklich nicht. Der Körper war so zerquetscht, daß kaum ein Knochen heil geblieben sein kann. Du hast es ja selbst gesehen.«

»Sonja Hökberg war tot oder bewußtlos, als sie in der Transformatorstation landete«, sagte Wallander. »Es fragt sich, ob es bei Jonas Landahl nicht ebenso war. Wenn er es überhaupt war.«

»Er war es«, sagte Nyberg schnell.

»Das ist also bestätigt?«

»Offenbar war es möglich, ihn aufgrund eines ungewöhnlichen Muttermals an einem Fuß zu identifizieren.«

»Wer hat das veranlaßt?«

»Ich glaube, es war Ann-Britt. Auf jeden Fall habe ich mit ihr gesprochen.«

»Es besteht also kein Zweifel mehr daran, daß er es ist?«

»Nicht, soweit ich verstanden habe. Es ist ihnen wohl auch gelungen, die Eltern ausfindig zu machen.«

»Dann wissen wir das«, sagte Wallander. »Zuerst Sonja Hökberg. Und dann ihr Freund.«

Nyberg sah verblüfft aus. »Ich dachte, ihr habt geglaubt, er hätte sie getötet. Das müßte dann ja eher auf Selbstmord schließen lassen. Auch wenn es eine wahnsinnige Art und Weise ist, sich das Leben zu nehmen.«

»Es kann andere Möglichkeiten geben«, meinte Wallander. »Das wichtigste im Moment ist jedoch, daß wir ihn identifiziert haben.«

Wallander ging in sein Zimmer. Er hatte gerade die Jacke ausgezogen und noch Zeit genug gehabt zu bereuen, den Brief von Elvira Lindfeldt fortgeworfen zu haben, als das Telefon klingelte. Es war Lisa Holgersson. Sie wollte ihn sofort sprechen. Von bösen Vorahnungen erfüllt, ging er zu ihr. Normalerweise redete Wallander gern mit ihr. Aber seit sie ihm vor einer Woche offenes Mißtrauen entgegengebracht hatte, mied er sie. Lisa saß hinter ihrem Schreibtisch. Ihr normalerweise offenes Lächeln wirkte angestrengt. Wallander setzte sich. Indem er Wut ansammelte, bereitete er sich darauf vor, ihr Kontra zu geben, egal, was kam.

»Ich will gleich zur Sache kommen«, sagte sie. »Das Disziplinarverfahren gegen dich aufgrund des Vorfalls zwischen Eva Persson, ihrer Mutter und dir ist jetzt eingeleitet worden.«

»Wer leitet die Untersuchung?«

»Ein Mann aus Hässleholm.«

»Ein Mann aus Hässleholm. Das klingt ja wie der Titel einer Fernsehserie.«

»Er ist Kriminalbeamter. Außerdem bist du beim Justizombudsmann angezeigt worden. Und nicht nur du. Ich auch.«

»Aber du hast ihr doch keine Ohrfeige gegeben.«

»Ich bin verantwortlich für das, was hier passiert.«

»Wer hat Anzeige erstattet?«

»Eva Perssons Anwalt. Er heißt Klas Harrysson.«

»Dann weiß ich das jetzt«, sagte Wallander und stand auf. Er war inzwischen richtig geladen. Außerdem begann die Energie vom Morgen sich zu verflüchtigen, und das wollte er nicht.

»Ich bin noch nicht ganz fertig.«

»Wir sind mitten in einer komplizierten Mordermittlung.«

»Ich habe heute morgen mit Hansson gesprochen. Ich bin auf dem laufenden.«

Davon hat er nichts erwähnt, als ich mit ihm gesprochen habe, dachte Wallander. Das Gefühl, daß seine Kollegen hinter seinem Rücken agierten oder zumindest ihm gegenüber nicht ehrlich waren, befiel ihn aufs neue.

Wallander setzte sich schwerfällig.

»Es ist eine schwierige Situation«, fuhr sie fort.

»Eigentlich nicht«, fiel Wallander ihr ins Wort. »Was da in dem Vernehmungszimmer zwischen Eva Persson, ihrer Mutter und mir passiert ist, hat sich exakt so abgespielt, wie ich es von Anfang an gesagt habe. Ich habe kein Wort an meiner Darstellung geändert. Man sollte mir auch ansehen können, daß ich nicht lüge. Ich bekomme keinen Schweißausbruch, werde nicht nervös oder gerate aus der Fassung. Was mich wütend macht, ist, daß du mir nicht glaubst.«

»Wie stellst du dir das vor? Was soll ich tun?«

»Ich will, daß du mir glaubst.«

»Aber das Mädchen und ihre Mutter behaupten das Gegenteil. Und sie sind zu zweit.«

»Sie könnten tausend sein. Du solltest mir trotzdem glauben. Sie haben außerdem Grund zu lügen.«

»Das hast du auch.«

»Ich?«

»Wenn du sie grundlos geschlagen hast.«

Zum zweitenmal stand Wallander auf. Diesmal heftiger.

»Was du zuletzt gesagt hast, will ich nicht kommentieren. Ich fasse es als reine Beleidigung auf.«

Sie versuchte zu protestieren. Aber er unterbrach sie.

»Wolltest du sonst noch etwas?«

»Ich bin immer noch nicht fertig.«

Wallander blieb stehen. Die Situation war jetzt aufs äußerste gespannt. Er dachte nicht daran nachzugeben. Aber er wollte den Raum so schnell wie möglich verlassen.

»Die Lage ist so ernst«, sagte sie, »daß ich gezwungen bin zu handeln. Für die Dauer der Untersuchung wirst du vom Dienst suspendiert.«

Wallander hörte, was sie sagte. Und er verstand. Svedberg und auch Hansson waren vorübergehend vom Dienst suspendiert worden, während Disziplinarverfahren wegen angeblicher Übergriffe gegen sie liefen. Wallander war in Hanssons Fall überzeugt gewesen, daß die Anklagen gegen ihn falsch waren. In Svedbergs Fall war er weniger sicher gewesen. Doch in keinem der beiden Fälle war er mit ihrem Chef Björk darin einig gewesen, daß es richtig war, die beiden Kollegen daran zu hindern, ihrer Arbeit nachzugehen. Es stand ihm nicht an, sie schuldig zu sprechen, bevor die Untersuchung überhaupt abgeschlossen war.

Seine Wut war plötzlich verflogen. Er war jetzt vollkommen ruhig. »Mach, was du willst«, sagte er. »Aber wenn du mich suspendierst, reiche ich auf der Stelle meine Kündigung ein.«

»Das fasse ich als Drohung auf.«

»Faß es auf, wie du willst. Aber genau das werde ich tun. Und ich werde meine Kündigung nicht zurückziehen, wenn ihr herausgefunden habt, daß sie gelogen und ich die Wahrheit gesagt habe.«

»Das Foto ist ein erschwerender Umstand.«

»Statt auf Eva Persson und ihre Mutter zu hören, solltet ihr, du und der Mann aus Hässleholm, lieber untersuchen, ob der Fotograf, der das Bild gemacht hat, nicht gegen das Gesetz verstoßen hat, als er auf unseren Fluren herumgeschlichen ist.«

»Ich wünschte, du wärst etwas kooperativer, statt mir mit Kündigung zu drohen.«

»Ich bin seit vielen Jahren Polizeibeamter«, sagte Wallander. »Und so viel weiß ich über diesen Berufsstand, daß das, was du mir gerade sagst, nicht nötig ist. Jemand in den oberen Etagen ist durch ein Bild in einer Boulevardzeitung nervös geworden, und jetzt soll ein Exempel statuiert werden. Und du ziehst es vor, nicht zu widersprechen.«

»So ist es überhaupt nicht.«

»Du weißt ganz genau, daß ich recht habe. Wann hattest du vor, mich zu suspendieren? Jetzt sofort? Wenn ich dieses Zimmer verlasse?«

»Der Mann, der aus Hässleholm kommt, wird schnell arbeiten. Weil wir uns mitten in einer schwierigen Mordermittlung befinden, hatte ich daran gedacht, es aufzuschieben.«

»Warum denn? Übertrag Martinsson die Verantwortung. Er schafft das ausgezeichnet.«

»Ich dachte, wir sollten diese Woche noch alles beim alten lassen.«

»Nein«, sagte Wallander. »Nichts bleibt beim alten. Entweder du suspendierst mich jetzt. Oder du tust es gar nicht.«

»Ich verstehe nicht, warum du mir drohst. Ich dachte, wir hätten ein gutes Verhältnis.«

»Das habe ich auch geglaubt. Aber offenbar habe ich mich getäuscht.«

Es wurde still.

»Ich warte«, sagte Wallander. »Bin ich suspendiert oder nicht?«

»Du bist nicht suspendiert. Jedenfalls nicht im Moment.«

Wallander verließ ihr Zimmer. Im Flur merkte er, daß er schweißgebadet war. Er ging zu seinem Zimmer, machte die Tür hinter sich zu und schloß ab. Jetzt wallte die Empörung in ihm auf. Er konnte sein Abschiedsgesuch ebensogut sofort schreiben, sein Zimmer aufräumen und das Polizeipräsidium für immer verlassen. Die Sitzung der Ermittlungsgruppe würde ohne ihn stattfinden. Er würde nie mehr dabeisein.

Gleichzeitig sperrte sich etwas in ihm. Wenn er jetzt ginge, könnte das als Schuldeingeständnis ausgelegt werden. Was anschließend das Disziplinarverfahren ergeben würde, wäre nicht mehr von Bedeutung. Er würde weiterhin als schuldig gelten.

Langsam faßte er einen Entschluß. Er würde bis auf weiteres bleiben. Aber er würde seine Kollegen informieren, wenn er sie am Nachmittag traf. Das wichtigste war trotz allem, daß er Lisa Holgersson seine Meinung gesagt hatte. Er würde sich nicht beugen. Nicht um Gnade betteln.

Allmählich kehrte seine innere Ruhe zurück. Er schloß seine Tür wieder auf, ließ sie demonstrativ sperrangelweit offenstehen und arbeitete weiter. Um zwölf fuhr er nach Hause, leerte die Waschmaschine und hängte seine Hemden in den Trockenschrank. In seiner Wohnung suchte er aus dem Müllbeutel die Teile des zerrissenen Briefs zusammen. Warum, wußte er nicht richtig. Aber Elvira Lindfeldt war auf jeden Fall nicht von der Polizei.

Er aß bei István zu Mittag und unterhielt sich eine Weile mit einem der wenigen Freunde seines Vaters, die noch lebten, einem pensionierten Farbenhändler, der seinen Vater mit Leinwand, Pinsel und Farben beliefert hatte. Um kurz nach eins verließ er das Restaurant und kehrte ins Präsidium zurück.

Mit einer gewissen Spannung trat er durch die Glastüren. Lisa Holgersson konnte ihren Beschluß geändert haben. Vielleicht war sie jetzt verärgert und wollte ihn mit unmittelbarer Wirkung suspendieren. Die Frage war nur, wie er dann reagieren würde. In seinem Innersten wußte er, daß ihm der Gedanke, seinen Abschied einzureichen, ein Graus war. Er wagte nicht einmal, sich vorzustellen, wie sich sein Leben danach gestalten würde. Doch als er in sein Zimmer kam, lagen dort nur ein paar Telefonnotizen, die warten konnten. Lisa Holgersson hatte ihn nicht sprechen wollen. Wallander atmete auf. Dann rief er Martinsson an.

Der meldete sich vom Runnerströms Torg. »Es geht langsam, aber stetig voran. Modin hat zwei weitere Codes geknackt.«

Wallander konnte Papier rascheln hören. Dann kam Martinsson wieder. »Der eine führt uns zu einer Art Aktienmakler in Seoul und der andere zu einem englischen Unternehmen namens Lonrho. Ich habe einen Menschen von der Wirtschaftsabteilung beim Reichskrim angerufen. Er wußte zu berichten, daß Lonrho seine Wurzeln in Afrika hat. Sie haben offenbar in Rhodesien eine Menge illegale Dinge getrieben, als damals die Sanktionen verhängt wurden.«

»Aber wie interpretieren wir das?« unterbrach Wallander Martinssons Bericht. »Aktienmakler in Korea? Und diese zweite Firma, wie heißt sie noch? Was sagt uns das?«

»Das frage ich mich auch. Aber Robert Modin meint, daß das Netz hier mindestens achtzig Verzweigungen aufweist. Vielleicht müssen wir noch ein bißchen warten, bis wir etwas entdecken, was das Ganze verbindet.«

»Aber wenn du schon jetzt einmal laut denkst? Was siehst du dann?«

»Geld. Das sehe ich.«

»Und sonst?«

»Reicht das nicht? Die Weltbank, koreanische Aktienmakler, Unternehmen mit Wurzeln in Afrika, die haben auf jeden Fall den gemeinsamen Nenner Geld.«

Wallander stimmte zu. »Wer weiß«, sagte er. »Vielleicht spielt der Bankomat, vor dem Falk starb, die eigentliche Hauptrolle.«

Martinsson lachte. Wallander schlug vor, sich um drei Uhr zu treffen.

Nach dem Gespräch blieb Wallander sitzen. Er dachte an Elvira Lindfeldt. Versuchte sich vorzustellen, wie sie aussah. Aber statt dessen tauchte Baiba vor seinem inneren Auge auf. Dann Mona. Und vage das Bild einer anderen Frau, die er im Jahr zuvor kurz getroffen hatte. In einem Rasthaus bei Västervik.

Er wurde von Hansson gestört, der plötzlich in der Tür erschien. Wallander fuhr zusammen, als seien seine Gedanken sichtbar gewesen.

»Die Schlüssel«, sagte Hansson. »Sie sind da.«

Wallander schaute ihn verständnislos an. Aber er sagte nichts. Er sah ein, daß er wissen müßte, wovon Hansson redete.

»Ich habe ein Schreiben von Sydkraft bekommen«, fuhr Hansson fort. »Alle, die über Schlüssel zu der Transformatorstation verfügen, können auch darüber Rechenschaft geben.«

»Gut«, sagte Wallander. »Alles, was wir von unseren Listen streichen können, macht uns die Sache einfacher.«

»Aber einen Mercedes-Bus habe ich nicht gefunden.«

Wallander schaukelte mit seinem Stuhl. »Ich glaube, den kannst du fürs erste beiseite lassen. Auch wenn wir ihn früher oder später finden müssen, gibt es zur Zeit wichtigere Dinge.«

Hansson nickte und zog einen Strich auf seinem Notizblock. Wallander sagte ihm, daß sie sich um drei Uhr treffen würden. Hansson ging.

Wallander beugte sich wieder über seine Papiere und grübelte über das nach, was Martinsson erzählt hatte. Das Telefon klingelte. Viktorsson wollte wissen, wie der Stand der Dinge sei.

»Ich dachte, Hansson erstattet dir laufend Bericht?«

»Trotz allem bist du der Leiter der Ermittlung.«

Viktorssons Kommentar wunderte Wallander. Er war sicher gewesen, daß das, was Lisa Holgersson gesagt hatte, das Resultat eines Gesprächs mit Viktorsson gewesen war. Wallander hatte das bestimmte Gefühl, daß der Staatsanwalt ihm nichts vorspielte. Er betrachtete wirklich Wallander als den Leiter der Ermittlungsgruppe.

Das stimmte Wallander sofort milde gegenüber Viktorsson. »Ich komme morgen vormittag zu dir.«

»Um halb neun habe ich Zeit.«

Wallander machte eine Notiz.

»Aber wie geht es gerade im Moment?«

»Es geht langsam voran«, erwiderte Wallander.

»Wissen wir Näheres darüber, was gestern auf der Fähre geschah?«

»Wir wissen, daß der Tote Jonas Landahl ist. Und wir haben eine Verbindung zwischen ihm und Sonja Hökberg hergestellt.«

»Hansson meinte, es sei wahrscheinlich, daß Landahl die Hökberg getötet habe. Aber er konnte dafür keine triftigen Gründe anführen.«

»Die liefern wir morgen«, antwortete Wallander ausweichend.

»Das will ich hoffen. Ich habe den Eindruck, ihr tretet auf der Stelle.«

»Willst du unsere Richtlinien ändern?«

»Nein. Aber ich wünsche einen ordentlichen Bericht.«

Im Anschluß an das Gespräch mit Viktorsson widmete sich Wallander noch eine halbe Stunde der Vorbereitung ihrer Sitzung. Um zwanzig vor drei holte er sich Kaffee. Der Automat war wieder defekt. Wallander dachte an das, was Erik Hökberg über die verwundbare Gesellschaft gesagt hatte, in der sie lebten. Das brachte ihn auf einen neuen Gedanken. Vor dem Beginn der Sitzung wollte er Hökberg anrufen. Mit dem leeren Kaffeebecher in der Hand ging er zu seinem Zimmer zurück. Hökberg meldete sich sofort. Wallander gab ihm einen behutsamen Überblick über das, was seit ihrer letzten Unterhaltung geschehen war. Dann fragte er, ob Hökberg schon einmal den Namen Jonas Landahl gehört habe. Hökberg antwortete mit einem entschiedenen Nein.

Wallander war erstaunt. »Sind Sie ganz sicher?«

»Der Name ist so ungewöhnlich, daß ich ihn mir gemerkt hätte. Hat er Sonja getötet?«

»Das können wir noch nicht sagen. Aber sie kannten sich. Wir glauben zu wissen, daß sie ein Verhältnis hatten.«

Wallander überlegte, ob er von der Vergewaltigung sprechen sollte. Aber die Gelegenheit war unpassend. Er konnte so etwas nicht am Telefon ansprechen.

Statt dessen ging er zu der Frage über, die der Grund seines Anrufs war. »Als ich bei Ihnen war, erzählten Sie von Geschäften, die Sie von Ihrem Computer aus tätigen können. Mein Eindruck war, daß es eigentlich keine Begrenzungen mehr gibt.«

»Wenn man sich in die großen Datenbanken rundum auf der Welt einloggen kann, befindet man sich praktisch immer in der Mitte. Immer dicht am Zentrum. Egal, wo man lebt.«

»Das heißt, daß Sie zum Beispiel Geschäfte mit einem Aktienmakler in Seoul machen könnten, wenn Ihnen danach wäre?«

»Im Prinzip ja.«

»Und was muß man können, um das zu tun?«

»Als erstes muß man seine E-Mail-Adresse kennen. Dann müssen die Kreditverhältnisse geregelt sein. Die Gegenseite muß mich identifizieren können, und umgekehrt. Aber sonst gibt es eigentlich keine Probleme. Jedenfalls keine technischen.«

»Was meinen Sie damit?«

»Daß in jedem Land eine Gesetzgebung existiert, die den Handel mit Aktien regelt. Die muß man beachten. Es sei denn, man bewegt sich außerhalb der Legalität.«

»Wenn so viel Geld bewegt wird, müssen die Sicherheitsvorkehrungen natürlich enorm sein.«

»Das sind sie auch.«

»Sind Sie der Meinung, daß sie umgehbar sind?«

»Das zu beantworten, bin ich nicht der richtige Mann. Dafür kann ich zu wenig. Aber Sie als Kriminalbeamter sollten doch wissen, daß eigentlich alles machbar ist. Wenn man nur will. Wie sagt man noch? Wenn jemand wirklich den Präsidenten der USA ermorden will, dann schafft er es auch. Aber Sie machen mich natürlich neugierig mit Ihren Fragen.«

»Ich hatte den Eindruck, daß Sie eine Menge von diesen Dingen verstehen, als ich Sie neulich wiedertraf.«

»Das bleibt eher an der Oberfläche. Die elektronische Welt ist so kompliziert und entwickelt sich so rasant, daß ich bezweifle, ob überhaupt jemand begreift, was da geschieht. Geschweige denn es kontrollieren kann.«

Wallander versprach, noch am gleichen Tag oder am nächsten Morgen von sich hören zu lassen. Dann ging er zum Sitzungszimmer. Hansson und Nyberg waren schon da. Sie diskutierten über den immer häufiger streikenden Kaffeeautomaten. Wallander nickte ihnen zu und setzte sich. Ann-Britt und Martinsson kamen gleichzeitig. Wallander hatte sich noch nicht entschieden, ob er die Sitzung damit beginnen oder beenden sollte, daß er von seinem Gespräch bei Lisa Holgersson berichtete. Er beschloß abzuwarten. Trotz allem saß er hier mit seinen hart arbeitenden Kollegen zusammen, um eine komplizierte Mordermittlung weiterzubringen. Er wollte sie nicht mehr als absolut notwendig belasten.

Sie begannen mit den Umständen von Jonas Landahls Tod. Sie hatten auffallend wenige Zeugenaussagen, an die sie sich halten konnten. Niemand schien irgend etwas gesehen zu haben. Weder Jonas Landahls Bewegungen an Bord der Fähre, noch wie er in den Maschinenraum gelangt war. Ann-Britt hatte einen Bericht von dem Polizisten erhalten, der mit der Fähre nach Polen gefahren war. Eine Bedienung in der Cafeteria hatte gemeint, Jonas Landahl auf dem Foto zu erkennen. Wenn sie sich richtig erinnerte, war er unmittelbar nach Öffnung der Cafeteria hereingekommen und hatte ein belegtes Brot gegessen. Aber das war auch alles.

»Das Ganze ist überaus seltsam«, meinte Wallander. »Keiner hat ihn gesehen. Er muß doch seine Kabine bezahlt und sich an Bord bewegt haben. Keiner hat gesehen, wie er in den Maschinenraum gekommen ist. Mir ist dieses ganze Vakuum schleierhaft.«

»Es muß jemand bei ihm gewesen sein«, sagte Ann-Britt. »Ich habe sicherheitshalber noch mit einem der Maschinisten gesprochen, bevor ich herkam. Er hielt es für unmöglich, daß ein Mensch sich freiwillig unter die Propellerwelle klemmt.«

»Er ist also unter Zwang dahin gebracht worden«, sagte Wallander. »Das bedeutet, daß eine zweite Person in die Sache verwickelt sein muß. Da es kaum vorstellbar ist, daß einer der Männer, die im Maschinenraum arbeiten, der Schuldige ist, muß es eine fremde

Person sein. Die niemand gesehen hat. Weder, als sie gemeinsam mit Landahl ankam, noch, als sie den Raum verließ. Das ermöglicht uns praktisch eine weitere Schlußfolgerung: Landahl ging freiwillig mit. Er wurde nicht gezwungen. Das hätte man bemerkt. Es wäre außerdem nicht möglich gewesen, Landahl gegen seinen Willen die schmalen Leitern hinunterzuschleppen.«

Noch zwei Stunden lang erörterten sie die gesamte Ermittlung. Als Wallander seine Gedanken entwickelte, die ihrerseits in Ann-Britts Überlegungen wurzelten, wurde die Diskussion zeitweilig heftig. Aber keiner stritt ab, daß die Spur, die über Carl-Einar Lundberg zu seinem Vater führte, trotz allem zu einer Lösung führen konnte. Wallander bestand jedoch darauf, daß Tynnes Falk der Schlüssel zu dem Ganzen war, auch wenn er dafür wenig wirklich stichhaltige Argumente vorbringen konnte. Dennoch wußte er, daß er recht hatte. Um sechs Uhr fand er, daß es reichte. Müdigkeit breitete sich aus. Die Pausen, um frische Luft zu schnappen, folgten immer dichter aufeinander. Wallander beschloß, sein Gespräch mit Lisa Holgersson überhaupt nicht zu erwähnen. Er war ganz einfach nicht mehr dazu in der Lage.

Martinsson verschwand zum Runnerströms Torg, wo Robert Modin allein saß und arbeitete. Hansson meinte, man solle der Reichspolizeibehörde vorschlagen, dem jungen Mann bei Gelegenheit eine Medaille zu verleihen. Ihm auf jeden Fall aber ein Beraterhonorar zahlen. Nyberg blieb gähnend am Tisch sitzen. Seine Finger waren noch immer ölverschmiert. Zusammen mit Ann-Britt und Hansson blieb Wallander noch ein paar Minuten im Korridor stehen. Sie besprachen die notwendigen nächsten Schritte und teilten die Arbeiten unter sich auf. Dann ging Wallander in sein Zimmer und schloß die Tür hinter sich.

Lange starrte er das Telefon an, ohne sein Zögern verstehen zu können. Doch am Ende nahm er den Hörer ab und wählte die Nummer von Elvira Lindfeldt in Malmö.

Nach dem siebten Klingeln meldete sie sich. »Lindfeldt.«

Wallander legte schnell wieder auf. Fluchte. Dann wartete er einige Minuten, bevor er von neuem wählte. Jetzt meldete sie sich sofort. Er mochte ihre Stimme.

Wallander stellte sich vor. Sie redeten über Alltägliches. Offenbar wehte der Wind in Malmö stärker als in Ystad. Elvira Lindfeldt klagte darüber, daß so viele ihrer Kollegen erkältet waren. Wallander stimmte zu. Der Herbst war lästig. Er selbst hatte erst vor kurzem Halsschmerzen gehabt.

»Es wäre schön, wenn man sich treffen könnte«, sagte sie.

»Eigentlich glaube ich nicht richtig an diese Sache mit den Kontaktannoncen«, erwiderte er und bereute es sofort.

»Dieser Weg muß doch nicht schlechter sein als ein anderer«, sagte sie. »Man ist doch schließlich erwachsen.«

Dann sagte sie noch etwas. Was Wallander erstaunte.

Sie fragte ihn, was er am Abend vorhabe. Ob sie sich nicht irgendwo in Malmö treffen wollten.

Ich kann nicht, dachte Wallander. Ich habe viel zuviel zu tun. Das hier geht mir viel zu schnell.

Dann sagte er zu.

Sie verabredeten sich um halb neun in der Bar des Savoy.

»Keine Blumen«, sagte sie und lachte. »Ich glaube, wir erkennen uns auch so.«

Das Gespräch war zu Ende.

Wallander fragte sich, worauf er sich eingelassen hatte. Gleichzeitig spürte er die Spannung.

Es war halb sieben geworden. Jetzt hatte er es eilig.

30

UM DREI MINUTEN VOR HALB NEUN parkte Wallander seinen Wagen vor dem Hotel Savoy in Malmö. Er war viel zu schnell gefahren. Allzulange hatte er sich nicht entscheiden können, was er anziehen sollte. Vielleicht erwartet sie einen Mann in Uniform, hatte er gedacht. Ungefähr so, wie in längst entschwundenen Zeiten schmucke Kadetten beliebte Kavaliere waren. Aber natürlich zog er nicht die Uniform an. Ein sauberes, aber zerknittertes Hemd holte er direkt aus dem Korb mit frischer Wäsche. Endlos suchte er zwischen seinen Schlipsen und nahm schließlich gar keinen. Aber die ungeputzten Schuhe verlangten nach einem Eingriff. In der Summe bedeutete dies alles, daß er viel zu spät loskam.

Außerdem hatte Hansson im unpassendsten Augenblick angerufen und gefragt, wo Nyberg sei. Wallander war nicht schlau daraus geworden, warum Hansson ihn unbedingt erreichen mußte. Er hatte so einsilbig geantwortet, daß Hansson ihn schließlich gefragt hatte, ob er es eilig habe. Darauf hatte er mit Ja geantwortet und so geheimnisvoll getan, daß Hansson gar nicht erst nach dem Grund fragte. Als er endlich fertig und zur Abfahrt bereit war, hatte das Telefon erneut geklingelt. Mit der Hand auf der Türklinke hatte er zuerst überlegt, nicht mehr abzunehmen, es dann aber doch getan. Es war Linda. Sie hatte gerade wenig zu tun in ihrem Restaurant, ihr Chef war in Urlaub, und so hatte sie ausnahmsweise Zeit und Gelegenheit, ihn anzurufen. Wallander war in Versuchung, ihr zu erzählen, was er vorhatte. Immerhin hatte Linda ihn auf die Idee gebracht, von der er zunächst absolut nichts hatte wissen wollen. Sie hatte sogleich gemerkt, daß er in Eile war. Wallander wußte aus Erfahrung, daß es unmöglich war, ihr etwas vorzumachen. Trotzdem sagte er so entschieden, wie es ihm möglich war, daß er unverzüglich in einer dienstlichen Angelegenheit fortmüsse. Sie verabredeten, daß sie ihn am nächsten Abend anrufen würde. Als Wallander endlich im Wagen saß und Ystad hinter sich gelassen hatte, sah er, daß die Benzinanzeige rot aufleuchtete. Er vermutete, daß das Benzin bis Malmö reichen würde, wollte aber nicht riskieren, auf freier Strecke liegenzubleiben. Er fuhr zu einer Tankstelle außerhalb von Skurup und bezweifelte, daß er es noch schaffen würde, pünktlich zu sein. Warum es ihm so wichtig war, wußte er selbst nicht genau. Doch er erinnerte sich noch immer daran, wie Mona einmal, als sie sich gerade erst kennengelernt hatten, zehn Minuten auf ihn gewartet hatte und dann gegangen war.

Jetzt war er jedoch in Malmö angekommen. Er betrachtete sein Gesicht im Rückspiegel. Er war magerer geworden. Die Konturen seines Gesichts traten deutlicher hervor. Er schloß die Augen und atmete tief durch. Er verbannte alle Erwartungen. Auch wenn er selbst nicht enttäuscht wäre, würde sie es sicher sein. Sie würden sich dort in der Bar treffen, sich eine Weile unterhalten, und dann wäre es vorbei. Vor Mitternacht würde er in seinem Bett in der Mariagata liegen. Am nächsten Tag würde er sie vergessen haben. Und seine Vermutung wäre bestätigt, daß er einer Frau, die zu ihm paßte, nicht durch eine Kontaktanzeige begegnen würde.

Er war also pünktlich in Malmö angekommen. Aber jetzt blieb er bis zwanzig vor neun im Wagen sitzen. Dann stieg er aus, atmete noch einmal tief durch und überquerte die Straße.

Sie entdeckten einander gleichzeitig. Sie saß an einem Tisch ganz hinten in der Ecke. Abgesehen von ein paar Männern, die an der Theke Bier tranken, waren nicht viele Gäste da. Und sie war die einzige Frau im Lokal, die allein war. Wallander fing ihren Blick auf. Sie lächelte und stand auf. Wallander dachte, daß sie sehr groß war. Sie trug ein dunkelblaues Kostüm. Der Rock endete unmittelbar über den Knien. Sie hatte schöne Beine.

»Habe ich recht?« fragte er und streckte ihr die Hand entgegen.

»Wenn Sie Kurt Wallander sind, bin ich Elvira Lindfeldt.«

Er setzte sich an ihren Tisch, ihr gegenüber.

»Ich rauche nicht«, sagte sie. »Aber ich trinke.«

»Wie ich«, erwiderte Wallander. »Aber heute abend fahre ich. Deshalb muß es ein Ramlösa tun.«

Eigentlich hätte er gern ein Glas Wein getrunken. Oder auch mehrere. Aber er hatte einmal vor langer Zeit, übrigens auch in Malmö, bei einem Abendessen viel zuviel getrunken. Er hatte sich mit Mona getroffen. Sie waren schon geschieden, aber er hatte sie angefleht, zurückzukommen. Sie hatte nein gesagt, und als sie ging, hatte er mit ansehen müssen, wie sie zu einem wartenden Mann in den Wagen stieg. Er selbst hatte in seinem Wagen geschlafen und war am frühen Morgen nach Hause gefahren und dabei von den Kollegen Peters und Noren auf seinem Schlangenlinienkurs gestoppt worden. Sie hatten nichts gesagt, aber er war so betrunken gewesen, daß er seine Stellung hätte verlieren können. Die Erinnerung daran war eine der schlimmsten in Wallanders privater Buchführung. Er wollte so etwas nicht noch einmal erleben.

Der Kellner kam an den Tisch. Elvira Lindfeldt leerte ihr Glas Weißwein und bestellte ein neues.

Wallander war verlegen. Weil er sich seit seinen frühesten Teenagerjahren einbildete, von der Seite besser auszusehen als direkt von vorn, drehte er sich auf dem Stuhl so, daß er ihr sein Profil zuwandte.

»Haben Sie keinen Platz für die Füße?« fragte sie. »Ich kann den Tisch zu mir heranziehen.«

»Kein Problem«, antwortete Wallander. »Ich sitze gut so.«

Scheiße, was sagt man, dachte er. Daß ich sie im selben Augenblick zu lieben begonnen habe, in dem ich durch die Tür trat? Oder, noch besser, als ich ihren Brief bekam?

»Haben Sie so etwas schon einmal gemacht?« fragte sie.

»Nein, nie. Ich war sehr skeptisch.«

»Ich schon«, sagte sie unbeschwert. »Aber es ist nie etwas daraus geworden.«

Wallander fiel auf, wie offen sie war. Im Gegensatz zu ihm, der sich im Augenblick am meisten Sorgen um sein Profil machte. »Und warum ist nichts daraus geworden?« fragte er.

»Die falschen Leute. Falscher Humor. Falsche Einstellung. Falsche Erwartung. Falsche Aufgeblasenheit. Falsches Trinken. Fast alles kann falsch sein.«

»Haben Sie an mir vielleicht auch schon etwas Falsches gefunden?«

»Sie sehen auf jeden Fall nett aus«, sagte sie.

»Die Leute halten mich selten für den lachenden Polizisten«, sagte er. »Aber vielleicht auch nicht für den bösen Bullen.«

Im gleichen Augenblick kam ihm das Bild aus der Zeitung in den Sinn. Das entlarvende Bild des bösen Polizeibeamten aus Ystad, der Wehrlose und Minderjährige schlug. Er fragte sich, ob sie das Bild gesehen hatte.

Doch in den Stunden, die sie an dem Tisch in der Ecke der Bar verbrachten, erwähnte sie es nicht. Wallander begann schließlich zu glauben, sie habe es nicht gesehen, vielleicht schlug sie selten oder nie eine Abendzeitung auf. Wallander saß vor seinem Ramlösa und sehnte sich nach etwas Stärkerem. Sie trank Wein, und sie unterhielten sich. Sie wollte wissen, wie es eigentlich so wäre, bei der Polizei zu arbeiten. Wallander versuchte, so aufrichtig wie möglich zu antworten. Aber er merkte, daß er hier und da die schweren Seiten seines Berufs zu sehr betonte. Als suche er nach einem Verständnis, für das es genaugenommen gar keine Veranlassung gab.

Anderseits waren ihre Fragen durchdacht. Manchmal überraschend. Er mußte sich anstrengen, ihr Antworten zu geben, die wirklich einen Inhalt hatten.

Im Verlauf des Abends erzählte sie auch von ihrer Arbeit. Die Speditionsfirma, für die sie arbeitete, war auch für den Transport von Wohnungseinrichtungen schwedischer Missionare verantwortlich, die in die Welt hinausgingen oder nach Hause zurückkehrten. Ihm wurde nach und nach klar, daß sie einen verantwortungsvollen Posten innehatte, da ihr Chef meistens auf Reisen war. Es war offensichtlich, daß ihre Arbeit ihr Freude machte.

Die Zeit verging schnell. Es war schon nach elf, als Wallander sich dabei ertappte, daß er dasaß und von seiner gescheiterten Ehe mit Mona erzählte. Wie er viel zu spät gemerkt hatte, was los war. Obwohl Mona ihn oft genug gewarnt hatte und er selbst ebensooft versprochen hatte, sich zu ändern. Eines Tages war alles vorbei gewesen. Es hatte kein Zurück gegeben, keine gemeinsame Zukunft. Linda war geblieben. Und eine Menge unsortierter und zum Teil quälender Erinnerungen, die er immer noch nicht ganz verarbeitet hatte. Sie hörte aufmerksam zu, ernst, aber auch aufmunternd.

»Und danach?« fragte sie, als er verstummt war. »Wenn ich Sie richtig verstehe, sind Sie schon seit vielen Jahren geschieden.«

»Während langer Perioden ist es ein tristes Leben gewesen. Es gab einmal eine Frau in Lettland, in Riga, Baiba hieß sie. Ich hatte gehofft, es könnte etwas daraus werden, und ich glaube, sie hat diese Hoffnung eine Zeitlang geteilt. Aber dann wurde doch nichts daraus.«

»Warum nicht?«

»Sie wollte in Riga bleiben. Und ich wollte, daß sie herkam. Ich hatte große Pläne geschmiedet. Ein Haus auf dem Land. Ein Hund. Ein anderes Leben.«

»Vielleicht waren es zu große Pläne«, sagte sie nachdenklich. »Das rächt sich.«

Wallander bekam das Gefühl, zuviel gesagt und sich ausgeliefert zu haben. Vielleicht auch Mona und Baiba. Aber die Frau vor ihm flößte ihm Vertrauen ein.

Dann erzählte sie von sich. Eine Geschichte, die sich von der Wallanders eigentlich kaum unterschied. In ihrem Fall waren es zwei gescheiterte Ehen. Aus jeder Ehe hatte sie ein Kind. Ohne daß sie es offen aussprach, ahnte Wallander, daß ihr erster Mann sie geschlagen hatte. Vielleicht nicht oft, aber oft genug, daß es am Ende unerträglich wurde. Ihr zweiter Mann war Argentinier. Sie erzählte mit viel Verständnis, aber auch mit Selbstironie, wie die Leidenschaft sie zunächst auf den richtigen und später auf Abwege geführt habe.

»Er verschwand vor zwei Jahren«, schloß sie. »Er meldete sich aus Barcelona, wo er ohne Geld festsaß. Ich half ihm, damit er wenigstens nach Argentinien zurückkonnte. Jetzt habe ich seit einem Jahr nichts von ihm gehört. Seine Tochter fragt sich natürlich, was mit ihm ist.«

»Wie alt sind denn Ihre Kinder?«

»Alexandra ist neunzehn, Tobias einundzwanzig.«

Um halb zwölf zahlten sie. Wallander wollte sie einladen. Aber sie bestand darauf, die Rechnung zu teilen.

»Morgen ist Freitag«, sagte Wallander, als sie auf der Straße standen.

»Ich war tatsächlich noch nie in Ystad«, sagte sie.

Wallander hatte fragen wollen, ob er sie vielleicht anrufen dürfe. Jetzt änderte sich alles. Er wußte nicht genau, was er eigentlich fühlte. Aber sie hatte bisher offenbar keine Fehler an ihm festgestellt. Das war fürs erste mehr als genug.

»Ich habe ein Auto«, sagte sie. »Oder ich nehme den Zug. Wenn Sie Zeit haben?«

»Ich stecke mitten in einer komplizierten Mordermittlung«, erwiderte er. »Aber auch Kriminalbeamte müssen einmal ausspannen.«

Sie wohnte in einem von Malmös Villenvororten, Richtung Jägersro. Wallander bot ihr an, sie nach Hause zu fahren. Aber sie wollte einen Spaziergang machen und anschließend ein Taxi nehmen.

»Ich liebe lange Spaziergänge«, sagte sie. »Aber Laufen hasse ich.«

»Ich auch«, meinte Wallander.

Doch über den Grund dafür, seinen Diabetes, sagte er nichts.

Sie gaben sich die Hand und verabschiedeten sich.

»Es war schön, Sie zu treffen«, sagte sie.

»Ja«, sagte Wallander. »Das finde ich auch.«

Er sah sie um die Ecke des Hotels verschwinden. Dann ging er zu seinem Wagen und fuhr nach Ystad. Unterwegs hielt er an und suchte im Handschuhfach nach einer Kassette. Er fand eine mit Jussi Björling. Die Musik erfüllte das Wageninnere, als er weiterfuhr. Als er an der Abzweigung nach Stjärnsund vorüberfuhr, wo Sten Widén seinen Reiterhof hatte, kam es ihm vor, als sei der Neid, den er vorher empfunden hatte, nicht mehr ganz so stark.

Um halb eins hatte er den Wagen abgestellt. In seiner Wohnung setzte er sich aufs Sofa. Er war schon lange nicht mehr so froh gewesen wie an diesem Abend. Das letztemal war gewesen, als ihm klargeworden war, daß Baiba seine Gefühle erwiderte.

Als er schließlich ins Bett ging, schlief er ohne einen Gedanken an die Ermittlung ein.

Sie konnte warten.

Am Freitag morgen kam Wallander mit frischer Energie geladen ins Präsidium. Als erstes zog er die Bewachung in der Apelbergsgata ab. Dagegen wollte er das Haus am Runnerströms Torg weiterhin überwachen lassen. Dann ging er hinüber zu Martinssons Zimmer. Dort war niemand. Auch Hansson war noch nicht gekommen. Im Korridor stoppte er Ann-Britt. Sie sah kaputter und mürrischer aus als seit langem. Er dachte, daß er ihr ein paar aufmunternde Worte sagen sollte, doch ihm fiel nichts ein, was nicht allzuweit hergeholt klang.

»Das Adreßbuch«, sagte sie. »Aus Sonja Hökbergs Handtasche. Es ist und bleibt verschwunden.«

»Sind wir sicher, daß sie eins hatte?«

»Eva Persson hat es bestätigt. Ein kleines dunkelblaues mit einem Gummiband darum.«

»Dann können wir also davon ausgehen, daß derjenige, der sie getötet und anschließend ihre Tasche fortgeworfen hat, es an sich genommen hat.«

»Das ist wahrscheinlich.«

»Die Frage ist nur, was für Namen und Nummern darin standen.« Sie zuckte mit den Schultern. Wallander betrachtete sie genauer. »Wie geht es dir eigentlich?«

»Wie es einem eben so geht. Aber oft geht es einem schlechter, als man es verdient.«

Damit ging sie in ihr Zimmer und machte die Tür zu. Wallander zögerte. Ging aber trotzdem zur Tür und klopfte.

Als er ihre Antwort hörte, öffnete er und trat ein. »Wir haben noch mehr zu besprechen«, sagte er.

»Ich weiß. Entschuldige bitte.«

»Warum? Du hast es ja selbst gesagt. Es geht einem oft schlechter, als man es verdient.«

Er setzte sich auf ihren Besucherstuhl. Wie immer herrschte perfekte Ordnung im Zimmer. »Wir müssen die Sache mit der Vergewaltigung klären«, sagte er. »Außerdem habe ich noch immer nicht mit Sonja Hökbergs Mutter gesprochen.«

»Sie ist eine schwierige Person«, sagte Ann-Britt. »Sie trauert natürlich um ihre Tochter. Aber gleichzeitig habe ich das Gefühl, daß sie Angst vor ihr hatte.«

»Warum denn?«

»Nur so ein Gefühl. Mehr kann ich nicht sagen.«

»Und ihr Bruder? Erik?«

»Emil. Er macht einen sehr robusten Eindruck. Aber erschüttert ist er natürlich auch.«

»Ich habe um halb neun ein Gespräch mit Viktorsson«, fuhr Wallander fort. »Aber gleich danach fahre ich zu ihnen. Ich nehme an, sie ist aus Höör zurück?«

»Sie planen die Beerdigung. Es ist alles ziemlich gräßlich.«

Wallander stand auf. »Du mußt Bescheid sagen, wenn du reden möchtest.«

Sie schüttelte den Kopf. »Nicht im Moment.«

In der Tür wandte er sich um. »Was passiert eigentlich mit Eva Persson?«

»Ich weiß es nicht.«

»Auch wenn Sonja Hökberg die Schuld bekommt, wird ihr Leben zerstört sein.«

Ann-Britt verzog das Gesicht. »Ich weiß nicht, ob ich dir da zustimme. Eva Persson scheint einer von diesen Menschen zu sein, an denen alles abprallt. Wie man so werden kann, ist mir unbegreiflich.

Wallander dachte schweigend über ihre Worte nach. Was er jetzt nicht verstand, würde er vielleicht später verstehen. »Hast du Martinsson gesehen?« fragte er.

»Ich traf ihn, als ich kam.«

»Er ist nicht in seinem Zimmer.«

»Ich habe gesehen, daß er zu Lisa ging.«

»So früh ist sie doch sonst nie hier?«

»Sie hatten eine Sitzung.«

Etwas in ihrer Stimme veranlaßte Wallander stehenzubleiben. Sie sah ihn an und schien zu zögern. Dann machte sie ihm ein Zeichen, wieder hereinzukommen und die Tür zu schließen.

»Was für eine Sitzung denn?«

»Manchmal wundere ich mich über dich«, sagte sie. »Du siehst und hörst alles. Du bist ein tüchtiger Polizist und weißt, wie du deine Kollegen motivieren kannst. Aber gleichzeitig kommt es mir vor, als wärst du nahezu blind.«

Wallander spürte, wie sich sein Magen verkrampfte. Er sagte nichts. Wartete nur auf die Fortsetzung.

»Du sprichst immer gut von Martinsson. Und er tritt in deine Fußstapfen. Ihr arbeitet gut zusammen.«

»Ich befürchte immer, daß er von allem genug hat und aufhört.«

»Das tut er nicht.«

»Das sagt er jedenfalls zu mir. Aber er ist tatsächlich ein guter Polizist.«

Sie blickte ihm direkt in die Augen. »Ich sollte das hier vielleicht nicht sagen. Aber ich tue es trotzdem. Du vertraust ihm zu sehr.«

»Wie meinst du das?«

»Ich meine, daß er dich hintergeht. Was, glaubst du, tut er bei Lisa? Sie reden darüber, daß es vielleicht an der Zeit ist, hier gewisse Änderungen vorzunehmen. Die auf deine Kosten gehen und Martinsson den Weg ebnen.«

Wallander glaubte, nicht richtig zu hören. »Auf welche Art und Weise hintergeht er mich?«

Sie warf ärgerlich einen Brieföffner zur Seite. »Es hat eine Zeitlang gedauert, bis ich es gemerkt habe. Aber Martinsson intrigiert. Er ist verschlagen und geschickt. Er geht zu Lisa und beklagt sich darüber, wie du diese Ermittlung leitest.«

»Meint er, daß ich sie falsch handhabe?«

»So direkt drückt er sich nicht aus. Er gibt nur eine vage Unzufriedenheit zu erkennen. Schwache Leitung, eigentümliche Prioritäten. Außerdem ist er schnurstracks zu Lisa gegangen und hat ihr erzählt, daß du Robert Modins Hilfe in Anspruch nehmen wolltest.«

Wallander war verblüfft. »Ich kann einfach nicht glauben, was du da sagst.«

»Das solltest du aber. Ich hoffe nur, du respektierst, daß ich dir das hier im Vertrauen erzählt habe.«

Wallander nickte. Seine Magenkrämpfe hatten sich verstärkt.

»Ich finde, du solltest das wissen. Sonst war nichts.«

Wallander sah sie an. »Vielleicht meinst du das gleiche?«

»Dann hätte ich es gesagt. Und zwar dir. Ohne Umwege.«

»Und Hansson? Und Nyberg?«

»Das hier ist Martinssons Ding. Er hat es auf den Thron abgesehen. Sonst niemand.«

»Aber er hat doch immer wieder beteuert, daß er nicht einmal weiß, ob er in der Lage ist, als Kriminalbeamter weiterzumachen?«

»Du sprichst so oft davon, daß man der Oberfläche nicht trauen darf und darunter gucken muß. Aber von Martinsson hast du nie etwas anderes wahrgenommen als die Oberfläche. Ich habe darunter geschaut. Und was ich sehe, gefällt mir gar nicht.«

Wallander war wie gelähmt. Die Freude, die ihn beim Erwachen erfüllt hatte, war verschwunden.

Langsam kochte die Wut in ihm hoch. »Ich nehme ihn mir vor«, sagte er. »Ich nehme ihn mir vor, und zwar jetzt sofort.«

»Das wäre unklug.«

»Wie soll ich mit einem solchen Menschen weiter zusammenarbeiten?«

»Das weiß ich nicht. Aber du mußt eine andere Gelegenheit abwarten. Wenn du jetzt auf ihn losgehst, lieferst du ihm nur neue Argumente. Daß du aus dem Gleichgewicht bist. Daß die Ohrfeige, die du Eva Persson gegeben hast, kein Zufall war.«

»Weißt du vielleicht auch, daß Lisa überlegt, ob sie mich vom Dienst suspendiert?«

»Das ist nicht Lisa«, sagte Ann-Britt bitter. »Es ist Martinssons Vorschlag.«

»Woher weißt du das alles?«

»Er hat einen schwachen Punkt«, sagte sie. »Er vertraut mir. Er glaubt, ich stünde auf seiner Seite. Obwohl ich ihm gesagt habe, daß er aufhören soll, hinter deinem Rücken zu agieren.«

Wallander war aufgestanden.

»Warte ab, bevor du etwas gegen ihn unternimmst«, wiederholte sie. »Versuch statt dessen, daran zu denken, daß du einen Vorteil ihm gegenüber hast, weil ich dir alles erzählt habe. Nutze diesen Vorteil, wenn die Zeit reif ist.«

Wallander sah ein, daß sie recht hatte.

Er ging auf direktem Weg in sein Zimmer. Seine Empörung hatte einen Trauerrand. Er hätte dies vielleicht jemand anderem zugetraut. Aber nicht Martinsson. Auf keinen Fall Martinsson.

Das Klingeln des Telefons unterbrach ihn in seinen Gedanken. Es war Viktorsson, der sich fragte, wo er steckte. Wallander ging hinüber in die Abteilung der Staatsanwälte. Er fürchtete, Martinsson auf dem Flur zu treffen. Aber der saß sicher schon zusammen mit Robert Modin am Runnerströms Torg.

Das Gespräch mit Viktorsson dauerte nicht lange. Wallander verbannte jeden Gedanken an das, was Ann-Britt ihm erzählt hatte, und lieferte Viktorsson einen kurzen, aber exakten Lagebericht, an welchem Punkt der Ermittlung sie sich befanden und welchen Richtlinien sie meinten folgen zu sollen. Viktorsson stellte ein paar knappe Fragen, hatte aber sonst nichts anzumerken. »Verstehe ich dich richtig, wenn ich sage, daß es keine direkten Verdächtigten gibt?«

»Ja.«

»Was glaubst du eigentlich in Falks Rechner finden zu können?«

»Das weiß ich nicht. Aber alles deutet darauf hin, daß wir zumindest irgendeine Form von Motiv erkennen können.«

»Hat Falk Straftaten begangen?«

»Nicht daß wir wüßten.«

Viktorsson kratzte sich die Stirn.

»Kennt ihr euch eigentlich genug in diesen Dingen aus? Sollten nicht die Experten vom Reichskrim eingeschaltet werden?«

»Wir haben schon einen lokalen Experten hinzugezogen. Aber wir haben beschlossen, Stockholm zu informieren.«

»Tut das so schnell wie möglich. Die könnten sonst sauer werden. Was ist das für ein lokaler Experte, den ihr da habt?«

»Er heißt Robert Modin.«

»Und er beherrscht sein Fach?«

»Besser als die meisten.«

Wallander dachte, daß er gerade einen großen Fehler begangen hatte. Er hätte Viktorsson genau sagen sollen, wie es sich verhielt. Daß Robert Modin ein vorbestrafter Hacker war. Doch jetzt war es zu spät. Wallander hatte sich dafür entschieden, die Ermittlung zu schützen, nicht sich selbst. Er hatte den ersten Schritt in eine Richtung getan, die ihn geradewegs in eine persönliche Katastrophe führen konnte. Wenn er bisher nicht Gefahr gelaufen war, suspendiert zu werden, dann tat er es jetzt. Und Martinsson würde sämtliche Argumente in die Hand bekommen, die ihm noch fehlten, um Wallander zu vernichten.

»Du bist natürlich darüber informiert, daß eine interne Untersuchung dieser unschönen Geschichte im Vernehmungszimmer stattfindet«, sagte Viktorsson plötzlich. »Es liegen Beschwerden und eine Anzeige beim Justiz-Ombudsmann gegen dich vor.«

»Das Bild lügt in bezug auf den Zusammenhang«, antwortete Wallander. »Ich habe die Mutter geschützt. Egal, was sie sagt.«

Viktorsson entgegnete nichts.

Wer glaubt mir noch, dachte Wallander. Nur noch ich selbst?

Wallander verließ das Präsidium. Es war neun Uhr geworden. Er fuhr auf direktem Weg zur Familie Hökberg. Er hatte nicht angerufen, um seinen Besuch anzukündigen. Er wollte nur fortkommen von den Korridoren, in denen er Gefahr lief, Martinsson zu begegnen. Früher oder später würde es geschehen. Aber noch war es zu früh. Er war noch nicht sicher, daß er sich würde beherrschen können.

Wallander war gerade aus seinem Wagen gestiegen, als sein Handy piepte.

Es war Siv Eriksson. »Ich hoffe, ich störe nicht.«

»Ist schon in Ordnung.«

»Ich rufe an, weil ich mit Ihnen sprechen muß.«

»Gerade im Augenblick geht es schlecht.«

»Aber es kann nicht warten.«

Wallander nahm plötzlich währ, daß sie sich erregt anhörte. Er preßte das Handy fester ans Ohr und wandte sich vom Wind ab.

Er begriff, daß es ihr ernst war, und versprach, sogleich zu kommen. Das Gespräch mit Sonja Hökbergs Mutter mußte warten. Er fuhr zurück ins Zentrum und parkte in der Lurendrejargränd. Ein östlicher Wind hatte eingesetzt, der kühle Luft mit sich führte. Wallander drückte auf den Türknopf. Die Tür ging auf. Siv Eriksson wartete auf ihn. Er sah sofort, daß sie Angst hatte. Als sie ins Wohnzimmer traten, zündete sie sich mit zitternden Händen eine Zigarette an.

»Was ist passiert?« fragte Wallander.

Es dauerte eine Weile, bis die Zigarette brannte. Sie nahm einen Zug und drückte die Zigarette sofort wieder aus.

»Meine Mutter lebt in Simrishamn«, begann sie. »Gestern habe ich sie besucht. Weil es spät wurde, bin ich über Nacht geblieben. Als ich heute morgen zurückkam, sah ich, was passiert war.«

Sie unterbrach sich und stand abrupt vom Sofa auf. Wallander folgte ihr ins Arbeitszimmer. Sie zeigte auf ihren Computer.

»Ich setzte mich hierher, um zu arbeiten. Aber als ich den Rechner anmachte, passierte nichts. Zuerst glaubte ich, der Stecker sei herausgezogen. Dann wurde mir klar, was los war.«

Sie zeigte auf den Monitor.

»Ich glaube, ich verstehe nicht ganz«, sagte Wallander.

»Jemand hat sämtliche Daten auf meinem Rechner gelöscht. Die Festplatte ist leer. Aber das ist noch nicht alles.«

Sie ging zu einem Dokumentenschrank und öffnete die Türen.

»Alle meine Disketten sind weg. Nichts mehr da. Nichts. Ich hatte eine zweite Festplatte. Die ist auch verschwunden.«

Wallander blickte sich im Raum um. »Hier ist also heute nacht eingebrochen worden?«

»Aber es gibt keine Spuren. Und wer wußte schon, daß ich ausgerechnet heute nacht weg sein würde?«

Wallander überlegte. »Sie hatten kein Fenster offengelassen? Und die Wohnungstür weist keine Spuren auf?«

»Nein. Ich habe nachgesehen.«

»Und nur Sie haben Schlüssel zu Ihrer Wohnung?«

Sie zögerte mit der Antwort. »Ja und nein. Tynnes hatte Reserveschlüssel.«

»Warum das?«

»Für den Fall, daß etwas passierte. Und ich weg war. Aber er hat sie nie benutzt.«

Wallander nickte. Er verstand ihre Erregung. Jemand hatte Schlüssel benutzt, um in die Wohnung zu gelangen. Und der Mann, der diese Schlüssel gehabt hatte, war tot.

»Wissen Sie, wo er sie aufbewahrte?«

»Er sagte, er wolle sie in seine Wohnung in der Apelbergsgata legen.«

Wallander nickte. Er dachte an den Mann, der auf ihn geschossen hatte. Und danach verschwunden war.

Vielleicht hatte Wallander jetzt endlich erfahren, wonach der Mann in der Wohnung gesucht hatte.

Nach Reserveschlüsseln für Siv Erikssons Wohnung.

31

ZUM ERSTENMAL SEIT DEM BEGINN DER ERMITTLUNG glaubte Wallander ganz klar einen Zusammenhang zu erkennen. Nachdem er die Wohnungstür und die Fenster untersucht hatte, war er überzeugt davon, daß Siv Eriksson recht hatte. Die Person, die ihre Festplatte und ihre Disketten gestohlen hatte, war mit einem Schlüssel hereingekommen. Er wagte es, noch eine weitere Schlußfolgerung zu ziehen. Siv Eriksson war auf die eine oder andere Weise überwacht worden. Die Person, die über die Schlüssel verfügte, hatte den richtigen Augenblick abgepaßt, um zuzuschlagen. Wieder ahnte Wallander die Konturen des Schattens, der nach dem Abfeuern des Schusses in Falks Wohnung an ihm vorbeigehuscht war. Aber er dachte auch an Ann-Britts Worte, daß er selbst vorsichtig sein solle. Die Unruhe überkam ihn wieder.

Sie gingen ins Wohnzimmer zurück. Sie war noch immer erregt, zündete Zigaretten an und drückte sie wieder aus. Wallander beschloß, Nyberg noch nicht anzurufen. Er wollte erst etwas anderes klären.

Er setzte sich ihr gegenüber aufs Sofa. »Haben Sie irgendeinen Verdacht, wer dies getan haben könnte?«

»Nein. Es ist mir vollkommen unbegreiflich.«

»Ihre Rechner sind sicher wertvoll, aber um die hat sich der Dieb gar nicht geschert. Es ging ihm nur um den Inhalt.«

»Alles ist weg«, wiederholte sie. »Absolut alles. Meine ganze Existenzgrundlage. Ich hatte, wie gesagt, alles noch einmal auf einer zweiten Festplatte gespeichert. Aber die ist auch weg.«

»Hatten Sie kein Paßwort? Um zu verhindern, daß so etwas passieren kann?«

»Natürlich hatte ich das.«

»Der Dieb muß es demnach gekannt haben.«

»Irgendwie muß er es umgangen haben.«

»Was bedeutet, daß er kein simpler Dieb war. Sondern jemand, der sich mit Computern auskennt.«

Sie folgte jetzt seinem Gedankengang. Verstand, wofür er eine Erklärung suchte. »So weit habe ich noch gar nicht gedacht. Ich war viel zu durcheinander.«

»Das ist ganz natürlich. Was war Ihr Paßwort?«

»›Keks‹. So nannten sie mich, als ich klein war.«

»Kannte jemand das Paßwort?«

»Nein.«

»Auch Tynnes Falk nicht?«

»Nein.«

»Sind Sie ganz sicher?«

»Ja.«

»Hatten Sie es irgendwo aufgeschrieben?«

Sie überlegte, bevor sie antwortete. »Ich habe es nirgendwo aufgeschrieben. Ich bin mir ganz sicher.«

Wallander ahnte, daß sich dies als ganz entscheidend erweisen konnte. Erging vorsichtig weiter. »Welche Menschen wissen von Ihrem Kosenamen?«

»Meine Mutter. Aber sie ist nahezu senil.«

»Sonst niemand?«

»Ich habe eine Freundin, die in Österreich lebt. Sie wußte davon.«

»Haben Sie ihr geschrieben?«

»Ja. Aber in den letzten Jahren haben wir hauptsächlich E-Mails gewechselt.«

»Und die haben Sie mit Ihrem Kosenamen unterzeichnet?«

»Ja.«

Wallander dachte nach. »Ich weiß nicht, wie es funktioniert«, sagte er. »Aber ich nehme an, diese Briefe sind in Ihrem Rechner gespeichert?«

»Ja.«

»Jemand, der Zugang dazu hatte, konnte also die Briefe finden und Ihren Kosenamen sehen. Und ahnen, daß es Ihr Paßwort war?«

»Das ist unmöglich! Zuerst muß man das Paßwort haben, um hineinzukommen, und dann kann man meine Briefe lesen. Nicht umgekehrt.«

»Genau daran denke ich. Ob jemand in Ihren Rechner eingedrungen ist und ihn angezapft hat.«

Sie schüttelte ungläubig den Kopf. »Warum sollte das jemand tun?«

»Darauf können nur Sie die Antwort geben. Und wie Sie verstehen werden, ist das eine sehr wichtige Frage. Was hatten Sie auf Ihrem Rechner, an das ein anderer herankommen wollte?«

»Ich habe nie mit Material gearbeitet, das irgendwelcher Geheimhaltung unterlag.«

»Denken Sie sorgfältig nach.«

»Sie brauchen mich nicht an Dinge zu erinnern, die ich schon weiß.«

Wallander wartete. Er sah, daß sie sich wirklich Mühe gab.

»Ich hatte nichts«, sagte sie.

»Kann trotzdem etwas dabeigewesen sein, von dem Sie selbst nicht wußten, daß es sich um heikle Informationen handelte?«

»Was hätte das sein sollen?«

»Das können nur Sie wissen.«

Sie antwortete mit großer Entschiedenheit. »Ich habe immer meine Ehre daran gesetzt, Ordnung in meinem Leben zu halten. Das gilt auch für meinen Rechner. Ich habe regelmäßig aufgeräumt. Und ich arbeite nie mit besonders hochkarätigen Informationen.«

Wallander dachte erneut nach, bevor er fortfuhr. »Reden wir über Tynnes Falk. Sie haben zusammengearbeitet. Aber ebensooft haben Sie an verschiedenen Dingen gearbeitet. Es kam nie vor, daß er Ihren Rechner benutzte?«

»Warum hätte er das tun sollen?«

»Ich muß die Frage stellen. Kann er es getan haben, ohne daß Sie davon gewußt haben? Er hatte immerhin Schlüssel zu dieser Wohnung.«

»Das hätte ich gemerkt.«

»Wie denn?«

»Auf verschiedene Weise. Ich weiß nicht, wie gut Sie sich auskennen.«

»Nicht besonders. Aber gehen wir davon aus, daß Falk sehr geschickt war. Das haben Sie selbst bestätigt. Heißt das nicht, daß er auch geschickt genug war, keine Spuren zu hinterlassen? Die Frage ist immer, wer geschickter ist. Der Spurensucher oder der, der seine Spuren verwischt.«

»Ich begreife trotzdem nicht, warum er das hätte tun sollen.«

»Vielleicht wollte er etwas verbergen. Wie der Kuckuck, der seine Eier in die Nester anderer Vögel legt.«

»Aber warum?«

»Das wissen wir nicht. Dagegen kann jemand geglaubt haben, er hätte es getan. Und jetzt, wo Falk tot ist, will dieser Jemand sichergehen, daß es nichts in Ihrem Rechner gibt, was Sie früher oder später entdecken könnten.«

»Wer will das?«

»Das frage ich mich auch.«

So muß es gewesen sein, dachte Wallander. Eine andere sinnvolle Erklärung gibt es nicht. Falk ist tot. Und aus irgendeinem ganz bestimmten Grund jagt man jetzt herum, um aufzuräumen. Irgend etwas soll um jeden Preis verborgen bleiben.

Er wiederholte die Worte im Kopf. *Irgend etwas soll um jeden Preis verborgen bleiben.* Das war der Punkt, an dem alle Fäden zusammenliefen. Dort würden sie des Rätsels Lösung finden.

Wallander ahnte, daß sie nicht mehr viel Zeit hatten.

»Hat Falk jemals mit Ihnen über die Zahl Zwanzig gesprochen?«

»Warum sollte er?«

»Antworten Sie bitte nur auf die Frage.«

»Nein. Jedenfalls nicht, soweit ich mich erinnern kann.«

Wallander wählte Nybergs Nummer, doch der meldete sich nicht. Er rief Irene an und bat sie, Nyberg zu suchen.

Siv Eriksson begleitete ihn in den Flur.

»Es werden ein paar Kollegen von der Spurensuche herkommen«, sagte er. »Ich wäre Ihnen dankbar, wenn Sie im Arbeitszimmer nichts anrühren würden. Es könnten Fingerabdrücke dasein.«

»Ich weiß nicht, was ich machen soll«, sagte sie hilflos. »Alles ist weg. Meine gesamte berufliche Existenz ist über Nacht zusammengebrochen.«

Wallander konnte ihr keinen Trost geben. Wieder fiel ihm ein, was Erik Hökberg über die Verwundbarkeit gesagt hatte.

»Wissen Sie, ob Tynnes Falk religiös war?« fragte er.

Ihre Verwunderung war unverkennbar. »Er hat nie etwas gesagt, was darauf schließen ließ.«

Wallander hatte keine Fragen mehr. Er versprach, sich wieder zu melden. Auf der Straße blieb er stehen. Am liebsten hätte er jetzt mit Martinsson gesprochen. Er fragte sich, ob er Ann-Britts Rat befolgen sollte. Oder ob er Martinsson schon jetzt mit dem, was er gehört hatte, konfrontieren sollte. Einen Moment lang überfiel ihn eine große Mattigkeit. Der Vertrauensbruch war groß und unerwartet. Immer noch fiel es ihm schwer zu glauben, daß es wahr war. Doch im Innersten wußte er es.

Es war noch nicht elf. Er entschied sich dafür, die Konfrontation mit Martinsson aufzuschieben. Im besten Fall wäre seine Empörung abgeflaut und sein Urteilsvermögen geschärft. Erst einmal mußte er zu Hökbergs zurück. Gleichzeitig fiel ihm etwas ein, was er vergessen hatte und was teilweise mit seinem früheren Besuch bei ihnen zu tun hatte. Er parkte vor der Videothek, die beim letzten Mal geschlossen gewesen war. Diesmal gelang es ihm, den

Film mit Al Pacino auszuleihen. Dann fuhr er weiter zu Hökbergs und parkte vor dem Haus. Als er klingeln wollte, wurde die Haustür geöffnet.

»Ich habe Sie kommen sehen«, sagte Erik Hökberg. »Sie waren schon vor einer Stunde hier, sind aber nicht hereingekommen.«

»Es ist etwas geschehen, worum ich mich kümmern mußte.«

Sie gingen hinein. Im Haus herrschte Schweigen.

»Eigentlich bin ich gekommen, um mit Ihrer Frau zu sprechen.«

»Sie liegt oben und ruht sich aus. Oder weint. Oder beides.« Erik Hökberg war grau vor Müdigkeit. Seine Augen waren blutunterlaufen.

»Der Junge geht wieder in die Schule. Das ist für ihn am besten.«

»Wir wissen immer noch nicht, wer Sonja getötet hat«, sagte Wallander. »Aber wir sind zuversichtlich, daß wir den Täter fassen.«

»Ich dachte, ich wäre ein Gegner der Todesstrafe«, sagte Erik Hökberg. »Aber jetzt bin ich mir nicht mehr so sicher. Sie müssen mir versprechen, daß der Mensch, der das getan hat, nie in meine Nähe kommt. Sonst kann ich für nichts garantieren.«

Wallander versprach es. Erik Hökberg verschwand die Treppe hinauf. Wallander ging im Wohnzimmer auf und ab. Es dauerte fast eine Viertelstunde, bis er Schritte auf der Treppe hörte. Erik Hökberg kam allein zurück. »Sie ist sehr erschöpft«, sagte er. »Aber sie kommt gleich.«

»Ich bedaure, daß dieses Gespräch nicht aufgeschoben werden kann.«

»Das verstehen wir.«

Sie warteten schweigend. Plötzlich stand sie da, in Schwarz und barfuß. Neben ihrem Mann wirkte sie klein. Wallander reichte ihr die Hand und sprach ihr sein Beileid aus. Sie schwankte kurz und setzte sich. Wallander fühlte sich irgendwie an Anette Fredman erinnert. Wieder stand er vor einer Mutter, die ihr Kind verloren hatte. Als er sie ansah, fragte er sich, wie viele Male er schon in genau dieser Situation gewesen war. Er mußte Fragen stellen, was bedeutete, daß er in schmerzenden Wunden bohrte.

Gerade diese Situation war schlimmer als viele andere. Nicht nur, daß Sonja Hökberg tot war. Die Fragen, die er jetzt stellen mußte, betrafen eine Gewalttat, deren Opfer sie zu einem viel früheren Zeitpunkt geworden war.

Er überlegte, wie er anfangen sollte. »Um den Täter ergreifen zu können, der Sonja umgebracht hat, müssen wir in die Vergangenheit zurückblicken. Es gibt etwas, worüber ich mehr in Erfahrung bringen muß. Vermutlich sind Sie die einzigen, die sagen können, was eigentlich vorgefallen ist.«

Hökberg und seine Frau betrachteten ihn aufmerksam.

»Gehen wir drei Jahre zurück«, fuhr Wallander fort. »Irgendwann 1994 oder 1995. Können Sie sich erinnern, ob damals etwas Ungewöhnliches mit Sonja gewesen ist?«

Die schwarzgekleidete Frau sprach sehr leise. Wallander mußte sich vorbeugen, um sie zu verstehen.

»Was hätte das sein sollen?«

»Kam sie einmal nach Hause und sah aus, als habe sie einen Unfall gehabt? Hatte sie blaue Flecken?«

»Sie hat sich einmal den Fuß gebrochen.«

»Verstaucht«, korrigierte Erik Hökberg. »Ihr Fuß war nicht gebrochen. Er war verstaucht.«

»Ich denke eher daran, ob sie vielleicht blaue Flecken im Gesicht hatte. Oder an anderen Stellen an ihrem Körper?«

Frau Hökbergs Antwort kam unerwartet. »Meine Tochter hat sich vor niemandem in diesem Hause nackt gezeigt.«

»Aber vielleicht war sie aufgewühlt. Oder deprimiert?«

»Sie hatte ein sehr wechselhaftes Gemüt.«

»Sie können sich also nicht an eine ungewöhnliche Begebenheit erinnern?«

»Ich verstehe nicht, warum Sie diese Fragen stellen.«

»Das muß er«, sagte Erik Hökberg. »Es ist sein Beruf.«

Wallander nahm die Hilfestellung dankbar an.

»Ich kann mich nicht erinnern, daß sie jemals mit blauen Flekken nach Hause gekommen wäre.«

Wallander sah ein, daß er jetzt nicht mehr länger um den heißen Brei herumreden konnte. »Uns liegen Informationen vor, die darauf hindeuten, daß Sonja im fraglichen Zeitraum vergewaltigt wurde. Aber daß sie keine Anzeige erstattete.«

Die Frau zuckte zusammen. »Das ist nicht wahr.«

»Hat sie je davon gesprochen?«

»Daß sie vergewaltigt worden wäre? Nie.«

Sie gab ein hilfloses Lachen von sich. »Wer behauptet so etwas? Das ist eine Lüge. Nichts als Lüge.«

Wallander hatte das Gefühl, daß sie trotz allem etwas wußte. Oder damals etwas geahnt hatte. Ihre Einwände waren zu heftig.

»Vieles deutet jedoch darauf hin, daß es diese Vergewaltigung gegeben hat.«

»Wer behauptet das? Wer erzählt solche Lügen über Sonja?«

»Ich kann leider nicht sagen, woher die Informationen stammen.«

»Warum nicht?«

Erik Hökbergs Frage kam wie ein Schlag. Wallander ahnte die unterdrückte Aggressivität, die sich plötzlich Bahn brach.

»Aus ermittlungstechnischen Gründen.«

»Was bedeutet das?«

»Daß ich bis auf weiteres an meiner Einschätzung festhalten muß, daß die Person oder die Personen, von denen die Information stammt, geschützt werden müssen.«

»Und wer schützt meine Tochter?« schrie die Frau. »Sie ist tot. Keiner schützt sie.«

Wallander merkte, daß das Gespräch ihm aus den Händen zu gleiten drohte. Er bereute, das Ganze nicht Ann-Britt überlassen zu haben. Erik Hökberg beruhigte seine schluchzende Frau. Wallander empfand die ganze Situation als entsetzlich.

Nach einer Weile konnte er mit seinen Fragen fortfahren. »Sie sprach also nie davon, vergewaltigt worden zu sein?«

»Nie.«

»Und von Ihnen hat keiner etwas Ungewöhnliches an ihr bemerkt?«

»Es war oft nicht leicht, sich auf sie zu verstehen.«

»Wieso?«

»Sie war eigen. Häufig zornig. Aber das ist vielleicht so in dem Alter.«

»Und Sie bekamen es ab?«

»Meistens ihr kleiner Bruder.«

Wallander erinnerte sich an das einzige Gespräch, das er mit

Sonja Hökberg geführt hatte. Wie sie sich über ihren Bruder beklagte, der nie ihre Sachen in Ruhe ließ.

»Gehen wir noch einmal zurück in die Jahre 1994 und 1995«, sagte Wallander. »Sie war aus England zurückgekommen. Ist Ihnen nichts aufgefallen? Eine plötzliche Veränderung?«

Erik Hökberg sprang so heftig auf, daß sein Stuhl umstürzte.

»Sie kam eines Nachts nach Hause und blutete aus Mund und Nase. Das war im Februar 1995. Wir fragten, was passiert sei, aber sie weigerte sich zu antworten. Ihre Kleidung war verschmutzt, und sie stand unter Schock. Wir erfuhren nie, was passiert war. Sie sagte, sie sei gefallen und habe sich verletzt. Das war natürlich gelogen. Jetzt verstehe ich alles. Jetzt, wo Sie herkommen und davon reden, daß sie vergewaltigt worden ist. Warum sollen wir nicht die Wahrheit sagen?«

Die schwarzgekleidete Frau hatte wieder angefangen zu weinen. Sie versuchte etwas zu sagen. Aber Wallander konnte sie nicht verstehen.

Erik Hökberg nickte ihm zu, mit in sein Arbeitszimmer zu kommen. »Sie kriegen jetzt nichts mehr aus ihr heraus.«

»Ich habe keine Fragen mehr, die ich nicht ebensogut Ihnen stellen kann.«

»Wissen Sie, wer sie vergewaltigt hat?«

»Nein.«

»Aber Sie verdächtigen jemand?«

»Ja. Aber wenn Sie den Namen wissen wollen, bekommen Sie von mir keine Antwort.«

»War es derselbe, der sie getötet hat?«

»Kaum. Aber dies hier kann trotzdem dazu beitragen, daß wir verstehen, was passiert ist.«

Erik Hökberg schwieg.

»Es war Ende Februar«, sagte er dann. »Ein Tag mit Schnee. Am Abend war der Boden weiß. Und sie kam nach Hause und blutete. Am nächsten Morgen waren die Blutspuren noch im Schnee zu sehen.«

Plötzlich schien ihn die gleiche Hilflosigkeit zu befallen wie die schwarzgekleidete Frau, die im Wohnzimmer saß und weinte.

»Ich will, daß Sie den, der das getan hat, schnappen. So ein Mensch muß bestraft werden.«

»Wir tun, was wir können«, antwortete Wallander. »Wir werden den Schuldigen fassen. Aber dabei brauchen wir Hilfe.«

»Sie müssen meine Frau verstehen«, sagte Hökberg. »Sie hat ihre Tochter verloren. Wie soll sie den Gedanken ertragen, daß Sonja schon früher eine so schwere Kränkung erlitten hat?«

Wallander verstand nur zu gut. »Ende Februar 1995. Was fällt Ihnen noch ein? Hatte sie damals einen Freund?«

»Wir wußten nie, was sie trieb.«

»Hielten Autos hier draußen auf der Straße? Haben Sie nie einen Mann in ihrer Gesellschaft gesehen?«

Hökbergs Augen funkelten gefährlich. »Einen Mann? Eben sprachen Sie von Freund?«

»Ich meine das gleiche.«

»Es war also ein älterer Mann, der sie vergewaltigt hat?«

»Ich habe schon gesagt, daß Sie keine Antworten bekommen können.«

Hökberg hob abweisend die Hände. »Ich habe gesagt, was ich weiß. Jetzt muß ich mich wieder um meine Frau kümmern.«

»Ich würde aber gern noch einmal Sonjas Zimmer anschauen.«

»Es ist wie bei Ihrem letzten Besuch. Nichts ist verändert.«

Hökberg verschwand im Wohnzimmer. Wallander stieg die Treppe hinauf. Als er in Sonjas Zimmer trat, überkam ihn das gleiche Gefühl wie beim erstenmal. Das Zimmer gehörte keiner fast erwachsenen Frau. Er schob die Tür des Kleiderschranks auf. Das Plakat hing da. ›Im Auftrag des Teufels‹. Wer ist der Teufel? dachte er. Tynnes Falk hat sein eigenes Gesicht angebetet. Und hier sitzt der Teufel auf der Innenseite von Sonja Hökbergs Kleiderschranktür. Aber von einer Gruppe junger Satansverehrer in Ystad hatte Wallander noch nie etwas gehört.

Er schloß den Kleiderschrank. Es gab nichts mehr zu sehen. Er wollte gerade gehen, als ein Junge in der Türöffnung auftauchte.

»Was tust du hier?« fragte er.

Wallander sagte, wer er war.

Der Junge betrachtete ihn mißbilligend. »Wenn du bei der Polizei bist, kannst du den doch verhaften, der meine Schwester getötet hat.«

»Wir geben uns Mühe«, erwiderte Wallander.

Der Junge rührte sich nicht. Wallander konnte nicht sehen, ob er Angst hatte oder nur abwartete. »Du bist Emil, nicht wahr?«

Der Junge antwortete nicht.

»Du mußt deine Schwester sehr gern gehabt haben.«

»Manchmal.«

»Nur manchmal?«

»Genügt das nicht? Muß man Menschen dauernd gern haben?«

»Nein. Da hast du recht.«

Wallander lächelte. Der Junge erwiderte das Lächeln nicht.

»Ich glaube, ich weiß, wann du sie einmal sehr gern gehabt hast«, sagte Wallander.

»Wann denn?«

»Vor ein paar Jahren. Als sie nach Hause kam und blutete.«

Der Junge fuhr zusammen. »Woher weißt du das?«

»Ich bin von der Polizei«, sagte Wallander. »Ich muß es wissen. Hat sie dir einmal erzählt, was passiert war?«

»Nein. Aber jemand hat sie geschlagen.«

»Wie kannst du das wissen, wenn sie nichts gesagt hat?«

»Das verrat ich nicht.«

Wallander überlegte sorgfältig, bevor er fortfuhr. Wenn er zu schnell vorging, konnte es sein, daß der Junge sich ganz verschloß.

»Du hast eben gefragt, warum wir den, der deine Schwester getötet hat, nicht verhaftet haben. Wenn wir das schaffen sollen, brauchen wir Hilfe. Das Beste, was du jetzt tun kannst, ist, mir zu erzählen, woher du wußtest, daß jemand sie geschlagen hat.«

»Sie hat eine Zeichnung gemacht.«

»Konnte sie zeichnen?«

»Sie war gut im Zeichnen. Aber sie hat es nie jemandem gezeigt. Sie zeichnete und riß es kaputt. Aber ich bin manchmal hier reingekommen, wenn sie nicht zu Hause war.«

»Und da hast du etwas gesehen?«

»Sie hatte das gezeichnet, was da passiert war.«

»Hat sie das gesagt?«

»Warum hätte sie sonst einen Mann gezeichnet, der sie ins Gesicht schlägt?«

»Du hast die Zeichnung nicht zufällig aufgehoben?«

Der Junge verschwand wortlos. Nach einigen Minuten kam er zurück. In der Hand hielt er eine Bleistiftzeichnung.

»Aber ich will sie wiederhaben.«

»Ich verspreche dir, daß du sie zurückbekommst.«

Wallander nahm die Zeichnung mit ans Fenster. Das Bild berührte ihn sogleich unangenehm. Sonja Hökberg war tatsächlich eine gute Zeichnerin gewesen. Er erkannte ihr Gesicht. Ein Mann, der sich vor ihr auftürmte, beherrschte das Bild. Eine Faust traf Sonjas Nase. Wallander betrachtete das Gesicht des Mannes. Wenn es so gut wiedergegeben war wie ihr eigenes, sollte es möglich sein, den Mann zu identifizieren. Etwas am rechten Handgelenk des Mannes erweckte Wallanders Aufmerksamkeit. Zuerst glaubte er, es sei eine Art Armband. Dann erkannte er, daß es eine Tätowierung war.

Wallander hatte es plötzlich eilig. »Es war richtig von dir, die Zeichnung aufzuheben«, sagte er zu dem Jungen. »Und ich verspreche dir, daß du sie zurückbekommst.«

Der Junge begleitete ihn die Treppe hinunter. Wallander hatte die Zeichnung vorsichtig zusammengerollt und in seine Jackentasche gesteckt. Aus dem Wohnzimmer war immer noch Schluchzen zu hören.

»Hört sie jetzt nie mehr auf?« fragte der Junge.

Wallander spürte einen Kloß im Hals. »Doch«, sagte er. »Es geht vorüber. Irgendwann. Aber es braucht seine Zeit.«

Wallander ging nicht mehr zu Hökberg und seiner Frau hinein, um sich zu verabschieden. Er strich dem Jungen rasch übers Haar und schloß behutsam die Haustür hinter sich. Der Wind hatte an Stärke zugenommen. Es hatte auch angefangen zu regnen. Er fuhr auf direktem Weg ins Präsidium und suchte nach Ann-Britt. Ihr Zimmer war leer. Wallander versuchte, sie über ihr Handy zu erreichen, doch sie antwortete nicht. Von Irene erfuhr er schließlich, daß sie plötzlich nach Hause gemußt hatte. Eins der Kinder war krank geworden. Wallander zögerte nicht lange. Er setzte sich ins Auto und fuhr in die Rotfruktsgata hinaus, wo sie wohnte. Der Regen war stärker geworden. Er hielt die Hände über die Jackentasche, um die Zeichnung gegen die Nässe zu schützen. Ann-Britt öffnete die Tür, ein Kind auf dem Arm.

»Ich würde dich nicht stören, wenn es nicht wichtig wäre«, sagte er.

»Das macht nichts. Sie hat nur ein bißchen Fieber. Und meine hilfreiche Nachbarin kann sich erst in ein paar Stunden um sie kümmern.«

Wallander trat ein. Es war lange her, seit er sie zuletzt besucht hatte. Als er ins Wohnzimmer kam, bemerkte er, daß die japanischen Holzmasken von einer Wand verschwunden waren.

Sie folgte seinem Blick. »Er hat seine Reiseandenken mitgenommen.«

»Wohnt er noch hier in Ystad?«

»Er ist nach Malmö gezogen.«

»Willst du in dieser Wohnung bleiben?«

»Ich weiß nicht, ob ich es mir leisten kann.«

Das Mädchen auf ihrem Arm war fast eingeschlafen. Ann-Britt legte sie behutsam aufs Sofa.

»Ich werde dir gleich eine Zeichnung zeigen«, sagte Wallander. »Aber zuerst habe ich eine Frage zu Carl-Einar Lundberg. Du hast ihn nicht getroffen. Aber du hast Fotos von ihm gesehen. Und alte Protokolle durchgelesen. Kannst du dich erinnern, ob irgendwo etwas von einer Tätowierung am rechten Handgelenk stand?«

Sie brauchte nicht nachzudenken. »Er hatte eine Schlange aufs Handgelenk tätowiert.«

Wallander schlug mit der Hand auf den Couchtisch. Das Kind erschrak und fing an zu weinen, beruhigte sich aber wieder und schlief weiter. Endlich waren sie auf etwas gestoßen, das sich als haltbar erwies. Er legte die Zeichnung vor ihr auf den Tisch.

»Das ist Carl-Einar Lundberg. Kein Zweifel. Auch wenn ich ihm persönlich noch nicht begegnet bin. Woher hast du das?«

Wallander erzählte von Emil. Und von Sonja Hökbergs bisher unbekanntem Zeichentalent.

»Wir werden ihn vermutlich nie vor Gericht bringen können«, sagte Wallander. »Aber das ist vielleicht im Augenblick auch nicht das wichtigste. Dagegen haben wir den Beweis dafür, daß du recht hattest. Deine Theorie ist stichhaltig, sie ist kein Provisorium mehr.«

»Trotzdem fällt es mir schwer zu glauben, daß sie deswegen seinen Vater getötet haben soll.«

»Es kann Umstände geben, die noch im verborgenen liegen. Aber jetzt können wir Lundberg in die Mangel nehmen. Und wir gehen davon aus, daß sie sich wirklich an seinem Vater hat rächen wollen. Eva Persson sagt vielleicht doch die Wahrheit. Daß es Sonja Hökberg war, die zugeschlagen und -gestochen hat. Eva Perssons entsetzliche Kälte bleibt ein Rätsel, über das wir aber später nachgrübeln können.«

Sie dachten über diese neue Wendung der Dinge nach. Schließlich brach Wallander das Schweigen. »Jemand befürchtete, daß Sonja Hökberg etwas wußte, was sie uns vielleicht erzählen würde. Drei Fragen sind von jetzt an entscheidend: Was wußte sie? In welcher Weise hatte es mit Tynnes Falk zu tun? Und wer bekam Angst?«

Das Mädchen auf dem Sofa begann zu wimmern. Wallander stand auf.

»Hast du Martinsson getroffen?« fragte sie.

»Nein. Aber ich werde ihn jetzt sehen. Und ich befolge deinen Rat. Ich sage nichts.«

Wallander verließ das Haus und eilte zu seinem Wagen.

Im strömenden Regen fuhr er hinunter zum Runnerströms Torg.

Lange blieb er im Wagen sitzen und sammelte Kraft.

Dann ging er hinauf, um mit Martinsson zu reden.

32

MARTINSSON BEGEGNETE WALLANDER mit seinem allerbreitesten Lächeln. »Ich habe versucht, dich anzurufen«, sagte er. »Hier tut sich was.«

Wallander hatte die Tür des Büros geöffnet, in dem sich Modin und Martinsson in höchster Anspannung über Falks Computer beugten. Am liebsten hätte Wallander Martinsson eins in die Schnauze gegeben und ihm seine konspirativen Machenschaften und seine Falschheit vorgehalten. Doch Martinsson lächelte ihn an und lenkte sein Interesse sogleich auf die Neuigkeiten, von denen er berichten konnte. Irgendwie war Wallander auch erleichtert. Es verschaffte ihm eine Atempause. Der Augenblick würde noch früh genug kommen, in dem er und Martinsson sich gegenüberstehen und miteinander abrechnen würden. Als Wallander Martinsson lächeln sah, schoß ihm auch die Vorstellung eines denkbaren Freispruchs durch den Kopf. Vielleicht hatte Ann-Britt die Situation nur falsch gedeutet? Und Martinsson konnte durchaus legitime Gründe haben, in Lisa Holgerssons Zimmer zu verschwinden. Vielleicht hatte Ann-Britt auch Martinssons zuweilen flapsige Ausdrucksweise mißverstanden.

Aber ganz im Innern wußte er, daß dies alles nicht zutraf. Ann-Britt hatte nicht übertrieben. Sie hatte es gesagt, wie es war, weil sie selbst empört war.

Doch im Moment brauchte Wallander diesen Notausgang. Die Klärung ihres Verhältnisses würde eines Tages unausweichlich sein. Wenn sie nicht länger aufgeschoben werden mußte oder konnte.

Wallander trat an den Tisch und begrüßte Robert Modin.

»Was hat sich denn getan?« fragte er.

»Robert ist dabei, die elektronischen Schützengräben aufzurollen«, erklärte Martinsson zufrieden. »Wir dringen immer tiefer in Falks seltsame, aber faszinierende Welt ein.«

Martinsson bot Wallander seinen Klappstuhl an. Doch Wallander zog es vor zu stehen. Martinsson blätterte in seinen Aufzeichnungen, während Modin etwas aus einer Plastikflasche trank, das wie Möhrensaft aussah.

»Wir haben vier weitere Organisationen in Falks Netzwerk identifiziert. Die erste ist die Nationalbank von Indonesien. Robert wird die ganze Zeit abgewiesen, wenn er versucht, die Identität zu bestätigen. Aber wir wissen trotzdem, daß es sich um die Indonesische Nationalbank in Djakarta handelt. Aber frag mich nicht, wieso. Robert ist ein wahrer Hexenmeister im Aufspüren von Umwegen.«

Martinsson blätterte weiter. »Als nächstes haben wir eine Bank in Liechtenstein, die Lyders Privatbank heißt. Aber danach wird es schwieriger. Wenn wir das Ganze richtig verstanden haben, sind zwei der chiffrierten Codes, die wir aufgedeckt haben, eine französische Telefongesellschaft und außerdem ein kommerzielles Satellitenunternehmen in Atlanta.«

Wallander runzelte die Stirn. »Aber was bedeutet das?«

»Mit unserer ersten Idee, daß es sich irgendwie um Geld handelt, lagen wir gar nicht so falsch. Aber was die französische Telefongesellschaft und die Satelliten in Atlanta damit zu tun haben, ist natürlich nicht so einfach zu beantworten.«

»Hier gibt es nichts, was nur zufällig dasteht«, sagte Robert Modin plötzlich.

Wallander wandte sich ihm zu.

»Kannst du mir das so erklären, daß ich es begreife?«

»Alle Menschen ordnen ihre Bücherregale auf ihre ganz eigene Art und Weise. Oder ihre Dokumentenmappen. Man lernt nach und nach, auch in einem Rechner Muster zu erkennen. Derjenige, der das hier organisiert hat, ist sehr sorgfältig gewesen. Es ist alles sauber und ordentlich. Nichts Überflüssiges. Und keine konventionelle Buchstabenordnung oder Nummernfolge.«

Wallander unterbrach ihn. »Das mußt du genauer erklären.«

»Die gewöhnlichsten Methoden, nach denen Menschen ihr Leben organisieren, sind Buchstaben- oder Nummernfolgen. A kommt vor B, B kommt vor C usw. Eins kommt vor zwei, und fünf kommt vor sieben. Aber hier gibt es nichts in der Art.«

»Sondern?«

»Etwas anderes. Etwas, was mir sagt, daß die Buchstabenordnung und die Nummernfolge ohne Bedeutung sind.«

Wallander ahnte jetzt, was Modin sagen wollte. »Es gibt also ein anderes Muster?«

Modin nickte und zeigte auf den Bildschirm. Wallander und Martinsson beugten sich vor.

»Es gibt zwei Komponenten, die sich ständig wiederholen«, fuhr Modin fort. »Als erstes entdeckte ich die Zahl Zwanzig. Ich habe versucht herauszufinden, was passiert, wenn ich ein paar Nullen hinzufüge. Oder die Ziffern umstelle. Dann passiert etwas Interessantes.«

Er wies auf den Bildschirm: eine Zwei und eine Null.

»Seht mal, was jetzt passiert.«

Modin betätigte ein paar Tasten. Die Ziffern wurden markiert. Und verschwanden.

»Sie sind wie scheue Tiere, die weglaufen und sich verstecken«, sagte Modin. »Als hätte man eine starke Lampe auf sie gerichtet. Dann sausen sie zurück ins Dunkel. Aber wenn ich sie in Ruhe lasse, kommen sie wieder hervor. An der gleichen Stelle.«

»Wie deutest du das?«

»Daß sie auf die eine oder andere Art und Weise wichtig sind. Aber es gibt noch eine zweite Komponente, die sich ebenso verhält.«

Modin zeigte wieder auf den Bildschirm. Diesmal war es eine Buchstabenkombination: ›JM‹.

»Die verhalten sich genauso«, sagte er. »Wenn man versucht, sie zu streicheln, laufen sie weg und verstecken sich.«

Wallander nickte. So weit konnte er folgen.

»Sie tauchen immer wieder auf«, sagte Martinsson. »Jedesmal, wenn es uns gelingt, eine neue Institution zu identifizieren, sind sie da. Aber Robert hat noch etwas anderes entdeckt, und das ist das eigentlich Interessante.«

Wallander bat sie zu warten, während er seine Brille putzte.

»Sie verstecken sich, wenn man versucht, sie zu berühren«, sagte Modin. »Aber wenn man sie in Ruhe läßt, stellt man fest, daß sie sich bewegen. Der erste Code, den wir geknackt haben, lag an erster Stelle in Falks Organisation. Da befinden sich diese Nachttiere ganz oben in der ersten Spalte.«

»Nachttiere?«

»Wir haben ihnen Namen gegeben«, erklärte Martinsson. »Wir fanden, daß ›Nachttiere‹ passend war.«

»Weiter.«

»Die zweite Identität, die wir herausbekommen haben, liegt eine Stufe darunter in der zweiten Spalte. Da haben sie sich nach rechts und schräg nach unten bewegt. Wenn man so die Liste durchgeht, stellt man fest, daß sie sich in eine Richtung bewegen. Zielbewußt sozusagen. Sie sind auf dem Weg hinunter in die rechte Ecke.«

Wallander streckte den Rücken. »Das sagt uns aber noch immer nicht, worum es überhaupt geht.«

»Wir sind noch nicht ganz fertig«, sagte Martinsson. »Jetzt wird es nämlich richtig spannend. Und unheimlich.«

»Ich fand plötzlich einen Zeitpuls«, sagte Modin. »Diese Tiere sind seit gestern gewandert. Das heißt, daß irgendwo hier drinnen eine unsichtbare Uhr tickt. Ich habe zum Spaß mal eine Rechnung angestellt. Wenn man davon ausgeht, daß die obere linke Ecke Null repräsentiert, daß es gleichzeitig vierundsiebzig Identitäten im Netzwerk gibt und die Zahl Zwanzig ein Datum darstellt, beispielsweise den 20. Oktober, dann sieht man plötzlich Folgendes.«

Modin tippte auf der Tastatur, bis ein neuer Text auf dem Schirm erschien. Wallander las den Namen des Satellitenunternehmens in Atlanta.

Modin zeigte auf die zwei Komponenten. »Diese hier ist Nummer vier von hinten. Und heute ist, soweit ich weiß, Freitag, der 17. Oktober.«

Wallander nickte langsam. »Du meinst also, daß das Ende am kommenden Montag ist? Daß diese Tiere dann das Ziel ihrer Wanderung erreicht haben? Bis zu dem Punkt, der ›20‹ genannt wird?«

»Das ist jedenfalls denkbar.«

»Aber die andere Komponente? ›JM‹? Wie definieren wir die? Die Zwanzig ist ein Datum. Aber was bedeutet ›JM‹?«

Keiner wußte eine Antwort. Wallander ging weiter. »Montag, der 20. Oktober. Was geschieht dann?«

»Ich weiß es nicht«, sagte Modin einfach. »Aber es ist ganz klar, daß eine Art Prozeß abläuft. Eine Art Countdown.«

»Vielleicht sollte man einfach den Stecker herausziehen«, meinte Wallander.

»Weil wir an einem Terminal sitzen, hilft das nicht weiter«, wandte Martinsson ein. »Wir können auch das Netzwerk nicht sehen. Wir wissen also nicht, ob es ein Server ist oder zwei, die uns mit Information versehen.«

»Nehmen wir an, jemand will eine Art Bombe hochgehen lassen«, sagte Wallander. »Von wo wird sie gesteuert? Wenn nicht von hier?«

»Von irgendwo anders. Es braucht nicht einmal eine Kontrollstation zu sein.«

Wallander überlegte. »Das bedeutet, daß wir anfangen, etwas zu verstehen. Aber wir wissen überhaupt nicht, was wir verstehen.«

Martinsson nickte.

»Wir müssen mit anderen Worten herausfinden, was diese Banken und Telefongesellschaften miteinander verbindet. Und dann versuchen, zu einem gemeinsamen Nenner zu gelangen.«

»Es muß nicht der 20. Oktober sein«, sagte Modin. »Es kann natürlich etwas ganz anderes sein. Das war nur ein Lösungsvorschlag.«

Wallander hatte auf einmal das Gefühl, daß sie sich auf dem vollkommen falschen Weg befanden.

Vielleicht war die Vorstellung, die Lösung liege in Falks Rechner verborgen, vollkommen abwegig. Sie wußten jetzt, daß Sonja Hökberg vergewaltigt worden war. Der Mord an Lundberg konnte eine verzweifelte und irregeleitete Rachehandlung sein. Und Tynnes Falk konnte immer noch eines natürlichen Todes gestorben sein. Für alles andere, was geschehen war, einschließlich Landahls Tod, konnte es Erklärungen geben, die zwar im Moment nicht bekannt waren, die sich aber zu einem späteren Zeitpunkt als ganz und gar plausibel erweisen würden.

Wallander war unsicher. Er hatte starke Zweifel. »Wir müssen alles noch einmal durchgehen. Von Anfang bis Ende.«

Martinsson sah ihn verblüfft an. »Sollen wir das hier abbrechen?«

»Wir müssen versuchen, alles noch einmal von Grund auf zu durchleuchten. Es sind Dinge geschehen, über die du noch nicht informiert worden bist.«

Sie gingen ins Treppenhaus. Wallander faßte zusammen, was sie über Carl-Einar Lundberg herausgefunden hatten. Er spürte, daß er sich in Martinssons Gesellschaft jetzt unsicher fühlte, versuchte jedoch, es so gut es ging zu verbergen.

»Wir werden also Sonja Hökberg ein wenig an den Rand schieben«, endete er. »Ich neige mehr und mehr zu der Ansicht, daß jemand Angst wegen etwas hatte, was sie eventuell über einen anderen wußte.«

»Wie erklärst du dann Landahls Tod?«

»Sie waren zusammengewesen. Was Sonja möglicherweise wußte,

kann auch Landahl gewußt haben. Und irgendwie hat es mit Falk zu tun.«

Er erzählte, was zu Hause bei Siv Eriksson geschehen war.

»Das kann auch mit dem übrigen verknüpft werden«, sagte Martinsson.

»Aber es erklärt nicht das Relais. Es erklärt nicht, warum Falks Leiche entwendet wurde. Und es erklärt auch nicht, warum Hökberg und Landahl ermordet wurden. In einer Transformatorstation und im Maschinenraum eines Fährschiffs. Das Ganze hat etwas Panisches. Etwas Desperates und gleichzeitig etwas Kaltes und Berechnendes. Etwas Vorsichtiges und zugleich Rücksichtsloses. Was für Menschen verhalten sich so?«

Martinsson dachte nach. »Fanatiker«, sagte er. »Überzeugte Menschen. Die die Kontrolle über ihre Überzeugungen verloren haben. Sektierer.«

Wallander zeigte in Richtung von Falks Büro.

»Da drinnen steht ein Altar, auf dem ein Mensch sich selbst angebetet hat. Wir haben außerdem darüber gesprochen, daß Sonja Hökbergs Tod Züge eines Opferrituals aufwies.«

»Das bringt uns trotzdem wieder zurück zum Inhalt des Rechners«, meinte Martinsson. »Da läuft etwas ab. Früher oder später wird etwas passieren.«

»Robert Modin hat ausgezeichnete Arbeit geleistet«, sagte Wallander. »Aber jetzt ist der Zeitpunkt gekommen, wo wir das Reichskrim einschalten müssen. Wir können nicht das Risiko eingehen, daß am Montag etwas passiert, was einer da oben mittels einer Analyse hätte herausfinden können.«

»Wir sollten Robert also wieder wegschicken?«

»Ich glaube, es ist am besten. Ich möchte, daß du sofort Kontakt mit Stockholm aufnimmst. Es sollte noch heute jemand herkommen.«

»Aber wir haben Freitag.«

»Das ist uns scheißegal. Entscheidend ist, daß wir am Montag den Zwanzigsten haben.«

Sie gingen wieder hinein. Wallander erklärte Modin, daß er glänzende Arbeit geleistet habe. Aber nun nicht mehr gebraucht werde. Er konnte sehen, daß Modin enttäuscht war. Aber er sagte nichts. Statt dessen begann er sofort, seine Arbeit zu beenden.

Wallander und Martinsson wandten ihm den Rücken zu. Leise diskutierten sie, wie Modin für seinen Einsatz entschädigt werden sollte. Wallander versprach, sich der Sache anzunehmen.

Keiner von beiden bemerkte, daß Modin inzwischen rasch das Material, das zugänglich war, auf seinen eigenen Rechner hinüberkopierte.

Sie trennten sich im Regen. Martinsson sollte Modin nach Löderup zurückfahren.

Wallander reichte ihm die Hand und dankte ihm.

Dann fuhr er ins Präsidium. Seine Gedanken rotierten. Am Abend wollte Elvira Lindfeldt aus Malmö zu Besuch kommen. Der Gedanke daran machte ihn zugleich heiter und nervös. Doch bis dahin mußten sie das Ermittlungsmaterial noch einmal durchgegangen sein. Die Vergewaltigung hatte die Voraussetzungen auf dramatische Weise verändert.

Als Wallander die Anmeldung betrat, erhob sich ein Mann, der auf einer Couch gesessen und gewartet hatte. Er kam auf Wallander zu und stellte sich als Rolf Stenius vor. Wallander kannte den Namen, doch erst als Stenius erzählte, er sei Tynnes Falks Steuerberater, erinnerte er sich.

»Ich hätte natürlich vorher anrufen sollen«, sagte Stenius. »Aber ich mußte sowieso nach Ystad zu einer Besprechung, die dann jedoch abgesagt wurde.«

»Der Zeitpunkt ist leider nicht günstig«, sagte Wallander. »Aber einen Moment kann ich erübrigen.«

Sie setzten sich in sein Zimmer. Rolf Stenius war ein Mann in Wallanders Alter, mager und mit schütterem Haar. Wallander hatte auf irgendeinem Notizzettel gelesen, daß Hansson mit ihm in Kontakt getreten war. Aus seiner Aktentasche zog er eine Plastikhülle mit Papieren. »Ich war natürlich schon über Falks Tod informiert worden, als Sie mich kontaktiert haben.«

»Von wem erfuhren Sie davon?«

»Von Falks früherer Frau.«

Wallander nickte ihm zu, fortzufahren.

»Ich habe eine Zusammenstellung der Abschlüsse aus den letzten beiden Jahren mitgebracht. Und anderes, das von Interesse sein kann.«

Wallander nahm die Plastikmappe entgegen, ohne sie anzusehen.

»War Falk ein vermögender Mann?« fragte er.

»Das kommt natürlich darauf an, was man für viel Geld hält. Er besaß ungefähr zehn Millionen.«

»Dann würde ich ihn als vermögend bezeichnen. Hatte er Schulden?«

»Unerheblich. Außerdem waren seine laufenden Kosten nicht besonders hoch.«

»Seine Einkünfte kamen also aus verschiedenen Beratertätigkeiten?«

»Ja. Ich habe eine Zusammenstellung beigefügt.«

»Gab es einen Kunden, der besonders viel zahlte?«

»Er hatte eine Reihe von Auftraggebern in den USA. Sie zahlten gut, aber es waren dennoch keine aufsehenerregenden Summen.«

»Was für Aufträge waren das?«

»Er half einer landesweiten Kette von Werbeagenturen. Moseson and Sons. Er verbesserte anscheinend einige graphische Programme.«

»Und weiter?«

»Eine Whisky-Importfirma namens DuPont. Soweit ich mich erinnere, ging es um die Entwicklung eines hochkomplizierten Lagerhaltungsprogramms.«

Wallander überlegte. Es fiel ihm schwer, sich zu konzentrieren. »Ist sein Vermögen während des letzten Jahres langsamer gewachsen?«

»Das kann man kaum behaupten. Er nahm immer kluge Investitionen vor. Setzte nie alles auf dasselbe Pferd. Fonds in Schweden, im übrigen Skandinavien und in den USA. Eine relativ hohe Kapitalreserve. Er legte stets großen Wert auf gute Liquidität. Ein Teil Aktien. Hauptsächlich Ericsson.«

»Wer tätigte seine Aktiengeschäfte?«

»Das tat er selbst.«

»Hatte er irgendwelche Mittel in Angola angelegt?«

»Wo?«

»In Angola.«
»Davon ist mir nichts bekannt.«
»Aber kann es der Fall gewesen sein?«
»Natürlich. Aber ich glaube es nicht.«
»Warum nicht?«
»Tynnes Falk war ein sehr ehrlicher Mann. Er fand, daß man seine Steuern bezahlen sollte. Ich habe ihm bei einer Gelegenheit vorgeschlagen, seinen Wohnsitz ins Ausland zu verlegen, weil der Steuerdruck hierzulande so hoch ist. Aber die Idee sagte ihm nicht zu.«
»Was geschah da?«
»Er wurde wütend. Drohte damit, sich einen anderen Steuerberater zu nehmen, falls ich noch einmal mit einem solchen Vorschlag käme.«
Wallander spürte, daß er im Moment nicht mehr in der Lage war, weiterzumachen. »Ich lese die Papiere durch, sobald ich dazu komme.«
»Ein bedauerlicher Todesfall«, sagte Stenius und machte seine Aktentasche zu. »Falk war ein angenehmer Mann. Reserviert vielleicht. Aber angenehm.«
Wallander begleitete ihn hinaus. »Eine Aktiengesellschaft muß einen Vorstand haben«, sagte er. »Wer saß darin?«
»Natürlich er selbst. Außerdem mein Prokurist. Und mein Sekretär.«
»Sie hatten also regelmäßige Vorstandssitzungen.«
»Ich organisierte das Notwendige per Telefon.«
»Man mußte also nicht zusammenkommen?«
»Es reichte, wenn man Papiere und Unterschriften austauschte.«
Stenius verließ das Präsidium. Vor dem Eingang spannte er seinen Regenschirm auf. Wallander kehrte in sein Zimmer zurück und fragte sich plötzlich, ob schon jemand Zeit gehabt hatte, mit Falks Kindern zu sprechen. Wir schuften wie die Irren und schaffen nicht einmal das Notwendigste, dachte er. Und die Aktenberge wachsen. Der schwedische Rechtsstaat verwandelt sich in ein muffiges Lagerlokal, an dessen Wänden sich die Stapel unaufgeklärter Verbrechen türmen.

Um halb vier an diesem Freitagnachmittag hatte Wallander die Ermittlungsgruppe um sich versammelt. Nyberg hatte mitgeteilt, er sei verhindert. Ann-Britt zufolge hatte er Schwindelanfälle. Sie begannen ihre Sitzung damit, daß sie sich düster fragten, wer von ihnen zuerst einen Herzinfarkt erleiden würde. Dann erörterten sie ausführlich, welche Konsequenzen es für die Ermittlung hatte, daß Sonja Hökberg wahrscheinlich einst von Carl-Einar Lundberg vergewaltigt worden war. Auf Wallanders direkte Aufforderung hin nahm auch Viktorsson an der Sitzung teil. Er hörte zu, stellte aber keine Fragen. Als Wallander vorschlug, Lundberg so schnell wie möglich zu einer Vernehmung vorzuladen, nickte er zustimmend. Wallander bat Ann-Britt, der Frage nachzugehen, ob Lundbergs Vater seinerzeit in das Vorgefallene verwickelt gewesen war.

»War der auch hinter ihr her?« fragte Hansson verwundert. »Was ist denn das für eine Familie?«

»Wir müssen das hier ganz genau wissen«, sagte Wallander. »Es darf nicht die geringste Lücke geben.«

»Eine stellvertretende Rache«, meinte Martinsson. »Ich kann mir nicht helfen, aber es fällt mir wirklich schwer, das zu schlukken.«

»Wir reden nicht davon, was du schlucken kannst«, entgegnete Wallander, »sondern davon, was passiert sein kann.«

Er merkte, daß sein Ton eine gewisse Schärfe angenommen hatte. Die anderen am Tisch schienen es auch registriert zu haben. Wallander beeilte sich, das Schweigen zu brechen. Er fuhr fort, Martinsson anzusprechen, jetzt aber in freundlicherem Ton.

»Das Reichskrim«, sagte er. »Was ist mit ihren Computerexperten?«

»Sie waren natürlich alles andere als begeistert, als ich darauf bestand, daß sie schon morgen jemanden herschicken sollten. Aber es kommt einer mit der Maschine um neun.«

»Hat er einen Namen?«

»Er heißt Hans Alfredsson, wie der Komiker.«

Eine gewisse Heiterkeit kam in der Runde auf. Martinsson versprach, Alfredsson in Sturup abzuholen und ihn einzuweisen und auf den letzten Stand zu bringen.

»Kriegst du es hin, alles im Rechner aufzurufen?« fragte Wallander.

»Ja. Ich habe mir laufend Notizen gemacht.«

Sie arbeiteten weiter bis sechs Uhr. Obwohl das meiste immer noch sehr unklar und widersprüchlich war, hatte Wallander das Gefühl, daß die Ermittlungsgruppe den Mut noch nicht sinken ließ. Er wußte, wie wichtig es war, die Ereignisse in Sonja Hökbergs Vergangenheit aufgedeckt zu haben. Dadurch hatten sie den dringend benötigten Durchbruch geschafft. Im Innersten setzten wohl alle ihre Hoffnung auf den Experten, den das Reichskrim herunterschickte.

Zum Schluß der Sitzung sprachen sie über Jonas Landahl. Hansson hatte die unangenehme Aufgabe gehabt, die Eltern zu informieren, die sich, wie vermutet, auf Korsika befunden hatten. Sie waren jetzt auf dem Heimweg. Nyberg hatte Ann-Britt ein Papier mitgegeben, auf dem er kurz mitteilte, er sei sicher, daß Sonja Hökberg in Landahls Wagen gefahren sei und daß die bis dahin nicht identifizierten Reifenabdrücke von diesem Wagen stammten. Sie wußten mittlerweile, daß Jonas Landahl noch nie mit der Polizei zu tun gehabt hatte. Aber sie schlossen nicht aus, wie Wallander ausdrücklich hervorhob, daß er an jener Aktion gegen die Nerzfarm bei Sölvesborg beteiligt gewesen war, bei der man Falk festgenommen hatte.

Dennoch kam es ihnen so vor, als stünden sie am Rande eines Abgrunds, über den es einmal eine Brücke gegeben hatte, die jetzt eingestürzt war. Es war ein großer Schritt von der Befreiung von Nerzen zum Mord oder zum Ermordetwerden. Wallander kam mehrmals im Verlauf des Nachmittags auf seine Sicht der Ereignisse zu sprechen. Daß daraus etwas Brutales und zugleich Beherrschtes sprach. Auch den Opfergedanken konnten sie nicht ignorieren. Ann-Britt stellte gegen Ende der Sitzung die Frage, ob sie Stockholm nicht auch wegen Informationen über verschiedene radikale Umweltgruppen um Hilfe bitten sollten. Martinsson, dessen Tochter Terese Veganerin und außerdem Mitglied bei den Feldbiologen war, meinte, es sei absurd zu denken, sie könnten hinter den brutalen Morden stecken. Zum zweitenmal an diesem Tag antwortete Wallander ihm mit einer gewissen Schärfe. Sie konnten nichts ausschließen. Solange sie nicht sehr genau ein Zentrum und ein klar begrenztes Motiv definieren konnten, mußten sie alle Spuren gleichzeitig verfolgen.

An diesem Punkt ging ihrer Sitzung die Luft aus. Wallander schlug mit der flachen Hand auf den Tisch zum Zeichen, daß sie jetzt aufbrechen konnten. Am Samstag wollten sie sich wieder treffen. Wallander hatte es eilig, nach Hause zu kommen. Er mußte noch seine Wohnung aufräumen, bevor Elvira Lindfeldt kam. Aber er blieb dennoch in seinem Zimmer und rief Nyberg an. Es dauerte so lange, bis dieser sich meldete, daß Wallander schon böse Ahnungen befielen. Schließlich kam Nyberg aber doch an den Apparat, vergrätzt wie gewöhnlich, und Wallander konnte aufatmen. Es ging Nyberg inzwischen besser. Die Schwindelanfälle hatten aufgehört. Am nächsten Tag würde er wieder bei der Arbeit sein, mit all seiner zornigen Energie.

Wallander hatte die Wohnung aufgeräumt und sich umgezogen, als das Telefon klingelte. Elvira Lindfeldt war auf dem Weg nach Ystad und hatte gerade die Abfahrt nach Sturup passiert. Wallander hatte in einem Restaurant einen Tisch bestellt. Er erklärte ihr, wie sie fahren mußte, um zu Stora Torget zu kommen. Als er auflegte, tat er dies so fahrig und nervös, daß der Apparat zu Boden fiel. Fluchend stellte er ihn wieder auf den Tisch und erinnerte sich gleichzeitig, mit Linda verabredet zu haben, daß sie an diesem Abend anrufen sollte. Nach einigem Zögern sprach er eine Mitteilung auf seinen Anrufbeantworter und gab die Telefonnummer des Restaurants an. Die Gefahr, daß ein Journalist anrief, bestand zwar, war im Moment jedoch eher gering. Die Geschichte mit der Ohrfeige schien für die Boulevardpresse vorübergehend an Interesse verloren zu haben.

Dann verließ er die Wohnung. Er ließ den Wagen stehen. Es hatte aufgehört zu regnen. Der kräftige Wind war abgeflaut. Während Wallander ins Zentrum ging, verspürte er ein vages Gefühl von Enttäuschung. Sie hatte den Wagen genommen, was vermuten ließ, daß sie vorhatte, nach Malmö zurückzufahren. Aber immerhin war er im Begriff, wieder einmal in Gesellschaft einer Frau zu Abend zu essen.

Er wartete vor der Buchhandlung. Nach fünf Minuten sah er sie zu Fuß von der Hamngata heraufkommen. Seine Verlegenheit vom Vorabend stellte sich wieder ein. Angesichts ihrer Direktheit fühlte er sich hilflos. Als sie die Norregata zum Restaurant hinaufgingen, schob sie plötzlich ihren Arm unter seinen. Gerade als sie an dem Haus vorbeigingen, in dem Svedberg gewohnt hatte. Wallander blieb stehen und erzählte in aller Kürze, was damals geschehen war. Sie hörte aufmerksam zu.

»Wie denken Sie jetzt darüber?« fragte sie, als er geendet hatte.

»Ich weiß es nicht. Es ist wie ein Traum. Wie etwas, von dem ich mir nicht sicher bin, ob es wirklich passiert ist.«

Das kleine Restaurant war vor einem Jahr eröffnet worden. Wallander war noch nie dort gewesen. Aber Linda hatte davon gesprochen. Wallander hatte erwartet, daß alle Tische besetzt wären. Aber es saßen nur ein paar vereinzelte Gäste im Raum.

»Ystad ist keine Stadt, in der die Menschen abends ausgehen«, sagte er entschuldigend. »Aber hier soll es ganz gut sein.«

Eine Kellnerin, die Wallander aus dem Continental kannte, führte sie zum Tisch.

»Sie sind mit dem Wagen gekommen«, sagte Wallander, als er die Weinkarte in der Hand hielt.

»Ich bin mit dem Wagen gekommen, und ich fahre heute abend zurück.«

»Dann bin ich heute derjenige, der Wein trinkt«, sagte er.

»Was sagt die Polizei über Promillegrenzen?«

»Daß es am besten ist, überhaupt nichts zu trinken, wenn man fährt. Aber ein Glas mag gehen. Wenn man etwas dazu ißt. Wir können natürlich hinterher ins Präsidium gehen und in die Tüte blasen.«

Das Essen war sehr schmackhaft. Wallander trank Wein und merkte, daß er so tat, als müsse er sich selbst zu einem zweiten Glas nötigen. Ihr Gespräch drehte sich hauptsächlich um seine Arbeit. Ausnahmsweise gefiel ihm das. Er erzählte davon, wie er einst als Streifenpolizist in Malmö angefangen hatte, wie er beinah erstochen worden wäre und wie dies zu einem Trauma geworden war, das er nicht mehr loswurde. Sie fragte, womit er sich gerade beschäftige, und er war immer mehr davon überzeugt, daß sie das unselige Bild aus den Zeitungen nicht kannte. Er erzählte von dem sonderbaren Tod in der Transformatorstation, dem Mann, der tot vor einem Geldautomaten gelegen hatte, und dem Jungen unter der Propellerwelle einer Polenfähre.

Sie hatten Kaffee bestellt, als Robert Modin durch die Tür trat.

Wallander sah ihn sofort. Robert Modin blickte umher. Da Wallander nicht allein war, zögerte er. Aber Wallander winkte ihn heran. Er stellte Elvira vor. Robert Modin sagte seinen Namen. Wallander merkte, daß er unruhig war. Er fragte sich, was passiert sein mochte.

»Ich glaube, ich bin auf etwas gekommen«, sagte Modin.

»Wenn Sie ungestört reden wollen, lasse ich Sie allein«, sagte Elvira.

»Das ist nicht nötig.«

»Ich habe meinen Vater gebeten, mich herzufahren. Ich habe Ihren Anrufbeantworter abgehört. Und diese Nummer hier notiert.«

»Du hast gesagt, du seist auf etwas gekommen?«

»Es ist schwer zu erklären, wenn man den Computer nicht vor sich hat. Aber ich glaube, ich bin dahintergekommen, wie man diese Codes umgehen kann, die wir bisher nicht geknackt haben.«

Wallander sah, daß Modin überzeugt war.

»Ruf morgen früh Martinsson an«, sagte er. »Ich rede auch mit ihm.«

»Ich bin mir ziemlich sicher, daß ich recht habe.«

»Du hättest aber nicht extra herkommen müssen. Du hättest auf meinen Anrufbeantworter sprechen können.«

»Ich war vielleicht ein bißchen überdreht. Das passiert mir manchmal.«

Modin nickte Elvira Lindfeldt unsicher zu. Wallander dachte, daß er ausführlicher mit ihm sprechen sollte, aber vor dem nächsten Tag würden sie doch nichts ausrichten können. Außerdem wollte er jetzt in Ruhe gelassen werden. Modin verstand. Er verließ das Restaurant. Das Gespräch hatte höchstens zwei Minuten gedauert.

»Ein begabter Junge«, sagte Wallander. »Robert Modin ist ein Computergenie. Er hilft uns bei einem Teil der Ermittlungen.«

Elvira Lindfeldt lächelte. »Er wirkte sehr nervös. Aber er ist bestimmt sehr tüchtig.«

Sie verließen das Restaurant um Mitternacht. Langsam schlenderten sie zum Stortorg. Sie hatte ihren Wagen in der Hamngata geparkt.

»Es war ein sehr schöner Abend«, sagte sie, als sie sich bei ihrem Auto trennten.

»Sie haben also noch nicht genug von mir?«

»Nein. Und Sie nicht von mir?«

Wallander wollte sie zurückhalten. Aber er sah ein, daß das nicht gehen würde. Sie vereinbarten, am Wochenende miteinander zu telefonieren.

Er zog sie zum Abschied an sich. Sie fuhr. Wallander ging nach Hause. Plötzlich blieb er stehen. Kann das wirklich wahr sein? dachte er. Daß mir trotz allem jemand über den Weg gelaufen ist? Wie ich es kaum noch zu hoffen gewagt habe?

Er ging weiter in die Mariagata. Kurz nach ein Uhr war er eingeschlafen.

*

Elvira Lindfeldt fuhr durch die Nacht zurück nach Malmö. Kurz vor Rydsgård fuhr sie auf einen Parkplatz. Sie holte ihr Handy heraus.

Die Nummer, die sie eintippte, führte zu einem Teilnehmer in Luanda.

Sie versuchte es dreimal, bevor sie durchkam. Die Leitungen rauschten. Als Carter sich meldete, hatte sie sich schon zurechtgelegt, was sie sagen wollte.

»Fu Cheng hat recht. Die Person, die daran arbeitet, das System außer Kraft zu setzen, heißt Robert Modin. Er wohnt in einer kleinen Ortschaft, die Löderup heißt.«

Sie wiederholte ihre Nachricht zweimal, um sicher zu sein, daß der Mann in Luanda sie verstanden hatte.

Das Gespräch wurde abgebrochen.

Elvira Lindfeldt fuhr wieder auf die Straße und setzte die Fahrt in Richtung Malmö fort.

33

AM SAMSTAG MORGEN rief Wallander bei Linda an.

Wie gewöhnlich war er früh aufgewacht. Aber es war ihm gelungen, noch einmal einzuschlafen, und er stand erst nach acht auf. Nach dem Frühstück wählte er die Nummer ihrer Wohnung in Stockholm. Er weckte sie. Sie fragte sofort, warum er am Abend zuvor nicht zu Hause gewesen sei. Sie hatte zweimal versucht, die Nummer anzurufen, die er auf seinem Anrufbeantworter angegeben hatte. Aber es war besetzt gewesen. Wallander faßte rasch den Entschluß, ihr reinen Wein einzuschenken.

Sie hörte zu, ohne ihn zu unterbrechen. »Das hätte ich dir nie zugetraut«, sagte sie, als er geendet hatte. »Daß du soviel Grips hast, meine Ratschläge zu befolgen.«

»Ich bin lange skeptisch gewesen.«

»Aber jetzt nicht mehr?«

Sie fragte nach Elvira Lindfeldt. Es wurde ein langes Gespräch. Aber sie freute sich für ihn, auch wenn er die ganze Zeit versuchte, ihre Hoffnungen zu dämpfen. Es sei zu früh, meinte er. Für ihn war es schon mehr als genug, einen Abend einmal nicht allein essen zu müssen.

»Das ist doch nicht wahr«, sagte sie. »Ich kenne dich. Du hoffst, daß es viel mehr wird. Und das tue ich auch.«

Dann wechselte sie abrupt das Thema. Sie kam direkt zur Sache.

»Ich möchte, daß du weißt, daß ich dies Bild von dir in der Zeitung gesehen habe. Ich war natürlich schockiert. Jemand im Restaurant zeigte es mir und fragte, ob du mein Vater wärst.«

»Und was hast du gesagt?«

»Zuerst wollte ich nein sagen. Aber das habe ich nicht getan.«

»Nett von dir.«

»Ich habe mich dafür entschieden, daß es ganz einfach nicht wahr sein kann.«

»Das war es auch nicht.«

Er beschrieb ihr den tatsächlichen Hergang. Erzählte von der internen Untersuchung und daß er damit rechnete, daß die Wahrheit trotz allem noch ans Licht käme.

»Es ist wichtig, daß ich das erfahre«, sagte sie. »Gerade jetzt ist es wichtig.«

»Warum denn?«

»Darauf kann ich dir jetzt nicht antworten. Noch nicht.«

Wallander wurde sogleich neugierig. Er hatte in den letzten Monaten den Verdacht gehabt, daß Linda wieder einmal umzuschwenken schien, was ihre Zukunftspläne betraf. Was sie eigentlich wollte. Er hatte sie gefragt, aber nie eine klare Antwort erhalten.

Sie beendeten das Gespräch damit, daß sie darüber redeten, wann sie wieder einmal zu Besuch nach Ystad käme. Mitte November, meinte sie. Nicht vorher.

Als Wallander aufgelegt hatte, fiel ihm das Buch ein, das er bestellt und noch nicht abgeholt hatte. Über die Geschichte der Möbelpolsterei. Jetzt fragte er sich, ob sie ihre Pläne je verwirklichen würde, eine ordentliche Ausbildung zu machen und sich dann in Ystad niederzulassen.

Sie hat etwas Neues im Sinn, dachte er. Und aus irgendeinem Grund will sie mir nicht verraten, was es ist.

Er sah die Sinnlosigkeit seiner Grübelei ein. Statt dessen zog er seine unsichtbare Uniform an und wurde wieder Polizist. Er blickte zur Uhr. Zwanzig nach acht. Martinsson sollte bald in Sturup sein, um den Mann namens Alfredsson abzuholen. Wallander dachte daran, wie Robert Modin am Abend zuvor plötzlich im Restaurant erschienen war. Er war sich seiner Sache sehr sicher gewesen.

Er spürte einen Widerstand in sich, mehr als die absolut notwendigen Kontakte mit Martinsson zu haben. Immer noch schwankte er in seiner Auffassung, ob das, was Ann-Britt ihm erzählt hatte, wahr war oder nicht. Auch wenn es Wunschdenken war, wollte er, daß es nicht zutraf. Martinsson als Freund zu verlieren würde eine nahezu unmögliche Arbeitssituation schaffen. Der Verrat würde zu schwer zu tragen sein. Gleichzeitig bewegte ihn die Sorge, daß tatsächlich etwas vor sich ging, eine Veränderung, die er selbst nicht wahrnahm. Aber die es mit sich bringen konnte, daß seine Situation sich dramatisch veränderte. Es machte ihn zugleich empört und verbittert. Von seiner verletzten Eitelkeit ganz zu schweigen. Er war es gewesen, der Martinsson alles beigebracht hatte, so wie Rydberg einst ihn selbst zu dem gemacht hatte, der er war. Aber Wallander hatte nie intrigiert, um Rydbergs selbstverständliche Autorität zu mindern oder in Frage zu stellen.

Dieser ganze Laden ist ein einziges Schlangennest, dachte er giftig. Voller Eifersüchteleien, Hinterhältigkeiten und Intrigen. Und ich bildete mir ein, es sei mir gelungen, mich aus allem herauszuhalten. Dabei sieht es auf einmal so aus, als befände ich mich mitten im Zentrum. Wie ein Fürst, dessen Thronfolger immer ungeduldiger wird.

Trotz seiner Widerstände rief er Martinsson über dessen Handy an. Robert Modin war am Abend vorher von Löderup in die Stadt gekommen. Er hatte seinen Vater überredet, ihn zu fahren. Sie mußten ihn ernst nehmen. Vielleicht hatte er Martinsson schon angerufen. Falls nicht, wollte Wallander den Kollegen bitten, mit Modin Kontakt aufzunehmen. Martinsson meldete sich sofort. Er hatte gerade geparkt und war auf dem Weg ins Flughafengebäude. Modin hatte ihn nicht angerufen. Wallander faßte sich kurz.

»Ein bißchen komisch kommt mir das schon vor«, sagte Martinsson. »Wie kann er auf etwas gestoßen sein, ohne Zugang zum Rechner zu haben?«

»Das mußt du ihn fragen.«

»Er ist gerissen«, sagte Martinsson. »Wenn er mal nicht einen Teil des Materials auf seinen eigenen Rechner kopiert hat.«

Martinsson versprach, ihn anzurufen. Sie verabredeten, später am Vormittag wieder zu telefonieren.

Wallander steckte das Handy ein und dachte, daß Martinsson so wirkte wie immer. Entweder war er bedeutend geschickter darin, sich zu verstellen, als Wallander geahnt hätte, oder an dem, was Ann-Britt gesagt hatte, stimmte etwas nicht.

Um Viertel vor neun betrat er das Präsidium. In seinem Zimmer lag ein Zettel, daß Hansson sofort mit ihm sprechen wolle. »Etwas ist aufgetaucht«, hatte Hansson in Druckbuchstaben mit seiner gespreizten Schrift notiert. Wallander schüttelte den Kopf über Hanssons Unfähigkeit, sich präziser auszudrücken. »Etwas« tauchte immer auf. Die Frage war nur, was.

Der Kaffeeautomat war repariert worden. Nyberg saß an einem Tisch und aß Dickmilch. Wallander setzte sich ihm gegenüber.

»Wenn du mich fragst, was meine Schwindelanfälle machen, gehe ich«, sagte Nyberg.

»Dann laß ich es bleiben.«

»Mir geht es gut«, sagte er. »Aber ich sehne mich nach meiner Pensionierung. Auch wenn die Pension niedrig ausfällt.«

»Was wirst du dann tun?«

»Rya-Teppiche knüpfen. Lesen. Fjellwanderungen machen.«

Wallander wußte, daß nichts davon wahr war. Nyberg war zwar ausgelaugt und müde, daran zweifelte er nicht; aber gleichzeitig fürchtete er seine Pensionierung mehr als irgend etwas anderes.

»Hat die Pathologie etwas über Landahl herausgefunden?«

»Er starb etwa drei Stunden, bevor die Fähre am Kai anlegte. Was wohl bedeutet, daß derjenige, der ihn getötet hat, noch an Bord war. Wenn er nicht ins Wasser gesprungen ist.«

»Es war natürlich ein Fehler von mir«, räumte Wallander ein. »Wir hätten alle Passagiere kontrollieren sollen.«

»Wir hätten einen anderen Beruf ergreifen sollen«, sagte Nyberg. »Ich liege manchmal nachts wach und versuche zu zählen, wie oft ich Leute, die sich aufgehängt hatten, heruntergeholt habe. Nur das. Nicht die, die sich erschossen oder ertränkt haben, von Hausdächern gesprungen sind, sich in die Luft gesprengt oder Gift genommen haben. Nein, nur die, die sich aufgehängt haben. Mit Seilen, Wäscheleinen oder Stahldraht, ja, einmal sogar mit Stacheldraht. Ich erinnere mich nicht, wie viele es sind. Ich weiß genau, daß ich viele vergesse. Und dann denke ich, daß es Wahnsinn ist. Warum soll ich daliegen und versuchen, mich an all das Elend zu erinnern, in dem ich herumzustiefeln gezwungen war?«

»So etwas ist nie gut«, sagte Wallander. »Es besteht die Gefahr, daß man abstumpft.«

Nyberg legte den Löffel hin und sah Wallander an. »Willst du behaupten, daß du es noch nicht bist? Abgestumpft?«

»Ich hoffe, daß ich es nicht bin.«

Nyberg nickte. Aber er sagte nichts. Wallander beschloß, ihn in Ruhe zu lassen. Außerdem brauchte er Nybergs Tun und Lassen nie zu lenken. Nyberg war gründlich und organisierte seine Arbeit gut. Er wußte immer, was eilig war und was warten konnte.

»Ich habe nachgedacht«, sagte Nyberg plötzlich. »Über dies und jenes.«

Wallander wußte aus Erfahrung, daß Nyberg zuweilen unerwarteten Scharfsinn unter Beweis stellte, auch bei Dingen, die nicht unmittelbar in seinen Aufgabenbereich fielen. Bei mehr als einer Gelegenheit hatten Nybergs Überlegungen eine ganze Ermittlung in die richtige Richtung gelenkt.

»Und worüber hast du nachgedacht?«

»Über dieses Relais, das auf der Bahre lag. Die Tasche, die an dem Zaun weggeworfen wurde. Den Körper, der zum Geldautomaten zurückgebracht wurde. Ohne die beiden Finger. Wir suchen nach einer Erklärung dafür. Wir möchten, daß diese Dinge in ein Muster passen. Oder nicht?«

Wallander nickte. »Wir versuchen es. Aber es gelingt uns nicht besonders gut. Jedenfalls noch nicht.«

Nyberg kratzte die Reste der Dickmilch auf seinem Teller zusammen, bevor er fortfuhr. »Ich habe mit Ann-Britt gesprochen. Über die Sitzung gestern, bei der ich gefehlt habe. Sie sagt, du hättest davon gesprochen, daß in dem, was geschehen ist, etwas Doppeldeutiges sichtbar wird. Ungefähr wie wenn ein Mensch versucht, zwei Sprachen gleichzeitig zu sprechen. Du hast gesagt, es gebe etwas Berechnendes und etwas Zufälliges darin. Etwas Rücksichtsloses und zugleich Vorsichtiges. Habe ich das richtig verstanden?«

»Das ist ungefähr das, was ich gesagt habe.«

»Meiner Meinung nach ist das so ziemlich das Vernünftigste, was bisher in dieser Ermittlung gesagt worden ist. Was passiert, wenn man sich daran hält? Daß es sowohl Momente von Berechnung als auch Zufälle gibt?«

Wallander schüttelte den Kopf. Er hatte nichts zu sagen. Er zog es vor zuzuhören.

»Mir ist etwas durch den Kopf gegangen. Daß wir vielleicht versuchen, zuviel zu deuten. Wir entdecken plötzlich, daß der Mord an dem Taxifahrer vielleicht gar nichts mit der Sache zu tun hat. Außer daß Sonja Hökberg die Schuldige ist. Eigentlich spielen wir eine Hauptrolle. Die Polizei.«

»Was sie eventuell zu uns sagt? Jemand bekommt Angst?«

»Nicht nur das. Was passiert, wenn wir anfangen, unter diesen Ereignissen zu sieben? Und uns fragen, ob ein Teil davon vielleicht gar nichts mit der eigentlichen Sache zu tun hat. Daß es nur ausgelegte falsche Spuren sind?«

Wallander erkannte, daß Nybergs Überlegung wichtig sein konnte. »Woran denkst du?«

»Natürlich zuerst an das Relais auf der leeren Bahre.«

»Willst du damit sagen, daß Falk überhaupt nichts mit dem Mord an Lundberg zu tun hatte?«

»Nein, nicht ganz. Aber jemand will uns glauben machen, daß Falk viel mehr damit zu tun hatte, als es eigentlich der Fall war.«

Wallander hatte jetzt Feuer gefangen.

»Oder der Körper, der plötzlich zurückkehrte«, fuhr Nyberg fort. »Mit zwei abgeschnittenen Fingern. Wir grübeln viel zuviel darüber nach, warum und weshalb. Laß uns annehmen, es bedeutet gar nichts. Wo landen wir da?«

Wallander überlegte. »Wir landen in einem Sumpf, und wir wissen nicht, wohin wir die Füße setzen sollen.«

»Ein guter Vergleich«, sagte Nyberg anerkennend. »Ich hätte nie geglaubt, jemand könnte Rydberg übertreffen, wenn es darum geht, treffende Bilder für verschiedene Situationen zu finden. Aber ich frage mich, ob du ihn nicht schlägst. Wir tappen also in einem Sumpf umher. Genau da, wo jemand uns hinlocken will.«

»Wir sollten also zusehen, daß wir festen Boden unter die Füße kriegen. Meinst du das?«

»Ich denke an das Tor. Draußen an der Transformatorstation. Wir zerbrechen uns die Köpfe darüber, warum es aufgebrochen worden ist, während die innere Tür mit einem Schlüssel geöffnet wurde.«

Wallander verstand. Nyberg hatte sich wirklich einem wichtigen Punkt genähert. Gleichzeitig spürte er eine gewisse Irritation. Er hätte selbst viel früher darauf kommen sollen.

»Du meinst also, daß derjenige, der die innere Tür aufgeschlossen hat, auch das Tor aufgeschlossen hatte. Aber es nachher aufgebrochen hat, um Verwirrung zu stiften?«

»Eine einfachere Erklärung kann es kaum geben.«

Wallander nickte anerkennend. »Gut gedacht. Du beschämst mich. Daß ich die Möglichkeit nicht früher gesehen habe.«

»Du kannst ja auch nicht an alles denken«, sagte Nyberg ausweichend.

»Hast du noch mehr Details, die man als Schlacke betrachten kann? Ohne anderen Wert, als daß sie uns in die Irre führen sollen?«

»Man muß vorsichtig vorgehen«, sagte Nyberg. »Damit man nichts Wichtiges aussondert und Dinge behält, die ohne Bedeutung sind.«

»Alle Beispiele können bedeutungsvoll sein.«

»Das Wichtigste habe ich wohl gesagt. Und ich behaupte nicht, daß ich recht habe. Ich denke nur laut.«

»Es ist auf jeden Fall eine Idee. Damit haben wir noch einen Aussichtsturm, auf den wir klettern können.«

»Wenn ich an unsere Arbeit denke, kommt es mir oft so vor, als seien wir Maler, die vor ihrer Staffelei stehen«, sagte Nyberg. »Wir ziehen ein paar Linien, tragen ein bißchen Farbe auf und treten einen Schritt zurück, um den Überblick zu bekommen. Dann treten wir wieder vor und machen weiter. Ich frage mich, ob nicht dieser Schritt zurück am wichtigsten ist. Da sehen wir wirklich, was wir vor Augen haben.«

»Die Kunst zu sehen, was man sieht«, meinte Wallander. »Darüber solltest du an der Polizeihochschule sprechen.«

Nyberg antwortete mit einem Anflug von Verachtung. »Glaubst du, junge Polizeianwärter würden sich auch nur einen Deut um die Weisheiten eines verbrauchten alten Kriminaltechnikers scheren?«

»Mehr, als du glaubst. Mir haben sie tatsächlich zugehört, als ich vor ein paar Jahren dort war.«

»Ich gehe in Pension«, sagte Nyberg streng. »Ich knüpfe Rya-Teppiche und unternehme Fjellwanderungen.«

Den Teufel wirst du tun, dachte Wallander. Aber das sagte er natürlich nicht. Nyberg stand vom Tisch auf, um zu signalisieren, daß das Gespräch vorüber war. Er ging hin und spülte seinen Teller ab. Das letzte, was Wallander hörte, als er den Eßraum verließ, war Nybergs Fluchen darüber, daß die Spülbürste so miserabel sei.

Wallander setzte seinen unterbrochenen Spaziergang fort. Er wollte Hansson sprechen. Die Tür seines Zimmers war angelehnt. Wallander sah ihn am Schreibtisch sitzen und einen seiner unzähligen Wettscheine ausfüllen. Hansson lebte in der immer rastloseren Erwartung; daß eins der komplizierten Systeme ihm Erfolg bringen und ihn reich machen würde. An dem Tag, an dem die Pferde liefen, wie sie sollten, würde ihm der große und ersehnte Geldsegen zuteil werden.

Wallander klopfte und wartete, damit Hansson die Wettscheine verstecken konnte, bevor er die Tür mit dem Fuß aufschob und eintrat. »Ich habe deinen Zettel gesehen«, sagte er.

»Der Mercedes-Bus ist aufgetaucht.«

Wallander lehnte sich gegen den Türpfosten, während Hansson in seinem wachsenden Chaos von Papieren wühlte.

»Ich habe getan, was du gesagt hast. Bin noch einmal die Register durchgegangen. Gestern meldete ein kleiner Autoverleih in Malmö, daß sie vermuteten, einer ihrer Wagen sei gestohlen worden. Ein dunkelblauer Mercedes-Bus. Er hätte am Mittwoch zurückgebracht werden sollen. Die Firma heißt ›PKW- und LKW-Service‹. Sie haben ihr Büro und ihren Wagenpark im Freihafen.«

»Wer hatte den Wagen gemietet?«

»Die Antwort wird dir gefallen«, sagte Hansson. »Ein Mann mit asiatischem Aussehen.«

»Der Fu Cheng hieß? Und mit einer American Express-Karte bezahlte?«

»Ganz genau.«

Wallander nickte finster. »Er muß doch eine Adresse angegeben haben.«

»Hotel St. Jörgen. Aber in der Verleihfirma hatten sie natürlich nachgeforscht, als ihnen der Verdacht kam, daß da etwas nicht mit rechten Dingen zuging. Das Hotel hat nie einen Gast dieses Namens gehabt.«

Wallander zog die Stirn in Falten. Etwas stimmte nicht. »Ist das nicht ein wenig seltsam? Der Mann, der sich Fu Cheng nennt, nimmt doch kaum das Risiko in Kauf, daß man untersucht, ob er wirklich da wohnt, wo er angibt.«

»Es gibt eine Erklärung«, sagte Hansson. »Im St. Jörgen hat ein Mann namens Andersen gewohnt. Ein Däne. Aber asiatischer Herkunft. Eine zum Vergleich über Telefon angeforderte Personenbeschreibung läßt darauf schließen, daß es sich um ein und dieselbe Person handelt.«

»Wie bezahlte er sein Zimmer?«

»Bar.«

Wallander überlegte. »Normalerweise gibt man seine Heimatanschrift an. Was hatte Andersen geschrieben?«

Hansson blätterte in seinen Papieren. Ein Wettschein fiel dabei auf den Fußboden, ohne daß er es bemerkte. Wallander sagte nichts.

»Hier haben wir es. Andersen schrieb, daß er in einer Straße in Vedbæk wohnte.«

»Ist das nachgeprüft worden?«

»Die Verleihfirma war gründlich. Ich nehme an, der Wagen war wertvoll. Es zeigte sich, daß die Straße gar nicht existiert.«

»Da hören die Spuren auf«, sagte Wallander.

»Der Wagen ist auch nicht wieder aufgetaucht.«

»Dann wissen wir auf jeden Fall das.«

»Aber wie wollen wir mit dem Wagen weiter verfahren?«

»Wir warten ab. Verschwende keine unnötige Energie darauf. Du hast anderes zu tun, was wichtiger ist.«

Hansson machte eine resignierte Armbewegung in Richtung seiner Papierstapel.

»Ich weiß nicht, wie ich noch nachkommen soll.«

Wallander konnte den Gedanken nicht ertragen, wieder einmal in eine Diskussion über die immer schlechtere Arbeitssituation der Polizei hineingezogen zu werden. »Wir hören später voneinander«, sagte er schnell und verließ das Zimmer.

Nachdem er ein paar Papiere, die auf seinem Schreibtisch lagen, durchgeblättert hatte, nahm er seine Jacke. Es war Zeit, zum Runnerströms Torg zu fahren und Alfredsson vom Reichskrim zu begrüßen. Er war auch neugierig zu sehen, wie die Begegnung zwischen Alfredsson und Robert Modin ausfallen würde.

Doch als er im Wagen saß, startete er nicht sogleich. Seine Gedanken kehrten zum Vorabend zurück. Lange hatte er sich nicht so wohl gefühlt. Es fiel ihm noch immer schwer zu glauben, daß das Ganze wirklich war. Aber Elvira Lindfeldt existierte. Sie war keine Fata Morgana.

Wallander konnte plötzlich dem Impuls nicht widerstehen, sie anzurufen. Er nahm sein Handy und tippte ihre Nummer ein, die er inzwischen schon auswendig konnte. Nach dem dritten Klingeln meldete sie sich. Obwohl sie sich zu freuen schien, als sie hörte, wer dran war, bekam Wallander das Gefühl, in einem unpassenden Augenblick anzurufen. Was ihm dieses Gefühl eingab, konnte er nicht sagen. Doch es war da, und es war vollkommen real. Eine Welle unerwarteter Eifersucht schoß in ihm hoch.

Aber es gelang ihm, seine Stimme unter Kontrolle zu halten. »Ich wollte mich nur für den gestrigen Abend bedanken.«

»Das wäre doch nicht nötig gewesen.«

»Sind Sie gut nach Hause gekommen?«

»Ich hätte beinah einen Hasen überfahren. Aber sonst war nichts.«

»Ich sitze hier in meinem Arbeitszimmer und versuche mir vorzustellen, was Sie an einem Samstagvormittag tun. Aber ich störe Sie wahrscheinlich nur.«

»Nein, überhaupt nicht. Ich mache sauber.«

»Es ist vielleicht nicht die richtige Gelegenheit. Aber ich wollte fragen, ob Sie sich vorstellen können, daß wir uns am Wochenende irgendwann sehen.«

»Morgen würde mir am besten passen. Können Sie mich später wieder anrufen? Am Nachmittag?«

Wallander versprach es.

Anschließend blieb er mit dem Telefon in der Hand sitzen. Er war sich sicher, sie gestört zu haben. Etwas in ihrer Stimme war anders gewesen. Ich bilde mir etwas ein, dachte er. Den Fehler habe ich einmal bei Baiba gemacht. Ich bin sogar nach Riga gefahren, ohne mich anzumelden, um zu untersuchen, ob ich recht hatte. Daß es einen anderen Mann in ihrem Leben gab. Aber den gab es nicht.

Er beschloß, ihr zu glauben. Sie war beim Saubermachen. Wenn er am Nachmittag wieder anriefe, würde sie bestimmt ganz anders klingen.

Wallander fuhr zum Runnerströms Torg. Der Wind hatte sich fast ganz gelegt.

Er war gerade in die Skansgata eingebogen, als er eine Vollbremsung machen und das Steuer heftig herumreißen mußte. Eine Frau war vom Bürgersteig gestolpert und stürzte direkt vor seinen Wagen. Er brachte den Wagen zum Stehen, rammte aber einen Laternenmast. Er merkte, wie er zu zittern begann. Er öffnete die Wagentür und stieg aus. Er war sicher, die Frau nicht angefahren zu haben, aber sie war trotzdem gestürzt. Als Wallander sich über sie beugte, sah er, daß sie sehr jung war, kaum älter als vierzehn, fünfzehn Jahre alt. Und sie hatte einen schweren Rausch, entweder von Alkohol oder von Drogen. Wallander versuchte mit ihr zu sprechen, bekam aber nur ein paar Lallende Unbegreiflichkeiten zur Antwort. Ein Wagen hielt an. Der Fahrer kam angelaufen und fragte, ob es ein Unglück gegeben habe.

»Nein«, sagte Wallander. »Aber helfen Sie mir, sie auf die Beine zu stellen.«

Es gelang ihnen nicht. Die Beine gaben unter ihr nach.

»Ist sie betrunken?« fragte der Mann. Seine Stimme verriet, wie angeekelt er war.

»Wir bringen sie zu meinem Wagen«, sagte Wallander. »Ich fahre sie ins Krankenhaus.«

Es gelang ihnen, sie zu seinem Wagen zu schleppen und auf die Rückbank zu bugsieren. Wallander dankte dem Mann für die Hilfe und fuhr los. Das Mädchen auf der Rückbank stöhnte. Dann erbrach sie sich. Wallander war mittlerweile auch schlecht geworden. Er hatte schon vor langer Zeit aufgehört, sich über betrunkene Jugendliche aufzuregen. Aber diesem Mädchen ging es wirklich dreckig. Er fuhr vor der Notfallambulanz vor und warf einen Blick über die Schulter. Sie hatte sich über ihre Jacke und auf den Rücksitz erbrochen. Als der Wagen hielt, begann sie am Türgriff zu rucken und zu ziehen, um hinauszukommen.

»Sitzen bleiben«, brüllte er. »Ich hole jemand.«

Er klingelte bei der Notfallambulanz. Im gleichen Augenblick fuhr ein Krankenwagen vor und hielt neben seinem Wagen. Wallander kannte den Fahrer. Er hieß Lagerbladh und war schon seit vielen Jahren dabei. Sie grüßten sich.

»Hast du einen Patienten, oder holst du einen?« fragte Wallander.

Lagerbladhs Kollege tauchte neben ihnen auf. Wallander nickte. Er hatte den Mann noch nie gesehen.

»Wir holen jemanden«, sagte Lagerbladh.

»Dann müßt ihr mir erst helfen«, sagte Wallander.

Sie kamen mit an sein Auto. Das Mädchen hatte die Tür aufbekommen, konnte aber nicht aussteigen. Jetzt hing ihr Oberkörper aus dem Wagen. Wallander dachte, daß er so etwas noch nie gesehen hatte. Das schmutzige Haar schleifte auf dem nassen Asphalt. Die vollgekotzte Jacke. Und ihre lallenden Versuche, sich verständlich zu machen.

»Wo hast du sie gefunden?« fragte Lagerbladh.

»Ich hätte sie fast überfahren.«

»Normalerweise sind sie erst am Abend voll.«

»Ich bin nicht sicher, ob es Alkohol ist«, sagte Wallander.

»Es kann alles mögliche sein. In dieser Stadt gibt es alles, was du dir vorstellen kannst. Heroin, Kokain, Ecstasy was du willst.«

Lagerbladhs Kollege war hineingegangen, um eine Rollbahre zu holen.

»Sie kommt mir bekannt vor«, sagte Lagerbladh. »Könnte sein, daß ich sie früher schon einmal gefahren habe.«

Er beugte sich vor und zog unsanft ihre Jacke auf. Sie protestierte nur schwach. Nach einiger Mühe fand Lagerbladh einen Ausweis.

»Sofia Svensson«, las er. »Der Name sagt mir nichts. Aber ich kenne sie vom Sehen. Sie ist vierzehn Jahre alt.«

Ebenso alt wie Eva Persson, dachte Wallander. Was ist eigentlich los?

Die Bahre kam. Sie hoben das Mädchen hoch. Lagerbladh schaute auf die Rückbank und verzog das Gesicht.

»Das kriegst du nicht so leicht wieder sauber«, sagte er.

»Ruf mich an«, sagte Wallander. »Ich will wissen, wie es ihr geht. Und was sie genommen hat.«

Lagerbladh versprach, von sich hören zu lassen. Sie verschwanden mit der Bahre. Der Regen war stärker geworden. Wallander starrte auf seine Rückbank. Dann sah er zu, wie sich die Türen der Notfallambulanz schlossen. Eine unendliche Müdigkeit überkam ihn. Ich sehe eine Gesellschaft, die um mich her zusammenfällt, dachte er verbittert. Früher einmal war Ystad eine Kleinstadt, von fruchtbarem Ackerland umgeben. Es gab einen Hafen und ein paar Fähren, die uns mit dem Kontinent verbanden. Aber nicht zu eng. Malmö war weit weg. Was dort geschah, ging uns hier nichts an. Die Zeiten sind längst vorbei. Jetzt gibt es keine Unterschiede mehr. Ystad liegt mitten in Schweden. Bald liegt es auch mitten in der Welt. Erik Hökberg kann an seinen Computern sitzen und in weit entfernten Ländern Geschäfte machen. Und hier, wie in allen Großstädten, taumelt an einem frühen Samstagvormittag eine Vierzehnjährige umher, sinnlos betrunken oder unter Drogen stehend. Was ich eigentlich sehe, kann ich kaum sagen. Aber es ist ein Land, das geprägt ist von Heimatlosigkeit, von seiner eigenen Verwundbarkeit durchlöchert. Wenn der Strom ausfällt, bleibt alles stehen. Und diese Verwundbarkeit ist tief ins Innere jedes einzelnen gedrungen. Sofia Svensson ist nur ein Bild dafür. Genau wie Eva Persson. Und Sonja Hökberg. Und die Frage ist, was ich anderes tun kann, als sie auf meinen wirklichen oder symbolischen Rücksitz zu schleppen und sie ins Krankenhaus oder ins Polizeipräsidium zu fahren.

Wallander ging zu einem Müllcontainer und fand dort ein paar nasse Zeitungen. Notdürftig wischte er den Rücksitz sauber. Dann ging er um den Wagen herum und sah sich den eingebeulten Kühler an. Es regnete jetzt stark. Aber es kümmerte ihn nicht, daß er naß wurde.

Dann stieg er ein und fuhr zum zweitenmal zum Runnerströms Torg. Plötzlich mußte er an Sten Widén denken. Der seinen Hof verkaufte und wegging. Schweden ist ein Land geworden, aus dem die Menschen fliehen, dachte er. Wer kann, geht weg. Zurück bleiben solche wie ich. Und Sofia Svensson und Eva Persson. Er merkte, wie empört er war. Um ihretwillen, aber auch um seiner selbst willen. Wir sind im Begriff, eine ganze Generation um ihre Zukunft zu betrügen, dachte er. Junge Menschen, die eine Schule besuchen, in der die Lehrer auf verlorenem

Posten stehen, mit zu großen Klassen und schrumpfenden Mitteln. Junge Menschen, die nie auch nur eine Chance bekommen, einer sinnvollen Arbeit nachzugehen. Die nicht nur nicht gebraucht werden, sondern sich als direkt unwillkommen fühlen. In ihrem eigenen Land.

Wie lange er so in seinen Gedanken sitzen blieb, wußte er nicht. Doch plötzlich klopfte es an das Wagenfenster. Er fuhr zusammen. Es war Martinsson, der mit seinem Lächeln und einer Tüte mit Kopenhagenern in der Hand dastand. Wallander war widerwillig froh, ihn zu sehen. Im Normalfall hätte er ihm sicher von dem Mädchen erzählt, das er gerade ins Krankenhaus gefahren hatte. Jetzt sagte er nichts. Er stieg einfach aus dem Wagen.

»Ich dachte, du sitzt hier und schläfst.«

»Ich habe nachgedacht«, sagte Wallander einsilbig. »Ist Alfredsson gekommen?«

Martinsson brach in Lachen aus. »Das Komische ist, daß er tatsächlich seinem Namensvetter ähnlich ist. Jedenfalls dem Aussehen nach. Aber daß er ein Witzbold ist, wird man ihm kaum nachsagen können.«

»Ist Robert Modin gekommen?«

»Ich hole ihn um eins.«

Sie hatten die Straße überquert und stapften die Treppe hinauf. »Ein Mann namens Setterkvist ist aufgetaucht«, sagte Martinsson. »Ein barscher alter Herr. Er wollte wissen, wer Falks Miete in Zukunft bezahlt.«

»Ich habe ihn auch schon getroffen«, gab Wallander zurück. »Er war derjenige, der uns darauf gebracht hat, daß Falk diese zweite Wohnung hatte.«

Sie gingen schweigend weiter. Wallander dachte an das Mädchen, das auf seiner Rückbank gelegen hatte. Ihm war elend zumute.

Sie blieben stehen, als sie ans Ende der Treppe gekommen waren.

»Alfredsson scheint ein etwas umständlicher Herr zu sein«, sagte Martinsson. »Aber bestimmt sehr tüchtig. Er ist dabei, das, was wir bisher herausbekommen haben, zu analysieren. Übrigens ruft seine Frau pausenlos an und jammert, weil er nicht zu Hause ist.«

»Ich will ihn nur begrüßen«, sagte Wallander. »Dann lasse ich euch allein, bis Modin da ist.«

»Was war es eigentlich, was er meinte herausgefunden zu haben?«

»Ich weiß es nicht genau. Aber er war davon überzeugt, daß er jetzt einen Weg wisse, wie man tiefer in Falks Geheimnisse eindringen könne.«

Sie gingen hinein. Martinsson hatte recht. Der Mann vom Reichskrim erinnerte wirklich an seinen berühmten Namensvetter. Wallander konnte sich ein Lächeln nicht verkneifen. Es vertrieb seine finsteren Gedanken. Jedenfalls im Augenblick. Sie begrüßten sich.

»Wir sind dir sehr dankbar, daß du so kurzfristig herkommen konntest«, sagte Wallander.

»Hatte ich eine Wahl?« fragte Alfredsson sauer.

»Ich habe Kopenhagener mitgebracht«, sagte Martinsson. »Vielleicht hebt das die Stimmung.«

Wallander beschloß, sofort wieder zu gehen. Erst wenn Modin aufgetaucht war, konnte seine Anwesenheit von Wert sein.

»Ruf mich an, wenn Modin gekommen ist«, sagte er zu Martinsson. »Ich gehe jetzt.«

Alfredsson saß vor dem Computer. Plötzlich gab er einen Ausruf von sich. »Es kommt eine Mail für Falk.«

Wallander und Martinsson traten hinzu und schauten auf den Bildschirm. Ein blinkender Punkt zeigte an, daß eine E-Mail gekommen war. Alfredsson ging in die Mailbox und rief den Brief ab. »Für dich«, sagte er verwundert und sah Wallander an.

Wallander setzte die Brille auf und las den Text.

Der Brief war von Robert Modin.

Sie haben mich aufgespürt. Hilfe. Robert.

»Scheiße«, sagte Martinsson. »Er sagte, er hätte seine Spuren verwischt.«

Nicht noch einer, dachte Wallander verzweifelt. Das steh ich nicht durch.

Er war schon auf dem Weg die Treppen hinunter. Martinsson ganz dicht hinter ihm.

Martinssons Wagen war näher geparkt. Wallander stellte das Blaulicht aufs Dach.

Als sie Ystad verließen, war es zehn Uhr am Vormittag. Es goß in Strömen.

34

ALS SIE NACH EINER HALSBRECHERISCHEN FAHRT in Löderup ankamen, lernte Wallander auch Robert Modins Mutter kennen. Sie war stark übergewichtig und wirkte sehr nervös. Aber noch auffallender war, daß sie Wattebäusche in den Nasenlöchern hatte und mit einem nassen Handtuch über der Stirn auf der Couch lag.

Als sie auf den Hof fuhren, ging die Haustür auf, und Robert Modins Vater kam heraus. Wallander suchte in seiner Erinnerung, kam aber nicht darauf, ob er den Vornamen von Robert Modins Vater schon einmal gehört hatte. Er fragte Martinsson.

»Er heißt Axel Modin.«

Sie stiegen aus dem Wagen. Das erste, was Axel Modin sagte, war, daß Robert den Wagen genommen habe. Er wiederholte immer wieder die gleichen Worte.

»Der Junge hat den Wagen genommen. Und er hat nicht einmal den Führerschein.«

»Kann er wenigstens fahren?« fragte Martinsson.

»Mit Mühe und Not. Ich habe versucht, es ihm beizubringen. Aber ich begreife nicht, wieso ich einen so unpraktischen Sohn haben muß.«

Aber von Computern versteht er was, dachte Wallander. Woher das nun kommen mag.

Sie hasteten über den Hof, um aus dem strömenden Regen ins Trockene zu gelangen. Im Flur sagte Roberts Vater mit gedämpfter Stimme, seine Frau liege im Wohnzimmer.

»Sie hat Nasenbluten. Das hat sie immer, wenn sie sich aufregt.«

Wallander und Martinsson gingen hinein und begrüßten sie. Die Frau begann sogleich zu weinen, als Wallander sagte, er sei von der Polizei.

»Wir setzen uns am besten in die Küche«, sagte Axel Modin.

»Dann kann sie hier in Ruhe liegen. Sie ist ein bißchen nervös veranlagt.«

Wallander ahnte eine Schwere, vielleicht Traurigkeit in der Stimme des Mannes, als er von seiner Frau sprach. Sie gingen in die Küche. Der Mann schob die Tür zu, schloß sie aber nicht ganz. Während ihres Gesprächs hatte Wallander das Gefühl, daß der Mann ständig nach seiner Frau dort drinnen auf der Couch horchte.

Er fragte, ob sie Kaffee wollten. Beide lehnten ab. Das Gefühl, daß sie wenig Zeit hatten, war stark. Während ihrer Fahrt hatte Wallander ununterbrochen gedacht, daß er es jetzt wirklich mit der Angst bekam. Er wußte nicht, was los war. Aber er war davon überzeugt, daß Robert Modin in Gefahr war. Sie hatten schon zwei tote Jugendliche, und Wallander würde es nicht ertragen, wenn ein dritter junger Mensch zu Schaden käme. Es war, als hätten sie fast vierzig Tage in einer symbolischen Wüste verbracht und liefen Gefahr, in Monumente der Untauglichkeit verwandelt zu werden, wenn es ihnen nicht gelänge, den jungen Mann zu schützen, der ihnen seine Computerkenntnisse zur Verfügung gestellt hatte. Während der Fahrt nach Löderup hatte Wallander aufgrund von Martinssons halsbrecherischer Fahrweise nur um sein Leben gezittert, aber nichts gesagt. Erst auf dem letzten Teilstück, als die Wege so schlecht waren, daß Martinsson nicht so rasen konnte, wie er wollte, stellte er einige Fragen.

»Wie konnte er wissen, daß wir am Runnerströms Torg waren? Und wie konnte er diese E-Mail an Falks Rechner schicken?«

»Vielleicht hat er ja versucht, dich anzurufen«, sagte Martinsson. »Hattest du dein Handy eingeschaltet?«

Wallander zog das Telefon aus der Tasche. Es war abgeschaltet. Er fluchte laut.

»Er muß geraten haben, wo wir waren«, fuhr Martinsson fort. »Und Falks E-Mail-Adresse hat er sich natürlich gemerkt. Sein Erinnerungsvermögen ist sicher nicht das schlechteste.«

Weiter waren sie nicht gekommen, als sie den Hof der Modins erreichten. Jetzt saßen sie in der Küche.

»Was ist denn passiert?« fragte Wallander. »Wir haben eine Art Notruf von Robert bekommen.«

Axel Modin sah ihn fragend an. »Notruf?«

»Er hat sich über den Computer gemeldet. Aber jetzt ist es wichtig, daß Sie uns kurz erzählen, was geschehen ist.«

»Ich weiß nichts«, sagte Axel Modin. »Ich wußte ja nicht einmal, daß Sie hierher unterwegs waren. Aber ich habe gehört, daß er in den letzten Nächten viel auf war. Ich weiß nicht, was er gemacht hat. Außer, daß es mit diesen vermaledeiten Computern zu tun hat. Als ich heute gegen sechs Uhr aufwachte, hörte ich, daß er immer noch auf war. Er hatte also die ganze Nacht nicht geschlafen. Ich klopfte bei ihm an und fragte, ob er Kaffee haben wolle. Er sagte ja. Ich rief die Treppe hinauf, als der Kaffee fertig war. Er kam erst nach fast einer halben Stunde herunter. Sagte aber nichts. Er schien ganz in Gedanken versunken zu sein.«

»War er das häufiger?«

»Ja. Das hat mich auch nicht erstaunt. Ich konnte ihm ansehen, daß er nicht geschlafen hatte.«

»Sagte er, womit er sich beschäftigte?«

»Das tat er nie. Es hätte auch nichts gebracht. Ich bin ein alter Mann, der nichts von Computern versteht.«

»Was geschah dann?«

»Er trank seinen Kaffee, nahm ein Glas Wasser und ging wieder nach oben.«

»Ich dachte, er trinkt keinen Kaffee«, sagte Martinsson. »Er nimmt doch nur ganz spezielle Getränke zu sich.«

»Kaffee ist die Ausnahme. Aber ansonsten stimmt es. Er ist Veganer.«

Wallander hatte nur eine sehr unklare Vorstellung davon, was einen Veganer eigentlich ausmachte. Linda hatte einmal versucht, es ihm zu erklären, und von Umweltbewußtsein, Buchweizengrütze und Linsen gesprochen. Anderseits war es im Moment unwichtig.

»Er ging also wieder nach oben. Wieviel Uhr war es da?«

»Viertel vor sieben.«

»Hat jemand angerufen?«

»Er hat ein Handy. Das höre ich nicht.«

»Und was geschah dann?«

»Um acht Uhr ging ich mit dem Frühstück zu meiner Frau hinauf. Als ich an seiner Tür vorüberkam, war es still bei ihm. Ich horchte, ob er eingeschlafen war.«

»Und war er das?«

»Es war still. Aber ich glaube nicht, daß er schlief. Ich glaube, er dachte nach.«

Wallander runzelte die Stirn. »Wie können Sie das wissen?«

»Das kann ich nicht. Aber man merkt doch, ob ein Mensch hinter einer geschlossenen Tür sitzt und denkt. Oder nicht?«

Martinsson nickte. Wallander war irritiert über Martinssons Verhalten, das ihm wie Anbiederei vorkam. Von wegen, dachte er. Du und merken, daß ich hinter meiner geschlossenen Tür sitze und denke.

»Gehen wir weiter. Sie brachten Ihrer Frau das Frühstück ans Bett.«

»Nicht ans Bett. Sie sitzt an einem kleinen Tisch im Schlafzimmer. Sie ist morgens so nervös und braucht ihre Zeit.«

»Was geschah dann?«

»Ich ging nach unten, wusch ab und gab den Katzen ihr Fressen. Und den Hühnern. Wir haben auch ein paar Gänse. Ich ging zum Briefkasten und holte die Zeitung. Dann trank ich mehr Kaffee und blätterte die Zeitung durch.

»Und die ganze Zeit war es oben still?«

»Ja. Und dann passierte es.«

Martinsson und Wallander hörten mit wachsender Anspannung zu. Axel Modin stand auf und ging zur angelehnten Wohnzimmertür. Dann schob er sie noch ein Stück weiter zu und ließ nur einen winzigen Spalt frei. Er kehrte an den Tisch zurück und setzte sich wieder. »Plötzlich hörte ich, wie Roberts Zimmertür aufflog. Er kam in rasendem Tempo die Treppe herunter. Ich konnte gerade noch aufstehen, da war er schon in der Küche. Ich saß hier, wo ich jetzt sitze. Er war vollkommen außer sich und starrte mich an, als wäre ihm ein Gespenst begegnet. Bevor ich etwas sagen konnte, lief er in den Flur und schloß die Haustür ab. Er kam zurück und fragte, ob ich jemanden gesehen hätte. Richtig geschrien hat er. Ob ich jemanden gesehen hätte.«

»Waren das seine Worte? Ob Sie ›jemanden gesehen‹ hätten?«

»Er schien vollkommen aufgelöst. Ich wollte wissen, was los sei. Aber er hörte nicht zu. Er schaute aus den Fenstern. Hier in der Küche und im Wohnzimmer. Gleichzeitig hatte meine Frau angefangen, von oben zu rufen. Sie hatte Angst bekommen. Es war ein totales Durcheinander. Aber es wurde noch schlimmer.«

»Was passierte weiter?«

»Er kam mit meiner Schrotflinte zurück in die Küche. Und schrie, er wollte Patronen haben. Ich bekam Angst und fragte, was passiert wäre. Aber er sagte nichts. Er wollte Patronen. Aber ich habe ihm keine gegeben.«

»Und dann?«

»Dann warf er das Gewehr auf die Couch drinnen und nahm die Wagenschlüssel im Flur. Ich versuchte ihn aufzuhalten. Aber er schubste mich zur Seite und verschwand.«

»Um wieviel Uhr war das?«

»Das weiß ich nicht. Meine Frau saß auf der Treppe und schrie. Ich mußte mich um sie kümmern. Aber es muß gegen Viertel nach neun gewesen sein.«

Wallander schaute auf die Uhr. Es war also gut eine Stunde vergangen. Der Junge hatte seinen Notruf abgeschickt und war weggefahren.

Wallander stand auf. »Haben Sie gesehen, in welche Richtung erfuhr?«

»Nach Norden.«

»Noch etwas. Haben Sie jemanden gesehen, als Sie draußen waren, um die Zeitung zu holen, und als Sie die Hühner gefüttert haben?«

»Wen denn? Bei dem Wetter?«

»Vielleicht einen Wagen? Der in der Nähe geparkt war. Oder hier draußen vorbeifuhr.«

»Es war niemand da.«

Wallander nickte Martinsson zu. »Wir müssen uns sein Zimmer anschauen.«

Axel Modin schien am Tisch zusammengesunken zu sein.

»Kann mir vielleicht jemand erklären, was hier vorgeht?«

»Im Moment nicht«, antwortete Wallander. »Aber wir werden versuchen, Robert zu finden.«

»Er hatte Angst«, sagte Axel Modin. »Ich habe noch nie erlebt, daß er solche Angst hatte.«

Und dann, nach einem kurzen Schweigen: »Er hatte die gleiche Angst, wie seine Mutter sie immer hat.«

Martinsson und Wallander gingen ins Obergeschoß. Martinsson wies auf das Schrotgewehr, das am Treppengeländer lehnte. Zwei Monitore leuchteten ihnen entgegen, als sie in Roberts Zimmer eintraten. Auf dem Fußboden lagen Kleidungsstücke verstreut. Der Papierkorb neben dem Arbeitstisch war übervoll.

»Irgendwann kurz vor neun passiert etwas«, sagte Wallander. »Er bekommt es mit der Angst, schickt einen Notruf an uns und verschwindet. Er ist panisch. Und buchstäblich in Todesangst. Er will Patronen für das Gewehr. Er schaut aus den Fenstern und nimmt den Wagen.«

Martinsson deutete auf das Handy, das neben einem der beiden Computer lag.

»Er kann angerufen worden sein«, sagte er. »Oder er kann selbst angerufen und etwas erfahren haben, was ihn unmittelbar in Angst versetzt hat. Schade, daß er sein Handy nicht mitgenommen hat, als er weggefahren ist.«

Wallander zeigte auf die Computer. »Wenn er uns etwas geschickt hat, kann er auch eine Mitteilung erhalten haben. Er hat geschrieben, daß jemand ihm auf der Spur sei und daß er Hilfe brauche.«

»Aber er hat nicht gewartet. Er ist abgehauen.«

»Das bedeutet, daß noch etwas geschehen sein kann, nachdem er uns geschrieben hat. Oder daß er einfach nicht länger warten konnte.«

Martinsson hatte sich an den Tisch gesetzt. »Wir lassen den hier erst einmal links liegen«, sagte er und zeigte auf den kleineren der beiden Computer.

Wallander fragte nicht, wieso Martinsson wissen konnte, welcher von beiden wichtiger war. Im Augenblick war er auf ihn angewiesen. Die Situation war für Wallander ungewohnt. Einer seiner engsten Mitarbeiter konnte mehr als er selbst.

Martinsson bearbeitete die Tastatur. Der Regen peitschte ans Fenster. Wallander blickte sich im Zimmer um. An einer Wand hing ein Plakat mit dem Bild einer großen Möhre. Das war das einzige, was von dem Gesamteindruck abwich, daß sich in diesem Zimmer alles um die elektronische Welt drehte. Bücher, Disketten, technisches Zubehör. Kabel, die sich in unübersichtlichen Schlangennestern verloren. Modems, Drucker, ein Fernseher, zwei Videogeräte. Wallander stellte sich neben Martinsson und ging leicht in die Knie. Was konnte Robert Modin entdeckt haben, als er an seinen Computern gesessen hatte? In der Ferne ein Weg. Da konnte ein Auto aufgetaucht sein, dachte Wallander. Noch einmal blickte er sich im Zimmer um. Martinsson tippte und murmelte vor sich hin. Wallander hob vorsichtig einen Stoß Papiere an. Darunter lag ein Fernglas. Er richtete es auf den Weg, der im Regendunst dalag. Eine Elster flatterte durch sein Blickfeld. Wallander zuckte unwillkürlich zusammen. Sonst war nichts da. Ein halb zusammengestürzter Zaun, ein paar Bäume. Und ein Weg, der sich zwischen den Äckern dahinschlängelte.

»Kommst du weiter?« fragte er.

Martinsson antwortete nicht. Murmelte nur irgend etwas. Wallander setzte die Brille auf und begann, die Papiere zu studieren, die neben den Computern lagen. Robert Modin hatte eine kaum leserliche Handschrift. Da waren Berechnungen und hingekritzelte Sätze, oft nur halb, ohne Anfang oder Schlußpunkt. Ein Wort kam mehrmals vor. *Verzögerung.* Manchmal mit Fragezeichen. Manchmal unterstrichen. *Verzögerung.* Wallander blätterte weiter. Auf einer Seite hatte Robert Modin eine schwarze Katze mit langen spitzen Ohren und einem Schwanz gezeichnet, der in ein Wirrwarr von Leitungen überging. Gekritzel, während man grübelt, dachte Wallander. Oder jemandem zuhört. Auf der nächsten Seite hatte Robert Modin eine andere Notiz gemacht. *Programmierung wann abgeschlossen?* Und noch zwei Wörter. *Insider notwendig?* Viele Fragezeichen, dachte Wallander. Er sucht nach Antworten, genau wie wir.

»Hier«, sagte Martinsson plötzlich. »Er hat eine E-Mail bekommen. Danach ruft er uns zu Hilfe.«

Wallander beugte sich vor und las auf dem Bildschirm. *You have been traced.*

Sonst nichts. Nur das. »Sie sind erkannt.«

»Ist noch mehr da?« fragte Wallander.

»Danach hat er keine Mail mehr erhalten.«

»Von wo ist die E-Mail gekommen?«

Martinsson zeigte auf den Monitor. »Nichts als wirre Ziffern und Buchstabenkombinationen als Absender. Da wollte jemand sich nicht zu erkennen geben.

»Aber woher kommt sie?«

»Der Server heißt ›Vesuvius‹«, sagte Martinsson. »Natürlich kann man herausfinden, wo der sich befindet. Aber das kann dauern.«

»Also nicht in Schweden?«

»Kaum.«

»Der Vesuv ist ein Vulkan in Italien«, meinte Wallander. »Könnte sie daher kommen?«

»Du kannst nicht sofort eine Antwort bekommen. Aber wir können es ja versuchen.«

Martinsson bereitete eine Antwort an die Buchstaben und Ziffern vor, die als Absender angegeben waren.

»Was soll ich schreiben?«

Wallander überlegte. »›Bitte wiederholen Sie Ihre Mitteilung‹«, sagte er dann. »Schreib das.«

Martinsson nickte zustimmend und tippte es auf Englisch ein.

»Unterzeichnet Robert Modin?«

»Genau.«

Martinsson klickte auf »Absenden«. Der Text verschwand im Cyberspace. Dann erschien eine Mitteilung auf dem Bildschirm, daß der Adressat nicht erreichbar sei.

»Dann wissen wir das«, sagte Wallander.

»Jetzt mußt du bestimmen«, sagte Martinsson. »Wonach soll ich eigentlich suchen? Wo ›Vesuvius‹ liegt, oder nach etwas anderem?«

»Kannst du es nicht im Internet suchen?« sagte Wallander.

»Oder jemanden fragen, der sich darauf versteht? Ob jemand weiß, wo ›Vesuvius‹ liegt?«

Dann überlegte er es sich noch einmal. »Nein. Stell die Frage anders. Liegt ›Vesuvius‹ in Angola?«

Martinsson war erstaunt. »Glaubst du noch immer, daß diese Postkarte aus Luanda wichtig ist?«

»Ich glaube, daß die Karte an sich bedeutungslos ist. Aber Tynnes Falk traf vor vielen Jahren jemanden in Luanda. Damals ist etwas passiert. Ich weiß nicht, was. Aber ich bin davon überzeugt, daß es wichtig ist. Entscheidend sogar.«

Martinsson sah ihn an. »Manchmal glaube ich, du überschätzt deine Intuition. Wenn du erlaubst, daß ich das sage.«

Wallander mußte sich zusammenreißen, um nicht die Beherrschung zu verlieren. Die Empörung über das, was Martinsson getan hatte, wallte in ihm auf. Aber Robert Modin war jetzt wichtiger. Wallander speicherte Martinssons Worte sorgfältig in seinem Gedächtnis ab. Er konnte sehr nachtragend sein, wenn er wollte.

Noch etwas anderes hielt ihn zurück. Im gleichen Augenblick, in dem Martinsson seinen Kommentar abgegeben hatte, war Wallander ein Gedanke durch den Kopf gegangen. »Robert Modin hat sich mit Freunden beraten. Einer saß in Kalifornien und einer in Rättvik. Hast du möglicherweise ihre E-Mail-Adressen notiert?«

»Natürlich habe ich alles aufgeschrieben«, antwortete Martinsson sauer. Wallander nahm an, daß er sich darüber ärgerte, nicht selbst auf die Idee gekommen zu sein.

Das freute ihn. Ein kleiner Vorgeschmack der anstehenden Rache.

»Die werden kaum etwas dagegen haben, wenn wir nach ›Vesuvius‹ fragen«, fuhr Wallander fort. »Wenn du gleichzeitig betonst, daß wir es Robert zuliebe tun. In der Zwischenzeit kann ich anfangen, ihn zu suchen.«

»Aber was bedeutet diese Mitteilung eigentlich?« fragte Martinsson. »Er hat also nicht alle Spuren hinter sich verwischt. Ist es das?«

»Du bist derjenige, der sich in der elektronischen Welt auskennt«, sagte Wallander. »Nicht ich. Aber ich habe so ein Gefühl, das immer stärker wird. Du kannst mir widersprechen, wenn ich völlig danebenliege. Aber dieses Gefühl hat nichts mit meiner Intuition zu tun, sondern mit Fakten, simplen Fakten. Wie zum Beispiel, daß jemand die ganze Zeit ausgesprochen gut informiert ist über das, was wir tun.«

»Wir wissen, daß jemand die Apelbergsgata und Runnerströms Torg beobachtet hat. Und jemand hat in Falks Wohnung geschossen.«

»Das ist es nicht. Ich spreche nicht von einer bestimmten Person. Die vielleicht Fu Cheng heißt und asiatisch aussieht. Jedenfalls nicht in erster Linie. Es ist, als hätten wir eine undichte Stelle im Polizeipräsidium.«

Martinsson brach in Lachen aus. Ob es höhnisch war oder nicht, konnte Wallander nicht beurteilen.

»Du meinst doch nicht im Ernst, daß einer von uns in diese Sache verwickelt wäre?«

»Nein. Aber ich frage mich, ob es eine andere undichte Stelle gibt. Wo Wasser rein und raus sickert.«

Wallander wies auf den Computer. »Falks Computer ist sicher sehr leistungsstark. Ich frage mich ganz einfach, ob nicht jemand das gleiche tut wie wir. Unsere Computer anzapft und sich so Informationen verschafft.«

»Die Datenbanken des Reichskrim sind extrem stark gesichert.«

»Aber unsere eigenen Computer? Sind die so wasserdicht, daß jemand, der die technischen Möglichkeiten und den entsprechenden Willen hat, sich keinen Zugang zu ihnen verschaffen kann? Du und Ann-Britt schreibt alle eure Berichte auf dem Computer. Was Hansson tut, weiß ich nicht. Ich mache es manchmal. Nyberg sitzt ebenfalls da und kämpft mit seinem Computer. Die gerichtsmedizinischen Protokolle kommen als Papierkopien zu uns, aber gleichzeitig auch direkt in die Rechner. Was passiert, wenn sich jemand an uns ranhängt und unsere Rechner anzapft? Ohne daß wir uns dessen bewußt sind?«

»Das klingt unwahrscheinlich«, sagte Martinsson. »Der Sicherheitsstandard ist hoch.«

»Es ist nur so ein Einfall«, sagte Wallander. »Neben vielen anderen.«

Er verließ Martinsson und ging die Treppe hinunter. Durch die halboffene Tür sah er Modin, der im Wohnzimmer saß und die Arme um seine riesenhafte Ehefrau geschlungen hatte, der immer noch Wattebäusche in den Nasenlöchern steckten. Es war ein Bild, das ihn mit Mitleid und einem diffusen Gefühl von Freude erfüllte. Was von beidem überwog, wußte er nicht. Er klopfte behutsam an die Tür.

Axel Modin kam heraus.

»Ich würde gern einmal Ihr Telefon benutzen«, sagte Wallander.

»Was ist eigentlich passiert? Warum hat Robert solche Angst?«

»Das versuchen wir herauszufinden. Aber Sie brauchen sich keine Sorgen zu machen.«

Wallander betete im stillen, daß das, was er sagte, sich als wahr erwiese. Er setzte sich ans Telefon im Flur. Bevor er den Hörer abnahm, überlegte er, was er jetzt tun mußte. Das erste, was er entscheiden mußte, war, ob seine Sorge wirklich begründet war. Aber die Mitteilung war real genug, egal, wer sie geschickt hatte. Außerdem war die ganze Ermittlung davon geprägt, daß irgend etwas um jeden Preis verborgen bleiben sollte. Von Menschen, die nicht zögerten zu töten. Wallander entschied sich dafür, die gegen Robert Modin gerichtete Drohung ernst zu nehmen. Er wollte nicht das Risiko einer Fehleinschätzung eingehen. Er hob den Hörer ab und rief im Präsidium an. Diesmal hatte er Glück. Er bekam sofort Ann-Britt an den Apparat und erklärte ihr die Situation. In erster Linie wurden Streifenwagen benötigt, die die Umgebung von Löderup absuchten. Wenn es stimmte, daß Robert Modin nicht richtig Autofahren konnte, war er wahrscheinlich nicht weit gekommen. Außerdem riskierten sie, daß er einen Unfall verursachte und sich selbst und andere gefährdete. Wallander rief Axel Modin und bat ihn um eine Beschreibung des Wagens und das polizeiliche Kennzeichen. Ann-Britt notierte sich alles und versprach, dafür zu sorgen, daß Streifenwagen losgeschickt wurden. Wallander legte auf und ging wieder nach oben. Martinsson hatte noch keine Antwort von Robert Modins Beratern erhalten.

»Ich muß deinen Wagen leihen«, sagte Wallander.

»Der Schlüssel steckt«, erwiderte Martinsson, ohne den Blick vom Bildschirm abzuwenden.

Wallander duckte sich im Regen, als er zum Auto lief. Er hatte beschlossen, einen Blick auf den Weg zu werfen, der sich durch die Äcker schlängelte und der von Robert Modins Fenster aus zu sehen war. Höchstwahrscheinlich würde es nichts bringen. Er fuhr vom Hof und suchte nach der Abzweigung.

Etwas nagte in Wallanders Bewußtsein. Ein Gedanke, der an die Oberfläche drängte.

Es war etwas, was er selbst gesagt hatte. Etwas von einer Leitung, die heimlich ans Netz des Polizeipräsidiums angeschlossen worden war. In dem Moment, als er die Abzweigung fand, fiel ihm ein, was es war.

Er war damals zehn Jahre alt geworden. Oder vielleicht auch zwölf. Es war eine gerade Zahl gewesen, daran erinnerte er sich genau. Und acht waren zuwenig. Sein Vater hatte ihm die Bücher geschenkt. Was er von seiner Mutter bekommen hatte, wußte er nicht mehr. Auch nicht, was seine Schwester Kristina ihm geschenkt hatte. Aber die Bücher hatten in grünem Papier verpackt auf dem Frühstückstisch gelegen. Er hatte das Paket sofort geöffnet und gesehen, daß es fast die richtigen waren. Nicht ganz. Aber fast. Und falsch auf keinen Fall. Er hatte sich ›Die Kinder des Kapitäns Grant‹ von Jules Verne gewünscht. Der Titel hatte es ihm angetan. Was er bekommen hatte, war ›Die geheimnisvolle Insel‹, Teil eins und Teil zwei. Und es waren die richtigen Bücher, mit dem roten Rücken und den Originalillustrationen. Genau wie ›Die Kinder des Kapitäns Grant‹. Er hatte am selben Abend angefangen zu lesen. Und da war dieser wunderbare, mystische Wohltäter gewesen, der den einsamen Männern half, die auf der Insel gestrandet waren. Das Rätsel hatte sich über sie gelegt. Wer war es, der ihnen beistand, wenn die Not am größten war? Plötzlich war das Chinin einfach dagewesen. Als der junge Pencroff mit Malaria auf den Tod lag und keine Macht der Welt ihn hätte retten können. Da war das Chinin dagewesen. Und der Hund Top hatte in den tiefen Brunnen hinabgeknurrt, und sie hatten sich gefragt, was den Hund so unruhig machte. Schließlich, als der Vulkan schon zu beben begonnen hatte, fanden sie den unbekannten Wohltäter. Fanden die geheimnisvolle Leitung, die an den Telegraphendraht gekoppelt war und von der Hürde zur Höhle führte. Sie waren der Leitung gefolgt und hatten sie im Meer verschwinden sehen. Und dort, in seinem Unterwasserboot und in seiner Höhle, hatten sie am Ende Kapitän Nemo gefunden, ihren unbekannten Wohltäter …

Wallander hatte auf dem lehmigen Weg angehalten. Der Regen hatte nachgelassen. Statt dessen wälzte sich Nebel vom Meer heran.

Er erinnerte sich an die Bücher. Und an den Wohltäter dort unten in der Tiefe. Diesmal ist es umgekehrt, wenn ich recht habe, dachte er. Jemand legt die ganze Zeit ein unsichtbares Ohr dicht an unsere Wände und belauscht unsere Gespräche. Diesmal ist es kein Wohltäter in der Tiefe. Niemand, der kommt und Chinin bringt, sondern der das, was am dringendsten benötigt wird, fortnimmt.

Er fuhr weiter. Viel zu schnell. Aber es war Martinssons Wagen, und er war immer noch von dem Bedürfnis beherrscht, seine Rache auszukosten. Jetzt ging es über das Auto her. Als er zu der Stelle gekommen war, die er durchs Fernglas gesehen zu haben meinte, hielt er an und stieg aus. Der Regen hatte fast aufgehört. Der Nebel wogte schnell heran. Er schaute sich um. Wenn Martinsson den Kopf höbe, würde er seinen Wagen sehen können. Wenn er das Fernglas höbe, würde er Wallanders Gesicht sehen können. Auf dem Weg waren Wagenspuren. Er glaubte sogar erkennen zu können, daß ein Wagen hier gehalten hatte. Aber die Spuren waren undeutlich. Der Regen hatte sie fast ausgelöscht. Jemand könnte hier gehalten haben, dachte er. Auf eine Art und Weise, die ich nicht richtig begreife, werden Mitteilungen an Robert Modins Rechner geschickt. Und gleichzeitig steht jemand hier auf dem Weg und hält ihn unter Aufsicht.

Wallander bekam Angst. Wenn jemand auf dem Weg gestanden hatte, konnte dieser Jemand auch gesehen haben, daß Robert Modin das Haus verlassen hatte.

Wallander brach der kalte Schweiß aus. Ich bin dafür verantwortlich, dachte er. Ich hätte Robert Modin nie in diese Geschichte hineinziehen dürfen. Es war zu gefährlich und total verantwortungslos.

Er zwang sich dazu, ruhig zu denken. Robert Modin war von Panik ergriffen worden und hatte ein Gewehr mitnehmen wollen. Dann hatte er den Wagen genommen. Die Frage war nur, wohin er gefahren war.

Wallander blickte sich noch einmal um. Dann fuhr er zum Haus zurück. Axel Modin kam mit fragendem Gesichtsausdruck an die Haustür.

»Ich habe Robert nicht gefunden«, sagte Wallander. »Aber wir suchen nach ihm. Es besteht kein Grund zur Besorgnis.«

Modin glaubte ihm nicht. Wallander sah es an seinem Gesichtsausdruck. Aber Modin sagte nichts. Er wandte den Blick ab. Als habe sein Mißtrauen etwas Anstößiges. Aus dem Wohnzimmer kamen keine Geräusche.

»Geht es ihr besser?« fragte Wallander.

»Sie schläft. Das ist immer das Beste für sie. Sie hat Angst vor dem Nebel, wenn er sich heranschleicht.«

Wallander nickte zur Küche hin. Modin folgte seinem Blick. Eine große schwarze Katze lag im Fenster und betrachtete Wallander aus wachsamen Augen. Wallander fragte sich, ob das die Katze war, die Robert gezeichnet hatte. Und deren Schwanz in eine Leitung überging.

»Wohin kann Robert gefahren sein?« fragte Wallander und zeigte hinaus in den Nebel.

Axel Modin schüttelte den Kopf. »Ich weiß es nicht.«

»Aber er hat Freunde. Als ich zum erstenmal hierherkam, war er auf einem Fest.«

»Ich habe seine Freunde angerufen. Keiner hat ihn gesehen. Sie haben versprochen, sich zu melden, falls er auftauchen sollte.«

»Denken Sie nach«, sagte Wallander. »Er ist Ihr Sohn. Er hat Angst, und er flieht. Wo kann er sich verstecken?«

Modin überlegte. Die Katze ließ Wallander nicht aus den Augen. »Er geht gerne an den Strand«, sagte Modin zögernd. »Unten bei Sandhammaren. Oder auf den Feldern oben um Backåkra. Etwas anderes fällt mir nicht ein.«

Wallander war skeptisch. Ein Strand war zu offen, genauso wie die Felder um Backåkra. Aber jetzt war der Nebel gekommen. Ein besseres Versteck als den Nebel gab es in Schonen kaum.

»Denken Sie weiter nach«, sagte Wallander. »Vielleicht fällt Ihnen doch noch etwas ein. Ein Versteck, an das er sich aus seiner Kindheit erinnert.«

Er ging in den Flur ans Telefon und rief Ann-Britt an. Die Streifenwagen waren auf dem Weg nach Österlen. Die Polizei in Simrishamn war informiert und würde helfen. Wallander berichtete von Sandhammaren und Backåkra.

»Ich fahre hinauf nach Backåkra«, sagte er. »Nach Sandhammaren mußt du einen anderen Wagen schicken.«

Ann-Britt versprach zu tun, was er sagte. Sie würde außerdem selbst nach Löderup kommen.

Wallander legte auf. Im gleichen Augenblick kam Martinsson, mehrere Stufen auf einmal nehmend, die Treppe herunter. Wallander sah sofort, daß er etwas Wichtiges mitzuteilen hatte. »Ich habe Antwort aus Rättvik bekommen«, sagte er. »Du hattest recht. Der Server ›Vesuvius‹ steht in Luanda, der Hauptstadt von Angola.«

Wallander nickte. Er war nicht überrascht.

Aber er spürte, wie seine Angst wuchs.

35

ES KAM WALLANDER SO VOR, als stände er vor einer uneinnehmbaren Festung, deren Mauern nicht nur hoch, sondern noch dazu unsichtbar waren. Die elektronischen Mauern, dachte er. Die Brandmauern.

Alle reden über die neue Technik wie über einen unerforschten Raum, in dem die Möglichkeiten dem Anschein nach unendlich sind. Aber im Moment ist sie für mich nur eine Festung, von der ich nicht weiß, wie ich sie bezwingen kann.

Sie hatten das E-Mail Terminal namens Vesuvius identifiziert. Es lag in Angola. Martinsson hatte darüber hinaus in Erfahrung gebracht, daß es brasilianische Unternehmer waren, die den Server betrieben. Aber wer Falks Partner dort war, wußten sie nicht, auch wenn Wallander gute Gründe für seine Annahme hatte, daß es sich um den Mann handelte, den sie bisher nur mit dem Buchstaben C identifizierten. Martinsson, der mehr über die Verhältnisse in Angola wußte als Wallander, war der Meinung, daß dort nahezu Chaos herrsche. Das Land hatte Mitte der siebziger Jahre seine Selbständigkeit von der portugiesischen Kolonialmacht erlangt. Seitdem wütete ein fast ununterbrochener Bürgerkrieg im Land. Es war zweifelhaft, ob es eine funktionierende Polizei gab. Außerdem hatten sie keine Ahnung, wer der Mann, der sich C nannte, eigentlich war oder wie er hieß. C konnte auch für mehr als eine Person stehen. Dennoch war es für Wallander ein wichtiger Fortschritt, daß die Dinge anfingen zusammenzuhängen, auch wenn er noch keineswegs wußte, wie er die neue Information interpretieren sollte. Was sich damals in Luanda ereignet hatte, als Tynnes Falk vier Jahre lang verschwunden war, wußten sie noch immer nicht. Das einzige, was sie bewirkt hatten, war, daß sie in ein Wespennest gestochen hatten. Jetzt schwärmten die Wespen in alle Richtungen aus. Aber was sich im Wespennest verbarg, wußten sie nicht.

Wallander stand dort bei Modin im Flur und spürte, wie seine Angst mit jeder Sekunde, die verging, größer wurde. Sie mußten Robert Modin um jeden Preis finden, bevor es zu spät war; das war das einzige, was er mit Gewißheit wußte. Wenn es nicht schon zu spät war. Die Erinnerungsbilder an Sonja Hökbergs verbrannten und Jonas Landahls massakrierten Körper waren sehr deutlich. Wallander wollte sofort in den wogenden Nebel hinaus und anfangen zu suchen. Aber alles war vage und unsicher. Robert Modin war dort draußen. Er hatte Angst und war auf der Flucht. So wie Jonas Landahl mit einer Fähre nach Polen geflohen war. Aber auf dem Rückweg war er hängengeblieben. Oder eingeholt worden.

Und jetzt ging es um Robert Modin. Während sie auf Ann-Britt warteten, versuchte Wallander, noch mehr Informationen aus Axel Modin herauszubekommen. Hatte er wirklich keine Ahnung, wohin sein Sohn sich gewandt haben konnte? Es gab Freunde, die versprochen hatten, anzurufen, falls Robert auftauchte. Aber gab es sonst nichts? Kein anderes Versteck? Während Wallander sich damit abmühte, Axel Modin noch irgend etwas abzuringen, was das erlösende Wort sein konnte, war Martinsson zu den Computern im Obergeschoß zurückgekehrt. Wallander hatte ihn aufgefordert, weiter mit den unbekannten Freunden in Rättvik und Kalifornien zu kommunizieren. Vielleicht wußten sie etwas von einem Versteck.

Axel Modin fiel nichts mehr ein. Er blieb bei Sandhammaren und Backåkra. Wallander schaute an ihm vorbei, über seinen Kopf, hinaus in den Nebel, der sehr dicht geworden war. Mit dem Nebel kam auch die eigentümliche Stille, die Wallander nirgendwo anders erlebt hatte als in Schonen. Gerade im Oktober und November. Wenn alles den Atem anzuhalten schien in Erwartung des Winters, der dort draußen lauerte und seine Zeit abwartete.

Wallander hörte den Wagen kommen. Er ging hin und öffnete, genau wie Axel Modin ihm geöffnet hatte. Ann-Britt kam herein. Sie begrüßte Modin, während Wallander Martinsson holte. Dann setzten sie sich an den Küchentisch. Axel Modin bewegte sich im Hintergrund, wo auch seine Frau mit ihren Wattebäuschen in den Nasenlöchern war und mit ihrer heimlichen Angst.

Für Wallander war jetzt alles ganz einfach. Sie mußten Robert Modin finden. Daß die Streifenwagen im Nebel umherjagten, reichte nicht aus. Er ließ Martinsson dafür sorgen, daß eine regionale Suchaktion ausgelöst wurde. Ab sofort sollten alle Polizeibezirke nach dem Wagen suchen.

»Wir wissen nicht, wo er ist«, sagte Wallander. »Aber er ist in Panik geflohen. Wir wissen nicht, ob die Mitteilung auf seinem Computer nur eine Drohung war. Wir wissen nicht, ob dieses Haus beobachtet wurde. Aber wir müssen davon ausgehen.«

»Sie müssen sehr geschickt gewesen sein«, sagte Martinsson, der mit einem Handy am Ohr in der Tür stand. »Ich bin überzeugt davon, daß er seine Spuren verwischt hat.«

»Aber vielleicht hat es nicht geholfen«, wandte Wallander ein, »wenn er Material kopiert und damit heute nacht hier weitergearbeitet hat. Nachdem wir ihm für seine Hilfe gedankt und uns von ihm verabschiedet hatten.«

»Ich habe nichts gefunden«, sagte Martinsson. »Aber natürlich kannst du recht haben.«

Nachdem die regionale Suchaktion ausgelöst worden war, beschlossen sie, daß Martinsson bis auf weiteres in Modins Haus bleiben sollte, das sie als provisorisches Hauptquartier benutzen wollten. Es konnte ja sein, daß Robert Modin sich hier meldete. Ann-Britt sollte gemeinsam mit einem der Streifenwagen Sandhammaren übernehmen, während Wallander nach Backåkra fahren wollte.

Auf dem Weg zu den Autos sah Wallander, daß Ann-Britt bewaffnet war. Als sie gefahren war, ging er zurück ins Haus. Axel Modin saß auf seinem Stuhl in der Küche.

»Das Schrotgewehr«, bat Wallander. »Und ein paar Patronen.«

Wallander sah, wie in Modins Gesicht die Angst aufflammte.

»Nur zur Sicherheit«, sagte Wallander, um ihn zu beruhigen. Modin stand auf und verließ die Küche. Er kam mit dem Gewehr und einer Schachtel Patronen zurück.

Wieder saß Wallander in Martinssons Wagen. Er fuhr in Richtung Backåkra. Der Verkehr auf der Hauptstraße kroch dahin. Die Lichter der Fahrzeuge kamen ihm aus dem Nebel entgegen und verschwanden wieder darin. Fieberhaft versuchte er zu verstehen, wohin Robert Modin sich gewandt haben konnte. Was hatte er gedacht, als er sich aufmachte? Hatte er einen Plan im Kopf, oder war die Flucht tatsächlich so überstürzt gewesen, wie sein Vater sie geschildert hatte? Wallander sah ein, daß er keine Schlußfolgerungen ziehen konnte. Er kannte Robert Modin zu wenig.

Er wäre fast am Schild nach Backåkra vorbeigefahren. Er bog ab und erhöhte das Tempo, obwohl die Straße schmaler wurde. Aber er rechnete nicht damit, hier jemandem zu begegnen. In dieser Jahreszeit stand Backåkra mit dem Haus der Schwedischen Akademie leer und war verbarrikadiert. Auf dem Parkplatz hielt er an und stieg aus. In der Ferne hörte er ein Nebelhorn. Er konnte das Meer riechen. Die Sicht lag jetzt bei wenigen Metern. Er machte eine Runde über den Parkplatz. Es war kein anderer Wagen da. Er ging zu dem um einen viereckigen Innenraum errichteten Hof. Verschlossen, verbarrikadiert. Was tue ich hier? dachte er. Wenn hier kein Auto steht, ist auch Robert Modin nicht da. Dennoch ging er weiter auf die Felder hinaus und wandte sich nach rechts, wo der Steinring und der Meditationsplatz lagen. Irgendwo weit weg schrie ein Vogel. Oder vielleicht war es ganz nah. Der Nebel beeinträchtigte sein Gefühl für Entfernungen. Er trug das Schrotgewehr unter dem Arm, die Patronenschachtel hatte er in der Tasche. Jetzt hörte er das Meer rauschen. Er kam zum Steinring. Hier war niemand, und es schien auch lange niemand biergewesen zu sein. Er holte sein Handy heraus und rief Ann-Britt an. Sie antwortete von Sandhammaren. Von Modins Auto noch immer keine Spur. Aber sie hatte mit Martinsson gesprochen, der berichtet hatte, daß sich alle Polizeibezirke bis hinauf zur småländischen Grenze an der Suche beteiligten.

»Der Nebel ist örtlich begrenzt«, sagte sie. »In Sturup landen und starten die Flugzeuge normal. Etwas nördlich von Brösarp ist klare Sicht.«

»So weit ist er nicht gekommen«, sagte Wallander. »Er ist irgendwo hier in der Nähe. Da bin ich mir sicher.«

Er beendete das Gespräch und machte sich auf den Rückweg. Etwas ließ ihn plötzlich aufhorchen. Ein Wagen näherte sich dem Parkplatz. Modin war in einem normalen Personenwagen unterwegs, einem Golf. Aber dieses Geräusch hörte sich anders an. Ohne zu wissen, warum, lud er das Gewehr. Dann ging er weiter. Das Motorengeräusch verstummte. Wallander blieb stehen. Eine Wagentür wurde geöffnet, aber nicht wieder geschlossen. Wallander war sicher, daß es nicht Modin war. Vermutlich war es jemand, der nach dem Haus sehen wollte. Oder der untersuchen wollte, was das für ein Wagen war, in dem Wallander gekommen war. Die Gefahr eines Einbruchs bestand immer. Wallander ging weiter. Plötzlich blieb er wieder stehen. Er versuchte durch den Nebel zu sehen. Auf Geräusche zu hören. Etwas hatte ihn gewarnt. Was, wußte er nicht. Er verließ den ausgetretenen Pfad und ging in einem weiten Halbkreis zum Haus und zum Parkplatz zurück. Dann und wann blieb er stehen. Ich hätte es gehört, wenn jemand das Haus aufgeschlossen und hineingegangen wäre, dachte er.

Aber hier ist es still. Viel zu still.

Jetzt sah er das Haus. Er befand sich fast auf der Rückseite. Er trat ein paar Schritte zurück. Das Haus verschwand. Dann ging er darum herum in Richtung Parkplatz. Er kam an den Zaun. Mit großer Mühe kletterte er hinüber. Dann begann er den Parkplatz zu untersuchen. Die Sicht schien noch schlechter geworden zu sein. Er dachte, daß er nicht direkt zu Martinssons Wagen gehen sollte. Lieber noch einen Umweg machen. Er hielt sich dicht am Zaun, um die Orientierung nicht zu verlieren.

Er hatte fast die Einfahrt zum Parkplatz erreicht, als er erstarrte. Da stand ein Auto. Oder vielmehr ein Bus. Zuerst war er im Zweifel, was er eigentlich vor sich sah. Dann erkannte er einen dunkelblauen Mercedes-Bus.

Er lief hastig zurück in den Nebel. Lauschte. Sein Herz begann, schneller zu schlagen. Er untersuchte die Sicherung des Schrotgewehrs. Die Tür zum Fahrerhaus hatte offengestanden. Er bewegte sich nicht. Es gab keinen Zweifel. Der Bus, der dort stand, war der, nach dem sie fahndeten. Der Falks Leiche zum Geldautomaten zurücktransportiert hatte. Jetzt befand sich jemand hier draußen im Nebel, der nach Modin suchte.

Aber Modin ist nicht hier, dachte Wallander.

Im selben Augenblick wurde ihm klar, daß es noch eine andere Möglichkeit gab. Sie suchten nicht nach Modin. Sie konnten ebensogut nach ihm selbst suchen.

Wenn sie gesehen hatten, wie Modin das Haus verließ, hatten sie auch gesehen, wie er es verließ. Was hinter ihm im Nebel gewesen war, konnte er nicht wissen. Jetzt erinnerte er sich daran, daß Scheinwerfer eines Wagens hinter ihm gewesen waren. Aber niemand hatte ihn überholt.

Es summte in seiner Jackentasche. Wallander fuhr zusammen. Er antwortete mit gesenkter Stimme. Aber es war weder Martinsson noch Ann-Britt.

Es war Elvira Lindfeldt.

»Ich hoffe, ich störe nicht«, sagte sie. »Aber ich dachte, wir könnten uns für morgen verabreden. Wenn Sie noch Lust haben.«

»Es ist im Moment nicht sehr günstig«, sagte Wallander.

Sie bat ihn, lauter zu sprechen, weil sie ihn so schlecht verstehen könne.

»Es wäre gut, wenn ich später zurückrufen könnte«, sagte er. »Ich bin gerade beschäftigt.«

»Noch einmal bitte«, sagte sie. »Ich kann Sie nicht verstehen.«

Er sprach ein klein wenig lauter. »Ich kann jetzt nicht reden. Ich rufe später an.«

»Ich bin zu Hause«, antwortete sie.

Wallander schaltete das Handy ab. Es ist Wahnsinn, dachte er. Sie hat nicht begriffen. Sie glaubt, ich sei abweisend. Warum muß sie ausgerechnet jetzt anrufen? Wo ich nicht mit ihr reden kann.

Einen kurzen, schwindelerregenden Augenblick lang schoß ihm ein anderer Gedanke durch den Kopf. Woher er kam, konnte Wallander nicht ausmachen. Es ging so schnell, daß er gar nicht verstand, was geschehen war. Aber der Gedanke war dagewesen. Ein schwarzer Unterstrom in seinem Gehirn. *Warum rief sie gerade jetzt an?* War es ein Zufall? Oder gab es einen anderen Grund?

Er schüttelte den Kopf über sich selbst. Sein Gedanke war absurd. Ein Auswuchs seiner Müdigkeit und seines wachsenden Gefühls, von Verrätern umgeben zu sein. Er blieb mit dem Telefon in der Hand stehen und überlegte, ob er zurückrufen sollte. Aber das mußte warten. Er wollte das Telefon wieder in die Tasche stecken. Aber es glitt ihm aus der Hand. Er versuchte es im Fallen zu fassen, bevor es auf der nassen Erde landete.

Diese Bewegung rettete ihm das Leben. Im selben Augenblick, als er sich niederbeugte, knallte es hinter ihm. Das Handy blieb auf dem Boden liegen. Wallander drehte sich um und hob gleichzeitig das Gewehr.

Etwas bewegte sich im Nebel. Wallander warf sich zur Seite und stolperte fort, so schnell er konnte. Das Herz hämmerte in seiner Brust. Wer auf ihn geschossen hatte, wußte er nicht. Er muß meine Stimme gehört haben, dachte Wallander. Er hat mich sprechen hören und konnte mich lokalisieren. Hätte ich das Telefon nicht verloren, stände ich jetzt nicht hier. Der Gedanke erfüllte ihn mit lähmendem Entsetzen. Das Gewehr in seinen Händen zitterte. Sein Telefon würde er nicht finden. Er wußte auch nicht, wo sein Wagen stand, weil er jetzt die Orientierung verloren hatte. Er konnte nicht einmal mehr den Zaun erkennen. Er wollte nur weg. Er hockte sich nieder, das Gewehr im Anschlag. Irgendwo im Nebel war der Mann noch. Wallander versuchte, das Weiß mit seinen Blicken zu durchdringen, und horchte intensiv. Aber es war alles still. Wallander sah ein, daß er es nicht wagen konnte, hierzubleiben. Er mußte fort. Er entschied sich rasch, entsicherte das Gewehr und schoß senkrecht in die Luft. Der Knall war ohrenbetäubend. Dann lief er einige Meter zur Seite. Lauschte wieder. Er hatte jetzt den Zaun wieder entdeckt und wußte, in welche Richtung er ihm folgen mußte, um von dem Parkplatz wegzukommen.

Gleichzeitig hörte er etwas anderes. Ein Geräusch, das nicht mißzuverstehen war. Sirenen, die näher kamen. Jemand hat den ersten Schuß gehört, dachte er. Zahlreiche Polizisten sind hierher unterwegs. Er hastete zur Einfahrt hinunter. Ein Gefühl von Überlegenheit stellte sich nach und nach ein und verwandelte seine

Angst in Wut. Zum zweitenmal binnen kurzer Zeit hatte jemand auf ihn geschossen. Gleichzeitig versuchte er klar zu denken. Der Mercedes-Bus stand noch dort im Nebel. Und es gab nur eine Ausfahrt. Wenn der Mann, der geschossen hatte, den Wagen nahm, würden sie ihn stoppen können. Falls er sich zu Fuß entfernte, würde es schwerer werden.

Wallander hatte die Einfahrt erreicht. Er lief an den Straßenrand. Die Sirenen näherten sich. Es waren mindestens zwei Wagen, vielleicht sogar drei. Als er die Autoscheinwerfer sah, blieb er stehen und fuchtelte mit den Armen. Im ersten Wagen saß Hansson. Wallander konnte sich nicht erinnern, jemals so froh darüber gewesen zu sein, ihn zu sehen.

»Was ist los?« rief Hansson. »Wir bekamen eine Meldung, daß hier oben geschossen würde. Ann-Britt sagte, du wolltest hierherfahren.«

Wallander erklärte die Situation so knapp wie möglich.

»Keiner geht ohne Schutzausrüstung da raus«, schloß er. »Wir brauchen außerdem Hunde. Aber zuerst müssen wir uns darauf vorbereiten, daß er versucht auszubrechen.«

In kurzer Zeit waren die Sperren errichtet und die Polizisten mit Schutzwesten und Helmen ausgerüstet. Ann-Britt war gekommen, kurz nach ihr Martinsson.

»Der Nebel wird sich lichten«, sagte Martinsson. »Ich habe mit dem meteorologischen Institut gesprochen. Er ist nur lokal.«

Sie warteten. Es war ein Uhr geworden an diesem Samstag, dem 18. Oktober. Wallander hatte sich Hanssons Handy geliehen und war zur Seite getreten. Er hatte Elvira Lindfeldts Nummer gewählt, es sich aber anders überlegt, bevor sie sich melden konnte.

Sie warteten weiter. Nichts geschah. Ann-Britt verscheuchte ein paar neugierige Journalisten, die den Sirenen gefolgt sein mußten. Keiner wußte etwas von Robert Modin und seinem Auto. Wallander versuchte klar zu denken. War Modin etwas passiert? Oder war er bisher davongekommen? Und dort im Nebel verbarg sich ein bewaffneter Mann. Sie wußten nicht, wer er war und warum er geschossen hatte.

Gegen halb zwei löste sich der Nebel auf. Es ging sehr schnell. Plötzlich stieg er auf, verflüchtigte sich und verschwand danach ganz. Die Sonne kam hervor. Der Mercedes-Bus stand noch da, ebenso Martinssons Wagen. Niemand war zu sehen.

Wallander ging hin und hob sein Handy vom Boden auf. »Er hat sich zu Fuß aus dem Staub gemacht«, sagte er. »Den Wagen hat er zurückgelassen.«

Hansson rief Nyberg an, der versprach, sofort zu kommen. Sie durchsuchten den Wagen. Es gab keinen Hinweis darauf, wer ihn gefahren hatte. Das einzige, was sie fanden, war eine halbleere Dose mit etwas, was nach Fisch aussah. Ein elegantes Etikett besagte, daß die Dose aus Thailand kam und Plakapong Pom Poi enthielt.

»Vielleicht haben wir diesen Fu Cheng gefunden«, meinte Hansson.

»Vielleicht«, erwiderte Wallander. »Aber sicher ist es nicht.«

»Hast du ihn überhaupt nicht gesehen?«

Die Frage kam von Ann-Britt.

Wallander reagierte irritiert. Er fühlte sich angegriffen.

»Nein«, sagte er. »Ich habe niemanden gesehen. Und das hättest du auch nicht getan.«

»Man wird ja wohl noch fragen dürfen«, gab sie zurück.

Wir sind alle müde, dachte Wallander ergeben. Sie. Ich. Von Nyberg ganz zu schweigen. Außer Martinsson vielleicht. Der auf jeden Fall noch Energie genug hat, in den Korridoren herumzuschleichen und zu konspirieren.

Sie begannen, mit zwei Hunden zu suchen, die sofort Witterung aufnahmen. Die Spur führte hinunter zum Strand. Nyberg war inzwischen mit seinen Technikern eingetroffen.

»Fingerabdrücke«, sagte Wallander. »Darum geht es in erster Linie. Übereinstimmungen mit Falks Wohnungen, sowohl Apelbergsgata als auch Runnerströms Torg. Die Transformatorstation. Sonja Hökbergs Tasche. Außerdem Siv Erikssons Wohnung.«

Nyberg schaute in den Mercedes-Bus. »Ich bin jedesmal dankbar, wenn ich an einen Ort gerufen werde, an dem sich keine massakrierten Leichen häufen«, sagte er. »Oder wo man im Blut waten muß.«

Er schnüffelte ins Führerhaus. »Riecht nach Rauch«, sagte er. »Marihuana.«

Wallander hätte das nicht gemerkt.

»Man braucht eine gute Nase dafür«, sagte Nyberg zufrieden. »Lernen sie das heutzutage an der Polizeihochschule? Wie wichtig eine gute Nase ist?«

»Kaum«, antwortete Wallander. »Aber ich bleibe dabei, daß du hinfahren und als Gastdozent auftreten solltest. Und ihnen zeigst, wie man schnüffelt.«

»Scheiße! Von wegen!« entgegnete Nyberg und beendete damit nachdrücklich das Gespräch.

Robert Modin blieb spurlos verschwunden. Gegen drei Uhr kehrten die Hundeführer zurück. Sie hatten die Spur, die am Strand entlang in nördliche Richtung geführt hatte, verloren.

»Diejenigen, die nach Robert Modin suchen, sollen auf einen Mann mit asiatischem Aussehen achten«, sagte Wallander. »Und wenn sie meinen, ihn entdeckt zu haben, sollen sie nicht eher eingreifen, als bis sie volle Unterstützung haben. Der Mann ist gefährlich. Er schießt. Zweimal hat er Pech gehabt. Aber ein drittes Mal wohl kaum. Außerdem müssen wir auf eingehende Meldungen wegen gestohlener Autos achten.«

Danach sammelte Wallander seine engsten Mitarbeiter um sich. Die Sonne schien, es war windstill. Er nahm sie mit hinauf zum Meditationsplatz.

»Gab es in der Bronzezeit Polizisten?« fragte Hansson.

»Ganz bestimmt«, sagte Wallander. »Aber es gab wohl kaum einen Reichspolizeichef.«

»Sie haben in Luren geblasen«, sagte Martinsson. »Ich war vor einem Jahr zu einem Konzert bei Ales Stenar. Es hörte sich an wie Nebelhörner. Man kann auch an den Klang vorzeitlicher Sirenen denken.«

»Laßt uns versuchen zu sehen, wo wir stehen«, meinte Wallander. »Die Bronzezeit kann warten. Robert Modin bekommt eine Drohung per E-Mail. Er flieht. Er ist jetzt seit fünf oder sechs Stunden verschwunden. Irgendwo hier in der Landschaft treibt sich eine Person herum, die hinter ihm her ist. Aber wir können davon ausgehen, daß er es auch auf mich abgesehen hat. Was nicht heißen soll, daß ihr aus dem Schneider seid.«

Er verstummte und sah mit ernstem Blick in die Runde.

»Wir müssen uns fragen, warum«, fuhr er fort. »Diese Frage ist jetzt vorrangig. Es gibt nur eine sinnvolle Erklärung. Jemand fürchtet, daß wir eine Entdeckung gemacht haben. Schlimmer noch, jemand fürchtet, daß wir in der Lage sind, etwas zu verhindern. Ich bin überzeugt davon, daß die Erklärung alles dessen, was geschehen ist, mit Falks Tod zusammenhängt. Und mit dem, was sich in seinem Rechner verbirgt.«

Er unterbrach sich und sah Martinsson an. »Wie kommt Alfredsson voran?«

»Seiner Meinung nach ist alles sehr sonderbar.«

»Das finden wir auch, kannst du ihm bestellen. Etwas mehr muß er doch wohl sagen können.«

»Er ist beeindruckt von Modin.«

»Auch da sind wir seiner Meinung. Aber ist er überhaupt nicht weitergekommen?«

»Ich habe vor zwei Stunden mit ihm gesprochen. Was er da berichten konnte, hatte Modin uns schon gesagt. Es tickt ein unsichtbares Uhrwerk da drinnen. Etwas wird passieren. Jetzt ist er dabei, verschiedene Wahrscheinlichkeitsrechnungen und Reduktionsprogramme ablaufen zu lassen, um zu sehen, ob er eine Art Muster herausfiltern kann. Er steht auch in ständigem Kontakt mit den verschiedenen Datenzentren von Interpol. Um zu sehen, ob aus anderen Ländern Erfahrungen vorliegen, die uns Hinweise geben können. Ich habe den Eindruck, daß er tüchtig und gewissenhaft ist.«

»Dann verlassen wir uns auf ihn«, sagte Wallander.

»Aber was ist, wenn es sich wirklich um etwas handelt, was am Zwanzigsten geschehen soll? Das ist Montag. Es sind nicht einmal mehr vierunddreißig Stunden bis dahin.«

Ann-Britt hatte die Frage gestellt.

»Meine ganz ehrliche Antwort lautet, ich habe keine Ahnung«, sagte Wallander. »Aber weil wir nur allzugut wissen, daß jemand bereit ist, Morde zu begehen, um das Geheimnis zu schützen, muß es etwas Wichtiges sein.«

»Kann es sich um etwas anderes handeln als um eine Terroraktion?« fragte Hansson. »Hätten wir nicht längst die Säpo informieren sollen?«

Hanssons Vorschlag erzeugte eine gewisse Heiterkeit. Weder Wallander noch irgendeiner seiner Kollegen hatte das geringste Vertrauen zur Sicherheitspolizei. Aber Wallander sah ein, daß Hansson recht hatte. Nicht zuletzt er selbst, als Leiter der Ermittlung, hätte daran denken müssen. Denn es war sein Kopf, der rollen würde, wenn etwas eintraf, was die Säpo hätte verhindern können.

»Ruf sie an«, sagte er zu Hansson. »Falls sie jetzt am Wochenende geöffnet haben.«

»Der Stromausfall«, sagte Martinsson. »Sie wußten, welche Transformatorstation größer war als viele andere. Könnte es sein, daß jemand sich vorgenommen hat, die Stromversorgung in ganz Schweden lahmzulegen?«

»Nichts ist undenkbar«, antwortete Wallander. »Haben wir übrigens inzwischen Klarheit darüber gewonnen, wie die Zeichnung der Transformatorstation bei Falk gelandet ist?«

»Der internen Untersuchung bei Sydkraft zufolge war das Original, das wir bei Falk gefunden haben, gegen eine Kopie ausgetauscht worden«, sagte Ann-Britt. »Ich bekam eine Liste derjenigen Personen, die Zugang zum Archiv hatten. Die habe ich Martinsson gegeben.«

Martinsson hob die Hände in einer resignierten Geste. »Ich bin nicht dazu gekommen«, sagte er. »Aber ich werde natürlich die Namen durch alle unsere Register laufen lassen.«

»Das sollte umgehend geschehen«, sagte Wallander. »Es könnte sich etwas ergeben, was uns weiterbringt.«

Ein schwacher Wind war aufgekommen und wehte kalt über Felder und Äcker. Sie sprachen noch eine Weile über die Arbeitsschritte, die jetzt am wichtigsten waren, abgesehen davon, so schnell wie möglich Robert Modin zu finden. Martinsson fuhr als erster. Er sollte Modins Computer mit ins Präsidium nehmen und gleichzeitig die Namensliste von Sydkraft durch die Register schicken. Wallander übertrug Hansson die Leitung der Suche nach Modin. Er selbst spürte ein großes Bedürfnis, in aller Ruhe mit Ann-Britt die Lage zu besprechen. Früher hätte er Martinsson dafür ausgesucht. Jetzt konnte er sich dazu nicht durchringen.

Wallander und Ann-Britt gingen gemeinsam zurück zum Parkplatz.

»Hast du mit ihm gesprochen?« fragte sie.

»Noch nicht. Es ist wichtiger, daß wir Robert Modin finden und aufklären, was eigentlich hinter dem Ganzen steckt.«

»Zum zweitenmal in einer Woche ist auf dich geschossen worden. Ich verstehe nicht, wie du dabei so ruhig bleiben kannst.«

Wallander blieb stehen und baute sich vor ihr auf. »Wer sagt denn, daß ich ruhig bleibe?«

»Du machst auf jeden Fall den Eindruck.«

»Der Eindruck ist falsch.«

Sie gingen weiter.

»Sag mir deine Einschätzung«, sagte Wallander. »Laß dir Zeit. Was ist eigentlich passiert? Was können wir noch erwarten?«

Sie hatte die Jacke fest um ihren Körper gezogen. »Ich kann nicht viel mehr sagen als du«, meinte sie.

»Du kannst es auf deine Art sagen. Wenn ich deine Stimme höre, höre ich etwas anderes als das, was ich selbst denke.«

»Sonja Hökberg ist ganz sicher vergewaltigt worden«, begann sie. »Im Augenblick sehe ich keine andere Erklärung dafür, daß sie Lundberg getötet hat. Wenn wir tief genug graben, werden wir eine junge Frau entdecken, die von Haß vollständig verblendet war. Sonja Hökberg ist nicht der Stein, der ins Wasser geworfen wird. Sie ist einer der äußeren Ringe. Statt dessen ist der Zeitpunkt an sich vielleicht das wichtigste.«

»Ich möchte gern, daß du das ein bißchen näher erläuterst.«

»Was wäre passiert, wenn Tynnes Falk nicht fast zur gleichen Zeit gestorben wäre, zu der wir Sonja Hökberg gefaßt haben? Laß uns einmal annehmen, dazwischen wären ein paar Wochen vergangen. Und es hätte nicht so dicht am 20. Oktober gelegen. Wenn es bei der Zwanzig wirklich um ein Datum geht.«

Wallander nickte. Ihr Gedanke war richtig. »Die Befürchtungen nehmen zu und führen zu unkontrollierten Handlungen? Meinst du es so?«

»Ja. Es gibt keinen Spielraum mehr. Sonja Hökberg sitzt bei der Polizei. Jemand fürchtet, daß sie etwas weiß, was sie uns verraten könnte. Was sie weiß, kommt von ihren Freunden, in erster Linie

Jonas Landahl, der auch getötet wird. Das Ganze ist ein Verteidigungskrieg, um ein Geheimnis zu schützen, das in einem Rechner verborgen liegt. Eine Reihe scheuer elektronischer Nachttiere, wie Modin sie genannt haben soll, die um jeden Preis weiter im stillen wirken wollen. Abgesehen von einer Reihe unzusammenhängender Details kann es so abgelaufen sein. Daß Robert Modin bedroht wird, paßt ins Bild. Ebenso, daß du angegriffen wirst.«

»Warum gerade ich?«

»Du warst in der Wohnung, als jemand dorthin kam. Du bist die ganze Zeit sichtbar.«

»Die Lücken sind groß. Auch wenn ich ähnlich denke wie du. Was mir am meisten Sorgen macht, ist das Gefühl von einem Lauscher an unseren Wänden, dem es die ganze Zeit gelingt, sich auf dem laufenden zu halten.«

»Du solltest vielleicht eine totale Funkstille empfehlen. Nichts wird mehr auf Computern geschrieben. Nichts Wichtiges mehr am Telefon gesagt.«

Wallander trat gegen einen Stein. »So etwas gibt es nicht«, sagte er. »Nicht hier, nicht in Schweden.«

»Du pflegst doch selbst zu sagen, daß es keine Randzonen mehr gibt. Wo man sich auch befindet, ist man mitten in der Welt.«

»Da habe ich übertrieben. Das hier wird zuviel.«

Schweigend gingen sie weiter. Der Wind war jetzt böig geworden. Ann-Britt duckte sich an Wallanders Seite. »Noch etwas«, sagte sie. »Was wir wissen. Aber nicht diejenigen, die diese Befürchtungen hatten.«

»Und das wäre?«

»Daß Sonja Hökberg uns praktisch überhaupt nichts gesagt hat. So betrachtet war ihr Tod vollkommen unnötig.«

Wallander nickte. Sie hatte recht. »Was verbirgt sich in diesem Rechner?« sagte er nach einer Weile. »Martinsson und ich sind auf einen einzigen und sehr zweifelhaften gemeinsamen Nenner gekommen: Geld.«

»Vielleicht wird irgendwo ein großer Raub geplant. Läuft das nicht heutzutage so ab? Eine Bank fängt an, verrückt zu spielen, und transferiert unermeßliche Summen auf irgendein falsches Konto.«

»Vielleicht. Die Antwort lautet wie immer, daß wir es ganz einfach nicht wissen.«

Sie hatten den Parkplatz erreicht. Ann-Britt zeigte auf das Haus.

»Letzten Sommer war ich einmal hier und habe mir einen Vortrag von einem Zukunftsforscher angehört. Seinen Namen habe ich vergessen. Aber er sprach davon, daß die moderne Gesellschaft immer anfälliger wird. An der Oberfläche leben wir mit immer dichteren und schnelleren Kommunikationssystemen. Aber es gibt einen unsichtbaren Untergrund. Der am Ende dazu führen wird, daß ein einziger Rechner eine ganze Welt lahmlegt.«

»Vielleicht ist es genau das, was Falks Rechner vorhat«, sagte Wallander.

Sie lachte. »Diesem Forscher zufolge sind wir noch nicht ganz soweit.«

Sie öffnete den Mund, um etwas zu sagen. Aber Wallander sollte nie erfahren, was es war. Hansson kam auf sie zugerannt.

»Wir haben ihn gefunden«, rief er.

»Modin oder den Mann, der geschossen hat?«

»Modin. Er ist in Ystad. Eine Streife, die zur Ablösung zurückfuhr, hat den Wagen entdeckt.«

»Wo?«

»An der Ecke Surbrunnsvägen und Aulingatan. Beim Folketspark.«

»Und wo ist Modin jetzt?«

Im Präsidium.«

Wallander sah Hansson an, der tief durchatmete. »Er ist unverletzt. Wir sind noch rechtzeitig gekommen.«

»Sieht so aus.«

Es war Viertel vor vier.

36

UM FÜNF UHR ORTSZEIT IN LUANDA kam das Telefongespräch, auf das Carter gewartet hatte. Der Empfang war schlecht, und er verstand kaum, was Cheng in seinem gebrochenen Englisch sagte. Carter fühlte sich in die entlegenen achtziger Jahre zurückversetzt, als die Kommunikation mit Afrika noch sehr schlecht gewesen war. Er erinnerte sich an die Zeit, als es zuweilen sogar schwer war, etwas so Simples zu bewerkstelligen, wie ein Fax zu senden oder zu empfangen.

Doch trotz der Verzerrung durch das Echo und trotz des Knisterns in der Leitung hatte Carter die Botschaft verstanden, die Cheng ihm übermittelte. Nach dem Gespräch war Carter in den Garten gegangen, um nachzudenken. Celina war nicht mehr in der Küche. Sein Abendessen hatte sie vorbereitet und in den Kühlschrank gestellt. Er hatte Schwierigkeiten, seiner Verärgerung Herr zu werden. Cheng hatte die in ihn gesetzten Erwartungen nicht erfüllt. Nichts konnte Carter so sehr in Rage versetzen wie Menschen, die den Aufträgen, die er ihnen erteilte, nicht gewachsen waren. Der telefonische Bericht, den er erhalten hatte, war beunruhigend. Er mußte jetzt einen Beschluß fassen.

Die Hitze im Garten war erdrückend. Geckos huschten zwischen seinen Füßen hindurch. Im Jakarandabaum saß ein Vogel und betrachtete ihn. Als er ums Haus auf die Vorderseite ging, sah er, daß José schlief. Carter konnte seine plötzlich auflodernde Wut nicht bezähmen. Er trat nach ihm. José erwachte.

»Wenn ich dich noch einmal beim Schlafen erwische, fliegst du«, fuhr er ihn an.

José öffnete den Mund, um etwas zu erwidern. Aber Carter hob die Hand. Er ertrug es nicht, sich Erklärungen anzuhören. Er kehrte zurück hinters Haus. Sein Hemd klebte bereits an der schweißnassen Haut. Es lag nicht in erster Linie an der Hitze. Die Unruhe kam von innen. Carter versuchte, ganz klar und ganz ruhig zu denken. Cheng hatte versagt. Sein weiblicher Wachhund dagegen hatte bisher geleistet, was er erwartet hatte. Aber ihre Fähigkeiten, zu agieren, waren trotzdem begrenzt. Carter stand vollkommen still und beobachtete einen Gecko, der mit dem Kopf nach unten an der Rükkenlehne eines Gartenstuhls hing. Carter wußte, daß er keine Alternative mehr hatte. Aber noch war es nicht zu spät. Er sah zur Uhr. Um 23 Uhr ging ein Nachtflug nach Lissabon. Noch sechs Stunden. Ich kann das Risiko nicht eingehen, daß jetzt noch etwas dazwischenkommt, dachte er. Also muß ich fliegen.

Der Beschluß war gefaßt. Er kehrte ins Haus zurück. Im Arbeitszimmer setzte er sich an den Computer und schrieb eine E-Mail, in der er Bescheid gab, er sei auf dem Weg. Er erteilte die wenigen Instruktionen, die erforderlich waren.

Dann rief er den Flugplatz an, um sein Ticket zu buchen. Die Maschine sei ausgebucht, hieß es. Aber nachdem er darum gebeten hatte, mit einem der Chefs der Fluggesellschaft verbunden zu werden, war das Problem rasch aus dem Weg geräumt.

Er aß das von Celina vorbereitete Abendessen. Dann duschte er und packte seinen Koffer. Schon der Gedanke, in den Herbst und in die Kälte reisen zu müssen, ließ ihn frösteln.

Um kurz nach neun fuhr er zum Flugplatz von Luanda.

Mit zehnminütiger Verspätung, um 23.10, hob die Maschine der TAP nach Lissabon ab und verschwand am nächtlichen Himmel.

*

Sie waren um kurz nach vier im Polizeipräsidium von Ystad angekommen. Aus irgendeinem Grund war Robert Modin in das Zimmer gesetzt worden, das früher Svedberg gehört hatte und das jetzt hin und wieder von Beamten benutzt wurde, die sich vorübergehend mit Spezialaufträgen in Ystad befanden. Als Wallander in die Tür trat, saß Modin da und trank Kaffee. Er lächelte unsicher, als er Wallander erblickte.

Wallander konnte die Angst erkennen, die sich darunter verbarg. »Wir gehen zu mir«, sagte er.

Modin nahm seinen Kaffeebecher und folgte ihm. Als er sich auf Wallanders Besucherstuhl setzte, fiel die Armlehne ab. Er erschrak.

»Das passiert allen«, sagte Wallander. »Lag liegen.«

Er setzte sich hinter seinen Schreibtisch und schob die Papiere, die darauf verstreut lagen, beiseite. »Deine Computer sind auf dem Weg hierher«, sagte er. »Martinsson holt sie.«

Modin folgte ihm mit wachsamen Blicken.

»Als keiner es sah, hast du einen Teil des Materials aus Falks Rechner kopiert und mit nach Hause genommen. Stimmt's?«

»Ich will mit einem Anwalt sprechen«, sagte Modin mit mühsam erkämpfter Entschlossenheit.

»Es ist kein Anwalt nötig«, sagte Wallander. »Du hast nichts Ungesetzliches getan, jedenfalls nicht in meinen Augen. Aber ich muß ganz genau wissen, was geschehen ist.«

Modin blieb mißtrauisch.

»Du bist hier, damit wir dich beschützen können«, fuhr Wallander fort. »Aus keinem anderen Grund. Du bist weder festgenommen, noch stehst du unter irgendeinem Verdacht.«

Modin schien mit sich zu kämpfen, ob er es wagen sollte, Wallander zu trauen. Wallander wartete.

»Kann ich das schriftlich haben?« fragte Modin schließlich.

Wallander nahm einen Block und schrieb, daß er die Richtigkeit seiner Worte garantiere. Dann unterzeichnete er mit seinem Namen.

»Einen Stempel kriegst du nicht«, sagte er. »Aber hier hast du es schriftlich.«

»Das genügt nicht«, sagte Modin.

»Es muß zwischen uns genügen«, erwiderte Wallander. »Sonst besteht die Gefahr, daß ich es mir anders überlege.«

Modin begriff, daß er es ernst meinte.

»Was ist passiert?« wiederholte Wallander. »Du hast einen Drohbrief auf deinem Computer erhalten. Ich habe ihn selbst gelesen. Und plötzlich siehst du ein Auto auf dem Weg zwischen den Äckern hinter eurem Haus.«

Modin sah ihn verblüfft an. »Woher wissen Sie das?«

»Ich weiß es eben«, sagte Wallander. »Woher und wieso, spielt keine Rolle. Du hast Angst bekommen und bist abgehauen. Die Frage ist nur, warum du solche Angst bekommen hast.«

»Sie hatten mich aufgespürt.«

»Du hast also die Spuren doch nicht ordentlich verwischt? Den gleichen Fehler gemacht wie beim letzten Mal?«

»Die sind clever.«
»Aber das bist du doch auch.«
Modin zuckte mit den Schultern.
»Das Problem ist wohl, daß du unvorsichtig geworden bist. Du hast Material von Falks Rechner auf deinen kopiert. Und da ist etwas passiert. Die Versuchung war zu groß. Du hast das Material in der Nacht weiterbearbeitet. Und irgendwie haben sie herausgefunden, daß du da in Löderup warst.«
»Warum fragen Sie, wenn Sie alles schon wissen?«
Wallander fand, daß jetzt der Moment gekommen war, Tacheles zu reden. »Dir ist wohl klar, daß das hier kein Kinderspiel ist.«
»Das ist mir allerdings klar. Warum wäre ich sonst abgehauen? Ich kann ja nicht einmal Auto fahren.«
»Dann sind wir uns einig. Du siehst ein, daß es gefährlich ist. Aber von jetzt an tust du, was *ich* sage. Hast du übrigens zu Hause angerufen und ihnen gesagt, daß du hier bist?«
»Ich dachte, das hätten Sie getan.«
Wallander zeigte aufs Telefon. »Ruf an und sag, daß alles in Ordnung ist. Daß du bei uns bist. Und daß du bis auf weiteres hier bleibst.«
»Mein Vater braucht vielleicht das Auto.«
»Dann schicken wir jemanden mit dem Auto hin.«
Wallander verließ den Raum, während Modin zu Hause anrief. Aber er blieb vor der Tür stehen und lauschte. Gerade jetzt wollte er keinerlei Risiko mehr eingehen. Es wurde ein langes Gespräch. Robert fragte, wie es seiner Mutter gehe. Wallander ahnte, daß das Leben der Familie um eine Mutter kreiste, die mit schweren psychischen Problemen zu kämpfen hatte.
Nachdem Robert aufgelegt hatte, wartete Wallander einen Moment, bevor er wieder hineinging. »Hast du etwas zu essen bekommen? Ich weiß ja, daß du nicht alles ißt.«
»Eine Sojapie wäre gut«, antwortete Modin. »Und Karottensaft.«
Wallander rief Irene an. »Wir brauchen eine Sojapie«, sagte er. »Und Karottensaft.«
»Sag das bitte noch einmal«, meinte Irene ungläubig.
Ebba hätte keine Fragen gestellt, dachte Wallander.

»Sojapie.«

»Was ist das, um Himmels willen?«

»Essen. Vegetarisch. Und es wäre gut, wenn es ein bißchen schnell ginge.«

Bevor Irene noch weitere Fragen stellen konnte, hatte er aufgelegt.

»Laß uns zuerst davon reden, was du gesehen hast, als du aus dem Fenster geschaut hast«, sagte Wallander. »Da draußen stand ein Auto, nicht wahr?«

»Da fahren sonst nie Autos.«

»Und da hast du dein Fernglas genommen, um nachzusehen, wer das sein könnte?«

»Sie wissen ja sowieso alles.«

»Nein«, sagte Wallander. »Nicht alles. Aber einiges. Was hast du gesehen?«

»Einen dunkelblauen Wagen.«

»War es ein Mercedes?«

»Ich kenne mich mit Automarken nicht aus.«

»War es ein großer Wagen? Fast wie ein Bus?«

»Ja.«

»Und davor stand jemand und schaute zum Haus herüber?«

»Das war es, was mir angst gemacht hat. Ich habe mein Glas auf ihn gerichtet und die Schärfe eingestellt. Und da sah ich einen Mann, der mich auch durch ein Fernglas beobachtete.«

»Konntest du sein Gesicht erkennen?«

»Ich hatte Angst.«

»Das kann ich verstehen. Aber sein Gesicht?«

»Er hatte dunkles Haar.«

»Wie war er gekleidet?«

»Er trug einen schwarzen Regenmantel. Glaube ich.«

»Ist dir noch mehr aufgefallen? Hast du ihn früher schon einmal gesehen?«

»Nein. Und mehr ist mir nicht aufgefallen.«

»Dann bist du weggefahren. Konntest du sehen, ob er dir folgte?«

»Ich glaube es nicht. Es gibt eine Abzweigung gleich hinter unserem Haus, die niemand beachtet.«

»Was hast du dann gemacht?«

»Ich hatte Ihnen die E-Mail geschickt. Ich dachte, ich bräuchte Hilfe. Aber ich wagte nicht, zum Runnerströms Torg zu fahren. Ich wußte nicht, was ich tun sollte. Zuerst dachte ich, ich haue ab nach Kopenhagen. Aber ich hatte nicht den Mut, durch Malmö zu fahren. Falls etwas passiert. Ich fahre ja nicht so gut.«

»Du bist also nach Ystad gefahren? Was hast du dort gemacht?«

»Nichts.«

»Du bist im Wagensitzen geblieben, bis die Polizei dich fand?«

»Ja.«

Wallander fragte sich, wie er weitermachen sollte. Eigentlich hätte er Martinsson gern dabei gehabt. Und Alfredsson. Er stand auf und verließ das Zimmer. Irene saß in der Anmeldung. Sie schüttelte den Kopf, als sie ihn erblickte.

»Was ist mit dem Essen?« fragte er streng.

»Manchmal glaube ich, ihr seid nicht ganz gescheit.«

»Das ist sicher richtig. Aber ich habe einen Jungen da drinnen, der keine Hamburger ißt. So etwas gibt's. Und er hat Hunger.«

»Ich habe Ebba angerufen. Sie wollte das erledigen.«

Wallander war sogleich freundlicher gestimmt. Wenn sie mit Ebba gesprochen hatte, würde alles klappen.

»Ich will Martinsson und Alfredsson so schnell wie möglich hier haben«, sagte er. »Bist du so nett und übernimmst das?«

Im gleichen Augenblick hastete Lisa Holgersson durch den Eingang herein. »Was höre ich da? Schon wieder eine Schießerei?«

Wallander hatte nicht die geringste Lust auf ein Gespräch mit ihr. Aber er wußte, daß es unvermeidlich war. Er berichtete ihr in knappen Zügen, was passiert war.

»Läuft die Fahndung?«

»Ist veranlaßt.«

»Wann kann ich einen ordentlichen Bericht bekommen?«

»Sobald alle zurück sind.«

»Es hat den Anschein, als sei diese Ermittlung total aus dem Ruder gelaufen.«

»Noch nicht ganz«, sagte Wallander und verbarg seinen aufkommenden Ärger nicht. »Aber du kannst mich natürlich als Ermittlungsleiter ablösen lassen, wenn du willst. Hansson leitet die Fahndung.«

Sie hatte weitere Fragen. Aber Wallander hatte sich bereits abgewandt und war gegangen.

Um fünf Uhr waren Martinsson und Alfredsson gekommen. Wallander hatte Modin mit in eins der kleineren Sitzungszimmer genommen. Hansson hatte angerufen und mitgeteilt, daß sie noch immer keine Spur von dem Mann hatten, der auf Wallander geschossen hatte. Wo Ann-Britt sich aufhielt, wußte keiner. Wallander verbarrikadierte sich förmlich im Sitzungszimmer. Modins Computer liefen. Neue E-Mails waren nicht gekommen.

»Jetzt gehen wir alles noch einmal gründlich durch«, sagte Wallander, als alle sich gesetzt hatten. »Von Anfang bis Ende.«

»Ich glaube kaum, daß das geht«, erwiderte Alfredsson. »Das meiste entzieht sich noch immer unserer Einsicht.«

Wallander wandte sich an Robert Modin. »Du hast gesagt, du wärst auf etwas gekommen?«

»Ich glaube kaum, daß ich es erklären kann«, antwortete Modin. »Außerdem habe ich Hunger.«

Wallander spürte, daß er zum erstenmal von ihm genervt war. Seine hervorragenden Kenntnisse in der magischen Welt der elektronischen Datenverarbeitung konnten nicht alles entschuldigen.

»Dein Essen ist unterwegs. Wenn du nicht warten kannst, mußt du mit normalem schwedischem Zwieback vorlieb nehmen. Oder einer Pizza.«

Modin stand auf und setzte sich an seine Computer. Die anderen versammelten sich hinter ihm. »Ich war lange im Zweifel darüber, um was es eigentlich geht«, begann er. »Das Wahrscheinlichste war, daß die Zahl Zwanzig irgendwie mit dem Jahr 2000 zu tun hat. Aber ich fand nie die zwei fehlenden Nullen. Außerdem scheint die Programmierung so erfolgt zu sein, daß der Prozeß relativ bald in Gang gesetzt werden wird. Was auch immer er auslösen mag. Ich bin zu dem Ergebnis gekommen, daß es sich trotz allem um den 20. Oktober handelt.«

Alfredsson schüttelte den Kopf und wollte protestieren. Aber Wallander bremste ihn.

»Mach weiter.«

»Ich fing an, nach anderen Details in diesem Muster zu suchen.

Wir wissen, daß etwas von links nach rechts wandert. Wo also ein Ausgang ist. Das sagt uns, daß etwas passieren wird. Aber nicht, was. Dann ging ich ins Internet und begann, nach Informationen über diese Institutionen zu suchen, die wir identifiziert haben. Die Nationalbank von Indonesien, die Weltbank, der Börsenmakler in Seoul. Ich wollte herausfinden, ob sie einen gemeinsamen Nenner haben. Den Punkt, nach dem man immer sucht.«

»Was für ein Punkt?«

»An dem etwas brüchig ist. Wo das Eis schwach ist. Wo man einen Angriff ansetzen könnte, ohne daß es bemerkt würde. Bevor es zu spät wäre.«

»Es existiert eine hohe Abwehrbereitschaft«, wandte Martinsson ein. »Und es gibt inzwischen Schutz gegen Viren, die verbreitet werden, um Schaden anzurichten.«

»Die USA verfügen schon über die Kapazität, um einen Krieg mit Rechnern zu führen«, sagte Alfredsson. »Früher haben wir von computergesteuerten Raketen gesprochen. Oder elektronischen Augen, die Roboter an ihre Ziele dirigierten. Jetzt ist das fast schon genauso veraltet, als wenn man die Kavallerie aufmarschieren ließe. Heutzutage schickt man funkgesteuerte Komponenten in die Netzwerke des Feindes, die alle militärischen Lenksysteme lahmlegen. Oder sie umlenkt gegen Ziele, die man selbst bestimmt.«

»Ist das wirklich wahr?« fragte Wallander skeptisch.

»Das ist das, was wir wissen«, verdeutlichte Alfredsson. »Aber wir sind uns natürlich darüber im klaren, daß wir das meiste nicht wissen. Wahrscheinlich sind die Waffensysteme noch viel weiter entwickelt.«

»Kommen wir zurück zu Falks Rechner«, sagte Wallander. »Hast du einen dieser schwachen Punkte gefunden?«

»Ich weiß nicht«, sagte Modin zögernd. »Aber wenn man will, kann man all diese Institutionen als Perlen auf einer Schnur sehen. Und sie haben auf jeden Fall eins gemeinsam.«

»Und das wäre?«

Modin schüttelte den Kopf, als bezweifle er seine eigene Schlußfolgerung. »Sie sind Eckpfeiler in den Finanzzentren der Welt. Wenn man dort Chaos anrichtete, würde man eine ökonomische Krise auslösen, die alle Finanzsysteme der Welt zusammenbrechen ließe. Die Börsenkurse würden Amok laufen. Es würde Panik ausbrechen. Sparer würden ihre Konten leeren. Die verschiedenen Währungen und die Wechselkurse würden so durcheinandergeraten, daß niemand mehr ihren Wert bestimmen könnte.«

»Und wer hätte an so etwas Interesse?«

Martinsson und Alfredsson antworteten fast gleichzeitig.

»Viele.«

»Es wäre die ultimative Sabotage einer Gruppe von Menschen, die keine Ordnung und keine Regeln in der Welt haben wollen«, fügte Alfredsson hinzu.

»Sie lassen Nerze frei«, sagte Martinsson. »Hier würden sie das Geld aus seinen Käfigen befreien. Den Rest kann man sich ausmalen.«

Wallander versuchte nachzudenken. »Meint ihr, man sollte sich eine Art Finanzveganer vorstellen? Oder wie soll man sie nun nennen?«

»So ungefähr«, meinte Martinsson. »Manche befreien Nerze aus ihren Käfigen, weil sie nicht wollen, daß sie wegen ihrer Pelze getötet werden. Andere Gruppen brechen in Industrieanlagen ein und zerstören hochentwickelte Kampfflugzeuge. Für das alles kann man Verständnis haben. Aber in der Verlängerung solcher Phänomene lauert natürlich auch der reine Wahnsinn. Es wäre natürlich die ultimative Sabotage, die Finanzzentren der Welt auszuschalten.«

»Sind wir uns hier im Raum darin einig, daß wir es tatsächlich mit etwas Derartigem zu tun haben? Wie absurd das auch erscheinen mag? Und daß all das von einem Computer ausgehen könnte, der hier in Ystad steht?«

»Irgend etwas ist da«, sagte Modin. »Ich bin noch nie auf ein so ausgeklügeltes Sicherheitssystem gestoßen.«

»Ist es schwerer, als ins Pentagon einzudringen?« fragte Alfredsson.

Modin blinzelte ihn an. »Auf jeden Fall ist es nicht weniger kompliziert.«

»Ich bin mir nicht sicher, wie wir in dieser Situation weiter vorgehen sollen«, sagte Wallander.

»Ich rede mit Stockholm«, sagte Alfredsson. »Die bekommen

einen Bericht. Dann wird der weltweit verschickt. Vor allem die Institutionen, die wir identifiziert haben, müssen informiert werden, damit sie Gegenmaßnahmen ergreifen können.«

»Wenn es nicht schon zu spät ist«, murmelte Modin.

Alle hörten seine Bemerkung. Aber niemand kommentierte sie. Alfredsson verließ eilig den Raum.

»Trotzdem weigere ich mich fast, es zu glauben«, sagte Wallander.

»Es ist schwer, sich vorzustellen, was es anderes sein könnte.«

»Vor zwanzig Jahren ist in Luanda etwas geschehen«, sagte Wallander. »Falk hatte ein Erlebnis, das ihn veränderte. Er muß jemanden getroffen haben.«

»Was auch in Falks Computer sein mag, es sind Menschen bereit, Morde zu begehen, um das Material zu bewahren und den Prozeß in Gang zu halten.«

»Jonas Landahl hatte mit der Geschichte zu tun«, sagte Wallander nachdenklich. »Und weil Sonja Hökberg und er einmal zusammen waren, mußte sie auch sterben.«

»Der Stromausfall kann eine Vorübung gewesen sein«, meinte Martinsson. »Und draußen im Nebel treibt sich ein Mann herum, der zweimal versucht hat, dich zu töten.«

Wallander zeigte auf Robert Modin, um Martinsson zu verstehen zu geben, daß er seine Worte mit Bedacht wählen sollte.

»Die Frage ist, was wir tun können«, fuhr Wallander fort. »Können wir überhaupt etwas tun?«

»Man kann sich eine Abschußrampe vorstellen«, sagte Modin plötzlich. »Oder einen Knopf, auf den man drückt. Wenn man ein Datensystem mit einem Virus infiziert, versteckt man ihn manchmal in einem unschuldigen und häufig benutzten Befehl, um seine Entdeckung zu verhindern. Mehrere Vorgänge müssen zu einer bestimmten Uhrzeit auf eine ganz bestimmte Art und Weise zusammenfallen oder ausgeführt werden.«

»Gib mal ein Beispiel.«

»Es kann alles mögliche sein.«

»Am besten machen wir so weiter wie bisher«, sagte Martinsson. »Die Institutionen zu identifizieren, die in Falks Rechner verborgen liegen, und dann dafür zu sorgen, daß sie informiert werden, damit sie ihre Sicherheitsvorkehrungen überprüfen können. Den Rest nimmt Alfredsson in die Hand.«

Martinsson setzte sich an den Tisch und schrieb ein paar Zeilen auf ein Blatt Papier. Er sah Wallander an, der sich vorbeugte und las:

Die Drohung gegen Modin muß wirklich ernst genommen werden.

Wallander nickte. Wer auch immer dort draußen auf dem Feldweg hinter Modins Haus gestanden hatte, wußte, daß Robert Modin eine Schlüsselfigur war. Im Moment befand er sich in der gleichen Situation, in der Sonja Hökberg sich befunden hatte.

Wallanders Handy piepte. Es war Hansson, der berichtete, daß die Suche nach dem Mann, der geschossen hatte, noch immer ergebnislos war. Aber sie ging mit unverminderter Intensität weiter.

»Was macht Nyberg?«

»Er ist schon dabei, Fingerabdrücke zu vergleichen.«

Hansson hielt sich noch immer draußen in der Gegend von Backåkra auf. Dort wollte er auch bleiben. Wohin Ann-Britt gefahren war, wußte er immer noch nicht.

Sie beendeten das Gespräch. Wallander versuchte, Ann-Britt über ihr Handy zu erreichen. Aber vergeblich.

Es klopfte an der Tür. Irene stand mit einem Karton da. »Hier ist dieses Essen«, sagte sie. »Wer bezahlt das eigentlich? Ich habe es erst einmal ausgelegt.«

»Gib mir die Quittung«, sagte Wallander.

Modin setzte sich an den Tisch und aß. Wallander und Martinsson betrachteten ihn schweigend. Dann piepte Wallanders Handy erneut. Es war Elvira Lindfeldt. Er ging hinaus auf den Flur und schloß die Tür hinter sich.

»Ich habe im Radio gehört, daß in der Nähe von Ystad geschossen wurde. Und daß Polizisten beteiligt waren. Ich hoffe, das waren nicht Sie?«

»Nicht direkt«, antwortete Wallander ausweichend. »Aber wir haben im Augenblick wirklich alle Hände voll zu tun.«

»Ich habe mir Sorgen gemacht. Jetzt bin ich wieder ruhiger. Stattdessen werde ich neugierig, aber ich werde nicht fragen.«

»Ich kann auch nicht viel sagen«, gab Wallander zurück.

»Ich vermute, Sie werden am Sonntag kaum Zeit haben, mich zu treffen.«

»Es ist noch zu früh, das zu sagen. Aber ich melde mich.«

Nach dem Gespräch dachte Wallander, daß es sehr lange her war, seit jemand sich wirklich Sorgen um ihn gemacht hatte.

Er kehrte ins Sitzungszimmer zurück. Es war zwanzig vor sechs. Modin aß. Martinsson telefonierte mit seiner Frau. Wallander setzte sich an den Tisch und ging die Sache in Gedanken noch einmal durch. Er erinnerte sich an eine Wendung, die in Falks Logbuch gestanden hatte: »Der Weltraum ist leer.« Bisher hatte er angenommen, Falk habe den realen Weltraum gemeint. Jetzt ging ihm zum erstenmal auf, daß es sich natürlich um den elektronischen Weltraum handeln mußte. Falk hatte die »Freunde« erwähnt, die nicht auf Anrufe reagierten. Welche Freunde? Das Logbuch war verschwunden, weil darin etwas Entscheidendes gestanden hatte. Es hatte verschwinden müssen, so wie Sonja Hökberg getötet werden mußte. Und Jonas Landahl. Hinter diesem allen verbarg sich jemand, der sich ›C‹ nannte. Und den Tynnes Falk einst in Luanda getroffen hatte.

Martinsson beendete sein Gespräch. Modin wischte sich den Mund ab. Anschließend widmete er sich dem Karottensaft. Wallander und Martinsson holten sich Kaffee.

»Ich habe vergessen zu sagen, daß ich die Liste von Sydkraft durch unsere Register habe laufen lassen. Aber da war nichts.«

»Das haben wir auch nicht erwartet«, gab Wallander zurück.

Der Kaffeeautomat streikte wieder. Martinsson zog den Stecker raus und steckte ihn wieder hinein. Jetzt ging der Automat.

»Hat dieser Automat ein Computerprogramm?« fragte Wallander.

»Kaum«, sagte Martinsson erstaunt. »Aber man kann sich natürlich eine aufwendig konstruierte Kaffeemaschine vorstellen, die von kleinen Chips mit detaillierten Instruktionen gesteuert wird.«

»Wenn jemand hinginge und dieses Gerät hier manipulierte. Was würde dann passieren? Käme Tee heraus, wenn man Kaffee gedrückt hat? Und Milch, wenn man Espresso drückt?«

»Schon möglich.«

»Aber wie fängt es an? Was löst das Ganze aus? Wie setzt man im Inneren der Maschinerie die Lawine in Gang?«

»Es wäre zum Beispiel denkbar, daß ein bestimmtes Datum einprogrammiert ist. Und eine bestimmte Uhrzeit. Sagen wir einen Zeitraum von einer Stunde. Beim elften Drücken auf den Knopf startet die Lawine.«

»Warum gerade das elfte Mal?«

»Das war doch nur ein Beispiel. Es kann ebensogut das dritte oder das neunte Mal sein.«

»Und was passiert dann?«

»Man kann natürlich den Stecker herausziehen und ein Schild anbringen, daß der Kaffeeautomat defekt ist. Dann muß man das Programm auswechseln, von dem das Ganze gesteuert wird.«

»Ist es etwas in der Art, woran Modin denkt?«

»Ja, allerdings in größerem Maßstab.«

»Aber wir haben keine Ahnung, wo Falks symbolische Kaffeemaschine aufgestellt ist?«

»Sie kann einfach überall sein.«

»Das heißt, daß derjenige, der die Lawine in Gang setzt, sich nicht notwendigerweise darüber im klaren ist?«

»Für den, der hinter dem Ganzen steckt, ist es natürlich ein Vorteil, selbst nicht anwesend zu sein.«

»Wir suchen mit anderen Worten nach einem symbolischen Kaffeeautomaten«, sagte Wallander.

»So kann man es natürlich ausdrücken. Aber noch besser wäre es, zu sagen, daß wir nach der Nadel in einem Heuhaufen suchen. Ohne daß wir richtig wissen, wo sich der Heuhaufen befindet.«

Wallander trat ans Fenster und sah hinaus. Es war schon dunkel geworden. Martinsson stellte sich neben ihn.

»Wenn das, was wir glauben, zutrifft, haben wir es mit einer extrem fest zusammengeschweißten und effektiven Sabotagegruppe zu tun«, sagte Wallander. »Die Leute sind kompetent, und sie sind rücksichtslos. Nichts kann sie aufhalten.«

»Aber worauf sind sie eigentlich aus?«

»Modin hat vielleicht recht, und sie wollen einen finanziellen Erdrutsch in Gang setzen.«

Martinsson dachte schweigend über Wallanders Worte nach.

»Ich möchte, daß du etwas tust«, sagte Wallander. »Ich möchte, daß du in dein Zimmer gehst und ein Protokoll über all das zusammenstellst. Nimm Alfredsson zu Hilfe. Dann schickst du es nach Stockholm. Und an alle ausländischen Polizeiorganisationen, die dir einfallen.«

»Wenn wir uns irren, werden wir ausgelacht.

»Das Risiko müssen wir in Kauf nehmen. Gib mir die Papiere, und ich unterzeichne sie.«

Martinsson ging. Wallander blieb im Eßraum stehen und verlor sich in Gedanken. Ohne daß er es merkte, kam Ann-Britt herein. Er fuhr zusammen, als sie plötzlich neben ihm stand.

»Mir ist etwas eingefallen«, sagte sie. »Du hast von einem Filmplakat in Sonja Hökbergs Kleiderschrank erzählt.«

»›Im Auftrag des Teufels‹. Ich habe den Film zu Hause. Aber ich hatte noch keine Zeit, ihn anzusehen.«

»Ich dachte nicht so sehr an den Film«, sagte sie. »Sondern an Al Pacino. Es kam mir plötzlich in den Sinn, daß es eine Ähnlichkeit gibt.«

Wallander sah sie forschend an. »Ähnlichkeit mit was?«

»Mit der Zeichnung, die sie gemacht hat. Als sie ins Gesicht geschlagen wird. Eins ist nicht von der Hand zu weisen.«

»Was?«

»Daß Carl-Einar Lundberg Al Pacino ähnelt. Auch wenn er eine bedeutend häßlichere Variante ist.«

Wallander sah ein, daß sie recht hatte. Er hatte einen Bericht durchgeblättert, den sie in sein Zimmer gelegt hatte. Darin war ein Foto von Lundberg gewesen. Aber da hatte er nicht an die Ähnlichkeit gedacht. Noch ein Puzzleteil, das plötzlich an seinen Platz glitt.

Sie setzten sich an einen Tisch. Ann-Britt war müde.

»Ich bin zu Eva Persson nach Hause gefahren«, sagte sie. »In der vergeblichen Hoffnung, sie könnte doch noch mehr zu sagen haben.«

»Wie ging es ihr?«

»Das schlimmste ist, daß sie so unberührt wirkt. Wenn sie wenigstens verweint aussähe. Oder unausgeschlafen. Aber sie kaut ihre Kaugummis, und man bekommt den Eindruck, als störe sie vor allem, daß sie auf Fragen antworten soll.«

»Sie frißt es in sich hinein«, sagte Wallander im Brustton der Überzeugung. »In ihrem Inneren brodelt es. Auch wenn wir nichts davon sehen.«

»Ich hoffe, du hast recht.«

»Und hatte sie etwas zu sagen?«

»Nein. Weder sie noch Sonja Hökberg hatten eine Ahnung davon, was sie ins Rollen gebracht haben, als Sonja Rache nahm.«

Wallander erzählte ihr, was sich im Laufe des Nachmittags ergeben hatte.

»Etwas Vergleichbares haben wir noch nicht einmal annähernd erlebt«, sagte sie, als er geendet hatte. »Wenn es stimmt.«

»Wir werden es am Montag erfahren. Falls es uns nicht vorher gelingt, es zu verhindern.«

»Meinst du, wir schaffen das?«

»Vielleicht. Vielleicht hilft es, daß Martinsson mit der Polizei in der ganzen Welt Kontakt aufnimmt. Außerdem ist Alfredsson dabei, die Institutionen zu informieren, die wir identifizieren konnten.«

»Die Zeit ist knapp. Wenn das mit Montag stimmt. Wir haben schon Sonntag.«

»Die Zeit ist immer knapp«, entgegnete Wallander.

Um neun Uhr konnte Robert Modin nicht mehr. Inzwischen hatten sie entschieden, daß er die kommenden Nächte nicht zu Hause in Löderup verbringen durfte. Als Martinsson vorschlug, er könne im Polizeipräsidium übernachten, weigerte er sich aber. Wallander überlegte, ob er Sten Widén anrufen und ihn bitten sollte, ein Bett zu beziehen. Aber er ließ den Gedanken fallen. Aus verschiedenen Gründen wurde es auch nicht als passend angesehen, daß er bei einem der Polizeibeamten übernachtete. Niemand wußte, wo die Grenze der Drohung verlief. Wallander hatte alle aufgefordert, vorsichtig zu sein.

Zu diesem Zeitpunkt wurde Wallander klar, wen er fragen könnte. Elvira Lindfeldt. Sie hatte nichts mit alldem zu tun. Es würde ihm außerdem die Gelegenheit geben, sie zu sehen, wenn auch nur für einen Augenblick.

Wallander erwähnte ihren Namen nicht. Er sagte nur, er würde sich um Robert Modin kümmern und eine Schlafgelegenheit für ihn finden.

Um kurz vor halb zehn rief er sie an. »Ich habe eine Bitte, die wahrscheinlich etwas überraschend kommt.«

»Ich habe nichts gegen Überraschungen.«

»Könnten Sie einen zusätzlichen Schlafplatz für diese Nacht einrichten?«

»Für wen denn?«

»Erinnern Sie sich an den jungen Mann, der in das Restaurant kam, als wir gegessen haben?«

»Kolin, oder wie er hieß?«

»Ungefähr. Modin.«

»Weiß er nicht, wohin er soll?«

»Ich kann nur so viel sagen, daß er für die nächsten Nächte eine sichere Übernachtungsgelegenheit braucht.«

»Selbstverständlich kann er hier schlafen. Aber wie kommt er her?«

»Ich bringe ihn. Jetzt gleich.«

»Wollen Sie etwas essen, wenn Sie kommen?«

»Nur Kaffee. Sonst nichts.«

Sie verließen das Präsidium kurz vor zehn. Als sie Skurup passiert hatten, war Wallander sicher, daß ihnen niemand folgte.

*

In Malmö hatte Elvira Lindfeldt langsam den Hörer aufgelegt. Sie war zufrieden. Mehr als zufrieden. Sie hatte ein fast unverschämtes Glück. Sie dachte an Carter, dessen Maschine bald in Luanda starten würde.

Er dürfte mehr als zufrieden sein.

Er würde genau das bekommen, was er wollte.

37

DIE NACHT AUF SONNTAG, den 19. Oktober, wurde eine der schlimmsten, die Wallander jemals erlebt hatte. Später sollte er denken, daß er wohl schon eine Vorahnung des Kommenden hatte, als er im Auto saß und nach Malmö fuhr. Kurz hinter der Abzweigung nach Svedala hätte ein Wagen plötzlich ein halsbrecherisches Überholmanöver durchgeführt. Gleichzeitig war ihnen ein Lastzug entgegengekommen, der viel zu weit in der Fahrbahnmitte fuhr. Wallander riß das Lenkrad herum und wäre fast von der Straße abgekommen. Robert Modin saß schlafend neben ihm. Er hatte nichts gemerkt. Aber Wallander fühlte sein Herz gegen die Rippen hämmern.

Ihm fiel plötzlich ein, wie er vor ein paar Jahren am Steuer eingenickt war und um ein Haar ums Leben gekommen wäre. Damals hatte er noch nicht gewußt, daß er Zucker hatte und etwas gegen die Müdigkeit tun konnte. Jetzt wäre es beinah wieder passiert. Dann wanderten seine Gedanken unruhig weiter zu der Ermittlung, deren Ausgang immer ungewisser zu sein schien. Wieder einmal fragte er sich, ob sie wirklich auf dem richtigen Weg waren. Hatte er sich wie ein betrunkener Lotse verhalten und die Ermittlungsgruppe auf Grund gesetzt? Was würde es bedeuten, wenn Falks Rechner überhaupt nichts mit ihrem Fall zu tun hatte? Wenn die Wahrheit statt dessen ganz woanders lag?

Auf dem letzten Stück nach Malmö versuchte Wallander, eine alternative Erklärung zu finden. Etwas mußte geschehen sein, als Falk in Angola verschwunden war. Aber konnte es sich auch um etwas vollkommen anderes handeln? Konnte es mit Drogen zu tun haben? Was wußte er selbst eigentlich über Angola? Fast nichts. Er ahnte vage, daß es ein reiches Land war, mit Ölfeldern und großen Diamantenvorkommen. Konnte es damit zu tun haben? Oder handelte es sich um eine Gruppe verwirrter Saboteure, die eine Aktion gegen die schwedische Stromversorgung vorbereiteten? Aber warum hatte sich dann Falks große Veränderung ausgerechnet in Angola ereignet? Auf der nächtlichen Landstraße, während die Scheinwerfer der entgegenkommenden Autos die Schwärze der

Nacht durchschnitten, hatte er vergebens eine Erklärung gesucht. In seine Unruhe mischten sich auch die Gedanken an das, was Ann-Britt berichtet hatte. Von Martinsson und seinem falschen Spiel hinter Wallanders Rücken. Das Gefühl, in Frage gestellt zu werden, und vielleicht sogar zu Recht. Die Angst überfiel ihn von allen Seiten.

Als er bei der Einfahrt nach Jägersro abbog, erwachte Robert Modin mit einem Ruck.

»Wir sind gleich da«, sagte Wallander.

»Ich habe geträumt«, sagte Modin. »Jemand hatte mich am Nakken gepackt.«

Wallander fand ohne größere Mühe die richtige Adresse. Das Haus lag genau an der Ecke eines Villenviertels. Wallander schätzte, daß es in der Zeit zwischen den Weltkriegen errichtet worden war. Er bremste und stellte den Motor ab.

»Wer wohnt hier?« fragte Robert Modin.

»Eine Freundin«, erwiderte Wallander. »Sie heißt Elvira Lindfeldt. Hier bist du heute nacht in Sicherheit. Und morgen früh kommt jemand und holt dich ab.«

»Ich habe nicht einmal eine Zahnbürste bei mir.«

»Das kriegen wir schon irgendwie hin.«

Es war ungefähr elf. Wallander stellte sich vor, vielleicht bis Mitternacht zu bleiben, eine Tasse Kaffee zu trinken, Elviras hübsche Beine anzuschauen und dann wieder nach Ystad zu fahren.

Aber nichts von alledem geschah. Sie hatten gerade an der Haustür geklingelt, als Wallanders Handy piepte. Als er sich meldete, hörte er Hanssons erregte Stimme. Sie hatten endlich eine Spur des Mannes gefunden, der möglicherweise im Nebel auf Wallander geschossen hatte. Wieder einmal war es ein abendlicher Spaziergänger, der mit seinem Hund unterwegs gewesen und auf einen Mann aufmerksam geworden war, der sich zu verstecken suchte und sich ganz allgemein sonderbar benahm. Der Mann mit dem Hund hatte den ganzen Tag Polizeiwagen auf den Straßen um Sandhammaren umherjagen sehen und sich gedacht, daß es klug sein könnte, seine Beobachtung zu melden. Als Hansson mit ihm sprach, hatte er sofort gesagt, der Mann trage etwas, was aussehe wie ein schwarzer Regenmantel. Wallander konnte Elvira nur eben danken, daß sie

Robert Modin bei sich aufnahm, und ihn ihr noch einmal vorstellen, dann war er schon wieder auf dem Weg. Er hatte gedacht, daß Menschen, die mit ihren Hunden Gassi gingen, in dieser Ermittlung eine wichtige Rolle spielten. Vielleicht stellten diese Menschen ein Potential dar, auf das die Polizei in Zukunft aktiver zurückgreifen sollte. Nachdem er viel zu schnell gefahren war, erreichte er gegen Mitternacht die Stelle unmittelbar nördlich von Sandhammaren, die Hansson ihm genannt hatte. Unterwegs hatte er beim Präsidium in Ystad angehalten und seine Dienstwaffe geholt.

Es hatte wieder angefangen zu regnen. Martinsson war kurz vor Wallander angekommen. Polizisten in Schutzausrüstung waren zur Stelle, außerdem zwei Hundestreifen. Der Mann, den sie jagten, mußte sich in einem kleinen Waldgebiet aufhalten, das von der Straße nach Skillinge und von offenen Feldern begrenzt wurde. Obwohl Hansson schnell eine Bewachungskette aufgestellt hatte, war Wallander sich sogleich über das Risiko im klaren, daß der Unbekannte in der Dunkelheit entkommen konnte. Sie diskutierten über einen Aktionsplan. Hundestreifen loszuschicken erschien ihnen zu riskant. Sie standen im Regen und Wind und fragten sich, was sie noch mehr tun konnten, als die Kette der Wachposten stehen zu lassen und die Morgendämmerung abzuwarten. Da schnarrte es in Hanssons Funkgerät. Die Streife am nördlichen Ende meinte, wie sie sich ausdrückte, Kontakt zu haben. Dann hörte man einen Schuß, kurz darauf noch einen. Aus dem Funkgerät kam ein gezischtes: »Der Scheißkerl schießt.« Danach Stille. Wallander befürchtete sofort das Schlimmste. Er und Hansson waren die ersten, die sich aufmachten. Wohin Martinsson sich gewandt hatte, war Wallander in dem allgemeinen Durcheinander entgangen. Sie brauchten sechs Minuten, um die Stelle zu erreichen, von der der Funkruf gekommen war. Als sie die Lichter des Polizeiwagens sahen, hielten sie an, griffen nach ihren Waffen und stiegen aus. Die Stille war ohrenbetäubend. Wallander rief, und zu seiner und Hanssons großer Erleichterung kam eine Antwort. Sie liefen in geduckter Haltung zu dem Wagen, neben dem sich zwei Polizisten in den Matsch preßten, die Waffen in den Händen. Es waren El Sayed und Elofsson. Der Mann, der geschossen hatte, befand sich in einem kleinen Wäldchen jenseits der Straße. Sie hatten bei ihrem Wagen gestanden, als sie plötzlich einen Zweig knakken hörten. Elofsson hatte seine Taschenlampe auf den Waldrand gerichtet, während El Sayed Funkkontakt mit Hansson aufnahm. Dann waren die Schüsse gefallen.

»Was liegt hinter dem Wäldchen?« flüsterte Wallander.

»Ein Pfad führt hinunter zum Meer«, antwortete Elofsson.

»Liegen dort Häuser?«

Niemand wußte es.

»Wir bilden einen Ring«, sagte Wallander. »Jetzt wissen wir jedenfalls, wo er sich versteckt.«

Hansson rief Martinsson über Funk an und erklärte, wo sie sich befanden. Währenddessen schickte Wallander El Sayed und Elofsson vom Wagen weg, tiefer zurück ins Dunkel. Die ganze Zeit über war er darauf gefaßt, daß der Mann mit der Waffe im Anschlag neben dem Wagen auftauchen könnte.

»Sollen wir einen Hubschrauber anfordern?« fragte Martinsson über Funk.

»Sorg dafür, daß er in die Luft kommt. Und er soll starke Scheinwerfer haben. Aber sie sollen hier nicht auftauchen, bevor nicht alle an ihrem Platz sind.«

Wallander spähte vorsichtig neben dem Wagen nach vorn. Natürlich konnte er nichts sehen. Das Rauschen des Windes war jetzt so stark, daß er auch nichts hören konnte. Es war unmöglich zu entscheiden, was wirkliche und was eingebildete Geräusche waren. Plötzlich erinnerte er sich daran, wie er eines Nachts zusammen mit Rydberg auf einem lehmigen Acker gelegen und einem Mann aufgelauert hatte, der seine Verlobte mit einer Axt erschlagen hatte. Es war auch Herbst gewesen. Sie hatten im nassen Lehm gelegen und mit den Zähnen geklappert, und Rydberg hatte ihm erklärt, daß es eine der schwierigsten Künste war, die Geräusche, die man wirklich hörte, von denen zu unterscheiden, die man sich nur einbildete. Bei mehreren Gelegenheiten hatte Wallander Anlaß gehabt, sich an Rydbergs Worte zu erinnern. Aber er hatte nie das Gefühl, die Kunst erlernt zu haben.

Martinsson war inzwischen herangekrochen. »Sie sind unterwegs. Der Hubschrauber ist auch angefordert.«

Wallander kam nicht dazu, zu antworten. Im selben Augenblick knallte es. Sie preßten sich an die Erde.

Der Schuß war von irgendwo links gekommen. Wallander rief nach Elofsson. Und bekam Antwort von El Sayed. Dann hörte er auch Elofssons Stimme. Wallander fand, daß er jetzt etwas tun mußte.

Er rief ins Dunkel hinaus. »Polizei. Legen Sie die Waffe nieder.«

Dann wiederholte er das gleiche auf englisch.

Es kam keine Antwort.

»Das gefällt mir nicht«, flüsterte Martinsson. »Warum bleibt er da liegen und schießt? Warum haut er nicht ab? Er muß doch begreifen, daß wir Verstärkung bekommen.«

Wallander antwortete nicht. Er stellte sich inzwischen dieselbe Frage.

Dann hörten sie in der Ferne Sirenen.

»Warum hast du ihnen nicht gesagt, daß sie die Schnauze halten sollen?«

Wallander verbarg seine Verärgerung nicht.

»Daran hätte Hansson selber denken können.«

»Du solltest nicht zuviel erwarten.«

El Sayed rief etwas. Wallander nahm vage einen Schatten wahr, der über die Straße huschte und auf dem Acker links vom Wagen verschwand.

»Er haut ab«, zischte Wallander.

»Wo?«

Wallander zeigte ins Dunkel. Es war sinnlos. Martinsson konnte es nicht sehen. Wallander sah ein, daß er handeln mußte. Wenn der Mann über die Äcker entkam, würde er in eine größere Waldpartie gelangen, wo es schwer sein würde, ihn einzukreisen. Er rief Martinsson zu, sich zur Seite zu bewegen. Dann sprang er ins Auto, ließ den Motor an und wendete den Wagen mit heftigen Bewegungen. Er stieß gegen etwas, ohne zu wissen, was es war. Aber jetzt leuchteten die Scheinwerfer auf den Acker.

Da draußen war der Mann. Als das Scheinwerferlicht ihn erfaßte, hielt er inne und drehte sich um. Sein Regenmantel flatterte im Wind. Wallander sah, daß der Mann den Arm hob, und warf sich zur Seite. Der Schuß durchschlug die Windschutzscheibe.

Wallander rollte aus dem Wagen, während er den anderen zurief, in Deckung zu gehen. Noch ein Schuß fiel. Er traf einen der Scheinwerfer, der erlosch. Wallander fragte sich, ob es reines Glück war, daß es dem Mann aus der Entfernung gelungen war, den Scheinwerfer zu treffen. Dann merkte er, daß er nicht mehr richtig sehen konnte. Als er sich aus dem Wagen gerollt hatte, war er mit der Stirn über den Schotter geschrammt, und Blut lief ihm in die Augen. Er hob vorsichtig den Kopf und rief den anderen noch einmal zu, in Deckung zu bleiben.

Der Mann stapfte im nassen Lehm voran.

Verdammt, wo bleiben die Hunde? dachte Wallander.

Die Sirenen kamen näher. Wallander fürchtete plötzlich, daß einer der Wagen ins Schußfeld des Mannes geraten könnte. Er rief Martinsson zu, über Funk durchzugeben, daß sie anhalten und nicht näher kommen sollten, bevor sie dazu aufgefordert wurden.

»Ich habe das Funkgerät verloren«, erwiderte Martinsson. »Und in diesem Scheißmatsch finde ich es nicht wieder.«

Der Mann auf dem Acker war im Begriff, aus dem Scheinwerferlicht zu verschwinden. Wallander konnte sehen, wie er strauchelte und fast gestürzt wäre. Wallander wußte, daß der Moment zum Handeln gekommen war. Er stand auf.

»Was tust du, verdammt?«

Wallander hörte Martinssons Stimme.

»Jetzt holen wir ihn uns«, sagte Wallander.

»Wir müssen ihn erst umstellen.«

»Dann hat er Zeit genug, zu entwischen.«

Wallander sah Martinsson an, der nur den Kopf schüttelte. Dann ging er los. Der Lehm klumpte sogleich unter seinen Schuhen. Der Mann war jetzt aus dem Scheinwerferlicht verschwunden. Wallander blieb stehen, griff nach seiner Waffe und vergewisserte sich, daß sie entsichert war. Hinter sich konnte er hören, wie Martinsson El Sayed und Elofsson etwas zurief. Wallander versuchte, sich außerhalb des Lichtkegels des verbliebenen Scheinwerfers zu halten. Er lief schneller. Einer seiner Schuhe blieb im Lehm stekken. Wütend bückte er sich und riß sich auch den anderen vom Fuß. Die Nässe und die Kälte drangen unmittelbar an seine Füße. Aber er konnte sich leichter bewegen. Plötzlich erblickte er den

Mann. Er stolperte vorwärts über den Acker und konnte sich nur schwer aufrecht halten. Er glitt tiefer ins Dunkel hinein. Dann fiel Wallander ein, daß er eine weiße Jacke trug. Er zog sie aus und ließ sie in den Lehm fallen. Der Pullover darunter war dunkelgrün. Jetzt war er nicht mehr so leicht zu erkennen. Der Mann vor ihm schien sich nicht bewußt zu sein, daß Wallander hinter ihm war. Das verschaffte Wallander einen Vorteil.

Der Abstand war noch immer so groß, daß Wallander nicht wagte, den Mann durch einen Beinschuß an der Flucht zu hindern. In der Entfernung hörte er einen Hubschrauber. Das Geräusch kam nicht näher. Er wartete irgendwo in der Nähe. Sie befanden sich jetzt mitten auf dem Acker. Das Licht des Scheinwerfers war schwächer geworden.

Er wußte, daß er ein schlechter Schütze war. Der Mann vor ihm hatte zwar zweimal nicht getroffen, aber trotzdem war er mit Sicherheit der bessere Schütze. Den Scheinwerfer hatte er aus großer Entfernung getroffen. Wallander suchte fieberhaft nach einer Lösung. Er verstand nicht, warum Martinsson oder Hansson den Hubschrauber nicht herdirigierten.

Plötzlich strauchelte der Mann. Wallander hielt inne. Dann sah er; daß der Mann sich niederbeugte und nach etwas suchte. Wallander brauchte nur den Bruchteil einer Sekunde, um sich zu sagen, daß er seine Waffe verloren hatte und sie nicht wiederfinden konnte. Sie waren gut dreißig Meter voneinander entfernt. Die Zeit reicht nicht, dachte er. Dann lief er los. Er versuchte, über die nassen und hartgefrorenen Furchen zu springen. Aber er stolperte und war im Begriff, das Gleichgewicht zu verlieren. In dem Moment entdeckte ihn der Mann. Obwohl der Abstand immer noch groß war, erkannte Wallander, daß er Asiat war.

Dann rutschte Wallander aus. Sein linker Fuß glitt aus wie auf einer Eisscholle. Es gelang ihm nicht, das Gleichgewicht zu halten. Er fiel. Im gleichen Moment fand der Mann seine Waffe. Wallander war auf die Knie gekommen. Die Waffe in der Hand des Mannes war direkt auf ihn gerichtet. Wallander drückte ab. Nichts. Noch einmal. Die Pistole versagte. In einem letzten verzweifelten Versuch, davonzukommen, warf Wallander sich zur Seite und preßte sich so tief wie möglich zwischen die Ackerfurchen. Da kam der Schuß. Wallander zuckte zusammen. Aber er war nicht getroffen worden. Er lag reglos da und wartete auf den nächsten Schuß. Aber nichts geschah. Wie lange Wallander liegenblieb, wußte er nicht. Aber in seinem Kopf sah er seine eigene Situation aus der Distanz vor sich. So würde es also zu Ende gehen. Ein sinnloser Tod. Einsam auf einem Acker. Bis hierhin war er gekommen, mit all seinen Vorsätzen und Träumen. Jetzt war es vorbei. Mit dem Gesicht im naßkalten Lehm würde er ins letzte Dunkel verschwinden. Und er trug nicht einmal Schuhe.

Erst als das Geräusch des Hubschraubers immer rascher näher kam, wagte er zu denken, daß er überleben würde. Vorsichtig blickte er auf.

Der Mann lag mit ausgebreiteten Armen auf dem Rücken. Wallander stand auf und ging langsam näher heran. In einiger Entfernung sah er die Scheinwerfer des Hubschraubers über die Äcker schwenken. Er hörte Hundebellen und Martinsson, der in der Dunkelheit rief.

Der Mann war tot. Nach der Ursache mußte Wallander nicht lange suchen. Der Schuß, den er zuletzt gehört hatte, hatte nicht ihm gegolten. Der Mann, der tot im Lehm lag, hatte sich selbst erschossen. In die Schläfe. Wallander fühlte plötzlich Schwindel und Übelkeit. Er hockte sich nieder. Feuchtigkeit und Kälte ließen ihn erschauern.

Er brauchte sich nichts mehr zu fragen. Der Mann im schwarzen Regenmantel, der tot vor ihm lag, hatte ein asiatisches Aussehen. Aus welchem Land er kam, konnte Wallander nicht sagen. Aber dies war der Mann, der vor ein paar Wochen Sonja Hökberg dazu veranlaßt hatte, in Istváns Restaurant mit Eva Persson den Platz zu tauschen. Der anschließend mit einer falschen Kreditkarte bezahlt hatte, die auf den Namen Fu Cheng ausgestellt war. Der in Falks Wohnung gekommen war, als Wallander dort auf die Witwe gewartet hatte. Der zweimal auf Wallander geschossen hatte, ohne zu treffen.

Wallander vermutete, daß es sich bei dem Toten auch um die Person handelte, die Sonja Hökberg in die Transformatorstation geschleppt hatte. Und Jonas Landahl in das ölvermischte Wasser unter der Propellerwelle im Maschinenraum einer Polenfähre.

Es gab noch viele offene Fragen. Aber Wallander hockte dort im Lehm und dachte, daß trotz allem etwas zu Ende gegangen war.

Daß es sich anders verhielt, ahnte er nicht. Das sollte er erst später verstehen.

Martinsson war als erster bei ihm. Wallander kam langsam hoch. Elofsson folgte gleich hinter Martinsson. Wallander bat ihn, ihm seine Schuhe und die Jacke zu holen, die irgendwo dort draußen lagen.

»Hast du ihn erschossen?« fragte Martinsson ungläubig.

Wallander schüttelte den Kopf. »Er hat sich selbst erschossen. Wenn er es nicht getan hätte, wäre ich jetzt tot.«

Von irgendwoher war inzwischen auch Lisa Holgersson aufgetaucht. Wallander ließ Martinsson erklären. Elofsson kam mit der Jacke und den Schuhen. Sie waren voller Lehm. Wallander wollte nur noch so schnell wie möglich von hier fort. Nicht nur, um nach Hause zu kommen und die Kleider zu wechseln, sondern auch, um das Bild von sich selbst loszuwerden, wie er im Lehm gelegen und auf das Ende gewartet hatte. Das erbärmliche Ende.

Aber irgendwo in ihm war auch eine Freude. Im Augenblick allerdings fühlte er vor allem Leere.

Der Hubschrauber war verschwunden. Hansson hatte ihn zurückgeschickt. Das große Aufgebot wurde langsam aufgelöst. Bis auf die Spurensicherung und die Kollegen, die sich um den Toten kümmern sollten.

Hansson kam durch den Lehm gepatscht. Er trug leuchtendgelbe Gummistiefel und auf dem Kopf einen Südwester. »Du solltest nach Hause fahren«, sagte er und betrachtete Wallander.

Wallander nickte und begann, den Weg zurückzugehen, den er gekommen war. Um ihn herum flackerten Taschenlampen. Mehrmals war er nahe daran zu fallen.

Kurz bevor er den Weg erreichte, hatte Lisa Holgersson ihn eingeholt. »Ich glaube, ich habe ein recht gutes Bild davon bekommen, was hier passiert ist«, sagte sie. »Aber morgen müssen wir das Ganze natürlich ordentlich durchsprechen. Wir können von Glück sagen, daß es so ausgegangen ist!«

»Wir werden bald sagen können, ob er es war, der Sonja Hökberg und Jonas Landahl getötet hat.«

»Glaubst du nicht, daß er auch etwas mit Lundbergs Tod zu tun hatte?«

Wallander sah sie fragend an. Oft hatte er gedacht, daß sie eine schnelle Auffassungsgabe hatte und die richtigen Fragen stellte. Jetzt verblüffte sie ihn durch das Gegenteil.

»Sonja Hökberg hat Lundberg getötet«, sagte er. »Daran brauchen wir wirklich keinen weiteren Gedanken zu verschwenden.«

»Aber warum ist dann dies alles geschehen?«

»Das wissen wir noch nicht. Aber Falk spielt eine zentrale Rolle. Oder, richtiger gesagt, das, was sich in seinem Rechner verbirgt.«

»Mir kommt das alles weiterhin ziemlich spekulativ vor.«

»Aber wir haben keine andere Erklärung.«

Wallander spürte, daß er am Ende war. »Ich muß trockene Sachen anziehen«, sagte er. »Wenn du mich entschuldigst, fahre ich jetzt nach Hause.«

»Nur eins noch«, sagte sie. »Ich bin gezwungen, es dir zu sagen. Es war vollkommen unverantwortlich, daß du dich allein auf die Verfolgung des Mannes begeben hast. Du hättest Martinsson mitnehmen müssen.«

»Es ging alles so schnell.«

»Du hättest ihn nicht daran hindern dürfen, mit dir zu kommen.«

Wallander war damit beschäftigt gewesen, den Lehm von seinen Sachen zu wischen. Jetzt blickte er auf. »Ihn hindern?«

»Du hättest Martinsson nicht daran hindern dürfen, mit dir zu kommen. Es ist eine Grundregel, daß man nicht allein eingreift. Das solltest du doch wissen.«

Wallander hatte auf einmal das Interesse an dem Lehm, der an seinen Kleidern klebte, verloren.

»Wer hat gesagt, daß ich jemanden gehindert habe?«

»Das ist sehr deutlich geworden.«

Wallander wußte, daß es nur eine Erklärung gab. Martinsson selbst mußte es behauptet haben. Elofsson und El Sayed waren viel zu weit entfernt gewesen.

»Vielleicht können wir das morgen besprechen«, sagte er ausweichend.

»Ich bin gezwungen, dich darauf hinzuweisen. Sonst mache ich mich eines Dienstvergehens schuldig. Deine Situation ist ja im Moment ohnedies kompliziert genug.«

Sie verließ ihn und verschwand mit ihrer Taschenlampe in Richtung Straße. In Wallander kochte die Wut hoch. Martinsson hatte also gelogen. Und behauptet, Wallander habe ihn daran gehindert, mit ihm auf den Acker hinauszugehen. Und Wallander hatte da draußen im Schlamm gelegen und seinem Tod ins Auge geblickt.

Im gleichen Augenblick sah er, daß Martinsson und Hansson auf dem Weg zu ihm waren. Die Lichtkegel der Taschenlampen tanzten. Im Hintergrund startete Lisa Holgersson ihren Wagen und fuhr davon.

Martinsson und Hansson blieben stehen.

»Kannst du mal Martinssons Taschenlampe halten?« sagte Wallander und sah Hansson an.

»Wieso?«

»Sei so nett und tu es einfach.«

Martinsson reichte Hansson die Lampe. Wallander machte einen Schritt auf Martinsson zu und holte zu einem Schlag gegen sein Gesicht aus. Doch es war nicht einfach, im flackernden Licht der Taschenlampen den Abstand genau einzuschätzen, und so streifte der Schlag Martinssons Gesicht nur.

»Sag mal, spinnst du, verflucht noch mal?«

»Sag mal, spinnst du, verflucht noch mal?« schrie Wallander und stürzte sich auf Martinsson. Sie wälzten sich im Lehm. Hansson wollte dazwischengehen, rutschte aber aus und fiel hin. Eine der Taschenlampen erlosch, die andere landete im Matsch.

Wallanders Wut war ebenso schnell verflogen, wie sie gekommen war. Er griff nach der Taschenlampe und leuchtete Martinsson an, der aus dem Mund blutete.

»Du hast zu Lisa gesagt, ich hätte dich gehindert, mit mir zu kommen! Du behauptest Dinge über mich, die nicht wahr sind.«

Martinsson blieb im Schlamm sitzen. Hansson war wieder hochgekommen. Irgendwo bellte ein Hund.

»Du agierst hinter meinem Rücken«, fuhr Wallander fort und merkte, daß seine Stimme jetzt vollkommen ruhig war.

»Ich weiß nicht, wovon du redest.«

»Du agierst hinter meinem Rücken. Du findest, daß ich ein schlechter Polizist bin. Du schleichst dich zu Lisa rein, wenn du glaubst, daß dich niemand sieht.«

Hansson mischte sich ein. »Sagt mal, was macht ihr da eigentlich?«

»Wir diskutieren darüber, wie man am besten zusammenarbeitet«, sagte Wallander. »Ob man dazu versuchen sollte, einigermaßen aufrichtig miteinander zu sein. Oder ob es die geeignetere Methode ist, sich gegenseitig zu hintergehen.«

»Ich begreife immer noch nichts«, meinte Hansson.

Wallander verlor die Nerven. Es hatte keinen Sinn, die Sache unnötig in die Länge zu ziehen. »Das wollte ich nur mal gesagt haben«, knurrte er und schmiß Martinsson die Taschenlampe vor die Füße.

Dann ging er zur Straße und bat eine Streife, ihn nach Hause zu fahren. Er nahm ein Bad und setzte sich anschließend in die Küche. Es war fast drei Uhr. Er versuchte zu denken, aber sein Kopf war leer. Er ging ins Bett, konnte aber nicht einschlafen. In Gedanken kehrte er zu dem Acker zurück. Zu seiner Angst, als er, das Gesicht in den Matsch gedrückt, dort gelegen hatte. Zu dem seltsamen Gefühl von Scham darüber, daß er ohne Schuhe an den Füßen gestorben wäre. Und dann zu der Abrechnung mit Martinsson.

Ich bin an die Grenze meiner Belastbarkeit gekommen, dachte er. Vielleicht nicht nur in meinem Verhältnis zu Martinsson. Sondern in allem, was ich tue.

Häufig hatte er sich ausgelaugt und überarbeitet gefühlt. Aber noch nie so sehr wie jetzt. Er versuchte, an Elvira Lindfeldt zu denken, um Mut zu schöpfen. Bestimmt schlief sie. Und in einem Zimmer in ihrer Nähe lag Robert Modin. Der jetzt keine Angst mehr davor zu haben brauchte, daß in seinem Blickfeld Männer mit Ferngläsern auftauchten.

Wallander fragte sich, welche Konsequenzen sein Angriff auf Martinsson nach sich ziehen würde. Aussage würde gegen Aussage stehen, wie im Fall mit Eva Persson und ihrer Mutter. Lisa Holgersson hatte schon erkennen lassen, daß sie offenbar Martinsson mehr vertraute als ihm. Zweimal in zwei Wochen hatte Wallander

Gewalt angewendet. Daran gab es nichts zu deuteln. Im ersten Fall während eines Verhörs gegenüber einer Minderjährigen, im zweiten Fall gegenüber einem seiner langjährigen Kollegen. Einem Mann, mit dem er sehr vertraut gewesen war. Er fragte sich, ob er sein Ausrasten bereute. Aber das konnte er nicht. Letztlich ging es um seine Würde. Es war eine notwendige Reaktion auf Martinssons Verrat gewesen. Was Ann-Britt Wallander im Vertrauen erzählt hatte, würde ans Licht gebracht werden müssen.

Er lag noch lange wach und dachte über die Grenzen seiner Belastbarkeit nach. Und darüber, daß solche Grenzen auch in der gesamten Gesellschaft existierten. Was das für die Zukunft bedeutete, wußte er nicht. Außer daß die Polizeibeamten der Zukunft, die wie El Sayed direkt von der Polizeihochschule kamen, ganz andere Voraussetzungen haben müßten, um die neuen Formen der Kriminalität, die im Kielwasser der Informationstechnik folgten, bekämpfen zu können. Auch wenn ich noch nicht alt bin, bin ich ein alter Hund, dachte er. Und alten Hunden bringt man nur mit größter Mühe neue Kunststücke bei.

Zweimal stand er auf. Das erstemal, um Wasser zu trinken, das zweitemal, um zu pinkeln. Beide Male blieb er am Küchenfenster stehen und blickte auf die leere Straße hinaus.

Als er endlich einschlief, war es nach vier.

Sonntag, der 19. Oktober.

*

Carter landete mit dem TAP-Flug 553 pünktlich um sechs Uhr dreißig in Lissabon. Die Maschine nach Kopenhagen sollte um acht Uhr fünfzehn starten. Wie immer hatte die Ankunft in Europa für Carter etwas Beunruhigendes. In Afrika fühlte er sich sicher. Hier befand er sich auf fremdem Territorium.

Vor seiner Einreise nach Portugal hatte er unter seinen Pässen und Identitäten gewählt. Er ging als Lukas Habermann, deutscher Staatsbürger, geboren 1939 in Kassel, durch die Kontrolle und merkte sich das Gesicht des Beamten. Von dort ging er auf direktem Weg zur Toilette, zerschnitt den Paß und spülte die Schnipsel sorgfältig fort. Aus seinem Handgepäck zog er anschließend einen britischen Paß, auf dem sein Name als Richard Stanton, geboren 1940 in Oxford, angegeben wurde. Dann zog er eine andere Jacke an und kämmte sich die Haare naß. Nachdem er eingecheckt hatte, ging er zur Paßkontrolle und wählte einen Schalter, der so weit wie möglich von dem entfernt lag, an dem er eine halbe Stunde zuvor seinen deutschen Paß gezeigt hatte. Es gab keinerlei Probleme. Er suchte nach einem abgelegenen Platz in der Abflughalle, in der Umbauarbeiten durchgeführt wurden. Da Sonntag war, ruhten die Arbeiten. Als er sich vergewissert hatte, daß er allein war, holte er sein Handy hervor.

Sie meldete sich fast sofort. Er sprach nicht gern am Telefon. Deshalb stellte er nur kurze und präzise Fragen und erwartete entsprechende Antworten.

Wo Cheng sich befand, wußte sie nicht. Er hätte sich am Abend zuvor melden sollen. Aber es war kein Anruf gekommen.

Dann lauschte Carter ungläubig der Neuigkeit, die sie ihm mitteilte. Er konnte sie kaum glauben. Ein derartiges Glück gab es einfach nicht.

Am Ende war er jedoch überzeugt. Robert Modin war direkt in die Falle gegangen, oder gefahren worden.

Als Carter das Gespräch beendet hatte, blieb er stehen. Daß Cheng sich nicht gemeldet hatte, verhieß nichts Gutes. Etwas war passiert. Andererseits würde es jetzt keine Schwierigkeiten mehr bereiten, den Mann namens Modin unschädlich zu machen, der inzwischen ihr größtes Problem zu sein schien.

Carter steckte das Telefon in die Tasche und maß seinen Puls.

Er war schneller als normal. Geringfügig.

Er ging zu der Lounge, in die sich Passagiere der Business Class zurückziehen konnten.

Dort aß er einen Apfel und trank eine Tasse Tee.

Die Maschine nach Kopenhagen hob mit fünfminütiger Verspätung um acht Uhr zwanzig ab.

Carter saß auf dem Platz 3D. Am Mittelgang. Er haßte es, eingeklemmt am Fenster zu sitzen.

Er sagte der Stewardeß, er wünsche kein Frühstück.

Dann schloß er die Augen und war kurz darauf eingeschlafen.

38

WALLANDER UND MARTINSSON begegneten sich um acht Uhr am Sonntag morgen. Wie auf Verabredung trafen sie gleichzeitig im Präsidium ein. Sie stießen im Flur vor dem Eßraum aufeinander. Weil sie auf dem sonntäglich leeren Korridor aus entgegengesetzten Richtungen kamen, hatte Wallander das Gefühl, als gingen sie aufeinander zu, um ein Duell auszutragen. Aber es passierte nichts, sie nickten nur und gingen gemeinsam in den Eßraum, wo der Kaffeeautomat wieder einmal den Geist aufgegeben hatte. Martinsson hatte einen blauen Fleck über einem Auge, und seine Unterlippe war geschwollen. Sie starrten auf den nachlässig geschriebenen Zettel, der verkündete, daß die Kaffeemaschine defekt war.

»Ich krieg dich noch dran wegen dem, was du getan hast«, sagte Martinsson. »Aber zuerst bringen wir diesen Fall hinter uns.«

»Es war ein Fehler von mir, dich zu schlagen«, erwiderte Wallander. »Aber das ist auch das einzige, was ich bereue.«

Dann redeten sie nicht mehr über den Vorfall. Hansson war hereingekommen und beobachtete besorgt die beiden Männer vor dem Kaffeeautomaten.

Wallander schlug vor, daß sie sich ebensogut im leeren Eßraum niederlassen könnten, statt in ein Sitzungszimmer zu gehen. Hansson setzte einen Topf mit Wasser auf und bot ihnen an, sich von seinem privaten Kaffee zu bedienen. Als sie gerade den Kaffee aufgegossen hatten, erschien Ann-Britt. Wallander wußte nicht, ob Hansson sie schon früh am Morgen angerufen und ihr erzählt hatte, was geschehen war. Aber es zeigte sich, daß Martinsson sie über den Mann, der auf dem Acker gestorben war, informiert hatte. Wallander merkte, daß er nichts von ihrer Prügelei erzählt hatte. Er sah auch, daß Martinsson ihr gegenüber eine gewisse Kälte an den Tag legte. Was nichts anderes bedeuten konnte, als daß er seine Nacht damit verbracht hatte, darüber nachzugrübeln, wer Wallander etwas gesteckt haben konnte.

Als Alfredsson sich ihnen nach wenigen Minuten anschloß, konnten sie anfangen. Hansson berichtete, daß Nyberg noch auf dem Acker war.

»Was glaubt er denn da finden zu können?« fragte Wallander verwundert.

»Er ist zwischendurch nach Hause gefahren und hat ein paar Stunden geschlafen«, erklärte Hansson. »Aber er rechnet damit, daß er in einer Stunde fertig ist.«

Die Sitzung wurde kurz. Wallander bat Hansson, mit Viktorsson zu sprechen. In der gegenwärtigen Situation war es wichtig, daß der Staatsanwalt laufend informiert wurde. Sie würden im Laufe des Tages auch eine Pressekonferenz abhalten müssen. Doch die konnte Lisa Holgersson übernehmen. Wenn ihre Zeit es zuließ, konnte Ann-Britt ihr assistieren.

»Ich war doch nicht einmal dabei heute nacht«, sagte sie erstaunt.

»Du brauchst nichts zu sagen. Ich möchte nur, daß du aufpaßt, was Lisa sagt. Falls sie auf die Idee kommt, einen richtig dämlichen Kommentar abzugeben.«

Die Reaktion auf seine letzten Worte war ein verblüfftes Schweigen. Keiner hatte ihn je zuvor so offen ihre Chefin kritisieren hören. Seine Bemerkung war nicht durchdacht. Es waren nur seine nächtlichen Grübeleien, die sich wieder in Erinnerung brachten. Das Gefühl, verbraucht zu sein, vielleicht alt. Und verleumdet. Aber wenn er wirklich alt war, konnte er sich auch erlauben, die Dinge beim Namen zu nennen. Ohne Rücksicht, weder in bezug auf Vergangenes noch auf Zukünftiges.

Dann ging er zu den Dingen über, die jetzt wichtig waren.

»Wir müssen uns auf Falks Rechner konzentrieren. Wenn es zutrifft, daß dort etwas einprogrammiert ist, was am Zwanzigsten ausgelöst wird, haben wir weniger als sechzehn Stunden Zeit, um darauf zu kommen, was es ist.«

»Wo ist Modin überhaupt?« fragte Hansson.

Wallander trank seinen Kaffee aus und stand auf. »Ich hole ihn. Dann legen wir los.«

Als sie den Eßraum verließen, wollte Ann-Britt mit ihm sprechen. Aber er winkte ab. »Nicht jetzt. Ich muß Modin holen.«

»Wo ist er?«

»Bei einer guten Freundin.«

»Kann ihn nicht ein anderer holen?«

»Sicher. Aber ich muß nachdenken. Wie nutzen wir diesen Tag

auf bestmögliche Weise? Was bedeutet es, daß der Mann vom Acker da draußen tot ist?«

»Darüber wollte ich gerade mit dir reden.«

Wallander blieb in der Tür stehen. »Gut. Ich gebe dir fünf Minuten.«

»Es kommt mir so vor, als hätten wir die wichtigste Frage noch gar nicht gestellt.«

»Und die wäre?«

»Warum er sich selbst erschossen hat und nicht dich.« Wallander merkte an seiner Stimme, wie verärgert er klang. Das war er ja auch. Über alle und alles.

Und er bemühte sich nicht, es zu verbergen. »Warum gehst du davon aus, daß ich mir diese Frage nicht schon gestellt habe?«

»Dann hättest du etwas gesagt, als wir eben zusammensaßen.«

Naseweise Zicke, dachte er. Aber das sagte er nicht. Es gab trotz allem eine Grenze.

»Was ist deine Meinung?«

»Ich war nicht da. Ich weiß nicht, wie es aussah oder was eigentlich passiert ist. Aber es muß schon einiges zusammenkommen, damit ein solcher Mensch sich das Leben nimmt.«

»Warum glaubst du das?«

»Ein bißchen Erfahrung habe ich im Lauf der Jahre wohl doch gesammelt.«

Wallander konnte es sich nicht verkneifen, schulmeisterlich zu reagieren. »Es fragt sich nur, ob diese Erfahrung im vorliegenden Fall so viel wert ist. Dieser Mann hat vermutlich mindestens zwei Menschen getötet. Und er hätte nicht gezögert, noch einen zu töten. Was dahintersteckt, wissen wir nicht. Aber er muß ein ziemlich rücksichtsloser Mensch gewesen sein. Und dazu ungewöhnlich kaltblütig. Eine asiatische Kaltblütigkeit vielleicht, was immer damit gemeint sein mag. Möglicherweise hat er den Hubschrauber gehört und eingesehen, daß er nicht entkommen konnte. Wir gehen davon aus, daß die Menschen, die hinter dieser Sache stecken, Fanatiker sind. Vielleicht hat er am Ende diese Besessenheit gegen sich selbst gerichtet.«

Ann-Britt wollte etwas sagen. Aber Wallander war schon auf dem Weg aus der Tür.

»Ich muß Modin holen«, sagte er. »Danach können wir reden.«

Wallander verließ das Präsidium. Es war Viertel vor neun. Er hatte es eilig. Der Wind war böig. Es hatte aufgehört zu regnen. Die Wolkendecke schien schnell aufzureißen. Er fuhr nach Malmö. Jetzt, am Sonntag, war die Landstraße verlassen. Er fuhr viel zu schnell. Irgendwo zwischen Rydsgård und Skurup überfuhr er einen Hasen. Er versuchte auszuweichen, doch der Hase landete unter einem der Hinterräder. Im Rückspiegel sah er, wie die Hinterläufe zuckten, als der Hase auf der Fahrbahn lag. Aber er bremste nicht.

Erst vor dem Haus in Jägersro hielt er an. Es war zwanzig Minuten vor zehn. Elvira Lindfeldt öffnete sofort. Robert Modin saß am Küchentisch und trank Tee. Sie war angekleidet. Doch Wallander hatte den Eindruck, daß sie müde war. Sie wirkte irgendwie verändert, seit er sie zuletzt gesehen hatte. Aber ihr Lächeln war noch das gleiche. Sie wollte ihn zu einer Tasse Kaffee einladen. Wallander hätte liebend gerne angenommen. Aber er lehnte ab. Die Zeit war knapp. Sie insistierte, nahm seinen Arm und nötigte ihn nahezu in die Küche. Wallander merkte, daß sie einen verstohlenen Blick auf ihre Uhr warf. Sofort wurde er mißtrauisch. Sie will, daß ich bleibe, dachte er. Aber nicht zu lange. Danach wartet etwas anderes. Oder jemand anders. Er lehnte dankend ab und sagte zu Modin, er solle sich fertigmachen.

»Menschen, die es eilig haben, machen mir angst«, klagte sie, als Modin die Küche verlassen hatte.

»Dann haben Sie jetzt den ersten Fehler an mir gefunden«, sagte Wallander. »Aber heute kann ich es wirklich nicht ändern. Wir brauchen Modin in Ystad.«

»Warum ist denn alles so eilig?«

»Ich habe nicht die Zeit, das zu erklären. Ich kann nur sagen, daß wir uns Sorgen machen wegen des 20. Oktober. Und der ist morgen.«

Obwohl Wallander müde war, nahm er einen schwachen Anflug von Beunruhigung wahr, der über ihr Gesicht huschte. Dann lächelte sie wieder. Wallander fragte sich, ob es Angst war. Doch er verwarf den Gedanken als Einbildung.

Modin kam die Treppe herunter. Er war bereit. Seine kleinen Computer trug er je unter einem Arm.

»Kommt mein Übernachtungsgast heute abend zurück?« fragte sie.

»Das ist nicht mehr nötig.«

»Kommen *Sie* zurück?«

»Ich rufe an«, sagte Wallander. »Im Augenblick kann ich es nicht sagen.«

Sie fuhren nach Ystad. Wallander fuhr jetzt langsamer. Aber nicht viel.

»Ich bin früh aufgewacht«, sagte Modin. »Ich habe versucht nachzudenken. Ich habe ein paar neue Ideen, die ich gern ausprobieren würde.«

Wallander fragte sich, ob er von den Ereignissen der Nacht erzählen sollte. Aber er entschied sich dafür, abzuwarten. Im Moment war das wichtigste, daß Modin seine Konzentration behielt. Schweigend fuhren sie weiter. Wallander sagte sich, daß es sinnlos wäre, wenn Modin Energie darauf verschwendete, ihm zu erklären, worauf seine neuen Ideen hinausliefen.

Sie passierten die Stelle, an der Wallander den Hasen überfahren hatte. Ein Schwarm Krähen stob auseinander, als der Wagen sich näherte. Der Hase war schon bis zur Unkenntlichkeit zerhackt.

Wallander erzählte, daß er es gewesen war, der den Hasen auf der Herfahrt überfahren hatte.

»Man sieht Hunderte überfahrener Hasen. Aber erst, wenn man ihn selbst getötet hat, sieht man ihn wirklich.«

Modin schaute Wallander plötzlich an. »Können Sie das noch einmal sagen? Das von dem Hasen.«

»Erst wenn man ihn selbst überfahren hat, sieht man ihn. Obwohl man schon Hunderte toter Hasen gesehen hat.«

»Genau«, sagte Modin nachdenklich. »So ist es.«

Wallander warf ihm einen fragenden Blick zu.

»Vielleicht sollte man auch das, was wir in Falks Rechner suchen, so sehen«, erklärte Modin. »Etwas, was wir schon vorher mehrfach gesehen haben, ohne es zu beachten.«

»Ich glaube, ich verstehe nicht richtig, was du meinst.«

»Vielleicht haben wir unnötig tief gesucht? Vielleicht ist das, was wir suchen, gar nicht versteckt, sondern liegt mitten vor unserer Nase.«

Modin hing seinen Gedanken nach. Wallander war immer noch nicht sicher, ob er ihn verstanden hatte.

Um elf Uhr hielten sie vor dem Haus am Runnerströms Torg. Modin lief mit seinen Computern die Treppen hinauf. Wallander blieb schnaufend eine halbe Treppe hinter ihm. Er wußte, daß er sich von jetzt an auf das verlassen mußte, was Alfredsson und Modin herausfanden. Mit Unterstützung von Martinsson. Das Beste, was er selbst tun konnte, war, so gut es ging den Überblick zu behalten. Und nicht zu glauben, in das elektronische Meer hinabtauchen und mit den anderen darin umherschwimmen zu können. Aber dennoch spürte er das Bedürfnis, sie daran zu erinnern, in welcher Situation sie sich befanden. Was wichtig war und was warten konnte. Gleichzeitig hoffte er, daß Martinsson und Alfredsson klug genug waren, Modin nichts von dem zu erzählen, was sich in der Nacht ereignet hatte. Eigentlich hätte Wallander Martinsson beiseite nehmen und ihm erklären müssen, daß Modin nichts wußte. Und daß es bis auf weiteres auch dabei bleiben sollte. Aber er konnte sich nicht dazu durchringen, mehr als absolut nötig mit Martinsson zu reden. Und Vertraulichkeiten mit ihm auszutauschen war ihm ganz und gar unmöglich geworden.

»Es ist elf Uhr«, sagte er, als er nach dem Gewaltmarsch die Treppen hinauf wieder zu Atem gekommen war. »Das bedeutet, daß uns noch dreizehn Stunden bis Mitternacht bleiben, bis zum Zwanzigsten. Mit anderen Worten: die Zeit ist knapp.«

»Nyberg hat angerufen«, unterbrach ihn Martinsson.

»Hatte er etwas Wichtiges?«

»Nichts Besonderes. Die Waffe war eine Makarov, neun Millimeter. Er ging davon aus, daß es dieselbe Waffe war, aus der in der Apelbergsgata geschossen wurde.«

»Hatte der Mann Papiere bei sich?«

»Er hatte drei verschiedene Pässe. Einen koreanischen, einen thailändischen und seltsamerweise auch einen rumänischen.«

»Keinen angolanischen?«

»Nein.«

»Ich werde mit Nyberg reden.«

Dann ging Wallander dazu über, sich die Lage im großen und ganzen vorzunehmen. Modin saß ungeduldig vor dem Rechner und wartete.

»In dreizehn Stunden ist der 20. Oktober«, wiederholte Wallander. »Im Augenblick interessieren uns zwei Dinge. Alles andere muß bis auf weiteres zurückgestellt werden. Die Antworten auf diese beiden Fragen werden uns zwangsläufig zu einer dritten führen. Aber darauf komme ich noch zurück.«

Wallander sah sich um. Martinsson starrte mit ausdruckslosem Gesicht vor sich hin. Die geschwollene Stelle an seiner Lippe begann sich blau zu färben.

»Die Antwort auf die erste Frage kann außerdem die zwei anderen eliminieren«, fuhr Wallander fort. »Ist unser Datum wirklich der 20. Oktober? Und wenn ja, was wird da passieren? Sind wir zu einem ja gekommen, dann bedeutet die dritte Frage, daß wir versuchen müssen zu verstehen, wie wir handeln können, um das Ganze zu stoppen. Nichts anderes ist wichtig.«

Wallander verstummte.

»Es sind noch keine Antworten aus dem Ausland gekommen«, sagte Alfredsson.

Wallander fiel das Schreiben wieder ein, das er unterzeichnen sollte, bevor es an internationale Polizeiorganisationen verschickt werden sollte.

Martinsson hatte seine Gedanken gelesen.

»Ich habe es selbst unterschrieben. Um Zeit zu sparen.«

Wallander nickte.

»Hat eine der Institutionen, die wir identifiziert haben, schon von sich hören lassen?«

»Bisher nicht. Aber es ist ja noch nicht viel Zeit vergangen. Und heute ist Sonntag.«

»Das heißt, im Moment sind wir allein«, faßte Wallander zusammen.

Dann sah er Modin an.

»Robert sagte mir im Auto, daß er ein paar neue Ideen hat. Hoffen wir, daß sie uns auf den richtigen Weg bringen.«

»Ich bin davon überzeugt, daß es der Zwanzigste ist«, sagte Modin.

»Dann mußt du uns auch überzeugen.«

»Ich brauche eine Stunde.«

»Wir haben dreizehn«, erwiderte Wallander. »Gehen wir davon aus, daß wir wirklich nicht mehr haben.«

Wallander verließ den Raum. Er fuhr zum Präsidium hinauf. Als erstes ging er auf die Toilette. In den letzten Tagen hatte er ständig das Bedürfnis gehabt zu pinkeln. Und einen trockenen Mund. Das waren Anzeichen dafür, daß er nicht sorgfältig genug mit seinem Diabetes umging.

Was habe ich übersehen, dachte er. Gibt es in all dem etwas, was uns auf einen Schlag den Zusammenhang erkennen lassen könnte, nach dem wir suchen? Für einen Augenblick wanderten seine Gedanken zurück nach Malmö. Elvira Lindfeldt war an diesem Morgen verändert gewesen. Woran es lag, vermochte er nicht zu sagen, aber er war sich sicher. Und das beunruhigte ihn. Am wenigsten wollte er, daß sie schon jetzt Fehler an ihm feststellte. Vielleicht hatte er sie mit der Bitte um die Beherbergung Robert Modins zu rasch und zu abrupt in sein Berufsleben hineingezogen?

Er schüttelte die Gedanken ab und ging hinüber zu Hansson. Der saß vor seinem Computer und schlug anhand einer Liste, die Martinsson ihm gegeben hatte, in verschiedenen Registern nach. Wallander fragte, wie er vorankomme.

Hansson schüttelte den Kopf. »Nichts hängt zusammen«, sagte er entnervt. »Es ist, als versuchte man, eine Handvoll Puzzleteile aus verschiedenen Puzzles zusammenzufügen, und man hofft, daß sie auf wunderbare Art und Weise zusammenpassen. Der einzige gemeinsame Nenner ist, daß es sich um Finanzinstitutionen handelt. Dazu eine Telekommunikationsgesellschaft und ein Satellitenunternehmen.«

Wallander war plötzlich ganz Ohr. »Sag das letzte noch einmal.«

»Ein Satellitenunternehmen in Atlanta. ›Telsat Communications‹.«

»Es handelt sich also nicht um einen Hersteller?«

»Soweit ich verstanden habe, handelt es sich um ein Unternehmen, das Sendekapazität auf einer Reihe von Kommunikationssatelliten vermietet.«

»Das paßt also zu der Telekommunikationsgesellschaft«, sagte Wallander.

»Wenn man will, kann man sagen, daß es zu allem anderen paßt. Geld wird heutzutage auf elektronischem Weg hin und her geschoben. Die Zeit, als man Geld in Kisten transportierte, ist vorbei. Zumindest was die richtig großen Transaktionen anbelangt.«

Wallander kam eine Idee. »Kann man sehen, ob einer der Satelliten dieser Firma Angola abdeckt?«

Hansson bearbeitete seine Tastatur. Wallander merkte, daß es bedeutend langsamer ging als bei Martinsson.

»Ihre Satelliten decken die ganze Welt ab. Sogar die Polarregionen.«

Wallander nickte. »Es könnte etwas bedeuten. Ruf Martinsson an und erzähl ihm davon.«

Hansson ergriff die Gelegenheit. »Was war da eigentlich los heute nacht auf dem Acker?«

»Martinsson redet Scheiße«, antwortete Wallander kurz. »Aber lassen wir das jetzt.«

Wallander sah auf seiner Uhr, wie die Stunden vergingen. Er verbrachte seine Zeit im Präsidium zunächst in der eitlen Hoffnung, daß vom Runnerströms Torg das erlösende Telefonat käme. Aber es blieb still. Sie schienen nicht weiterzukommen. Lisa Holgersson hielt um vierzehn Uhr eine improvisierte Pressekonferenz ab. Sie hatte vorher mit Wallander sprechen wollen. Aber er hatte sich unsichtbar gemacht und Ann-Britt strikte Anweisung gegeben zu sagen, er sei nicht im Hause. Lange Zeit stand er reglos am Fenster und schaute zum Wasserturm hinüber. Die Wolkendecke hatte sich aufgelöst. Es war ein klarer und kühler Oktobertag.

Gegen drei hielt er es im Präsidium nicht mehr aus und fuhr zum Runnerströms Torg hinunter. Dort war eine intensive Diskussion über die Interpretation einiger Ziffernkombinationen im Gange. Als Modin Wallander ins Gespräch ziehen wollte, schüttelte dieser nur den Kopf.

Um fünf ging er und aß einen Hamburger. Nachdem er ins Präsidium zurückgekommen war, rief er bei Elvira Lindfeldt an. Sie nahm nicht ab. Nicht einmal ihr Anrufbeantworter war angeschaltet. Sein Mißtrauen kehrte sofort zurück. Aber er war zu müde und zu gespalten, um diesem Gefühl ernstlich nachzugehen.

Um halb sieben tauchte überraschend Ebba im Präsidium auf. Sie hatte eine Plastikschachtel mit Essen für Modin bei sich. Wallander bat Hansson, sie zum Runnerströms Torg zu fahren. Hinterher fand er, daß er ihr nicht genug gedankt hatte.

Gegen sieben rief er am Runnerströms Torg an. Martinsson meldete sich. Das Gespräch war kurz. Sie waren noch nicht zu einer Antwort auf die Fragen gekommen, die Wallander gestellt hatte. Er legte auf und ging zu Hansson hinüber, der mit blutunterlaufenen Augen dasaß und auf seinen Bildschirm starrte. Wallander fragte, ob noch immer keine Mitteilungen aus dem Ausland gekommen seien.

Nichts.

Plötzlich packte Wallander die Wut. Er riß Hanssons Besucherstuhl an sich und schleuderte ihn gegen die Wand. Dann ging er.

Um acht stand er wieder in Hanssons Tür. »Wir fahren zum Runnerströms Torg«, sagte er. »So geht es nicht weiter. Wir müssen die Lage zusammenfassen.«

Sie holten Ann-Britt ab, die halb schlafend in ihrem Zimmer saß. Dann fuhren sie schweigend zu Falks Büro. Als sie hinaufkamen, saß Modin auf dem Fußboden, den Rücken an die Wand gelehnt. Martinsson hatte seinen Klappstuhl. Alfredsson hatte sich der Länge nach auf dem Fußboden ausgestreckt. Wallander fragte sich, ob er jemals eine so resignierte und erschöpfte Ermittlungsgruppe gesehen hatte. Er wußte, daß die physische Müdigkeit daher kam, daß sie, trotz der Ereignisse der Nacht, keinerlei entscheidenden Erfolg zu verzeichnen hatten. Wenn sie nur einen winzigen Fortschritt erzielt hätten, würde ihre gesammelte Energie immer noch ausreichend sein. So aber herrschten Unlust und eine nahezu bodenlose Hoffnungslosigkeit.

Was soll ich tun? dachte er. Wie sieht unsere letzte Anstrengung aus? Bevor es Mitternacht wird.

Er setzte sich auf den Stuhl neben den Computer. Die anderen gruppierten sich um ihn. Nur Martinsson hielt sich zurück.

»Zusammenfassung«, sagte Wallander. »Wo stehen wir?«

»Vieles spricht dafür, daß am Zwanzigsten etwas passieren wird«, sagte Alfredsson. »Ob es aber Schlag zwölf passiert oder irgendwann später, wissen wir nicht. Es kann also in diesen Institutionen, die wir identifiziert haben, zu irgendeiner Form von Datenproblemen kommen. Ebenso bei all den anderen, die wir noch nicht identifiziert haben. Weil es sich um große und mächtige Finanzinstitutionen handelt, müssen wir davon ausgehen, daß es in der einen oder anderen Weise um Geld geht. Aber ob es eine raffinierte Form von elektronischem Bankraub ist oder etwas anderes, wissen wir nicht.«

»Was wäre das denkbar Schlimmste, das eintreten könnte?« fragte Wallander.

»Daß an den Finanzmärkten der Welt Chaos ausbräche.«

»Aber ist das wirklich denkbar?«

»Wir haben so etwas doch schon erlebt. Wenn zum Beispiel eine leichte oder dramatische Veränderung des Dollarkurses eintritt, kann dadurch eine Panik ausgelöst werden, die schwer zu kontrollieren ist.«

»Ich glaube, so etwas wird passieren«, sagte Modin.

Alle sahen ihn an, wie er da mit überkreuzten Beinen auf dem Fußboden neben Wallanders Füßen lag.

»Warum glaubst du das? Kannst du das erklären?«

»Ich glaube, es ist so groß, daß wir es uns nicht einmal vorstellen können. Das bedeutet, daß wir auch mit logischen Argumenten oder mit unserer Phantasie nicht klar sehen können, was geschieht, bevor es zu spät ist.«

»Aber wo beginnt das Ganze? Bedarf es keines auslösenden Faktors? Muß nicht jemand auf einen Knopf drücken?«

»Vermutlich fängt es mit etwas so Alltäglichem an, daß wir gar nicht auf den Gedanken kommen.«

»Der symbolische Kaffeeautomat«, sagte Hansson. »Da ist er wieder.«

Wallander saß still da: Dann blickte er um sich. »Das einzige, was wir tun können, ist weitermachen«, sagte er. »Es gibt keine Alternative.«

»Ich habe ein paar Disketten in Malmö vergessen«, sagte Modin. »Ich brauche sie, um weiterarbeiten zu können.«

»Wir schicken einen Wagen hin und holen sie.«

»Ich fahre mit«, sagte Modin. »Ich brauche sowieso eine Pause. Außerdem gibt es in Malmö einen Naturkostladen, der abends geöffnet hat.«

Wallander nickte und stand auf. Hansson telefonierte nach einem Streifenwagen, der Modin nach Malmö fahren konnte. Wallander rief bei Elvira Lindfeldt an. Besetzt. Er versuchte es wieder. Jetzt meldete sie sich. Er sagte, daß Modin kommen werde, um ein paar Disketten zu holen, die er bei ihr vergessen habe. Sie versprach, ihm aufzumachen. Ihre Stimme klang wieder normal. »Kommen Sie mit?« fragte sie.

»Ich schaffe es nicht.«

»Ich frage nicht, warum.«

»Das ist auch besser so. Es würde zu lange dauern, es zu erklären.«

Alfredsson und Martinsson beugten sich aufs neue über Falks Rechner.

Wallander kehrte mit den anderen ins Präsidium zurück. An der Anmeldung blieb er stehen. »Ich möchte, daß wir uns in einer halben Stunde treffen«, sagte er. »Ich möchte, daß jeder bis dahin alles noch einmal durchdenkt. Dreißig Minuten sind nicht viel. Aber damit müßt ihr auskommen. Dann müssen wir noch einmal von vorn anfangen und eine neue Einschätzung der Lage vornehmen.«

Sie verschwanden in ihre Zimmer. Als Wallander in sein Zimmer gekommen war, rief die Anmeldung an und sagte ihm, er habe Besuch.

»Wer ist es, und worum geht es?« fragte Wallander. »Ich habe keine Zeit.«

»Sie sagt, sie wäre deine Nachbarin in der Mariagata. Eine Frau Hartman.«

Wallander befiel sofort die Angst, es könnte etwas passiert sein. Vor ein paar Jahren hatte es in seiner Wohnung einen Wasserschaden gegeben. Frau Hartman, die Witwe war, wohnte in der Wohnung unter Wallander. Damals hatte sie im Präsidium angerufen und Alarm geschlagen.

»Ich komme«, sagte Wallander und legte auf.

Als er in die Anmeldung kam, konnte Frau Hartman ihn beruhigen. Es gab keinen Wasserschaden. Aber sie reichte ihm einen Brief.

»Die Briefträgerin muß sich vertan haben«, sagte sie bedauernd. »Wahrscheinlich ist der Brief schon Freitag bei mir eingeworfen worden. Aber ich war verreist und bin erst heute früh zurückgekommen. Ich dachte, es könnte vielleicht wichtig sein.«

»Sie hätten sich aber nicht die Mühe machen müssen«, sagte Wallander. »Ich bekomme selten so wichtige Post, daß sie nicht warten kann.«

Der Brief hatte keinen Absender. Frau Hartman ging, und Wallander kehrte in sein Büro zurück. Er öffnete den Brief und sah zu seinem Erstaunen, daß er von Datakontakt war. Sie bedankten sich für seine Anmeldung und versprachen, eventuelle Zuschriften sofort an ihn weiterzuleiten.

Wallander knüllte den Brief zusammen und warf ihn in den Papierkorb. In den folgenden Sekunden war sein Kopf vollkommen leer. Dann runzelte er die Stirn und nahm den Brief wieder aus dem Papierkorb. Er glättete ihn und las ihn noch einmal. Dann suchte er den Umschlag heraus. Er wußte nicht genau, warum. Lange betrachtete er den Poststempel. Der Brief war am Donnerstag abgeschickt worden.

Sein Kopf war noch immer völlig leer.

Die Angst kam aus dem Nichts. Der Brief war am Donnerstag abgestempelt worden. Er wurde darin als Kunde von Datakontakt willkommen geheißen. Aber da hatte er schon eine Antwort von Elvira Lindfeldt erhalten. Und zwar in einem Umschlag, der direkt bei ihm eingeworfen worden war. Ein Brief ohne Poststempel.

Die Gedanken rasten durch sein Gehirn.

Dann drehte er sich um und sah seinen Computer an. Er saß vollkommen starr. Seine Gedanken wirbelten im Kreis. Zuerst schnell, dann immer langsamer. Er glaubte, er sei im Begriff, den Verstand zu verlieren. Dann zwang er sich, vollkommen ruhig und klar zu denken.

Dabei starrte er weiter seinen Computer an. In seinem Kopf begann ein Bild Kontur anzunehmen. Ein Zusammenhang. Und der war entsetzlich.

Er stürzte hinaus in den Flur und lief zu Hanssons Zimmer.

»Ruf den Streifenwagen an«, stieß er hervor, als er durch die Tür kam.

Hansson fuhr zusammen und sah ihn erschrocken an. »Welchen Streifenwagen?«

»Der Modin nach Malmö gebracht hat.«

»Warum denn?«

»Tu nur, was ich sage. Schnell.«

Hansson griff zum Telefon. Nach weniger als zwei Minuten hatte er sie erreicht.

»Sie sind auf dem Rückweg«, sagte er und legte den Hörer auf die Gabel.

Wallander atmete auf.

»Aber Modin ist in Malmö geblieben.«

»Warum das?«

»Er ist anscheinend herausgekommen und hat ihnen gesagt, er wolle von da aus weiterarbeiten.«

Wallander stand wie angewurzelt. Sein Herz hämmerte. Es fiel ihm immer noch schwer zu glauben, daß es wahr sein konnte. Aber er war zuvor schon auf den Gedanken gekommen, daß die Gefahr bestand. Daß die Computer der Polizei angezapft wurden.

Es ging nicht nur um Ermittlungsmaterial. Es konnte sich auch um einen Brief handeln, der an eine Kontaktvermittlung geschrieben worden war.

»Nimm deine Waffe mit«, sagte er. »Wir fahren in einer Minute.«

»Wohin?«

»Nach Malmö.«

Unterwegs versuchte Wallander, eine Erklärung zu formulieren. Hansson hatte aus einleuchtenden Gründen Schwierigkeiten, das Ganze nachzuvollziehen. Wallander bat ihn immer wieder, Elvira Lindfeldts Telefonnummer anzurufen. Es meldete sich niemand. Wallander hatte die Sirene aufs Wagendach gestellt. Schweigend betete er zu allen Göttern, deren Namen ihm einfielen, um Hilfestellung, daß Modin nichts zugestoßen war. Aber er fürchtete das Schlimmste.

Um kurz nach zehn bremsten sie vor dem Haus. Sie stiegen aus.

Alles war still. Wallander bat Hansson, im Schatten am Gartentor zu warten. Dann entsicherte er seine Waffe und ging den Weg hinauf. Vor der Haustür lauschte er. Klingelte. Wartete. Horchte. Klingelte noch einmal. Dann faßte er die Türklinke an. Die Tür war nicht verschlossen. Er winkte Hansson zu sich.

»Wir sollten Verstärkung anfordern«, flüsterte Hansson.

»Dafür ist keine Zeit.«

Wallander öffnete vorsichtig die Tür. Lauschte wieder. Er erinnerte sich, daß der Lichtschalter links von der Tür war. Er tastete mit der Hand, bis er ihn fand. Im selben Moment, in dem das Licht anging, trat er einen Schritt zur Seite und duckte sich.

Der Flur war leer.

Das Licht fiel ins Wohnzimmer. Elvira Lindfeldt saß auf dem Sofa. Sie sah ihn an. Wallander atmete tief durch. Sie bewegte sich nicht. Sie war tot. Er rief nach Hansson. Vorsichtig gingen sie ins Wohnzimmer.

Sie war ins Genick geschossen worden. Die hellgelbe Sofalehne war blutgetränkt.

Dann durchsuchten sie das Haus. Aber es war niemand mehr da.

Robert Modin war verschwunden.

Wallander wußte, daß dies nur eins bedeuten konnte.

Jemand hatte im Haus auf ihn gewartet.

Der Mann auf dem Acker war nicht allein gewesen.

39

WIE WALLANDER ES SCHAFFTE, diese Nacht zu überstehen, konnte er in der Rückschau nie ganz begreifen. Er stellte sich vor, daß zu gleichen Teilen Selbstvorwürfe und Zorn der Grund waren. Doch am stärksten war die Angst davor, was Robert Modin zugestoßen sein konnte. Wallanders erster, lähmender Gedanke, als er Elvira Lindfeldt tot auf dem Sofa sitzen sah, war, daß auch Robert Modin getötet worden war. Aber als sie sich vergewissert hatten, daß das Haus leer war, wurde Wallander klar, daß Modin noch leben konnte. Wenn sich bisher alles darum gedreht hatte, etwas zu verbergen oder zu verhindern, mußte Modin aus diesem Grund fortgebracht worden sein. Wallander brauchte sich nicht daran zu erinnern, was mit Sonja Hökberg und Jonas Landahl geschehen war. Aber er dächte zugleich, daß nichts je ganz vergleichbar war. Damals hatten sie nicht gewußt, was geschehen war. Jetzt gab es trotz allem klar ablesbare Zusammenhänge. Das hieß, daß ihre Ausgangslage jetzt besser war.

Doch was ihn in dieser Nacht antrieb, war die Verbitterung darüber, hinters Licht geführt worden zu sein. Und die Trauer darüber, daß das Leben ihm wieder einmal einen Ausweg aus seiner Einsamkeit versperrt hatte. Elvira Lindfeldt konnte er nicht betrauern, auch wenn ihr Tod ihn erschütterte. Sie hatte seine Kontaktannonce aus seinem Computer gestohlen und sich ihm anschließend in durch und durch betrügerischer Absicht genähert. Und er war darauf hereingefallen. Sie hatte die Täuschung geschickt inszeniert. Er war unendlich verletzt. Die rasende Wut, die in ihm aufwallte, wurde aus vielen verschiedenen Quellen gespeist.

Dennoch sollte Hansson später erzählen, daß Wallander ungewöhnlich gefaßt wirkte. Seine Einschätzung der Situation und seine Vorschläge für die erforderlichen Einsätze waren vorbildlich und klar.

Wallander wußte, daß er so schnell wie möglich nach Ystad zurückkehren mußte. Dort befand sich das Zentrum, nach dem sie suchten, wenn es denn überhaupt ein Zentrum gab. Hansson sollte bleiben, wo er war, die Kollegen in Malmö alarmieren und ihnen die notwendigen Hintergrundinformationen liefern.

Aber Hansson sollte auch noch etwas anderes tun. In diesem Punkt war Wallander sehr eindeutig. Obwohl es mitten in der Nacht war, sollte Hansson versuchen, Elvira Lindfeldts Hintergrund auszuleuchten. Gab es irgendeine Verbindung nach Angola? Was für Bekannte hatte sie in Malmö?

»Das dürfte nicht ganz leicht werden mitten in der Nacht«, wandte Hansson ein.

»Und trotzdem muß es gemacht werden«, sagte Wallander. »Mir ist es egal, wen du anrufst und weckst. Und du akzeptierst keinen Versuch, etwas bis morgen aufzuschieben. Wenn nötig, fährst du persönlich zu den Leuten und ziehst ihnen die Klamotten an. Ich will vor morgen früh soviel wie möglich über diese Frau wissen.«

»Wer war sie?« fragte Hansson. »Warum war Modin hier? Kanntest du sie?«

Wallander antwortete nicht. Und Hansson wiederholte seine Frage nicht. Hinterher sollte er dann und wann, wenn Wallander nicht in der Nähe war, fragen, ob denn keiner wisse, wer die mysteriöse Frau gewesen sei. Wallander mußte sie gekannt haben, weil er Modin bei ihr untergebracht hatte. In der anschließenden umfangreichen Ermittlung blieb genau diese Frage, wie Wallander eigentlich mit ihr in Kontakt gekommen war, etwas in der Schwebe. Niemand erfuhr jemals, was eigentlich geschehen war.

Wallander verließ Hansson und fuhr zurück nach Ystad. Auf der ganzen Fahrt versuchte er, sich auf eine einzige Frage zu konzentrieren: Wo war Modin?

Wallander fuhr durch die nächtliche Landschaft mit dem Gefühl, daß die Katastrophe jetzt ganz nahe war. Wie er sie abwenden konnte oder worin sie eigentlich bestand, wußte er nicht. Doch wichtiger als alles andere war jetzt, Modins Leben zu retten. Wallander raste in Richtung Ystad. Er hatte Hansson gebeten, anzurufen und Bescheid zu sagen, daß er unterwegs war. Diejenigen, die eventuell schliefen, sollten geweckt werden. Aber als Hansson gefragt hatte, ob das auch für Lisa Holgersson gelte, hatte Wallander ihn angebrüllt: Nein, sie nicht. In der ganzen Nacht war dieser Ausbruch das einzige Zeichen, das verriet, unter welch ungeheurem Druck Wallander stand.

Um halb zwei bremste er auf dem Parkplatz des Polizeipräsidiums. Es schüttelte ihn vor Kälte, als er zum Eingang hastete.

Sie saßen im Sitzungszimmer und warteten auf ihn. Martinsson, Ann-Britt und Alfredsson. Nyberg war unterwegs. Wallander betrachtete seine Kollegen, die eher den Eindruck eines geschlagenen Armeehäufleins als einer kampfbereiten Truppe machten. Ann-Britt reichte ihm eine Tasse Kaffee, und er schaffte es fast sofort, sie umzustoßen und sich den Kaffee über die Hose zu gießen.

Dann kam er direkt zur Sache. Robert Modin war verschwunden. Die Frau, bei der er gestern übernachtet hatte, war ermordet worden.

»Als erstes schließen wir daraus«, sagte Wallander, »daß der Mann auf dem Acker nicht allein war. Es war ein folgenschwerer Fehler, das zu glauben. Zumindest ich selbst hätte das wissen müssen.«

Ann-Britt stellte die unvermeidliche Frage. »Wer war die Frau?«

»Sie hieß Elvira Lindfeldt«, antwortete Wallander. »Eine entfernte Bekannte von mir.«

»Aber wie konnte jemand wissen, daß Modin heute abend zu ihr fahren würde?«

»Das müssen wir später klären.«

Glaubten sie ihm? Wallander selbst fand, daß er überzeugend log. Aber im Moment hatte er wenig Vertrauen in sein eigenes Urteilsvermögen. Er wußte, daß er die Wahrheit hätte sagen müssen. Daß er auf seinem Computer einen Brief an eine Kontaktvermittlung geschrieben hatte. Und daß jemand sich Zugang zu seinem Computer verschafft, den Brief gelesen und ihm anschließend Elvira Lindfeldt über den Weg geschickt hatte. Aber er sagte nichts von alldem. Seine Entschuldigung, zumindest vor sich selbst, war, daß sie sich jetzt darauf konzentrieren mußten, Modin zu finden. Wenn es nicht schon zu spät war.

Als sie so weit gekommen waren, ging die Tür auf, und Nyberg kam herein. Er trug den Schlafanzug unter dem Jackett. »Was ist passiert, verflucht noch mal?« fragte er. »Hansson hat aus Malmö angerufen und wirkte total durchgedreht. Es war unmöglich zu begreifen, was er sagte.«

»Setz dich«, sagte Wallander. »Die Nacht wird lang.«

Dann nickte er Ann-Britt zu, die Nyberg in groben Zügen über die Ereignisse der Nacht informierte.

»Aber die Polizei in Malmö hat doch wohl eigene Techniker?« fragte Nyberg verwundert.

»Ich will dich heute nacht dabeihaben«, sagte Wallander. »Nicht nur, weil du zur Verfügung stehen sollst für den Fall, daß in Malmö etwas auftaucht, sondern ebensosehr, um deine Ansichten zu hören.«

Nyberg nickte stumm. Dann zog er einen Kamm hervor und begann, seine Haarsträhnen zu bändigen.

Wallander ging weiter. »Wir können noch eine Schlußfolgerung ziehen. Auch wenn sie weniger sicher ist. Aber wir müssen sie polieren, so gut es geht. Sie ist ganz einfach: Etwas wird geschehen. Und auf irgendeine Art und Weise hat es seinen Ausgangspunkt hier in Ystad.«

Er blickte Martinsson an. »Wird Runnerströms Torg weiter überwacht?«

»Nein. Die Bewachung ist abgezogen worden.«

»Wer zum Teufel hat das entschieden?«

»Viktorsson fand, es sei Verschwendung.«

»Ich will, daß die Bewachung ab sofort wieder aufgenommen wird. Die in der Apelbergsgata habe ich selbst aufheben lassen. Vielleicht war auch das ein Fehler. Ich will dort sofort wieder einen Wagen haben.«

Martinsson verließ den Raum. Er würde dafür sorgen, daß die Wagen so schnell wie möglich an Ort und Stelle wären.

Sie warteten schweigend. Ann-Britt bot Nyberg, der sich noch immer kämmte, einen Taschenspiegel an, erhielt aber nur ein Murren zur Antwort.

Martinsson kam zurück. »Es ist alles klar.«

»Was wir suchen, ist ein auslösender Faktor«, sagte Wallander. »Es kann Falks Tod sein. So verstehe ich alles, was passiert ist. Solange Falk lebte, war alles unter Kontrolle. Plötzlich stirbt er. Und daraufhin verbreitet sich eine Unruhe, die diese Kettenreaktion auslöst.«

Ann-Britt hob die Hand. »Wissen wir mit Sicherheit, daß Falk eines natürlichen Todes gestorben ist?«

»So muß es gewesen sein. Meine Schlußfolgerungen gehen von der Annahme aus, daß sein Tod völlig unerwartet kam. Sein Arzt kommt und sagt mir, ein Herzinfarkt sei nahezu undenkbar. Falk war bei guter Gesundheit. Trotzdem stirbt er. Und genau das bringt alles ins Rollen. Hätte Falk weitergelebt, wie er es aller Voraussicht nach hätte tun sollen, wäre Sonja Hökberg nicht getötet worden. Sie wäre für den Mord an einem Taxifahrer verurteilt worden. Auch Jonas Landahl wäre nicht getötet worden. Er hätte weiterhin Falks Angelegenheiten erledigen können. Was Falk und die Menschen, die ihn umgaben, geplant hatten, wäre geschehen, ohne daß wir eine Ahnung davon gehabt hätten.«

»Mit anderen Worten verdanken wir es Falks plötzlichem, aber natürlichem Tod, daß wir überhaupt wissen, daß etwas passieren wird, was vielleicht weltweite Auswirkungen haben kann?«

»Ich habe keine andere Erklärung. Wenn jemand eine bessere vorzuschlagen hat, will ich sie jetzt und hier hören.«

Niemand hatte etwas zu sagen.

Wallander stellte wieder die Frage, wie Falk und Landahl sich begegnet waren. Sie wußten noch nicht, was die beiden miteinander verband. Wallander hatte immer mehr die Konturen einer Organisation im Untergrund zu ahnen begonnen, die ohne Rituale und ohne äußere Kennzeichen durch ihre symbolischen Nachttiere wirkte. Die kaum sichtbaren Eingriffe, die zur Folge haben konnten, daß ganze Datenwelten einstürzten. Und irgendwo in diesem Dunkel waren Falk und Landahl sich begegnet. Daß Sonja Hökberg eine Zeitlang in Landahl verliebt war, hatte ihren Tod bedeutet. Mehr wußten sie nicht. Auf jeden Fall im Moment noch nicht.

Alfredsson griff nach seiner Aktenmappe und schüttete eine Anzahl loser und gefalteter Blätter auf den Tisch. »Modins Notizen«, sagte er. »Sie lagen in einer Ecke. Ich habe sie mitgenommen. Vielleicht lohnt es sich, sie durchzusehen?«

»Das mußt du mit Martinsson machen«, sagte Wallander. »Ihr versteht etwas davon. Wir anderen nicht.«

Das Telefon auf dem Tisch klingelte. Ann-Britt nahm ab. Sie reichte Wallander den Hörer.

Es war Hansson. »Ein Nachbar behauptet, gehört zu haben, wie gegen halb zehn ein Wagen mit quietschenden Reifen weggefahren ist. Aber das ist auch ungefähr alles, was wir herausgefunden haben. Keiner hat etwas gesehen oder gehört. Nicht einmal die Schüsse.«

»Waren es mehr als einer?«

»Der Arzt sagt, sie hätte zwei Kugeln im Kopf. Es gibt zwei Einschußlöcher.«

Wallander wurde übel. Er mußte kräftig schlucken.

»Bist du noch da?«

»Ja. Ich bin noch da. Niemand hat die Schüsse gehört?«

»Zumindest nicht die nächsten Nachbarn. Sie sind die einzigen, die wir bisher aus dem Bett klingeln konnten.«

»Wer leitet die Ermittlung?«

»Er heißt Forsman. Ich kannte ihn noch nicht.«

Wallander sagte der Name auch nichts. »Was meint er?«

»Er hat natürlich Probleme damit, alles, was ich ihm erzählt habe, auf die Reihe zu kriegen. Es gibt ja kein Motiv«

»Du mußt die Stellung halten, so gut es geht. Im Augenblick schaffen wir es einfach nicht, mit ihm zu reden.«

»Da war noch etwas«, sagte Hansson. »Modin ist doch hergefahren, um ein paar Disketten zu holen, nicht wahr?«

»Das hat er jedenfalls gesagt.«

»Ich glaube, ich habe herausgefunden, in welchem Zimmer er geschlafen hat, aber Disketten waren da nicht.«

»Die hat er also mitgenommen.«

»Es sieht so aus.«

»Hast du sonst etwas gefunden, was ihm gehört?«

»Nichts.«

»Gibt es Spuren oder Hinweise darauf, daß sich noch jemand im Haus aufgehalten hat?«

»Ein Nachbar behauptet, ungefähr gegen Mittag sei ein Taxi vorgefahren. Ein Mann sei ausgestiegen.«

»Das kann wichtig sein. Wir brauchen den Taxifahrer. Sieh zu, daß Forsman das in die Hand nimmt.«

»Ich habe keine Möglichkeit, den Kollegen in Malmö vorzuschreiben, was sie tun oder nicht tun sollen.«

»Dann mußt du eben selbst das Taxi ausfindig machen. Hat der Nachbar den Mann, der ausstieg, beschrieben?«

»Er fand, der Mann sei für die Jahreszeit zu leicht gekleidet gewesen.«

»Hat er das gesagt?«

»Wenn ich es richtig verstanden habe.«

Der Mann aus Luanda, dachte Wallander. Dessen Name mit C anfängt. »Das Taxi ist wichtig«, wiederholte Wallander. »Man kann davon ausgehen, daß es entweder von einem der Fährterminals kam oder von Sturup.«

»Ich sehe zu, was ich machen kann.«

Wallander berichtete der Runde am Tisch über das Gespräch. »Ich ahne, daß Verstärkungen eingetroffen sind«, sagte er. »Vielleicht wirklich aus Angola.«

»Ich habe keine einzige Antwort auf meine Anfragen erhalten«, sagte Martinsson. »Nach Sabotagegruppen oder terroristischen Vereinigungen, die dem globalen Finanzsystem den Krieg erklärt haben. Keiner scheint von solchen Leuten gehört zu haben, die du als Strukturveganer bezeichnet hast. Wobei ich immer noch finde, daß das Wort oder der Begriff irreführend ist.«

»Einmal ist immer das erstemal«, entgegnete Wallander.

»Hier in Ystad?«

Nyberg hatte den Kamm beiseite gelegt und sah Wallander mißbilligend an. Wie alt Nyberg auf einmal wirkte, dachte Wallander. Vielleicht sahen die anderen ihn selbst genauso?

»Auf dem Acker draußen bei Sandhammaren lag ein Asiat«, sagte Wallander. »Ein Mann aus Hongkong mit falscher Identität. Auch davon könnten wir sagen, daß so etwas hier nicht vorkommt. Und trotzdem passiert genau das. Es gibt keine geschützten Winkel mehr. Es gibt kaum noch einen Unterschied zwischen Städten und dem Land. Soviel habe ich von der neuen Informationstechnologie auch begriffen, daß sie das Zentrum der Welt an jeden beliebigen Ort verlegen kann.«

Das Telefon klingelte erneut. Diesmal griff Wallander selbst danach.

Es war wieder Hansson. »Forsman ist gut«, sagte er. »Hier geht die Post ab. Wir haben das Taxi.«

»Von wo kam es?«

»Sturup. Du hattest recht.«

»Hat jemand mit dem Fahrer geredet?«

»Er steht neben mir. Seine Schicht scheint ziemlich lang zu sein. Forsman läßt dich übrigens grüßen. Ihr hättet euch im Frühjahr bei einer Konferenz getroffen.«

»Grüß zurück. Kann ich jetzt mit dem Fahrer reden?«

»Er heißt Stig Lunne, und hier kommt er.«

Wallander winkte Papier und Bleistift heran.

Der Taxifahrer sprach ein selbst für Wallanders Ohren nahezu unverständliches Schonisch. Aber seine Antworten waren vorbildlich kurz. Stig Lunne machte nicht viel unnötige Worte. Wallander sagte ihm, wer er war und worum es ging.

»Wieviel Uhr war es, als die Fahrt begann?«

»Zwölf Uhr zweiunddreißig.«

»Woher wissen Sie das so exakt?«

»Vom Computer.«

»War die Fahrt bestellt?«

»Nein.«

»Sie standen also draußen in Sturup?«

»Ja.«

»Können Sie Ihren Fahrgast beschreiben?«

»Groß.«

»Können Sie noch mehr sagen?«

»Schlank.«

»Ist das alles?«

»Braungebrannt.«

»Der Mann war also groß und schlank und braungebrannt?«

»Ja.«

»Sprach er Schwedisch?«

»Nein.«

»Was für eine Sprache sprach er?«

»Das weiß ich nicht. Er zeigte mir nur einen Zettel mit der Anschrift.«

»Und während der ganzen Fahrt sagte er nichts?«

»Nein.«

»Wie bezahlte er?«

»Bar.«

»Mit schwedischem Geld?«

»Ja.«

»Was hatte er für Gepäck?«

»Schultertasche.«

»Sonst nichts?«

»Nein.«

»War der Mann dunkel- oder hellhäutig? Sah er europäisch aus?«

Die Antwort des Taxifahrers erstaunte Wallander. Nicht nur, weil sie die längste war, die Stig Lunne zustande brachte.

»Meine Mutter sagt, ich sähe aus wie ein Spanier. Aber ich bin in Malmö geboren.«

»Sie meinen also, daß es nicht einfach ist, meine Frage zu beantworten?«

»Ja.«

»War er blond oder dunkelhaarig?«

»Glatzköpfig.«

»Haben Sie seine Augen gesehen?«

»Blau.«

»Wie war er gekleidet?«

»Zu dünn.«

»Was meinen Sie damit?«

Stig Lunne unternahm wieder eine Kraftanstrengung. »Sommersachen und kein Mantel.«

»Sie meinen, er trug Shorts?«

»Einen dünnen weißen Anzug.«

Wallander fiel nichts mehr ein, was er fragen konnte. Er bedankte sich bei Stig Lunne und bat ihn, sich sofort zu melden, falls ihm noch etwas einfiele.

Es war drei Uhr geworden. Wallander nannte kurz die Beschreibung, die Stig Lunne von seinem Fahrgast gegeben hatte. Martinsson und Alfredsson zogen sich zurück, um Modins Notizen durchzusehen. Kurz darauf verließ auch Nyberg den Raum. Nur Wallander und Ann-Britt blieben noch sitzen.

»Was, glaubst du, ist geschehen?«

»Ich weiß es nicht. Aber ich fürchte das Schlimmste.«

»Wer ist dieser Mann?«

»Die herbeigerufene Verstärkung. Jemand, der weiß, daß Modin es ist, der tief in Falks geheime Welt eingedrungen ist. Wer er genau ist, weiß ich natürlich nicht.«

»Aber warum mußte diese Frau sterben?«

»Ich weiß nicht. Und ich habe Angst.«

Nach einer halben Stunde kamen Martinsson und Alfredsson zurück. Kurz danach setzte sich auch Nyberg wortlos wieder an seinen Platz.

»Es ist schwer, etwas Sinnvolles aus Modins Notizen herauszufiltern«, sagte Alfredsson. »Vor allem, wenn er schreibt, wir müßten ›einen Kaffeeautomaten finden, der mitten vor unserer Nase steht‹.«

Er meint, daß etwas ebenso Alltägliches diesen Prozeß auslösen wird«, sagte Wallander. »Etwas, was wir tun, ohne zu überlegen.

Ein Knopf, auf den wir drücken. Wenn der Knopf zu einer bestimmten Uhrzeit oder an einem bestimmten Ort in einer bestimmten Reihenfolge gedrückt wird, passiert etwas.«

»Was für ein Knopf könnte das sein?« fragte Ann-Britt.

»Ja, das müssen wir herausfinden.«

Es wurde vier Uhr. Wo war Robert Modin? Um kurz vor halb fünf rief Hansson wieder an. Wallander hörte schweigend zu und machte sich Notizen. Dann und wann schob er eine Frage ein. Das Gespräch dauerte länger als eine Viertelstunde.

»Es ist Hansson gelungen, Elvira Lindfeldts Freunde aufzuspüren«, sagte Wallander. »Sie konnten interessante Dinge erzählen. Zum Beispiel, daß sie in den siebziger Jahren ein paar Jahre in Pakistan gearbeitet hat.«

»Ich dachte, die Spuren wiesen nach Luanda«, sagte Martinsson verblüfft.

»Wichtig ist, was sie in Pakistan gemacht hat.«

»In wie viele Erdteile verzweigen sich eigentlich die Spuren?« wollte Nyberg wissen. »Eben haben wir von Angola geredet. Jetzt ist es Pakistan. Und was kommt als nächstes?«

»Das wissen wir nicht«, sagte Wallander. »Ich bin nicht weniger verwundert als du. Aber diese Freundin, mit der Hansson gesprochen hat, hatte trotz allem eine Art Antwort.«

Er versuchte, seine Aufzeichnungen auf der Rückseite eines Briefumschlags zu entziffern.

»Dieser Freundin zufolge arbeitete sie nämlich für die Weltbank. Immerhin ein Anhaltspunkt. Aber da ist noch mehr. Angeblich konnte sie ziemlich radikale Auffassungen vertreten. Sie sei der Meinung gewesen, das gegenwärtige globale Wirtschaftssystem müsse komplett umgestaltet werden. Und daß dies nur möglich wäre, wenn man erst einmal tabula rasa machte.«

»Dann wissen wir das«, meinte Martinsson. »Daß offenbar viele darin verwickelt sind. Aber wir wissen noch immer nicht, wo sie sitzen und was geschehen wird.«

»Wir suchen nach einem Knopf«, sagte Nyberg. »Stimmt das? Oder einem Hebel. Oder einem Schalter. Aber sitzt der drinnen oder draußen?«

»Das wissen wir nicht.«

»Dann wissen wir mit anderen Worten gar nichts.«

Die Stimmung in der Runde war gedrückt. Wallander betrachtete seine Kollegen mit wachsender Verzweiflung. Wir schaffen es nicht, dachte er. Wir werden Modin tot auffinden. Und haben es nicht verhindern können.

Das Telefon klingelte. Wallander wußte nicht mehr, zum wievielten Mal Hansson sich meldete.

»Elvira Lindfeldts Wagen«, sagte Hansson. »Daran hätten wir denken sollen.«

»Stimmt«, sagte Wallander. »Hätten wir.«

»Er soll immer hier draußen auf der Straße gestanden haben. Aber da steht er nicht. Wir lassen nach ihm fahnden. Ein dunkelblauer Golf. Kennzeichen FHC 803.«

Alle Autos in diesem Fall scheinen dunkelblau zu sein, dachte Wallander. Hansson fragte, ob sich in Ystad irgend etwas getan habe. Wallander konnte nur verneinen.

Es war zehn vor fünf. Im Sitzungsraum herrschte müde und schwere Wartestimmung. Wallander dachte, daß sie geschlagen waren. Sie wußten nicht, was sie noch tun sollten.

Martinsson stand auf. »Ich muß was essen. Ich fahre zu diesem Imbiß auf Österleden, der die Nacht über auf hat. Will sonst noch jemand was essen?«

Wallander schüttelte den Kopf. Martinsson kritzelte eine Liste mit den Wünschen der anderen hin. Dann verließ er den Raum. Aber fast sofort war er wieder da. »Ich habe kein Geld«, sagte er. »Kann jemand auslegen?«

Wallander hatte zwanzig Kronen. Sonderbarerweise hatte keiner der anderen irgendwelches Geld bei sich.

»Dann muß ich bei einem Geldautomaten vorbeifahren«, sagte Martinsson.

Er verließ das Zimmer. Wallander starrte ins Leere. Er hatte Kopfschmerzen bekommen.

Doch irgendwo hinter seinen Kopfschmerzen nahm ein Gedanke Gestalt an, ohne daß es ihm eigentlich bewußt war. Plötzlich fuhr er zusammen. Die anderen sahen ihn fragend an.

»Was hat Martinsson gesagt?«

»Er wollte Essen holen.«

»Nicht das. Danach.«

»Er würde an einem Geldautomaten vorbeifahren.«

Wallander nickte langsam. »Kann es das sein?« sagte er. »Was wir vor unseren Augen haben, ohne es zu sehen? Der Kaffeeautomat, den wir suchen?«

»Ich verstehe nicht richtig«, sagte Ann-Britt.

»Etwas, was wir tun, ohne zu überlegen.«

»Essen einkaufen?«

»Eine Karte in einen Automaten stecken. Und Geld und einen Kontoauszug herausbekommen.«

Wallander wandte sich an Alfredsson. »Ihr seid doch Modins Notizen durchgegangen. Stand da etwas von Geldautomaten?«

Alfredsson biß sich auf die Lippen. Dann sah er Wallander an.

»Ich glaube, da stand tatsächlich etwas.«

Wallander streckte sich. »Was stand da?«

»Ich weiß es nicht mehr. Weder Martinsson noch ich fanden es wichtig.«

Wallander schlug mit der flachen Hand auf den Tisch. »Wo sind die Papiere?«

»Martinsson hat sie mit in sein Zimmer genommen.«

Wallander war schon aufgesprungen und auf dem Weg durch die Tür.

Alfredsson folgte ihm in Martinssons Zimmer.

Modins zerknüllte Papiere lagen neben Martinssons Telefon. Alfredsson begann sie durchzusehen. Wallander wartete ungeduldig.

»Hier ist es«, sagte Alfredsson und reichte ihm ein Blatt.

Wallander setzte die Brille auf und las. Da Blatt war vollgekritzelt mit Katzen und Hähnen. Ganz unten, zwischen einigen verwickelten und anscheinend unsinnigen Zahlenkombinationen, hatte Modin geschrieben: *Geeigneter Angriffspunkt. Eventuell ein Geldautomat?* und dann so oft unterstrichen, daß das Papier ein Loch bekommen hatte.

»War es das, was du gesucht hast?« fragte Alfredsson.

Aber er bekam keine Antwort. Wallander war schon auf dem Weg zurück ins Sitzungszimmer.

Plötzlich war er überzeugt. Das war es. Den ganzen Tag benutzten Menschen die verschiedenen Geldautomaten. An einem von ihnen würde jemand an diesem Tag Geld abheben und damit ganz unwissentlich einen Prozeß in Gang setzen, dessen Auswirkung sie nicht absehen konnten, aber fürchteten. Sie konnten nicht einmal die Möglichkeit außer acht lassen, daß es schon geschehen war.

»Wie viele Geldautomaten haben wir in Ystad?« fragte Wallander.

Keiner wußte es.

»Es steht sicher im Telefonbuch«, meinte Ann-Britt.

»Wenn nicht, mußt du irgendeinen Bankmenschen wecken und ihn fragen.«

Nyberg hob die Hand. »Wie können wir auf einmal so sicher sein, daß du recht hast?«

»Wir können es nicht«, gab Wallander zurück. »Aber alles ist besser, als mit verschränkten Armen dazusitzen.«

Nyberg ließ nicht locker. »Was können wir denn eigentlich tun?«

»Wenn ich recht habe«, sagte Wallander, »können wir immer noch nicht wissen, um welchen Geldautomaten es geht. Oder vielleicht sind es mehrere. Wir wissen auch nicht, wann oder wie es passiert. Das einzige, was wir tun können, ist, dafür zu sorgen, daß gar nichts passiert.«

»Du denkst also daran, die Geldautomaten zu sperren?«

»Bis auf weiteres, ja.«

»Ist dir klar, was das bedeutet?«

»Daß die Leute so schlecht auf die Polizei zu sprechen sein werden wie lange nicht mehr. Daß es Ärger geben wird.«

»Du kannst das nicht ohne einen Beschluß der Staatsanwaltschaft machen. Und zwar nach Absprache mit einer Reihe von Bankdirektoren.«

Wallander setzte sich Nyberg direkt gegenüber. »Im Augenblick ist mir das vollkommen egal. Und wenn es meine letzte Handlung als Polizist in Ystad ist. Oder als Polizeibeamter überhaupt.«

Ann-Britt hatte währenddessen in einem Telefonbuch geblättert. Alfredsson saß schweigend und abwartend da.

»Es gibt vier Geldautomaten in Ystad«, sagte sie. »Drei im Zentrum und einen oben bei den Kaufhäusern. Der, bei dem wir Falk gefunden haben.«

Wallander dachte nach. »Martinsson ist mit Sicherheit zu einem von denen im Zentrum gefahren. Sie liegen auf dem Weg zu diesem Imbiß auf Österleden. Ruf ihn an, du und Alfredsson überwacht die beiden anderen. Ich selbst fahre zu dem bei den Kaufhäusern.«

Dann wandte er sich an Nyberg. »Dich möchte ich bitten, Lisa Holgersson anzurufen. Klingel sie aus dem Bett. Sag ihr genau, wie die Dinge liegen. Dann soll sie das Ganze in die Hand nehmen.«

Nyberg schüttelte den Kopf. »Sie wird die Aktion abblasen.«

»Ruf sie an«, erwiderte Wallander. »Aber du kannst ja bis sechs Uhr warten.«

Nyberg sah ihn an und lächelte.

Wallander hatte noch etwas zu sagen. »Wir dürfen Robert Modin nicht vergessen. Und den großen, schlanken und sonnengebräunten Mann. Wir wissen nicht, welche Sprache er spricht. Vielleicht Schwedisch, vielleicht etwas anderes. Aber wir müssen damit rechnen, daß er oder jemand anders den fraglichen Geldautomaten beobachtet. Wenn ich denn recht habe. Bei der geringsten Unsicherheit, dem geringsten Verdacht müßt ihr mit uns anderen Kontakt aufnehmen.«

»Ich habe schon vieles bewacht in meinem Leben«, sagte Alfredsson, »aber einen Geldautomaten noch nie.«

»Einmal ist immer das erstemal. Hast du eine Waffe bei dir?«

Alfredsson schüttelte den Kopf.

»Besorg ihm eine«, sagte Wallander zu Ann-Britt. »Los jetzt!« Es war zehn Minuten nach fünf, als Wallander das Präsidium verließ. Der Wind hatte wieder aufgefrischt, und es war kälter geworden. Er fuhr voller dunkler Befürchtungen zu den Kaufhäusern hinauf. Das meiste sprach natürlich dafür, daß er sich irrte. Aber weiter als bis hierhin konnten sie an einem Sitzungstisch im Augenblick nicht kommen. Wallander parkte vor dem Finanzamt. Um ihn herum war es verlassen und dunkel. Noch keine Morgendämmerung. Er zog den Reißverschluß seiner Jacke hoch und blickte sich um. Dann ging er zu dem Geldautomaten. Es gab keinen Grund, warum er unsichtbar bleiben sollte. Das Funkgerät, das er in die Tasche gesteckt hatte, schnarrte. Es war Ann-

Britt, die mitteilte, daß alle auf ihren Posten waren. Alfredsson hatte sofort Probleme bekommen. Ein paar Betrunkene hatten darauf bestanden, Geld abheben zu wollen. Er hatte einen Streifenwagen zu Hilfe gerufen.

»Laß den Wagen zirkulieren«, sagte Wallander. »In einer Stunde, wenn die Leute allmählich aufstehen, wird es schlimmer.«

»Martinsson hat noch Geld abgehoben«, fuhr Ann-Britt fort. »Aber es ist nichts passiert.«

»Das wissen wir nicht«, sagte Wallander. »Was auch passiert, wir werden es nicht entdecken.«

Das Funkgerät verstummte. Wallander betrachtete einen umgekippten Einkaufswagen auf dem Parkplatz. Bis auf einen kleineren Lastwagen war der Parkplatz leer. Ein Reklameplakat, auf dem für Schweinerippchen zum Sonderpreis geworben wurde, wirbelte umher. Es war drei Minuten vor halb sechs. Auf der Straße nach Malmö donnerte ein Lastzug in westlicher Richtung. Wallander dachte an Elvira Lindfeldt, spürte aber sofort, daß er es nicht ertrug. Das mußte später kommen. Daß er sich klarmachte, wie er sich dermaßen hatte hinters Licht führen lassen. Und die Kränkung. Wallander drehte den Rücken zum Wind und trat von einem Fuß auf den anderen, um nicht kalt zu werden. Er hörte ein Auto näher kommen. Ein Personenwagen mit dem Reklameschild einer Elektrofirma auf den Türen fuhr vor und hielt an. Der Mann, der heraussprang, war groß und schlank. Wallander fuhr zusammen und griff nach der Pistole. Dann entspannte er sich wieder. Er kannte den Mann. Er hatte einmal die Leitungen im Haus seines Vaters in Löderup repariert.

Der Mann nickte. »Ist der kaputt?«

»Sie können im Moment nichts abheben.«

»Dann muß ich in die Stadt fahren.«

»Da ist es leider auch nicht möglich.«

»Was ist denn los?«

»Eine vorübergehende Störung.«

»Die die Polizei überwachen muß?«

Wallander antwortete nicht. Der Mann stieg mürrisch in seinen Wagen und fuhr davon. Wallander sah ein, daß das ihre einzige Möglichkeit war. Auf einen technischen Defekt zu verweisen. Aber ihm grauste schon bei dem Gedanken daran, was passieren würde, wenn die Sache herauskam. Womit würde er sich eigentlich rechtfertigen können? Lisa Holgersson würde die Aktion wahrscheinlich stoppen. Seine Gründe waren allzu vage. Dann würde er nichts machen können. Und Martinsson hätte noch ein Argument mehr dafür, daß Wallander den Anforderungen als Ermittlungsleiter nicht länger gewachsen war.

Dann entdeckte er einen Mann, der über den Parkplatz kam. Einen jungen Mann. Er war neben dem einsamen Kleinlaster aufgetaucht. Er kam auf Wallander zu. Es dauerte einige Sekunden, bis Wallander begriff, wer der junge Mann war. Robert Modin. Wallander bewegte sich nicht. Hielt den Atem an. Er verstand nicht. Plötzlich drehte Modin ihm den Rücken zu. Wallander begriff, ohne zu verstehen – eine instinktive Reaktion. Er warf sich zur Seite. Der Mann hinter ihm war von der Rückseite der Kaufhäuser gekommen. Er war groß, schlank und sonnengebräunt und hielt eine Waffe in der Hand. Er war noch zehn Meter entfernt. Wallander konnte nirgendwo in Deckung gehen. Er schloß die Augen. Das Gefühl vom Acker kehrte zurück. Die abgelaufene Zeit. Bis hierhergekommen zu sein und nicht weiter. Er wartete auf den Schuß, der nicht kam. Er öffnete die Augen wieder. Der Mann hielt die Waffe auf ihn gerichtet, aber er blickte gleichzeitig auf seine Uhr. Die Zeit, dachte Wallander. Jetzt ist der Zeitpunkt gekommen. Ich hatte recht. Worin ich recht hatte, weiß ich nicht. Aber ich hatte recht.

Der Mann bedeutete Wallander durch Zeichen, näher zu kommen und die Hände hochzunehmen. Er nahm Wallanders Waffe aus dessen Tasche und warf sie in einen Papierkorb neben dem Geldautomaten. Mit der linken Hand streckte er ihm eine Plastikkarte entgegen und sagte in gebrochenem Schwedisch einige Zahlen. »Eins, fünf, fünf, eins.«

Er ließ die Karte auf den Asphalt fallen und zeigte mit der Waffe darauf. Wallander hob sie auf. Der Mann trat ein paar Schritte zur Seite. Wieder schaute er auf die Uhr. Dann zeigte er auf den Geldautomaten. Es war eine heftige Bewegung. Zum erstenmal wirkte der Mann nervös. Wallander trat vor. Als er den Kopf drehte, sah er Robert Modin vollkommen reglos dastehen.

Im Moment war es Wallander vollkommen gleichgültig, was geschehen würde, wenn er die Karte hineinsteckte und die Nummer eingab. Robert Modin lebte. Das war das wichtigste. Aber wie würde er Modins Leben schützen können? Wallander suchte nach einem Ausweg. Wenn er einen Ausfall gegen den Mann versuchte, würde dieser ihn sofort erschießen. Robert Modin würde es sicher auch nicht gelingen, wegzulaufen. Wallander schob die Karte in den Schlitz. Im selben Augenblick fiel ein Schuß. Die Kugel schlug auf dem Asphalt auf und verschwand mit einem Heulen. Der Mann fuhr herum. Wallander entdeckte Martinsson auf der anderen Seite des Parkplatzes. Der Abstand betrug mindestens dreißig Meter. Wallander warf sich zur Seite und faßte gleichzeitig mit einer Hand in den Papierkorb. Er fand seine Pistole. Der Mann schoß auf Martinsson. Traf aber nicht. Wallander drückte ab. Er traf den Mann mitten in die Brust. Der sackte in sich zusammen und blieb auf dem Asphalt liegen. Robert Modin stand immer noch wie angewurzelt da.

»Was ist los?« schrie Martinsson.

»Du kannst kommen«, rief Wallander zurück.

Der Mann auf dem Asphalt war tot.

»Wieso bist du hier?« fragte Wallander.

»Wenn du überhaupt recht hattest, dann mußte es doch hier sein«, antwortete Martinsson. »Falk hätte doch bestimmt den Automaten gewählt, der am nächsten bei seiner Wohnung lag und an dem er auf seinen Spaziergängen vorbeikam. Ich habe Nyberg gebeten, meinen Geldautomaten im Zentrum zu bewachen.«

»Er sollte doch Lisa Holgersson anrufen?«

»Es gibt doch Handys.«

»Kümmer du dich um das hier«, sagte Wallander. »Ich rede mit Modin.«

Martinsson zeigte auf den Toten. »Wer ist das?«

»Ich weiß nicht. Aber ich glaube, sein Name fängt mit C an.«

»Ist es jetzt vorbei?«

»Vielleicht. Ich glaube wohl. Aber was eigentlich vorbei ist, weiß ich wirklich nicht.«

Wallander dachte, daß er Martinsson hätte danken sollen. Aber er sagte nichts. Statt dessen ging er zu Modin, der immer noch wie angenagelt am selben Fleck stand wie vorher. Martinsson und Wallander würden sich schon noch in einem leeren Korridor begegnen, wenn die Zeit der Abrechnung gekommen war.

Robert Modin hatte Tränen in den Augen.

»Er hat mir gesagt, ich sollte auf Sie zugehen. Sonst würde er meine Eltern umbringen.«

»Darüber reden wir später«, sagte Wallander. »Bist du okay?«

»Er sagte zuerst, ich sollte in Malmö bleiben und meine Arbeit zu Ende bringen. Dann hat er sie erschossen. Und wir sind weggefahren. Ich lag im Kofferraum und habe kaum Luft gekriegt. Aber wir hatten recht.«

»Ja«, sagte Wallander. »Wir hatten recht.«

»Haben Sie meinen Zettel gefunden?«

»Ja, ich habe ihn gefunden.«

»Erst hinterher habe ich im Ernst geglaubt, daß es so sein könnte. Irgendein Geldautomat. Wo die Leute kommen und gehen und Geld abheben.«

»Du hättest es mir sagen sollen«, sagte Wallander. »Aber vielleicht hätte ich auch selbst darauf kommen müssen. In einem frühen Stadium waren wir davon überzeugt, daß sich alles irgendwie um Geld dreht. Da hätte ich an einen Geldautomaten als Auslöser denken müssen.«

»Eine Abschußrampe für eine Virusrakete«, sagte Modin. »Dummheit kann man ihnen jedenfalls nicht vorwerfen.«

Wallander betrachtete den Jungen an seiner Seite. Wie lange würde er noch durchhalten? Plötzlich hatte er das Gefühl, daß er schon einmal mit einem solchen Jungen neben sich dagestanden hatte. Er dachte an Stefan Fredman. Den Jungen, der jetzt tot und begraben war.

»Was ist eigentlich passiert?« fragte Wallander. »Magst du es erzählen?«

Modin nickte. »Er war einfach da im Haus, als sie mich hereinließ. Und er bedrohte mich. Ich wurde ins Badezimmer eingeschlossen. Plötzlich hörte ich, wie er sie anschrie. Weil es Englisch war, verstand ich, was er sagte. Soweit ich es hören konnte.«

»Und was sagte er?«

»Sie hätte ihren Auftrag nicht ordentlich ausgeführt. Sondern wäre schwach gewesen.«

»Hast du noch mehr gehört?«

»Nur die Schüsse. Als er das Badezimmer aufschloß, glaubte ich, er wollte auch mich erschießen. Er hatte eine Pistole in der Hand. Aber er sagte nur, daß ich seine Geisel wäre. Und ich sollte tun, was er sagte. Sonst würde er meine Eltern umbringen.«

Wallander merkte, daß Modins Stimme zu zittern begann.

»Es reicht jetzt«, sagte er. »Den Rest machen wir später. Du mußt jetzt schlafen. Fahr nach Hause zu deinen Eltern. Und dann reden wir weiter.«

»Eigentlich ist es phantastisch.«

Wallander betrachtete ihn aufmerksam. »Was meinst du?«

»Was man alles machen kann. Nur dadurch, daß man eine kleine tickende Rakete irgendwo in einen Geldautomaten steckt.«

Wallander antwortete nicht. Polizeiwagen mit eingeschalteten Sirenen kamen näher. Wallander entdeckte einen dunkelblauen Golf, der hinter dem Kleinlaster geparkt war, so daß er von da, wo er gestanden hatte, unmöglich zu sehen gewesen war. Das Plakat mit der Reklame für billige Rippchen wirbelte um seine Füße.

Er merkte, wie müde er war. Und erleichtert.

Martinsson kam auf ihn zu. »Wir müssen miteinander reden«, sagte er.

»Ja«, entgegnete Wallander. »Aber nicht jetzt.«

Es war neun Minuten vor sechs. Montag, der 20. Oktober. Wallander fragte sich geistesabwesend, wie der Winter wohl werden würde.

40

AM DIENSTAG, dem 11. November, wurde Wallander überraschend von dem Vorwurf freigesprochen, Eva Persson während eines Verhörs mißhandelt zu haben. Es war Ann-Britt, die ihm die Neuigkeit überbrachte. Sie war es auch, die entscheidend dazu beigetragen hatte, daß es dazu kam. Doch erst im nachhinein erfuhr Wallander, wie es zugegangen war.

Einige Tage zuvor hatte Ann-Britt Eva Persson und ihre Mutter besucht. Was im Verlauf dieses Treffens gesprochen wurde, kam nie richtig ans Tageslicht. Kein Protokoll wurde geführt, kein Zeuge war anwesend, obwohl es gegen die Vorschriften verstieß. Ann-Britt ließ jedoch Wallander gegenüber durchblicken, daß sie zu einer »milden Form gefühlsmäßiger Erpressung« gegriffen hatte. Was das genau bedeutete, hatte sie nicht erklärt. Aber aus dem, was sie sonst noch erzählte, zog Wallander den Schluß, daß Ann-Britt Eva Persson den guten Rat gegeben hatte, sich über ihre Zukunft Gedanken zu machen. Auch wenn sie von jedem Verdacht, an dem Mord an Lundberg aktiv beteiligt gewesen zu sein, freigesprochen wurde, könnte die falsche Beschuldigung eines Polizisten ernsthafte Konsequenzen haben. Was dabei im Detail gesagt wurde, erfuhren also weder Wallander noch sonst jemand genau. Aber am darauffolgenden Tag hatten Eva Persson und ihre Mutter durch ihren Anwalt die Klage gegen Wallander zurückgezogen. Sie gaben zu, daß die Ohrfeige tatsächlich so ausgeteilt worden war, wie Wallander behauptete. Eva Persson räumte ein, ihre Mutter angegriffen zu haben. Eine allgemeine Anklage gegen Wallander hätte allerdings dennoch erhoben werden können. Aber die Sache wurde ad acta gelegt, in aller Eile, als ob alle nichts als Erleichterung empfänden. Ann-Britt hatte auch dafür gesorgt, daß eine Anzahl ausgesuchter Journalisten informiert wurde. Doch die Nachricht, daß Wallander durch die Zurücknahme der Anklage von dem gegen ihn erhobenen Vorwurf befreit worden war, bekam in den Zeitungen keinen hervortretenden Platz, wenn sie überhaupt erwähnt wurde.

Dieser Dienstag war ein ungewöhnlich kalter Herbsttag in Schonen, mit böigem Nordwind, der zuweilen Sturmstärke erreichte. Wallander war nach einer unruhigen Nacht, in der schlechte Träume in seinem Unterbewußten rumort hatten, früh am Morgen aufgewacht. Was er geträumt hatte, konnte er sich im Detail nicht in Erinnerung rufen. Aber er war von schattenhaften Gestalten gejagt worden und bedrohlich nahe daran gewesen, unter dem Druck schwerer Gewichte, die auf ihm lasteten, zu ersticken.

Als er gegen acht Uhr ins Präsidium kam, blieb er nur kurz. Er hatte am Tag zuvor beschlossen, ein für allemal Antwort auf eine Frage zu bekommen, die ihn schon lange beschäftigte. Nachdem er einige Papiere durchgesehen und sich vergewissert hatte, daß das Fotoalbum, das er von Marianne Falk geliehen hatte, wirklich zurückgeschickt worden war, verließ er das Präsidium und fuhr zu den Hökbergs. Er wurde erwartet, da er seinen Besuch am Vortag bei Erik Hökberg angekündigt hatte. Sonjas Bruder Emil war in der Schule und Frau Hökberg auf einem ihrer regelmäßigen Besuche bei ihrer Schwester in Höör. Wallander sah, daß Erik Hökberg blaß und abgemagert war. Wallander trat ein und versprach, nicht lange zu bleiben.

»Sie wollten Sonjas Zimmer noch einmal sehen«, sagte Erik Hökberg. »Aber ich habe nicht verstanden, warum.«

»Ich will es Ihnen erklären, wenn wir oben sind. Ich möchte, daß Sie mitkommen.«

»Wir haben nichts verändert. Wir können es einfach nicht. Noch nicht.«

Sie stiegen ins Obergeschoß hinauf und betraten das rosa Zimmer, in dem Wallander schon bei seinem ersten Besuch das Gefühl gehabt hatte, daß etwas ganz und gar nicht stimmte.

»Ich glaube nicht, daß dieses Zimmer immer so ausgesehen hat«, sagte er. »Irgendwann hat Sonja es ummöbliert. Nicht wahr?«

Erik Hökberg blickte ihn erstaunt an. »Woher wissen Sie das?«

»Ich weiß es nicht. Ich frage nur.«

Erik Hökberg schluckte. Wallander wartete geduldig.

»Es war nach dieser Sache damals«, sagte Erik Hökberg. »Der Vergewaltigung. Plötzlich nahm sie alles von den Wänden und hängte alte Sachen auf, die sie früher gemocht hatte. Als sie jünger war. Was in Pappkartons auf dem Dachboden gelegen hatte. Wir haben wohl nie richtig verstanden, warum sie das alles wieder hervorholte. Und sie sagte auch nichts.«

Ihr war etwas geraubt worden, dachte Wallander. Und sie flüchtete auf zweierlei Weise. Einerseits zurück in ihre Kindheit, als noch nichts zerstört war. Anderseits, indem sie eine stellvertretende Rache nahm.

»Das wollte ich nur wissen«, sägte Wallander.

»Warum ist das jetzt noch wichtig? Wo nichts mehr eine Rolle spielt. Sonja kommt nicht wieder. Für Ruth und mich und Emil wird es wohl nur ein halbes Leben sein, wenn überhaupt.«

»Manchmal muß man einen Punkt setzen«, sagte Wallander zögernd. »Fragen, die unbeantwortet geblieben sind, können zu einer nachträglichen Qual werden. Aber natürlich haben Sie recht. Es ändert leider nichts.«

Sie verließen das Zimmer und gingen nach unten. Erik Hökberg wollte Wallander Kaffee anbieten, aber Wallander lehnte dankend ab. Er wollte dieses Trauerhaus so schnell wie möglich verlassen.

Er fuhr zum Zentrum hinunter. Dort parkte er in der Hamngata und ging zur Buchhandlung, die gerade aufmachte, um das Buch über Möbelpolsterei abzuholen, das schon allzulange hier gelegen hatte. Er war entsetzt über den Preis, ließ das Buch als Geschenk einschlagen und kehrte zum Auto zurück. Linda wollte am nächsten Tag nach Ystad kommen. Dann würde er es ihr geben.

Um kurz nach neun war er zurück im Polizeipräsidium. Um halb zehn hatte er seine Aktenmappen genommen und sich in eins der Sitzungszimmer begeben. An diesem Morgen sollten sie ein letztes Mal alles durchgehen, was sich ereignet hatte, nachdem Tynnes Falk tot vor dem Geldautomaten bei den Kaufhäusern zusammengebrochen war. Anschließend würden sie das Material dem Staatsanwalt übergeben. Weil der Mord an Elvira Lindfeldt auch die Kollegen in Malmö betraf, sollte Kriminalinspektor Forsman, der die Ermittlung geleitet hatte, an ihrer Sitzung teilnehmen.

Zu diesem Zeitpunkt wußte Wallander noch nicht, daß der Verdacht der Mißhandlung nicht mehr auf ihm lastete. Dies sollte Ann-Britt ihm erst später am Tag mitteilen. Aber es war im Augenblick auch kein Thema, das ihn besonders beunruhigte. Für ihn war das wichtigste, daß Robert Modin überlebt hatte. Dieser Umstand half ihm auch über den Gedanken hinweg, der ihn zuweilen überfiel, daß er vielleicht Jonas Landahls Tod hätte verhindern können, wenn er nur ein Stück weitergedacht hätte. Aber in seinem Innersten wußte er, daß dies eine unsinnige Gewissensbelastung war. Es hieße, das Unmögliche zu verlangen. Doch die Gedanken waren da, sie kamen und gingen und ließen ihn nicht in Ruhe.

Ausnahmsweise war Wallander der letzte, der das Sitzungszimmer betrat. Er begrüßte Forsman und erkannte sein Gesicht von dem Seminar wieder, an dem sie beide teilgenommen hatten. Hans Alfredsson war nach Stockholm zurückgekehrt, und Nyberg lag mit Grippe im Bett. Wallander setzte sich. Sie begannen, das umfangreiche Ermittlungsmaterial durchzuarbeiten. Erst um ein Uhr waren sie bei der letzten Seite angekommen und beendeten die Sitzung. Sie konnten einen Schlußstrich ziehen.

In den drei Wochen, die seit dem dramatischen Schußwechsel vor dem Geldautomaten vergangen waren, war das Geschehen, das bis dahin teilweise unklar war und sich ihrer Einsicht entzog, überschaubarer und greifbarer geworden. Wallander hatte bei verschiedenen Gelegenheiten feststellen können, wie recht sie in vielem gehabt hatten, obwohl es sich häufig eher um riskante Mutmaßungen gehandelt hatte als um Resultate auf der Grundlage handfester Fakten. Und niemand konnte Robert Modins Verdienst bezweifeln. Er war es gewesen, der die Firewall identifiziert und Wege durch sie hindurch gefunden hatte. In den vergangenen Wochen hatten sie einen ständigen Strom von Information aus dem Ausland verzeichnen können. Schließlich war es möglich gewesen, das Komplott zu durchdringen und seinen Umfang zu erkennen.

Der tote Mann, der Carter hieß und aus Luanda kam, hatte eine Identität und eine Geschichte bekommen. Wallander glaubte jetzt die Antwort auf die Frage gefunden zu haben, die er sich so oft gestellt hatte: *Was war eigentlich in Angola geschehen?* Jetzt wußten sie zumindest, wie der äußere Rahmen ausgesehen hatte. Falk und Carter waren sich in den siebziger Jahren in Luanda begegnet, vermutlich durch Zufall. Was dann geschah und was während ihrer Treffen gesprochen wurde, konnte man natürlich nur ahnen. Aber etwas hatte die beiden Männer vereint. Sie waren eine Verbindung eingegangen, in der eine Mischung aus persönlicher Rachgier, Hochmut und wirren Erwähltheitsphantasien eine dominierende Rolle spielte. Sie hatten beschlossen, das gesamte globale Finanzsystem zu attackieren. Wenn die Zeit reif war, würden sie ihre elektronische Rakete abfeuern. Carters Einblicke in die finanziellen Strukturen, gepaart mit Falks innovativen Fähigkeiten in bezug auf die weltumspannenden Datensysteme, hatten dabei eine ideale und äußerst gefährliche Kombination dargestellt.

Während sie Schritt für Schritt ihren Angriff planten, hatten sie sich gleichzeitig zu zwei absonderlichen, aber überzeugten Propheten entwickelt. Sie hatten eine geheime und straff geführte Organisation aufgebaut, in die bekehrte Individuen wie Fu Cheng aus Hongkong oder Elvira Lindfeldt und Jonas Landahl aus Schonen aufgenommen wurden, ohne sich wieder lösen zu können. Langsam wurden die Konturen einer hierarchisch aufgebauten Sekte erkennbar. Carter und Falk faßten alle Beschlüsse. Auch wenn es noch keine Beweise gab, ging man davon aus, daß Carter persönlich mehrere Mitglieder liquidiert hatte, die seinen Anforderungen nicht gewachsen waren oder die versucht hatten, aus der Gemeinschaft auszubrechen.

Von den beiden war Carter der Missionar. Obwohl er mit der Weltbank gebrochen hatte, waren ihm dann und wann Beratertätigkeiten angeboten worden. Im Rahmen eines solchen Auftrags hatte er in Pakistan Elvira Lindfeldt getroffen. Wie Jonas Landahl zu der Gruppe gestoßen war, blieb dagegen im Dunkeln.

Carter erschien Wallander mehr und mehr als wahnsinniger Sektenführer. Voller Berechnung und Rücksichtslosigkeit. Falks Bild war komplizierter. Züge offener Rücksichtslosigkeit hatten sie bei ihm nicht entdecken können. Dagegen ahnten sie die Konturen eines Mannes mit einem gut kaschierten Geltungsbedürfnis. Eines Mannes, der in den späten sechziger Jahren vorübergehend Mitglied extremistischer Bewegungen auf der Rechten wie auf der Linken war. Der sich aber bald davon löste und statt dessen der Welt mit seiner prophetischen Menschenverachtung begegnete.

Zufällig hatten sich Carters und Falks Wege in Angola gekreuzt. Sie hatten einander betrachtet und im Gegenüber ihr eigenes Spiegelbild erkannt.

Über Fu Cheng hatte die Polizei in Hongkong lange Berichte geschickt, denen zu entnehmen war, daß er eigentlich Hua Gang hieß. Interpol hatte seine Fingerabdrücke im Zusammenhang mit verschiedenen Verbrechen identifiziert, unter anderem zwei schweren Banküberfällen in Frankfurt und Marseille. Auch wenn es sich nicht beweisen ließ, ahnte man, daß das Geld dazu verwendet wurde, die von Carter und Falk vorbereitete Aktion zu finanzieren. Hua Gang hatte eine einschlägige Vergangenheit in der Welt der organisierten Kriminalität. Er war unter wechselnden Namen mehrerer Morde in Asien und Europa verdächtigt, ohne je gefaßt worden zu sein. Daß er Sonja Hökberg und danach auch Jonas Landahl getötet hatte, stand außer Zweifel. Fingerabdrücke und neue Zeugenaussagen bekräftigten den Verdacht. Aber ebensowenig brauchte man daran zu zweifeln, daß er nur ein Handlanger Carters und vielleicht auch Falks gewesen war. Die Verzweigungen schienen in sämtliche Kontinente zu führen. Die endgültige Kartierung würde noch viel Arbeit erfordern. Doch bereits jetzt war die Schlußfolgerung möglich, daß es kaum einen Grund gab, eine Fortsetzung zu befürchten. Mit dem Tod Carters und Falks hatte auch die Organisation aufgehört zu existieren.

Warum Carter Elvira Lindfeldt erschossen hatte, wurde nie geklärt. Abgesehen von den Fragmenten erregter Vorwürfe Carters, von denen Modin berichten konnte. Sie wußte zuviel, sie wurde nicht mehr gebraucht. Wallander nahm an, daß Carter desperat war, als er nach Schweden kam.

Sie hatten also beschlossen, die Finanzwelt ins Chaos zu stürzen, und die Schlußfolgerung der Ermittler war erschreckend: Es hatte nicht viel gefehlt, und es wäre ihnen gelungen. Hätten Modin oder Wallander exakt um 05.31 an jenem 20. Oktober die Karte in den Automaten gesteckt und den Zahlencode eingegeben, wäre eine elektronische Lawine ausgelöst worden. Experten, die eine vorläufige Prüfung des Programms vorgenommen hatten, mit dem Falk die Systeme hatte infizieren wollen, waren blaß geworden. Die Anfälligkeit der Institutionen, die von Falk und Carter insgeheim miteinander in Serie geschaltet worden waren, hatte sich als schockierend hoch erwiesen. Jetzt arbeiteten verschiedene Expertengruppen weltweit daran, herauszufinden, welchen Effekt die Lawine gehabt hätte, wäre sie ausgelöst worden.

Aber weder Modin noch Wallander hatten Carters Visa Card benutzt und den Code eingegeben. Eigentlich war nichts geschehen, außer daß eine Reihe von Geldautomaten in Schonen an diesem Montag von unerklärlichen Problemen befallen wurde. Mehrere mußten vorübergehend außer Betrieb genommen werden, aber niemand hatte irgendeinen Defekt gefunden. Und dann hatte alles wieder normal funktioniert. Eine Mauer höchster Geheimhaltung war um die Ermittlung und die Resultate, die langsam Form annahmen, errichtet worden.

Die Morde an Sonja Hökberg, Jonas Landahl und Elvira Lindfeldt hatten ihre Erklärung gefunden. Fu Cheng hatte Selbstmord begangen. Vielleicht gehörte es zu den Ritualen der geheimnisvollen Organisation, sich nie festnehmen zu lassen. Auf diese Frage würden sie auch nie eine Antwort geben können. Carter war von Wallander erschossen worden. Die rätselhaften Momente – warum Sonja Hökberg in eine Transformatorstation geworfen wurde und Falk eine Zeichnung einer der wichtigsten Anlagen von Sydkraft besaß – konnten sie nicht aufklären. Dagegen gelang es ihnen teilweise, das Rätsel zu lösen, wie die Tür der Transformatorstation aufgeschlossen worden war. Es war Hansson, der nicht lockerließ. Bei dem Monteur namens Moberg war im Lauf des Sommers, als er in Urlaub war, eingebrochen worden. Die Schlüssel waren noch dagewesen. Aber Hansson meinte, daß der Einbrecher es gerade auf die Schlüssel abgesehen hatte. Er hatte sie kopiert und anschließend, vermutlich gegen eine hohe Bestechungssumme, von dem amerikanischen Hersteller Duplikate beschafft.

Jonas Landahls Paß war zu entnehmen, daß er im Monat nach dem Einbruch bei Moberg in den USA gewesen war. Und Geld stand zur Verfügung, von den Banküberfällen in Frankfurt und Marseille. Mühsam hatten sie versucht, für all die losen Enden, die aus dem Ermittlungsmaterial heraushingen, eine Antwort zu finden. Es zeigte sich unter anderem, daß Tynnes Falk ein privates Postfach in Malmö hatte. Warum er Siv Eriksson gegenüber behauptet hatte, seine Post gehe an ihre Adresse, konnten sie nicht zufriedenstellend beantworten. Falks Logbuch und die abgeschnittenen Finger wurden auch nicht gefunden. Dagegen schienen die Pathologen sich zu guter Letzt darauf geeinigt zu haben, daß Tynnes Falk wirklich eines natürlichen Todes gestorben war. Enander hatte recht gehabt, es war kein Herzinfarkt, sondern ein schwer erkennbares Blutgerinnsel im Gehirn. Über den Taximord bestanden am Ende keine Zweifel mehr. Sonja Hökbergs impulsive Rachgier war der auslösende Faktor. Sie hatte ihre stellvertretende Rache genommen. Warum sich ihre Rache nicht gegen den Mann richtete, der sich an ihr vergangen hatte, sondern gegen dessen schuldlosen Vater, blieb ihnen jedoch ein Rätsel. Nicht anders erging es ihnen in bezug auf Eva Perssons emotionale Kälte, obwohl sie einer gründlichen psychiatrischen Untersuchung unterzogen wurde. Aber sie waren schließlich davon überzeugt, daß sie weder den Hammer noch das Messer in der Hand gehalten hatte. Sie bekamen schließlich auch eine Antwort auf eine andere offene Frage. Eva Persson hatte ihre Geschichte aus einem einfachen Grund geändert: sie wollte nicht die Verantwortung für etwas übernehmen, was sie nicht getan hatte. Als sie die zweite Erklärung abgegeben hatte, wußte sie nicht, daß Sonja Hökberg tot war. Nichts anderes als ihr Selbsterhaltungstrieb hatte dem zugrunde gelegen. Was aus ihr werden würde, konnte niemand sagen.

Es gab noch weitere lose Enden. Eines Tages fand Wallander auf seinem Schreibtisch einen langen Bericht von Nyberg, der ausführlich darlegte, daß die in der Kabine der Polenfähre gefundene leere Tasche nachweislich Landahl gehört hatte. Was mit seiner Kleidung oder den Dingen, die er sonst darin gehabt haben mochte, geschehen war, konnte Nyberg nicht sagen. Vermutlich hatte Hua Gang, der ihn getötet hatte, sie über Bord geworfen, um die Identifizierung Landahls zu erschweren. So war also nur sein Paß gefunden worden. Mit einem Seufzen legte Wallander den Bericht zur Seite.

Das wichtigste war jedoch die Rekonstruktion der Aktivitäten von Carter und Falk. Wallander hielt es für ausgemacht, daß die beiden weitergehende Pläne hatten. Nach dem Angriff auf die Finanzsysteme wollten sie weitermachen. Sie hatten schon einen Plan ausgearbeitet, verschiedene bedeutende Stromversorgungszentren lahmzulegen. Und Carter hatte es nicht unterlassen können, seine Eitelkeit auszuspielen, indem er seine Anwesenheit markierte. Beispielsweise mit dem Relais, das er Hua Gang auf die leere Bahre legen ließ, oder indem er ihm befahl, Falks Leiche zu entfernen und ihr zwei Finger abzuschneiden. Man konnte in der makabren Welt, in der Carter und Falk ihre eigenen Götter waren, rituelle und religiöse Untertöne ahnen.

Trotz der Brutalität und des irrwitzigen Übermenschengehabes übersah Wallander indessen nicht, daß Falk und Carter einen wunden Punkt offengelegt hatten.

Die Verwundbarkeit der Gesellschaft, in der sie lebten, war größer, als jemand hatte ahnen können.

In dieser Zeit festigte sich bei Wallander auch eine andere Einsicht. In Zukunft würde ein ganz anderer Typ von Polizisten gebraucht werden. Nicht daß Erfahrung und Kenntnisse, die er selbst repräsentierte, ausgedient hätten. Aber es gab Bereiche, die er überhaupt nicht beherrschte.

In gewisser Weise war er gezwungen worden zu akzeptieren, daß er wirklich alt war. Ein alter Hund, der keine neuen Kunststücke mehr lernen würde.

An späten Abenden in seiner Wohnung in der Mariagata war er oft Gedanken nachgegangen, die mit der Verwundbarkeit zu tun hatten. Seiner eigenen und der der Gesellschaft. Sie schienen irgendwie ineinander verflochten zu sein. Er versuchte seine Reaktionen auf zweierlei Weise zu verstehen. Teils wuchs eine Gesellschaft heran, die er überhaupt nicht mehr kannte. Bei seiner Arbeit sah er ständig Beispiele für die brutalen Kräfte, die Menschen unbarmherzig an die äußersten Ränder schleuderten. Er sah junge Menschen den Glauben an ihren eigenen Wert verlieren, bevor sie noch die Schule abgeschlossen hatten. Er sah ständig zunehmenden Mißbrauch, er erinnerte sich an Sofia Svensson, die seinen Rücksitz vollgekotzt hatte. Schweden war eine Gesellschaft, in der alte Risse sich weiteten und neue sich auftaten, ein Land, in dem unsichtbare Zäune die schrumpfenden Gruppen umgaben, die gut lebten. Gegen diejenigen, die an den kalten Rändern lebten, wurden hohe Mauern errichtet: Verlierer, Suchtabhängige, Arbeitslose.

Daneben ereignete sich eine andere Revolution. Die Revolution der Verwundbarkeit, in der immer mächtigere, doch gleichzeitig immer anfälligere elektronische Knotenpunkte zu Schaltstellen der Gesellschaft wurden. Die Effektivität wuchs um den Preis dessen, daß man sich wehrlos machte gegenüber Kräften, die Sabotage und Terror betrieben.

Und schließlich seine eigene Verwundbarkeit. Die Einsamkeit, sein schwankendes Selbstwertgefühl. Das Bewußtsein, daß Martinsson im Begriff war, an ihm vorbeizuziehen. Ein Gefühl der

Unsicherheit angesichts all des Neuen, das unaufhaltsam seine Arbeit veränderte und neue Anforderungen an seine Fähigkeit zur Anpassung und zur Erneuerung stellte.

An jenen Abenden in der Mariagata dachte er oft, daß er nicht mehr konnte. Aber er wußte, daß er weitermachen mußte. Noch mindestens zehn Jahre. Er hatte keine wirklichen Alternativen. Er war ein polizeilicher Ermittler, ein Feldarbeiter. Sich ein Dasein vorzustellen, in dem er in Schulen herumreiste und vor Drogen warnte oder Kindergartenkindern richtiges Verhalten im Verkehr beibrachte, war ihm völlig unmöglich. Das würde nie seine Welt sein.

Um ein Uhr beendeten sie ihre Sitzung und konnten dem Staatsanwalt das Material übergeben. Aber es würde niemand verurteilt werden, weil alle Schuldigen bereits tot waren. Auf dem Tisch des Staatsanwalts lag jedoch der Entwurf einer Anklageschrift gegen Carl-Einar Lundberg.

Nach der Sitzung, um kurz vor zwei, kam Ann-Britt in Wallanders Zimmer und sagte ihm, daß Eva Persson und ihre Mutter ihre Anzeige zurückgezogen hatten. Wallander war natürlich erleichtert. Aber im Grunde wunderte es ihn nicht. Auch wenn er in bezug auf das Funktionieren des schwedischen Rechtsapparats immer skeptischer geworden war, hatte er nicht daran gezweifelt, daß die Wahrheit über den Vorfall im Vernehmungszimmer letzten Endes ans Licht kommen würde.

Sie saßen in seinem Zimmer und diskutierten die Möglichkeit, daß er eine Gegenoffensive unternähme. Ann-Britt war der Meinung, er sollte es tun. Nicht zuletzt um ihres gesamten Berufsstandes willen. Doch Wallander wollte nicht. Er blieb dabei, daß es das beste sei, wenn die ganze Angelegenheit unter einer Decke des Schweigens begraben würde.

Nachdem Ann-Britt sein Zimmer verlassen hatte, blieb er noch lange an seinem Schreibtisch sitzen. Sein Kopf war leer. Schließlich stand er auf und holte sich Kaffee.

In der Tür zum Eßraum stieß er mit Martinsson zusammen. In den vergangenen Wochen hatte Wallander eine seltsame und für ihn ungewöhnliche Unentschlossenheit gefühlt. Im Normalfall scheute er sich nicht, Konflikte direkt anzugehen und auszutragen, aber was mit Martinsson gewesen war, wog schwerer und ging tiefer. Es handelte sich um eine verlorene Gemeinschaft, um Verrat und zerbrochene Freundschaft. Als er Martinsson jetzt in der Tür begegnete, wußte er, daß der Moment gekommen war. Es ließ sich nicht mehr aufschieben.

»Wir müssen miteinander reden«, sagte er. »Hast du Zeit?«

»Ich habe auf dich gewartet.«

Sie gingen in den Sitzungsraum zurück, den sie ein paar Stunden zuvor verlassen hatten.

Wallander kam direkt zur Sache. »Ich weiß, daß du hinter meinem Rücken intrigierst. Ich weiß, daß du Scheiße über mich redest. Du hast meine Fähigkeit in Frage gestellt, diese Ermittlung zu leiten. Warum du das heimlich getan hast, statt direkt zu mir zu kommen, kannst du nur selbst beantworten. Aber ich habe natürlich eine Theorie. Du kennst mich. Du weißt, wie ich spekuliere. Die einzige Erklärung, die ich für dein Verhalten habe, ist die, daß du den Grund für deine zukünftige Karriere legst. Und daß du das um jeden Preis tust.«

Martinsson blieb ruhig, als er antwortete. Wallander merkte, daß er seine Worte gut eingeübt hatte. »Ich sage es nur, wie es ist. Daß du die Dinge nicht mehr im Griff hast. Man kann mir höchstens vorwerfen, daß ich es nicht früher gesagt habe.«

»Warum hast du es mir nicht direkt gesagt?«

»Das habe ich versucht. Aber du hörst nicht zu.«

»Ich höre zu.«

»Das glaubst du vielleicht selbst. Aber das ist nicht dasselbe.«

»Warum hast du Lisa gesagt, ich hätte dich gehindert, mit auf den Acker zu kommen?«

»Da muß sie etwas mißverstanden haben.«

Wallander sah Martinsson an. Die Lust zuzuschlagen regte sich wieder in ihm, aber er wußte, daß er es nicht tun würde. Martinsson würde nicht zu erschüttern sein. Er glaubte an seine eigenen Lügen. Zumindest würde er nicht aufhören, sie zu verteidigen.

»Wolltest du sonst noch etwas?«

»Nein«, sagte Wallander. »Mehr habe ich nicht zu sagen.«

Martinsson wandte sich um und ging.

Wallander hatte ein Gefühl, als ob die Wände um ihn herum einstürzten. Martinsson hatte seine Wahl getroffen. Ihre Freundschaft war zu Ende, zerbrochen. Jetzt fragte sich Wallander mit wachsendem Entsetzen, ob sie jemals existiert hatte. Oder ob Martinsson schon immer ein Mensch gewesen war, der nur auf eine Gelegenheit zum Zuschlagen wartete.

Wellen von Trauer schlugen an seine Ufer. Dann kam eine einzelne Welle des Zorns und türmte sich vor ihm auf.

Er hatte nicht vor aufzugeben. Noch ein paar Jahre würde er derjenige sein, der in Ystad die kompliziertesten Ermittlungen leitete.

Aber das Gefühl, etwas verloren zu haben, war stärker als der Zorn. Wieder fragte er sich, wie er es schaffen würde durchzuhalten.

Unmittelbar nach seinem Gespräch mit Martinsson verließ Wallander das Polizeipräsidium. Er ließ sein Mobiltelefon in seinem Büro zurück und sagte Irene nicht, wohin er fuhr oder wann er zurückkäme. Er setzte sich in seinen Wagen und fuhr in Richtung Malmö aus der Stadt hinaus. Als er an die Abzweigung nach Stjärnsund kam, bog er ab. Im Grunde wußte er nicht, warum er das tat. Aber vielleicht war der Verlust von zwei Freundschaften zuviel auf einmal. In Gedanken kehrte Wallander oft zu Elvira Lindfeldt zurück. Sie war unter Vortäuschung falscher Tatsachen in sein Leben gekommen. Er ahnte, daß sie letzten Endes wohl bereit gewesen wäre, ihn zu töten. Aber er konnte es dennoch nicht lassen, an sie auch so zu denken, wie er sie erlebt hatte. Als eine Frau, die ihm an einem Tisch beim Essen gegenübersaß und ihm zuhörte. Eine Frau mit schönen Beinen, die ein paarmal seine Einsamkeit gemildert hatte.

Als er auf Sten Widéns Hof einbog, lag dieser verlassen da. Auf einem Schild an der Einfahrt stand, daß er zu verkaufen war. Doch auf einem zweiten Schild daneben war zu lesen, daß er schon verkauft war. Wallander stand vor einem verlassenen Haus. Er ging zum Stall und schaute hinein. Die Boxen waren leer. Eine einsame Katze saß auf den Resten eines Heuballens und betrachtete ihn mißtrauisch.

Wallander war sogleich beklommen zumute. Sten Widén war

schon abgereist. Und hatte sich nicht einmal die Mühe gemacht, sich zu verabschieden.

Wallander verließ den Stall und fuhr so schnell wie möglich davon.

An diesem Tag kehrte er nicht ins Polizeipräsidium zurück. Den Rest des Nachmittags verbrachte er damit, planlos über die kleinen Landstraßen um Ystad zu fahren. Ein paarmal hielt er an, stieg aus und starrte über die leeren Äcker. Bei Einbruch der Dunkelheit war er wieder in der Mariagata. Er hielt beim Lebensmittelgeschäft und bezahlte seine Rechnung. Am Abend hörte er Verdis ›La Traviata‹ zweimal hintereinander. Er telefonierte auch mit Gertrud. Sie verabredeten, daß er sie am folgenden Tag besuchen würde.

Kurz vor Mitternacht klingelte das Telefon. Wallander fuhr zusammen. Hoffentlich ist nichts passiert, dachte er. Nicht jetzt, nicht schon wieder. Das verkraftet keiner von uns.

Es war Baiba. Sie rief aus Riga an. Wallander überlegte, daß es mehr als ein Jahr her war, seit sie zuletzt miteinander gesprochen hatten.

»Ich wollte nur hören, wie es dir geht.«

»Danke, gut. Und dir?«

»Auch gut.«

Dann wanderte das Schweigen zwischen Riga und Ystad hin und her.

»Denkst du manchmal an mich?« fragte er.

»Warum hätte ich sonst angerufen?«

»Ich frage ja nur.«

»Und du?«

»Ich denke immer an dich.«

Wallander sah auf der Stelle ein, daß sie ihn durchschauen würde. Daß er log oder zumindest übertrieb. Warum er es tat, wußte er selbst nicht. Baiba war ein Stück Vergangenheit, war verblaßt. Dennoch konnte er sie nicht loslassen. Oder genauer gesagt, die Erinnerung an die Zeit mit ihr.

Sie tauschten ein paar alltägliche Phrasen aus. Dann war das Gespräch vorbei. Wallander legte langsam den Hörer auf.

Fehlte sie ihm? Er konnte sich die Frage selbst nicht beantworten. Es kam ihm vor, als existierten nicht nur in der Welt der Computer Firewalls. Er hatte auch eine Brandmauer in sich selbst. Von der er nicht immer wußte, wie er sie überwinden sollte.

Am Tag danach hatte der starke Wind nachgelassen. Es war Mittwoch, der 12. November. Er hatte frei. Er konnte sich nicht erinnern, wann er zuletzt an einem gewöhnlichen Wochentag nicht hatte arbeiten müssen. Doch weil Linda kommen wollte, hatte er sich entschlossen, einen Teil der angesammelten Überstunden abzufeiern. Er würde sie um ein Uhr in Sturup abholen. Den Vormittag hatte er dafür eingeplant, endlich den Wagen zu wechseln. Er hatte mit dem Autoverkäufer einen Termin um zehn Uhr vereinbart. Obwohl er die Wohnung aufräumen mußte, blieb er im Bett liegen.

Er hatte wieder geträumt. Von Martinsson. Sie waren wieder auf dem Markt von Kivik. Eine Geschichte, die inzwischen sieben Jahre zurücklag. Im Traum war alles so, wie es damals gewesen war. Sie hatten nach mehreren Personen gesucht, die einen alten Landwirt und seine Frau getötet hatten. Plötzlich hatten sie sie entdeckt, an einem Stand, an dem gestohlene Lederjacken verkauft wurden. Es war zu einem Schußwechsel gekommen. Martinsson hatte einen der Männer in den Arm geschossen, vielleicht auch in die Schulter. Und Wallander hatte den zweiten hinunter zum Strand verfolgt. Soweit war der Traum die exakte Wiedergabe dessen, was damals geschehen war. Aber dann, unten am Strand, hatte Martinsson plötzlich seine Waffe erhoben und auf ihn gerichtet. In diesem Augenblick erwachte er.

Ich habe Angst, dachte Wallander. Angst davor, daß ich genaugenommen nicht weiß, was meine Kollegen wirklich denken. Ich habe Angst davor, daß mir die Zeit davonläuft. Daß ich ein Kriminalbeamter bin, der weder versteht, was seine Kollegen denken, noch was in Schweden vor sich geht.

Lange lag er wach. Ausnahmsweise fühlte er sich ausgeruht. Aber als er anfing, an seine Zukunft zu denken, befiel ihn eine andere Art von Müdigkeit. Würde es so weit kommen, daß ihn davor graute, morgens zur Arbeit ins Präsidium zu gehen? Wie würde er dann die Jahre, die ihm noch blieben, durchhalten?

Mein ganzes Dasein besteht aus Zäunen und Mauern, dachte er. Ich habe sie nicht nur in mir. Sie existieren auch nicht nur in den Computern und Netzwerken. Sie sind auch im Polizeipräsidium, zwischen mir und meinen Kollegen, nur daß ich es bisher nicht gemerkt habe.

Gegen acht Uhr stand er auf, trank Kaffee, las die Zeitung und brachte die Wohnung in Ordnung. Er bezog das Bett in Lindas altem Zimmer und stellte um kurz vor zehn den Staubsauger weg. Die Sonne schien, und sofort war er besserer Stimmung. Er fuhr zu seinem Autohändler in der Industrigata und wurde mit ihm handelseinig. Es wurde wieder ein Peugeot. Ein 306, 96er Modell, wenig gelaufen, mit nur einem Vorbesitzer. Tyrén, der Händler, machte ihm noch einen guten Preis für seinen alten Wagen. Um halb elf fuhr Wallander davon. Den Wagen zu tauschen gab ihm immer ein Gefühl von Befriedigung. Als wenn er sich sauber schrubbte.

Weil noch Zeit war, bis er in Sturup sein mußte, fuhr er nach Österlen hinaus. Er hielt vor dem alten Haus seines Vaters in Löderup. Als er sah, daß das Haus leer war, bog er auf den Hof ein. Er klopfte an die Tür, doch niemand kam und machte auf. Dann ging er zu dem Nebentrakt, in dem der Vater sein Atelier gehabt hatte. Die Tür war unverschlossen. Er öffnete und trat ein. Alles war umgebaut. In den Zementfußboden war ein Schwimmbassin eingelassen. Von seinem Vater war keine Spur mehr vorhanden, nicht einmal der Duft von Terpentin war mehr zu spüren. Jetzt roch es statt dessen nach Chlor. Einen Augenblick lang empfand er dies als Kränkung. Warum durfte die Erinnerung an einen Menschen so vollständig ausgelöscht werden? Er ging wieder nach draußen. Neben dem Haus lag ein Haufen Gerümpel. Er trat hinzu. Fast ganz begraben unter Zementklumpen und Erde lag der alte Kaffeekessel seines Vaters. Er grub ihn behutsam aus und nahm ihn mit. Als er vom Hof fuhr, tat er dies in der festen Gewißheit, nie mehr zurückzukehren.

Von Löderup aus fuhr er nach Svarte, wo Gertrud jetzt bei ihrer Schwester lebte. Er trank bei ihnen Kaffee und lauschte zerstreut ihrem Geplapper. Seinen Besuch in Löderup erwähnte er nicht.

Um Viertel vor zwölf fuhr er nach Sturup. Als er das Flughafengebäude betrat, war es noch immer eine halbe Stunde bis zur Landung der Maschine aus Stockholm.

Wie jedesmal, wenn er Linda treffen sollte, war er nervös. Er fragte sich, ob es immer so war, daß Eltern sich von einem bestimmten Zeitpunkt an vor ihren Kindern fürchteten. Er wußte es nicht. Er trank einen Kaffee. Plötzlich entdeckte Wallander Ann-Britts Mann mit seinen Monteurtaschen, auf dem Weg zu einem fernen Reiseziel. Er war in Begleitung einer Frau, die Wallander nicht kannte. Wallander fühlte sich sofort stellvertretend für Ann-Britt gekränkt. Damit der Mann ihn nicht entdeckte, setzte Wallander sich an einen anderen Tisch und drehte ihm den Rücken zu. Er wunderte sich über seine Reaktion, konnte sie aber nicht erklären.

Gleichzeitig begann er an die rätselhafte Geschichte in Istváns Restaurant zu denken. Als Sonja Hökberg den Platz getauscht hatte, vielleicht um Augenkontakt mit dem Mann namens Fu Cheng alias Hua Gang zu bekommen. Wieviel hatte Sonja Hökberg eigentlich über Jonas Landahl und seine Verbindung zu der geheimnisvollen Organisation von Falk und Carter gewußt? Warum hatte Hua Gang sie beobachtet? Sie hatten nie eine Antwort gefunden. Es handelte sich um ein Detail, das ohne jede Bedeutung war. Ein kleiner Splitter der Ermittlung, der absinken würde auf einen unbekannten Grund. In Wallanders Erinnerung gab es viele solcher Splitter. In jeder Ermittlung blieb immer ein Rest von Unklarheit, ein Detail, das sich der Einsicht entzog und sich nicht einordnen lassen wollte. So war es immer gewesen, und so würde es auch weiterhin sein.

Wallander warf einen Blick über die Schulter. Ann-Britts Mann und die Frau in seiner Begleitung waren verschwunden.

Wallander wollte gerade aufstehen, als ein älterer Mann auf ihn zukam. »Ich glaube, ich kenne Sie«, sagte der Mann. »Sind Sie nicht Kurt Wallander?«

»Ja. Der bin ich.«

»Ich will Sie nicht stören. Mein Name ist Otto Ernst.«

Der Name war Wallander bekannt. Aber den Mann hatte er noch nie gesehen.

»Ich bin Schneider«, fuhr Ernst fort. »Ich habe ein Paar Hosen genäht, die Tynnes Falk bestellt hat. Nun weiß ich ja, daß er leider verstorben ist. Aber was soll ich jetzt mit der Hose machen, frage ich mich. Ich habe mit seiner früheren Frau gesprochen. Aber sie will nichts damit zu tun haben.«

Wallander betrachtete den Mann eingehend. Sollte das ein Witz sein? Glaubte er wirklich, ein Kriminalbeamter könnte ihm bei einem Paar Hosen helfen, die nicht abgeholt worden waren? Aber dieser Otto Ernst sah wirklich so aus, als ob er es ernst meinte.

»Ich rate Ihnen, sich mit seinem Sohn in Verbindung zu setzen«, antwortete Wallander. »Jan Falk. Vielleicht kann er Ihnen weiterhelfen.«

»Sie haben nicht vielleicht seine Anschrift?«

»Rufen Sie im Polizeipräsidium in Ystad an. Und fragen Sie nach Ann-Britt Höglund, meiner Kollegin. Berufen Sie sich auf mich. Sie kann Ihnen die Anschrift geben.«

Herr Ernst lachte und streckte ihm die Hand entgegen. »Ich wußte doch, daß Sie mir helfen können. Entschuldigen Sie die Störung.«

Wallander sah ihm lange nach.

Ihm war, als habe er einen Menschen aus einer Welt getroffen, die nicht mehr existierte.

Die Maschine war pünktlich. Linda kam als eine der letzten heraus. Als sie sich begrüßten, verschwand Wallanders Unruhe. Sie war wie immer, fröhlich und offen. Ihre Lockerheit stand in direktem Gegensatz zu seiner eigenen Unzugänglichkeit. Außerdem war sie nicht so auffällig gekleidet wie bei früheren Gelegenheiten. Sie holten ihren Koffer und verließen das Flughafengebäude. Wallander zeigte ihr seinen neuen Wagen. Hätte er nichts gesagt, wäre es ihr sicher nicht aufgefallen, daß er einen anderen Wagen hatte.

»Wie geht es?« fragte er, als sie auf dem Weg nach Ystad waren. »Was machst du so? In der letzten Zeit hast du so geheimnisvoll gewirkt.«

»Es ist so schönes Wetter«, sagte sie. »Wollen wir nicht an den Strand fahren?«

»Ich habe dich etwas gefragt.«

»Du bekommst auch eine Antwort.«

»Wann denn?«

»Bald, aber im Moment noch nicht.«

Wallander bog nach rechts ab und fuhr hinunter zum Strand von Mossby. Der Parkplatz lag verlassen da. Der Kiosk war verrammelt. Sie holte einen dicken Pullover aus ihrem Koffer. Dann gingen sie zum Strand hinunter.

»Ich weiß noch, daß wir hier spazierengegangen sind, als ich klein war«, sagte sie. »Es ist eine meiner frühesten Erinnerungen.«

»Meistens waren es nur du und ich. Wenn Mona allein sein wollte.«

Weit draußen am Horizont zog ein Schiff nach Westen. Das Meer war fast ganz still.

»Dieses Bild da in der Zeitung«, sagte sie plötzlich.

Wallander spürte, wie es ihm einen Schlag versetzte.

»Es ist vorbei«, antwortete er. »Das Mädchen und ihre Mutter haben ihre Klage zurückgezogen.«

»Ich habe noch ein Bild gesehen«, sagte sie. »In einer Zeitschrift, die im Restaurant lag. Etwas, das vor einer Kirche in Malmö passiert sein soll. Da stand, du hättest einen Fotografen bedroht.«

Wallander dachte zurück an Stefan Fredmans Beerdigung. An den Film, den er zertreten hatte. Es waren also noch andere Bilder aufgenommen worden. Die Angelegenheit war ihm völlig entfallen. Jetzt erzählte er ihr von seiner Auseinandersetzung mit dem Fotografen.

»Das hast du richtig gemacht«, sagte sie. »Ich hoffe, ich hätte das gleiche getan.«

»Du kommst nicht in solche Situationen«, sagte Wallander. »Du bist nicht Polizistin.«

»Noch nicht.«

Wallander blieb wie vom Donner gerührt stehen und sah sie an. »Was hast du da gesagt?«

Sie antwortete nicht gleich, sondern ging weiter. Über ihren Köpfen schrien ein paar Möwen.

»Du findest, daß ich so geheimnisvoll getan habe«, sagte sie. »Und du hast mich gefragt, was ich so mache. Ich wollte nichts sagen, bevor ich mich nicht entschieden hatte.«

»Was hast du damit gemeint, was du eben gesagt hast?«

»Ich will zur Polizei gehen. Ich habe mich bei der Polizeihochschule beworben. Und ich glaube, sie nehmen mich.«

Wallander war begriffsstutzig. »Ist das wirklich wahr?«

»Ja.«

»Aber du hast nie darüber gesprochen.«

»Aber ich habe schon lange daran gedacht.«

»Und warum hast du nichts davon gesagt?«

»Weil ich nicht wollte.«

»Aber ich dachte, du wolltest Möbelpolsterin werden.«

»Das dachte ich auch. Aber jetzt bin ich endlich soweit gekommen, daß ich weiß, was ich will. Deshalb bin ich hergekommen, um es dir zu erzählen. Und zu fragen, was du davon hältst. Mir deinen Segen abholen.«

Sie gingen weiter.

»Das kommt sehr plötzlich«, sagte Wallander.

»Du hast mir selbst erzählt, wie es war, als du Großvater gesagt hast, daß du zur Polizei gehen wolltest. Daß du dich entschieden hättest. Und wenn ich mich richtig erinnere, kam seine Antwort ziemlich prompt.

»Er sagte nein, bevor ich ausgeredet hatte.«

»Und was sagst du?«

»Gib mir eine Minute Zeit, dann antworte ich dir.«

Sie setzte sich auf einen Baumstamm, der halb begraben im Sand lag. Wallander ging zum Wasser hinunter. Er hätte sich nie vorstellen können, daß Linda eines Tages in seine Fußspuren treten würde. Es fiel ihm schwer, wirklich zu begreifen, was er gerade gehört hatte.

Er blickte übers Meer. Das Sonnenlicht glänzte auf dem Wasser.

Sie rief, die Minute sei um. Er ging zurück. »Ich finde es gut«, sagte er. »Du wirst bestimmt eine Polizistin, wie sie in Zukunft gebraucht wird.«

»Und meinst du auch, was du sagst?«

»Jedes Wort.«

»Ich hatte Angst, es dir zu erzählen. Ich wußte nicht, wie du reagieren würdest.«

»Das wäre nicht nötig gewesen.«

Sie stand von dem Stamm auf. »Wir müssen über vieles reden«, sagte sie. »Außerdem habe ich Hunger.«

Sie gingen zum Auto zurück und fuhren nach Ystad. Wallander saß hinter dem Lenkrad und versuchte, die große Neuigkeit zu verdauen. Daß Linda eine gute Polizistin werden konnte, bezweifelte er nicht. Aber war ihr klar, worauf sie sich einließ? Die Ausgesetztheit, wie er selbst sie erlebt hatte?

Zugleich empfand er etwas anderes. Ihr Entschluß bedeutete, daß die Wahl, die er einst für sein eigenes Leben getroffen hatte, irgendwie gerechtfertigt wurde.

Es war ein dunkles und unklares Gefühl. Aber es war da, und es war sehr stark.

An diesem Abend blieben sie lange auf und redeten. Wallander erzählte von der schwierigen Ermittlung, die an einem unscheinbaren Geldautomaten begonnen und geendet hatte.

»Man redet über Macht«, sagte sie, nachdem Wallander verstummt war. »Aber keiner redet von Institutionen wie der Weltbank. Welche Macht sie heutzutage besitzen. Wieviel menschliches Leid durch ihre Beschlüsse herbeigeführt wird.«

»Willst du damit sagen, daß du Verständnis für Carters und Falks Absichten hast?«

»Nein«, antwortete sie. »Zumindest nicht für die Methoden, mit denen sie vorgegangen sind.«

Wallander wurde immer klarer, daß ihr Entschluß langsam herangereift war. Es war kein spontaner Einfall, den sie später bereuen würde.

»Ich werde dich sicher oft um Rat fragen müssen«, sagte sie, bevor sie ins Bett ging.

»Aber sei dir nicht zu sicher, daß ich ihn dir geben kann.«

Als sie in ihrem Zimmer war, blieb Wallander noch im Wohnzimmer sitzen. Es war halb drei Uhr in der Früh. Er hatte ein Glas Wein vor sich. Eine Puccini-Oper lief. Er hatte den Ton gedämpft.

Die Augen fielen ihm zu. Vor sich sah er eine brennende Wand. In Gedanken nahm er Anlauf. Dann sprang er geradewegs hindurch. Er versengte nur sein Haar und seine Haut.

Er schlug die Augen wieder auf. Lächelte.

Etwas war vorbei.

Etwas Neues nahm gerade seinen Anfang.

Am Tag danach, Donnerstag, dem 13. November, verzeichneten die Börsen in Asien unerwartete Kurseinbrüche.

Die Erklärungen dafür waren so zahlreich wie widersprüchlich.

Aber niemandem gelang es, die wichtigste Frage zu beantworten.

Was hatte eigentlich die dramatischen Kurseinbrüche ausgelöst?

Nachwort

DIES IST EIN ROMAN, DER IN EINEM GRENZLAND SPIELT.

Zwischen der Wirklichkeit, dem, was geschehen ist, und der Dichtung, dem, was geschehen sein könnte.

Das bedeutet, daß ich mir große Freiheiten genommen habe.

Ein Roman ist immer ein selbstherrlicher Schöpfungsakt.

Es bedeutet, daß ich Häuser verlegt, Straßennamen geändert und in einem Fall eine Straße hinzugefügt habe, die nicht existiert.

Ich habe in Schonen Frostnächte werden lassen, wenn es meinen Zwecken diente.

Ich habe meine eigenen Fahrpläne für die Ankunft und Abfahrt von Fähren aufgestellt.

Nicht zuletzt habe ich ein ganz eigenes Stromversorgungsnetz in Schonen aufgebaut. Was nicht heißen soll, daß ich am Kundendienst von Sydkraft etwas auszusetzen hätte.

Im Gegenteil.

Sie haben mir immer den Strom geliefert, den ich brauchte.

Ich habe mir auch erlaubt, in der Welt der Elektronik ziemlich frei zu laborieren.

Ich vermute ja, daß das, was in diesem Buch steht, bald geschehen wird.

Viele Menschen sind mir behilflich gewesen.

Keiner hat darum gebeten, namentlich erwähnt zu werden.

Also nenne ich keine Namen. Aber ich danke ihnen allen.

Für das, was hier steht, bin ich allein verantwortlich.

Maputo, im April 1998
Henning Mankell